Jeffery Deaver

Das Gesicht des Drachen

Jeffery Deaver

Das Gesicht des Drachen

Roman

Ins Deutsche übersetzt
von Thomas Haufschild

Blanvalet

Die Originalausgabe erschien unter dem Titel
»The Stone Monkey«
bei Simon & Schuster, Inc., New York.

Umwelthinweis:
Dieses Buch und der Schutzumschlag
wurden auf chlorfrei gebleichtem Papier gedruckt.
Die Einschrumpffolie (zum Schutz vor Verschmutzung) ist aus
umweltschonender und recyclingfähiger PE-Folie.

Der Blanvalet Verlag
ist ein Unternehmen der
Verlagsgruppe Random House

1. Auflage

Satz: Uhl + Massopust, Aalen
Druck und Bindung: GGP Media, Pößneck
Printed in Germany
ISBN 3-7645-0160-X
www.blanvalet-verlag.de

*Gewidmet all jenen, die wir am
11. September 2001 verloren haben –
sie standen ein für Toleranz
und Freiheitsliebe, und wir werden ihr
Andenken für immer im Herzen bewahren.*

Anmerkung des Autors

Für den folgenden Roman sind gewisse Aspekte der chinesischen Kultur von Bedeutung, die nicht jedem Leser geläufig sein dürften. Daher erlaube ich mir, an dieser Stelle einige Erläuterungen einzufügen.

GEOGRAPHIE. Die meisten Chinesen, die als illegale Einwanderer in die Vereinigten Staaten gelangen, kommen aus der südöstlichen Küstenregion ihrer Heimat, und zwar überwiegend aus zwei Provinzen: Guangdong, gelegen im äußersten Süden bei Hongkong, und Fujian, unmittelbar nördlich davon. Die Hauptstadt Fujians ist das große Seefahrtzentrum Fuzhou, dessen Hafen vermutlich der Mehrzahl der unerlaubten Immigranten als Ausgangspunkt ihrer Reisen in andere Länder dient.

SPRACHE. Die Schriftform des Chinesischen ist überall im Land gleich, doch gesprochen zeigen sich von Region zu Region beträchtliche Unterschiede. Im Süden herrscht der kantonesische Dialekt vor, in Fujian und Taiwan das Minnanhua und in Peking sowie im gesamten Norden das Mandarin oder Putonghua. Die wenigen chinesischen Begriffe, die ich in diesem Buch verwende, entstammen dem Putonghua, der Amtssprache Chinas.

NAMEN. Im Gegensatz zu amerikanischen oder europäischen Gepflogenheiten werden chinesische Namen in umgekehrter Reihenfolge genannt. Heißt jemand beispielsweise Li Kangmei, so ist Li der Familienname und Kangmei der Vorname. Manche Bürger aus den städtischen Regionen des Landes sowie Chinesen, die sich den Vereinigten Staaten oder anderen westlichen Kulturen eng verbunden fühlen, nehmen mitunter einen westlichen Rufnamen an, den sie dann zusätzlich zu oder anstelle ihres chinesischen Vornamens benutzen. In einem solchen Fall steht der anglisierte Name vor dem Familiennamen (zum Beispiel Jerry Tang).

J. D.

ERSTER TEIL

Der Schlangenkopf

Dienstag,
von der Stunde des Tigers, 4.30 Uhr,
bis zur Stunde des Drachen, 8.00 Uhr.

Das Wort Wei-Chi besteht aus zwei chinesischen Begriffen – Wei, was »einkreisen« bedeutet, und Chi, das sich mit »Spielfigur« übersetzen lässt. Da das Spiel einen symbolischen Überlebenskampf darstellt, kann man es auch das »Kriegsspiel« nennen.

Danielle Pecorini und Tong Shu,
The Game of Wei-Chi

... Eins

Sie waren die Verschwundenen, die vom Unglück Verfolgten.

Für die Menschenschmuggler – die »Schlangenköpfe« –, die sie wie Paletten verdorbener Ware um die halbe Welt beförderten, waren sie *ju-jia*: Ferkel.

Für die Beamten der amerikanischen Einwanderungsbehörde, die ihre Schiffe aufbrachten, sie verhafteten und abschoben, waren sie *Illegale.*

Sie waren die Hoffnungsvollen, die Heimat, Familie und eine tausendjährige Ahnenreihe gegen die illusionslose Gewissheit eintauschten, dass ihnen gefährliche und arbeitsreiche Jahre bevorstanden.

Die nur eine winzige Chance hatten, in einem Land sesshaft zu werden, das ihren Familien Wohlstand versprach, weil dort, so hieß es, Freiheit, Geld und Zufriedenheit so alltäglich wie Sonnenschein und Regen seien.

Sie waren seine kostbare Fracht.

Und nun musste Kapitän Sen Zi-jun, die Beine gegen die tosenden, fünf Meter hohen Wogen fest auf den Boden gestemmt, sich von der Brücke zwei Decks nach unten in den düsteren Laderaum vorkämpfen, um ihnen die schlimme Nachricht zu überbringen, dass die wochenlange beschwerliche Reise womöglich ganz umsonst gewesen war.

Es war kurz vor Tagesanbruch an einem Dienstag im August. Der stämmige Seemann, der seinen Kopf kahl geschoren hatte und stolz einen kunstvoll gezwirbelten, buschigen Schnurrbart zur Schau trug, schob sich an den leeren Containern vorbei, die zur Tarnung auf dem Deck der zweiundsiebzig Meter langen *Fuzhou Dragon* verzurrt waren, und öffnete die schwere Stahlluke zum Frachtraum. In dem spartanischen, fensterlosen Raum kauerten zwei Dutzend Menschen. Unter den billigen Feldbetten trieben Abfälle und Kinderbauklötze aus Plastik im flachen Bilgenwasser.

Trotz des starken Seegangs stieg Kapitän Sen, der dreißig Jahre Erfahrung auf den Weltmeeren besaß, die steile Metalltreppe hinunter, ohne die Handläufe zu benutzen, und trat in die Mitte des Laderaums.

Ein Blick auf die Kohlendioxidanzeige verriet keine besorgniserregende Konzentration, obwohl die Luft nach Dieselkraftstoff und nach Menschen stank, die zwei Wochen auf engstem Raum ausgeharrt hatten.

Im Gegensatz zu den Kapitänen und Mannschaften vieler anderer »Eimer« – wie die Schlepperschiffe im Allgemeinen genannt wurden –, die ihre Passagiere bestenfalls ignorierten, sie manchmal jedoch sogar schlugen oder vergewaltigten, fügte Sen den Leuten keinen Schaden zu, sondern war fest davon überzeugt, ein gutes Werk zu tun: Er half diesen Familien aus einer schwierigen Lage, an deren Ende zwar kein sicherer Reichtum, aber immerhin die Aussicht auf ein glückliches Leben in Amerika stand, das auf Chinesisch *Mei Guo* hieß: »Schönes Land«.

Auf dieser Überfahrt allerdings schienen die meisten der Emigranten ihm nicht zu trauen. Das war verständlich, denn sie nahmen an, er mache gemeinsame Sache mit dem Schlangenkopf, der die *Dragon* gechartert hatte: Kwan Ang, eher bekannt unter seinem Spitznamen Gui, der Geist. Da Kwan als überaus gewalttätig galt, hatten die Passagiere fast jedes Gesprächsangebot des Kapitäns ausgeschlagen. Nur mit einem der Männer hatte Sen sich ein wenig anfreunden können. Chang Jingerzi – der den westlichen Namen Sam Chang vorzog – war fünfundvierzig Jahre alt und hatte früher als Universitätsprofessor in einem Vorort der großen südostchinesischen Hafenstadt Fuzhou gelebt. Er nahm seine gesamte Familie nach Amerika mit: seine Frau, zwei Söhne und seinen verwitweten Vater.

Unterwegs hatten Chang und Sen ein halbes Dutzend Mal im Frachtraum gesessen, den starken *mao-tai* getrunken, den der Kapitän stets in ausreichender Menge an Bord mitführte, und sich über das Leben in China und den Vereinigten Staaten unterhalten.

Sen entdeckte Chang auf einer Pritsche in der vorderen Ecke des Laderaums. Der hoch gewachsene, gelassene Mann runzelte die Stirn, als er den Kapitän sah. Er reichte seinem halbwüchsigen Sohn das Buch, aus dem er den anderen vorgelesen hatte, und stand auf.

Alle Anwesenden verstummten.

»Unser Radar zeigt ein schnelles Schiff auf Abfangkurs.«

Bestürzung machte sich breit.

»Die Amerikaner?«, fragte Chang. »Die Küstenwache?«

»So muss es wohl sein«, antwortete der Kapitän. »Wir befinden uns in amerikanischen Hoheitsgewässern.«

Er ließ den Blick über die verängstigten Gesichter der Emigranten schweifen. Wie bei nahezu jeder Ladung Illegaler, die Sen transportiert hatte, waren auch diese ehemals Fremden innerhalb kurzer Zeit zu Freunden geworden. Nun fassten sie einander bei den Händen oder raunten sich leise etwas zu, manche verunsichert, andere beruhigend. Die Augen des Kapitäns richteten sich auf eine Frau, die ihre anderthalbjährige Tochter im Arm hielt. Die Mutter, deren Gesicht von den Schlägen in einem Umerziehungslager gezeichnet war, senkte den Kopf und brach in Tränen aus.

»Was können wir tun?«, fragte Chang besorgt.

Kapitän Sen wusste, dass der Professor offene Kritik am chinesischen Regime geäußert hatte und daraufhin fliehen musste. Falls die amerikanische Einwanderungsbehörde ihn zurück in die Heimat schickte, würde er wahrscheinlich als politischer Gefangener in einem der berüchtigten Gefängnisse im Westen Chinas landen.

»Es ist nicht mehr weit bis zum Absetzpunkt, und wir sind mit voller Kraft unterwegs. Mit etwas Glück kommen wir nahe genug an die Küste heran, um Sie mit Schlauchbooten übersetzen zu können.«

»Nein, nein«, wandte Chang ein. »Bei diesen Wellen? Wir würden alle sterben!«

»Ich steuere einen natürlichen Hafen an. Dort dürfte es ruhig genug sein, dass Sie auf die Boote umsteigen können. Am Ufer warten bereits Lastwagen, um Sie nach New York zu bringen.«

»Und was ist mit Ihnen?«, fragte Chang.

»Ich fahre wieder hinaus in den Sturm. Bis die Beamten gefahrlos an Bord kommen können, befinden Sie sich längst auf den goldenen Pfaden, die direkt in die Stadt der Diamanten führen … Und jetzt sollten alle ihre Sachen zusammenpacken. Nehmen Sie nur das Notwendigste mit, das Geld, die Fotos. Alles andere lassen Sie zurück, denn Sie müssen so schnell wie möglich an Land gelangen. Bleiben Sie unter Deck, bis entweder der Geist oder ich Sie nach oben rufen.«

Kapitän Sen eilte die steile Treppe wieder hinauf und richtete ein Stoßgebet an Tian Hou, die Göttin der Seeleute, sie möge ihrer aller Leben beschützen. Dann wich er der grauen Wasserwand aus, die neben dem Schiff aufragte.

Als er die Brücke erreichte, stand dort der Geist vor dem Radarschirm und starrte auf die schimmernde Anzeige. Der Mann verharrte völlig reglos und hielt sich mit beiden Händen fest, um auf dem schlingernden Schiff nicht das Gleichgewicht zu verlieren.

Manche der Schlangenköpfe kleideten sich wie die reichen kantonesischen Gangster aus einem Film von John Woo, doch der Geist sah stets wie ein ganz gewöhnlicher Chinese aus, mit schlichter Stoffhose und einem kurzärmeligen Hemd. Er war muskulös, ziemlich klein, glatt rasiert, trug das Haar etwas länger als ein typischer Geschäftsmann, benutzte aber weder Gel noch Spray.

»In fünfzehn Minuten haben sie uns erreicht«, sagte der Schlangenkopf. Sogar jetzt, angesichts einer drohenden Enterung und Festnahme, wirkte er so lethargisch wie der Fahrkartenverkäufer eines ländlichen Busbahnhofs.

»Fünfzehn?«, entgegnete der Kapitän. »Unmöglich. Mit wie vielen Knoten sind die denn unterwegs?«

Sen ging zum Kartentisch, dem Kernstück aller hochseetüchtigen Schiffe. Darauf ausgebreitet lag eine Seekarte des Gebiets, hergestellt von der amerikanischen Defense Mapping Agency. Zur Ermittlung der relativen Position beider Schiffe standen ihm nur diese Karte und das Radar zur Verfügung, denn um nicht angepeilt werden zu können, hatten sie die Satellitennavigation der *Dragon*, das EPIRB-Funkfeuer und das Global Maritime Distress and Safety System abgeschaltet.

»Ich schätze, es wird noch mindestens vierzig Minuten dauern«, sagte der Kapitän.

»Nein, ich habe genau verfolgt, welche Strecke sie seit der ersten Sichtung zurückgelegt haben.«

Kapitän Sen sah kurz zu dem Matrosen am Ruder der *Fuzhou Dragon*, der sich schwitzend abmühte, die mit einem Stück Schnur markierte Speiche des Rads immer genau senkrecht zu halten, was bedeutete, dass das Steuer exakt parallel zum Rumpf ausgerichtet war. Die Gashebel standen auf volle Kraft voraus. Falls der Geist mit seiner Einschätzung Recht behielt, blieb ihnen nicht mehr genug Zeit, den geschützten Hafen zu erreichen. Sie würden sich der felsigen Küste allenfalls bis auf einen knappen Kilometer nähern können – was dicht genug war, um die Schlauchboote zu Wasser zu lassen, die dann jedoch der erbarmungslosen See ausgesetzt wären.

»Womit werden die Amerikaner bewaffnet sein?«, fragte der Geist. »Wissen Sie das denn nicht?«

»Man hat mich noch nie abgefangen«, erwiderte der Geist. »Reden Sie schon.«

Bisher hatte Sen es zweimal erlebt, dass Schiffe unter seinem Kommando angehalten und geentert wurden – zum Glück auf völlig legalen Reisen und nicht während seiner Emigrantentransporte für die Schlangenköpfe. Doch die Erfahrung war trotzdem alles andere als angenehm gewesen. Ein Dutzend bewaffnete Beamten der Küstenwache hatten sich an Bord verteilt, derweil Sen und die Mannschaft von Deck des anderen Boots aus mit einem zweiläufigen Maschinengewehr in Schach gehalten worden waren. Außerdem hatte es dort ein kleines Geschütz gegeben.

Er verriet dem Geist, womit sie rechnen mussten.

Der Mann nickte. »Wir sollten die verschiedenen Alternativen überdenken.«

»Was für Alternativen?«, fragte der Kapitän. »Sie denken doch nicht etwa daran, einen *Kampf* zu riskieren, oder? Nein, das werde ich nicht zulassen.«

Aber der Schlangenkopf reagierte nicht. Er blieb am Radar stehen und starrte auf den Schirm.

Der Mann wirkte absolut ruhig, wenngleich der Kapitän vermutete, dass er innerlich vor Wut kochte. Keiner der Schlangenköpfe, mit denen Sen bislang zusammengearbeitet hatte, hatte so viele Vorkehrungen getroffen, um eine mögliche Entdeckung und Gefangennahme zu vermeiden, wie der Geist auf dieser Fahrt. Die zwei Dutzend Emigranten hatten sich in einem leeren Lagerhaus am Rande Fuzhous einfinden und dort zwei Tage unter der Aufsicht eines Handlangers des Geists – eines »kleinen Schlangenkopfs« – ausharren müssen. Dann hatte der Mann die Chinesen in eine gecharterte Tupolev 154 verfrachtet, die zu einem verlassenen Militärflugplatz in der Nähe des russischen Sankt Petersburg geflogen war. Dort mussten die Leute in einen Schiffscontainer umsteigen, wurden 120 Kilometer nach Wyborg gefahren und an Bord der *Fuzhou Dragon* gebracht, die erst tags zuvor in den russischen Hafen eingelaufen war. Die Zolldokumente und das Ladungsverzeichnis hatte Sen höchstpersönlich und peinlich genau ausgefüllt – alles streng nach Vorschrift, um keinen Verdacht zu erregen. Der Geist war erst in letzter Minute zu ihnen gestoßen, und das Schiff hatte planmäßig abgelegt. Nach Ostsee, Nordsee und dem englischen Kanal hatte die *Dragon* dann in der Keltischen See bei 49°

nördlicher Breite und 7° westlicher Länge den Ausgangspunkt der berühmten Transatlantikrouten erreicht und südwestlichen Kurs nach Long Island, New York, eingeschlagen.

Genau genommen hätte nichts an dieser Fahrt das Misstrauen der amerikanischen Behörden wecken dürfen. »Wie hat die Küstenwache das angestellt?«, fragte der Kapitän.

»Was denn?«, entgegnete der Geist zerstreut.

»Uns gefunden. Wie haben sie das geschafft? Es ist völlig unmöglich.«

Der Geist richtete sich auf und trat hinaus in den tobenden Sturm. »Wer weiß?«, rief er über die Schulter zurück. »Vielleicht war es Zauberei.«

... Zwei

»Wir sind ihnen dicht auf den Fersen, Lincoln. Das Boot hält auf die Küste zu, aber wird es sie auch erreichen? O nein, Sir, auf gar keinen Fall. Moment, müsste ich es nicht eigentlich ein ›Schiff‹ nennen? Doch, müsste ich. Es ist zu groß für ein Boot.«

»Keine Ahnung«, sagte Lincoln Rhyme geistesabwesend zu Fred Dellray. »Ich bin weiß Gott nicht oft auf dem Wasser unterwegs.«

Bei der Jagd auf den Geist fungierte der hoch aufgeschossene, schlaksige FBI-Agent Dellray als leitender Vertreter der Bundesbehörden. Weder sein kanariengelbes Hemd noch der schwarze Anzug, dessen Farbe der schimmernden Haut des Mannes entsprach, waren in letzter Zeit gebügelt worden – allerdings sah keiner der Anwesenden besonders ausgeruht aus. Das halbe Dutzend Leute, das sich um Rhyme drängte, hatte während der letzten vierundzwanzig Stunden praktisch in dieser außergewöhnlichen Kommandostelle kampiert – dem Wohnzimmer von Rhymes Haus am Central Park West, das einst ein viktorianischer Salon gewesen war, inzwischen jedoch eher einem forensischen Labor ähnelte, zum Bersten vollgestopft mit Tischen, technischen Geräten, Computern, Chemikalien, Leitungen und Hunderten von Fachbüchern und -zeitschriften.

Dem Team gehörten sowohl Bundesbeamte als auch Angehörige der lokalen Dienststellen an. Zu Letzteren zählte Lieutenant Lon Sellitto vom Morddezernat der New Yorker Polizei, der noch zerknitterter als Dellray und zudem wesentlich stämmiger war. (Er war erst kürzlich zu seiner Freundin nach Brooklyn gezogen – einer begnadeten Köchin, wie der Cop mit wehmütigem Stolz verkündete.) Begleitet wurde er von Eddie Deng, einem jungen sino-amerikanischen Detective aus dem Fünften Revier des New York Police Department, zu dessen Bezirk auch Chinatown gehörte. Deng war von athletischer Statur und auffallend elegant, einschließlich einer Armani-Brille und einer schwarzen Igelfrisur. Man hatte ihn Sellitto vorübergehend als Mitarbeiter zugewiesen; Roland Bell, der eigentliche Partner des massigen Lieutenants, war vor einer Woche mit seinen beiden Söhnen zu einem Familientreffen ins heimatliche North Carolina gefahren. Wie es der

Zufall wollte, hatte er sich dort mit einer ortsansässigen Polizistin namens Lucy Kerr angefreundet und seinen Urlaub daraufhin um ein paar Tage verlängert.

Zu den Bundesvertretern der Gruppe gehörte der Mittfünfziger Harold Peabody, ein mittlerer Beamter von birnenförmiger Gestalt und wachem Verstand, der in der New Yorker Zweigstelle des Immigration and Naturalization Service eine leitende Funktion innehatte. Wie alle Bürokraten, die sich dem Pensionsalter nähern, erzählte Peabody kaum etwas von sich, aber seine weitreichenden Kenntnisse über alle denkbaren Einwanderungsfragen zeugten von einer langjährigen und erfolgreichen Arbeit im Dienst der Behörde.

Im Zuge der aktuellen Ermittlungen war er mehrfach mit Dellray aneinander geraten. Nach dem Zwischenfall mit der *Golden Venture* – bei dem zehn illegale Einwanderer ertranken, als das Schlepperschiff dieses Namens vor Brooklyn auf Grund lief – hatte der Präsident der Vereinigten Staaten angeordnet, dass für größere Fälle von Menschenschmuggel ab sofort nicht mehr der INS, sondern das FBI zuständig sein würde, unterstützt durch die CIA. Die Einwanderungsbehörde kannte sich auf dem Gebiet der Schlangenköpfe und ihrer Schlepperaktivitäten sehr viel besser aus als das FBI und war nicht im Geringsten erfreut darüber, die Zuständigkeit an andere Behörden abzutreten – vor allem nicht an eine, die darauf bestand, Schulter an Schulter mit dem NYPD und, nun ja, *alternativen* Beratern wie Lincoln Rhyme zusammenzuarbeiten.

Als Assistenten hatte Peabody einen jungen INS-Beamten namens Alan Coe mitgebracht, einen Mann Anfang dreißig mit kurz geschorenem, dunkelrotem Haar. Auch Coe gab sich verschlossen, war einerseits tatkräftig, andererseits aber mürrisch und launenhaft. Zu seinem Privatleben äußerte er sich überhaupt nicht, zu seinem Werdegang – abgesehen von dem vorliegenden Fall – nur einsilbig. Rhyme hatte bemerkt, dass Coe Anzüge von der Stange – sie waren zwar halbwegs modisch, aber mit deutlichen Nähten gearbeitet – und staubige schwarze Schuhe mit dicken Gummisohlen trug, als wäre er ein Kaufhausdetektiv, der ständig Ladendieben hinterherhetzen musste. Coe wurde nur dann gesprächig, wenn er zu einem seiner spontanen – und langweiligen – Vorträge über das Übel der illegalen Einwanderung ansetzte. Wie dem auch sei, er arbeitete unermüdlich und war eifrig darauf bedacht, dem Geist das Handwerk zu legen.

Darüber hinaus waren im Verlauf der letzten Woche noch diverse andere Untergebene beider Parteien ein und aus gegangen, um die unterschiedlichsten Botengänge zu erledigen.

Ich komme mir vor wie in der verfluchten Grand Central Station, hatte Lincoln Rhyme in den vergangenen Tagen immer wieder gedacht – und gelegentlich auch laut ausgesprochen.

Jetzt, um Viertel vor fünf an diesem stürmischen Morgen, fuhr er mit seinem batteriebetriebenen Rollstuhl, Modell Storm Arrow, durch den voll gestopften Raum zu der Wandtafel, auf der sie den aktuellen Status des Falls festhielten. Gegenwärtig hing dort eines der wenigen existierenden Fotos des Geists, aufgenommen bei einer Überwachungsaktion und von sehr schlechter Qualität, ein Bild von Sen Zijun, dem Kapitän der *Fuzhou Dragon*, und eine Karte des östlichen Long Island sowie der umliegenden Gewässer.

Vor einigen Jahren hatte Rhyme bei der Untersuchung eines Tatorts einen Unfall erlitten, durch den sein vierter Halswirbel verletzt worden war. Infolge der daraus resultierenden Querschnittslähmung hatte er sich zunächst vollständig von allen Aktivitäten zurückgezogen und sein Bett nicht mehr verlassen. Mittlerweile verbrachte er die Hälfte des Tages in seinem kirschroten Storm Arrow, der sich seit neuestem über ein hochmodernes MKIV-Touchpad lenken ließ, das Lincolns Betreuer Thom im Sortiment von Invacare entdeckt hatte. Rhyme bediente es mit seinem einen noch funktionsfähigen Finger und erhielt dadurch bei der Steuerung des Rollstuhls eine weitaus größere Flexibilität als mit dem alten Strohhalmsystem.

»Wie weit noch bis zur Küste?«, rief er, ohne den Blick von der Karte abzuwenden.

Lon Sellitto, der am Telefon saß, hob den Kopf. »Ich werde mal nachfragen.«

Rhyme arbeitete häufig als Berater für das NYPD, aber meistens ging es dabei um klassische forensische Spurenauswertung – um Kriminalistik, wie es im Jargon der Strafverfolgungsbehörden heutzutage bevorzugt hieß. Dieser neue Auftrag war ungewöhnlich. Vor vier Tagen hatten Sellitto, Dellray, Peabody und der wortkarge Alan Coe ihn in seinem Haus aufgesucht. Rhyme war mit den Gedanken anfangs nicht ganz bei der Sache gewesen – ihn beschäftigte zurzeit vor allem eine nahe bevorstehende Operation –, aber Dellrays eindringliche Bitte hatte schließlich seine Neugier geweckt: »Sie sind unsere letzte

Hoffnung, Linc. Wir stecken in großen Schwierigkeiten und haben nicht die leiseste Ahnung, an wen wir uns sonst wenden könnten.«

»Fahren Sie fort.«

Interpol – die Zentralstelle zur internationalen Koordination der Ermittlungsarbeit in der Verbrechensbekämpfung – hatte eines ihrer berüchtigten Roten Bulletins in Umlauf gebracht. Es ging um den Geist. Nach Aussage mehrerer Informanten war der weltweit gesuchte Schlangenkopf im chinesischen Fuzhou aufgetaucht, von dort erst nach Südfrankreich und dann weiter in irgendeine russische Hafenstadt geflogen, um eine Schiffsladung illegaler chinesischer Auswanderer zu übernehmen, zu denen auch der *bangshou*, der Assistent des Geists zählte – ein Spion, der sich als einer der Emigranten ausgab. Als Zielort vermutete man New York, aber dann war der Mann von der Bildfläche verschwunden, und weder die taiwanesische noch die französische oder russische Polizei konnten ihn aufspüren, desgleichen FBI und INS.

Das einzige Material, das ihnen zur Verfügung stand, hatte Dellray gleich mitgebracht – einen Aktenkoffer mit ein paar persönlichen Habseligkeiten des Geists, die man in seinem französischen Unterschlupf sichergestellt hatte. Der FBI-Agent hoffte, Rhyme würde daraus vielleicht ablesen können, wohin die Spur des Mannes führte.

»Warum dieses allgemeine Interesse?«, hatte Rhyme mit Blick auf die Neuankömmlinge gefragt, die immerhin drei bedeutende Strafverfolgungsbehörden repräsentierten.

»Er ist ein verdammter Soziopath«, antwortete Coe.

Peabodys Antwort fiel etwas maßvoller aus. »Bei dem Geist handelt es sich wahrscheinlich um den gefährlichsten Menschenschmuggler der Welt. Er wird im Zusammenhang mit elf Morden gesucht – zu den Opfern zählen sowohl Emigranten als auch Polizisten und verdeckte Ermittler. Aber wir wissen, dass er noch weitere Menschen umgebracht hat. Die Illegalen werden oft auch als ›Verschwundene‹ bezeichnet – falls sie versuchen, einen der Schlangenköpfe zu hintergehen, beseitigt man sie. Sobald sie sich über irgendetwas beklagen, räumt man sie aus dem Weg. Sie lösen sich einfach für immer in Luft auf.«

»Und er hat mindestens fünfzehn Flüchtlingsfrauen vergewaltigt«, fügte Coe hinzu. »Das jedenfalls sind die Fälle, von denen wir wissen. Ich bin überzeugt, es gibt noch mehr.«

»Hochrangige Schlangenköpfe wie er nehmen normalerweise nicht persönlich an den Überfahrten teil«, erklärte Dellray. »Seine Anwesenheit hat vermutlich einen ganz bestimmten Grund: Er will seinen hiesigen Einflussbereich ausdehnen.«

»Falls ihm die Einreise gelingt, werden Menschen sterben«, sagte Coe. »*Viele* Menschen.«

»Tja, und wieso *ich*?«, fragte Rhyme. »Ich kenne mich mit Menschenschmuggel doch überhaupt nicht aus.«

»Wir haben schon alles ausprobiert, Lincoln, aber leider ohne Erfolg«, sagte der FBI-Agent. »Uns liegen keinerlei persönliche Informationen über den Mann vor, keine guten Fotos, keine Fingerabdrücke. Rein gar nichts. Abgesehen davon.« Er nickte in Richtung des Aktenkoffers.

Rhyme warf einen skeptischen Blick darauf. »Und wohin in Russland ist er geflogen? Können Sie mir eine Stadt nennen? Einen Staat, eine Provinz oder wie auch immer die da drüben organisiert sind? Soweit ich weiß, ist das ein ziemlich großes Land.«

Sellitto hob als Antwort lediglich eine Augenbraue, was zu besagen schien: Wir haben nicht die geringste Ahnung.

»Ich werde sehen, was ich tun kann, aber erwarten Sie bitte keine Wunder.«

Zwei Tage später hatte Rhyme sie alle wieder zu sich gebeten. Thom reichte Agent Coe den Aktenkoffer.

»War etwas Hilfreiches dabei?«, fragte der junge Mann.

»Nein«, entgegnete Rhyme vergnügt.

»Mist«, murmelte Dellray. »Da haben wir wohl Pech gehabt.«

Das reichte Lincoln Rhyme als Stichwort. Er lehnte den Kopf auf das bequeme Kissen zurück, das Thom an dem Rollstuhl befestigt hatte, und begann sogleich mit seinen Ausführungen.

»Der Geist und zirka zwanzig bis dreißig illegale chinesische Auswanderer halten sich an Bord eines Schiffs namens *Fuzhou Dragon* auf, Heimathafen Fuzhou, Provinz Fujian, China. Es handelt sich um ein zweiundsiebzig Meter langes Frachtschiff mit Laderaum und Containerdeck, angetrieben durch zwei Dieselmotoren. Der sechsundfünfzigjährige Kapitän heißt Sen Zi-jun – Sen ist dabei der Nachname – und verfügt über eine siebenköpfige Besatzung. Die *Dragon* ist vor vierzehn Tagen um acht Uhr fünfundvierzig morgens aus dem russischen Hafen von Wyborg ausgelaufen und befindet sich gegenwärtig – das ist jetzt eine Schätzung – knapp fünfhundert Kilometer vor der Küste von New York. Ihr Ziel ist der Hafen von Brooklyn.«

»Wie, zum Teufel, haben Sie das denn herausgefunden?«, rief Coe verblüfft. Sogar Sellitto, der an Rhymes deduktive Fähigkeiten gewöhnt war, lachte unwillkürlich auf.

»Ganz einfach. Zuerst mal bin ich davon ausgegangen, dass diese Leute von Osten nach Westen fahren würden – andernfalls hätten sie auch direkt von China aus aufbrechen können. Ein Freund von mir arbeitet bei der Moskauer Polizei – ein Kriminaltechniker, ich habe mit ihm zusammen einige Aufsätze verfasst. Der weltweit beste Experte für Bodenproben, nebenbei bemerkt. Ich habe ihn gebeten, sich mit den Hafenmeistereien der westrussischen Seehäfen in Verbindung zu setzen. Er hat seine Beziehungen spielen lassen und die Ladungsverzeichnisse sämtlicher chinesischer Schiffe besorgt, die in den letzten drei Wochen dort ausgelaufen sind. Es hat ein paar Stunden gedauert, die Unterlagen mit ihm durchzugehen. Ach, übrigens, Sie können sich schon mal darauf einstellen, die immense Telefonrechnung zu begleichen. Und ich habe ihm gesagt, er soll Ihnen auch die Übersetzung berechnen. *Ich* an seiner Stelle würde das tun. Wie auch immer, wir haben festgestellt, dass nur ein einziges Schiff genügend Treibstoff für eine dreizehntausend Kilometer lange Reise an Bord genommen hat, obwohl die Strecke laut der Dokumente nur sechseinhalbtausend Kilometer betragen sollte. Dreizehntausend Kilometer entsprechen einer Fahrt von Wyborg nach New York und zurück ins englische Southampton, um dort erneut zu tanken. In Brooklyn wurde kein Anlegeplatz reserviert. Man hat vor, den Geist und die Emigranten abzusetzen und sofort wieder nach Europa zurückzufahren.«

»Vielleicht ist denen nur der Treibstoff in New York zu teuer«, warf Dellray ein.

Rhyme zuckte die Achseln – eine der wenigen beiläufigen Gesten, die sein Körper ihm noch gestattete. »Alles in New York ist zu teuer«, lautete sein mürrischer Kommentar. »Aber da ist noch etwas: Das Ladeverzeichnis der *Dragon* besagt, dass sie Industriemaschinen nach Amerika transportiert. In den Papieren muss der aktuelle Tiefgang des Schiffs vermerkt werden, um sicherzustellen, dass der Rumpf in einem zu flachen Hafenbecken nicht auf Grund läuft. Der Tiefgang der *Dragon* wurde mit drei Metern angegeben, wohingegen ein voll beladenes Schiff dieser Größe auf wenigstens siebeneinhalb Meter kommen dürfte. Demnach hatte sie überhaupt keine Ladung an Bord, abgesehen von dem Geist und den Emigranten. Ich gehe von zwanzig bis dreißig Leuten aus, weil die *Dragon* entsprechend viel Trinkwasser und Proviant aufgenommen hat, obwohl die eigentliche Besatzung – wie schon erläutert – aus nur sieben Männern und dem Kapitän besteht.«

»Da hol mich doch der Teufel«, sagte der ansonsten so spröde Harold Peabody mit bewunderndem Grinsen.

Wenig später an jenem Tag machten Beobachtungssatelliten die *Dragon* ungefähr vierhundertfünfzig Kilometer vor der amerikanischen Küste aus, genau wie Rhyme vorhergesagt hatte.

Das Küstenwachboot *Evan Brigant*, ausgestattet mit fünfundzwanzig Mann Besatzung, großkalibrigen Zwillingsmaschinengewehren und einem 80-mm-Geschütz, ging in Bereitschaft, blieb jedoch zunächst auf Distanz, um die *Dragon* näher herankommen zu lassen.

Jetzt – kurz vor Tagesanbruch am heutigen Dienstag – befand sich das chinesische Schiff in amerikanischen Hoheitsgewässern, und die *Evan Brigant* hatte die Verfolgung aufgenommen. Der Plan sah vor, die *Dragon* zu entern und den Geist samt seinem Gehilfen und der Besatzung zu verhaften. Dann sollte die Küstenwache das Schiff in den Hafen von Port Jefferson auf Long Island bringen, von wo aus man die Emigranten bis zur Abschiebung oder dem Asylverfahren in ein Bundesgefängnis überstellen würde.

Von Bord des Küstenwachboots kam ein Funkspruch herein. Thom legte ihn auf den Lautsprecher.

»Agent Dellray? Hier spricht Captain Ransom auf der *Evan Brigant*.«

»Ich höre Sie, Captain.«

»Wir wurden anscheinend bemerkt – deren Radar ist besser, als wir vermutet haben. Das Schiff hält nun geradewegs auf die Küste zu. Wir benötigen neue Anweisungen hinsichtlich unseres Vorgehens. Es besteht Grund zu der Befürchtung, dass ein Enterversuch zu einem Schusswechsel führen könnte. Ich meine, wir wissen ja schließlich, um wen es sich bei diesem Kerl handelt. Vielleicht gibt es Verluste. Kommen.«

»Verluste bei wem?«, fragte Coe. »Bei den Illegalen?« Der verächtliche Tonfall, in dem er dieses Wort aussprach, war nicht zu überhören.

»Genau. Wir haben uns überlegt, das Schiff eventuell nur zum Beidrehen zu zwingen und abzuwarten, bis der Geist sich ergibt. Kommen.«

Dellray hob die Hand und fingerte an der Zigarette herum, die er zur Erinnerung an sein früheres Laster hinter dem Ohr stecken hatte. »Erlaubnis verweigert. Folgen Sie dem ursprünglichen Plan. Stoppen Sie das Schiff, gehen Sie an Bord, und nehmen Sie den Geist fest. Falls nötig, machen Sie von Ihren Waffen Gebrauch. Bitte bestätigen Sie.«

Der junge Mann zögerte kurz mit der Antwort. »Bestätigt, Sir. Ende und Aus.«

Damit war das Gespräch beendet, und Thom schaltete den Lautsprecher wieder ab. In der folgenden Stille machte sich fühlbare Anspannung im Raum breit. Sellitto fuhr sich mit den Handflächen über die zerknitterten Hosenbeine und rückte dann die Dienstwaffe an seinem Gürtel zurecht. Dellray ging auf und ab. Peabody rief in der INS-Zentrale an, um den Leuten dort mitzuteilen, dass er ihnen nichts mitzuteilen hatte.

Kurz darauf klingelte das Telefon an Rhymes Privatanschluss. Thom zog sich in eine Ecke des Zimmers zurück und nahm den Anruf entgegen. Er hörte einen Moment zu und hob dann den Kopf. »Lincoln, es ist Dr. Weaver. Wegen der Operation.« Er ließ den Blick über die nervösen Beamten schweifen. »Ich sage ihr, dass du zurückrufst.«

»Nein«, widersprach Rhyme entschieden. »Ich möchte *jetzt* mit ihr reden.«

… Drei

Die Windstärke hatte noch zugenommen, und die Wogen türmten sich hoch über der unerschrockenen *Fuzhou Dragon* auf.

Der Geist hasste Schiffsfahrten, denn er war an Luxushotels mit umfassendem Service gewöhnt, und Schleppertransporte waren eine dreckige, ölige, kalte und gefährliche Angelegenheit. Die Menschheit hat es bis jetzt nicht geschafft, das Meer zu zähmen, und es wird ihr auch nie gelingen, dachte er. Der Ozean ist eine eisige Todesfalle.

Sein Blick suchte das Achterdeck des Schiffs ab, aber sein *bangshou* war nirgendwo zu entdecken. Er wandte sich nach vorn, kniff die Augen zusammen und vermochte im Sturm noch immer kein Land auszumachen, lediglich weitere rastlose Berge aus schwarzem Wasser. Er kletterte auf die Brücke und klopfte an die Scheibe der hinteren Tür. Kapitän Sen blickte auf, und der Geist winkte ihn zu sich.

Sen zog sich eine Strickmütze über die Ohren und trat pflichtgetreu hinaus in den Regen.

»Die Küstenwache wird bald hier sein«, brüllte der Geist, um das Heulen des Windes zu übertönen.

»Nein«, erwiderte Sen. »Ich kann dicht genug ans Ufer gelangen, um die Leute abzusetzen, und zwar noch bevor sie uns einholen.«

Doch der Geist sah ihn ungerührt an. »Sie werden jetzt Folgendes tun. Die Brückenbesatzung bleibt an ihrem Platz, aber Sie und der Rest der Mannschaft begeben sich nach unten zu den Ferkeln. Verstecken Sie sich dort, und sorgen Sie dafür, dass auch alle anderen im Laderaum sich irgendein Schlupfloch suchen.«

»Aber warum?«

»Weil Sie ein guter Mensch sind«, erklärte der Geist. »Zu gut, um zu lügen. Ich werde vorgeben, der Kapitän zu sein, denn ich kann einem Mann ins Gesicht sehen, und er wird mir glauben, was ich ihm erzähle. Sie können das nicht.«

Der Geist nahm Sen die Mütze ab. Im ersten Moment wollte der Kapitän danach greifen, aber dann ließ er die Hand wieder sinken. Der Geist setzte die Mütze auf. »So«, sagte er ernst. »Sehe ich wie ein Kapitän aus? Ich schätze, ich gebe einen recht guten Kapitän ab.«

»Die *Dragon* ist mein Schiff.«

»Nein«, widersprach der Geist. »Auf dieser Reise ist sie *mein* Schiff. Immerhin zahle ich bar und in Grün.« Amerikanische Dollars waren sehr viel wertvoller und vielseitiger einsetzbar als die chinesischen Yuan, mit denen die meisten der niederen Schlangenköpfe zu bezahlen pflegten.

»Sie wollen sie doch nicht etwa angreifen, oder? Die Küstenwache, meine ich.«

Der Geist lachte ungehalten auf. »Wie sollte ich das wohl bewerkstelligen? Es dürften mehrere Dutzend Männer sein.« Er nickte in Richtung der Matrosen auf der Brücke. »Weisen Sie Ihre Leute an, meine Befehle zu befolgen.« Als Sen zögerte, beugte der Geist sich vor und fixierte ihn mit einem ruhigen, aber eiskalten Blick, der praktisch nie seine einschüchternde Wirkung verfehlte. »Möchten Sie mir noch etwas sagen?«

Sen senkte den Kopf und kehrte dann auf die Brücke zurück, um seine Männer zu instruieren.

Der Geist wandte sich wieder dem Heck der *Dragon* zu und hielt abermals nach seinem Gehilfen Ausschau. Dann zog er sich die Mütze tiefer ins Gesicht und betrat die Brücke, um auf dem schlingernden Schiff das Kommando zu übernehmen.

Bei den zehn Richtern der Hölle …

Der Mann kroch auf dem Oberdeck zum Achterschiff, steckte den Kopf über die Reling der *Fuzhou Dragon* und fing erneut an zu würgen.

Seit Ausbruch des Sturms hatte er die ganze Nacht neben einem der Rettungsboote gelegen und war nun dem stinkenden Laderaum entflohen, um seinen Körper von der Disharmonie zu befreien, die durch die wogende See hervorgerufen wurde.

Bei den zehn Richtern der Hölle, schoss es ihm ein weiteres Mal durch den Kopf. Das ständige Schaukeln ließ seine Eingeweide revoltieren. Ihm war kalt, und er fühlte sich so elend wie noch nie in seinem Leben. Langsam rutschte er an dem rostigen Geländer hinunter und schloss die Augen.

Er hieß Sonny Li, wenngleich sein Vater ihm einst rücksichtslos den Namen Kangmei gegeben hatte, was übersetzt »Bekämpfe Amerika« bedeutete. Während Maos Regierungszeit war es üblich gewesen, den

Kindern solche politisch korrekten – und furchtbar peinlichen – Vornamen zu verpassen. Später aber hatte er es den vielen anderen chinesischen Jugendlichen aus den Küstenprovinzen Fujian und Guangdong gleichgetan und zusätzlich einen westlichen Rufnamen angenommen. Die Jungs in seiner Gang hatten ihm den Namen verliehen: Sonny, nach dem gefährlichen, übellaunigen Sohn von Don Corleone in dem Film *Der Pate*.

Wie sein Namensvetter hatte auch Sonny Li viel Gewalt erlebt – und ausgeübt –, aber nichts und niemandem war es je gelungen, ihn buchstäblich so in die Knie zu zwingen wie diese Seekrankheit.

Bei den Richtern der Hölle…

Li war bereit, seine Reise in die Unterwelt anzutreten. Er würde sämtliche Missetaten gestehen, all die Schande, die er seinem Vater bereitet hatte, all die Dummheiten, all den Schmerz. Soll der Gott T'ai'shan mir ruhig einen Platz in der Hölle zuweisen. Wenn doch nur diese beschissene Übelkeit verschwinden würde! Erschöpft nach zwei Wochen karger Mahlzeiten und verwirrt durch den Schwindel hatte er plötzlich den Eindruck, das Meer sei nur deswegen so in Aufruhr, weil ein gewaltiger Drache sich ungehemmt austobte. Am liebsten hätte Sonny seine schwere Pistole aus der Tasche gezogen und dem Vieh einen Schuss nach dem anderen in den Wanst gejagt.

Er drehte sich um, schaute zur Brücke des Schiffs und glaubte dort den Geist zu entdecken, aber dann krampfte sich unvermittelt sein Magen zusammen, und Li musste sich wieder über die Reling beugen. Er vergaß den Schlangenkopf, vergaß das gefährliche Leben, das er in Fujian geführt hatte, vergaß alles außer den zehn Richtern der Hölle, die schadenfroh ihre Dämonen anwiesen, seinen sterbenden Leib mit ihren Speeren zu durchbohren.

Er fing von neuem an zu würgen.

Die hoch gewachsene Frau lehnte an ihrem Wagen und gab ein farblich überaus kontrastreiches Bild ab: das rote Haar, das vom heftigen Wind gepeitscht wurde, das Gelb des alten Chevy Camaro, der schwarze Waffengürtel aus Nylon, in dessen Holster an ihrer Hüfte eine ebenso schwarze Pistole steckte.

Amelia Sachs trug Jeans und eine Kapuzenjacke, auf deren Rücken die Worte NYPD SPURENSICHERUNG standen. Ihr Blick war auf das aufgewühlte Hafenbecken bei Port Jefferson an der Nordküste von

Long Island gerichtet. Dann nahm sie ihre nähere Umgebung in Augenschein. Die Einwanderungsbehörde, das FBI, die Polizei des Suffolk County und Amelias eigene Truppe hatten einen Parkplatz abgesperrt, der an einem durchschnittlichen Augusttag normalerweise von den Autos zahlloser Badegäste übergequollen wäre. Heute bei diesem Tropensturm würde sich aber vermutlich kein einziger Urlauber am Strand blicken lassen.

In der Nähe waren zwei große vergitterte Häftlingsbusse geparkt, die der INS bei der Strafvollzugsbehörde ausgeliehen hatte, ein halbes Dutzend Krankenwagen und vier Kleinbusse mit den Vertretern der verschiedenen Dienststellen. Sofern alles nach Plan verlief, würde die *Dragon* sich bei ihrem Eintreffen in der Gewalt der Mannschaft der *Evan Brigant* befinden und der Geist samt seinem Assistenten wären verhaftet. Allerdings musste zwischen dem Moment, in dem der Geist das Küstenwachboot bemerkte, und der tatsächlichen Enterung zwangsläufig eine gewisse Frist verstreichen – schlimmstenfalls bis zu vierzig Minuten. Dadurch erhielten der Geist und sein *bangshou* jede Menge Zeit, sich unter die illegalen Einwanderer zu mischen und Waffen am Körper zu verstecken, wie die Schlangenköpfe es häufig taten. Die Küstenwache würde es vielleicht nicht schaffen, alle Passagiere und das gesamte Schiff vor dem Einlaufen in den Hafen gründlich zu durchsuchen, sodass der Schlangenkopf und ein paar Besatzungsmitglieder eventuell versuchen könnten, sich den Weg freizuschießen.

Vor allem Sachs würde ein großes Wagnis eingehen, denn ihre Aufgabe war es, das gesamte Schiff nach Spuren abzusuchen, mit denen sich die diversen Anklagen gegen den Geist untermauern ließen. Ferner suchte man nach Hinweisen auf seine Komplizen. Wenn es sich um den Fundort einer Leiche oder den Schauplatz eines Raubüberfalls handelte, so war der Täter längst geflohen, und der Beamte der Spurensicherung setzte sich keiner nennenswerten Gefahr aus. Sobald der zu untersuchende Tatort jedoch zugleich der Ort des Zugriffs war, wobei man weder die genaue Zahl der Täter noch deren Aussehen kannte, entstand eine potentiell riskante Situation, besonders im Fall von Menschenschmugglern, die meist schwer bewaffnet waren.

Amelias Mobiltelefon klingelte. Sie ließ sich auf den straff gepolsterten Sitz des Chevy fallen und nahm den Anruf entgegen.

Es war Rhyme.

»Wir stehen alle bereit«, teilte sie ihm mit.

»Man hat auf dem Schiff anscheinend etwas spitzgekriegt, Sachs«, sagte er. »Mittlerweile hält die *Dragon* in gerader Linie auf das Ufer zu. Die Küstenwache dürfte sie noch rechtzeitig abfangen können, aber wir gehen davon aus, dass der Geist es auf einen Kampf ankommen lassen wird.«

Sie dachte an die armen Menschen an Bord.

Als Rhyme nicht weitersprach, wagte Sachs eine Frage. »Hat sie angerufen?«

Er zögerte. »Ja«, sagte er dann. »Vor ungefähr zehn Minuten. Sie kann den Eingriff nächste Woche im Manhattan Hospital vornehmen. Wegen der Einzelheiten wird sie sich noch einmal melden.«

»Aha«, sagte Sachs.

Die Frau, von der sie sprachen, war Dr. Cheryl Weaver, eine renommierte Neurochirurgin, die für ein Semester aus North Carolina nach New York gekommen war, um am Manhattan Hospital zu lehren. Es war ein experimenteller Eingriff, dem Rhyme sich unterziehen wollte – eine Operation, die seine Lähmungserscheinungen unter Umständen bessern würden.

Eine Operation, von der Sachs nicht unbedingt begeistert war.

»An eurer Stelle würde ich noch ein paar zusätzliche Krankenwagen anfordern«, sagte Rhyme. Er klang wieder ziemlich sachlich – es gefiel ihm nicht, wenn mitten bei der Arbeit persönliche Themen zur Sprache kamen.

»Ich kümmere mich darum.«

»Das war vorerst alles, Sachs.«

Er legte auf.

Amelia lief durch den strömenden Regen zu einem der Staatspolizisten und veranlasste die Bereitstellung weiterer Ambulanzen. Dann kehrte sie zu ihrem Chevy zurück, nahm auf dem Schalensitz Platz und lauschte dem Prasseln der großen Tropfen auf Windschutzscheibe und Faltdach. In der feuchten Luft roch der Innenraum nach Plastik, Motoröl und alter Auslegeware.

Rhymes bevorstehende Operation ließ Amelia an eine Unterredung denken, die sie kürzlich mit einem anderen Arzt geführt hatte, der nicht an diesem Rückenmarkseingriff beteiligt war. Sie wollte sich eigentlich nicht an das Gespräch erinnern, aber es geschah ganz automatisch.

Zwei Wochen zuvor hatte Amelia Sachs im Aufenthaltsraum eines

Krankenhauses vor dem Kaffeeautomaten gestanden, nur wenige Meter von dem Zimmer entfernt, in dem Lincoln Rhyme währenddessen untersucht wurde. Sie wusste noch, wie auffallend scheußlich ihr die gleißenden Strahlen der Julisonne auf dem grün gefliesten Boden vorgekommen waren. Der Mann in dem weißen Kittel hatte den Raum betreten und Amelia angesprochen. »Ah, Miss Sachs. Hier stecken Sie also.« Sein ernster Tonfall hatte sie frösteln lassen.

»Hallo, Doktor.«

»Ich habe gerade mit Lincoln Rhymes Arzt gesprochen.«

»Ja?«

»Und jetzt muss ich unbedingt mit Ihnen reden.«

Das Herz hatte ihr bis zum Hals geklopft. »Das klingt nach schlechten Neuigkeiten, Doktor.«

»Wollen wir uns nicht da drüben in die Ecke setzen?«, hatte er gefragt und dabei nicht wie ein Arzt, sondern eher wie ein Bestattungsunternehmer gewirkt.

»Nein, es geht schon«, hatte sie entschlossen erwidert. »Raus mit der Sprache. Was ist los?«

Eine Windbö ließ den Wagen erzittern, und Amelia schaute abermals hinaus in das Hafenbecken und auf den langen Pier, an dem die *Fuzhou Dragon* anlegen würde.

Schlechte Neuigkeiten.

Raus mit der Sprache. Was ist los? …

Sachs stellte ihr Funkgerät auf die sichere Frequenz der Küstenwache ein, nicht nur, um über den weiteren Verlauf der Ereignisse unterrichtet zu bleiben, sondern auch, weil sie nicht länger an diesen blendend hellen Aufenthaltsraum denken wollte.

»Wie weit noch bis zur Küste?«, fragte der Geist die beiden Matrosen, die sich außer ihm auf der Brücke befanden.

»Anderthalb Kilometer, vielleicht etwas weniger.« Der schlanke Mann am Ruder warf dem Geist einen kurzen Blick zu. »Direkt vor den Untiefen drehen wir ab und versuchen, die geschützte Bucht zu erreichen.«

Der Geist starrte angestrengt in Fahrtrichtung. Als das Schiff auf einen Wellenkamm gehoben wurde, konnte er am Horizont das hellgraue Festland als schmalen Strich ausmachen. »Bleiben Sie exakt auf Kurs«, befahl er. »Ich bin gleich wieder zurück.«

Er atmete tief durch und ging nach draußen. Wind und Regen schlugen ihm ins Gesicht. Der Geist stieg aufs Containerdeck hinunter, dann noch ein Deck tiefer, bis er die Stahlluke zum Frachtraum erreichte. Er trat ein und ließ den Blick über die Ferkel schweifen. Besorgt und verängstigt sahen sie zu ihm hinauf. Die jämmerlichen Männer, die verwahrlosten Frauen, die dreckigen Kinder – darunter sogar ein paar nutzlose Mädchen. Weshalb nur hatten ihre dämlichen Familien sich überhaupt die Mühe gemacht, sie mitzuschleppen?

»Was gibt's?«, fragte Kapitän Sen. »Ist das Boot der Küstenwache in Sicht?«

Der Geist antwortete nicht, sondern hielt zwischen den Ferkeln nach seinem *bangshou* Ausschau. Vergebens. Wütend wandte er sich ab.

»Warten Sie«, rief der Kapitän.

Der Schlangenkopf verließ den Laderaum und schloss die Tür. »*Bangshou*!«, brüllte er.

Keine Reaktion. Ein zweites Mal würde er nicht nach dem Mann rufen. Zunächst sicherte er die Verriegelung, sodass die Luke des Frachtraums nicht mehr von innen geöffnet werden konnte. Danach eilte er zu seiner Kabine, die sich auf dem Brückendeck befand. Während er die Stufen hinaufstieg, zog er ein verschrammtes Plastikkästchen aus der Tasche, das wie der Garagentoröffner seines luxuriösen Hauses in Xiamen aussah.

Er klappte den Deckel hoch und drückte erst einen Knopf, dann noch einen. Das Funksignal raste zwei Decks hinab zu dem Matchbeutel, den er im Achterladeraum unterhalb der Wasserlinie deponiert hatte. Es schloss einen Stromkreis und sandte den elektrischen Impuls einer Neun-Volt-Batterie an eine Zündkapsel, die in zwei Kilo C4-Sprengstoff steckte.

Die Explosion war gewaltig, viel stärker, als er erwartet hatte, und ließ eine Gischtfontäne aufsteigen, die bis weit über die höchsten Wellen reichte.

Der Geist wurde von der Treppe aufs Hauptdeck geschleudert. Benommen blieb er auf der Seite liegen.

Zu viel!, wurde ihm klar. Die Ladung war nicht richtig bemessen gewesen. Schon jetzt führte das eindringende Meerwasser dazu, dass die *Dragon* Schlagseite bekam. Ursprünglich hatte der Geist mit einer halben Stunde bis zum Untergang gerechnet, aber stattdessen würde es nur wenige Minuten dauern. Er sah zum Brückendeck, wo in der kleinen Kabine sein Geld und seine Waffen lagen. Dann suchte sein Blick ein letztes Mal die anderen Decks nach dem *bangshou* ab, aber der Kerl war nirgendwo zu entdecken. Es blieb keine Zeit mehr. Der Geist stand auf, arbeitete sich über das Containerdeck bis zum nächsten Schlauchboot vor und löste die Haltetaue.

Schlingernd legte die *Dragon* sich ein weiteres Stück auf die Seite.

… Vier

Der Knall war ohrenbetäubend gewesen – als würden hundert Schmiedehämmer gleichzeitig auf ein Eisen treffen.

So gut wie alle Leute im Laderaum waren auf den kalten, nassen Boden gestürzt. Sam Chang rappelte sich auf und zog seinen jüngsten Sohn aus der öligen Pfütze, in der dieser gelandet war. Dann half er seiner Frau und seinem alten Vater auf die Beine.

»Was ist passiert?«, rief er Kapitän Sen zu, der sich quer durch die panische Menge in Richtung der Tür drängte, die aufs Oberdeck führte. »Sind wir auf einen Felsen aufgelaufen?«

»Nein, das war kein Felsen«, rief der Kapitän zurück. »Das Wasser ist hier dreißig Meter tief. Entweder hat der Geist das Schiff gesprengt oder die Küstenwache feuert auf uns. Ich weiß es nicht.«

»Was ist los?«, fragte ein entsetzter Mann, der in der Nähe von Chang saß. Er hieß Wu Qichen und war der Vater der Familie, die im Frachtraum unmittelbar neben den Changs Quartier bezogen hatte. Seine Frau lag teilnahmslos auf der nächsten Pritsche. Sie hatte Fieber bekommen und während der ganzen Reise apathisch ausgeharrt. Sogar jetzt schien sie die Explosion und das folgende Chaos kaum registriert zu haben. »Was ist denn bloß los?«, wiederholte Wu mit schriller Stimme.

»Wir sinken!«, rief der Kapitän, packte die Riegel der Tür und versuchte vergeblich, die Luke zu öffnen. »Er hat uns eingesperrt!«

Einige Flüchtlinge, Männer wie Frauen, fingen lauthals an zu jammern und wiegten sich vor und zurück; Kinder standen starr vor Angst, während Tränen über ihre schmutzigen Wangen liefen. Sam Chang und einige der Matrosen gesellten sich zu Sen und zerrten mit vereinten Kräften an den Riegeln, aber die dicken Metallstangen gaben keinen Millimeter nach.

Chang bemerkte, dass ein Koffer, der auf dem Boden des Laderaums stand, wie in Zeitlupe umkippte und das Wasser aufspritzen ließ; die *Dragon* bekam schwere Schlagseite. Zwischen den Fugen der Stahlplatten drang kaltes Wasser ein. Die Lache, aus der er seinen Sohn gezogen hatte, war mittlerweile einen halben Meter tief. Mehrere Leute rutschten schreiend aus und landeten mit rudernden Armen zwischen Abfall, Gepäckstücken, Nahrungsmitteln, Pappbechern und Papierfetzen.

Verzweifelte Männer, Frauen und Kinder fielen sich um den Hals, schluchzten, schrien um Hilfe, beteten oder unternahmen den aussichtslosen Versuch, mit ihren Koffern Löcher in das Metall der Wände zu rammen. Die Frau mit dem vernarbten Gesicht umklammerte ihre kleine Tochter auf genau die gleiche Weise wie das Mädchen ein fleckiges, gelbes Pokémon-Stofftier an sich drückte. Beide weinten.

Ein lautes Ächzen des sterbenden Schiffs hallte durch die verbrauchte Luft, und das schmutzig braune Wasser stieg unablässig.

Die Männer an der Luke erzielten keinerlei Fortschritte. Chang strich sich das Haar aus der Stirn. »Das funktioniert nicht«, sagte er zu Sen. »Wir brauchen einen anderen Weg nach draußen.«

»Im hinteren Teil des Frachtraums befindet sich ein verschraubter Zugang zum Maschinenraum«, entgegnete der Kapitän. »Genau dort wurde allerdings der Rumpf beschädigt, also werden wir den Deckel vermutlich nicht aufbekommen, weil auf der anderen Seite der Druck zu hoch ist.«

»Wo genau?«, fragte Chang.

Der Kapitän zeigte auf die Stelle, eine kleine Öffnung, versperrt durch eine Platte mit vier Schrauben. Sie war gerade groß genug, dass eine Person hindurchsteigen konnte. Er und Chang hielten darauf zu und hatten Mühe, auf dem schrägen Boden nicht das Gleichgewicht zu verlieren. Der schmächtige Wu Qichen half seiner kranken Frau auf die Beine, die einen Anfall von Schüttelfrost erlitt. Chang beugte sich kurz zu seiner eigenen Frau hinunter. »Hör gut zu«, sagte er. »Du musst dafür sorgen, dass unsere Familie dicht beieinander bleibt. Halt dich an diesem Durchgang immer in meiner Nähe.«

»Jawohl.«

Dann schloss Chang zu dem Kapitän auf, und mit Hilfe von Sens Taschenmesser schafften sie es, die Schrauben zu lösen. Chang versetzte dem Deckel einen festen Stoß, woraufhin dieser ohne Widerstand in den Maschinenraum fiel. Auch dort war Wasser eingedrungen, aber es stand niedriger als im Laderaum. Chang konnte die steile Treppe zum Oberdeck erkennen.

Sobald die anderen den offenen Durchgang bemerkten, drängten sie unter lautem Geschrei panisch vorwärts, sodass einige an die Stahlwand gepresst wurden. Chang schlug zwei der Männer mit der Faust nieder. »Nein!«, brüllte er. »Einer nach dem anderen, sonst werden wir alle sterben.«

Ein paar Flüchtlinge wollten sich mit verzweifeltem Blick auf ihn stürzen, aber der Kapitän stellte sich ihnen in den Weg und schwang drohend das Messer. Sie wichen zurück. Nebeneinander standen Sen und Chang der gesamten Schar gegenüber. »Einer nach dem anderen«, wiederholte der Kapitän. »Durch den Maschinenraum und die Stufen hinauf. An Deck befinden sich Rettungsboote.« Er nickte den Leuten zu, die direkt vor der Öffnung standen, und sie krabbelten hindurch. Der Erste war John Sung, ein Arzt und Dissident, mit dem Chang sich während der Reise des Öfteren unterhalten hatte. Er kniete sich auf die andere Seite des Durchgangs und half den Nachfolgenden. Ein junges Ehepaar stieg hindurch und lief zur Treppe.

Der Kapitän sah Chang an und nickte. »Gehen Sie!«

Chang gab zunächst seinem Vater Chang Jiechi einen Wink, und der alte Mann kroch nach nebenan. John Sung nahm seinen Arm und stützte ihn. Dann folgten Changs Söhne: der halbwüchsige William und der achtjährige Ronald; danach seine Frau. Chang ging als Letzter und bedeutete seiner Familie, über die Stufen nach oben zu klettern. Er blieb zurück, um Sung zu helfen.

Familie Wu kam als Nächste: Qichen, seine kranke Frau, die Tochter und der kleine Sohn.

Chang streckte die Hand aus, um den nächsten Flüchtling in Empfang zu nehmen, aber zwei der Matrosen drängten sich vor. Kapitän Sen wollte sie zurückhalten. »Noch habe ich hier das Kommando«, schimpfte er. »Die *Dragon* ist *mein* Schiff. Zuerst die Passagiere.«

»Passagiere? Du Idiot, das ist doch höchstens Ungeziefer!«, schrie einer der Männer, schubste die narbengesichtige Mutter und ihre kleine Tochter beiseite und stieg durch die Öffnung. Der andere folgte ihm auf dem Fuß, stieß Sung zu Boden und rannte zur Treppe. Chang half dem Doktor auf die Beine. »Es ist nichts passiert«, rief dieser, schloss die Hand um den Talisman, der um seinen Hals hing, und murmelte ein kurzes Gebet. Chang hörte den Namen von Chen-wu, dem Gott des Nordhimmels und Beschützer vor Verbrechern.

Die *Dragon* erbebte spürbar und legte sich noch ein wenig schneller auf die Seite. In den Laderaum drang immer mehr Wasser ein, was an der Öffnung zu einem starken Durchzug entweichender Luft führte, der mit herzzerreißendem Stöhnen einherging, vermischt mit einem gurgelnden Geräusch. Sie sinkt, dachte Chang. Höchstens noch ein paar Minuten. Hinter sich hörte er etwas zischen und prasseln. Er hob den Kopf und sah, dass Wasser über die Stufen strömte und sich auf die riesigen, öligen Motoren ergoss. Eine der Maschinen stellte den Betrieb ein, und das Licht ging aus. Dann verstummte auch das zweite Aggregat.

John Sung verlor den Halt und rutschte quer über den Boden gegen die Wand. »Fliehen Sie!«, rief Chang ihm zu. »Wir können hier nichts mehr tun.«

Der Doktor nickte, taumelte zur Treppe und kletterte hinaus. Chang hingegen wandte sich wieder dem Durchgang zu, um vielleicht doch noch ein oder zwei Leben zu retten. Der Anblick ließ ihn schaudern: Aus der Öffnung schoss Wasser, und aus dem Wasser reckten sich ihm verzweifelt vier Arme entgegen, die hektisch nach Hilfe tasteten. Chang packte die Hand eines der Männer, aber der Flüchtling war so zwischen den anderen eingeklemmt, dass er ihn nicht loszureißen vermochte. Die Hand erzitterte einmal, und dann erschlaffte ihr Griff. In der sprudelnden Flut, die blubbernd in den Maschinenraum drang, konnte Chang einmal kurz Sens Gesicht erkennen. Er wollte ihm nach draußen helfen, aber der Kapitän verschwand wieder in der Schwärze des Laderaums. Wenige Sekunden später schwamm der kahlköpfige Mann jedoch zu dem Durchgang zurück und stieß etwas in Changs Richtung.

Was war das?

Chang hielt sich an einem Rohr fest, um nicht weggespült zu werden, und griff in das schäumende Wasser. Seine kräftige Hand schloss sich um ein Stück Stoff und zog es zwischen den leblos aus der Öffnung ragenden Armen nach oben. Es war ein kleines Kind, die Tochter der Frau mit dem Narbengesicht. Das Mädchen hustete und spuckte, war aber bei Bewusstsein. Chang drückte die Kleine fest an seine Brust, ließ das Rohr los, glitt durch das Wasser bis zur Wand und schwamm zu den Stufen, wo er durch den eisigen Wasserfall an Deck kletterte.

Oben stockte ihm vor Schreck der Atem – das Heck des Schiffs war nahezu vollständig im Meer versunken, und die stürmischen Wogen überspülten bereits das halbe Achterdeck. Wu Qichen, Changs Vater und seine beiden Söhne mühten sich dort hinten an dem Haltetau eines der großen orangefarbenen Schlauchboote ab. Es schwamm bereits und würde bald ebenfalls überspült werden. Chang stolperte vorwärts, reichte das Kind seiner Frau und versuchte den anderen zu helfen, doch kurz darauf befand der Knoten des Taus sich unter Wasser. Chang tauchte und zerrte vergebens daran, bis seine Muskeln vor Anstrengung zuckten. Dann erschien plötzlich eine andere Hand vor seinen Augen. Sein Sohn William streckte ihm ein langes, scharfes Messer entgegen, das wohl irgendwo auf dem Deck gelegen hatte. Chang nahm es und säbelte an dem Seil herum, bis es sich endlich löste.

Dann tauchten die beiden wieder auf und halfen keuchend Changs Familie, den Wus, John Sung und dem anderen Ehepaar an Bord des Boots, das durch die hohen Wellen sofort von der *Dragon* abgetrieben wurde.

Chang kroch ins Heck und zog an der Reißleine des Außenborders, aber ohne Erfolg. Sie mussten den Motor so schnell wie möglich starten, denn sonst würde das Schlauchboot bei diesem Seegang innerhalb weniger Sekunden kentern. Hastig riss Chang die Leine mehrmals hintereinander bis zum Anschlag heraus, und schließlich sprang die Maschine an.

Chang packte die Lenkstange und richtete das kleine Boot unverzüglich quer zu den Wogen aus. Es bäumte sich heftig auf, aber es kippte nicht um. Er beschleunigte und fuhr dann einen vorsichtigen Kreis, um durch Gischt und Regen zurück zu dem sinkenden Schiff zu gelangen.

»Was haben Sie vor?«, fragte Wu.

»Die anderen«, rief Chang. »Wir müssen die anderen finden. Ein paar haben vielleicht …«

In diesem Augenblick zischte kaum einen Meter entfernt eine Kugel an ihnen vorbei.

Der Geist war außer sich vor Wut.

Er stand am Bug der sinkenden *Fuzhou Dragon*, die Hand auf dem Taljereep des vorderen Rettungsboots, und starrte aufs Meer hinaus, wo er fünfzig Meter hinter sich soeben einige dieser verdammten Ferkel entdeckt hatte, denen irgendwie die Flucht gelungen war.

Er schoss noch einmal. Wieder daneben. Aus dieser Entfernung und bei einer solch tobenden See war es unmöglich, mit einer Pistole einen gezielten Treffer zu landen. Finster sah er zu, wie die Leute hinter der *Dragon* und somit aus seinem Sichtfeld verschwanden. Der Geist schaute zum Brückendeck, wo in seiner Kabine die Maschinenpistole und das Geld lagen: mehr als hunderttausend, bar und in Grün. Einen Moment überlegte er, ob es ihm wohl noch gelingen würde, die Kabine zu erreichen.

Wie als Antwort darauf entwich brodelnd eine gewaltige Luftmasse aus dem Rumpf des Schiffs, das sich sogleich weiter auf die Seite legte und noch schneller sank.

Nun ja, der Verlust tat zwar weh, aber er war es nicht wert, das eigene Leben dafür zu riskieren. Der Geist stieg in das Rettungsboot und ruderte ein Stück von der *Dragon* weg. Dann kniff er die Augen zusammen und suchte sorgfältig das umliegende Wasser ab. Zwei Köpfe tanzten auf den Wellen, vier Arme winkten hektisch mit vor Panik gespreizten Fingern.

»Hier, hier!«, rief der Geist. »Ich rette euch!« Die Männer wandten sich in seine Richtung und reckten sich verzweifelt aus dem Wasser, damit er sie besser sehen konnte. Es waren die beiden Matrosen, die mit ihm auf der Brücke geblieben waren. Erneut hob der Geist seine chinesische Militärpistole, eine Modell 51 Automatik, und tötete die Männer mit jeweils einem Schuss.

Dann ließ der Geist den Außenbordmotor an, drehte eine kleine Runde und suchte ein letztes Mal nach seinem *bangshou*. Nichts. Sein Gehilfe war ein kaltblütiger Mörder und hatte sogar im dichtesten Kugelhagel keine Angst, aber außerhalb seiner gewohnten Umgebung stellte der Mann sich manchmal ziemlich unbeholfen an. Wahrscheinlich war er ins Wasser gefallen und ertrunken, weil er seine schwere Pistole samt Munition nicht wegwerfen wollte. Na gut, der Geist hatte noch mehr zu erledigen. Er richtete den Bug des Boots auf die Stelle aus, an der er vor kurzem die Ferkel gesehen hatte, und gab kräftig Gas.

Es war ihm keine Zeit geblieben, sich nach einer Rettungsweste umzusehen.

Es war ihm für überhaupt nichts mehr Zeit geblieben.

Unmittelbar nachdem die Explosion den rostigen Rumpf der *Dragon* erschüttert und Sonny Li bäuchlings zu Boden geschleudert hatte, neigte das Schiff sich zur Seite. Wasser strömte über das Deck, zog ihn gnadenlos mit sich, und plötzlich fand er sich neben dem Schiff wieder, ganz allein mitten im Meer, hilflos den riesigen Wogen ausgeliefert.

Bei den zehn beschissenen Richtern der Hölle, schoss es ihm wütend auf Englisch durch den Kopf.

Das Wasser war kalt, wuchtig, atemberaubend salzig. Die Wellen drehten ihn auf den Rücken, hoben ihn empor und tauchten ihn unter. Li strampelte zur Oberfläche und hielt nach dem Geist Ausschau, aber durch den Schleier aus Regen und Gischt sah er so gut wie gar nichts. Er schluckte einen Mund voll von dem abscheulichen Wasser und musste hustend nach Luft schnappen. Da er für gewöhnlich drei Schachteln Zigaretten am Tag rauchte und literweise Tsingtao-Bier und *mao-tai* trank, war er bald erschöpft, und die selten strapazierten Muskeln seiner Beine verkrampften sich schmerzhaft.

Widerstrebend griff er zum Gürtel und zog seine automatische Pistole. Kaum hatte er losgelassen, versank die Waffe auch schon in der Tiefe. Dann entledigte er sich der drei gefüllten Magazine, die in seiner Gesäßtasche steckten. Dadurch schwamm es sich ein wenig leichter, aber es war noch nicht genug. Er brauchte eine Rettungsweste, irgendetwas, das von selbst an der Oberfläche trieb und ihm die Last abnehmen würde, sich aus eigener Kraft über Wasser zu halten.

Auf einmal glaubte er, einen Außenbordmotor zu hören, und sah sich hektisch nach allen Richtungen um. In dreißig Metern Entfernung fuhr ein orangefarbenes Schlauchboot vorbei. Sonny hob den Arm, aber da erwischte ihn beim Einatmen eine Welle im Gesicht, und seine Lunge füllte sich mit stechendem Wasser.

Brennender Schmerz durchzuckte seine Brust.

Luft… ich brauche Luft.

Die nächste Woge traf ihn. Er sank unter die Oberfläche und konnte dem mächtigen Sog der grauen Fluten nichts mehr entgegensetzen. Seine Hände fielen ihm auf. Wieso bewegten sie sich nicht?

Strample, rudere! Lass dich nicht vom Meer verschlucken!

Ein letztes Mal kämpfte er sich nach oben.

Lass dich…

Er schluckte noch mehr Wasser.

Lass dich nicht…

Ihm wurde schwarz vor Augen.

Bei den zehn Richtern der Hölle…

Tja, dachte Sonny Li, anscheinend würde er ihnen nun gegenübertreten.

... Fünf

Sie lagen zu seinen Füßen in der kalten Brühe auf dem Boden des Schlauchboots, ein Dutzend Menschen, gefangen zwischen den Bergen aus Wasser unter ihnen und dem peitschenden Regen, der von oben über sie hereinbrach. Verbissen klammerten sie sich an das Seil, das rund um den orangefarbenen Gummiwulst verlief.

Sam Chang, der unfreiwillige Kapitän des zerbrechlichen Gefährts, ließ den Blick über seine Passagiere schweifen. Die beiden Familien – seine eigene und die der Wus – kauerten sich im hinteren Teil und der Mitte des Boots zusammen. Vorn befanden sich Dr. John Sung und die beiden anderen, die dem Frachtraum entflohen waren und deren Nachnamen Chang nicht kannte: Chao-hua und Rose, seine Frau.

Eine Welle schlug über ihren Köpfen zusammen und durchnässte die gepeinigten Insassen ein weiteres Mal. Changs Frau, Mei-Mei, zog ihren Pullover aus und wickelte ihn um die kleine Tochter der narbengesichtigen Frau. Das Mädchen hieß Po-Yee, erinnerte Chang sich jäh, was übersetzt »Geliebtes Kind« bedeutete; die Kleine hatte eigentlich der Glücksbringer ihrer Überfahrt sein sollen.

»Los!«, brüllte Wu. »Fahren Sie ans Ufer.«

»Erst müssen wir noch nach den anderen suchen.«

»Er schießt auf uns!«

Chang sah sich auf dem aufgewühlten Meer um, konnte den Geist aber nirgendwo entdecken. »Wir fahren gleich, doch wenn außer uns noch andere entkommen konnten, müssen wir sie retten. Haltet die Augen auf!«

Der siebzehnjährige William zog sich mühsam auf die Knie und spähte durch die prickelnde Gischt. Wus halbwüchsige Tochter tat es ihm gleich.

Wu rief etwas, aber er hatte den Kopf abgewandt, und Chang konnte ihn nicht verstehen.

Unter beträchtlichen Anstrengungen, das Seil um einen Arm geschlungen und beide Füße fest gegen eine Dolle gestemmt, zwang Chang das Boot auf einen Kurs, der sie in zwanzig Metern Abstand rund um die *Fuzhou Dragon* führen würde. Das Schiff sank derweil noch tiefer, wobei immer wieder hohe Schaumfontänen aufstiegen, wenn Luft aus den geborstenen Bullaugen oder Luken entwich. Begleitet wurde das Ganze von einem an- und abschwellenden Stöhnen, als litte ein Tier große Qualen.

»Da!«, rief William. »Ich glaube, ich habe jemanden gesehen.«

»Nein«, wandte Wu Qichen ein. »Wir müssen weg! Worauf warten Sie noch?«

William streckte den Arm aus. »Ja, Vater. Da drüben!«

Zehn Meter vor ihnen entdeckte Chang einen dunklen Fleck neben einem kleineren weißen Fleck. Womöglich ein Kopf und eine Hand.

»Egal«, rief Wu. »Der Geist wird uns entdecken! Und dann wird er uns erschießen!«

Chang ignorierte ihn und steuerte auf die Stelle zu. Tatsächlich, ein Mann zappelte blass und keuchend im Wasser, das Gesicht vor Todesangst verzerrt. Er hieß Sonny Li, wusste Chang. Während die meisten Flüchtlinge sich häufig unterhalten oder einander aus ihren Büchern vorgelesen hatten, waren einige der allein reisenden Männer für sich geblieben, darunter auch Li. Er hatte irgendwie bedrohlich gewirkt und meist nur mürrisch auf seiner Pritsche gehockt oder den lärmenden Kindern wütende Blicke zugeworfen. Oftmals war er auch entgegen der strikten Anweisung des Geists heimlich an Deck geschlichen. Nur wenige Male hatte Li den Mund aufgemacht und dann viel zu viele Fragen darüber gestellt, was die Familien in New York anstellen und wo sie wohnen wollten – Themen, die jeder halbwegs umsichtige illegale Einwanderer niemals mit einem Fremden erörtern würde.

Gleichwohl war Li ein Mensch in Not, und Chang wollte versuchen, ihn zu retten.

Der Mann wurde von einer Welle verschluckt.

»Lassen Sie ihn!«, raunte Wu. »Er ist verloren.«

Vorn rief Rose, die junge Frau: »Bitte, lassen Sie uns von hier verschwinden!«

Chang drehte das Boot in eine große Woge, um ein Kentern zu vermeiden. Als sie wieder stabil auf Kurs lagen, sah er in zirka fünfzig Metern Entfernung etwas Orangefarbenes aufblitzen, das sich hob und senkte. Es war das Boot des Schlangenkopfs, und es hielt genau auf sie zu. Dann schob eine Welle sich zwischen die beiden Fahrzeuge und versperrte kurzfristig die Sicht.

Chang gab Gas und fuhr zu dem Ertrinkenden. »Hinlegen, alle hinlegen!«

Als sie Li erreichten, kippte er den Motor aus dem Wasser, beugte sich über den dicken Gummiwulst, packte den Flüchtling an der Schulter und zerrte ihn an Bord, wo er sich hustend und spuckend am Boden krümmte. Ein Knall ertönte, und dicht neben ihnen spritzte Wasser auf. Chang gab wieder Gas und steuerte auf die andere Seite der *Dragon*, sodass das sinkende Schiff sich abermals zwischen ihnen und dem Geist befand.

Die Aufmerksamkeit des Schlangenkopfs wurde vorübergehend abgelenkt, denn er hatte noch weitere Menschen im Wasser entdeckt – zwei Besatzungsmitglieder in orangefarbenen Rettungswesten, die zwanzig oder dreißig Meter von ihm entfernt an der Oberfläche trieben. Er fuhr mit Vollgas auf sie zu.

Die beiden schienen zu begreifen, dass der Geist sie töten wollte, winkten verzweifelt in Changs Richtung und bemühten sich mit aller Kraft, aus der Bahn des nahenden Boots zu gelangen. Chang schätzte die Entfernung zu den Männern ab und überlegte, ob er sie noch rechtzeitig erreichen konnte, bevor der Schlangenkopf sich in sicherer Schussdistanz befinden würde. Die Gischt, der Regen und nicht zuletzt der starke Seegang würden dem Geist das Zielen erschweren. Ja, Chang glaubte, er könnte es schaffen. Er gab Gas.

Plötzlich drang eine Stimme an sein Ohr. »Nein. Es ist an der Zeit, von hier zu verschwinden.«

Es war sein Vater, Chang Jiechi; der alte Mann hatte sich auf den Knien aufgerichtet und zu seinem Sohn gebeugt. »Bring deine Familie in Sicherheit.«

Chang nickte. »Ja, Baba«, sagte er und benutzte dabei das liebevolle chinesische Kosewort für »Vater«. Er richtete den Bug des Boots auf die Küste und drehte den Gashebel bis zum Anschlag.

Kurz darauf ertönte hinter ihnen ein Schuss, gefolgt von einem zweiten, als der Schlangenkopf die beiden Matrosen ermordete. Sam Chang schrie innerlich vor Entsetzen auf. Vergebt mir, wollte er den Männern zurufen. Vergebt mir.

Er warf einen Blick über die Schulter und sah einen orangefarbenen Fleck im Dunst: das Boot des Geists, das sie verfolgte. Verzweiflung stieg in ihm auf. Als Dissident in China hatte Sam Chang schon häufig Angst gehabt, aber in der Volksrepublik bedeutete Angst ein heimtückisches Unbehagen, mit dem man zu leben lernte. Es war nicht mit der jetzigen Situation zu vergleichen, in der ein wahnsinniger Killer beschlossen hatte, die eigene geliebte Familie und deren Schicksalsgefährten zur Strecke zu bringen.

»Unten bleiben! Bleibt alle liegen.« Er konzentrierte sich darauf, das Boot aufrecht zu halten und so schnell wie möglich voranzukommen.

Wieder ein Schuss. Die Kugel schlug neben ihnen im Wasser ein. Falls der Geist das Schlauchboot traf, würde es innerhalb kürzester Zeit untergehen.

Ein gewaltiges, schauriges Ächzen erfüllte die Luft. Die *Fuzhou Dragon* legte sich vollständig auf die Seite und versank endgültig im Meer. Dabei entstand eine mächtige Woge, die sich ringförmig wie die Schockwelle einer Bombenexplosion ausbreitete. Das Boot der Flüchtlinge war zu weit entfernt, um noch davon betroffen zu werden, doch der Geist befand sich wesentlich näher an dem sinkenden Schiff. Er wandte den Kopf, sah die hohe Welle auf sich zukommen, drehte ab und verschwand sogleich außer Sicht.

Sam Chang war Professor, Künstler und politischer Aktivist, aber er war auch Chinese und neigte viel eher dazu, an übersinnliche Einflüsse und die Bedeutung von Vorzeichen zu glauben, als dies bei einem westlichen Intellektuellen vermutlich der Fall gewesen wäre. Einen Moment lang fragte er sich, ob womöglich Guan Yin, die Göttin der Barmherzigkeit, zu ihren Gunsten interveniert und den Geist in ein nasses Grab geschickt hatte.

Doch wenige Sekunden später machte John Sung, der nach hinten Ausschau hielt, Changs Hoffnung zunichte. »Er ist immer noch da«, rief er. »Er kommt. Der Geist verfolgt uns weiterhin.«

Demnach hat Guan Yin heute wohl anderweitig zu tun, dachte Sam Chang deprimiert. Falls wir überleben wollen, müssen wir uns selbst darum kümmern. Er korrigierte den Kurs und hielt unbeirrt auf die Küste zu. Hinter ihnen blieben die Leichen und diverse Überreste der *Fuzhou Dragon* zurück, die wie schwimmende Grabsteine die letzte Ruhestätte von Kapitän Sen und seiner Mannschaft markierten, im Tode vereint mit den vielen Menschen, die während der letzten Wochen zu Changs Freunden geworden waren.

»Er hat das Schiff versenkt.«

Lon Sellittos Stimme war kaum lauter als ein Flüstern. »O Gott.« Er ließ den Telefonhörer sinken.

»Was?«, fragte Harold Peabody schockiert. Er hob die fleischige Hand und nahm seine klobige Brille ab. »Er hat es versenkt?«

Nickend bestätigte der Detective die grausige Nachricht.

»Herrje«, sagte Dellray.

Lincoln Rhymes Kopf, einer der wenigen Körperteile, die noch uneingeschränkt funktionierten, wandte sich dem stämmigen Polizisten zu. Auch Rhyme war erschrocken und spürte, wie sein gesamter Leib von einer Hitzewelle überflutet wurde, was vom Hals an abwärts natürlich nur auf Einbildung beruhen konnte.

Dellray blieb stehen, und Peabody und Coe starrten sich an. Sellitto senkte den Blick auf den gelben Parkettfußboden und lauschte ein weiteres Mal der Stimme aus dem Hörer. Dann hob er den Kopf. »Mein Gott, Linc, das Schiff ist weg. Mit allen Passagieren.«

O nein…

»Die Küstenwache weiß nicht genau, was passiert ist, aber sie haben eine Unterwasserexplosion verzeichnet, und zehn Minuten später ist die *Dragon* vom Radar verschwunden.«

»Wie viele Tote?«, fragte Dellray.

»Keine Ahnung. Die *Evan Brigant* befindet sich noch ein ganzes Stück entfernt. Außerdem kennen sie die genaue Stelle nicht – niemand an Bord des Schiffs hat irgendeines der Notrufsysteme ausgelöst, die ansonsten die exakten Koordinaten gesendet hätten.«

Rhyme betrachtete die Karte von Long Island und fixierte die rote Markierung, mit der sie die ungefähre Position der *Dragon* festgehalten hatten. »Wie weit vor der Küste?«

»Rund anderthalb Kilometer.«

Rhyme hatte überlegt, was beim Eintreffen der Küstenwache an Bord der *Fuzhou Dragon* geschehen würde, und in Gedanken ein halbes Dutzend logischer Szenarien durchgespielt, einige optimistisch, andere unter Einbeziehung von Verwundeten und Todesopfern. Derartige Berechnungen basierten bis zu einem gewissen Grad auf Spekulationen; man konnte die Risiken zwar minimieren, aber niemals vollständig ausschalten. Doch die Ermordung aller Passagiere? All dieser Familien und Kinder? Nein, auf *diese* Variante war er wirklich nicht gekommen.

Verdammt noch mal, er hatte in seinem dreitausend Dollar teuren Luxusbett gelegen und sich das Problem der Einwanderungsbehörde schildern lassen, als handle es sich bei der Suche nach dem Geist um ein vergnügliches Partyspiel. Dann hatte er seine Schlussfolgerungen gezogen und den Leuten spöttisch die Lösung präsentiert.

Und dabei hatte er es belassen – hatte keinen Schritt weitergedacht und sich nie überlegt, dass die Flüchtlinge in solch furchtbarer Gefahr schweben könnten.

Die Illegalen werden oft auch als »Verschwundene« bezeichnet – falls sie versuchen, einen der Schlangenköpfe zu hintergehen, beseitigt man sie. Sobald sie sich über irgendetwas beklagen, räumt man sie aus dem Weg. Sie lösen sich einfach für immer in Luft auf.

Lincoln Rhyme war wütend auf sich selbst. Er wusste, wie gefährlich der Geist war; er hätte mit dieser tödlichen Wendung rechnen müssen. Er schloss einen Moment lang die Augen und versuchte, den seelischen Druck in den Griff zu bekommen. Denk nicht an die Toten, hatte er sich schon häufig gesagt – ebenso wie früher seinen Mitarbeitern von der Spurensicherung –, und auch jetzt wiederholte er diesen Satz im Stillen wie ein Stoßgebet. Doch es gelang ihm nicht ganz, nicht bei diesen armen Leuten. Die Versenkung der *Dragon* war etwas anderes. Diese Toten waren keine Leichen an einem Tatort, deren glasige Blicke und starr grinsende Münder man zu ignorieren lernte, um professionell arbeiten zu können. Hier hatten ganze Familien ihr Leben verloren, und zwar durch *seine eigene* Nachlässigkeit.

Man würde das Schiff entern, den Geist verhaften, alles gründlich durchsuchen, und damit wäre seine Arbeit an diesem Fall getan, sodass er sich wieder der Vorbereitung auf seine Operation widmen könnte, hatte Rhyme geglaubt. Jetzt aber war ihm klar, dass er weitermachen musste. Der Jäger in ihm wollte diesen Mann aufspüren.

Dellrays Telefon klingelte. Nach einem kurzen Gespräch trennte er die Verbindung.

»Es gibt Neuigkeiten. Die Küstenwache glaubt, dass mehrere Motorboote sich dem Ufer nähern.« Er ging zu der Karte und wies mit einem langen Finger auf die vermutete Stelle. »Ungefähr hier, bei Easton – einer Kleinstadt an der Straße nach Orient Point. Bei dem Sturm kann kein Helikopter starten, aber es sind bereits einige Schiffe zum Unglücksort unterwegs, um nach Überlebenden zu suchen, und wir setzen unsere Leute von Port Jefferson aus in Bewegung.«

Alan Coe fuhr sich durch das Haar. »Ich möchte mitkommen«, sagte er zu Peabody.

»Für Personalentscheidungen ist hier jemand anderes zuständig«, erwiderte der INS-Beamte pikiert und wies damit nicht allzu subtil darauf hin, dass Dellray und das FBI die Leitung hatten. Spitze Bemerkungen wie diese waren den Agenten in den letzten Tagen regelrecht zur Gewohnheit geworden.

»Wie sieht's aus, Fred?«, fragte Coe.

»Nein«, antwortete Dellray geistesabwesend.

»Aber ich ...«

Der FBI-Mann schüttelte energisch den Kopf. »Sie können dort nichts ausrichten, Coe. Falls man ihn verhaftet, dürfen Sie ihn sich gern im Gefängnis vorknöpfen und richtig durch die Mangel drehen, aber im Augenblick geht es um eine taktische Zugriffsoperation, und die gehört nun mal nicht zu Ihrem Spezialgebiet.«

Der junge Beamte hatte ihnen gutes Material über den Geist geliefert, aber nach Rhymes Ansicht war es schwierig, mit ihm zusammenzuarbeiten. »Ach, das ist doch Scheiße.« Mürrisch ließ Coe sich auf einen der Bürostühle fallen.

Ohne darauf einzugehen, roch Dellray einmal kurz an seiner Zigarette, steckte sie sich wieder hinters Ohr und tätigte einen weiteren Anruf. Danach erläuterte er den anderen die Einzelheiten. »Wir versuchen, auf den kleineren Highways der Gegend Straßensperren zu errichten – auf Route 25, 48 und 84. Allerdings herrscht inzwischen starker Berufsverkehr, und niemand traut sich, den Long Island Expressway oder den Sunrise Highway abzuriegeln.«

»Wir sollten die Mautstellen an den Tunneln und Brücken verständigen«, schlug Sellitto vor.

Dellray zuckte die Achseln. »Das können wir machen, aber es reicht nicht aus. Chinatown ist für diesen Kerl vertrautes Territorium, und falls er es bis dorthin schafft, wird es nahezu unmöglich sein, ihn zu finden. Wir *müssen* ihn unbedingt an der Küste erwischen.«

»Und wann werden die Rettungsboote schätzungsweise das Ufer erreichen?«, fragte Rhyme.

»In zwanzig oder fünfundzwanzig Minuten. Und unsere Leute sind achtzig Kilometer von Easton entfernt.«

»Gibt es denn überhaupt keine Möglichkeit, irgendjemanden schneller dorthin zu bringen?«, fragte Peabody.

Rhyme überlegte einen Augenblick und sprach dann in das Mikrofon, das an seinem Rollstuhl befestigt war. »Kommando, Telefon.«

Als man 1969 in Indianapolis nach einem neuen Pace-Car für das berühmte 500-Meilen-Rennen suchte, fiel die Wahl auf ein Camaro Super Sports Cabrio des Herstellers General Motors.

Anlässlich dieser ganz besonderen Ehre entschied GM sich für die stärkste Ausführung der hochgezüchteten Sportwagenreihe, ausgestattet mit einem Sechseinhalb-Liter-TurboJet-V8-Motor und einer Leistung von 380 PS. Falls man Lust hatte, ein wenig an dem Fahrzeug herumzubasteln – und beispielsweise die Schalldämpfer, den Unterbodenschutz, die Spurstangen und die Innenverkleidung der Radkästen zu entfernen sowie Nockenwelle und Zylinderkopf zu modifizieren –, ließ die effektive Leistung sich auf fast 460 PS steigern.

Wodurch der Wagen sich in einen erstklassigen Dragster verwandelte.

Bei 210 Stundenkilometern auf einer öffentlichen Straße mitten im Sturm sah die Sache allerdings ganz anders aus.

Amelia Sachs hielt das lederummantelte Lenkrad so fest, dass ihre von Arthritis befallenen Finger schmerzten. Sie fuhr in östlicher Richtung auf dem Long Island Expressway und musste sich mit waghalsigen Manövern durch den morgendlichen Pendlerverkehr schlängeln. Das blaue Blinklicht klebte auf dem Armaturenbrett des Chevy – auf dem Faltdach hätte der Saugnapf schwerlich gehalten.

Fünf Minuten zuvor hatte Rhyme angerufen und ihr aufgetragen, so schnell wie irgend möglich nach Easton zu fahren. Sachs stellte dabei nur die eine Hälfte der Vorhut dar, die mit etwas Glück zum gleichen Zeitpunkt wie der Geist und etwaige überlebende Flüchtlinge am Ufer eintreffen würde. Die andere Hälfte des improvisierten Teams bestand aus dem jungen Beamten der NYPD Emergency Services Unit, der neben ihr saß. Die ESU war die taktische Spezialeinheit der New Yorker Polizei, das Sondereinsatzkommando, und Sachs – na ja, eigentlich Rhyme – hatte beschlossen, etwas zusätzliche Feuerkraft in Form einer Maschinenpistole mitzunehmen, die der Mann nun im Schoß hielt: eine Heckler & Koch MP5.

Viele Kilometer hinter ihnen folgten der Rest der ESU-Leute, der Kleinbus der Spurensicherung, ein halbes Dutzend Bezirkspolizisten, einige Krankenwagen sowie diverse INS- und FBI-Fahrzeuge, die sich nach Kräften einen Weg durch das heftige Unwetter bahnten.

»Okay«, sagte der ESU-Beamte. »Ja. Vorsichtig.«

Sie lernten soeben kennen, was Aquaplaning bedeutete.

Gelassen brachte Sachs den Camaro wieder unter Kontrolle und dachte daran, dass sie die Stahlplatten hinter der Rückbank entfernt, den schweren Metalltank durch eine leichtere Kunststoffvariante ersetzt und statt des Reserverads nur noch ein schlichtes Reifen-Reparaturspray sowie ein Kästchen mit Ersatzsicherungen im Kofferraum hatte. Der Wagen wog heute rund zweihundert Kilo weniger als damals in den Siebzigern, als ihr Vater ihn gekauft hatte. Ein bisschen mehr Ballast könnte jetzt nicht schaden, dachte sie und geriet erneut kurz ins Rutschen.

»Okay, so geht's wieder«, sagte der Cop, der offenbar sehr viel lieber in einer Schießerei gesteckt hätte, als mit ihr über den breiten Long Island Expressway zu rasen.

Ihr Telefon klingelte. Sie fummelte an dem Apparat herum und nahm das Gespräch an.

»Sagen Sie, Miss, Sie haben doch hoffentlich eine dieser Freisprecheinrichtungen, oder?«, fragte der ESU-Beamte. »Ich meine nur, es wäre vielleicht besser.« Und das aus dem Mund eines Mannes, der wie Robocop angezogen war.

Sie lachte, stöpselte den Ohrhörer ein und schaltete einen Gang hoch.

»Wie kommt ihr voran, Sachs?«, fragte Rhyme.

»Ich tue, was ich kann, aber wir werden bald vom Highway abbiegen, und auf den Nebenstraßen muss ich wegen der roten Ampeln womöglich das Tempo verringern.«

»›Womöglich‹?«, murmelte ihr Beifahrer.

»Gibt's Überlebende?«, fragte Sachs.

»Wir haben noch nichts weiter gehört«, antwortete Rhyme. »Bislang hat die Küstenwache lediglich zwei Schlauchboote bestätigt. Wie es aussieht, haben die meisten Leute es nicht mehr von Bord geschafft.«

»Ich kenne diesen Tonfall, Rhyme«, sagte Amelia. »Es ist nicht deine Schuld.«

»Danke für dein Mitgefühl, Sachs, aber das steht jetzt nicht zur Debatte. Fährst du auch schön vorsichtig?«

»Aber natürlich«, sagte sie und lenkte seelenruhig gegen, als das Heck des Wagens um mindestens vierzig Grad ausbrach. Ihr Herzschlag erhöhte sich dabei nicht im Geringsten. Der Camaro richtete sich wie an unsichtbaren Schnüren wieder aus, und sie beschleunigte auf 225 Kilometer pro Stunde. Der ESU-Cop schloss die Augen.

»Es wird gefährlich, Sachs. Halt deine Waffe bereit.«

»Die halte ich immer bereit.« Abermals ein leichtes Schlingern.

»Das Küstenwachboot meldet sich wieder, Sachs. Ich muss jetzt Schluss machen.« Er hielt kurz inne. »Lass dir keine Einzelheit entgehen, aber pass auf dich auf.«

Sie lachte. »Das gefällt mir. Wir sollten es auf T-Shirts drucken und an die Leute von der Spurensicherung verteilen.«

Sie legte auf.

Der Expressway war zu Ende, und Sachs bog schlitternd auf einen kleineren Highway ab. Noch vierzig Kilometer bis Easton, wo die Boote das Festland erreichen würden. Amelia war noch nie dort gewesen und wusste als Großstädterin nicht, wie das Gelände aussah. War es ein normaler Strand? Felsige Klippen? Würde sie klettern müssen? Ihre Arthritis hatte sich in letzter Zeit wieder verschlimmert, und bei diesem feuchten Wetter waren der Schmerz und die Steifheit doppelt so heftig.

Eine weitere Frage kam ihr in den Sinn: Gab es dort viele Verstecke, die dem Geist einen Angriff aus dem Hinterhalt ermöglichen würden, sofern er sich immer noch am Ufer befand?

Sie warf einen Blick auf den Tacho.

Sollte sie vielleicht doch etwas langsamer fahren?

Aber die Reifen hatten noch reichlich Profil, und die Feuchtigkeit an Amelias Händen stammte von dem Regen, der sie in Port Jefferson durchnässt hatte. Sie trat das Pedal weiter durch.

Je näher sie dem Ufer kamen, desto häufiger wurden im Wasser Felsen sichtbar. Die Küste war stark zerklüftet.

Sam Chang kniff die Augen zusammen und spähte durch Regen und Gischt. Vor ihnen waren ein paar kurze, mit Kieseln und schmutzigem Sand bedeckte Uferstücke zu erkennen, aber der Großteil der Küstenlinie bestand aus dunklem Felsgestein und hohen Klippen. Um eine Stelle zu erreichen, an der sie an Land gehen konnten, würde er das Boot durch einen Hindernisparcours aus scharfkantigen Steinen manövrieren müssen.

»Er ist immer noch hinter uns her«, rief Wu.

Chang schaute zurück und konnte das Boot des Geists als winzigen orangefarbenen Punkt ausmachen. Es hielt direkt auf sie zu, kam aber langsamer voran, weil der Schlangenkopf in gerader Linie durch die Wellen pflügte. Chang hingegen verhielt sich getreu seiner taoistischen Überzeugung und folgte dem natürlichen Fluss des Wassers; er kämpfte nicht dagegen an, sondern umsteuerte die stärksten Wellenkämme in einem Serpentinenkurs und nutzte die landwärts gerichteten Wogen, um ihre Fahrt zu beschleunigen. Der Abstand zwischen ihnen und dem Verfolger wuchs weiterhin.

Bis der Geist das Ufer erreichte, müsste ihnen noch genug Zeit bleiben, zu den Lastwagen zu gelangen, die sie nach Chinatown bringen sollten, schätzte Chang. Die Fahrer würden nichts von dem Untergang des Schiffs wissen, aber Chang wollte ihnen von der nahenden Küstenwache berichten und sie bitten, sofort loszufahren. Falls sie darauf bestanden, noch zu warten, würden Chang, Wu und die anderen sie überwältigen und sich selbst ans Steuer setzen.

Er musterte den Küstenverlauf und das Hinterland – jenseits des Strandes ragten Bäume inmitten von Wiesen auf. Regen und Dunst erschwerten sein Vorhaben, aber Chang meinte eine Straße und in nicht allzu großer Entfernung auch einige Lichter zu erkennen. Sie standen ziemlich eng beieinander; vermutlich ein kleines Dorf.

Er wischte sich das beißende Salzwasser aus den Augen und betrachtete die Menschen zu seinen Füßen, die schweigend in Richtung Ufer starrten und das aufgewühlte Meer beäugten, die Strömungen und Wirbel, die nahen Felsen, scharf wie Messer, dunkel wie getrocknetes Blut.

Dann tauchte dicht vor ihnen unmittelbar unter der Wasseroberfläche ein Riff auf. Chang ging vom Gas, riss das Ruder herum und entkam der Gefahr nur um Haaresbreite. Das Boot stand jetzt parallel zu den stürmischen Wogen, die über die Bordwand schlugen. Einmal wären sie fast gekentert, dann noch einmal. Er wollte durch eine Lücke in der Felsbank steuern, aber plötzlich erstarb der Motor. Chang nahm die Leine des Anlassers und riss hektisch daran. Ein kurzes Tuckern, dann Stille. Wieder und wieder, ein Dutzend Mal. Doch nichts geschah. Der Motor gab kein einziges Lebenszeichen von sich. Changs älterer Sohn kroch nach vorn und rüttelte an dem Reservekanister. »Leer!«

Verzweifelt und voller Sorge um die Sicherheit seiner Familie drehte Chang sich um. Der Dunst war noch dichter geworden und verbarg sie – den Geist allerdings auch. Wie weit war er noch weg?

Das Boot wurde von einer großen Woge emporgehoben und krachte mit einem markerschütternden Aufprall in das Wellental.

»Runter, alle runter!«, rief Chang. »Bleibt unten.« Er kniete sich in das dunkle Wasser, das über den Boden schwappte, und versuchte mit dem Ruder zu steuern, aber Seegang und Strömung waren zu stark, das Boot zu schwer. Der heftige Schlag einer Welle riss ihm das Ruder aus den Händen und ließ ihn nach hinten stürzen. In Fahrtrichtung erblickte er nur wenige Meter voraus eine Reihe von Felsen.

Das Wasser packte das Schlauchboot und schleuderte es wie ein Surfbrett vorwärts. Mit harter Wucht schlug der Bug auf den Felsen auf. Die Gummihülle riss, und zischend entwich die Luft. Sonny Li, John Sung und das junge Ehepaar – Chao-hua und Rose – wurden ins brodelnde Wasser katapultiert und von der Brandung weggespült.

Die beiden Familien – die Wus und die Changs – hockten im hinteren Teil des Boots, der zunächst noch genügend Luft hatte, und konnten sich festhalten. Dann wurde ihr Gefährt ein zweites Mal auf die Felsen geworfen. Wus Frau stieß gegen einen Vorsprung, ging jedoch nicht über Bord, sondern stürzte schreiend ins Boot zurück, wo sie mit blutendem Arm benommen liegen blieb. Niemand sonst kam durch den Aufprall zu Schaden.

Dann hatte das Boot die Felsen überwunden und trieb auf das Ufer zu, wobei es zügig an Luftdruck verlor.

Chang hörte einen fernen Hilfeschrei, der von einem ihrer vier Gefährten stammen musste, aber er konnte nicht feststellen, aus welcher Richtung der Ruf gekommen war.

Das Boot rutschte über einen weiteren Felsen. Es lag mittlerweile tief im Wasser und befand sich noch fünfzehn Meter vom Land entfernt. Sie waren in der Brandung gefangen, wurden durchgeschüttelt und auf den steinigen Strand zugetrieben. Wu Qichen und seine Tochter bemühten sich, den Kopf seiner verletzten und halb bewusstlosen Frau über der Oberfläche zu halten – ihr Arm war aufgerissen und blutete stark. Po-Yee, das Baby in Mei-Meis Armen, hatte aufgehört zu weinen und starrte apathisch ins Leere.

Der Außenbordmotor verfing sich an einer Felskante, sodass sie acht oder neun Meter vor ihrem Ziel festsaßen. Das Wasser war hier nicht tiefer als zwei Meter, aber die Wogen brachen immer noch über sie herein.

»Ans Ufer!«, brüllte Chang und spuckte hustend Wasser. »Jetzt!«

Es schien ewig zu dauern. Sogar Chang, der Stärkste von ihnen, rang nach Luft und wurde von Krämpfen gequält, während er auf den Strand zuschwamm. Endlich spürte er Grund unter den Füßen, glitschige Steine voller Algen und Schlamm, und stolperte aus dem Wasser. Einmal stürzte er, kam jedoch gleich wieder auf die Beine und half seinem Vater an Land.

Erschöpft schleppten sich alle zu einem nahen Unterstand, der zwar keine Seitenwände besaß, mit seinem Wellblechdach aber wenigstens den peitschenden Regen von ihnen abhielt. Dort sackten sie auf dem dunklen Sand in sich zusammen, spuckten Wasser, weinten, keuchten, beteten. Schließlich schaffte Sam Chang es, sich aufzurappeln. Er sah aufs Meer hinaus, konnte aber weder das Boot des Geists noch einen der Flüchtlinge entdecken, die über Bord geschleudert worden waren.

Dann sank er auf die Knie und verneigte sich, bis seine Stirn den Boden berührte. Ihre Gefährten und Freunde waren tot, sie selbst verletzt, unsagbar müde und von einem Mörder gejagt … Doch immerhin waren sie am Leben und auf festem Grund und Boden. Er und seine Familie befanden sich endlich am Ziel ihrer langen Reise, die sie um die halbe Welt in ihre neue Heimat geführt hatte: Amerika, das Schöne Land.

… Sechs

Einen halben Kilometer vor der Küste saß der Geist über sein Funktelefon gebeugt, um es vor Regen und Salzwasser zu schützen, während sein Boot auf die Ferkel zuhielt.

Der Empfang war schlecht – das Signal wanderte von seinem Apparat aus via Satellit nach Fuzhou und weiter nach Singapur –, aber am Ende gelang es ihm, Jerry Tang zu erreichen, einen *bangshou*, dessen Dienste er bisweilen in New Yorks Chinatown in Anspruch nahm, und der ihn zur Stunde irgendwo am nahen Ufer bereits erwartete.

Wenngleich der Geist nach der anstrengenden Fahrt außer Atem war, so gelang es ihm doch, dem Mann die ungefähre Stelle zu beschreiben, an der er landen würde – sie lag drei- oder vierhundert Meter östlich einer kleinen Ansammlung von Geschäften und Häusern.

»Wie sind Sie bewaffnet?«, rief der Geist.

»Was?«, rief Tang zurück.

Er musste die Frage mehrmals wiederholen. »Welche Waffen haben Sie dabei?«

Aber Tang war ein Geldeintreiber – eher Geschäftsmann als Draufgänger –, und wie sich herausstellte, konnte er nur mit einer einzigen Pistole aufwarten.

»*Gan*«, zischte der Geist. Scheiße. Da er selbst nur seine alte Modell 51 bei sich trug, hatte er auf eine automatische Waffe gehofft.

»Die Küstenwache«, sagte Tang, wobei seine Stimme aufgrund der atmosphärischen Störungen und dem Heulen des Windes immer schlechter zu verstehen war, »… hierher unterwegs. Ich höre … Scanner … müssen weg. Wo …«

»Falls Sie die Ferkel zu Gesicht bekommen, machen Sie sie kalt. Haben Sie mich verstanden? Die sind irgendwo in der Nähe am Ufer. Finden Sie sie! Bringen Sie sie um!«

»Sie umbringen? Ich soll …«

Dann spülte eine Woge über die Bordwand herein und durchnässte ihn. Die Verbindung brach ab, und der Geist warf einen Blick auf das Display des Telefons. Es war dunkel, offenbar infolge eines Kurzschlusses. Wütend schleuderte er das Gerät auf den Boden des Boots.

Vor ihm ragte drohend eine Klippe auf. Der Geist steuerte daran vorbei und visierte einen breiten Strand an, der ein ganzes Stück links von der kleinen Stadt lag. Es würde einige Zeit dauern, von dort aus zu der Stelle zu gelangen, an der die Ferkel das Ufer erreicht hatten, aber er wollte nicht riskieren, sich an den Felsvorsprüngen zu verletzen. Die Landung erwies sich auch so schon als schwieriges Unterfangen. Kurz vor dem Strand stieg das kleine Boot auf einem Wellenkamm empor und kenterte beinahe, aber der Geist ging schnell genug vom Gas und konnte so das Schlimmste verhindern. Die nächste Welle erwischte ihn von hinten, warf ihn zu Boden, durchnässte ihn ein weiteres Mal und ließ das Boot herumwirbeln. Heftig schlug es in den letzten Ausläufern der Brandung auf, so dass Gischt aufspritzte und der Geist hinaus in den Sand geschleudert wurde. Die Schraube des Außenborders befand sich nicht mehr im Wasser, lief jedoch unter lautem Kreischen weiterhin auf Hochtouren. Der Geist befürchtete, durch den Lärm seinen Aufenthaltsort zu verraten, rannte zu dem Motor und schaltete ihn ab.

Er entdeckte Jerry Tang in einem silbernen BMW mit Allradantrieb, der sich auf einer sandigen Asphaltstraße etwa zwanzig Meter jenseits des Strandes näherte. Der Geist stand auf und lief auf den Geländewagen zu. Der fette, unrasierte Tang sah ihn und hielt an. Der Geist beugte sich zum Beifahrerfenster. »Haben Sie die anderen gesehen?«

»Wir müssen weg!«, drängte Tang nervös und nickte in Richtung eines Funkscanners. »Die Küstenwache weiß, dass wir hier sind. Sie haben uns die Polizei auf den Hals gehetzt.«

»Was ist mit den anderen?«, herrschte der Geist ihn an. »Wo sind die Ferkel?«

»Ich habe niemanden gesehen. Aber …«

»Meinen *bangshou* kann ich auch nirgendwo finden. Ich weiß nicht mal, ob er es von Bord geschafft hat.« Er ließ den Blick das Ufer entlangwandern.

»Ich habe niemanden gesehen«, wiederholte Tang mit schriller Stimme. »Aber wir können nicht länger warten.«

Aus dem Augenwinkel registrierte der Geist eine Bewegung in der Nähe der Brandung: Ein Mann in grauer Kleidung kroch auf den Felsen vom Wasser weg. Er sah aus wie ein verwundetes Tier. Der Geist drehte sich um und zog die Waffe aus dem Gürtel. »Warten Sie hier.«

»Was haben Sie vor?«, fragte Tang aufgeregt. »Wir dürfen nicht länger bleiben! Sie kommen. In zehn Minuten sind sie hier. Begreifen Sie denn nicht?«

Doch der Geist ignorierte ihn und überquerte bereits wieder die Straße. Das Ferkel hob den Kopf und sah ihn näher kommen, aber es hatte sich anscheinend ein Bein gebrochen und konnte nicht einmal stehen, geschweige denn fliehen. Verzweifelt wollte der Mann zurück ins Wasser kriechen. Der Geist wunderte sich, dass er überhaupt den Versuch unternahm.

Sonny Li schlug die Augen auf und dankte den zehn Richtern der Hölle – nicht für die Tatsache, dass er den Untergang überlebt hatte, sondern dafür, dass dieses widerliche Gefühl der Übelkeit zum ersten Mal innerhalb der letzten beiden Wochen praktisch vollständig verschwunden war.

Beim Aufprall des Boots auf die Felsen waren er, John Sung und das junge Ehepaar ins Wasser geschleudert und von der starken Strömung abgetrieben worden. Li hatte die drei anderen sofort aus den Augen verloren und es erst nach ungefähr einem Kilometer geschafft, sich mit Mühe und Not ans Ufer zu retten. Dann war er ein Stück vom Wasser weggekrochen und zusammengesackt.

Bewegungslos hatte er im prasselnden Regen gelegen, bis die Seekrankheit abgeklungen war und der pochende Schmerz in seinem Kopf nachgelassen hatte. Jetzt kämpfte er sich mühsam auf die Beine und ging langsam in Richtung der Straße. Seine Jeans und der Pullover waren von Salzwasser durchtränkt und voller Sand, sodass sie am ganzen Körper scheuerten. Er sah sich nach allen Seiten um, konnte jedoch nichts Besonderes entdecken. Allerdings erinnerte er sich daran, rechts von hier die Lichter einer kleinen Ansiedlung gesehen zu haben, und so machte er sich nun entlang der sandbedeckten Straße dorthin auf den Weg.

Wo wohl der Geist stecken mochte?, überlegte Li.

Wie als Antwort darauf ertönte ein kurzer Knall, den Li sofort als Pistolenschuss erkannte. Das Geräusch hallte durch die trübe nasse Dämmerung.

Aber war das der Geist? Oder ein Einheimischer? (Jedermann wusste, dass alle Amerikaner Waffen trugen.) Vielleicht war es auch ein amerikanischer Sicherheitsbeamter.

Li wollte lieber kein Risiko eingehen. Einerseits drängte es ihn, den

Geist so bald wie möglich zu finden, andererseits war ihm bewusst, dass er vorsichtig sein musste. Er wich von der Straße ins lockere Unterholz ab, wo man ihn nicht sofort bemerken würde, und schleppte sich so schnell voran, wie seine verkrampften und erschöpften Beine ihn tragen konnten.

Die Familien erstarrten bei dem Geräusch.

»Das war…«, setzte Wu Qichen an.

»Ja«, murmelte Sam Chang. »Ein Schuss.«

»Er will uns umbringen. Er wird uns aufspüren und umbringen.«

»Ich weiß«, gab Chang barsch zurück. Sein Herz war voller Trauer um Dr. Sung, um Sonny Li, um die beiden jungen Leute – wer auch immer dort soeben gestorben sein mochte. Aber was konnte er tun?

Er schaute zu seinem Vater und stellte fest, dass Chang Jiechi zwar sichtlich nach Atem rang, aber keineswegs zu leiden schien. Der alte Mann nickte seinem Sohn zu. Von ihm aus konnte es weitergehen. Die kleine Gruppe setzte ihren Weg durch Regen und Wind fort.

Ihre Sorge, die Fahrer bitten oder nötigen zu müssen, sie nach Chinatown zu bringen, erwies sich als hinfällig, denn es wartete kein einziger Lastwagen auf sie. Entweder standen die Fahrzeuge an einer völlig anderen Stelle oder der Geist hatte sie zurückbeordert, nachdem die Entscheidung gefallen war, das Schiff zu versenken. Einige Minuten hatten Chang und Wu nach Sung, Li und den anderen gerufen, die über Bord gegangen waren, aber dann hatte Chang das sich nähernde Boot des Schlangenkopfs bemerkt und die beiden Familien in ein Dickicht jenseits der Straße geführt, wo sie nicht gesehen werden konnten. Nun gingen sie auf die Lichter zu, um dort eventuell ein Transportmittel aufzutreiben.

Der Ort bestand aus zwei Restaurants, einer Tankstelle, ein paar Andenkenläden, wie es sie auch im Hafenviertel von Xiamen gab, zehn oder zwölf Wohnhäusern und einer Kirche.

Es war erst kurz nach Tagesanbruch – ungefähr halb sechs oder sechs –, doch es gab bereits einige Lebenszeichen: Vor den beiden Restaurants parkten ein Dutzend Autos, darunter auch ein fahrerloser Wagen mit laufendem Motor. Leider war es eine kleine Limousine, und Chang musste zehn Leute unterbringen. Außerdem wäre es von Vorteil für sie, wenn der Diebstahl erst nach zwei oder drei Stunden bemerkt werden würde – so lange dauerte es nämlich, um von hier nach Chinatown in New York City zu gelangen, hatte man ihm erzählt.

Er wies die anderen an, hinter einigen hohen Büschen zu warten, und bedeutete Wu und seinem Sohn William, ihn zu begleiten. Geduckt eilten sie auf die Rückseite der Häuser. Hinter der Tankstelle standen zwei große Lastwagen, die sich allerdings genau im Blickfeld des jungen Mannes befanden, der an der Kasse saß. Zwar prasselte der Regen gegen die Scheiben und erschwerte die Sicht, aber es konnte ihm nicht entgehen, falls einer der Laster sich in Bewegung setzen würde.

Zwanzig Meter weiter stand ein Haus, in dem nirgendwo Licht brannte, und dahinter ein Pickup, doch Chang wollte nicht, dass sein Vater oder die Kinder auf der offenen Ladefläche Wind und Wetter ausgesetzt wären. Überdies würde man zehn schiffbrüchige Chinesen, die in einem klapprigen alten Vehikel wie diesem nach New York fuhren, mühelos als solche erkennen können – genau wie in China die Wanderarbeiter, die auf der Suche nach Gelegenheitsjobs von Stadt zu Stadt zogen.

»Lauft nicht durch den Schlamm«, ermahnte Chang seine beiden Begleiter. »Bleibt auf dem Gras, oder tretet auf Äste und Steine. Ich möchte vermeiden, Fußspuren zu hinterlassen.« Er war ganz automatisch vorsichtig. Als Dissident in China lernte man schnell, die eigene Fährte zu verwischen, weil man ständig damit rechnen musste, von Agenten der Volksbefreiungsarmee oder des Büros für Öffentliche Sicherheit verfolgt zu werden.

Sie gingen weiter, zwischen Sträuchern und Bäumen hindurch, die sich im heftigen Wind neigten, vorbei an den nächsten Häusern, manche dunkel, andere von morgendlichem Familienleben erfüllt: Fernsehschirme flimmerten, Frühstück wurde zubereitet. Beim Anblick dieser typischen Alltagsbilder kam Chang die eigene missliche Lage auf einmal völlig hoffnungslos vor. Doch in China, wo er unendlich vieler Dinge beraubt worden war, hatte er gelernt, solche sentimentalen Anwandlungen zu unterdrücken, und so trieb er seinen Sohn und Wu zu größerer Eile an. Schließlich erreichten sie das letzte Gebäude der Ansiedlung: eine kleine Kirche, dunkel und anscheinend menschenleer.

Hinter dem verwitterten Holzhaus stießen sie auf einen weißen Kleinbus. Aus Internet und Fernsehen kannte Chang ein paar Brocken Englisch, aber die Aufschrift des Transporters konnte er nicht entziffern. Seine beiden Söhne jedoch hatten sich auf sein Drängen hin schon seit mehreren Jahren mit der amerikanischen Sprache und Kultur beschäftigt. William warf nur einen kurzen Blick auf den Wagen und wusste Bescheid. »Da steht ›Pentecostal Baptist Church of Easton‹«, erklärte er.

In der Ferne war ein zweiter, leiser Knall zu hören. Chang zuckte zusammen. Der Geist hatte einen weiteren Flüchtling ermordet.

»Los!«, flehte Wu ängstlich. »Schnell. Lasst uns nachsehen, ob er offen ist.«

Aber die Türen waren abgeschlossen.

Während Chang sich nach einem geeigneten Gegenstand umsah, mit dem sie die Seitenscheibe einschlagen konnten, nahm William das Schloss genau in Augenschein. »Hast du mein Messer noch?«, rief er, um das Heulen des Windes zu übertönen.

»Dein Messer?«

»Das ich dir auf dem Schiff gegeben habe – um das Seil durchzuschneiden.«

»Das war *deins*?« Was hatte sein Sohn bloß mit einer derartigen Waffe vorgehabt? Es war ein Springmesser.

»Hast du es noch?«, wiederholte der Junge.

»Nein, ich hab es beim Einsteigen fallen gelassen.«

William verzog das Gesicht, aber Chang ging darüber hinweg – obwohl ein solches Verhalten dem eigenen Vater gegenüber ziemlich ungehörig war – und suchte den matschigen Boden ab. Er fand ein kurzes Metallrohr und hieb damit kräftig gegen die Scheibe. Das Glas zerbarst in Hunderte winziger Krümel. Chang setzte sich auf den Beifahrersitz und suchte im Handschuhfach nach Schlüsseln. Er fand nichts, stieg wieder aus und blickte zum Gebäude. Ob in der Kirche wohl ein Schlüssel lag? Aber wo? In einem Büro? Womöglich gab es hier einen Hausmeister; was, wenn der Mann sie hörte und sich ihnen in den Weg stellte? Chang glaubte nicht, dass er einen Unschuldigen niederschlagen konnte, selbst wenn …

Er hörte ein lautes Knacken und fuhr erschrocken herum. Sein Sohn saß auf dem Fahrersitz und hatte mit dem Stiefel soeben das Plastikgehäuse des Zündschlosses zertreten. Verblüfft und bestürzt sah Chang, wie er die Kabel herausriss und die blanken Enden aneinander hielt. Plötzlich erwachte dröhnend das Radio zum Leben: »*Er wird dich immer lieben, also öffne dein Herz für unseren Heiland …*«

William drückte auf einen Knopf am Armaturenbrett und verringerte die Lautstärke. Dann hielt er zwei andere Kabel aneinander. Ein Funke war zu sehen ... und der Motor sprang an.

Chang konnte es kaum fassen. »Wo hast du das denn gelernt?«

Der Junge zuckte die Achseln.

»Sag mir sofort ...«

Wu packte ihn am Arm. »Los jetzt! Wir müssen unsere Familien holen und verschwinden. Der Geist ist hinter uns her.«

Chang starrte seinen Sohn schockiert an. Er erwartete eigentlich, dass der Junge beschämt den Kopf senken würde, aber William erwiderte den Blick dermaßen ungerührt, wie Chang dies seinem eigenen Vater gegenüber niemals gewagt hätte, ganz gleich, in welchem Alter.

»Bitte«, drängte Wu. »Wir müssen die anderen abholen.«

»Nein«, sagte Chang nach kurzem Überlegen. »Bringen Sie sie her. Gehen Sie denselben Weg zurück – und sorgen Sie dafür, dass niemand Fußspuren hinterlässt.«

Wu lief unverzüglich los.

William fand im Wagen eine Mappe mit Straßenkarten der Gegend und studierte sie aufmerksam. Er nickte, als würde er sich bestimmte Details einprägen.

Chang widerstand dem Impuls, seinen Sohn weiter wegen der kurzgeschlossenen Zündung zu befragen. »Weißt du, wo wir hinmüssen?«, fragte er nach einer Weile.

»Das finde ich schon raus.« Der Junge hob den Kopf. »Soll ich fahren? Du kannst das nicht besonders gut«, stellte er nüchtern fest. Wie die meisten chinesischen Städter war auch Sam Chang meist mit dem Fahrrad unterwegs gewesen.

Erneut wunderte er sich über seinen Sohn, dessen Worte und Tonfall auch diesmal an Unverschämtheit grenzten. Aber er konnte sich nicht lange mit dem Gedanken aufhalten, denn Wu kehrte mit den restlichen Flüchtlingen zurück. »Ja, fahr du«, sagte er deshalb zu seinem Sohn.

… Sieben

Zwei der Ferkel hatte er am Strand erwischt – den verletzten Mann und eine Frau.

In dem Boot hatte aber ungefähr ein Dutzend Leute gehockt. Wo waren die anderen?

Eine laute Hupe ertönte. Der Geist wirbelte herum. Es war Jerry Tang, der seine Aufmerksamkeit auf sich ziehen wollte. Er fuchtelte hektisch mit dem Funkscanner herum. »Die Polizei wird jede Minute hier sein! Wir müssen weg!«

Der Geist wandte sich ab und ließ den Blick ein weiteres Mal über das Ufer und den Straßenverlauf schweifen. Wohin hatten sie sich verkrochen? Vielleicht wollten sie …

Tangs Geländewagen bog mit quietschenden Reifen auf die Straße ein und beschleunigte.

»Nein! Halt!«

Wutentbrannt hob der Geist die Pistole und schoss. Die Kugel schlug in die Heckklappe des BMW ein, aber der Wagen raste mit unvermindertem Tempo weiter, bog schlitternd an einer Kreuzung ab und verschwand. Der Geist verharrte einen Moment mit der Waffe in der Hand und starrte durch den Dunst die Straße entlang, auf der seine Fluchtmöglichkeit sich soeben in Luft aufgelöst hatte. Er befand sich mehr als hundertzwanzig Kilometer vom nächsten sicheren Unterschlupf in Manhattan entfernt, sein Assistent war verschwunden, wahrscheinlich tot, und er hatte weder Geld noch ein Mobiltelefon, während gleichzeitig Dutzende von Polizisten auf dem Weg hierher waren. Und jetzt hatte Tang ihn auch noch im Stich gelassen. Am liebsten hätte er …

Er zuckte zusammen. Nicht weit vor ihm war aus einem Feld hinter einem Kirchengebäude plötzlich ein weißer Kleinbus aufgetaucht und auf die Straße eingebogen. Die Ferkel! Der Geist riss die Pistole hoch, aber da verschwand der Wagen auch schon wieder im Nebel. Es dauerte eine Weile, und der Geist musste mehrmals tief durchatmen, doch dann überkam ihn ein Gefühl großer Gelassenheit. Gewiss, er steckte in Schwierigkeiten, aber er hatte in seinem Leben sehr viel Schlimmeres überstanden.

Du bist Teil des Althergebrachten.

Du wirst dein Verhalten ändern.

Deine alten Überzeugungen werden dich das Leben kosten…

Ein Rückschlag, so hatte er gelernt, stellte lediglich ein vorübergehendes Ungleichgewicht dar, und sogar die schrecklichsten Ereignisse in seinem Leben waren letztlich durch diverse Glücksfälle wieder ausgeglichen worden. Seine persönliche Weltanschauung ließ sich in einem Wort zusammenfassen: *naixin*. Es war der chinesische Begriff für »Geduld«, aber der Geist verstand noch etwas anderes darunter, das sich am ehesten mit »alles zu seiner Zeit« übersetzen ließ. Er hatte die letzten viereinhalb Jahrzehnte nur deswegen überlebt, weil Sorgen, Ärger und Kummer ihm nie etwas anhaben konnten.

Vorerst war den Ferkeln die Flucht gelungen, und ihre Liquidierung würde warten müssen. Nun hatte er sich vordringlich darum zu kümmern, der Polizei und der Einwanderungsbehörde zu entkommen.

Er steckte seine Pistole ein und stapfte durch Regen und Wind am Ufer entlang auf die Lichter der Kleinstadt zu. Das erste Gebäude war ein Restaurant, vor dem ein Wagen mit laufendem Motor stand.

Na bitte, da hatte er doch schon zum ersten Mal Glück!

Und als er dann einen Blick hinaus aufs Meer warf, musste er sogar lachen. Noch ein gutes Omen: Unweit des Ufers schwamm ein weiteres der Ferkel, ein Mann, der sich verzweifelt über Wasser zu halten versuchte. Zumindest einen von ihnen würde er also noch erledigen können, bevor er nach New York fuhr.

Er zog die Waffe und ging ans Ufer.

Der Wind machte ihn völlig fertig.

Mühsam schleppte Sonny Li sich in Richtung der kleinen Stadt durch den Sand. Er war eher schmächtig und hatte sich in der harten, gefährlichen Welt, in der er lebte, stets nur mit Täuschungsmanövern, Überraschungsangriffen und listigen Einfällen behaupten können (und natürlich mit Waffengewalt), aber nicht dank überlegener Körperkräfte. Nach den Strapazen des heutigen Morgens war er nunmehr an der Grenze seines Leistungsvermögens angelangt.

Dieser Wind… zweimal ging Li deswegen sogar in die Knie.

Ich kann nicht mehr, dachte er. Der Weg durch den Sand war einfach zu beschwerlich für ihn, und so nahm er das Risiko einer Entdeckung in Kauf und stolperte zurück auf die regennasse asphaltierte

Straße. Er lief jetzt schneller, da er fürchtete, der Schlangenkopf könnte sich vom Strand absetzen, bevor er ihn fand.

Einen Augenblick später erhielt er jedoch die Bestätigung, dass der Mann sich immer noch irgendwo in der Nähe befand: mehrere Pistolenschüsse.

Li quälte sich eine Anhöhe hinauf und spähte angestrengt durch den strömenden Regen, konnte aber niemanden sehen. Offenbar hatte der Wind das Geräusch aus einiger Entfernung an sein Ohr getragen.

Entmutigt ging er weiter. Zehn endlose Minuten kämpfte er sich vorwärts, legte bisweilen den Kopf in den Nacken und ließ Regen in seinen ausgedörrten Mund laufen. Nach all dem Salzwasser, das er geschluckt hatte, war er furchtbar durstig.

Dann sah er zu seiner Rechten ein orangefarbenes Rettungsboot am Strand, vermutlich das des Geists. Erneut hielt Li nach dem Schlangenkopf Ausschau, wieder ohne Erfolg.

Er wollte versuchen, vom Boot aus den Spuren des Mannes zu dessen eventuellem Versteck in der Stadt zu folgen, aber kaum hatte er die Straße verlassen, sah er ein Blinklicht auftauchen. Er wischte sich den Regen aus den Augen und schaute genauer hin. Das Licht war blau und bewegte sich mit hoher Geschwindigkeit in seine Richtung.

Die Einwanderungsbehörde? Irgendwelche Sicherheitsbeamten?

Li rannte zu einem dichten Gebüsch auf der anderen Straßenseite, kauerte sich dahinter und sah das Licht näher kommen, bis er schließlich auch das dazugehörige Fahrzeug erkennen konnte. Das sportliche, gelbe Cabrio schoss plötzlich aus Regen und Dunst hervor und kam in etwa hundert Metern Entfernung schlitternd zum Stehen. Geduckt schlich Li langsam darauf zu.

Amelia Sachs stand mitten im Regen am Strand und starrte auf die weibliche Leiche, die mit grotesk verdrehten Gliedmaßen vor ihr lag.

»Er bringt die Leute um, Rhyme«, flüsterte sie bestürzt in das Mikrofon des Headsets, das mit ihrem Motorola SP-50 verbunden war. »Er hat zwei von ihnen erschossen, einen Mann und eine Frau. Von hinten.«

»*Erschossen*?«, wiederholte Rhyme mit hohler Stimme, und Amelia wusste, dass er sich auch für diese beiden Toten verantwortlich fühlte.

Der ESU-Beamte kam im Laufschritt und mit schussbereiter Maschinenpistole auf sie zu. »Keine Spur von ihm«, rief er. »Die Leute in dem Restaurant da drüben sagen, dass jemand vor etwa zwanzig Minuten ein Auto geklaut hat.« Er hatte sich das Kennzeichen und eine Beschreibung des Honda notiert. Amelia gab die Informationen an Rhyme durch.

»Lon wird alles Nötige veranlassen«, sagte er. »War der Mann allein?«

»Es sieht so aus. Wegen des Regens gibt es hier im Sand keine brauchbaren Fußspuren, aber ich habe welche an der schlammigen Stelle gefunden, wo er die Frau erschossen hat. Zu dem Zeitpunkt war niemand bei ihm.«

»Demnach scheint der Verbleib seines *bangshou* weiterhin ungeklärt zu sein. Vielleicht hat der Mann sich an Bord eines anderen Boots retten können. Oder er ist mit dem Schiff untergegangen.«

Amelia legte eine Hand auf den Kolben der Waffe und nahm die nähere Umgebung in Augenschein. Felsen, Dünen und Sträucher schimmerten durch den weißlichen Nebel. Ein einzelner Mann konnte sich hier problemlos verbergen.

»Wir machen uns jetzt auf die Suche nach den Immigranten, Rhyme«, sagte sie dann.

Sie rechnete damit, dass er ihr widersprechen und sie anweisen würde, zunächst den Tatort zu untersuchen, damit die tobenden Elemente nicht auch noch die letzten Spuren vernichten konnten, doch er sagte nur: »Viel Glück, Sachs. Ruf mich wieder an, wenn du dir den Schauplatz vornimmst.« Er unterbrach die Verbindung.

Lass dir keine Einzelheit entgehen, aber pass auf dich auf…

Sie machte sich mit dem ESU-Cop am Strand entlang auf den Weg und stieß ungefähr hundert Meter von der ersten Landestelle entfernt auf ein zweites, kleineres Schlauchboot. Amelias erster Impuls war, es auf Spuren zu untersuchen, doch dann besann sie sich und blieb bei ihrer ursprünglichen Absicht. Sie stellte sich mit dem Rücken zum Wind und hielt nach den Flüchtlingen Ausschau – und nach Anzeichen für einen Hinterhalt oder ein Schlupfloch, in dem womöglich der Geist lauerte.

Nichts zu sehen.

Kurz darauf trug der Wind das Geheul der Sirenen an Amelias Ohren, und die Fahrzeugkolonne bog mit hoher Geschwindigkeit in den Ort ein. Die zehn oder zwölf Einheimischen, die in dem Restaurant und der Tankstelle gesessen hatten, wagten sich alle nach draußen, um herauszufinden, was in ihrer beschaulichen kleinen Gemeinde eine derartige Aufregung verursachte.

Die oberste Pflicht eines Kriminalisten lautet, den Schauplatz des Verbrechens abzusichern, damit das Beweismaterial nicht verfälscht oder vernichtet werden kann – weder unbeabsichtigt noch durch die Hände von Souvenirjägern oder gar den Täter selbst, der sich eventuell als Schaulustiger tarnt. Schweren Herzens überließ Sachs die weitere Suche nach Überlebenden der Schiffskatastrophe den neu eingetroffenen Beamten und lief zu dem blauweißen Kleinbus der New Yorker Spurensicherung, um ihre Kollegen einzuweisen.

Während die Techniker den Strand mit gelbem Plastikband absperrten, stieg Amelia samt durchnässter Jeans und T-Shirt in einen weißen Kapuzenoverall. Diese neueste Errungenschaft forensischer Berufskleidung bestand aus Tyvek, einer Polyäthylenfaser, und sollte verhindern, dass der Träger den Tatort versehentlich durch eigene Spurenpartikel verunreinigte – beispielsweise durch Haare, Hautschuppen oder Schweißtropfen.

Lincoln Rhyme hielt sehr viel von dieser Vorsichtsmaßnahme – schon während seiner aktiven Zeit als Leiter der Investigation and Resources Division und damit als Chef der Spurensicherung hatte er sich um vergleichbare Anzüge bemüht. Sachs hingegen war weniger begeistert, allerdings nicht, weil sie in dem Overall wie ein Außerirdischer aus einem billigen Science-Fiction-Film aussah. Nein, sie machte sich Sorgen wegen der leuchtend weißen Farbe. Falls nämlich ein Täter aus irgendwelchen Gründen in der Nähe des Schauplatzes blieb, um seine Schießkünste an den Beamten der Spurensicherung zu erproben, gab sie damit ein weithin sichtbares Ziel ab. Daher hatte Sachs dem Anzug insgeheim einen Spitznamen verpasst: »Tontaubendress«.

Eine kurze Befragung der Restaurantgäste, Tankstellenangestellten und Bewohner dieser Hand voll Häuser am Strand erbrachte keine neuen Erkenntnisse, abgesehen von den bereits bekannten Fakten über den Honda, mit dem der Geist entkommen war. Es wurden keine weiteren Fahrzeuge vermisst, und niemand hatte jemanden ans Ufer schwimmen gesehen, eine verdächtige Person an Land bemerkt oder bei diesem heftigen Wind und Regen auch nur die Schüsse gehört.

Somit lag es allein bei Amelia Sachs – und Lincoln Rhyme –, dem Schauplatz möglichst viele Informationen über den Geist, die Schiffsbesatzung und die Flüchtlinge zu entlocken.

Und es war ein gewaltiger Schauplatz, einer der größten, die sie jemals untersucht hatten: anderthalb Kilometer Strand, eine Straße und jenseits davon dichtes Unterholz. Millionen einzelner kleiner Orte. Und womöglich verbarg sich irgendwo ein bewaffneter Täter.

»Es wird sehr schwierig, Rhyme. Der Regen hat ein wenig nachgelassen, ist aber immer noch ziemlich heftig, und die Windgeschwindigkeit liegt bei etwa fünfunddreißig Kilometern pro Stunde.«

»Ich weiß. Wir haben den Wetterkanal eingeschaltet.« Er klang jetzt anders, ruhiger. Es kam ihr irgendwie unheimlich vor. Sie musste an den beklemmend ungerührten Tonfall seiner Stimme denken, wenn er darüber sprach, ein Ende zu machen, sich umzubringen, eine unabänderliche Entscheidung zu treffen. »Ein weiterer Grund, die Suche fortzusetzen, meinst du nicht auch?«, stichelte er.

Sie schaute den Strand auf und ab. »Es ist nur… Das Gebiet ist zu groß. Es gibt hier so unglaublich viel von allem.«

»Wie kann das Gebiet zu groß sein, Sachs? Wir suchen jeden Tatort Schritt für Schritt ab, egal, ob es sich um einen Quadratkilometer Landschaft oder um ein kleines Zimmer handelt. Es dauert bloß länger. Wir haben sogar eine besondere *Vorliebe* für große Schauplätze. Dort gibt es nämlich unglaublich viele wunderbare Orte, an denen man Spuren finden kann.«

Na klasse, dachte sie und lächelte gequält.

Dann begab sie sich zu der Stelle, an der das große, luftleere Schlauchboot im Wasser lag, und fing an, ein imaginäres Gitternetz abzuschreiten. Damit war eine spezielle Technik gemeint, mit der man Tatorte auf Spuren untersuchte, indem man das betreffende Areal wie beim Rasenmähen in mehreren Bahnen erst senkrecht und dann waagerecht durchmaß. Auf diese Weise betrachtete man jeden Fleck aus zwei Perspektiven und nahm vielleicht Details wahr, die bei nur einmaliger Überprüfung übersehen worden wären. Obwohl Dutzende anderer Suchverfahren existierten, die allesamt weniger Zeit in Anspruch nahmen und längst nicht so beschwerlich waren, verhalf das Gitternetz noch am ehesten zu brauchbaren Ergebnissen. Rhyme bestand darauf, dass Sachs ausschließlich diese Methode anwandte – genau wie er es früher von seinen Beamten und Technikern bei der forensischen Abteilung der New Yorker Polizei verlangt hatte. Dank Lincoln Rhyme war der Begriff »das Gitternetz abschreiten« beim NYPD zum Synonym für eine gründliche Tatortuntersuchung geworden.

Schon bald verschwanden die Häuser von Easton aus Amelias Blickfeld, und nur noch eines wies darauf hin, dass sie sich nicht allein hier befand: die diffusen Blinklichter der Einsatzfahrzeuge, als würde Blut unter bleicher Haut pulsieren, schaurig und gespenstisch.

Wenig später wurden auch diese Lichter vom Nebel verschluckt. Die Abgeschiedenheit – verbunden mit einem bedrückend starken Gefühl der Verwundbarkeit – legte sich wie ein Gewicht auf ihre Schultern. O Mann, das gefällt mir überhaupt nicht. Die Sichtweite nahm immer mehr ab, und die Geräusche der Brandung, des Winds und der Regentropfen, die laut auf die Kapuze ihres Anzugs prasselten, würden das Herannahen eines eventuellen Angreifers mühelos übertönen.

Sie überzeugte sich davon, dass die schwarze Glock Automatik griffbereit in ihrem Holster steckte, und setzte die Suche fort.

»Wir sollten für eine Weile Funkstille halten, Rhyme. Ich werde das Gefühl nicht los, dass immer noch jemand hier ist. Jemand, der mich beobachtet.«

»Ruf mich an, wenn du fertig bist«, sagte er. Er klang zögernd, als wollte er noch etwas hinzufügen, aber einen Augenblick später unterbrach er die Verbindung.

Pass auf dich auf…

In der nächsten Stunde durchkämmte sie den Strand, die Straße und das dahinter gelegene Dickicht, wie ein Kind, das nach Muscheln suchte. Dann widmete sie sich dem intakten Boot, in dem sie ein Funktelefon fand, und anschließend der luftleeren Hülle des anderen Gefährts, das zwei ESU-Beamte inzwischen an Land gezogen hatten. Schließlich reihte sie alle sichergestellten Beweise vor sich auf: die Patronenhülsen, Blutspritzer, Fingerabdrücke und Polaroidbilder der Fußspuren.

Dann schaltete sie das Funkgerät ein und wurde zu dem behaglichen Stadthaus in einigen Lichtjahren Entfernung durchgestellt. »Irgendwas ist komisch, Rhyme.«

»Diese Bemerkung ist nicht gerade hilfreich, Sachs. ›Komisch‹? Was soll das heißen?«

»Die Immigranten… ungefähr zehn, verschwinden einfach. Das begreife ich nicht. Sie verlassen einen Unterstand am Strand, überqueren die Straße und verstecken sich im Gebüsch. Ich habe dort entsprechende Abdrücke im Schlamm gefunden. Dann lösen sie sich einfach in Luft auf. Ich vermute, sie haben sich weiter landeinwärts einen Unterschlupf gesucht, aber ich habe keine Spuren gefunden. Niemand hier würde eine solche Schar von Anhaltern mitnehmen, und kein Mensch in der Stadt hat irgendwelche Fahrzeuge bemerkt, die auf sie gewartet haben könnten. Davon abgesehen gibt es auch keinerlei Reifenspuren.«

»Also gut, Sachs, du bist soeben der Fährte des Geists gefolgt. Du hast gesehen, was er getan hat, du weißt, wer er ist, du warst an seinen Aufenthaltsorten. Was geht dir durch den Kopf?«

»Ich …«

»Du bist jetzt der Geist«, fiel Rhyme ihr beschwörend ins Wort. »Du bist Kwan Ang, den alle nur Gui, den Geist, nennen. Du bist ein Multimillionär, ein Menschenschmuggler – ein Schlangenkopf. Ein Killer. Du hast gerade ein Schiff versenkt und mindestens ein Dutzend Leute getötet. Was hast du nun vor?«

»Ich muss die anderen finden«, antwortete sie sofort. »Ich muss sie finden und ausschalten. Ich will nicht weg von hier. Noch nicht. Ich weiß nicht genau wieso, aber ich muss sie finden.« Für den Bruchteil einer Sekunde schoss ihr ein Bild durch den Kopf. Sie sah sich selbst *tatsächlich* als den Schlangenkopf, erfüllt von dem erregenden Drang, die Flüchtlinge aufzuspüren und zu ermorden. Das Gefühl war beängstigend. »Nichts wird mich aufhalten«, flüsterte sie.

»Gut, Sachs«, erwiderte Rhyme leise, als wolle er keinesfalls riskieren, die fragile Verbindung zwischen ihr und dem Schlangenkopf zu unterbrechen. »Und jetzt denk über die illegalen Einwanderer nach. Sie werden von einer solchen Person verfolgt. Was würden *sie* wohl tun?«

Amelia benötigte einen Moment, um sich von einem herzlosen Mörder und Schlangenkopf in eine der armen Seelen auf diesem Schiff zu verwandeln. Sie war entsetzt, dass der Mann, dem sie die gesamten Ersparnisse ihres Lebens überlassen musste, sie auf diese Weise hintergangen und ihr nahe stehende Menschen umgebracht hatte, vielleicht sogar Familienangehörige. Und nun wollte er auch sie töten.

»Ich suche mir kein Versteck, sondern sehe zu, dass ich so schnell wie möglich von hier verschwinde. Egal wie, Hauptsache weit weg. Wir können nicht zurück ins Meer. Wir können nicht zu Fuß weiter. Wir brauchen einen Wagen.«

»Und woher kriegt ihr einen?«, fragte Rhyme.

»Keine Ahnung«, sagte sie und hatte den frustrierenden Eindruck, der Antwort greifbar nahe zu sein, ohne wirklich etwas erkennen zu können.

»Gibt es weiter landeinwärts irgendwelche Gebäude?«, fragte er.

»Nein.«

»Sind an der Tankstelle Lastwagen geparkt?«

»Ja, aber laut Auskunft der Angestellten fehlt keiner davon.«

»Sonst noch etwas?«

Sachs musterte den Straßenverlauf. »Nein, nichts.«

»Da kann nicht *nichts* sein, Sachs«, tadelte er sie. »Diese Leute rennen um ihr Leben. Sie sind *irgendwie* entkommen. Die Antwort liegt dort in Easton. Was siehst du sonst noch?«

Sie seufzte und begann mit der Aufzählung. »Ich sehe einen Stapel alter Reifen. Ich sehe ein Segelboot, das kieloben liegt. Ich sehe einen leeren Kasten Bier – Marke Sam Adams. Vor der Kirche steht eine Schubkarre ...«

»Kirche?«, unterbrach Rhyme. »Vorhin hast du nichts von einer Kirche erwähnt.«

»Es ist Dienstagmorgen, Rhyme. Die Kirche ist verschlossen, und die ESU hat dort bereits nachgesehen.«

»Geh dahin, Sachs. Sofort!«

Steifbeinig machte sie sich auf den Weg, wenngleich ihr nicht klar war, welche hilfreichen Erkenntnisse Rhyme sich davon versprach.

»Hast du in den Sommerferien jemals an den Aktivitäten deiner Kirchengemeinde teilgenommen, Sachs?«, fragte Rhyme. »Ritz Cracker, Hawaiipunsch und Bibelstunden an warmen Sommertagen? Picknicks mit hausgemachten Salaten? Ausflüge mit der Jugendgruppe?«

»Ein- oder zweimal. Meistens habe ich sonntags lieber an alten Vergasern herumgeschraubt.«

»Womit befördern die Kirchen ihre Schäfchen von Ort zu Ort? Mit Kleinbussen, Sachs. Mit Kleinbussen, in denen bis zu zwölf Leute Platz finden.«

»Könnte sein.« Sie klang skeptisch.

»Vielleicht auch nicht«, räumte Rhyme ein. »Aber den Einwanderern sind nicht plötzlich Flügel gewachsen, oder? Also lass uns die wahrscheinlicheren Alternativen überprüfen.«

Wie so oft, behielt er auch diesmal Recht.

Amelia kam um das Kirchengebäude herum und betrachtete den matschigen Boden: Fußspuren, winzige Krümel aus zerbrochenem Sicherheitsglas, das Rohr, mit dem man die Scheibe eingeschlagen hatte, die Reifenabdrücke eines Transporters.

»Volltreffer, Rhyme. Ein ganzer Haufen frischer Spuren. Verdammt, das war clever … Sie sind bewusst nur auf Steine, Gras und Unkraut getreten, um im Schlamm keine Fährte zu hinterlassen. Dann sind sie mit dem Wagen offenbar nicht durch den Ort, sondern zunächst ein Stück querfeldein gefahren, sodass niemand sie beim Abbiegen auf die Straße gesehen hat.«

»Setz dich mit dem Pfarrer in Verbindung, und lass dir die Einzelheiten über den Kleinbus geben«, befahl Rhyme.

Sachs bat einen der Bezirkspolizisten, die Auskünfte einzuholen. Nur wenige Minuten später lag die Information vor: Es handelte sich um einen weißen Dodge, fünf Jahre alt, versehen mit dem Namen der Kirche. Amelia notierte sich das Kennzeichen und gab alles an Rhyme durch, der daraufhin – ebenso wie zuvor für den Honda – eine Fahndungsmeldung veranlassen wollte. Ferner sollten die Hafenbehörden sämtliche Mautstellen an Tunneln und Brücken verständigen, weil davon auszugehen war, dass die Flüchtlinge versuchen würden, nach Chinatown zu gelangen.

Sachs unterzog den Platz hinter der Kirche der üblichen Suchprozedur, konnte aber keine weiteren Spuren sicherstellen. »Ich glaube, hier können wir nicht mehr viel tun, Rhyme. Ich werde die Beweismittel verbuchen und mich dann auf den Rückweg machen.« Sie beendete das Gespräch.

Beim Wagen der Spurensicherung zog sie den Tyvek-Anzug aus, verzeichnete sorgfältig alle Funde und versah sie mit den vorgeschriebenen Registrierkarten. Dann wies sie die Techniker an, das gesamte Material so schnell wie möglich bei Rhyme abzuliefern. Obwohl kaum noch Hoffnung bestand, wollte sie ein letztes Mal nach Überlebenden Ausschau halten. Ihre Knie standen buchstäblich in Flammen – sie hatte die chronische Arthritis ihres Großvaters geerbt. Die Krankheit machte ihr häufig zu schaffen, aber erst jetzt, da niemand in der Nähe war, gestattete sie sich den Luxus langsamer Bewegungen. Im Beisein von Kollegen ließ sie sich nach Möglichkeit nie etwas anmerken, denn sie musste befürchten, aus Gesundheitsgründen an den Schreibtisch verbannt zu werden, falls die Chefetage von ihrem Zustand Wind bekam.

Als sie nach fünfzehn Minuten noch immer keine Spur von weiteren Flüchtlingen entdeckt hatte, kehrte sie zu ihrem Camaro zurück. Inzwischen befand sich kein weiteres Fahrzeug mehr an diesem Teil des Strandes. Amelia war allein; ihr Begleiter von der ESU hatte sich für eine weniger gefährliche Rückfahrgelegenheit entschieden.

Der Nebel war nicht mehr so dicht. In einem knappen Kilometer Entfernung konnte Sachs auf der anderen Seite der Stadt mit etwas Mühe zwei Krankenwagen des Suffolk County und daneben eine zivile Ford-Limousine ausmachen, die dem INS gehörte, falls Amelia sich richtig erinnerte.

Ächzend ließ sie sich auf den Fahrersitz sinken, zog einen Zettel hervor und hielt in einigen Stichworten ihre Eindrücke vom Schauplatz fest, um diese später Rhyme und dem Team präsentieren zu können. Der Wind ließ den leichten Wagen schaukeln, und der Regen trommelte lautstark auf das Blech der Karosserie. Als Sachs kurz aufblickte, sah sie, wie eine Woge sich dramatisch an einem hervorspringenden schwarzen Felsen brach und drei Meter hohe Gischt aufspritzen ließ.

Amelia kniff die Augen zusammen und wischte mit ihrem Ärmel die beschlagene Windschutzscheibe sauber.

Was war das? Ein Tier? Ein Wrackteil der *Fuzhou Dragon*?

Nein, wurde ihr schlagartig klar; es war ein Mann. Verzweifelt klammerte er sich an den Felsen.

Sachs schnappte sich das Funkgerät und schaltete auf die Frequenz der hiesigen Einheiten. »Hier ist die NYPD Spurensicherung, Einheit Fünf Acht Acht Fünf, für die Rettungsteams des Suffolk County am Strand bei Easton. Hört ihr mich?«

»Roger, Fünf Acht Acht Fünf. Was gibt's?«

»Ich bin einen halben Kilometer östlich der Stadt. Hier schwimmt jemand im Wasser. Ich benötige Unterstützung.«

»Verstanden«, kam die Antwort. »Wir sind unterwegs. Ende.«

Sachs stieg aus und lief zum Ufer. Sie sah, wie eine große Welle den Mann von dem Felsen hob und ins Wasser warf. Er versuchte zu schwimmen, aber er schien verletzt zu sein, und so gelang es ihm lediglich, mit Mühe und Not den Kopf über Wasser zu halten. Einmal ging er kurz unter und kam nur unter großen Anstrengungen wieder nach oben.

»O Mann«, murmelte Sachs und schaute zurück zur Straße. Der gelbe Krankenwagen bog gerade erst auf den Asphalt ein.

Der Flüchtling stieß einen erstickten Schrei aus und glitt unter die Oberfläche. Es blieb keine Zeit, um auf die Profis zu warten.

Auf der Polizeiakademie hatte Sachs die Grundregel aller Lebensretter gelernt: »So trocken wie möglich, so nass wie nötig.« Das hieß, man sollte einen Ertrinkenden vom Ufer oder einem Boot aus zu retten versuchen, bevor man selbst ins Wasser sprang. Tja, hier blieb ihr leider keine große Auswahl.

Also, dachte sie: Hinein!

Sie ignorierte den stechenden Schmerz in ihren Knien und schnallte im Laufen den Waffengürtel ab. Dann öffnete sie die Schnürsenkel, schleuderte ihre Schuhe beiseite und watete in die kalten, aufgewühlten Fluten, den Blick unverwandt auf den erschöpften Schwimmer gerichtet.

... Acht

Sonny Li kroch aus dem Gebüsch hervor und verfolgte, wie die rothaarige Frau ihre Schuhe auszog und ins Meer stieg, sich dann abstieß und auf jemanden zuschwamm, der im Wasser ums Überleben kämpfte.

Li konnte nicht erkennen, um wen es sich dabei handelte – es musste entweder John Sung oder der junge Ehemann aus dem Boot sein. Wie auch immer, Lis Aufmerksamkeit richtete sich sogleich wieder auf die Frau, die er von seinem Versteck aus nicht mehr aus den Augen gelassen hatte, seit sie vor mehr als einer Stunde am Strand eingetroffen war.

Genau genommen war sie gar nicht sein Typ. Er machte sich nichts aus westlichen Frauen, zumindest nicht aus denjenigen, die er in Fuzhou gesehen hatte. Die hingen nämlich entweder am Arm eines reichen Geschäftsmannes (groß und schön, mit verächtlichen Blicken für all die Chinesen, die sie anstarrten) oder waren Touristinnen in Begleitung ihrer Ehemänner und Kinder (schlecht gekleidet, mit verächtlichen Blicken für Chinesen, die auf den Bürgersteig spuckten, und für die Radfahrer, die sie niemals ungehindert über die Straße ließen).

Die Frau dort drüben aber faszinierte ihn. Anfangs hatte er nicht begriffen, was sie hier wollte; sie war einfach in ihrem leuchtend gelben Wagen vorgefahren und wurde von einem Soldaten mit Maschinenpistole begleitet. Dann hatte sie sich umgedreht, und er hatte auf ihrer Jacke die Buchstaben NYPD erkannt. Demnach gehörte sie zu den Sicherheitsbehörden. Später war sie auf die Suche nach Überlebenden und Spuren gegangen.

Sexy, hatte er bei sich gedacht, obwohl er eigentlich mehr auf stille, elegante Chinesinnen stand.

Und dieses Haar! Welch eine Farbe! Es veranlasste ihn, der Fremden einen Spitznamen zu geben: »Hongse«, das chinesische Wort für »Rot«.

Ein gelber Krankenwagen raste in ihre Richtung. Als er auf einen kleinen Parkplatz einbog und anhielt, robbte Li zum Straßenrand. Natürlich bestand die Chance, dass man ihn entdeckte, aber er musste jetzt handeln, bevor die Frau zurückkehrte. Er wartete, bis die Sanitäter Hongse zu Hilfe eilten, und rannte dann über die Straße zu dem Sportwagen. Es war ein älteres Modell, ähnlich den Autos, die Li aus amerikanischen Fernsehserien wie *Einsatz in Manhattan* oder *Polizeirevier Hill Street* kannte. Er hatte nicht vor, es zu stehlen (die meisten Sicherheitsbeamten und Soldaten waren zwar wieder abgerückt, doch es waren immer noch genügend in der Nähe, um ihn verfolgen und festnehmen zu können – vor allem am Steuer einer Karre, die leuchtete wie ein Eigelb). Nein, im Moment wollte er bloß eine Pistole und etwas Geld.

Er öffnete die Beifahrertür, schob sich auf den Sitz und durchsuchte das Handschuhfach. Keine Waffen. Verärgert dachte er an seine Tokarew, die mittlerweile auf dem Meeresgrund lag. Zigaretten gab es hier auch nicht. Scheiße… Er fand eine Geldbörse mit ungefähr fünfzig Dollar in bar und steckte die Scheine ein. Dann nahm er das Blatt Papier, auf dem die Frau geschrieben hatte. Li konnte sich gut auf Englisch verständigen – dank der amerikanischen Spielfilme und der *Follow-Me*-Sendung von Radio Peking –, aber das Lesen bereitete ihm enorme Schwierigkeiten (und irgendwie war es auch unfair, dass man im Englischen mit etwa fünfundzwanzig Buchstaben auskam, während die chinesische Schrift über 40 000 Zeichen verfügte). Mit einiger Mühe entzifferte er den richtigen Namen des Geists, Kwan Ang, sowie weitere Bruchstücke des Textes. Er faltete den Zettel zusammen, schob ihn in die Hemdtasche und verteilte ein paar Blätter vor der offenen Fahrertür auf dem Boden, damit es so aussah, als hätte der Wind sie hinausgeweht.

Ein weiteres Fahrzeug näherte sich – eine schwarze Limousine, die verdächtig nach einem Dienstwagen aussah. Geduckt lief Li zurück ins Unterholz. Vor dort aus warf er erneut einen Blick auf die stürmische See und stellte fest, dass Hongse inzwischen in den gleichen Schwierigkeiten zu stecken schien wie der Ertrinkende. Plötzlich tat es ihm Leid, dass eine so hübsche Frau sich in Gefahr befand. Doch das war nun wirklich nicht sein Problem: Er hatte sich in erster Linie darum zu kümmern, am Leben zu bleiben und den Geist zu finden.

Die Anstrengung, sich durch die heftige Brandung bis zu dem ertrinkenden Flüchtling vorzuarbeiten, hatte Amelia Sachs fast völlig erschöpft, und sie musste mit aller Kraft darum kämpfen, sich selbst und den Mann über Wasser zu halten. Ihre Knie- und Hüftgelenke protestierten schmerzhaft. Der Kerl leistete nicht die geringste Hilfe. Er war mittelgroß und schlank – ohne viel Fett, das zumindest für etwas Auftrieb gesorgt hätte. Lethargisch strampelte er ein wenig mit den Beinen, doch sein linker Arm war infolge einer Schusswunde in der Brust außer Gefecht gesetzt.

Immer wieder drang beißendes Salzwasser in Amelias Mund und Nase ein, und so schwamm sie keuchend und spuckend in Richtung Ufer. Das Wasser brannte in den Augen und trübte ihre Sicht, aber sie erkannte am Strand neben einer Trage und einer großen grünen Sauerstoffflasche zwei Sanitäter, die sie mit weit ausholenden Gesten zu sich winkten.

Danke, Jungs... Ich *versuch's* ja.

Sie steuerte nach Kräften auf die beiden zu, aber die rücklaufende Brandung war nahezu übermächtig. Als Amelia einen kurzen Blick auf den Felsen warf, an den der Mann sich geklammert hatte, musste sie feststellen, dass sie trotz aller Bemühungen erst ungefähr drei Meter vorangekommen waren.

Tritt stärker. Stärker!

In Gedanken sagte sie eines ihrer ganz persönlichen Mantras auf: Wenn du in Schwung bist, kriegt dich keiner...

Nur noch zwei, drei Meter. Doch letztlich musste sie innehalten, um nach Luft zu schnappen, und sah bestürzt mit an, wie die Strömung sie sofort wieder vom Ufer wegzog.

Komm schon, streng dich an...

Der teilnahmslose Mann hatte das Bewusstsein verloren und zog sie nach unten. Sachs strampelte mit aller Kraft. Dann erlitt sie einen Wadenkrampf, schrie auf und versank. Das trübe graue Wasser, voller Algen und Sand, schlug über ihr zusammen. Mit einer Hand hielt sie das Hemd des Flüchtlings fest, mit der anderen hämmerte sie sich auf die Wade, um den Krampf zu lockern, und bei all dem versuchte sie, so lange wie möglich den Atem anzuhalten.

Ach, Lincoln, dachte sie. Es ging abwärts ... immer tiefer in das dunkle Wasser.

O Gott! Was war das denn?

Ein Barrakuda, ein Hai, ein schwarzer Aal ... schoss durch die schmutzigen Fluten heran und legte sich um Amelias Brust. Instinktiv wollte sie nach dem Springmesser greifen, das in ihrer Gesäßtasche steckte, aber ihr Arm wurde durch dieses eklige Biest dicht an den Körper gepresst. Es zog sie hinauf, und wenige Sekunden später durchbrach sie die Oberfläche und sog gierig Luft in ihre brennende Lunge.

Sie sah nach unten. Das Tier erwies sich als Arm eines Mannes, der in einem schwarzen Neoprenanzug steckte.

Der Rettungstaucher spuckte den Lungenautomaten seiner Pressluftflasche aus. »Ganz ruhig, Miss, ich hab Sie. Es ist alles in Ordnung.«

Ein zweiter Taucher kümmerte sich um den Verletzten und hielt dessen Kopf über Wasser.

»Ein Krampf«, keuchte Sachs. »Ich kann mein Bein nicht bewegen. Es tut furchtbar weh.«

Er griff mit einer Hand nach unten, nahm ihr Bein und drückte ihren Fußballen in Richtung Körper, so dass die Wadenmuskulatur gestreckt wurde. Kurz darauf verflog der Schmerz. Sie nickte.

»Bewegen Sie sich nicht. Ganz locker. Ich bringe Sie raus.« Er zog sie in Rückenlage zum Ufer, während sie den Kopf in den Nacken legte und sich auf das Atmen konzentrierte. Seine kräftigen Beine brachten sie dank der Flossen schnell voran. »Das war ziemlich mutig von Ihnen«, sagte er. »Die meisten Leute hätten dem Mann einfach beim Sterben zugesehen.«

Der Weg durch das kalte Wasser schien ewig zu dauern. Endlich spürte Sachs Kiesel unter den Füßen. Sie stolperte an Land und nahm aus den Händen eines der Sanitäter eine Decke entgegen. Nachdem sie wieder etwas zu Kräften gekommen war, ging sie zu dem Flüchtling, der auf der Trage lag und eine Sauerstoffmaske auf dem Gesicht hatte. Er wirkte benommen, war jedoch wieder bei Bewusstsein. Einer der Sanitäter hatte ihm das Hemd aufgeknöpft und versorgte die blutige Wunde.

Sachs wischte sich so gut es ging den Sand von Füßen und Beinen, zog ihre Schuhe an und schnallte sich den Waffengürtel wieder um. »Wie geht's ihm?«

»Die Verletzung ist nicht allzu schlimm. Der Schütze hat ihn zwar in die Brust getroffen, aber aus einem für das Opfer günstigen Winkel. Dennoch müssen wir aufpassen; er ist unterkühlt und sehr erschöpft.«

»Kann ich ihm einige Fragen stellen?«

»Machen Sie's kurz«, erwiderte der Sanitäter. »Er braucht Sauerstoff und Ruhe.«

»Wie heißen Sie?«, fragte Sachs den Immigranten.

Er hob die Sauerstoffmaske an. »John Sung.«

»Ich bin Amelia Sachs von der New Yorker Polizei.« Sie zeigte ihm ihren Dienstausweis. Es war strikte Vorschrift. »Was ist passiert?«

Abermals hob der Mann die Maske an. »Ich wurde aus dem Rettungsboot geschleudert. Der Schlangenkopf vom Schiff – wir nennen ihn den Geist – hat mich gesehen und ist ans Ufer gekommen. Sein erster Schuss ging daneben. Ich bin ein Stück getaucht, aber irgendwann musste ich Luft holen. Darauf hatte er nur gelauert. Der zweite Schuss war ein Treffer. Ich habe mich tot gestellt, und als ich wieder hinsah, stieg er gerade in einen roten Wagen und fuhr weg. Ich wollte an Land schwimmen, aber es ging nicht. Deswegen habe ich mich an diesen Felsen geklammert und gewartet.«

Sachs musterte ihn nachdenklich. Er sah gut aus und war offenbar recht durchtrainiert. Vor kurzem hatte sie im Fernsehen eine Reportage über China verfolgt und dabei erfahren, dass viele Chinesen lebenslang Sport trieben – ganz im Gegensatz zu den meisten Amerikanern, die häufig nur vorübergehend und aus reiner Eitelkeit etwas für ihre Gesundheit taten.

»Wie geht …«, setzte Sung an, wurde aber von einer heftigen Hustenattacke überwältigt. Der Sanitäter wartete, bis der Anfall sich legte, kniete dann nieder und setzte ihm die Maske wieder auf. »Ich bedauere, Officer, aber er braucht jetzt dringend Sauerstoff.«

Doch Sung hob die Maske wieder an. »Wie geht es den anderen? Sind sie in Sicherheit?«

Es war gemeinhin nicht üblich, derartige Informationen an Zeugen weiterzugeben, aber Amelia sah die aufrichtige Sorge in seinem Blick. »Es tut mir Leid. Zwei von ihnen sind tot.«

Er schloss die Augen und umklammerte mit der rechten Hand ein steinernes Amulett, das an einem Lederriemen um seinen Hals hing.

»Wie viele waren in dem Boot?«, fragte Sachs.

»Insgesamt vierzehn«, antwortete er nach kurzem Überlegen. »Ist er entkommen? Der Geist?«

»Die Fahndung nach ihm läuft auf Hochtouren.«

Erneut verzog Sung erschrocken das Gesicht und schloss die Hand um den Talisman.

Der Sanitäter reichte Amelia die durchnässte Brieftasche des Verwundeten. Der Großteil des Inhalts löste sich bereits auf und war überdies chinesisch beschriftet, abgesehen von einer einzigen noch leserlichen Karte, die den Mann als einen gewissen Dr. Sung Kai auswies.

»Kai? Ist das Ihr Vorname?«

Er nickte. »Aber meistens bevorzuge ich John.«

»Sie haben einen Doktortitel?«

»Ja.«

»In Medizin?«

Er nickte ein zweites Mal.

Sachs betrachtete ein Foto, auf dem zwei kleine Kinder abgebildet waren, ein Junge und ein Mädchen. Der Gedanke, dass die beiden sich an Bord des Schiffs befunden hatten, war entsetzlich.

»Und Ihre …« Der Satz blieb Amelia im Hals stecken.

Sung begriff, was sie fragen wollte. »Meine Kinder? Die sind daheim in Fujian. Sie leben bei meinen Eltern.«

Der Sanitäter blieb neben dem Patienten und war nicht erfreut darüber, dass dieser ständig die Maske anhob. Aber auch Sachs musste ihren Job erledigen. »Dr. Sung, haben Sie eine Ahnung, wohin der Geist sich wenden könnte? Hat er ein Haus oder eine Wohnung in unserem Land? Eine Firma? Irgendwelche Freunde?«

»Ich weiß es nicht. Er hat kein Wort mit uns geredet und wollte nichts mit uns zu tun haben. Er hat uns wie Tiere behandelt.«

»Was ist mit den anderen Immigranten? Wohin könnten sie geflohen sein?«

Sung schüttelte den Kopf. »Es tut mir Leid. Wir sollten irgendwo in New York untergebracht werden, aber niemand hat uns je Genaueres verraten.« Sein Blick richtete sich auf das Wasser. »Zuerst dachten wir, die Küstenwache hätte mit einer Kanone auf uns geschossen. Dann wurde uns klar, dass der Geist das Schiff eigenhändig und mit allen an Bord versenken wollte.« Er klang erstaunt. »Er hat die Tür zu unserem Laderaum verbarrikadiert und eine Sprengladung gezündet.«

Ein Mann in einem Anzug – ein INS-Beamter, wie Sachs noch aus Port Jefferson wusste – stieg aus dem schwarzen Wagen, der kurz zuvor neben der Ambulanz am Strand gehalten hatte. Er zog sich einen Anorak über und stapfte durch den Sand auf sie zu. Sachs gab ihm Sungs Brieftasche. Er warf einen Blick hinein und ging in die Hocke. »Dr. Sung, ich bin Mitarbeiter der amerikanischen Einwanderungsbehörde. Besitzen Sie einen gültigen Pass sowie ein Einreisevisum für unser Land?«

Die Frage kam Sachs absurd und fast schon provozierend vor, aber sie vermutete, dass auch der INS-Mann gewisse Vorschriften befolgen musste.

»Nein, Sir«, antwortete Sung.

»Dann müssen wir Sie leider wegen illegaler Einreise in Gewahrsam nehmen.«

»Ich möchte politisches Asyl beantragen.«

»Das steht Ihnen frei«, sagte der Beamte mit gelangweiltem Unterton. »Trotzdem müssen Sie bis zu Ihrer Anhörung in Haft bleiben.«

»Ich verstehe«, sagte Sung.

»Wie ist sein Zustand?«, fragte der Beamte den Sanitäter.

»Er wird wieder gesund, aber zuerst müssen wir ihn in ein Krankenhaus bringen. Wo soll er hin?«

Sachs mischte sich ein. »Können wir ihn ins New Yorker Untersuchungsgefängnis verlegen? Seine Zeugenaussage ist von Bedeutung, und unsere Einsatzgruppe operiert von Manhattan aus.«

Der INS-Mann zuckte die Achseln. »Meinetwegen. Ich kümmere mich um den Papierkram.«

Sachs verlagerte ihr Gewicht von einem Bein aufs andere und fuhr zusammen, als ein stechender Schmerz durch ihr Knie und ihre Hüfte schoss. Sung hielt immer noch unbewusst das Amulett umklammert und sah sie prüfend an. »Danke, Miss«, sagte er leise und aufrichtig.

»Wofür?«

»Sie haben mir das Leben gerettet.«

Sie nickte und sah ihm einen Moment tief in die dunklen Augen. Dann setzte der Sanitäter ihm die Sauerstoffmaske wieder auf.

Am Rand von Amelias Blickfeld flog etwas Weißes vorbei. Sie wandte den Kopf und musste feststellen, dass sie die Tür des Camaro offen gelassen hatte und der Wind soeben ihre Notizen in der Landschaft verteilte. Hastig humpelte sie zurück zu ihrem Wagen.

ZWEITER TEIL

Das Schöne Land

Dienstag,
von der Stunde des Drachen, 8.00 Uhr,
bis zur Stunde des Hahns, 18.30 Uhr.

Die Schlacht wird von dem weitestblickenden Spieler gewonnen – demjenigen also, der den Zug des Gegners durchschaut, die Strategie des anderen erkennt und vereitelt und der, sobald er selbst angreift, die Defensivmaßnahmen des Attackierten vorausahnt.

The Game of Wei-Chi

... Neun

Der Alltag eines Mautkassierers an einer der Zufahrten nach New York City war nicht besonders abwechslungsreich.

Nur ganz selten passierte mal etwas Aufregendes – wie zum Beispiel damals, als ein Dieb einen der Schalter überfiel und dabei beachtliche 312 Dollar erbeutete. Dummerweise schlug der Kerl an der *Auffahrt* der Triboro Bridge zu, sodass ihm nur ein einziger Fluchtweg blieb. Am anderen Ende der Brücke wurde er dann bereits von einem Dutzend kopfschüttelnder Polizisten erwartet.

Der Kassierer, der an diesem stürmischen Morgen um kurz nach acht in einer der Kabinen des Queens Midtown Tunnel saß – ein pensionierter New Yorker Verkehrspolizist, der sich mit dem Teilzeitjob etwas Geld hinzuverdiente –, hatte schon seit Jahren keine kritische Situation mehr erlebt und war ganz begeistert, dass endlich etwas Abwechslung in seine monotone Beschäftigung kam: Alle Mautstellen von Manhattan hatten eine dringliche Nachricht der Hafenbehörde erhalten, die besagte, dass vor der Küste von Long Island ein Schiff mit illegalen Einwanderern gesunken sei. Es hieß, einige der chinesischen Passagiere befänden sich auf dem Weg in die Stadt, ebenso der verantwortliche Schlepper. Sie saßen vermutlich in einem weißen Kleinbus, auf dem der Name einer Kirchengemeinde stand, sowie in einem roten Honda. Zumindest ein Teil der Personen war angeblich bewaffnet.

Man kam von Long Island aus über mehrere Brücken und Tunnel nach Manhattan. Manche waren gebührenfrei – beispielsweise musste man weder auf der Queensboro noch auf der Brooklyn Bridge Maut bezahlen –, aber der kürzeste Weg führte durch den Queens Midtown Tunnel. Polizei und FBI hatten die Genehmigung erhalten, alle Express- und Selbstbedienungsfahrspuren zu schließen, sodass die Gesuchten auf jeden Fall eine der bemannten Kabinen passieren mussten.

Der Ex-Cop hätte nie gedacht, dass ausgerechnet er die Immigranten entdecken würde, aber genau das schien gerade geschehen zu sein.

Er wischte sich die schweißnassen Hände an seiner Hose ab und behielt einen weißen Kleintransporter im Blick, der irgendeine Aufschrift trug. Am Steuer saß ein Chinese und fuhr langsam auf *seine* Kabine zu.

Noch zehn Autos in der Schlange, noch neun...

Er zog seine frühere Dienstwaffe aus dem Holster, einen 357er Smith & Wesson mit zehn Zentimeter langem Lauf, und legte den Revolver neben die Registrierkasse. Wie sollte er mit der Situation umgehen? Er konnte das Fahrzeug festhalten und Meldung erstatten, aber was war, falls die Kerle Dummheiten machten oder zu fliehen versuchten? Er beschloss, sie mit vorgehaltener Pistole zum Aussteigen zu zwingen.

Und wenn einer von denen unter das Armaturenbrett oder zwischen die Sitze griff?

Verdammt, er saß in diesem verglasten Kabuff wie auf einem Präsentierteller, ganz allein auf sich gestellt, und eine Wagenladung chinesischer Gangster kam immer näher. Womöglich waren die sogar mit den Prachtstücken russischer Waffenproduktion ausgestattet: AK-47 Sturmgewehren.

Scheiße, dann würde er sie eben abknallen.

Eine Frau beschwerte sich über die Sperrung der Expressspuren. Er ignorierte sie und starrte auf die Wagenschlange. Der Kleinbus war noch drei Fahrzeuge entfernt.

Der Kassierer griff an den Gürtel und holte den Schnelllader heraus, einen Metallring mit sechs Patronen, um den 357er innerhalb weniger Sekunden nachladen zu können. Er platzierte ihn direkt neben dem Revolver und wischte sich die Schusshand ein weiteres Mal am Hosenbein ab. Dann überlegte er kurz, nahm die Waffe, spannte den Hahn und legte sie auf den Tresen. Das verstieß zwar gegen die Vorschriften, aber immerhin hockte *er* hier in diesem Glaskasten, nicht der Sesselfurzer, der die Dienstanweisungen schrieb.

Im ersten Moment hatte Sam Chang befürchtet, die lange Wagenschlange sei durch eine Straßensperre entstanden, aber dann sah er die Kabinen und kam zu der Überzeugung, es müsse sich um eine Art Grenzkontrolle handeln.

Pässe, Ausweise, Visa... Sie hatten nichts dergleichen.

Panisch hielt er nach einem Fluchtweg Ausschau, aber es gab keinen – die Fahrbahn wurde auf beiden Seiten von hohen Wänden begrenzt.

William beruhigte den Vater. »Wir müssen nur bezahlen«, sagte er.

»Wieso?«, fragte Chang den Jungen, der sich am besten mit den amerikanischen Gepflogenheiten auskannte.

»Es ist eine Straßenbenutzungsgebühr«, erklärte William, als sei dies ganz offensichtlich. »Ich brauche ein paar Dollar. Dreieinhalb, um genau zu sein.«

In seinem Geldgürtel trug Chang mehrere Tausend Yuan bei sich, die inzwischen von Salzwasser durchtränkt waren. Er hatte nicht gewagt, das Geld auf dem Schwarzmarkt von Fuzhou in amerikanische Dollar einzutauschen, weil sonst eventuell die Öffentliche Sicherheit auf ihre bevorstehende Flucht aufmerksam geworden wäre. Zum Glück hatten sie in einem Fach zwischen den beiden Vordersitzen einen Fünfdollarschein gefunden.

Der Transporter kroch im Schneckentempo vorwärts. Noch zwei Wagen, dann waren sie an der Reihe.

Chang warf einen Blick auf den Mann in der Kabine und stellte fest, dass er auffallend nervös wirkte und krampfhaft vermeiden wollte, unverhohlen ihren Kleinbus anzustarren.

Nur noch ein Wagen.

Der Mann in der Kabine ließ sie jetzt nicht mehr aus den Augen. Er fuhr sich mit der Zungenspitze über die Lippen und verlagerte sein Gewicht von einem Fuß auf den anderen.

»Das gefällt mir nicht«, sagte William. »Der Kerl hat Verdacht geschöpft.«

»Wir können nichts tun«, sagte sein Vater. »Fahr weiter.«

»Ich trete einfach voll aufs Gas.«

»Nein!«, flüsterte Chang. »Vielleicht hat er eine Waffe. Er wird auf uns schießen.«

William rollte bis zu der Kabine vor und hielt an. Würde der Junge in seiner neuerdings rebellischen Art Changs Anweisung missachten und die Flucht ergreifen?

Der Mann in der Kabine schluckte vernehmlich und hielt dabei eine Hand hinter der großen Registrierkasse verborgen. Befand sich dort irgendein Signalknopf?, grübelte Chang.

William schaute hinunter und holte das amerikanische Geld zwischen den Sitzen hervor.

Der Mann schien zurückzuzucken. Er duckte sich und bewegte die rechte Hand auf den Wagen zu.

Dann starrte er die Banknote an, die William ihm entgegenstreckte.

Was war daran falsch? War es zu viel? Zu wenig? Erwartete er ein Schmiergeld?

Der Mann in der Kabine schien völlig verblüfft zu sein. Er beugte sich vor, nahm mit zittrigen Fingern den Fünfdollarschein und warf einen Blick auf die Aufschrift des Transporters:

THE HOME STORE

Während er einige Münzen abzählte, inspizierte er den hinteren Teil des Fahrzeugs. Chang hoffte inständig, dass er lediglich die Schösslinge und Sträucher erkennen konnte, die Chang, William und Wu auf dem Weg hierher in einem Park ausgegraben und in den Kleinbus geladen hatten, damit es so aussah, als würden sie ein Geschäft in der Stadt mit Pflanzen beliefern. Die restlichen Familienmitglieder lagen unter dem Laubwerk auf dem Boden.

Der Mann gab ihm das Wechselgeld. »Guter Laden. Der Home Store. Ich kaufe ständig dort ein.«

»Vielen Dank«, erwiderte William.

»Ziemlich übles Wetter für eine Lieferfahrt, oder?«, fragte er Chang und nickte in Richtung des wolkenverhangenen Himmels.

»Vielen Dank«, sagte Chang.

William fuhr los, beschleunigte, und kurz darauf verschwanden sie in einem Tunnel.

»Okay, wir sind in Sicherheit und an den Wachen vorbei«, verkündete Chang, woraufhin die anderen sich aufsetzten und Erde und Blätter von ihrer Kleidung klopften.

Tja, seine Idee hatte funktioniert.

Als die Küste hinter ihnen zurückfiel und sie mit hoher Geschwindigkeit über den Highway fuhren, war Chang plötzlich klar geworden, dass die hiesige Polizei wahrscheinlich das Gleiche tun würde, was die Offiziere der Volksbefreiungsarmee und der chinesischen Sicherheitsbehörden andauernd taten, um gesuchte Dissidenten zu ergreifen – sie errichteten Straßensperren.

Also hielten sie an einem riesigen Einkaufszentrum, in dessen Mitte der Home Store lag. Der Laden hatte rund um die Uhr geöffnet, und da so früh am Morgen nur wenige Angestellte zugegen waren, konnten Chang, Wu und William problemlos über die Laderampe eindringen.

Aus dem Lager stahlen sie mehrere Dosen Farbe, Pinsel und Werkzeuge und huschten wieder hinaus. Zuvor hatte Chang sich noch kurz in den Durchgang zum Verkaufsraum geschlichen und einen Blick auf diesen erstaunlichen Ort geworfen, auf diese gewaltige Fläche voller Regalgänge. Es war atemberaubend – noch nie hatte Chang dermaßen viele Werkzeuge, Vorräte und Apparate gesehen. Komplette Kücheneinrichtungen, tausend Lampen, Gartenmöbel und Grills, Türen, Fenster, Teppiche. Ganze Reihen, in denen ausschließlich Schrauben, Muttern und Nägel angeboten wurden. Am liebsten hätte er Mei-Mei und seinen Vater geholt, um ihnen diesen Anblick zu präsentieren. Nun ja, dafür würde später noch Zeit genug sein.

»Ich nehme diese Sachen mit, weil wir sie brauchen, um unser Leben zu retten«, sagte Chang zu William. »Sobald ich amerikanisches Geld habe, bezahle ich dafür. Ich werde es per Post schicken.«

»Du bist verrückt«, entgegnete der Junge. »Die haben doch mehr als genug. Sie rechnen von vornherein damit, dass viel gestohlen wird, und holen sich die Summe über den Verkaufspreis der Waren zurück.«

»Wir werden die Sachen bezahlen!«, fuhr Chang ihn an. Diesmal würdigte William ihn keiner Reaktion.

Auf der Laderampe lag ein großer Stapel bunter Broschüren. Chang nahm ein Exemplar und erkannte trotz seiner mangelhaften Schriftkenntnisse, dass es sich um einen Werbeprospekt des Home Store handelte, in dem die Adressen mehrerer Filialen verzeichnet waren. Wenn er seine erste Lohntüte bekam oder einen Teil der Yuan eingetauscht hatte, würde er der Firma das Geld schicken.

Sie kehrten zu ihrem Transporter zurück und bemerkten einen in der Nähe abgestellten Lieferwagen. William tauschte die Nummernschilder aus, und dann fuhren sie weiter in Richtung New York, bis sie auf ein verlassenes Fabrikgelände stießen. Dort parkten sie unter einem großen Vordach, um vor dem Regen geschützt zu sein. Chang und Wu stiegen aus und übermalten den Namen der Kirche mit weißer Farbe. Nachdem die Schicht getrocknet war, schrieb Chang – seit frühester Jugend ein geübter Kalligraph – mit fachkundigem Pinselschwung die Worte »The Home Store« auf die Flanken des Wagens und imitierte dabei exakt den Schriftzug von der Titelseite der Broschüre, die er mitgenommen hatte.

Ja, der Trick hatte funktioniert, und weder die Sicherheitsbeamten noch der Wachposten in der Kabine hatten sie aufgehalten. Jetzt verließen sie den Tunnel und bogen auf die Straßen von Manhattan ein. In der Warteschlange vor der Mautkabine hatte William sich noch einmal sorgfältig die Karte vorgenommen und wusste im Großen und Ganzen, welche Richtung sie einschlagen mussten, um nach Chinatown zu gelangen. Die vielen Einbahnregelungen sorgten zunächst für etwas Verwirrung, aber schon bald fand William sich zurecht und erreichte die Hauptstraße, die er gesucht hatte.

Mitten im dichten Berufsverkehr, der durch den zeitweiligen Regen und vereinzelte Nebelbänke noch zusätzlich verlangsamt wurde, fuhren sie entlang eines Flusses, dessen Farbton genau dem des Ozeans entsprach, dem sie gerade erst entronnen waren.

Das graue Land, dachte Chang bei sich. Weder goldene Pfade noch die Stadt der Diamanten, die der arme Kapitän Sen ihnen versprochen hatte.

Chang betrachtete die Straßen und Häuser und fragte sich, was ihm und den anderen bevorstehen mochte.

Theoretisch schuldete er dem Geist noch eine beträchtliche Summe. Der Preis für eine illegale Überfahrt von China nach Amerika lag im Allgemeinen bei etwa fünfzigtausend Dollar pro Kopf. Chang, der als Dissident unbedingt das Land verlassen musste, war davon ausgegangen, dass der Mittelsmann des Geists in Fuzhou einen besonders hohen Betrag von ihm verlangen würde. Daher hatte es ihn überrascht, als man für die Flucht seiner gesamten Familie, einschließlich seines Vaters, lediglich achtzigtausend Dollar forderte. Um die zehnprozentige Anzahlung leisten zu können, war Chang nichts anderes übrig geblieben, als all seine kärglichen Ersparnisse zusammenzukratzen und sich Geld von Freunden und Verwandten zu leihen.

In seinem Vertrag mit dem Geist hatte Chang sich einverstanden erklärt, dass er, Mei-Mei und William – sowie auch Changs jüngster Sohn, sobald er alt genug war – den Restbetrag in monatlichen Raten bei den Schuldeneintreibern des Schlangenkopfs abstottern würden. Viele der illegalen Einwanderer arbeiteten direkt für den Schlepper, der sie ins Land geschmuggelt hatte – die Männer meistens in chinesischen Restaurants, die Frauen in Kleiderfabriken –, und wohnten für eine stolze Gebühr in einer seiner Bruchbuden. Chang aber misstraute den Schlangenköpfen, vor allem dem Geist. Viel zu oft hörte man von Flüchtlingen, die geschlagen, vergewaltigt und in rattenverseuchten Absteigen wie Gefangene gehalten wurden. Deswegen hatte Chang mit Hilfe des Bruders eines Freundes bereits von China aus eigene Vorkehrungen getroffen, um sich und William einen Job sowie der Familie eine Wohnung in New York zu besorgen.

Bislang hatte Sam Chang vorgehabt, seine Schulden abzuzahlen. Jetzt hingegen, nach der Versenkung der *Fuzhou Dragon* und den Versuchen des Geists, sie alle zu ermorden, betrachtete er den Vertrag als ungültig, und die erdrückende Last war von ihren Schultern genommen – natürlich nur, falls es ihnen glückte, so lange am Leben zu bleiben, bis die Polizei den Geist und seine *bangshous* verhaftet, getötet oder nach China vertrieben hatte. Das bedeutete, sie mussten so schnell wie möglich untertauchen.

Gekonnt lenkte William den Wagen durch den Verkehr. (Wo hatte er das nur gelernt? Die Familie besaß kein eigenes Auto.) Sam Chang drehte sich zu den anderen um. Alle sahen ziemlich mitgenommen aus und stanken nach Meerwasser. Wus Frau, Yong-Ping, war in einer schlimmen Verfassung. Sie hatte die Augen geschlossen und zitterte, auf ihrer Stirn standen Schweißperlen. Ihr Arm war bei dem Aufprall auf den Felsen anscheinend gebrochen, und noch immer sickerte Blut durch den provisorischen Verband. Wus hübsche, halbwüchsige Tochter, Chin-Mei, schien nicht verletzt zu sein, wirkte aber eindeutig verängstigt. Ihr Bruder Lang war im gleichen Alter wie Changs jüngster Sohn. Die beiden Jungen mit den nahezu identischen Pagenfrisuren saßen dicht nebeneinander, starrten aus dem Fenster und unterhielten sich leise.

Chang Jiechi saß mit übergeschlagenen Beinen reglos im hinteren Teil des Transporters. Seine Hände ruhten auf den Armlehnen, sein dünnes weißes Haar klebte ihm am Kopf. Er sagte nichts, verfolgte unter halb geschlossenen Lidern jedoch alles, was um ihn herum vorging. Die Haut des alten Mannes sah noch gelblicher aus als bei ihrer Abreise vor mehr als zwei Wochen in Fuzhou, aber das bildete Chang sich vielleicht auch nur ein. Wie dem auch sei, er war entschlossen, seinen Vater zu einem Arzt zu bringen, sobald sie sich erst einmal in ihrer Wohnung eingerichtet hatten.

Es gab einen Stau, und William musste anhalten. Ungeduldig drückte er auf die Hupe.

»Lass das!«, herrschte sein Vater ihn an. »Erreg keine unnötige Aufmerksamkeit.«

Der Junge hupte ein weiteres Mal.

Chang sah ihn an, musterte das schmale Gesicht seines Sohnes und das lange Haar, das ihm bis weit über die Ohren fiel. »Der Wagen … wo hast du gelernt, ihn auf diese Weise anzulassen?«, fragte er in schroffem Flüsterton.

»Was spielt das für eine Rolle?«, fragte William zurück.

»Antworte mir.«

»Jemand in der Schule hat davon erzählt.«

»Du lügst. Du hast so etwas schon mal getan.«

»Ich beklaue nur die Staatssekretäre der Partei und die Bosse der Kommunen. Dagegen hast du doch bestimmt nichts einzuwenden, oder?«

»*Was* machst du?«

Aber der Junge lächelte spöttisch, und Chang erkannte, dass William sich einen Scherz erlaubt hatte. Dennoch war die Bemerkung kränkend gemeint, denn sie bezog sich auf die antikommunistischen Texte aus Changs Feder, die der Familie in China große Schwierigkeiten beschert und letztlich die Flucht nach Amerika notwendig gemacht hatten.

»Mit wem verbringst du deine Zeit? Mit Dieben?«

»Ach, Vater.« William schüttelte herablassend den Kopf, und Chang hätte ihn am liebsten geohrfeigt.

»Und wozu hattest du dieses Messer?«, fragte er stattdessen.

»Viele Leute haben Messer. Yeye hat auch eins.« Yeye war das liebevolle Wort für »Großvater«, das viele chinesische Kinder benutzten.

»Er hat ein kleines Taschenmesser, um damit seine Pfeife zu reinigen«, sagte Chang, »und nicht etwa eine Waffe.« Ihm platzte schließlich der Kragen. »Wie kannst du nur so respektlos sein?«, rief er.

»Wenn ich kein Messer gehabt und nicht gewusst hätte, wie man den Motor anlässt, wären wir vermutlich längst tot«, gab der Junge wütend zurück.

Auf der Straße ging es weiter voran, und William verfiel in störrisches Schweigen.

Chang wandte sich ab. Das Verhalten seines Sohnes, diese so andersartige Seite des Jungen, tat ihm fast körperlich weh. Oh, natürlich hatte es auch früher schon Auseinandersetzungen gegeben. Je älter der Junge geworden war, desto mehr hatte er sich mürrisch und zornig in seine eigene Welt zurückgezogen und häufig die Schule geschwänzt. Als sein Lehrer ihm dann wegen schlechter Leistungen einen schriftlichen Verweis erteilte, hatte Chang den Jungen, dem zuvor eine überdurchschnittliche Intelligenz bescheinigt worden war, zur Rede gestellt. William hatte behauptet, das sei nicht seine Schuld gewesen; vielmehr würde man ihn in der Schule schikanieren und unfair behandeln, weil sein Vater ein Dissident sei, der die Ein-Kind-Regel missachtet habe, sich für die Unabhängigkeit Taiwans ausspreche und – das schlimmste Sakrileg von allen – die Kommunistische Partei Chinas und ihre harte Linie in Bezug auf Freiheit und Menschenrechte kritisiere. Sowohl er als auch sein jüngerer Bruder würden regelmäßig von manchen ihrer Mitschüler verspottet, Einzelkindern, die der wohlhabenden kommunistischen Mittelschicht entstammten, von Scharen gönnerhafter Verwandter verhätschelt wurden und zum Spaß oft andere Kinder quälten. Erschwerend komme hinzu, dass William den gleichen Vornamen wie der berühmteste amerikanische Unternehmer der letzten Jahre trage und Ronald den eines US-Präsidenten.

Doch weder sein Verhalten noch seine diesbezügliche Erklärung waren Chang allzu bedenklich vorgekommen, und so hatte er sich keine großen Sorgen um die Launen seines Sohnes gemacht. Außerdem war es Mei-Meis Aufgabe, die Kinder zu erziehen, nicht seine.

Wieso benahm der Junge sich auf einmal so anders?

Doch dann wurde Chang klar, dass ihm zwischen den zehn Stunden an seinem Arbeitsplatz in der Druckerei und den politischen Aktivitäten, die beinahe jeden Abend in Anspruch nahmen, praktisch nie Zeit für seinen Sohn geblieben war – nicht bis zu der Reise von Russland nach *Mei Guo*. Womöglich führt der Junge sich *immer* so auf, dachte er erschrocken.

Einen Moment lang kochte wieder Ärger in ihm hoch, der allerdings nur teilweise mit William zu tun hatte. Chang konnte selbst nicht sagen, *worauf* er eigentlich wütend war. Er starrte eine Weile auf die belebten Straßen. »Du hast Recht«, sagte er dann zu seinem Sohn. »Ich hätte den Wagen nicht in Gang bekommen. Danke.«

William reagierte nicht darauf und saß weiterhin gedankenverloren über das Lenkrad gebeugt.

Zwanzig Minuten später befanden sie sich in Chinatown und folgten der breiten Canal Street, deren Straßenschild sowohl chinesisch als auch englisch beschriftet war. Der Regen ließ nach, und auf den Bürgersteigen waren zahlreiche Leute unterwegs, vorbei an Lebensmittel- und Souvenirläden, Fischhallen, Juwelieren und Bäckereien.

»Wohin müssen wir?«, fragte William.

»Park da drüben«, wies Chang ihn an, und William hielt am Bordstein. Chang und Wu stiegen aus, gingen in ein Geschäft und fragten den Verkäufer nach den Nachbarschaftsvereinigungen, den Tongs. Diese Organisationen setzten sich für gewöhnlich aus Exilchinesen mit gemeinsamer Heimatregion zusammen. Chang erkundigte sich nach einem Fujian-Tong, da beide Familien aus dieser Provinz stammten. In einem Tong mit kantonesischen Wurzeln, dem Ursprung der meisten früheren Einwanderer, würde man sie, so fürchtete er, nicht gern willkommen heißen. Es überraschte ihn zu erfahren, dass viele Kantonesen weggezogen waren und Manhattans Chinatown heutzutage vorwiegend von ehemaligen Bürgern Fujians bevölkert wurde. Ein großer entsprechender Tong lag nur wenige Blocks entfernt.

Chang und Wu ließen die Familien in dem gestohlenen Kleinbus zurück und gingen zu Fuß weiter, bis sie das Haus fanden. Mit der roten Fassade und dem klassisch geschwungenen chinesischen Dach hätte das schmutzige dreigeschossige Gebäude genauso gut irgendwo in dem schäbigen Viertel rund um Fuzhous nördlichen Busbahnhof stehen können.

Hastig traten die Männer ein und hielten dabei die Köpfe gesenkt, als wollten die Leute im Eingangsbereich der Tong-Zentrale jeden Moment ihre Mobiltelefone zücken, um die Einwanderungsbehörde – oder den Geist – von der Ankunft der Fremden zu unterrichten.

Jimmy Mah, gekleidet in einen grauen Anzug, der mit Zigarettenasche übersät war und aus den Nähten zu platzen drohte, begrüßte sie und bat sie in sein Büro im obersten Stock.

Er war der Vorsitzende der East Broadway Fujianese Society und damit de facto der Bürgermeister dieses Teils von Chinatown.

Sein Büro war ein großer, schlichter Raum mit zwei Schreibtischen, einem halben Dutzend ungleicher Stühle, vielen Papierstapeln, einem modernen Computer und einem Fernsehgerät. In einem schiefen Regal standen ungefähr hundert chinesische Bücher. An der Wand hingen verblichene, fleckige Poster von chinesischen Landschaften. Chang ließ sich durch das heruntergekommene Erscheinungsbild des Zimmers nicht in die Irre führen; Mah war vermutlich mehrfacher Millionär.

»Bitte nehmen Sie Platz«, sagte Mah auf Chinesisch. Der breitgesichtige Mann mit dem schwarzen, glatt nach hinten gekämmten Haar bot ihnen Zigaretten an. Wu nahm eine. Chang lehnte dankend ab. Er hatte das Rauchen nach dem Verlust seiner Dozentenstelle aufgegeben, weil das Geld nicht mehr reichte.

Mah musterte ihre schmutzige Kleidung und das verfilzte Haar. »Ha, Sie beide sehen aus, als hätten Sie jede Menge zu erzählen. Ist es eine interessante Geschichte? Eine spannende Geschichte? Was könnte das wohl sein? Ich wette, ich wäre ganz wild darauf, sie zu hören.«

Chang hatte in der Tat eine Geschichte zu erzählen. Ob interessant oder spannend, vermochte er nicht zu sagen, aber eines wusste er genau: Sie war erfunden. Er hatte beschlossen, keinem Fremden zu verraten, dass sie von Bord der *Fuzhou Dragon* kamen und der Geist vermutlich nach ihnen suchte. »Wir sind gerade erst mit einem honduranischen Schiff hier eingetroffen«, sagte er zu Mah.

»Wer war Ihr Schlangenkopf?«

»Seinen richtigen Namen haben wir nicht erfahren. Er hat sich Moxige genannt.«

»Mexikaner?« Mah schüttelte den Kopf. »Ich arbeite nie mit Latinos zusammen.« Er sprach mit amerikanischem Akzent.

»Unser Geld hat er genommen, aber dann hat er uns einfach am Hafen stehen gelassen«, klagte Chang. »Er wollte uns Papiere und ein Transportmittel besorgen, aber er ist verschwunden.«

Neugierig lauschte auch Wu dieser Geschichte. Chang hatte ihn gebeten, den Mund zu halten und ihm das Gespräch mit Mah zu überlassen. Im Frachtraum der *Dragon* hatte Wu oft zu viel getrunken, dann immer sehr überschwänglich reagiert und mit den anderen Flüchtlingen leichtfertig über alles Mögliche geplaudert.

»Das höre ich nicht zum ersten Mal«, sagte Mah leutselig. »Was soll dieser Betrug? Das ist doch schlecht fürs Geschäft. Scheiß auf die Mexikaner. Woher stammen Sie?«

»Aus Fuzhou«, sagte Wu. Chang war nicht erfreut. Er hatte eine andere Stadt in Fujian nennen wollen, um das Risiko zu minimieren, dass jemand eine Verbindung zwischen ihnen und dem Geist herstellen würde.

»Ich habe drei Kinder dabei, darunter ein Baby«, fuhr er fort und unterdrückte seine Verärgerung. »Außerdem meinen Vater. Er ist alt. Und die Frau meines Freundes hier ist krank. Wir brauchen Hilfe.«

»Ah, Hilfe. Nun, das ist doch *wirklich* eine interessante Geschichte, nicht wahr? Aber was für eine Art von Hilfe möchten Sie? Ich kann manches bewirken. Anderes nicht. Bin ich etwa einer der Acht Unsterblichen? Nein, natürlich bin ich das nicht. Was benötigen Sie?«

»Papiere. Ausweispapiere. Für mich, meine Frau und meinen ältesten Sohn.«

»Sicher, sicher, das lässt sich machen. Führerscheine, Sozialversicherungskarten, irgendwelche alten Firmenausweise – von *bankrotten* Firmen, damit niemand es überprüfen kann. Bin ich nicht clever? Nur Jimmy Mah berücksichtigt solche Dinge. Diese Karten lassen Sie wie richtige Staatsbürger *aussehen*, aber einen legalen Job werden Sie damit nicht bekommen. Heutzutage zwingen die Mistkerle vom INS jede Firma dazu, alles genau nachzuprüfen.«

»Mir wurde bereits eine Anstellung zugesichert«, sagte Chang.

»Mit Pässen kann ich leider nicht dienen«, fügte Mah hinzu. »Das ist zu gefährlich. Auch nicht mit Green Cards.«

»Was ist das?«

»Aufenthaltsgenehmigungen.«

»Wir werden untertauchen und einen allgemeinen Straferlass abwarten«, erklärte Chang.

»Ach ja? Das kann aber lange dauern.«

Chang zuckte die Achseln.

»Mein Vater muss zu einem Arzt«, sagte er dann und nickte in Richtung Wu. »Seine Frau auch. Können Sie uns falsche Krankenversicherungen besorgen?«

»Die kann man zu leicht zurückverfolgen, deswegen lasse ich die Finger davon. Sie werden sich als Privatpatienten anmelden müssen.«

»Ist das teuer?«

»Ja, sehr teuer. Aber falls Sie kein Geld haben, gehen Sie in ein öffentliches Krankenhaus. Da wird man Sie aufnehmen.«

»Ist die Versorgung dort gut?«

»Woher soll ich das wissen? Aber haben Sie vielleicht eine andere Wahl?«

»Na gut«, sagte Chang. »Wie viel kosten die anderen Dokumente?«

»Tausendfünfhundert.«

»Yuan?«

Mah lachte. »Dollar.«

Chang ließ sich nichts anmerken, aber er war wütend. Fünfzehnhundert amerikanische Dollar! Was für ein Irrsinn! In dem Geldgürtel, der um seine Taille lag, trug er chinesische Yuan im Gegenwert von ungefähr fünftausend Dollar bei sich. Das war alles, was seine Familie auf dieser Welt noch besaß. Er schüttelte den Kopf. »Nein, unmöglich.« Nach einigen Minuten lebhaften Feilschens einigten sie sich auf einen Betrag von neunhundert Dollar für alle Papiere.

»Sie auch?«, wandte Mah sich an Wu.

Der hagere Mann nickte. »Aber nur für mich selbst. Das wird nicht so viel kosten, oder?«

Mah zog intensiv an seiner Zigarette. »Fünfhundert. Weniger werde ich auf keinen Fall akzeptieren.«

Wu versuchte zu handeln, aber Mah blieb eisern. Am Ende willigte Wu notgedrungen ein.

»Für die Führerscheine und Firmenausweise benötige ich von jedem ein Foto. Gehen Sie in eine Spielhalle. Dort gibt es Passbildautomaten.«

Wehmütig erinnerte Chang sich an einen Abend vor vielen Jahren in einem großen Vergnügungszentrum in Xiamen, als er mit Mei-Mei in genau so einer kleinen Kabine gesessen hatte, nicht lange nach ihrem ersten Zusammentreffen. Die Fotos lagen nun in einem Koffer im Wrack der *Fuzhou Dragon* auf dem Grund des dunklen Ozeans.

»Außerdem brauchen wir einen Kleinbus. Ich kann es mir nicht leisten, einen zu kaufen. Kann ich bei Ihnen einen mieten?«

Der Tong-Führer lachte. »Ist es nicht erstaunlich? Auch damit kann ich Ihnen natürlich weiterhelfen.« Sie handelten einen Mietpreis aus. Mah addierte die einzelnen Posten und rechnete die Gesamtschuld in chinesische Yuan um. Er nannte den Männern die erschreckend hohe Summe, und sie erklärten sich zögernd einverstanden.

»Nennen Sie mir jetzt Namen und Adressen für die Dokumente.« Er setzte sich an seinen Computer und gab mit flinken Fingern die Informationen ein, die Chang ihm diktierte.

Chang hatte selbst viel Zeit an seinem alten Laptop verbracht. Für Dissidenten in China stellte das Internet die wichtigste Verbindung zur Außenwelt dar, wenngleich oftmals nur unter großen Schwierigkeiten. Changs Modem war erbärmlich langsam, und die Öffentliche Sicherheit sowie die Agenten der Volksbefreiungsarmee hielten ständig nach E-Mails und Postings von Regimekritikern Ausschau. Nur allzu häufig teilte ihm die auf seinem Rechner installierte Firewall per Signalton mit, dass die Behörden in sein System einzudringen versuchten. Dann musste er sofort die Verbindung unterbrechen und bei einem anderen Provider einen neuen Account eröffnen. Auch sein Laptop schlief nun für immer im Bauch der *Fuzhou Dragon*.

Als Chang ihm die Adresse nannte, blickte Mah von der Tastatur auf. »Sie werden in Queens wohnen?«

»Ja. Ein Freund hat uns eine Unterkunft besorgt.«

»Ist sie auch groß genug? Werden Sie alle es dort bequem haben? Mein Makler kann Ihnen vielleicht ein besseres Angebot unterbreiten. Bestimmt sogar. Ich habe Kontaktleute in Queens.«

»Er ist der Bruder meines besten Freundes. Es ist alles bereits arrangiert.«

»Ah, der Bruder eines Freundes. Gut. Übrigens, wir haben dort eine Tochtergesellschaft. Die Flushing Neighborhood and Merchants Association. Sehr groß. Einflussreich. Dort drüben wächst das neue Chinatown New Yorks: Flushing. Womöglich gefällt Ihnen die Wohnung nicht. Oder die Kinder fühlen sich nicht sicher. Das könnte doch sein, meinen Sie nicht auch? Gehen Sie zum Haus der Gesellschaft, und berufen Sie sich auf mich.«

»Das werde ich mir merken.«

Mah nickte in Richtung des Monitors. »Gilt diese Adresse für Sie beide?«, fragte er Wu.

Chang wollte bejahen, aber Wu war schneller. »Nein, nein. Ich möchte in Manhattan bleiben, hier in Chinatown. Kann Ihr Makler uns ein Haus besorgen?«

»Aber ...«, setzte Chang stirnrunzelnd an.

»Sie meinen doch nicht wirklich ein Haus, oder?«, hakte Mah amüsiert nach. »Es gibt hier keine Häuser, die Sie sich leisten könnten.«

»Dann eine Wohnung?«

»Ja«, sagte Mah. »Außerdem hat er ein paar freie Zimmer. Dort können Sie noch heute einziehen und vorläufig wohnen, bis er eine dauerhafte Bleibe für Sie findet.« Er betätigte einige Tasten, und das Modem erwachte pfeifend zum Leben.

Chang legte Wu eine Hand auf den Arm. »Nein, Qichen, Sie müssen uns begleiten.«

»Wir bleiben in Manhattan.«

Chang beugte sich näher zu Wu, so dass Mah ihn nicht hören konnte. »Seien Sie kein Narr«, flüsterte er. »Der Geist wird Sie finden.«

Wu lachte. »Machen Sie sich deswegen keine Sorgen.«

»Keine Sorgen? Er hat gerade erst ein Dutzend unserer Freunde ermordet.« Dass Wu sein eigenes Leben aufs Spiel setzte, war *eine* Sache, aber seine Frau und die Kinder in Gefahr zu bringen, war unverzeihlich.

Doch Wu ließ nicht mit sich reden. »Nein. Wir bleiben hier.«

Chang verstummte, weil Mah die Datenübertragung beendete, etwas auf einen Zettel schrieb und diesen Wu reichte. »Das ist die Adresse des Maklers, nur wenige Blocks von hier. Sie müssen eine Gebühr an ihn entrichten.« Er lächelte. »Ich werde Ihnen nichts dafür berechnen. Bin ich nicht großzügig? Alle sagen, Jimmy Mah sei ein freigebiger Mann. Und jetzt zu Mr. Changs Wagen.« Er wählte eine Nummer und sprach schnell in den Hörer. Der Kleinbus würde gleich vorbeigebracht werden. Mah legte auf und wandte sich wieder den zwei Männern zu. »So. Damit wäre das Geschäftliche geregelt. Ist es nicht ein Vergnügen, mit vernünftigen Partnern zusammenzuarbeiten?«

Sie standen gleichzeitig auf und verabschiedeten sich per Handschlag.

»Darf ich Ihnen noch eine Zigarette anbieten?«, fragte Mah. Wu nahm drei.

»Eines noch«, sagte Mah, als die beiden Einwanderer gerade die Tür öffnen wollten. »Dieser mexikanische Schlangenkopf hat keine Veranlassung, hinter Ihnen her zu sein, oder? Sie sind mit ihm quitt?«

»Ja, wir sind quitt.«

»Gut. Gibt es nicht schon genügend Gründe, bisweilen einen Blick über die Schulter zu werfen?«, fragte Mah jovial. »Werden wir in diesem Leben nicht schon von zu vielen Dämonen gejagt?«

... Zehn

In der Ferne hallten Sirenen durch den frühen Morgen.

Das Geräusch kam näher, und Rhyme hoffte, es würde die Ankunft von Amelia Sachs bedeuten. Die Spuren, die sie am Strand gesichert hatte, waren bereits eingetroffen. Ein junger Techniker hatte sich schüchtern in die Behausung des legendären Lincoln Rhyme gewagt, war wortlos den barschen Anweisungen des Kriminalisten nachgekommen und hatte die Tüten und Fotos auf diverse Stapel verteilt.

Sachs hingegen war auf dem Rückweg vom Strand zu einem sekundären Tatort beordert worden. Vor einer Dreiviertelstunde hatte man in Chinatown den aus Easton entwendeten Wagen der Kirchengemeinde gefunden – er stand herrenlos in einer Gasse, ganz in der Nähe einer der nach Norden führenden U-Bahn-Linien. Der Transporter war durch sämtliche Kontrollen geschlüpft, weil er nicht nur über gestohlene Nummernschilder verfügte, sondern einer der Immigranten zudem den Namen der Kirche übermalt und durch die gelungene Reproduktion des Logos eines örtlichen Heimwerkermarktes ersetzt hatte.

»Schlau«, hatte Rhyme missmutig vermerkt; er mochte keine schlauen Täter. Dann hatte er Sachs angerufen – die zu diesem Zeitpunkt auf dem Long Island Expressway zurück in die Stadt raste – und ihr aufgetragen, sich vor Ort mit der Spurensicherung zu treffen und den Kleinbus zu untersuchen.

Harold Peabody vom INS war in die Zentrale zitiert worden, um dort anlässlich des Fiaskos die Pressekonferenzen zu koordinieren und Washington telefonisch Rede und Antwort zu stehen.

Alan Coe, Lon Sellitto und Fred Dellray blieben bei Rhyme, ebenso der elegante Igelkopf Eddie Deng. Und es hatte sich jemand zu ihnen gesellt: Mel Cooper, schlank, zurückhaltend, mit schütterem Haar. Er war einer der besten Kriminaltechniker des NYPD, und Rhyme griff oft auf seine Unterstützung zurück. Dank seiner kreppbesohlten Hush Puppies, die er tagsüber aus Gründen der Bequemlichkeit trug und die ihm abends den nötigen Halt auf der Tanzfläche garantierten, bewegte er sich fast lautlos durch den Raum, baute verschiedene Geräte auf, richtete Prüfstationen ein und breitete die Beweisstücke vom Strand vor sich aus.

Auf Rhymes Bitte hin hängte Thom einen Stadtplan von New York City an die Wand, direkt neben der Karte Long Islands, anhand derer sie den Weg der *Fuzhou Dragon* verfolgt hatten. Rhyme starrte auf den roten Punkt, der für das Schiff stand, und empfand abermals ein tiefes Schuldgefühl, weil sein mangelnder Weitblick den Tod der Flüchtlinge zur Folge gehabt hatte.

Die Sirenen wurden lauter und hielten vor seinem Haus, dessen Front zum Central Park wies. Einen Augenblick später ging die Tür auf, und Amelia Sachs betrat das Zimmer. Sie hinkte ein wenig. Ihr Haar war verfilzt und schmutzig, und es schien sich etwas Seetang darin verfangen zu haben. Ihre Jeans und das Hemd waren feucht und sandverkrustet.

Die anderen Beamten nickten ihr geistesabwesend zu. Dellray sah genauer hin und zog eine Augenbraue hoch.

»Ich hatte etwas Zeit und bin schwimmen gegangen«, erklärte sie. »Hallo, Mel.«

»Amelia«, sagte Cooper und schob seine Brille ein Stück höher auf die Nase. Verwundert nahm er ihre ramponierte Erscheinung zur Kenntnis.

Rhyme war schon sehr neugierig auf das, was sie mitgebracht hatte: einen grauen Karton voller Plastik- und Papiertüten. Sie reichte die Beweismittel an Cooper weiter und lief zur Treppe. »Bin in fünf Minuten zurück.«

Kurz darauf hörte Rhyme von oben die Dusche, und tatsächlich, nach fünf Minuten war Amelia wieder da. Sie trug einige der Sachen, die sie in seinem Schlafzimmerschrank verstaut hatte: Bluejeans, ein schwarzes T-Shirt und Joggingschuhe.

Cooper hatte sich Latexhandschuhe übergestreift und teilte die Spuren nach ihren Fundorten auf – einerseits der Strand, andererseits der Wagen in Chinatown. Rhyme warf einen Blick darauf und spürte – in den Schläfen, nicht in der tauben Brust –, wie sein Herzschlag sich beschleunigte, sicheres Anzeichen für die atemberaubende Spannung einer bevorstehenden Jagd. Sport hatte Rhyme noch nie besonders interessiert, aber gleichwohl vermutete er, dass diese nervöse Erregung dem Gefühl eines Abfahrtsläufers gleichkam, der am Start stand und den Berghang hinunterblickte. Würde er gewinnen? Würde er an dieser Rennstrecke scheitern? Würde ihm ein taktischer Fehler unterlaufen und er den entscheidenden Sekundenbruchteil einbüßen? Würde er sich verletzen oder gar ums Leben kommen?

»Okay«, sagte er. »Fangen wir an.« Er sah sich im Raum um. »Thom? Thom! Wo steckt er denn? Er war doch gerade noch hier. Thom!«

»Was ist los, Lincoln?« Der geplagte Betreuer erschien an der Tür. Er hatte eine Bratpfanne und ein Geschirrtuch in der Hand.

»Sei bitte unser Schreiber, und halt in Stichworten unsere Erkenntnisse fest.« Er nickte in Richtung der Wandtafel. »Du hast eine so schöne Handschrift.«

»Ja, Bwana.« Er wollte in die Küche zurückkehren.

»Nein, lass den Kram einfach hier liegen«, nörgelte Rhyme. »Los, schreib!«

Seufzend legte Thom die Pfanne beiseite und trocknete sich die Hände ab. Dann steckte er sich die violette Krawatte ins Hemd und trat an die weiße Tafel. Er hatte hier bereits an mehreren forensischen Untersuchungen mitgewirkt und kannte die Abläufe. »Hat man Ihnen schon einen Namen für den Fall mitgeteilt?«, fragte er Dellray.

Das FBI gab wichtigen Ermittlungen stets einen eigenen Namen, zumeist das Akronym einiger Schlagworte, die den betreffenden Fall charakterisierten. Dellray griff nach der Zigarette hinter seinem Ohr. »Nein, noch nicht. Aber denken wir uns doch selbst einen aus und stellen Washington vor vollendete Tatsachen. Wie wär's mit dem Namen unserer Zielperson? GHOSTKILL. Alle einverstanden? Ist es auch *gruselig* genug?«

»Ziemlich gruselig«, stimmte Sellitto ihm zu, klang dabei aber wie jemand, der sich nur selten in Angst und Schrecken versetzen ließ.

Thom schrieb das Wort oben auf die Tafel und drehte sich wieder zu den Beamten um.

»Wir haben zwei Schauplätze«, sagte Rhyme. »Den Strand bei Easton und den Wagen. Zunächst der Strand.«

Als Thom die Überschriften eintrug, klingelte Dellrays Telefon. Das Gespräch dauerte nicht lange.

»Bisher gibt es keine weiteren Überlebenden«, teilte der FBI-Mann den anderen mit. »Die Küstenwache hat das Schiff noch nicht lokalisiert. Allerdings haben sie drei Leichen aus dem Wasser gezogen. Zwei wurden erschossen, einer ist ertrunken. Einer hatte einen Anmusterungsvertrag in der Tasche, die anderen nichts. Man schickt uns Fingerabdrücke und Fotos. Kopien davon gehen nach China.«

»Er hat sogar die *Besatzung* ermordet?«, fragte Eddie Deng.

»Was haben Sie erwartet?«, gab Coe zurück. »Sie kennen ihn doch inzwischen. Glauben Sie, er würde auch nur einen einzigen Zeugen am Leben lassen?« Er lachte sarkastisch. »Außerdem spart er auf diese Weise die Chartergebühr für das Schiff. Und zu Hause in China wird er vermutlich behaupten, die Küstenwache habe auf sie gefeuert und die *Dragon* versenkt.«

Doch Rhyme hatte keine Zeit, auf den Geist wütend zu sein oder angesichts der grausamen Abgründe des menschlichen Herzens Bestürzung zu empfinden. »Okay, Sachs«, sagte er. »Der Strand. Erzähl uns, was passiert ist.«

Sie lehnte sich an einen Labortisch und zog ihre Notizen zu Rate. »Etwa achthundert Meter östlich von Easton, an der Straße nach Orient Point, hat ein Schlauchboot mit vierzehn Personen die Küste erreicht.« Sie ging zu der Karte von Long Island und deutete auf die entsprechende Stelle. »In der Nähe des Leuchtturms bei Horton Point. Kurz vor Ende der Fahrt wurde das Boot an einem Felsen beschädigt und verlor Luft. Vier der Flüchtlinge wurden ins Wasser geschleudert und abgetrieben. Die anderen zehn blieben zusammen. Sie haben den Kleinbus der Kirchengemeinde gestohlen und sind entkommen.«

»Hast du Aufnahmen der Fußspuren?«, fragte Rhyme.

»Natürlich«, erwiderte Sachs und gab Thom einen Umschlag. Er klebte die Polaroidbilder an die Wand. »Ich habe die Spuren in einem Unterstand am Ufer gefunden. Es war zu nass für eine elektrostatische Untersuchung«, erläuterte sie. »Daher musste ich mich mit Fotos begnügen.«

»Die sind sehr gut geworden«, sagte Rhyme und fuhr mit dem Rollstuhl nahe heran.

»Ich zähle neun Personen«, stellte Dellray fest. »Wie kommen Sie auf zehn, Amelia?«

»Weil ein Kleinkind dabei ist, nicht wahr?«, sagte Rhyme.

Sachs nickte. »Richtig. Unter diesem Wellblechdach waren ein paar seltsame Muster im Sand, die ich mir zuerst nicht erklären konnte. Es sah so aus, als hätte man etwas gezogen, aber es gab keine Fußabdrücke davor – nur dahinter. Schließlich kam ich darauf, dass sie von einem krabbelnden Kind stammen mussten.«

»Okay«, sagte Rhyme und widmete sich den Schuhgrößen. »Wir haben es voraussichtlich mit sieben Erwachsenen und/oder Jugendlichen, zwei jüngeren Kindern und einem Kleinkind zu tun. Einer der Erwachsenen dürfte schon etwas älter sein – er hat einen schlurfenden Gang. Ich sage ›er‹ wegen der Schuhgröße. Und jemand ist verletzt – vermutlich eine Frau, wenn man wiederum die Größe der Abdrücke berücksichtigt. Der Mann neben ihr stützt sie.«

»Sowohl am Strand als auch im Wagen gab es Blutspuren«, fügte Sachs hinzu.

»Haben Sie Proben genommen?«, fragte Cooper.

»Bei dem Boot und am Strand war nicht mehr viel zu machen – der Regen hatte das meiste bereits weggespült. Ich habe drei Proben aus dem Sand. Und jede Menge aus dem Wagen, noch ganz frisch.« Sie suchte eine Plastiktüte mit mehreren Röhrchen heraus und gab sie ihm.

Der Techniker bereitete einige Muster zur näheren Bestimmung vor und füllte ein Formular aus, in dem er die Serologie der Gerichtsmedizin um die schnellstmögliche Untersuchung der Proben bat. Dann ließ er das Material durch einen uniformierten Beamten ins Labor bringen.

Sachs fuhr unterdessen fort. »So, der Geist ist in einem zweiten Boot ungefähr zweihundert Meter westlich der ersten Stelle gelandet.«

Sie vergrub die Finger in ihrem dichten roten Haar und kratzte sich heftig am Kopf. Sachs fügte sich häufig kleinere Verletzungen zu. Sie war eine schöne Frau, ein früheres Fotomodell, aber sie hatte oftmals abgebrochene, bisweilen auch blutige Fingernägel. Rhyme versuchte schon längst nicht mehr zu begreifen, woher dieser schmerzhafte Zwang kam, aber in gewisser Weise beneidete er Amelia, denn auch er selbst verspürte diese rätselhafte Anspannung. Leider stand ihm kein solches Sicherheitsventil zur Verfügung, um sich auf blutige Art etwas Luft zu verschaffen.

Er schickte ein stummes Stoßgebet an Dr. Weaver, seine Neurochirurgin: Bitte helfen Sie mir *irgendwie*. Befreien Sie mich nur ein kleines bisschen aus dieser furchtbaren Gefangenschaft. Bitte …

Wütend rief er sich zur Raison, verdrängte die privaten Sorgen und wandte sich wieder Sachs zu.

»Dann …« Amelia stockte kurz, und man merkte ihr die Betroffenheit an. »Dann hat er sich auf die Suche nach den Flüchtlingen gemacht, um sie zu töten. Zwei der über Bord gegangenen Leute hat er gefunden und durch Schüsse in den Rücken ermordet. Einen hat er verwundet. Der Vierte wird noch vermisst.«

»Wo ist der Verwundete?«, fragte Coe.

»Er wird erst in ein Krankenhaus gebracht und danach ins INS-Gefängnis nach Manhattan verlegt. Er sagt, er wisse nicht, wohin der Geist oder die illegalen Einwanderer geflohen sein könnten.« Sachs warf einen weiteren Blick auf ihre vom Regen durchweichten Aufzeichnungen. »Auf der Straße in Strandnähe stand ein Fahrzeug, das mit durchdrehenden Reifen losgerast und um die nächste Kurve geschlittert ist. Ich glaube, der Geist hat einen Schuss darauf abgegeben. Demnach haben wir vielleicht einen Augenzeugen, falls es uns gelingt, Hersteller und Modell herauszufinden. Ich habe den Radstand gemessen und …«

»Moment mal«, unterbrach Rhyme. »Was befand sich in der Nähe des Wagens?«

»In der Nähe?«, fragte sie. »Nichts. Das Auto stand einfach am Straßenrand.«

Er runzelte die Stirn. »Weshalb sollte jemand an einem so stürmischen Tag im Morgengrauen dort parken?«

»Der Fahrer ist zufällig vorbeigekommen und hat die Boote bemerkt«, schlug Dellray vor.

»Nein«, widersprach Rhyme. »In dem Fall hätte er Hilfe geholt oder die Polizei verständigt. Die örtliche Notrufzentrale hat aber keine Anrufe erhalten. Nein, ich glaube, der Fahrer wollte den Geist abholen, aber als der es nicht besonders eilig hatte, sind ihm die Nerven durchgegangen.«

»Und der Geist wurde im Stich gelassen«, stellte Sellitto fest.

Rhyme nickte.

Sachs reichte Mel Cooper ein Blatt Papier. »Das sind die Abmessungen des Radstands. Und hier sind Fotos der Reifenspuren.«

Der Techniker scannte die Bilder in den Computer ein und schickte sie dann gemeinsam mit den Abmessungen an die Fahrzeugdatenbank des NYPD. »Das dürfte nicht lange dauern«, verkündete er mit ruhiger Stimme.

»Und die anderen Lastwagen?«, erkundigte sich der junge Detective Eddie Deng.

»Was für Lastwagen?«, fragte Sachs.

»Ein Schleppervertrag schließt auch den Transport über Land ein«, erklärte Coe. »Es hätten ein paar Lastwagen dort warten müssen, um die Illegalen nach New York zu bringen.«

Sachs schüttelte den Kopf. »Ich konnte nichts dergleichen feststellen. Wahrscheinlich hat der Geist nach der Versenkung des Schiffs die Fahrer verständigt und wieder nach Hause geschickt.« Sie suchte eine der Plastiktüten heraus. »Ich habe das hier gefunden.« In der Tüte lag ein Funktelefon.

»Hervorragend!«, rief Rhyme. Funde wie diesen bezeichnete er gern als »NASDAQ-Beweise«, benannt nach der amerikanischen Technologiebörse. Computer, Mobiltelefone oder elektronische Organizer stellten eine völlig neue Art von Indizien dar, denn diese verräterischen Apparate konnten sehr viel über einen Täter und sein Umfeld aussagen. »Fred, bitte setzen Sie Ihre Leute darauf an.«

»Alles klar.«

Die New Yorker Zweigstelle des FBI hatte erst kürzlich ein Computer-und-Elektronik-Team erhalten. Dellray veranlasste, dass ein Agent das Gerät abholen und zur weiteren Analyse ins Labor der Bundesbehörde bringen würde.

»Okay«, fasste Rhyme zusammen. »Er jagt sie, bringt sie zur Strecke, schießt auf den Fahrer, der ihn im Stich gelassen hat. Und das macht er alles eigenhändig, nicht wahr, Sachs? Oder gibt es Hinweise auf den geheimnisvollen Assistenten?«

Sie nickte in Richtung der Polaroidfotos. »Nein, ich bin sicher, dass nur der Geist in dem zweiten Boot gesessen und auch niemand außer ihm geschossen hat.«

Rhyme runzelte die Stirn. »Ich mag es nicht, wenn während unserer Untersuchungen irgendwo da draußen ein unbekannter Täter herumläuft. Wissen wir denn wirklich *nichts* über die Identität dieses *bangshou*?«

»Nein, rein gar nichts«, knurrte Sellitto. »Dem Geist stehen rund um den Globus Dutzende dieser Helfer zur Verfügung.«

»Und es gibt keine Spur von dem vierten Flüchtling? Dem, der auch über Bord gegangen ist?«

»Nein.«

»Womit hat er geschossen?«, fragte er Sachs.

Amelia hielt ihm eine Plastiktüte mit Patronenhülsen vor die Nase.

»7,62 Millimeter«, stellte er fest. »Aber die Länge ist seltsam. Und das Messing verjüngt sich zur Öffnung hin. Billiges Material.« Er konnte zwar seinen Körper nicht bewegen, aber seine Augen waren so scharf wie die der Wanderfalken, die oben auf dem Fenstersims seines Schlafzimmers ihr Nest gebaut hatten. »Bitte überprüf die Hülsen online, Mel.«

Während seiner Zeit als Leiter der forensischen Abteilung des NYPD hatte Rhyme Monate darauf verwandt, Datenbanken mit Proben zusammenzustellen – Muster der verschiedensten Substanzen und Materialien sowie der jeweiligen Herkunftsorte und Quellen, darunter Motoröle, Garne, Fasern oder Erde –, um die Zuordnung der an den Tatorten sichergestellten Spuren zu erleichtern. Eine der größten und am häufigsten genutzten Datenbanken war das Verzeichnis der Patronenhülsen und Projektile. Die unter Mitarbeit von FBI und NYPD entstandene Sammlung umfasste Belegexemplare und digitalisierte Abbildungen nahezu aller Geschosstypen der letzten hundert Jahre.

Cooper öffnete die Plastiktüte und griff mit zwei Essstäbchen hinein – was bei dem gegenwärtigen Fall besonders angemessen erschien. Rhyme hatte herausgefunden, dass sich auf diese Art eine Beschädigung der Beweisstücke am ehesten vermeiden ließ, und daraufhin all seinen Technikern befohlen, den Umgang damit zu erlernen. Eine Pinzette oder Zange hätte bei empfindlichen Objekten oftmals großen Schaden angerichtet.

»Zurück zu deiner fesselnden Schilderung des Geschehens, Sachs.«

Sie fuhr fort. »Langsam wurde es eng. Der Geist befand sich nun schon eine Weile an Land. Ihm war klar, dass die Küstenwache seinen ungefähren Aufenthaltsort kannte. Er sah John Sung, den dritten Flüchtling, im Wasser, schoss auf ihn, stahl dann den Honda und machte sich aus dem Staub.« Sie blickte zu Rhyme. »Gibt's schon was über den Wagen?«

An alle umliegenden Behörden war eine dringliche Fahndungsmeldung ergangen. Sobald der gestohlene rote Honda irgendwo im New Yorker Stadtgebiet auftauchte, würden Sellitto oder Dellray einen Anruf erhalten. Bislang hatten sie jedoch noch nichts gehört.

»Der Geist ist schon mehrmals in New York gewesen«, sagte der Detective. »Er kennt sich hier aus. Ich schätze, er hat sich auf diversen Nebenstrecken westlich bis an den Stadtrand vorgearbeitet, den Wagen stehen gelassen und die U-Bahn nach Manhattan genommen. Mittlerweile ist er längst hier.«

Rhyme fiel Dellrays besorgte Miene auf. »Was ist los, Fred?«

»Ich wünschte, wir hätten den Kerl außerhalb der Stadt erwischt.«

»Wieso?«

»Unsere Erkenntnisse besagen, dass er vor Ort über ein hübsches kleines Netzwerk verfügt. Dazu gehören natürlich die Tongs und Straßenbanden in Chinatown. Aber es geht noch wesentlich weiter – er hat sogar Regierungsleute auf seiner Lohnliste.«

»Regierungsleute?«, fragte Sellitto erstaunt.

»So heißt es«, bestätigte Dellray.

»Für mich klingt das plausibel«, warf Deng zynisch ein. »Wenn schon in China Dutzende von Funktionären für ihn arbeiten, warum nicht auch hier?«

Aha, dachte Rhyme, wir haben es also mit einem nicht identifizierten, vermutlich bewaffneten Assistenten, einem mordgierigen Schlangenkopf und jetzt auch noch mit Spionen in den eigenen Reihen zu tun. Einfach ist es ja nie, aber so dick hätte es nun wirklich nicht zu kommen brauchen …

Er warf Sachs einen aufmunternden Blick zu. »Papillarleisten?«, fragte er. Das war der technische Begriff für Finger-, Hand- und Fußabdrücke.

»Am Strand war wegen Wind und Regen kaum etwas zu machen«, erklärte sie. »Ich habe ein paar Teilabdrücke von dem Funktelefon sowie von den Außenbordmotoren und Gummiwülsten der Schlauchboote genommen.« Sie hielt die entsprechenden Karten hoch. »Die Qualität ist ziemlich miserabel.«

»Scannt sie ein, und schickt sie an AFIS«, ordnete Rhyme an.

Das Automatische Fingerabdruck-Identifizierungs-System war ein riesiger Verbund aus digitalisierten Bundes- und Staatskarteien. Dank AFIS dauerte die Abgleichung gefundener Fingerabdrücke nicht mehr Monate, sondern Stunden oder manchmal sogar nur Minuten.

»Außerdem habe ich das hier gefunden.« Sie hielt eine Plastiktüte mit einem Metallrohr hoch. »Einer der Flüchtlinge hat damit die Scheibe des Kleinbusses eingeschlagen. Es waren keine sichtbaren Abdrücke zu erkennen, deswegen dachte ich, wir sollten lieber hier danach suchen.«

»Mach dich an die Arbeit, Mel.«

Der schlanke Mann nahm die Tüte, zog sich Baumwollhandschuhe an und holte das Rohr heraus, indem er es vorsichtig an den Enden festhielt. »Ich versuch's mit dem VMB.«

Vakuum-Metallbedampfung galt als der Rolls Royce unter den Verfahren zur Sicherstellung von Fingerabdrücken. Dabei wurde das zu untersuchende Objekt mit einer mikroskopisch dünnen Metallschicht überzogen und dann bestrahlt. Nach einigen Minuten sah Cooper mehrere latente Abdrücke gestochen scharf vor sich. Er fotografierte sie, scannte die Bilder ein und schickte sie ebenfalls an AFIS. Danach gab er sie Thom, der sie an die Wand hängte.

»So viel zum Strand, Rhyme«, sagte Sachs.

Er warf einen Blick auf die Tabelle. Bis jetzt verrieten ihm die Beweise nur wenig. Aber er ließ sich nicht entmutigen; so verhielt es sich nun mal mit der Kriminalistik. Es war, als würde man tausend Puzzlestücke auf einem Tisch ausbreiten – zunächst ergab nichts davon einen Sinn; erst nach vielen Versuchen und gründlichen Analysen bildeten sich Muster heraus. »Kommen wir also zu dem Wagen«, sagte er.

Sachs hängte ein paar Fotos des Transporters an der Tafel auf.

Coe erkannte die Gegend sofort. »Rund um diese U-Bahn-Station herrscht viel Betrieb. Es muss einige Zeugen gegeben haben.«

»Niemand hat etwas gesehen«, merkte Sachs lakonisch an.

»Wo habe ich *das* nur schon mal gehört?«, warf Sellitto ein. Es war erstaunlich, welch schwere Fälle von Amnesie durch das schlichte Vorzeigen einer goldenen Dienstmarke bewirkt werden konnten.

»Was ist mit den Nummernschildern?«, fragte Rhyme.

»Die wurden von einem Lieferwagen auf einem Parkplatz im Suffolk County gestohlen«, sagte der stämmige Detective. »Auch dort gab es keine Zeugen.«

»Was hast du in dem Fahrzeug gefunden?«, fragte er Sachs.

»Sie haben einen ganzen Haufen Pflanzen ausgegraben und hinten im Laderaum verstaut.«

»Pflanzen?«

»Um die anderen darunter zu verstecken, schätze ich. Auf diese Weise sah es so aus, als würden die Fahrer Waren für den Home Store ausliefern. Viel mehr habe ich nicht entdeckt. Nur die Fingerabdrücke, ein paar Stofffetzen und das Blut – die Spritzer befanden sich auf einem Fenster und der Tür, also ist die Person vermutlich oberhalb der Taille verletzt. Ich würde auf Arm oder Hand tippen.«

»Keine Farbdosen oder Pinsel?«, fragte Rhyme. »Die Leute haben immerhin das Logo auf den Wagen gemalt.«

»Nein, das Zeug haben sie wohl weggeworfen.« Amelia zuckte die Achseln. »Das ist alles, abgesehen von den Papillarleisten.« Sie reichte Cooper die Karten und Polaroidbilder der sichergestellten Abdrücke, und er unterzog sie der üblichen Prozedur: scannen, digitalisieren, an AFIS weiterleiten.

Rhyme konzentrierte sich auf die Tabelle und nahm dann die Gegenstände in Augenschein, so wie ein Bildhauer vielleicht einen unbearbeiteten Steinquader betrachten würde, bevor er mit der Arbeit begann. Schließlich wandte er sich an Dellray und Sellitto. »Wie wollen wir diesen Fall angehen?«

Sellitto ließ Dellray den Vortritt.

»Wir müssen zweigleisig fahren«, sagte der FBI-Agent. »Eine andere Möglichkeit sehe ich nicht. Punkt eins: Wir verfolgen den Geist. Punkt zwei: Wir müssen diese Familien finden; er darf uns nicht zuvorkommen.« Er sah Rhyme an. »Wir leiten die Aktion von hier aus. Ist das okay?«

Rhyme nickte. Der Trubel war ihm längst egal; es störte ihn nicht mehr, dass sein Haus der Grand Central Station glich. Was auch immer dazu nötig sein mochte, er würde den Mann aufspüren, der skrupellos so viele unschuldige Menschen ermordet hatte.

»Also, ich habe mir Folgendes gedacht«, sagte Dellray und schritt währenddessen auf langen Beinen hin und her. »Wir fahren bei diesem Kerl sofort schwere Geschütze auf. Ich lasse ein Dutzend Agenten zusätzlich abkommandieren und setze sie auf die südlichen und östlichen Bezirke an. Außerdem besorge ich uns ein SPEC-TAC Team aus Quantico.«

SPEC-TAC stand für Special Tactics und bezeichnete eine wenig bekannte, aber in ihrer Effizienz landesweit unerreichte taktische Einheit des FBI. Sie trat bei Übungseinsätzen regelmäßig gegen die Delta Force und die Navy Seals an – und gewann meistens. Rhyme war froh, dass Dellray für zusätzliche Unterstützung sorgen wollte. Nach allem, was sie über den Geist wussten, reichten die gegenwärtigen Mittel nicht aus. Dellray zum Beispiel war bisher der einzige FBI-Agent bei diesen Ermittlungen, und Peabody gehörte lediglich zur mittleren Ebene des INS.

»Es wird nicht einfach sein, die komplette Mannschaft der hiesigen Zentrale für unsere Zwecke zu bekommen«, sagte der Agent, »aber das kriege ich schon irgendwie hin.«

Coes Telefon klingelte. Nickend hörte er eine Weile zu und legte dann wieder auf. »Das war unser Untersuchungsgefängnis«, sagte er. »Wegen dieses Illegalen namens John Sung. Er wurde von einem unserer Beamten soeben gegen Kaution auf freien Fuß gesetzt.« Coe hob eine Augenbraue. »Jeder, der erwischt wird, beantragt Asyl – das ist nichts Neues. Aber es sieht so aus, als könnte dieser Sung damit durchkommen. Er ist ein relativ bekannter chinesischer Dissident.«

»Wo steckt er jetzt?«, fragte Sachs.

»Bei dem Anwalt, den ihm das Human Rights Law Center gestellt hat. Er wird Sung in einer Wohnung in der Nähe der Canal Street unterbringen. Ich habe die Adresse. Er müsste in einer halben Stunde dort eintreffen. Ich fahre hin und befrage ihn.«

»Das würde ich lieber übernehmen«, sagte Sachs hastig.

»Sie?«, fragte Coe. »Sie sind von der Spurensicherung.«

»Er vertraut mir.«

»Er vertraut Ihnen? Wieso?«

»Ich habe ihm das Leben gerettet. Mehr oder weniger.«

»Das hier ist immer noch ein Fall der Einwanderungsbehörde«, stellte der junge Beamte ungerührt fest.

»Ganz recht«, erwiderte Sachs. »Was meinen Sie, wie mitteilsam wird der Mann sich gegenüber einem Bundesbeamten wohl verhalten?«

Dellray schaltete sich ein. »Lassen Sie Amelia den Vortritt.«

Widerwillig gab Coe ihr den Zettel mit der Adresse. Sie zeigte ihn Sellitto. »Wir sollten vorsichtshalber einen Streifenwagen davor postieren. Falls der Geist herausfindet, dass Sung noch am Leben ist, wird er ihn ebenfalls ausschalten wollen.«

Der Detective notierte sich die Anschrift. »Einverstanden. Ich sorge gleich dafür.«

»Okay, Leute, wie lautet unser Motto?«, rief Rhyme.

»Lasst euch keine Einzelheit entgehen, aber passt auf euch auf«, antwortete Sachs lachend.

»Merkt euch das. Wir wissen nicht, wo der Geist steckt, und wir wissen nicht, wo – oder wer – sein *bangshou* ist.«

Dann ließ seine Aufmerksamkeit rapide nach. Er bekam am Rande mit, wie Sachs ihre Handtasche schnappte und zur Tür eilte, genauso wie er beiläufig registrierte, dass Coe verärgert seufzte, weil er sich übergangen fühlte, Dellray weiterhin auf und ab lief und der elegante Eddie Deng amüsiert schien, weil sie den Fall von diesem kuriosen Ort aus leiteten. Aber diese Eindrücke verblassten sofort wieder, denn Rhyme konzentrierte sich auf die an den beiden Schauplätzen gefundenen Spuren. Er nahm jedes einzelne Beweisstück genau in Augenschein, als ließe die tote Materie sich auf diese Weise zum Leben erwecken und ihrer Geheimnisse berauben, damit sie den Mörder rechtzeitig aufspüren und die überlebenden Flüchtlinge vor einem schrecklichen Schicksal bewahren konnten.

GHOSTKILL

Easton, Long Island, Tatort

- Zwei Immigranten am Strand ermordet; in den Rücken geschossen.
- Ein Immigrant verwundet – Dr. John Sung. Einer vermisst.
- »Bangshou« (Assistent) an Bord; Identität unbekannt.
- Zehn Immigranten entkommen: sieben Erwachsene (ein älterer Mann, eine verletzte Frau), zwei Kinder, ein Kleinkind. Stehlen Kirchenbus.
- Blutspuren zur Untersuchung ins Labor geschickt.
- Geist wurde am Strand von Fahrzeug erwartet, aber dann zurückgelassen. Hat vermutlich einen Schuss auf Fahrzeug abgegeben. Anfrage nach Fahrzeughersteller und -modell läuft, basierend auf Reifenspuren und Radstand.
- Für Immigranten standen keine Fahrzeuge bereit.
- Funktelefon (vermutlich des Geists) zur Analyse an FBI geschickt.
- Waffe des Geists = Pistole, 7,62 mm. Ungewöhnliche Hülsen.
- Geist hat angeblich Regierungsleute auf Lohnliste.
- Geist hat als Fluchtwagen roten Honda gestohlen. Fahndungsmeldung ist raus.
- Drei Leichen aus Meer geborgen – zwei erschossen, einer ertrunken. Fotos und Abdrücke an Rhyme und chinesische Polizei.
- Fingerabdrücke an AFIS geschickt.

Gestohlener Kleinbus, Chinatown

- Immigranten tarnen Fahrzeug mit Logo des »Home Store«.
- Blutspritzer deuten auf Hand-, Arm- oder Schulterverletzung der Frau hin.
- Blutspuren zur Untersuchung ins Labor geschickt.
- Fingerabdrücke an AFIS geschickt.

... Elf

Der Geist erwartete die drei Männer in einer dekadenten Umgebung.

Er hatte geduscht und frische, unauffällige Kleidung angezogen. Nun saß er in seinem wichtigsten New Yorker Unterschlupf auf der Ledercouch und ließ vom siebzehnten Stock aus den Blick über den Hafen schweifen. Die Wohnung lag in einem eleganten Wolkenkratzer am Rand von Battery Park City im äußersten Südwesten Manhattans. Bis nach Chinatown war es nicht weit, doch herrschte hier auf den Straßen weder ein vergleichbares Gedränge noch roch es nach Meeresfrüchten oder stank gar nach dem ranzigen Frittierfett der Touristenlokale. Der Geist erinnerte sich daran, wie hart er für diesen Komfort hatte kämpfen müssen und wie erbittert die Kommunistische Partei dagegen angegangen war.

Weshalb folgst du dem Pfad der Dekadenz?

Du bist Teil des Althergebrachten! Bereust du dein Verhalten?

Du musst die alte Kultur, die alten Bräuche, die alten Gewohnheiten und alten Denkmuster hinter dir lassen! Du musst dich von deinen dekadenten Werten abwenden.

Du wirst von falschen Gedanken und falschen Begierden beeinflusst!

Falsche Begierden?, überlegte er und lächelte verächtlich. *Begierden*? Er spürte das vertraute Kribbeln in den Lenden. Dieses Verlangen kannte er nur zu gut. Oft genug hatte es sein ganzes Leben bestimmt.

Nachdem er die Versenkung des Schiffs überstanden und den Strand hinter sich gelassen hatte, richteten seine Gedanken sich wieder auf die üblichen Prioritäten: Er brauchte dringend eine Frau.

Das letzte Mal lag schon mehr als zwei Wochen zurück – eine russische Prostituierte in Sankt Petersburg, eine Frau mit breitem Mund, deren Brüste bedenklich weit in Richtung der Achselhöhlen rutschten, sobald sie sich auf den Rücken legte. Es war eine gerade noch befriedigende Erfahrung gewesen.

Und auf der *Fuzhou Dragon*? Nichts. Normalerweise genoss ein Schlangenkopf das Vorrecht, eines der hübscheren weiblichen Ferkel in seine Kabine mitnehmen und ihr für eine Nacht in seinem Bett einen

Rabatt beim Fahrpreis gewähren zu können. Falls sie allein oder in Begleitung eines schwachen Mannes reiste, konnte er sie auch einfach mitschleppen und vergewaltigen. Was wollte sie denn schon dagegen tun? Bei ihrer Ankunft in dem Schönen Land die Polizei verständigen?

Aber sein *bangshou*, der als Spion im Laderaum untergebracht war, hatte ihm berichtet, dass die weiblichen Ferkel auf der *Dragon* weder besonders attraktiv noch jung seien, ihre Männer dafür trotzig und intelligent, sodass es vermutlich Schwierigkeiten gegeben hätte. So war es eine lange, enthaltsame Reise geworden.

Er dachte an die Frau, die er Yindao nannte, was der chinesische Begriff für die weiblichen Genitalien war. Sicher, es handelte sich um einen geringschätzigen Spitznamen, aber das war nicht persönlich gemeint – abgesehen von ein paar Geschäftsfrauen und weiblichen Schlangenköpfen, die er respektierte, beurteilte der Geist Frauen nur nach ihren körperlichen Vorzügen. Er malte sich aus, wie das nächste Treffen mit Yindao verlaufen würde: wie sie unter ihm lag, wie ihre Stimme klang, wie sie sich aufbäumte, wie er die Hände in ihrem langen Haar vergrub ... diesem wunderbaren, seidigen Haar ... Eine mehr als erregende Vorstellung. Einen Moment lang erwog er, die Changs und die Wus zu vergessen und lieber Yindao aufzusuchen – sie war hier in New York –, um den Tagtraum real werden zu lassen. Doch das widersprach natürlich allem, wofür er stand. Zuerst mussten die Ferkelfamilien sterben. Dann würde es ihm möglich sein, viele angenehme Stunden mit ihr zu verbringen.

Naixin.

Alles zu seiner Zeit.

Er sah auf die Uhr; es war kurz vor elf. Wo blieben die drei Türken?, wunderte er sich.

Als er vorhin in seinem Versteck eingetroffen war, hatte er sofort eines der gestohlenen Mobiltelefone genommen und ein Gemeindezentrum in Queens angerufen, mit dem ihn eine mehrfach erprobte Geschäftsbeziehung verband. Er hatte drei Männer angeheuert, die ihm bei der Aufspürung und Liquidierung der Ferkel helfen sollten. Seiner üblichen Paranoia gehorchend und beseelt von dem Wunsch, eine möglichst schwer nachvollziehbare Verbindung zwischen seiner Person und seinen Verbrechen entstehen zu lassen, hatte der Geist sich nicht an einen der traditionellen Tongs in Chinatown gewandt, sondern stattdessen Uiguren engagiert.

China war überwiegend von Han-Chinesen bevölkert, die ihre Herkunft auf die gleichnamige, zirka 200 vor Christus begründete Dynastie zurückführten. Die restlichen knapp acht Prozent der Einwohner gehörten Minderheiten wie den Tibetern, Mongolen und Mandschu an. Auch die aus dem Westen Chinas stammenden Uiguren waren eine solche Minderheit, größtenteils islamischen Glaubens und in einer zentralasiatischen Region beheimatet, die vor der Annexion durch China den Namen Ost-Turkestan getragen hatte. Daher auch die Bezeichnung des Geists für die Leute: »Türken«.

Wie die anderen chinesischen Minderheiten wurden auch die Uiguren häufig verfolgt und unter starkem Druck aus Peking genötigt, sich der chinesischen Kultur anzupassen. Separatisten hatten generell mit Folter oder Ermordung zu rechnen, und vor allem die Uiguren forderten nachdrücklich ihre Unabhängigkeit; die meisten Terroranschläge in China gingen auf das Konto uigurischer Freiheitskämpfer.

Die uigurische Gemeinde von New York verhielt sich leise, andächtig und friedlich. Diese spezielle Gruppe aus dem Turkestan Community and Islamic Center in Queens war indessen genauso skrupellos wie jede Triade, mit der der Geist bislang zu tun gehabt hatte. Da es um die Ermordung von Han-Chinesen ging, waren die Uiguren eine perfekte Wahl; die Jahre der Unterdrückung und das großzügige Honorar des Geists, von dem ein Teil in der westchinesischen Provinz Xinjiang landen und in die Kassen der darbenden uigurischen Unabhängigkeitsbewegung fließen würde, garantierten eine saubere Erledigung des Auftrags.

Zehn Minuten später trafen sie ein. Man reichte sich die Hände und stellte einander vor: Hajip, Yusuf und Kashgari. Sie waren dunkelhäutig, wortkarg und dünn – und von kleinerer Statur als der Geist, der selbst kaum als hoch gewachsen gelten konnte. Sie trugen schwarze Anzüge, goldene Armbänder und Halsketten sowie moderne Mobiltelefone, die wie Abzeichen an ihren Gürteln hingen.

Die Muttersprache der Uiguren war dem Geist nicht vertraut, und die Männer wiederum beherrschten keinen der chinesischen Dialekte. Man einigte sich auf Englisch. Der Geist erklärte den Auftrag, und fragte, ob sie Bedenken hätten, unbewaffnete Zivilisten zu töten, darunter auch Frauen und Kinder.

Yusuf, ein Mann Ende zwanzig, dessen Augenbrauen zusammengewachsen waren, verfügte über die besten Englischkenntnisse und fungierte als Sprecher der Gruppe. Er brauchte die anderen nicht zu fragen. »Kein Problem«, sagte er sofort. »Das machen wir. Wir tun, was Sie verlangen.« Als ob er regelmäßig Frauen und Kinder umbrachte.

Was vielleicht tatsächlich der Fall war, dachte der Geist.

Er gab jedem der Männer zehntausend Dollar aus dem Bargeldvorrat, den er in der Wohnung bereithielt, rief dann den Leiter des Gemeindezentrums an und reichte das Telefon an Yusuf weiter, der seinem Chef auf Englisch mitteilte, welche Beträge sie erhalten hatten. Auf diese Weise würde es später keine Missverständnisse über Höhe und Verbleib der Summe geben. Sie legten auf.

»Ich muss für eine Weile weg und einige Informationen besorgen«, sagte der Geist.

»Wir warten so lange. Dürfen wir uns einen Kaffee machen?«

Der Geist nickte in Richtung der Küche. Dann ging er zu einem kleinen Schrein, entzündete ein Weihrauchstäbchen und richtete ein kurzes Gebet an Yi, den himmlischen Bogenschützen der chinesischen Mythologie, den er sich als persönliche Gottheit auserkoren hatte. Schließlich steckte er seine Waffe in ein Holster am Knöchel und verließ die dekadente Wohnung.

Sonny Li saß in einem Bus der öffentlichen Verkehrsbetriebe von Long Island, der gemächlich durch die morgendliche Rushhour rollte. Die Skyline von Manhattan wurde langsam größer.

Li war von Natur aus zynisch und abgebrüht, doch trotzdem erfüllte ihn mit Ehrfurcht, was er sah. Damit war nicht die gewaltige Größe der Stadt gemeint, der sie sich näherten – Li stammte von der Südostküste Chinas, die zu den am dichtesten bevölkerten Landstrichen der Erde gehörte. Shanghai war doppelt so groß wie New York, und im Delta des Perlflusses zwischen Hongkong und Kanton lebten fünfzig Millionen Menschen.

Nein, ihn faszinierte der Bus, in dem er saß.

Busse stellten in China das wichtigste Nahverkehrsmittel dar, aber dort waren es enge, dreckige Fahrzeuge in technisch zweifelhaftem Zustand, in denen es im Sommer erstickend heiß, im Herbst und Winter hingegen eisig kalt wurde. Die Fenster waren innen zumeist von Nikotin und Haaröl, außen von einer schmierigen Rußschicht überzogen. Auch die Bushaltestellen waren alte, baufällige Bruchbuden. Hinter dem berüchtigten nördlichen Busbahnhof von Fuzhou hatte Li einst einen Mann erschossen, und nicht weit von der Stelle entfernt war er selbst einmal niedergestochen worden.

So etwas wie dieses Ungetüm hatte Li daher noch nie gesehen – es war riesengroß und luxuriös, mit dick gepolsterten Sitzen, sauberen Böden und makellos geputzten Fenstern. Sogar an diesem drückend schwülen Augusttag funktionierte die Klimaanlage einwandfrei. Zwei Wochen lang hatte er sich jeden Tag furchtbar elend gefühlt, er war praktisch pleite und hatte keine Ahnung, wo der Geist steckte. Er besaß keine Waffe und nicht einmal eine Schachtel Zigaretten. Aber der Bus war ein Geschenk des Himmels.

Nach seiner Flucht vom Strand war Li einige Kilometer zu einem Rastplatz am Highway gelaufen und dort von einem Fernfahrer mitgenommen worden. Der Mann hatte seine nassen, zerknitterten Klamotten gemustert und ihn hinten auf die Ladefläche steigen lassen. Nach etwa einer halben Stunde hatte er an einem riesigen Parkplatz gehalten, vor einer eleganten Bushaltestelle. Von hier aus, hatte der Fahrer ihm erklärt, konnte Sonny Li mit einem öffentlichen Bus an sein Ziel gelangen – Manhattan.

Li wusste nicht genau, was zum Erwerb eines Fahrscheins nötig war, offenbar aber weder Pässe noch andere Dokumente. Er reichte dem Mann am Fahrkartenschalter einen der gestohlenen Zwanzigdollarscheine aus dem Wagen der rothaarigen Hongse und sagte: »New York City, bitte.« Dabei bemühte er sich um eine möglichst akzentfreie Aussprache und imitierte den Schauspieler Nicolas Cage. Das gelang ihm so gut, dass der Angestellte, der vermutlich mit einem unverständlichen Gestammel gerechnet hatte, überrascht aufblickte, ihm dann ein Ticket aus dem Computer ausdruckte und es mit sechs Dollar Wechselgeld über den Tresen schob. Li zählte den Betrag zweimal nach und kam zu dem Schluss, dass der Mann ihn entweder betrogen hatte oder er sich nun, wie er auf Englisch murmelte, in einem »scheißteuren Land« befand.

An einem Kiosk kaufte er einen Rasierapparat und einen Kamm. Auf der Toilette rasierte er sich, wusch sich das Salzwasser aus den Haaren und trocknete sie mit Papiertüchern. Dann kämmte er die lichten Strähnen zurück und klopfte so gut es ging den Sand aus Hose und Jacke. Schließlich gesellte er sich zu den adrett gekleideten Pendlern an der Haltestelle.

Jetzt, kurz vor der Stadt, verringerte der Bus an einer Mautkabine das Tempo und fuhr dann durch einen langen Tunnel. Endlich war es so weit. Zehn Minuten später hielt das Fahrzeug an einer belebten Einkaufsstraße.

Li stieg mit den anderen Fahrgästen aus und stand auf dem Bürgersteig.

Sein erster Gedanke: Wo sind bloß die ganzen Fahrräder und Mopeds? In China waren sie das vorherrschende private Transportmittel, und Li konnte sich die Straßen einer derart großen Stadt unmöglich ohne Millionen von Zweirädern der Marke Seemöwe vorstellen.

Sein zweiter Gedanke: Wo gibt's hier Zigaretten?

An einem Zeitungsstand wurde er fündig und kaufte eine Schachtel.

Bei den zehn Richtern der Hölle!, dachte er diesmal, als er das Wechselgeld sah. Fast drei Dollar für nur ein einziges Päckchen! Er rauchte mindestens zwei Schachteln am Tag; drei, wenn er etwas Gefährliches tat und seine Nerven beruhigen musste. Die hiesigen Lebenshaltungskosten würden ihn spätestens nach einem Monat an den Rand des Ruins bringen. Er zündete sich eine Zigarette an und inhalierte tief, während er sich einen Weg durch die Menge bahnte. Als er eine hübsche Asiatin sah, fragte er sie, wie er am schnellsten nach Chinatown gelangen konnte, und wurde an die nächste U-Bahn-Station verwiesen.

Er drängelte sich bis zum Schalter vor und kaufte einen Fahrchip. Auch dieser war teuer, aber er hatte es aufgegeben, die Preise beider Länder zu vergleichen. Er steckte den Chip in den Schlitz des Drehkreuzes, ging hindurch und wartete auf dem Bahnsteig. Es kam zu einem unerfreulichen Zwischenfall, weil ein Mann ihn plötzlich anschrie. Im ersten Moment hielt Li den Kerl für geistesgestört, obwohl der Fremde einen teuren Anzug trug. Dann jedoch begriff er, was der Mann sagte. Anscheinend war es verboten, in der U-Bahn zu rauchen.

Li hielt das für Irrsinn. Er konnte es einfach nicht glauben. Aber da er keine weitere Aufmerksamkeit erregen wollte, drückte er die Zigarette aus und steckte sie in die Tasche. Leise tat er seine Meinung kund: »Was für ein bescheuertes Scheißland.«

Wenige Minuten später brauste lautstark die Bahn heran, und Sonny Li stieg ein, als hätte er dies schon tausend Mal getan. Aufmerksam sah er sich um – nicht etwa nach Sicherheitsbeamten, sondern weil er herausfinden wollte, ob hier drinnen vielleicht jemand rauchte, sodass auch er wieder damit anfangen konnte. Leider entdeckte er niemanden.

An der Canal Street verließ Li die Bahn und stieg die Treppe hinauf in die geschäftige morgendliche Stadt. Der Regen hatte aufgehört. Li zündete sich die angefangene Zigarette an und verschwand im Gewühl. Viele der Leute um ihn herum unterhielten sich in dem kantonesischen Dialekt des Südens, aber mit Ausnahme der Sprache wirkte diese Gegend genauso wie stellenweise seine Heimatstadt Liu Guoyuan – oder jede beliebige Kleinstadt Chinas: Kinos, in denen chinesische Action- und Liebesfilme liefen, herausfordernd grinsende junge Männer mit langem Haar, das sie entweder mit Gel zurückgekämmt oder hoch über die Stirn toupiert hatten, junge Mädchen, die Arm in Arm an der Seite ihrer Mütter oder Großmütter gingen, Geschäftsleute mit hochgeschlossenen Anzügen, frischer Fisch in Kisten voller Eis, Bäckereien, in denen man süßes Teegebäck und Reiskuchen kaufen konnte, Restaurants, in deren schmutzigen Fenstern geräucherte Enten hingen, Kräuterhändler und Akupunkteure, chinesische Ärzte, Schaufenster voller Ginsengwurzeln, die wie verzerrte Abbilder menschlicher Körper aussahen.

Und ganz in der Nähe, so hoffte Li, würde er noch etwas finden, das er nur zu gut kannte.

Er suchte zehn Minuten, dann sah er es. Das verräterische Zeichen fiel ihm sofort auf – ein Türsteher, ein junger Mann mit Mobiltelefon, der rauchend die Passanten in Augenschein nahm und dabei vor einem Etablissement herumschlenderte, dessen Scheiben geschwärzt waren. Es handelte sich um einen Spielsalon.

Li ging hin und sprach den Mann auf Englisch an. »Was wird hier gespielt? *Fan tai*? Poker? Vielleicht Dreizehn Punkte?«

Der Mann warf einen Blick auf Lis Kleidung und ignorierte ihn.

»Ich möchte spielen«, sagte Li.

»Verpiss dich«, lautete die barsche Antwort.

»Ich habe Geld«, rief Li verärgert. »Lass mich rein!«

»Du kommst aus Fujian, das höre ich an deinem Akzent. Du bist hier nicht willkommen. Hau ab, oder es wird dir noch Leid tun.«

Li wurde wütend. »Meine Dollars sind genauso gut wie die beschissenen kantonesischen Dollars. Will dein Boss etwa, dass du die Kundschaft verscheuchst?«

»Verschwinde von hier, kleiner Mann. Noch einmal werde ich das nicht wiederholen.«

Bei diesen Worten zog er das Revers seiner schicken schwarzen

Jacke beiseite, sodass der Kolben einer automatischen Pistole sichtbar wurde.

Hervorragend! Genau darauf hatte Li spekuliert.

Er tat verängstigt und wandte sich ab, nur um im nächsten Moment mit ausgestrecktem Arm herumzuwirbeln. Der Hieb traf den jungen Mann an der Brust und trieb ihm die Luft aus der Lunge. Der Türsteher torkelte zurück, und Li schlug ihn mit der offenen Handfläche auf die Nase. Mit einem Schrei stürzte der Mann zu Boden. Dort lag er dann und rang mit blutender Nase hektisch nach Atem, während Li ihm einen Tritt in die Seite verpasste.

Li nahm ihm die Waffe, ein Reservemagazin und die Zigaretten ab und schaute sich auf der Straße um. Zwei junge Frauen gingen Arm in Arm vorbei und taten so, als hätten sie nichts gesehen. Ansonsten war die Straße menschenleer. Er beugte sich noch einmal zu dem Pechvogel hinab und erleichterte ihn zusätzlich um die Armbanduhr und ungefähr dreihundert Dollar in bar.

»Falls du jemandem davon erzählst, werde ich dich finden und töten«, sagte Li zu dem Türsteher.

Der Mann nickte und wischte sich mit dem Ärmel das Blut aus dem Gesicht.

Li machte sich auf den Weg, warf dann einen Blick über die Schulter und drehte um. Der Mann krümmte sich zusammen. »Zieh deine Schuhe aus«, befahl Li.

»Ich …«

»Deine Schuhe. Zieh sie aus.«

Er schnürte die schwarzen Kenneth Coles auf und schob sie zu Li hinüber.

»Die Socken auch.«

Die teuren schwarzen Seidensocken gesellten sich zu den Schuhen.

Li entledigte sich seiner eigenen Schuhe und Socken, die voller Sand und noch immer nass waren, und schleuderte sie weg. Dann zog er die erbeuteten Sachen an.

Himmlisch, dachte er zufrieden.

Eilig kehrte er auf eine der belebten Einkaufsstraßen zurück. Dort betrat er ein billiges Bekleidungsgeschäft und kaufte eine Jeans, ein T-Shirt und einen dünnen Anorak Marke Nike. Im hinteren Teil des Ladens zog er sich um, bezahlte seine Einkäufe und warf die alten Klamotten in eine Mülltonne. Danach suchte er ein chinesisches Restaurant auf und bestellte Tee und eine Schale Nudeln. Beim Essen zog er ein gefaltetes Stück Papier aus der Brieftasche, das Blatt, das er aus Hongses Wagen am Strand gestohlen hatte.

8. August

Von:	*Harold C. Peabody, Stellv. Vollzugsleiter, US Immigration and Naturalization Service*
An:	*Det. Capt. Lincoln Rhyme (i. R.)*
Betr.:	*Gemeinsame INS/FBI/NYPD-Einsatzgruppe im Fall Kwan Ang alias Gui alias Der Geist*

Hiermit bestätige ich das für morgen, 10.00 Uhr, angesetzte Treffen zwecks Erörterung unseres Vorgehens zur Ergreifung des oben genannten Verdächtigen. Zu Ihrer Information füge ich entsprechendes Hintergrundmaterial bei.

An dem Memo war mit einer Heftklammer eine Visitenkarte befestigt:

Lincoln Rhyme
345 Central Park West
New York, NY 10022

Li winkte die Kellnerin heran und stellte ihr eine Frage.

Irgendetwas an diesem Mann ängstigte sie und ließ sie glauben, dass es besser wäre, ihm nicht zu helfen, doch ein zweiter Blick auf sein Gesicht machte ihr deutlich, welche Folgen eine Weigerung haben könnte. Sie nickte, schlug die Augen nieder und lieferte ihm eine seines Erachtens exzellente Wegbeschreibung bis zu der Straße namens Central Park West.

... Zwölf

»Sie sehen besser aus«, sagte Amelia Sachs. »Wie fühlen Sie sich?«

John Sung bat sie herein. »Ziemlich übel«, sagte er, schloss die Tür und begleitete Amelia ins Wohnzimmer. Er ging langsam und zuckte mehrmals zusammen. Verständlich, wenn man angeschossen wurde, dachte sie.

Die Wohnung, in der dieser Anwalt ihn untergebracht hatte, war ein schäbiges Loch an der Bowery, das aus zwei Räumen mit ramponiertem, wild zusammengewürfeltem Mobiliar bestand. Unmittelbar darunter, im Erdgeschoss, lag ein chinesisches Restaurant. Überall roch es durchdringend nach saurem Öl und Knoblauch.

Sung war von kräftiger Statur und hatte erst wenige graue Haare, doch die Verletzung ließ ihn gebeugt gehen. Beim Anblick seiner unsicheren Schritte empfand Amelia auf einmal ein tiefes Mitgefühl. Seine Patienten in China hatten ihn bestimmt respektiert, und als Arzt dürfte er – obgleich er Dissident war – einiges Ansehen genossen haben. Hier aber stellte Sung überhaupt nichts dar. Sie fragte sich, wie er wohl seinen Lebensunterhalt verdienen würde – als Taxifahrer, als Kellner?

»Ich mache Tee«, sagte er.

»Nein, es geht schon«, wandte sie ein. »Ich kann nicht lange bleiben.«

»Ich wollte mir sowieso einen Tee zubereiten.« Es gab keine abgeteilte Küche; an einer Wand des Wohnzimmers standen ein Herd, ein kleiner Kühlschrank und ein rostiges Spülbecken. Sung stellte einen billigen Wasserkessel auf die flackernde Gasflamme und holte aus dem Schrank über der Spüle eine Schachtel Teebeutel hervor. Er roch daran und lächelte verwundert.

»Nicht ganz das, was Sie gewohnt sind?«, fragte Amelia.

»Ich gehe nachher noch einkaufen«, entschuldigte er sich.

»Die Einwanderungsbehörde hat Sie gegen Kaution freigelassen?«

Sung nickte. »Ich habe formell um Asyl gebeten. Der Anwalt sagt, dass die meisten Leute diesen Antrag stellen und abgelehnt werden. Ich bin aber zwei Jahre in einem Umerziehungslager gewesen. Und ich habe Artikel veröffentlicht, in denen ich die Pekinger Menschenrechtsverletzungen anprangere. Zum Beweis haben wir einige davon aus dem Internet heruntergeladen. Der Untersuchungsbeamte konnte natürlich nichts garantieren, aber er hat gesagt, die Chancen stünden nicht schlecht.«

»Wann ist die Anhörung?«

»Nächsten Monat.«

Sachs beobachtete seine Hände, als er zwei Tassen aus dem Schrank nahm, sorgfältig ausspülte, abtrocknete und auf ein Tablett stellte. Seine Bewegungen hatten etwas Feierliches. Er riss die Teebeutel auf, schüttete den Inhalt in eine Keramikkanne, goss das heiße Wasser darüber und rührte alles flink mit einem Löffel um.

So viel Aufwand für eine Tasse Lipton aus dem Supermarkt…

Er trug das Tablett zum Tisch und setzte sich ungelenk hin. Dann füllte er die beiden Tassen und bot eine davon Amelia an. Sie beugte sich vor und nahm den Tee entgegen. Sungs Hände waren weich, aber sehr stark.

»Haben Sie schon etwas von den anderen gehört?«, fragte er.

»Wir glauben, dass sie sich irgendwo in Manhattan aufhalten. Sie haben einen Wagen gestohlen, der unweit von hier gefunden wurde. Ich würde Ihnen gern ein paar Fragen über die Leute stellen.«

»Natürlich. Womit kann ich Ihnen dienen?«

»Mit allem, was Sie wissen. Namen, Beschreibungen… einfach alles.«

Sung hob die Tasse an die Lippen und trank einen winzigen Schluck. »Es sind zwei Familien entkommen – die Changs und die Wus – sowie ein paar Leute, an deren Namen ich mich nicht erinnern kann. Auch einige Matrosen haben es von Bord geschafft. Chang wollte sie retten – er saß in unserem Boot am Steuer –, aber der Geist hat sie erschossen.«

Sachs probierte den Tee. Er schien ganz anders zu schmecken als der Tee, den sie sonst immer trank. Muss wohl Einbildung sein, dachte sie.

Sung fuhr fort. »Die Mannschaft hat uns anständig behandelt. Vor unserer Abreise habe ich erschreckende Geschichten über die Besatzungen der Schlepperschiffe gehört, aber auf der *Dragon* war es nicht so. Wir haben immer frisches Wasser und genug zu essen erhalten.«

»Ist Ihnen mittlerweile eingefallen, wohin die Changs oder Wus gegangen sein könnten?«

»Nein, ich weiß bloß, was ich Ihnen schon am Strand erzählt habe. Man hat uns gesagt, dass wir auf Long Island an Land gehen und von dort aus mit Lastwagen nach New York gebracht würden.«

»Und der Geist? Können Sie mir *irgendetwas* verraten, das bei der Suche nach ihm hilfreich wäre?«

Er schüttelte den Kopf. »Die kleinen Schlangenköpfe in China – die Handlanger des Geists – haben gesagt, dass wir ihn nach der Ankunft nie wieder zu Gesicht bekommen würden. Und sie haben uns vor dem Versuch gewarnt, mit ihm Kontakt aufzunehmen.«

»Wir glauben, dass er einen Assistenten an Bord hatte, der sich als einer der Flüchtlinge ausgab«, sagte Sachs. »Der Geist geht offenbar immer so vor. Haben Sie eine Ahnung, wer das gewesen sein könnte?«

»Nein«, erwiderte Sung. »Es gab im Frachtraum mehrere Männer, die lieber für sich geblieben sind und kaum mit den anderen geredet haben. Vielleicht war es einer von denen. Aber ich kenne nicht mal ihre Namen.«

»Hat die *Besatzung* eventuell darüber gesprochen, was der Geist hier in Amerika tun würde?«

Sung schien angestrengt nachzudenken.

»Nichts Genaues – ich schätze, die Matrosen hatten ebenfalls Angst vor ihm. Aber da war etwas … ich weiß nicht, ob Sie damit etwas anfangen können, aber ich habe es zufällig gehört. Als der Kapitän des Schiffs bei einer Gelegenheit über den Geist sprach, hat er den Ausdruck ›*Po fu chen zhou*‹ benutzt. Wörtlich übersetzt heißt es: ›Zertrümmert die Kessel, und versenkt die Boote.‹ Bei Ihnen würde man vermutlich sagen: ›Es gibt kein Zurück mehr.‹ Das bezieht sich auf einen Krieger aus der Qin-Dynastie. Nachdem seine Truppen bei der Verfolgung des Feindes einen Fluss überquert hatten, erteilte er diesen Befehl – zertrümmert die Kessel, und versenkt die Boote. Auf diese Weise würden die Männer weder ein Lager aufschlagen noch sich zurückziehen können. Um zu überleben, mussten sie vorstoßen und die Gegner vernichten. Der Geist hat genau diese Mentalität.«

Demnach wird er nicht lockerlassen, bis er die Familien gefunden und ermordet hat, dachte Sachs beunruhigt.

Schweigen senkte sich über den Raum, nur unterbrochen durch den ständigen Verkehrslärm, der von der Canal Street hereindrang. »Ihre Frau ist in China geblieben?«, fragte Sachs spontan.

Sung sah ihr in die Augen. »Sie ist letztes Jahr gestorben«, antwortete er ruhig.

»Das tut mir Leid.«

»In einem Umerziehungslager. Offiziell heißt es, sie sei krank geworden, aber man hat mir weder verraten, woran sie angeblich gelitten hat, noch wurde je eine Autopsie durchgeführt. Ich hoffe, dass es eine Krankheit war. Lieber so, als glauben zu müssen, dass sie zu Tode gefoltert wurde.«

Sachs erschauderte bei diesen Worten.

»War sie auch eine Dissidentin?«

Er nickte. »So haben wir uns kennen gelernt. Vor zehn Jahren, bei einer Protestaktion in Peking. Am Gedenktag der Ereignisse auf dem Platz des Himmlischen Friedens. Im Laufe der Zeit hat sie sich weitaus unverblümter geäußert als ich. Wir hatten beschlossen, gemeinsam und mit unseren Kindern nach Amerika zu fliehen, aber dann wurde sie verhaftet...« Sungs Stimme erstarb, und das nicht Gesagte brachte nur umso beredter zum Ausdruck, von welch tiefem Kummer sein gegenwärtiges Dasein geprägt war.

»Ich entschied, dass ich nicht länger im Land bleiben konnte«, sagte er schließlich. »Politisch war es natürlich gefährlich, aber vor allem wurde ich durch alles dort an meine Frau erinnert. So beschloss ich, zunächst allein herzukommen, Asyl zu beantragen und dann meine Kinder zu holen.« Er lächelte matt. »Wenn ich die Trauer irgendwann überwunden habe, werde ich mir hier eine Frau suchen, die meinen Kindern eine Mutter sein kann.« Er zuckte die Achseln und trank einen Schluck. »Aber das liegt noch weit in der Zukunft.«

Er umfasste das Amulett an seinem Hals. Amelia beobachtete ihn interessiert. Da nahm er den Talisman ab und reichte ihn ihr.

»Mein Glücksbringer. Womöglich funktioniert er sogar.« Sung lachte. »Er hat Sie zu mir geführt, als ich fast schon ertrunken war.«

»Was ist das?«, fragte sie mit Blick auf die Schnitzerei.

»Eine Arbeit aus Qingtian, südlich von Fuzhou. Die Gegend ist berühmt für ihren Speckstein. Es war ein Geschenk meiner Frau.«

»Der Anhänger ist beschädigt«, stellte Amelia fest und rieb mit dem Fingernagel über die Bruchstelle. Ein winziges Stück des weichen Steins splitterte ab.

»Er wird wohl gegen den Felsen geschlagen sein, an den ich mich geklammert habe, bevor Sie zu meiner Rettung herbeigeeilt sind.«

Die kleine Skulptur stellte einen sitzenden Affen dar. Er wirkte irgendwie menschlich. Schlau und gerissen.

»Das ist der Affenkönig, eine bekannte Figur aus der chinesischen Mythologie«, erklärte Sung.

Amelia gab ihm das Amulett zurück. Er streifte sich den Lederriemen über den Kopf, und der Talisman ruhte wieder auf seiner muskulösen, unbehaarten Brust. Der Verband der Schusswunde schaute eine kleines Stück unter dem blauen Hemd hervor.

Auf einmal war Amelia sich Sungs Nähe überdeutlich bewusst. Er duftete nach Seife, und seine Kleidung war mit einem scharf riechenden Waschmittel gereinigt worden. Sie konnte es sich nicht erklären, aber er strahlte etwas Behagliches aus – dieser Mann, der im Grunde genommen ein Fremder für sie war.

»Wir postieren einen Streifenwagen vor Ihrer Wohnung«, sagte Sachs.

»Um mich zu *beschützen*?«

»Ja.«

Das schien Sung zu amüsieren. »Die Beamten der Öffentlichen Sicherheit in China würden so etwas nicht tun – sie parken nur dann vor deiner Tür, wenn sie dich ausspionieren oder einschüchtern wollen.«

»Sie sind nicht mehr in Kansas, John.«

»Kansas?«

»Nur so eine Redensart. Ich muss jetzt zurück zu Lincoln.«

»Zu …?«

»Der Mann, mit dem ich zusammenarbeite. Lincoln Rhyme.«

Sie stand auf. Ein stechender Schmerz schoss durch ihr Knie.

»Warten Sie«, sagte Sung. Er nahm ihre Hand. Seine Berührung schien eine Art ruhige Kraft zu verströmen. »Machen Sie bitte mal den Mund auf.«

»Was?« Sie lachte.

»Beugen Sie sich vor, und machen Sie den Mund auf.«

»Warum?«

»Ich bin Arzt. Ich möchte mir Ihre Zunge anschauen.«

Belustigt kam Amelia der Anweisung nach, und Sung sah ihr mit prüfendem Blick in den Mund.

»Sie haben Arthritis«, sagte er, ließ ihre Hand los und lehnte sich zurück.

»Chronisch«, sagte sie. »Woran haben Sie das erkannt?«

»Wie ich schon sagte, ich bin Arzt. Kommen Sie zu mir, und ich werde Sie behandeln.«

Sie lachte. »Ich war schon bei Dutzenden von Ärzten.«

»Die westliche Medizin hat durchaus ihre Berechtigung, aber zur Heilung chronischer Schmerzen und Beschwerden, die aus keinem ersichtlichen Anlass auftreten, sollte man sich lieber an die chinesische Medizin halten. Ein Anlass ist natürlich dennoch stets vorhanden, und ich kann vielleicht einiges bewirken. Immerhin stehe ich in Ihrer Schuld. Sie haben mir das Leben gerettet. Es würde mich mit Scham erfüllen, Ihnen diese gute Tat nicht vergelten zu können.«

»Die beiden großen Kerle in den schwarzen Gummianzügen haben Sie gerettet.«

»Nein, nein, ohne Sie wäre ich ertrunken, das weiß ich. Würden Sie also bitte zurückkommen und sich von mir helfen lassen?«

Sie zögerte kurz.

Dann aber zuckte wie als nachdrückliche Aufforderung ein weiterer Schmerz durch ihr Knie. Amelia ließ sich nichts anmerken, zog mit ruhiger Miene einen Stift aus der Tasche und schrieb Sung die Nummer ihres Mobiltelefons auf.

Sonny Li stand am Central Park West und war verwirrt.

Sollte sich hier nicht irgendwo eine Dienststelle der Sicherheitsbehörden befinden? Erst tauchte Hongse wie ein TV-Cop in einem schnellen, gelben Wagen auf, und nun leiteten die Beamten ihre Jagd nach dem Geist von einem *derart* luxuriösen Gebäude aus? Kein chinesischer Polizist konnte sich eine solche Behausung leisten, nicht einmal, wenn er zu den korruptesten gehörte (und es gab bei der Öffentlichen Sicherheit ein paar verflucht korrupte Bullen).

Li schnippte die Zigarette weg und spuckte auf den Rasen. Dann überquerte er mit gesenktem Kopf eilig die Straße und bog in die Gasse ein, die zur Rückseite des Hauses führte. Sogar die Gasse war makellos sauber! Daheim in Liu Guoyuan – das zu den wohlhabenderen Städten Chinas zählte – hätten sich in einem solchen Durchgang turmhoch Abfall und irgendwelche ausgemusterten Haushaltsgeräte gestapelt. Li blieb stehen, spähte um die Ecke und entdeckte die Hintertür des Gebäudes. Sie stand offen, und heraus trat soeben ein junger Mann mit perfekt gestutztem blonden Haar, bekleidet mit einer dunklen Hose, dünnem Hemd und einer geblümten Krawatte. Er schleppte zwei grüne Mülltüten zu einem großen blauen Metallcontainer und warf sie hinein. Dann sah er sich kurz um, hob ein paar Papierfetzen auf und warf sie ebenfalls in die Tonne. Schließlich klopfte er sich den Schmutz von den Händen, ging wieder hinein und zog die Tür zu. Das Schnappschloss rastete nicht ein.

Vielen Dank, Sir.

Sonny Li schlich in den Keller und horchte auf Geräusche. Die Schritte des jungen Mannes stiegen die Treppe hinauf. Li wartete hinter einem hohen Kartonstapel auf seine Rückkehr, aber der Fremde hatte offenbar anderes zu tun. Man hörte oben die Dielen knarren und dann das Geräusch eines laufenden Wasserhahns. Li überprüfte die Kartons, die in dem muffigen Keller standen. Manche waren mit Kleidungsstücken gefüllt, andere schienen Andenken zu enthalten. Zertifikate, Urkunden, Diplome. Universität von Illinois, entzifferte Li mit einiger Mühe. Der American Institute of Forensic Science Achievement Award, ein Dankschreiben des Federal Bureau of Investigation, unterzeichnet vom Direktor persönlich. Dutzende vergleichbarer Dokumente.

Der Empfänger all dieser Auszeichnungen hieß Lincoln Rhyme.

Der blonde Mann würde anscheinend keinen Müll mehr nach unten bringen, und so verließ Li sein Versteck. Langsam schlich er sich die Stufen hinauf. Das Holz war alt, und er trat sehr vorsichtig auf, um jedes Knarren zu vermeiden. Vor der Tür am oberen Ende der Treppe hielt er inne und schob sie einen kleinen Spalt auf.

Dann kamen die lauten Schritte mehrerer Leute auf ihn zu. Li presste sich an die hintere Wand, direkt neben einige Schrubber und Besen.

»Wir sind in ein paar Stunden zurück, Linc«, rief jemand. »Die Spurensicherung soll hier anrufen …« Den Rest konnte Li nicht mehr verstehen.

Die Schritte machten Halt. »He, Lincoln, soll einer von uns bleiben?«, fragte ein anderer Mann.

»Bleiben?«, antwortete jemand gereizt. »Auf keinen Fall. Ich habe eine Menge Arbeit zu erledigen, und ich will nicht gestört werden.«

»Ich meine bloß, es sollte jemand mit einer Waffe in der Nähe sein. Der Geist ist spurlos von der Bildfläche verschwunden. Sein Assistent auch. Sie haben selbst gesagt, wir müssten auf uns aufpassen.«

»Wie soll er mich denn ausfindig machen? Woher soll er wissen, dass ich hier wohne? Ich brauche keinen Babysitter. Ich brauche diese verdammten Informationen, die Sie mir besorgen sollen.«

»Okay, okay.«

Die Leute gingen weiter, eine Tür öffnete und schloss sich. Dann herrschte Stille. Sonny Li lauschte einen Moment. Er schob die Kellertür weiter auf und sah hinaus. Vor ihm erstreckte sich ein langer Korridor zum Vordereingang, durch den die Männer – wahrscheinlich andere Sicherheitsbeamten – das Haus gerade verlassen hatten.

Zu seiner Rechten lag der Durchgang in ein Wohnzimmer, wie er vermutete. Um Dielengeräusche zu vermeiden, hielt Li sich dicht an der Wand und folgte dem Gang. Vor dem Wohnzimmer blieb er stehen und warf einen schnellen Blick um die Ecke. Seltsam: Der Raum war voller Geräte – Computer, Tische, Diagramme und zahllose Bücher. Damit hatte er in diesem schönen alten Haus nun wirklich nicht gerechnet.

Noch seltsamer war allerdings der dunkelhaarige Mann, der mitten im Zimmer in einem roten Rollstuhl saß, auf einen Computermonitor starrte und vermeintlich Selbstgespräche führte. Dann erkannte Li jedoch, dass der Mann in ein Mikrofon neben seinem Mund sprach und auf diese Weise dem Computer Befehle erteilte, denn der Bildschirm reagierte auf seine Worte.

War dieses Geschöpf Lincoln Rhyme?

Nun ja, es spielte eigentlich keine Rolle, um wen es sich handelte, und außerdem hatte Li keine Zeit für Vermutungen. Er wusste nicht, wann die anderen Beamten zurückkehren würden.

Sonny Li hob die Pistole und betrat den Raum.

... Dreizehn

Er schlich einen Meter vor. Dann noch einen. Sonny Li war ein schmächtiger Mann und bewegte sich leise.

Kurz bevor er den Rollstuhl erreicht hatte, ließ er den Blick über die Tische schweifen und hielt nach Beweisen oder Informationen über den Geist Ausschau. Er würde...

Li hatte keine Ahnung, woher die Männer plötzlich kamen.

Einer von ihnen – viel größer als Li – war schwarz wie Kohle und trug einen Anzug und ein leuchtend gelbes Hemd. Er hatte sich neben dem Eingang an die Wand gedrückt, riss Li mit einer nahtlos flüssigen Bewegung die Waffe aus der Hand und hielt ihm eine Pistole an die Schläfe.

Ein anderer Mann, klein und fett, warf Li zu Boden, kniete sich auf seinen Rücken und trieb ihm dadurch die Luft aus der Lunge, während gleichzeitig ein heftiger Schmerz durch seinen Bauch und die Seiten zuckte. Bevor er wusste, wie ihm geschah, klickten auch schon die Handschellen.

»Englisch?«, fragte der Schwarze.

Li war zu erschrocken, um zu antworten.

»Ich frage Sie noch einmal, Kumpel. Sprechen. Sie. Englisch?«

Ein Chinese, der sich ebenfalls im Zimmer versteckt hatte, trat vor. Er trug einen eleganten dunklen Anzug, und an einer Kette um seinen Hals baumelte eine Dienstmarke. Er wiederholte die Frage auf Chinesisch. Es war der kantonesische Dialekt, aber Li verstand ihn.

»Ja«, antwortete Li keuchend. »Ich spreche Englisch.«

Der Mann in dem Rollstuhl wirbelte herum. »Dann lasst uns doch mal sehen, was wir hier gefangen haben.«

Der Schwarze zerrte ihn auf die Beine, hob ihn dabei fast vom Boden hoch und ignorierte sein Stöhnen und die Schmerzlaute. Er hielt Li mit einer Hand fest und klopfte mit der anderen seine Taschen ab. »Hören Sie gut zu, Freundchen. Haben Sie etwa Nadeln bei sich? Könnte ich mich unfreiwillig in den Finger stechen?«

»Ich ...«

»Antworten Sie, und zwar wahrheitsgemäß. Denn falls ich gestochen werde, dürften auch Sie einige unangenehme Erfahrungen machen.« Er schüttelte Li am Kragen und brüllte ihn an: »Nadeln?«

»Meinen Sie eine Drogenspritze? Nein, nein.«

Der Mann holte das Geld aus seinen Taschen, die Zigaretten, die Munition, das Blatt Papier, das er am Strand gestohlen hatte. »Ah, wie es aussieht, hat dieser Junge sich unerlaubt etwas von Amelia ausgeborgt. Und das auch noch, während sie dabei war, jemandem das Leben zu retten. Schämen sollte er sich!«

»So hat er uns gefunden«, sagte Lincoln Rhyme und musterte den Zettel, an dem seine Visitenkarte hing. »Ich habe mich schon gewundert.«

Der adrette blonde Mann erschien in der Tür. »Also habt ihr ihn erwischt«, stellte er ungerührt fest. Da begriff Li, dass der Mann ihn in der Gasse entdeckt und die Tür absichtlich offen gelassen hatte. Um ihn nach oben zu locken. Und die anderen Männer hatten lautstark so getan, als würden sie weggehen und Lincoln allein lassen.

Also habt ihr ihn erwischt…

Der Mann im Rollstuhl registrierte Lis wütenden Blick. »Ganz recht«, sagte er. »Mein aufmerksamer Thom hat Sie bemerkt, als er den Müll rausbrachte. Und dann…« Er nickte in Richtung des Computerbildschirms und sagte: »Kommando, Sicherheit. Hintertür.«

Auf dem Monitor wurde das Bild einer Überwachungskamera sichtbar, die auf die Hintertür und die Gasse gerichtet war.

Li verstand plötzlich, wie es der Küstenwache gelungen war, die *Fuzhou Dragon* in den endlosen Weiten des Ozeans ausfindig zu machen: dank dieses Mannes, Lincoln Rhyme.

»Bei den Richtern der Hölle«, murmelte er.

Der dicke Polizist lachte. »An manchen Tagen läuft wirklich *alles* schief, was?«

Dann zog der Schwarze Lis Brieftasche hervor und drückte das feuchte Leder. »Ich schätze, unser kleiner Freund ist ein wenig geschwommen.« Er öffnete das Etui und reichte es dem chinesischen Beamten.

Der Dicke zog ein Funkgerät aus der Tasche und sprach hinein. »Mel, Alan, ihr könnt wieder reinkommen. Wir haben ihn.«

Zwei Männer betraten das Haus, vermutlich diejenigen, die Li kurz zuvor weggehen gehört hatte. Einer von ihnen war schlank und mit schütterem Haar. Er ignorierte Li, ging zu einem Computer und gab unglaublich schnell irgendwelche Daten ein. Der andere trug einen Anzug und hatte auffallend rotes Haar. Er wirkte ziemlich überrascht. »Moment mal, das ist nicht der Geist«, sagte er.

»Dann ist es der gesuchte Assistent«, sagte Rhyme. »Sein *bangshou.*«

»Nein«, widersprach der Rothaarige. »Ich kenne ihn. Ich habe ihn schon mal gesehen.«

Auch Li kam dieser Mann irgendwie bekannt vor.

»Ihn gesehen?«, fragte der Schwarze.

»Letztes Jahr habe ich mit ein paar Kollegen vom INS in Fuzhou an einer Tagung des Büros für Öffentliche Sicherheit teilgenommen – es ging um Menschenschmuggel. Er war auch dort. Er war einer von denen.«

»Was heißt das, von denen?«, knurrte der fette Beamte.

Der chinesische Polizist lachte auf, zog einen Ausweis aus Lis Brieftasche und verglich das Foto mit seinem Gesicht. »Einer von *uns*«, sagte er. »Er ist ein Cop.«

Auch Rhyme ließ sich den Dienstausweis und den Führerschein zeigen, die beide mit Bildern des Mannes versehen waren. Demnach lautete sein Name Li Kangmei, und er war Kriminalbeamter der Öffentlichen Sicherheit von Liu Guoyuan.

»Lassen Sie das von unseren Leuten in China überprüfen«, bat Rhyme den FBI-Agenten. In Dellrays Hand tauchte plötzlich ein winziges Mobiltelefon auf, und er gab sofort eine Nummer ein.

Rhyme wandte sich dem kleinen Chinesen zu. »Ist ›Li‹ Ihr Vor- oder Nachname?«, fragte er.

»Der Nachname. Und ›Kangmei‹ gefällt mir nicht«, erklärte er. »Ich bevorzuge einen westlichen Namen und nenne mich lieber Sonny.«

»Was machen Sie hier?«, fragte Rhyme.

»Der Geist hat in meiner Heimatstadt vor einem Jahr drei Menschen ermordet. Er hat sich mit einem kleinen Schlangenkopf in einem Restaurant getroffen. Wissen Sie, was das ist – ein kleiner Schlangenkopf?«

Rhyme nickte. »Fahren Sie fort.«

»Der kleine Schlangenkopf wollte ihn hintergehen. Es gab einen heftigen Kampf. Der Geist hat ihn getötet, aber gleichzeitig auch eine Frau, ihre Tochter und einen alten Mann, der dort auf einer Bank saß.

Die Leute waren ihm im Weg, und er hat sie ermordet, um schneller fliehen zu können, schätze ich.«

»Es waren unschuldige Tatzeugen?«

Li nickte. »Wir wollten ihn verhaften, aber er hat sehr einflussreiche ...« Er suchte nach einem Wort. Schließlich wandte er sich an Eddi Deng. »*Guanxi*.«

»Das heißt so viel wie Beziehungen«, erklärte Deng. »Man schmiert die richtigen Leute, und schon hat man gute *guanxi*.«

Li nickte. »Niemand war bereit, gegen ihn auszusagen. Dann verschwand aus dem Büro der Zentrale Beweismaterial der Schießerei. Mein Boss verlor das Interesse, und der Fall wurde kollektiviert.«

»Kollektiviert?«, fragte Sellitto.

Li lächelte verbittert. »Wenn etwas zunichte gemacht wird, dann sagen wir bei uns, es wird kollektiviert. Früher, zu Maos Zeit, hat die Regierung viele Firmen und Bauernhöfe in Kommunen oder Kollektive umgewandelt. Kurz darauf sind diese Betriebe dann meistens vor die Hunde gegangen.«

»Aber für Sie war dieser Fall noch längst nicht kollektiviert«, vermutete Rhyme.

»Nein«, sagte Li, und seine Augen waren wie harte, tiefschwarze Scheiben. »Er hat Bürger meiner Stadt ermordet. Ich wollte dafür sorgen, dass er vor Gericht kommt.«

»Wie sind Sie auf das Schiff gelangt?«, fragte Dellray.

»Ich habe in Fuzhou zahlreiche Informanten. Letzten Monat kam mir zu Ohren, dass der Geist zwei Männer in Taiwan umgebracht hatte, zwei wichtige, einflussreiche Männer, und für eine Weile aus China verschwinden wollte, bis die taiwanesischen Behörden nicht mehr nach ihm suchen würden. Sein Weg sollte ihn zunächst nach Südfrankreich und dann weiter ins russische Wyborg führen, um von dort aus an Bord der *Fuzhou Dragon* mit den Flüchtlingen nach New York zu fahren.«

Rhyme lachte. Dieser kleine zerzauste Mann hatte mehr herausgefunden als FBI und Interpol zusammen.

»Also bin ich abgetaucht und wurde ein Ferkel – ein Emigrant«, schloss Li.

»Haben Sie etwas über den Geist herausgefunden?«, fragte Sellitto. »Wissen Sie, wo er sich hier aufhält oder mit wem er zusammenarbeitet?«

»Nein, niemand hat viel mit mir geredet. Wenn die Besatzung nicht hingeschaut hat, bin ich öfter mal an Deck geschlichen – meistens weil ich mich übergeben musste.« Bei dem Gedanken an die unangenehme Überfahrt schüttelte er unwillkürlich den Kopf. »An den Geist bin ich leider nicht herangekommen.«

»Aber was hatten Sie denn vor?«, fragte Coe. »Wir würden den Kerl doch nicht nach China ausliefern.«

Li war offensichtlich verdutzt. »Wieso sollte ich wollen, dass er ausgeliefert wird? Sie haben mir nicht zugehört. Er hat *guanxi*, das sagte ich doch schon. In China würde man ihn laufen lassen. Nein, ich wollte ihn bei der Ankunft verhaften und an *Ihre* Sicherheitsbehörden übergeben.«

Coe lachte. »Das meinen Sie nicht ernst, oder?«

»Doch, genau das hatte ich vor.«

»Er hatte seinen *bangshou* dabei. Die Mannschaft des Schiffs hatte auch kein Interesse an seiner Verhaftung. Hier an Land würde ein Haufen kleiner Schlangenköpfe auf ihn warten. Man hätte Sie einfach getötet.«

»Wollen Sie damit sagen, es sei riskant gewesen? Na klar, das war es. Aber das ist unser *Job*, nicht wahr? Wir müssen immer ein Risiko eingehen.« Er griff nach den Zigaretten, die Dellray ihm abgenommen hatte.

»Hier wird nicht geraucht«, sagte Thom.

»Was soll das heißen?«

»Dass hier nicht geraucht wird.«

»Warum nicht?«

»Weil es nicht gestattet ist«, stellte der Betreuer lakonisch fest.

»Das ist doch verrückt. Sie machen keine Witze?«

»Nein.«

»Das in der U-Bahn war schon dämlich genug. Aber hier sind wir in einem *Haus*.«

»Ja, in einem Haus, in dem Sie nicht rauchen dürfen.«

»Blöde Scheiße«, sagte Li und steckte die Zigaretten notgedrungen wieder ein.

Auf der anderen Seite des Raums erklang ein leiser Piepton. Mel Cooper wandte sich zu seinem Computer um. Er las die eingehende Mitteilung und schwenkte dann den Monitor herum, so dass alle einen Blick darauf werfen konnten. Das FBI-Büro in Singapur hatte soeben per E-Mail bestätigt, dass Li Kangmei tatsächlich als Detective für die Öffentliche Sicherheit von Liu Guoyuan in der Volksrepublik China tätig war. Gegenwärtig führte er eine verdeckte Ermittlung durch, zu der seine Dienststelle sich nicht genauer äußern wollte. Der Nachricht war ein Foto von Li in marineblauer Uniform beigefügt. Es zeigte eindeutig den Mann, der bei ihnen im Zimmer stand.

Li schilderte, wie der Geist die *Dragon* versenkt hatte, und dass Sam Chang und Wu Qichen mit ihren Familien, Dr. Sung, zwei weiteren Emigranten und der kleinen Tochter einer Frau die Flucht in einem Rettungsboot gelungen war. Alle anderen seien ertrunken. »Sam Chang war der Chef an Bord des Boots. Ein guter und intelligenter Mann. Er hat mir das Leben gerettet und mich aus dem Wasser gezogen, obwohl der Geist auf sie geschossen hat. Wu war der Vater der zweiten Familie, auch recht intelligent, aber nicht ausgeglichen. Eine Leber/Milz-Disharmonie.«

Deng bemerkte Rhymes Stirnrunzeln. »Das bezieht sich auf die chinesische Medizin«, sagte er. »Es ist schwer zu erklären.«

»Wu ist zu emotional«, fuhr Li fort. »Er handelt impulsiv.«

Als Naturwissenschaftler hielt Rhyme sogar die ausgeklügelten Verhaltensanalysen des FBI für ein wenig suspekt; mit disharmonischen Milzen wollte er sich gar nicht erst abgeben. »Bleiben wir lieber bei den Fakten«, schlug er vor.

Li erzählte ihnen von dem Aufprall auf die Felsen, durch den er mit Sung und einigen anderen über Bord geschleudert und abgetrieben worden war. Als er die Landestelle des Boots wieder erreichte, hatte der Geist bereits zwei der Flüchtlinge erschossen. »Ich habe mich beeilt, um ihn noch zu erwischen, aber er war schon weg. Also habe ich mich im Gebüsch auf der anderen Straßenseite versteckt und später beobachtet, wie die rothaarige Frau einen Mann gerettet hat.«

»John Sung«, sagte Rhyme.

»Dr. Sung.« Li nickte. »Er saß im Boot neben mir. Geht es ihm gut?«

»Der Geist hat ihn angeschossen, aber er wird wieder gesund. Amelia – die Frau, die Sie gesehen haben – befragt ihn gerade.«

»Ich habe sie Hongse getauft. He, ein wirklich hübsches Mädchen. Ziemlich sexy, würde ich sagen. Ich habe mir die Adresse aus ihrem Auto besorgt und bin hergekommen, um nach Hinweisen auf den Geist zu suchen. Informationen, Spuren, was auch immer.«

»Und sie dann zu stehlen?«, fragte Coe.

»Ja, na klar«, antwortete Li unverfroren.

»Warum das denn, Freundchen?«, fragte Dellray in bedrohlichem Tonfall.

»Ich *musste* auf eigene Faust tätig werden. He, schließlich würden Sie mich nicht zu dem Fall hinzuziehen, oder? Sie würden mich einfach zurückschicken. Und ich wollte ihn unbedingt verhaften. Ihn beim Kragen packen, so heißt das doch bei Ihnen, nicht wahr?«

»Nun, Sie haben Recht – wir werden Sie *nicht* zu dem Fall hinzuziehen«, sagte Coe. »In China mögen Sie ja ein Polizist sein, aber hier sind Sie nichts weiter als ein beschissener illegaler Einwanderer. Sie *werden* zurückgeschickt.«

Sonny Lis Augen blitzten wütend auf. Er ging auf Coe zu, der ihn ein beträchtliches Stück überragte.

Sellitto seufzte und zog Li am Hemd zurück. »Nein, lassen Sie den Blödsinn.«

Die herausfordernde Haltung des kleinen Mannes schien Coe zu amüsieren. Er griff nach seinen Handschellen. »Li, ich verhafte Sie wegen illegaler Einreise in die Vereinigten Staaten ...«

»Nein, ich will ihn dabeihaben«, fiel Lincoln Rhyme ihm ins Wort.

»Was?«, rief Coe fassungslos.

»Er wird als Fachberater tätig sein, genau wie ich.«

»Unmöglich.«

»Wenn jemand so viele Schwierigkeiten auf sich nimmt, um einen Täter dingfest zu machen, dann will ich ihn auf unserer Seite haben.«

»Sie können sich auf mich verlassen, Loaban. Ich kann Ihnen bestimmt von Nutzen sein.«

»Wie haben Sie mich genannt?«

»›Loaban‹, das heißt ›Boss‹«, erklärte Li. »Sie müssen mich mitmachen lassen. Ich kann Ihnen helfen. Ich weiß, wie der Geist denkt. Wir stammen aus derselben Welt, er und ich. Als Junge war ich in einer Gang, genau wie er. Und ich habe in den Docks von Fuzhou lange als verdeckter Ermittler gearbeitet.«

»Auf gar keinen Fall«, protestierte Coe. »Um Gottes willen, er ist ein Illegaler. Sobald wir ihm den Rücken zukehren, wird er wegrennen, sich besaufen und in einer Spielhölle verschwinden.«

Rhyme fürchtete schon, ein Kung-Fu-Kampf würde ausbrechen, aber diesmal ignorierte Li den INS-Mann und sprach ganz ruhig weiter. »In meiner Heimat unterscheiden wir vier Klassen von Leuten.

Nicht nach Arm und Reich wie bei Ihnen. Was man *tut*, ist in China viel wichtiger als das Geld, das man besitzt. Und wissen Sie, was als höchste Ehre gilt? Für das Land und für das Volk zu arbeiten. Genau das tue ich, und ich bin ein verdammt guter Bulle.«

»Da drüben halten doch alle die Hand auf«, murmelte Coe.

»Ich nicht, okay?« Li grinste. »Zumindest nicht bei einem so wichtigen Fall wie diesem.«

»Und woher sollen wir wissen, ob er nicht doch auf der Lohnliste des Geists steht?«, fragte Coe.

Li lachte. »He, woher wissen wir, ob *Sie* nicht für ihn arbeiten?«

»Leck mich!«, sagte Coe. Er war wütend.

Nach Rhymes Dafürhalten war der junge INS-Agent viel zu emotional, um wirksam bei den Strafverfolgungsbehörden tätig zu sein. Er klang oftmals sehr verächtlich, wenn er über die »Illegalen« sprach. Es schien ihn persönlich zu beleidigen, dass jemand ein Bundesgesetz brach und unerlaubt ins Land schlich, und er hatte mehrfach angedeutet, die Immigranten wären im Wesentlichen von materieller Gier getrieben und nicht etwa von Freiheitsliebe oder Sehnsucht nach Demokratie.

Abgesehen von seiner geringschätzigen Einstellung gegenüber Ausländern bestand bei ihm zudem ein persönliches Interesse daran, den Geist zur Strecke zu bringen. Vor einigen Jahren war Coe in Taipeh, der Hauptstadt Taiwans, stationiert gewesen und hatte von dort aus den Einsatz verdeckter Ermittler auf dem chinesischen Festland geleitet, deren Aufgabe darin bestand, führende Schlangenköpfe zu identifizieren. Während der Recherchen über den Geist war einer seiner Informanten, eine Frau, spurlos verschwunden und wahrscheinlich ermordet worden. Später kam heraus, dass sie für zwei kleine Kinder sorgen musste, aber aus Geldnot bereit gewesen war, den Geist zu verraten – der INS hätte niemals wissentlich eine junge Mutter als Spitzel angeheuert. Coe erhielt einen Verweis und wurde für sechs Monate vom Dienst suspendiert. Seither war er von dem Gedanken besessen, den Geist in die Finger zu bekommen.

Als guter Polizist musste man solche persönlichen Gefühle außer Acht lassen können. Unvoreingenommenheit war absolute Bedingung, eine Variation von Rhymes Grundregel, nicht an die Toten zu denken.

»Alle mal herhören«, sagte Dellray. »Ich bin nicht in der Stimmung für dieses kindische Benehmen, also reißt euch gefälligst am Riemen.

Li bleibt so lange bei uns, wie Lincoln es möchte. Sorgen Sie dafür, Coe. Rufen Sie im Außenministerium an, und beschaffen Sie ihm ein vorläufiges Visum. Haben wir uns verstanden?«

»Nein, das haben wir ganz und gar nicht«, murrte Coe. »Man kann doch einen von denen nicht in die Einsatzgruppe lassen.«

»›Einen von denen?‹«, fragte Dellray und fuhr auf dem Absatz herum. »Wen meinen Sie denn mit ›denen‹?«

»Die Illegalen.«

Der hoch gewachsene FBI-Mann schnalzte mit der Zunge. »Wissen Sie, Coe, dieses Wort gefällt mir überhaupt nicht. Es klingt nicht *respektvoll*. Es klingt nicht *freundlich*. Schon gar nicht so, wie Sie es sagen.«

»Tja, ihr vom FBI habt ja schon mehrmals deutlich gemacht, dass es sich genau genommen nicht um einen INS-Fall handelt. Behaltet den Kerl, wenn ihr wollt, aber behauptet hinterher nicht, ich hätte euch nicht gewarnt.«

»Sie haben richtig entschieden«, sagte Sonny Li zu Rhyme. »Ich kann Ihnen sehr behilflich sein, Loaban.« Li ging zum Tisch und nahm die Waffe, die er mitgebracht hatte.

»Halt, halt, halt«, sagte Dellray. »Finger weg.«

»He, ich bin ein Bulle. Genau wie Sie.«

»Nein, Sie sind *kein* Bulle wie ich oder wie sonst jemand hier im Raum. Keine Waffen.«

»Okay, okay. Behalten Sie die Waffe vorerst, Heise.«

»Was heißt das?«, fuhr Dellray ihn an. »Heise?«

»Das heißt schwarz. He, he, kein Grund, beleidigt zu sein. Das ist nichts Schlimmes, ehrlich.«

»Lassen Sie es trotzdem sein.«

»Gut, ich lasse es. Gut.«

»Willkommen an Bord, Sonny«, sagte Rhyme. Dann sah er auf die Uhr. Es war genau Mittag. Vor sechs Stunden hatte der Geist mit der gnadenlosen Jagd auf die Immigrantenfamilien begonnen. Vielleicht holte er in diesem Moment schon zum entscheidenden Schlag aus. »Okay, lassen Sie uns einen Blick auf das Beweismaterial werfen.«

»Sicher, sicher«, sagte Li, der plötzlich abgelenkt wirkte. »Aber zuerst brauche ich eine Zigarette. Na los, Loaban. Darf ich?«

»Meinetwegen«, willigte Rhyme ein. »Aber draußen. Und würde ihn, um Himmels willen, bitte jemand begleiten?«

... Vierzehn

Wu Qichen wischte seiner Frau den Schweiß von der Stirn.

Zitternd, fiebrig und nass geschwitzt lag sie auf einer Matratze im Schlafzimmer der winzigen Wohnung.

Die Kellerräume befanden sich in einer Seitengasse der Canal Street, mitten in Chinatown. Jimmy Mahs Makler hatte sie ihnen vermittelt – nach Wus Überzeugung ein Wucherer. Die Miete war lächerlich hoch, genau wie die Gebühr, die der schmierige Kerl verlangt hatte. Die Wohnung stank, war äußerst spärlich möbliert, und überall huschten Kakerlaken herum – sogar jetzt, im Schein der Mittagssonne, deren trübes Licht durch die dreckigen Fenster fiel.

Besorgt musterte Wu seine Frau. Die furchtbaren Kopfschmerzen, unter denen Yong-Ping an Bord der *Dragon* gelitten hatte, die Lethargie, der Schüttelfrost und die Schweißausbrüche, all die vermeintlichen Anzeichen einer Seekrankheit, waren auch nach der Landung nicht verschwunden. Sie litt an etwas anderem.

Seine Frau öffnete die vor Fieber glasigen Augen. »Falls ich sterbe ...«, flüsterte sie.

»Du wirst nicht sterben«, sagte ihr Mann.

Doch Wu war sich dessen nicht sicher. Er musste an Dr. John Sung im Frachtraum der *Dragon* denken und wünschte, er hätte den Mann gebeten, nach seiner Frau zu sehen. Mehrere Flüchtlinge waren mit ihren diversen Leiden bei Sung vorstellig geworden, aber Wu hatte befürchtet, der Arzt könnte für die Untersuchung von Yong-Ping Geld verlangen.

»Schlaf jetzt«, sagte Wu ernst. »Du brauchst Ruhe, dann wird es dir besser gehen. Warum hörst du nicht auf mich?«

»Falls ich sterbe, musst du dir eine neue Frau suchen. Eine, die sich um die Kinder kümmert.«

»Du wirst nicht sterben.«

»Wo ist mein Sohn?«, fragte Yong-Ping.

»Lang ist im Wohnzimmer.«

Er warf einen Blick nach nebenan und sah den Jungen auf dem Sofa sitzen, während Chin-Mei Wäsche auf eine Leine hängte, die quer durch den Raum gespannt war. Bei ihrer Ankunft hatten sie alle zunächst geduscht und dann die sauberen Sachen angezogen, die Wu in einem Discountladen an der Canal Street gekauft hatte. Nach dem Essen – von dem Yong-Ping keinen Bissen herunterbrachte – hatte Chin-Mei ihren Bruder vor den Fernseher gesetzt und die salzwasserverkrustete Kleidung in der Küchenspüle gewaschen. Nun hängte sie alles zum Trocknen auf.

Wus Frau sah sich im Raum um und kniff die Augen zusammen, als versuche sie sich ins Gedächtnis zu rufen, wo sie war. Schließlich gab sie es auf und ließ den Kopf auf das Kissen sinken. »Wo ... wo sind wir?«

»Wir sind in Chinatown, in Manhattan, in New York.«

»Aber ...« Sie runzelte die Stirn, weil ihr fieberkranker Verstand die Bedeutung der Worte nur mit Verzögerung erfasste. »Der Geist. Wir können hier nicht bleiben. Es ist nicht sicher. Sam Chang hat gesagt, wir sollten nicht bleiben.«

»Ach, der Geist ...« Er winkte ab. »Der ist nach China zurückgekehrt.«

»Nein«, sagte Yong-Ping. »Das glaube ich nicht. Ich habe Angst um unsere Kinder. Wir müssen verschwinden. Wir müssen so weit wie möglich von hier fliehen.«

»Kein Schlangenkopf würde riskieren, verhaftet oder erschossen zu werden, nur um ein paar entwischte Immigranten aufzuspüren«, versicherte Wu. »Bist du wirklich so dumm, das zu glauben?«

»Bitte, Qichen. Sam Chang hat gesagt ...«

»Vergiss Chang. Er ist ein Feigling.« Er wurde wütend. »Wir bleiben hier.« Aber sein Zorn über ihren Ungehorsam legte sich sogleich wieder, und leise fügte er leise hinzu:

»Ich gehe jetzt und besorge dir Medizin.«

Sie reagierte nicht, also stand er auf und ging ins Wohnzimmer.

Die Kinder sahen ihm schüchtern entgegen.

»Geht es ihr besser?«, fragte das Mädchen.

»Ja, sie wird wieder gesund. Ich bin in einer halben Stunde zurück«, sagte er. »Ich hole ihr etwas Medizin.«

»Warte, Vater«, rief Chin-Mei verunsichert und mit gesenktem Kopf.

»Was ist denn?«

»Darf ich mitkommen?«, fragte sie.

»Nein, du bleibst bei deiner Mutter und deinem Bruder.«

»Aber…«

»Was?«

»Ich brauche etwas.«

Eine Modezeitschrift?, dachte er zynisch. Make-up? Haarspray? Sie will, dass ich unser letztes Geld für ihr hübsches Gesicht ausgebe. »Was?«

»Bitte lass mich mitkommen. Ich kaufe es selbst.« Sie wurde rot.

»Was willst du?«, fragte er barsch.

»Ich brauche etwas für…«, flüsterte sie und wich seinem Blick aus.

»Wofür?«, schimpfte er. »Los, antworte mir.«

Sie schluckte. »Für meine Tage. Du weißt schon, Binden.«

Auf einmal wurde Wu alles klar. Erschrocken wandte er ebenfalls den Kopf ab und deutete verärgert auf das Badezimmer. »Nimm etwas von dort.«

»Das geht nicht. Es ist zu unbequem.«

Wu war wütend. Es gehörte zu den Aufgaben seiner *Frau*, sich um solche Angelegenheiten zu kümmern. Kein Mann, den er kannte, hatte jemals diese … Dinger gekauft. »Also gut!«, rief er. »Also gut. Ich kaufe, was du brauchst.« Er weigerte sich, sie nach weiteren Einzelheiten zu fragen. Er würde den nächstgelegenen Laden ansteuern und dort die erstbeste Schachtel aus dem Regal nehmen. Das musste genügen. Er verließ die Wohnung und schloss die Tür hinter sich ab.

Auf den belebten Straßen Chinatowns schlug ihm ein Durcheinander aus Sprachen entgegen – Minnanhua, Kantonesisch, Putonghua, Vietnamesisch und Koreanisch. Auch Englisch, aber versehen mit mehr Akzenten und Dialekten, als er es je für möglich gehalten hätte.

Er bestaunte die Läden und Geschäfte, die gestapelten Waren, die gewaltigen Hochhäuser überall in der Stadt. New York schien zehnmal größer als Hongkong und hundertmal so groß wie Fuzhou zu sein.

Ich habe Angst um unsere Kinder. Wir müssen verschwinden. Wir müssen so weit wie möglich von hier fliehen…

Doch Wu Qichen hatte nicht vor, Manhattan zu verlassen. Schon sein ganzes Leben lang hegte der Vierzigjährige einen Traum, und er würde sich weder durch die Krankheit seiner Frau noch durch die leeren Drohungen irgendeines großmäuligen Schlangenkopfs davon abbringen lassen. Wu Qichen würde ein wohlhabender Mann werden, reicher als sonst jemand in seiner Familie.

Mit zwanzig hatte er im Paradise Hotel an der Hundong Road im Herzen Fuzhous angefangen, ganz in der Nähe des Hot Springs Park, und sich dort zunächst als Page und später als Direktionsassistent um reiche Chinesen und Europäer gekümmert. Damals war in ihm der Entschluss gereift, ein erfolgreicher Geschäftsmann zu werden. Er arbeitete hart, und obwohl er ein Viertel seines Gehalts bei den Eltern ablieferte, konnte er genug sparen, um gemeinsam mit seinen beiden Brüdern schließlich einen Andenkenladen an der Gutian Road zu eröffnen, unweit der berühmten Statue Mao Tse-tungs. Mit dem dort verdienten Geld kauften sie ein Lebensmittelgeschäft, dem nach einiger Zeit zwei weitere Filialen folgten. Sie hatten vor, auf diese Weise mehrere Jahre durchzuhalten, so viel Geld wie möglich auf die hohe Kante zu legen und davon am Ende ein Gebäude zu erwerben, um damit groß in die Immobilienbranche einzusteigen.

Aber Wu Qichen beging einen Fehler.

Chinas Wirtschaft veränderte sich drastisch. Freihandelszonen blühten auf, und sogar die Spitzenpolitiker sprachen plötzlich wohlwollend über Privatfirmen – Staatsoberhaupt Deng Xiaoping persönlich sagte: »Wohlstand ist ruhmreich.« Wu jedoch versäumte es, die Grundregel des chinesischen Lebens zu berücksichtigen: dass die KPC – die Kommunistische Partei Chinas – immer an oberster Stelle steht. Unverblümt forderte er engere Wirtschaftsbeziehungen mit Taiwan, ein Ende des ehernen Prinzips der garantierten Vollbeschäftigung ungeachtet jeglicher Rentabilität und ein scharfes Durchgreifen gegen all jene Parteifunktionäre und Beamten, die sich bestechen ließen oder Firmen willkürlich mit Steuern belegten. Ironischerweise waren Wu diese Punkte relativ egal; er wollte lediglich die Aufmerksamkeit westlicher Handelspartner aus Europa und Amerika erregen, die, so träumte er, mit ihrem Investitionskapital zu *ihm* kommen würden, wenn er sich als Stimme der neuen chinesischen Wirtschaft etablierte.

Doch nicht der Westen hörte den hageren Mann, sondern die Kader und Sekretäre der Kommunistischen Partei. Plötzlich tauchten offizielle Kontrolleure in Wus Geschäften auf und stellten Dutzende von Verstößen gegen Gesundheits- und Sicherheitsvorschriften fest – von denen sie viele an Ort und Stelle einfach erfanden. Die Bußgelder fielen derart horrend aus, dass die Brüder schon bald Bankrott gingen.

So beschämend dieser Rückschlag auch sein mochte, er konnte Wu nicht von dem Ziel abbringen, reich zu werden. Hier, in dem Schönen

Land, schienen an jeder Ecke günstige Gelegenheiten zu lauern, und so ließ Wu Qichen sich dazu verleiten, mitsamt seiner Familie eine illegale Einreise zu riskieren. Er würde in Chinatown viele Häuser besitzen, mit einer Limousine zur Arbeit fahren und dann – wenn es ihm am Ende möglich wäre, seine chinesische Heimat zu besuchen – würde er im Paradise Hotel absteigen und dort die prächtigste Suite, das Penthouse, mieten; genau jene Zimmerflucht, in die er als junger Mann Hunderte von Koffern geschleppt hatte.

Nein, die Verwirklichung seines Traums ließ schon zu lange auf sich warten; der Geist würde es nicht schaffen, ihn aus dieser Stadt des Geldes zu vertreiben.

Er fand einen Laden, in dem chinesische Arznei verkauft wurde, ging hinein und schilderte dem Kräuterkundigen die Beschwerden seiner Frau. Der Doktor hörte ihm aufmerksam zu und diagnostizierte einen Mangel an *qi* – der Lebenskraft – sowie eine Durchblutungsstörung, die beide durch eine schwere Erkältung verschlimmert wurden. Er stellte einige Heilpflanzen zusammen, und Wu bezahlte widerstrebend die stattliche Rechnung von achtzehn Dollar. Er war wütend, denn er hatte schon wieder das Gefühl, übervorteilt worden zu sein.

Weiter die Straße hinunter fand er einen chinesischen Supermarkt. Bevor ihn sein Mut wieder verlassen konnte, ging er hinein, nahm einen Korb und packte einige Lebensmittel ein, die er überhaupt nicht brauchte. In der Drogerieabteilung schnappte er sich einen Karton Damenbinden für seine Tochter. Hastig steuerte er die Kasse an und hielt den Blick die ganze Zeit auf einen Glasbehälter mit Ginsengwurzeln gerichtet. Die grauhaarige Frau tippte die Preise ein und nannte ihm einen Betrag; obwohl sie weder lächelte noch ihn auf seine Einkäufe ansprach, wusste Wu genau, dass sie ihn innerlich auslachte. Mit gesenktem Kopf verließ er das Geschäft, so rot wie die chinesische Staatsflagge.

Er schlug den Rückweg zur Wohnung ein, aber nach fünf Minuten schnellen Marsches verlangsamte er seinen Schritt und fing an, die Seitenstraßen abzusuchen. Natürlich machte er sich Sorgen wegen seiner Frau und der Kinder, die allein in diesem Loch saßen, aber bei allen Göttern im Himmel, der heutige Tag war bislang der reinste Alptraum gewesen. Wu hatte mit Mühe und Not einen Schiffbruch überlebt, all seine Habe verloren und ein Heidengeld an diesen Jimmy Mah und den Makler bezahlen müssen. Und was am schlimmsten war, er hatte die Schande und Demütigung auf sich genommen, diese Dinger zu kaufen, die er nun in einer Tüte bei sich trug. Er brauchte unbedingt etwas Ablenkung und männliche Gesellschaft.

Es dauerte nur wenige Minuten, dann hatte er gefunden, wonach er suchte: eine fujianesische Spielhölle. Nachdem er dem Türsteher sein Geld gezeigt hatte, wurde er eingelassen.

Schweigend setzte er sich an einen der Tische, spielte Dreizehn Punkte, rauchte und trank etwas *baijiu*. Er gewann ein wenig Geld und fühlte sich langsam besser. Er trank eine weitere Tasse des starken, klaren Schnapses, dann noch eine, und endlich entspannte er sich – wenngleich er darauf achtete, dass die Einkaufstüte stets sorgfältig versteckt unter seinem Stuhl lag.

Nach einiger Zeit kam er mit den anderen Männern ins Gespräch und lud sie von den dreißig Dollar Gewinn – die eine beträchtliche Summe für ihn darstellten – zu einem Drink ein. Der Alkohol tat seine Wirkung, Wu erzählte gut gelaunt einen Witz, und einige der Spieler lachten laut. Die Männer waren unter ihresgleichen, und so tauschten sie in verschwörerischem Tonfall Geschichten über ungehorsame Ehefrauen und respektlose Kinder aus, berichteten von ihren hiesigen Wohnverhältnissen und ihren Jobs – oder ihrer Suche nach Arbeit.

Wu hob die Tasse. »Auf Zai Chen«, verkündete er mit schwerer Zunge. Das war der Gott des Wohlstands, der überall in China verehrt wurde. Wu glaubte, dass zwischen ihm und dieser Volksgottheit eine ganz besondere Verbindung bestand.

Die Männer stürzten ihre Drinks hinunter.

»Du bist neu hier«, sagte ein alter Chinese. »Wann bist du gekommen?«

Wu freute sich, bei seinen Landsleuten plötzlich im Mittelpunkt des Interesses zu stehen. »Erst heute Morgen. Auf dem Schiff, das untergegangen ist«, prahlte er.

»Auf der *Fuzhou Dragon*?«, fragte einer der Männer und zog eine Augenbraue hoch. »Das war in den Nachrichten. Es hieß, der Sturm sei schrecklich gewesen.«

»Oh«, sagte Wu, »die Wellen waren fünfzehn Meter hoch! Der Schlangenkopf hat versucht, uns alle umzubringen, aber ich konnte ein Dutzend Leute aus dem Laderaum befreien. Und dann musste ich sogar tauchen, um ein Rettungsboot vom Deck loszuschneiden. Ich bin fast ertrunken. Aber am Ende habe ich es geschafft, uns an Land zu bringen.«

»Das hast du eigenhändig gemeistert?«

Er schlug bekümmert die Augen nieder. »Leider konnte ich nicht alle retten. Aber ich habe es versucht.«

»Geht es deiner Familie gut?«, fragte ein anderer.

»Ja«, antwortete der betrunkene Wu.

»Wohnst du hier in der Nähe?«

»Nur ein Stück die Straße hinauf.«

»Wie ist der Geist denn so?«, wollte einer der Männer wissen.

»Er ist ein Wichtigtuer. Und ein Feigling. Er hat immer eine Pistole dabei. Falls er sie aus der Hand gelegt hätte, um wie ein Mann zu kämpfen – mit einem Messer –, wäre ich leicht mit ihm fertig geworden.«

Dann verstummte Wu, denn Sam Changs Worte fielen ihm wieder ein. Es war wohl besser, wenn er sich ein bisschen zurückhielt. Also wechselte er das Thema. »Kann mir einer von euch weiterhelfen? Da gibt's so eine Statue, die ich besichtigen möchte. Vielleicht könnt ihr mir sagen, wo die steht.«

»Statue?«, fragte der Mann direkt neben ihm. »Welche? Hier gibt's überall Statuen.«

»Sie ist sehr berühmt. Es ist eine Frau, und sie hält ihr Geschäftsbuch in der Hand.«

»Ihr Geschäftsbuch?«, fragte ein anderer.

»Ja«, bekräftigte Wu. »Man sieht sie oft in Filmen über das Schöne Land. Sie steht auf irgendeiner Insel, hält in einer Hand eine Fackel und in der anderen ihr Geschäftsbuch. Die Fackel hat sie, damit sie Tag und Nacht in ihren Unterlagen nachschauen kann, wie viel Geld sie besitzt. Steht die hier in New York?«

»Ja, die steht hier«, sagte einer der Männer und fing im selben Moment an zu lachen. Einige der anderen fielen in das Gelächter ein, und auch Wu lachte mit, obwohl er keine Ahnung hatte, was eigentlich so komisch war.

»Du musst zu einem Ort namens Battery Park gehen. Von dort aus fahren Boote zur Besichtigung der Statue.«

»Das werde ich machen.«

»Auf die Buchhalterin«, rief lachend ein anderer Mann. Alle leerten ihre Tassen und spielten weiter.

... Fünfzehn

Amelia Sachs kehrte aus der Wohnung des Zeugen in Chinatown zurück, und Rhyme nahm amüsiert zur Kenntnis, mit welch strengem Blick sie Sonny Li bedachte, als dieser voller Stolz verkündete, er sei ein »Detective der Öffentlichen Sicherheit der Volksrepublik China«.

»Was Sie nicht sagen!«, erwiderte sie kühl.

Sellitto fasste kurz zusammen, woher auf einmal dieser chinesische Polizist stammte.

»Habt ihr ihn überprüft?«, fragte Amelia und musterte den Mann, der fast dreißig Zentimeter kleiner war als sie.

Li kam dem Detective mit einer Antwort zuvor. »Man hat mich sogar sehr gründlich überprüft, Hongse. Ich bin sauber.«

»Hoankseh? Was, zum Teufel, soll das denn?«, schnauzte sie ihn an.

Er hob abwehrend die Hände. »Das heißt ›rot‹. Sonst nichts. Es ist nichts Schlimmes. Wegen Ihrer Haare. Ich habe Sie am Strand gesehen.«

Rhyme glaubte in Lis schiefem Grinsen den Anflug eines Flirts zu entdecken.

Eddie Deng bestätigte, dass dieses Wort allein die Farbe bezeichnete und keine zweideutige Aussage enthielt.

»Er ist in Ordnung, Amelia«, versicherte Dellray.

»Obwohl er eigentlich in Untersuchungshaft sitzen müsste«, brummte Coe.

Sachs zuckte die Achseln und wandte sich an den chinesischen Cop. »Was war am Strand? Haben Sie mich ausspioniert?«

»Ich habe mich nicht hervorgetraut, weil ich fürchten musste, Sie würden mich zurückschicken. Ich wollte auch eine Chance, den Geist zu erwischen.«

Sachs verdrehte die Augen.

»Moment noch, Hongse. Hier.« Er hielt ihr ein paar zerknitterte Geldscheine hin.

Sie runzelte die Stirn. »Und was hat das zu bedeuten?«

»Ich brauchte Geld und habe es mir am Strand aus Ihrer Tasche geborgt.«

Sachs sah in ihrer Geldbörse nach und klappte sie geräuschvoll wieder zu. »Herr im Himmel!« Ein Blick zu Sellitto. »Darf ich ihn jetzt verhaften?«

»Nein, nein, ich zahle es doch zurück. Ich bin kein Dieb. Hier, schauen Sie nur, es ist alles da. Und sogar zehn Dollar extra.«

»Zehn *extra*?«

»Als Zinsen, würde ich sagen.«

»Woher haben Sie das?«, fragte sie spöttisch. »Ich meine, wo haben Sie es *diesmal* gestohlen?«

»Nein, nein, das ist schon okay.«

»Tja, das nenne ich doch mal eine gute Erklärung. ›Es ist schon okay.‹« Seufzend nahm Sachs das Geld, allerdings ohne die fragwürdigen zehn Dollar.

Dann berichtete sie dem Team, was der Zeuge – John Sung – ausgesagt hatte. Als Rhyme hörte, dass Sungs Angaben sich weitgehend mit Sonny Lis Behauptungen deckten und somit die Glaubwürdigkeit des chinesischen Polizisten untermauerten, fühlte er sich ein wenig mehr in seiner Entscheidung bestätigt, Li an dem Fall mitwirken zu lassen. Es beunruhigte ihn jedoch, von Sachs zu erfahren, wie laut John Sungs Aussage der Kapitän des Schiffs den Geist eingeschätzt hatte.

»›Zertrümmert die Kessel, und versenkt die Boote‹«, zitierte sie und erläuterte die Bedeutung des Ausdrucks.

»›*Po fu chen zhou*‹«, sagte Li und nickte ernst. »Das beschreibt den Geist ziemlich gut. Weder Rast noch Rückzug bis zum Sieg.«

Dann begann Sachs mit Mel Cooper die im Kleinbus sichergestellten Spuren zu katalogisieren und sorgfältig die entsprechenden Registrierkarten auszufüllen, um für die eventuelle Gerichtsverhandlung den genauen Zeitpunkt der Erfassung festzuhalten und eine spätere Verfälschung der Beweisstücke auszuschließen. Amelia steckte gerade einen blutigen Stofffetzen in eine Plastiktüte, als Cooper einen Blick auf das Papier warf, das unter der Tüte auf dem Tisch lag. Er runzelte die Stirn. Dann zog er sich Latexhandschuhe an, nahm den blutigen Lappen wieder aus der Tüte und betrachtete ihn eingehend unter einem Vergrößerungsglas.

»Das ist merkwürdig, Lincoln«, sagte Cooper.

»›Merkwürdig‹? Was heißt *merkwürdig*? Nenn mir Details, nenn mir Besonderheiten. Und drück dich gefälligst präziser aus!«

»Ich habe diese Krümel übersehen. Sieh nur.« Er hielt das Stück

Stoff über ein großes Blatt Papier und strich vorsichtig mit einem Pinsel darüber.

Rhyme konnte nichts erkennen.

»Irgendeine Art poröser Stein«, sagte Cooper und beugte sich mit der Lupe über das Papier. »Wie konnte mir das nur entgehen?« Er wirkte regelrecht deprimiert.

Woher stammten diese Krümel? Hatten sie in einer Falte des Stoffes gesteckt? Was mochten sie bedeuten?

»Ach, Scheiße«, fluchte Sachs und sah auf ihre Finger.

»Was ist los?«, fragte Rhyme.

Sie wurde rot und hob die Hände. »Das Zeug stammt von mir. Ich habe den Lappen ohne Handschuhe angefasst.«

»Ohne Handschuhe?«, rief Rhyme mit schneidender Stimme. Einem Beamten der Spurensicherung durfte kein solch schwerwiegender Fehler unterlaufen. Abgesehen von der Tatsache, dass an diesem Stofffetzen Blut klebte, welches mit HIV oder Hepatitis infiziert sein konnte, hatte Sachs ein Beweisstück verunreinigt. Als Leiter der forensischen Abteilung des NYPD hatte Lincoln Rhyme wegen solcher Fehler bereits Leute entlassen.

»Es tut mir Leid«, sagte Amelia. »Ich weiß, wozu die Krümel gehören. John … Dr. Sung hat mir ein Amulett gezeigt, das er um den Hals trägt. Es war beschädigt, und ich glaube, ich habe mit dem Fingernagel über die Bruchstelle gerieben.«

»Bist du sicher, dass es daher kommt?«, hakte Rhyme nach.

Li nickte. »Ich kann mich noch daran erinnern … Sung hat ein paar Kinder auf der *Fuzhou Dragon* damit spielen lassen. Speckstein aus Qingtian. Nicht billig, würde ich sagen. Ein guter Glücksbringer, ein Affe. Eine sehr berühmte Gestalt in China.«

Eddie Deng nickte ebenfalls. »Na klar, der Affenkönig … eine Figur aus der Mythologie. Mein Vater hat mir früher Geschichten über ihn vorgelesen.«

Doch Rhyme interessierte sich nicht für irgendwelche Mythen. Er versuchte, einen Killer zu fangen und Leben zu retten.

Und herauszufinden, weshalb Sachs einen derart kapitalen Fehler begangen hatte.

Einen Anfängerfehler.

Der Fehler eines Menschen, der abgelenkt war. Aber was *genau* geht in ihrem Kopf vor?, grübelte er.

»Wirf das…«, setzte er an.

»Es tut mir Leid«, wiederholte sie.

»Wirf das oberste Blatt weg«, sagte Rhyme ruhig. »Lasst uns weitermachen.«

Als Cooper das Papier abriss, piepte sein Computer. »Eine Nachricht.« Er las, was auf dem Monitor erschien. »Okay, wir haben hier das Resultat der Blutuntersuchung. Alle Spuren stammen von ein und derselben Person – vermutlich der verletzten Frau. Es handelt sich um die Blutgruppe AB negativ und laut Geschlechtschromatin-Test eindeutig um einen weiblichen Spender.«

»Schreib's auf, Thom«, rief Rhyme, und der Betreuer eilte zu der Wandtafel.

Noch bevor Thom fertig war, meldete Coopers Computer sich erneut. »Das sind die Ergebnisse von AFIS.«

Leider hatte die Abgleichung der von Sachs gesicherten Fingerabdrücke keinen einzigen Treffer erbracht. Doch als Rhyme die digitalisierten Spuren auf seinem Monitor genau in Augenschein nahm, stellte er eine Besonderheit fest. Sie betraf die deutlichsten Abdrücke, die sie gefunden hatten – die von dem Rohr, mit dem die Scheibe des Wagens eingeschlagen worden war. Inzwischen wussten sie, dass Sam Chang der Urheber sein musste, denn die Abdrücke entsprachen denen auf dem Außenbordmotor, und dank Li war ihnen bekannt, dass Chang das Boot an Land gesteuert hatte. »Schaut euch diese Linien an«, sagte Rhyme.

»Was gibt's denn da zu sehen, Lincoln?«, fragte Dellray.

Rhyme erwiderte nichts, sondern fuhr dichter an den Bildschirm heran und erteilte einige Befehle. »Kommando, Cursor runter … stop. Cursor links… stop.« Der kleine Pfeil auf dem Monitor hielt an einer Linie – einer Einkerbung auf dem Abdruck des Zeigefingers von Changs rechter Hand. Identische Einschnitte fanden sich an seinem Mittelfinger und dem Daumen – als hätte Chang eine dünne Schnur umklammert.

»Was ist das?«, überlegte Rhyme laut.

»Eine Schwiele? Eine Narbe?«, vermutete Eddie Deng.

»So was habe ich noch nie gesehen«, sagte Mel Cooper.

»Vielleicht hat er sich geschnitten oder sonst wie verletzt.«

»Oder er hat sich an einem Seil verbrannt«, schlug Sachs vor.

»Nein, das gäbe eine Blase. Es muss sich um eine Wunde handeln.

Sind Ihnen an Changs Händen irgendwelche Narben aufgefallen?«, fragte Rhyme den Chinesen.

»Nein, ich habe nichts dergleichen gesehen.«

Einkerbungen, Schwielen und Narben an Fingern und Handflächen ließen mitunter Rückschlüsse auf die Arbeitsbereiche oder Hobbys der betreffenden Personen zu, kamen in der heutigen Zeit aber immer seltener vor, weil mittlerweile bei vielen Berufen die einzige manuelle Tätigkeit darin bestand, eine Tastatur zu bedienen oder sich Notizen zu machen. Dennoch – wer beispielsweise als Handwerker arbeitete oder bestimmte Sportarten betrieb, hatte häufig eine charakteristische Kennzeichnung an den Händen.

Rhyme wusste vorerst nicht, was dieses Muster zu bedeuten hatte, aber unter Umständen würden sie zu diesem Punkt noch weitere Informationen erhalten. Er wies Thom an, die Tabelle um einen entsprechenden Eintrag zu ergänzen. Dann rief Special Agent Tobe Geller an, einer der Computer- und Elektronikspezialisten des FBI, der in der New Yorker Zweigstelle arbeitete. Er war mit der Untersuchung des Funktelefons betraut worden, das Sachs im Boot des Geists am Strand von Easton gefunden hatte. Rhyme legte das Gespräch auf den Lautsprecher.

»Dieses Ding ist wirklich ein *überaus* interessantes Gerät, das dürfen Sie mir glauben«, ertönte Gellers eifrige Stimme.

Rhyme kannte den jungen Mann nicht besonders gut, aber er erinnerte sich noch an dessen Lockenfrisur, seine umgängliche Art und die brennende Leidenschaft für alles, das Mikrochips enthielt.

»Wieso das?«, fragte Dellray.

»Zunächst mal muss ich Ihnen ein paar Hoffnungen rauben. Es lässt sich praktisch nicht zurückverfolgen. Wir nennen diese Teile ›heiße Hörer‹. Der Speicherchip wurde deaktiviert, sodass man weder die letzte gewählte Nummer noch den letzten Anrufer feststellen kann – alle Protokollfunktionen sind ausgeschaltet. Außerdem handelt es sich um ein Satellitentelefon – man kann es ohne örtlichen Provider überall auf der Welt einsetzen. Die Signale laufen über ein Behördennetz in Fuzhou. Zu diesem Zweck muss der Geist oder einer seiner Leute sich in das System gehackt haben.«

»Nun, dann lassen Sie uns doch einfach irgendwen in der verdammten Volksrepublik anrufen, um ihm mitzuteilen, dass dieser böse Junge ihr System benutzt«, schlug Dellray vor.

»Das haben wir schon versucht. Die chinesische Position lautet, dass ihr Telefonnetz nicht geknackt werden kann und wir uns demzufolge irren müssen. Vielen Dank für die Anfrage.«

»Sogar wenn es dazu beitragen könnte, den Geist zu erwischen?«

»Ich habe den Namen Kwan Ang erwähnt, aber sie waren nicht interessiert. Was bedeutet, dass man sie wahrscheinlich geschmiert hat.«

Guanxi…

Rhyme bedankte sich bei dem jungen Beamten und legte auf. Eins zu null für den Geist, dachte er verärgert.

Bei der Waffendatenbank hatten sie etwas mehr Erfolg. Mel Cooper fand heraus, dass die Patronenhülsen aus einer von zwei möglichen Pistolen stammen mussten, die beide seit fast fünfzig Jahren nicht mehr hergestellt wurden: Eine davon war eine russische Tokarew 7,62mm Automatik. »Aber ich möchte wetten, er hat die chinesische Modell 51 benutzt«, fuhr Cooper fort. »Das ist ein nahezu identischer Nachbau der Tokarew.«

»Ja, richtig«, sagte Sonny Li. »Ich würde auch auf die 51 tippen. Ich selbst hatte eine Tokarew, aber die liegt jetzt auf dem Meeresgrund. Die 51 ist in China ziemlich verbreitet.«

»Was ist mit den Patronen?«, fragte Rhyme. »Vielleicht braucht er Nachschub.« Falls die Munition selten war, würden sie den Kreis der möglichen Verkaufsstellen eventuell eingrenzen können.

Doch Cooper schüttelte den Kopf. »Die bekommt man in jedem größeren Waffenladen.«

Verdammt.

Ein Bote brachte einen Umschlag. Sellitto nahm das Kuvert entgegen, öffnete es und holte einige Fotos heraus. Er zog eine Augenbraue hoch und sah Rhyme an. »Die drei Leichen, die von der Küstenwache aus dem Wasser geborgen wurden. Etwa anderthalb Kilometer vor der Küste. Zwei erschossen. Einer ertrunken.«

Auf den Bildern waren die Gesichter der Toten zu sehen, die Augen halb geöffnet, die Blicke glasig. Einer hatte ein Loch in der Schläfe. Die anderen beiden wiesen keine sichtbaren Verletzungen auf. Beigefügt waren Karteikarten mit den Fingerabdrücken.

»Die zwei sind Besatzungsmitglieder«, sagte Li. »Der andere ist einer der Flüchtlinge. Er war unten bei uns im Laderaum. Seinen Namen weiß ich nicht.«

»Hängt die Fotos auf, und schickt die Abdrücke an AFIS«, sagte Rhyme.

Sellitto kam der Aufforderung nach, und dann bemerkte Rhyme auf einmal, dass alle im Raum verstummten und auf die makabren Neuzugänge starrten, die nun unter der GHOSTKILL-Überschrift hingen. Er vermutete, dass Coe und Deng noch nicht allzu viele Leichen gesehen hatten. Auch das gehörte zu den Begleiterscheinungen der Tatortarbeit, rief Rhyme sich ins Gedächtnis: Man gewöhnte sich sehr schnell an den Anblick toter Gesichter.

Sonny Li verharrte genau wie die anderen schweigend vor den Bildern. Dann murmelte er etwas auf Chinesisch.

»Was haben Sie gesagt?«, fragte Rhyme.

Li sah ihn an. »Ich habe gesagt ›Bei den Richtern der Hölle‹. Das ist nur so eine Redensart. Sie basiert auf einem chinesischen Mythos – zehn Richter der Hölle entscheiden darüber, wo im *Verzeichnis der Lebenden und der Toten* dein Name steht. Sie bestimmen, wann du geboren wirst und wann du stirbst. Jeder Mensch auf dieser Welt hat dort einen Eintrag.«

Rhyme musste für einen Moment an seine letzten Arzttermine und die bevorstehende Operation denken. Er fragte sich, auf welcher Seite im *Verzeichnis der Lebenden und der Toten* wohl sein eigener Name aufgeführt sein mochte ...

Ein weiterer Piepton des Computers erlöste sie aus der Stille. Mel Cooper sah auf den Schirm. »Wir kennen jetzt das Fabrikat des Fahrzeugs vom Strand. Ein BMW X5. Das ist einer dieser schicken Geländewagen. Ich selbst fahre bloß einen zehn Jahre alten Dodge. Der ist im Unterhalt nicht so teuer.«

»Trag's in die Tabelle ein.«

Während Thom schrieb, warf Li einen kurzen Blick auf die Tafel. »Wessen Wagen ist das?«, fragte er.

»Wir glauben, dass jemand am Strand gewartet hat, um den Geist abzuholen«, sagte Sellitto und nickte in Richtung der Tafel. »Das war seine Karre.«

»Was ist mit ihm geschehen?«

»Anscheinend hat er Panik bekommen und ist abgehauen«, sagte Deng. »Der Geist hat auf ihn geschossen, aber er ist dennoch weitergefahren.«

»Er hat den Geist zurückgelassen?«, fragte Li und runzelte die Stirn.

»Genau«, bestätigte Dellray.

»Überprüf New York, Jersey und Connecticut nach dem Modell«, befahl Rhyme. »Kannst du es auf einen Radius von, sagen wir, zweihundertfünfzig Kilometer rund um Manhattan begrenzen?«

»Kein Problem.« Cooper loggte sich in die geschützte Internetseite der Zulassungsstelle ein. »Erinnerst du dich noch an damals, als so etwas Wochen gedauert hat?«, sinnierte er. Mit leisem Summen fuhr Rhymes Rollstuhl bis dicht vor den Monitor des Technikers. Kurz darauf füllte der Bildschirm sich mit den Namen und Adressen aller registrierten Eigentümer eines BMW X5.

»Scheiße«, fluchte Dellray und kam näher. »Wie viele haben wir?«

»Das Auto ist beliebter, als ich vermutet hätte«, sagte Cooper. »Hunderte.«

»Was ist mit den Namen?«, fragte Sellitto. »Sind Chinesen dabei?«

Cooper scrollte durch die Liste. »Zwei klingen danach. Ling und Zhao.« Er sah Eddie Deng an, der bekräftigend nickte. »Ja, das sind chinesische Namen.«

»Aber keiner der beiden wohnt nahe der Innenstadt. Einer lebt in White Plains, der andere in Paramus, New Jersey.«

»Lassen Sie sie von der Staatspolizei überprüfen«, sagte Dellray.

Der Techniker scrollte weiter. »Das wäre auch eine Möglichkeit – ungefähr vierzig X5 sind auf Firmen zugelassen, weitere fünfzig auf Leasing-Agenturen.«

»Klingt einer der *Firmennamen* chinesisch?«, fragte Rhyme und wünschte, er könnte eigenhändig auf die Tasten drücken und die Liste schnell überfliegen.

»Nein«, entgegnete Cooper. »Aber das meiste sind auch keine Personengesellschaften. Es wäre zwar eine richtige Plackerei, aber wir *könnten* uns natürlich mit allen Firmen und Leasing-Agenturen in Verbindung setzen, um herauszufinden, wer die Wagen fährt.«

»Das ist mir zu wahllos«, sagte Rhyme. »Wir würden mehrere Tage brauchen und unsere Ressourcen verschwenden. Ein paar Streifenbeamten aus Manhattan sollen sich die Wagen im Umkreis von Chinatown vornehmen, aber …«

»Nein, nein, Loaban«, fiel Sonny Li ihm ins Wort. »Sie müssen dieses Auto finden. Noch vor allem anderen. Ganz schnell.«

Rhyme hob fragend eine Augenbraue.

»Suchen Sie ihn *sofort*. Beemer, richtig? So nennt man bei Ihnen doch die BMWs, nicht wahr? Setzen Sie jede Menge Polizisten darauf an. All Ihre Beamten, würde ich vorschlagen. Die ganze Truppe.«

»Das dauert zu lange«, wandte Rhyme mürrisch ein. Die Störung ärgerte ihn. »Wir haben nicht genug Leute. Wir müssten in jeder Firma die Person finden, die für den Kauf des Wagens zuständig war, und im Fall der Leasing-Agenturen Zugriff auf die Akten bekommen. In der Hälfte der Fälle würde man zuvor einen Gerichtsbeschluss von uns verlangen. Ich möchte mich lieber auf die Suche nach den Changs und den Wus konzentrieren.«

»Nein, Loaban«, ließ Li nicht locker. »Der Geist wird den Fahrer töten. Er sucht bestimmt schon nach ihm.«

»Ich schätze, da irren Sie sich«, widersprach Dellray. »Er will in erster Linie die Zeugen aus dem Boot beseitigen.«

Sachs war der gleichen Meinung. »Er ist mit Sicherheit sauer, dass der Mann ihn im Stich gelassen hat, und vielleicht wird er ihn sich später vorknöpfen. Aber nicht jetzt.«

»Nein, nein«, sagte Li und schüttelte heftig den Kopf. »Das ist wichtig, glauben Sie mir doch. Finden Sie den Mann in dem Beemer.«

»Warum?«, fragte Sachs.

»Das ist doch ganz klar. Ganz offensichtlich. Schnappen Sie sich den Fahrer. Er wird Sie zu dem Schlangenkopf führen. Womöglich kann man ihn als Köder für den Geist benutzen.«

»Und worauf, Sonny, *beruht* diese Schlussfolgerung?«, fragte Lincoln Rhyme ihn gereizt. »Mit welchen *Fakten* können Sie Ihre Behauptung untermauern?«

»Mit jeder Menge Fakten, würde ich sagen.«

»Ach ja?«

Der kleine Mann zuckte die Achseln. »Als ich heute Morgen mit dem Bus in die Stadt gekommen bin, habe ich ein Zeichen gesehen.«

»Ein Zeichen?«, fragte Rhyme. »Meinen Sie ein Verkehrsschild?«

»Nein, nein, wie heißt das bei Ihnen? Ich weiß nicht...« Er wandte sich auf Chinesisch an Eddie Deng.

»Er meint ein Omen«, erklärte der junge Detective.

»Ein Omen?«, stieß Rhyme hervor, als hätte er auf ein Stück verdorbenen Fisch gebissen.

Li griff geistesabwesend nach seinen Zigaretten, ließ die Hand aber wieder sinken, als er Thoms strengen Blick bemerkte. »Ich bin mit dem Bus in die Stadt gefahren«, erzählte er. »Auf der Straße sah ich eine Krähe nach etwas Essbarem picken. Eine Artgenossin wollte es ihr stehlen, und die erste Krähe hat sie nicht bloß verscheucht, sondern ist ihr hinterhergeflogen und wollte ihr die Augen aushacken. Die Diebin durfte nicht ungestraft davonkommen.« Li hob die Hände. Mehr hatte er offenbar nicht vorzubringen.

»Und?«

»Ist das nicht klar, Loaban? Haben Sie es nicht verstanden?«

»Nein, was Sie da von sich geben, ist kein verfluchtes bisschen klar.«

»Okay, okay. Die Krähe ist mir vorhin wieder eingefallen, und ich musste an den Geist denken und daran, wer er ist. Und dann an den Fahrer in dem schicken *Beemer* und wer *er* ist. Tja, für den Geist ist er jetzt ein *Feind*. Wie die Krähe, die den Mundraub begehen wollte. Die Familien – die Wus und die Changs – haben dem Geist nichts Schlimmes *angetan*. Aber der Fahrer hat…« Li runzelte frustriert die Stirn und sprach abermals mit Deng, der vorschlug: »›Die Treue gebrochen‹?«

»Ja, er hat ihm *die Treue gebrochen*. Und nun ist er der Feind des Geists.«

Lincoln Rhyme konnte sich nur mühsam das Lachen verkneifen. »Ist notiert, Sonny.« Er wandte sich wieder an Dellray und Sellitto. »Also…«

»Ich sehe es Ihnen an, Loaban«, sagte Li. »Ich habe nicht behauptet, die Götter hätten mir durch die Krähen eine Vorahnung geschickt. Aber als mir die Vögel wieder einfielen, hat mir das eine neue Perspektive eröffnet und mich auf andere Gedanken gebracht. Als würde ein frischer Wind durch meinen Verstand wehen. Das ist doch gut, oder nicht?«

»Nein, ich halte das für Aberglauben«, sagte Rhyme. »Das ist woowoo, und wir haben keine Zeit für… Was gibt's denn da zu lachen, verdammt noch mal?«

»Woo-woo. Sie haben woo-woo gesagt. Sie sprechen ja Chinesisch. ›Woo‹ heißt Nebel. Wenn man etwas woo-woo nennt, dann sagt man damit, es ist nebelhaft oder unklar.«

»Nun, bei uns bezeichnet man damit übernatürlichen Schwachsinn.«

Doch sogar durch Rhymes beträchtliche Verstimmung ließ Li sich nicht beirren. »Nein, das ist kein Schwachsinn. Finden Sie diesen Fahrer, und zwar unbedingt, Loaban.«

Sachs sah den kleinen hartnäckigen Mann nachdenklich an. »Ich weiß nicht, Rhyme.«

»Auf keinen Fall.«

»Es ist aber wirklich eine gute Idee«, versicherte Li.

Eine Weile herrschte angespanntes Schweigen.

Sellitto meldete sich zu Wort. »Wie wär's, wenn wir Bedding und Saul ein halbes Dutzend Streifenbeamten zuteilen und sie auf die Sache ansetzen würden, Linc? Sie könnten die Firmen- und Leasingwagen in Manhattan und Queens überprüfen, die in Chinatown und den einen in Flushing, sonst keine. Und falls sich zwischenzeitlich etwas anderes ergibt und wir Leute brauchen, ziehen wir sie eben wieder ab.«

»Na gut, meinetwegen«, stimmte Rhyme verärgert zu. »Lasst uns einfach nur mit der Sache anfangen.«

»Ein halbes Dutzend sind bloß sechs, nicht wahr?«, klagte Li. »Wir brauchen mehr als das.« Doch Rhymes wütender Blick ließ ihn verstummen. »Okay, okay, Loaban.«

Hackende Krähen, steinerne Affen und *Das Verzeichnis der Lebenden und der Toten*... Rhyme seufzte und sah dann das versammelte Team an. »Könnten wir uns jetzt, falls es nicht zu viel verlangt ist, vielleicht wieder der *richtigen* Polizeiarbeit zuwenden?«

GHOSTKILL

Easton, Long Island, Tatort

- Zwei Immigranten am Strand ermordet; in den Rücken geschossen.
- Ein Immigrant verwundet – Dr. John Sung.
- »Bangshou« (Assistent) an Bord; Identität unbekannt.
- Zehn Immigranten entkommen: sieben Erwachsene (ein älterer Mann, eine verletzte Frau), zwei Kinder, ein Kleinkind. Stehlen Kirchenbus.
- Blutspuren zur Untersuchung ins Labor geschickt.
  - Verletzte Frau hat Blutgruppe AB negativ.
- Geist wurde am Strand von Fahrzeug erwartet, aber dann zurückgelassen. Hat vermutlich einen Schuss auf Fahrzeug abgegeben. Anfrage nach Fahrzeughersteller und -modell läuft, basierend auf Reifenspuren und Radstand.
  - Fahrzeug ist ein BMW X5. Registrierte Halter werden überprüft.

- Für Immigranten standen keine Fahrzeuge bereit.
- Funktelefon (vermutlich des Geists) zur Analyse an FBI geschickt.
  - Sicheres Satellitentelefon, nicht zurückverfolgbar. Hat zwecks Nutzung chinesisches Behördennetz gehackt.
- Waffe des Geists = Pistole, 7,62 mm. Ungewöhnliche Hülsen.
  - Chinesische Modell 51 Automatik-Pistole.
- Geist hat angeblich Regierungsleute auf Lohnliste.
- Geist hat als Fluchtwagen roten Honda gestohlen. Fahndungsmeldung ist raus.
- Drei Leichen aus Meer geborgen – zwei erschossen, einer ertrunken. Fotos und Abdrücke an Rhyme und chinesische Polizei.
- Fingerabdrücke an AFIS geschickt.
  - Keine Übereinstimmungen, aber ungewöhnliche Einkerbungen an Sam Changs Fingern und Daumen. (Wunde, Verbrennung durch Seil?)
- Immigrantengruppe besteht aus: Sam Chang und Wu Qichen, jeweils mit Familie; John Sung, Baby einer ertrunkenen Frau, unbekannte/r Mann und Frau (am Strand ermordet).

Gestohlener Kleinbus, Chinatown

- Immigranten tarnen Fahrzeug mit Logo des »Home Store«.
- Blutspritzer deuten auf Hand-, Arm- oder Schulterverletzung der Frau hin.
- Blutspuren zur Untersuchung ins Labor geschickt.
  - Verletzte Frau hat Blutgruppe AB negativ.
- Fingerabdrücke an AFIS geschickt.
  - Keine Übereinstimmungen.

... Sechzehn

Der Familienname Chang hieß übersetzt »Bogenschütze«.

Sein Vater, seine Frau und die Kinder saßen um ihn herum, als Sam Chang mit der magischen Präzision eines Kalligraphen die chinesischen Schriftzeichen ihres Namens auf das abgebrochene Stück einer Holzleiste malte, das er im Hinterhof ihrer neuen Behausung gefunden hatte. Der mit Seide ausgekleidete Kasten, in dem Changs teure Wolf-, Ziegen- und Hasenhaarpinsel, der Tintenstift und das steinerne Tintenfass steckten, war mit der *Fuzhou Dragon* untergegangen, und so musste er notgedrungen einen grässlichen amerikanischen Plastikfüller benutzen.

Da Chang die Kunst der Kalligraphie bereits als kleines Kind von seinem Vater gelernt und im Laufe der Jahre stetig verfeinert hatte, brachte er trotz der immer gleichen Strichbreite des Füllers perfekt geformte Linien zustande. Er dachte unwillkürlich an die Studien des Künstlers Wan Li, der im sechzehnten Jahrhundert für seine Keramikgemälde oftmals simple Skizzen angefertigt hatte, die nur halb ausgeformt waren, aber eine ganz eigene Schönheit besaßen. Chang nahm das Stück Holz mit dem Familiennamen und stellte es auf den provisorischen Altar aus Pappe, den sie im Wohnzimmer auf dem Kaminsims errichtet hatten.

In religiöser Hinsicht bot China nahezu alles. Zwar war dort Buddha die weithin bekannteste traditionelle Gottheit, aber die Philosophen Konfuzius und Lao-tse besaßen den Status von Halbgöttern, und sowohl Christentum als auch Islam verfügten regional über zahlreiche Anhänger. Die überwiegende Mehrheit der Einwohner ging auf Nummer Sicher und richtete ihre regelmäßigen Gebete und Opfergaben an eine Unmenge von Volksgottheiten, deren genaue Zahl niemand kannte.

Aber den ersten Platz im Götterpantheon nahmen für die meisten Chinesen die eigenen Vorfahren ein, und so hatte die Familie den roten Altar Changs Ahnen gewidmet. Als Zierde waren ihnen nach dem Untergang des Schiffs nur wenige, von Wasserflecken verunstaltete Bilder geblieben: Fotos von Changs Eltern und Großeltern, die er in seiner Brieftasche gerettet hatte.

»So«, verkündete er. »Unser Heim.«

Chang Jiechi schüttelte seinem Sohn die Hand und bat dann um Tee, den Mei-Mei ihm einschenkte. Der alte Mann umfasste die Tasse mit beiden Händen und ließ den Blick über die dunklen Räume schweifen. »Gar nicht mal schlecht«, sagte er.

Ungeachtet dieser Worte fühlte Sam Chang sich zutiefst beschämt, dass er seinem Vater den Aufenthalt an einem dermaßen schäbigen Ort zumuten musste. Laut Konfuzius war ein Mann in erster Linie dem Herrscher seines Landes verpflichtet, danach aber hatte er vordringlich den eigenen Vater zu ehren. Schon seit dem ersten Gedanken an eine Flucht aus China war Chang in Sorge darum gewesen, welche Auswirkungen die Reise auf den alten Mann haben könnte. Chang Jiechi hatte die Nachricht von ihrer bevorstehenden Überfahrt reglos entgegengenommen, sodass Chang sich seither beständig fragte, ob er nach Ansicht des alten Mannes das Richtige tat.

Und nun, nach dem Untergang der *Dragon*, würde ihr Leben sich vorläufig nicht bessern. Diese Wohnung musste ihr gemeinsames Gefängnis bleiben, bis der Geist verhaftet worden oder nach China zurückgekehrt war, was noch Monate dauern konnte.

Chang dachte wieder an diesen Laden, aus dem sie Farbe und Pinsel gestohlen hatten – The Home Store. Die Reihen schimmernder Badewannen, Spiegel, Lampen und Marmorfliesen. Er wünschte, er hätte seinem Vater und der Familie ein Zuhause bieten können, das mit all diesen wundervollen Dingen ausgestattet war. Sie hausten in einem verwahrlosten Loch. Es …

Jemand klopfte laut an die Tür.

Im ersten Moment waren alle wie erstarrt. Dann spähte Chang vorsichtig durch die Gardine und seufzte erleichtert auf. Er öffnete die Tür und lächelte einem Mann mittleren Alters entgegen, der Jeans und ein Sweatshirt trug. Joseph Tan trat ein und begrüßte ihn mit Handschlag. Chang warf einen kurzen Blick hinaus auf die ruhige Wohnstraße und sah niemanden, der wie ein Handlanger des Schlangenkopfs wirkte. Der Himmel war bedeckt, und ein übler Geruch hing in der feuchten Luft; wie sich herausgestellt hatte, lag die Wohnung unweit einer Kläranlage. Chang ging hinein und schloss die Tür hinter sich ab.

Tan, der Bruder eines guten Freundes aus Fujian, war vor einigen Jahren in die USA ausgewandert. Mittlerweile besaß er die amerikanische Staatsbürgerschaft, und da er politisch nicht vorbelastet war, konnte er frei zwischen China und New York verkehren. Letzten Frühling in Fuzhou hatte Chang mehrere Abende mit ihm und seinem Bruder verbracht und schließlich ausreichend Vertrauen gefasst, um Tan wissen zu lassen, dass er und seine Familie in das Schöne Land übersiedeln wollten. Tan hatte von sich aus angeboten, ihnen behilflich zu sein, und daraufhin nicht nur diese Wohnung besorgt, sondern zudem veranlasst, dass Chang und sein ältester Sohn in einem seiner Unternehmen arbeiten konnten – einer ganz in der Nähe gelegenen Schnelldruckerei.

Der freundliche Tan begrüßte den alten Chang Jiechi und Mei-Mei, und sie alle nahmen am Teetisch Platz. Tan bot Zigaretten an; Sam Chang lehnte dankend ab, aber sein Vater griff zu, und die beiden Männer rauchten.

»Wir haben in den Nachrichten von dem Schiff gehört«, sagte Tan. »Guan Yin sei Dank, dass ihr wohlbehalten angekommen seid.«

»Viele haben ihr Leben verloren. Es war schrecklich. Wir sind beinahe alle ertrunken.«

»Im Fernsehen hieß es, der Geist sei der verantwortliche Schlangenkopf gewesen.«

»Ja, das stimmt«, bestätigte Chang und erzählte, wie der Mann sogar noch an Land versucht hatte, sie zu töten.

»Dann müssen wir uns sehr vorsichtig verhalten. Ich werde Ihren Namen niemandem gegenüber erwähnen, aber die anderen Angestellten werden zweifellos neugierig sein. Ursprünglich hatte ich gedacht, Sie könnten gleich mit der Arbeit beginnen, aber unter diesen Umständen … Wir sollten lieber noch etwas warten. Vielleicht bis nächste Woche. Oder noch eine Woche länger. Danach werden Sie von mir eingewiesen. Kennen Sie sich mit amerikanischen Druckmaschinen aus?«

Chang schüttelte den Kopf. In China war er Kunstprofessor gewesen – und schließlich als Dissident entlassen worden. Um ihn auf die »richtigen Gedanken« zu bringen, hatte man ihn zu körperlicher Arbeit gezwungen, ebenso wie die zahllosen verachteten Kalligraphen und Künstler, die während der Kulturrevolution in den sechziger Jahren mit einem Berufsverbot belegt und verschleppt worden waren. Und wie so viele dieser Schicksalsgenossen war auch Chang in einer Druckerei gelandet, wo er sich an veralteten Druckerpressen chinesischer und russischer Bauart abgemüht hatte.

Sie unterhielten sich eine Weile über das Leben in China und Amerika. Dann schrieb Tan ihnen auf, wie sie zu seiner Firma gelangen und zu welchen Zeiten Chang und sein Sohn arbeiten würden. Er bat darum, William kennen zu lernen.

Chang öffnete die Tür zum Zimmer des Jungen und starrte – zunächst überrascht, dann erschrocken – in den leeren Raum. William war nicht da.

Er drehte sich zu Mei-Mei um. »Wo ist unser Sohn?«

»Er war in seinem Zimmer. Ich habe ihn nicht weggehen gesehen.«

Chang eilte zur Hintertür und fand sie unverriegelt. William hatte sie offen gelassen und sich davongeschlichen.

Nein!

Der Hinterhof war leer, ebenso die angrenzende Gasse. Chang kehrte ins Wohnzimmer zurück und wandte sich an Tan. »Wo würde ein Teenager hier wohl hingehen?«

»Spricht er Englisch?«

»Besser als wir alle.«

»An der Ecke gibt es ein Starbucks. Wissen Sie, was das ist?«

»Ja, eines dieser Cafés.«

»Viele chinesische Teenager gehen dorthin. Er wird doch hoffentlich nichts von der *Dragon* erzählen, oder?«

»Nein, bestimmt nicht«, versicherte Chang. »Er weiß, wie gefährlich das wäre.«

»Der Junge wird sich noch als Ihr größtes Problem erweisen«, sagte Tan, der ebenfalls Kinder hatte, und deutete auf den Fernseher. »Er wird diesen Apparat einschalten und alles haben wollen, was er sieht: Videospiele, Autos, Markenkleidung – und zwar ohne sich dafür anzustrengen. Im Fernsehen sieht man nämlich nur Leute, die Sachen *besitzen*, nicht etwa Menschen, die dafür arbeiten müssen. Sie sind den ganzen weiten Weg hierher gekommen, Sie haben den Atlantik und den Geist überlebt. Achten Sie darauf, dass man Sie nicht abschiebt, weil Ihr Sohn beim Ladendiebstahl erwischt und von der Polizei an die Einwanderungsbehörde überstellt wurde.«

Chang verstand, was der Mann sagte, war aber zu panisch, um sich darauf konzentrieren zu können. Überall in der Gegend lauerten womöglich *bangshous* des Geists. Oder Männer, die ihm den Aufenthaltsort seiner Familie verkaufen würden. »Ich muss sofort los und den Jungen suchen.«

Tan ging mit ihm hinaus und wies auf die Ecke, an der das Café lag. »Ich mache mich jetzt auf den Weg«, sagte er. »Seien Sie streng mit Ihrem Sohn. Nun, da er hier ist, wird es sehr viel schwieriger werden, aber Sie müssen ihn im Griff behalten.«

Mit gesenktem Kopf ging Chang vorbei an den billigen Wohnhäusern, den Waschsalons, Feinkostgeschäften, Restaurants und kleinen Läden. Dieses Viertel war längst nicht so übervölkert wie Manhattans Chinatown, die Bürgersteige breiter und auf den Straßen weniger Leute unterwegs. Mehr als die Hälfte der Einwohner war asiatischer Abstammung, allerdings aus verschiedenen Herkunftsländern: China, Vietnam und Korea. Außerdem gab es hier viele Latinos, einige Inder und Pakistaner, aber kaum Menschen weißer Hautfarbe.

Chang schaute in die Geschäfte, aber William war nirgendwo zu entdecken.

Er flehte Chen-wu an, sein Sohn möge bitte nur zu einem kleinen Spaziergang aufgebrochen sein und weder ein Gespräch angefangen noch gar verraten haben, wie sie hergekommen waren – um vielleicht irgendein Mädchen zu beeindrucken.

Ein kleiner Park – kein William.

Ein Restaurant. Nichts.

Chang betrat die Starbucks-Filiale. Ein paar argwöhnische Teenager und gelangweilte alte Männer musterten sein besorgtes Gesicht. William war nicht da. Hastig ging Chang wieder hinaus.

Als er dann einen beiläufigen Blick in eine dunkle Gasse warf, sah er seinen Sohn. Der Junge sprach mit zwei jungen Chinesen in schwarzen Lederjacken, die sich die langen Haare mit Spray oder Gel nach hinten gekämmt hatten. William gab einem von ihnen etwas, das Chang nicht erkennen konnte. Der Mann nickte seinem Freund zu und reichte William eine kleine Tüte. Dann drehten die beiden Fremden sich um und verschwanden eilig. William schaute kurz in die Tüte und steckte sie dann ein. Nein!, dachte Chang entsetzt. Was war das? Drogen? *Sein* Sohn kaufte Drogen?

Er zog sich aus der Gasse zurück, und als der Junge zum Vorschein kam, packte er ihn am Arm und drückte ihn an die Wand.

»Wie konntest du das nur tun?«, herrschte Chang ihn an.

»Lass mich in Ruhe.«

»Antworte gefälligst!«

William warf einen Blick zu dem nahen Café, wo drei oder vier

Leute draußen saßen und die kurze regenfreie Zeit genossen. Sie hatten Changs laute Stimme registriert und sahen zu Vater und Sohn herüber. Chang bemerkte sie ebenfalls, ließ William los und bedeutete dem Jungen mit einem Nicken, ihm zu folgen.

»Weißt du denn nicht, dass der Geist nach uns sucht? Er will uns umbringen!«

»Und ich wollte nach draußen. Das ist ja wie in einem Gefängnis! Dieses beschissene kleine Zimmer für mich und meinen Bruder.«

Chang packte ihn erneut am Arm. »Ich verbitte mir diese ordinären Ausdrücke, und ich dulde keinen solchen Ungehorsam.«

»Diese Wohnung ist ein mieses Drecksloch. Ich will ein eigenes Zimmer«, entgegnete sein Sohn und riss sich los.

»Später. Wir alle müssen Opfer bringen.«

»Du hast entschieden, dass wir herkommen sollen, also kannst *du* auch die Opfer bringen.«

»Rede nicht so mit mir!«, sagte Chang. »Ich bin dein Vater.«

»Ich will ein Zimmer, und ich will meine Privatsphäre.«

»Du solltest dankbar sein, dass wir überhaupt ein Dach über dem Kopf haben. Keiner von uns hat ein eigenes Zimmer. Dein Großvater schläft bei deiner Mutter und mir.«

Der Junge sagte nichts.

Chang hatte heute viel über seinen Sohn erfahren. Dass er unverschämt war, Autos stahl und kaum etwas von den eisernen Familienbanden hielt, die Sam Changs Dasein grundlegend bestimmt hatten. Er fragte sich abergläubisch, ob es ein Fehler gewesen war, dem Jungen als westlichen Vornamen ausgerechnet den des amerikanischen Computergenies Gates zu verleihen. Vielleicht hatte dies in irgendeiner Weise dazu beigetragen, William auf den Pfad der Rebellion zu lenken.

»Wer waren die beiden?«, fragte Chang, als die Wohnung in Sicht kam.

»Wer?«, wich sein Sohn aus.

»Diese Männer, mit denen du gesprochen hast.«

»Niemand.«

»Was haben sie dir verkauft? Drogen?«

Als Antwort erntete er nur mürrisches Schweigen.

Sie standen vor der Wohnungstür. William wollte an seinem Vater vorbeigehen, aber Chang hielt ihn zurück und griff in die Tasche des

Jungen. William riss die Arme hoch, und im ersten Moment glaubte Chang erschüttert, sein Sohn wolle ihn wegstoßen oder sogar schlagen. Doch nach ein paar endlos langen Sekunden ließ der Junge die Hände wieder sinken.

Chang zog die Tüte heraus, sah hinein und war entsetzt, darin eine kleine silberne Pistole vorzufinden.

»Was hast du damit vor?«, flüsterte er bestürzt. »Willst du jemanden überfallen?«

Schweigen.

»Rede.« Seine starke Kalligraphenhand schloss sich fest um den Arm des Jungen. »Rede!«

»Ich habe das Ding besorgt, damit ich uns beschützen kann!«, rief William.

»*Ich* werde uns beschützen. Und ganz gewiss nicht mit dieser Waffe.«

»Du?« William lachte höhnisch. »*Du* hast Artikel über Taiwan und Demokratie geschrieben und uns damit das Leben versaut. *Du* hast beschlossen, nach Amerika zu fliehen, und jetzt will dieser beschissene Schlangenkopf uns alle ermorden. Das nennst du uns beschützen?«

»Womit hast du hierfür bezahlt?« Chang hielt die Tüte mit der Pistole hoch. »Woher hast du das Geld? Du hast keinen Job.«

Der Junge ignorierte die Frage. »Der Geist hat die anderen umgebracht. Was, wenn er versucht, uns umzubringen? Was machen wir dann?«

»Wir verstecken uns so lange, bis die Polizei ihn verhaftet hat.«

»Und falls man ihn nicht erwischt?«

»Warum bringst du solche Schande über mich?«, fragte Chang wütend.

Kopfschüttelnd und zornig drängte William sich in die Wohnung, lief ins Schlafzimmer und knallte die Tür hinter sich zu.

Chang nahm aus der Hand seiner Frau eine Tasse Tee entgegen.

»Wo ist er gewesen?«, fragte Chang Jiechi.

»Ein Stück die Straße hinauf. Er hat das hier gekauft.« Er zeigte ihm die Waffe, und der alte Chang nahm sie in die knorrigen Finger.

»Ist sie geladen?«, fragte Chang.

Sein Vater war früher Soldat gewesen und hatte versucht, Mao Tsetung auf dessen Langem Marsch aufzuhalten, durch den Chiang Kaishek und die Nationalisten letztlich ins Meer getrieben wurden. Er kannte sich mit Waffen aus und nahm die Pistole genau in Augenschein. »Ja. Sei vorsichtig, und achte darauf, dass der Sicherungshebel in dieser Position bleibt.« Er gab seinem Sohn die Waffe zurück.

»Weshalb hat er keinen Respekt vor mir?«, fragte Chang verärgert. Er versteckte die Waffe auf dem obersten Regalboden des vorderen Schranks und führte den alten Mann zu der muffigen Couch.

Sein Vater schwieg zunächst. Die Pause dauerte lange genug, dass Chang ihn erwartungsvoll ansah. Schließlich erwiderte der alte Mann mit verschmitztem Blick: »Wie hast du all deine Weisheit erworben, mein Sohn? Was hat deinen Verstand und dein Herz geformt?«

»Meine Professoren, Bücher, Kollegen. Hauptsächlich du, Baba.«

»Ach, *ich*? Du hast etwas von deinem *Vater* gelernt?«, fragte Chang Jiechi mit gespielter Überraschung.

»Ja, natürlich.« Chang runzelte die Stirn. Er war sich nicht sicher, worauf sein Vater hinauswollte.

Der alte Mann sagte nichts, aber der Anflug eines Lächelns erschien auf seinem grauen Gesicht.

Ein Moment verging.

»Willst du damit sagen, William habe dieses Verhalten von mir?«, fragte Chang dann. »Ich bin dir gegenüber niemals anmaßend gewesen, Baba.«

»Nicht mir gegenüber. Aber mit Sicherheit gegenüber den Kommunisten. Gegenüber Peking. Gegenüber den Behörden von Fujian. Mein Sohn, du bist ein *Dissident*. Du hast dich dein ganzes Leben lang aufgelehnt.«

»Aber …«

»Falls Peking dich fragen würde: ›Wieso entehrst du uns so?‹, was würdest du antworten?«

»Ich würde zurückfragen: ›Was habt ihr getan, um euch meinen Respekt zu verdienen?‹«

»William könnte dir die gleiche Frage stellen.« Chang Jiechi hob die Hände. Seine Argumentation war abgeschlossen.

»Aber *meine* Feinde waren Unterdrückung, Gewalt und Korruption.« Sam Chang liebte China von ganzem Herzen. Er liebte das Volk. Die Kultur. Die Geschichte. Zwölf Jahre lang hatte er leidenschaftlich und unter Aufbietung all seiner Kräfte dafür gekämpft, seiner Heimat zum Übertritt in ein aufgeklärteres Zeitalter zu verhelfen.

»Doch alles, was William gesehen hat, war sein Vater, der nächtelang vor dem Computer saß, die Obrigkeit angriff und sich keine Gedanken über die Konsequenzen machte«, sagte Chang Jiechi.

Chang wollte protestieren, aber er schwieg. Dann wurde ihm schlagartig klar, dass sein Vater womöglich Recht hatte. Er lachte leise auf. Am liebsten hätte er sofort mit seinem Sohn gesprochen, doch etwas hielt ihn zurück. Zorn, Verwirrung – vielleicht sogar Angst vor dem, was William sagen würde. Nein, er würde später mit dem Jungen reden. Sobald …

Der alte Mann zuckte auf einmal vor Schmerzen zusammen.

»Baba!«, rief Chang beunruhigt.

Zu den wenigen Habseligkeiten, die ihnen noch geblieben waren, zählte auch die nahezu volle Flasche mit Chang Jiechis Morphium. Chang hatte seinem Vater unmittelbar vor der Katastrophe eine Tablette gegeben und die Arznei dann eingesteckt. Die Flasche war wasserdicht verschlossen und hatte alles unbeschädigt überstanden.

Nun gab er dem alten Mann zwei Pillen und breitete eine Decke über ihn aus. Chang Jiechi legte sich auf die Couch und schloss die Augen.

Erschöpft ließ Sam Chang sich auf einen verstaubten Sessel sinken.

Sie hatten ihr Hab und Gut verloren, sein Vater brauchte dringend ärztliche Behandlung, ein skrupelloser Mörder war hinter ihnen her, sein eigener Sohn gebärdete sich aufsässig und kriminell …

Nichts als Schwierigkeiten.

Er wollte jemandem die Schuld dafür geben: Mao, der Kommunistischen Partei Chinas, den Soldaten der Volksbefreiungsarmee …

Aber ihre gegenwärtige Not und Gefährdung schien nur eine einzige Ursache zu haben, die William genau erkannt hatte: Chang selbst.

Selbstmitleid half ihnen allerdings auch nicht weiter. Er musste inständig darauf hoffen, dass die Geschichten über das Leben in den USA auf Wahrheit beruhten, nicht auf Legenden – dass das Schöne Land tatsächlich ein Land der Wunder war, wo Verbrechen ans Licht gebracht und gesühnt wurden, wo auch die schlimmsten körperlichen Leiden schnell geheilt werden konnten und wo die großzügig gewährte Freiheit ihr Versprechen erfüllte, gequälte Herzen nicht weiter zu quälen.

... Siebzehn

Um halb zwei an jenem Nachmittag ging der Geist schnellen Schrittes durch Chinatown und hielt dabei den Kopf gesenkt, weil er wie üblich fürchtete, erkannt zu werden.

Für die meisten Westler war er natürlich unsichtbar und verschwand in der Masse der einheitlich asiatischen Menschen, denn weiße Amerikaner vermochten meistens nicht zu erkennen, ob sie einen Chinesen, Japaner, Vietnamesen oder Koreaner vor sich hatten. Für seine Landsleute hingegen besaß der Geist ein unverwechselbares Gesicht, und er war entschlossen, anonym zu bleiben. Vor einigen Jahren hatte er einen Verkehrsrichter in Hongkong mit zehntausend Dollar bestochen, um nicht wegen einer unbedeutenden Handgreiflichkeit festgenommen und für das Strafregister fotografiert zu werden. Sogar Interpols automatisierte Fahndungs- und Archivsektion sowie der analytische Nachrichtendienst dieser internationalen Zentralstelle hatten keine verlässlichen Überwachungsbilder von ihm. (Er wusste das, weil in seinem Auftrag ein Hacker aus Fuzhou trotz der vermeintlich sicheren Verschlüsselung in die Interpol-Datenbank eingedrungen war.)

Also beeilte er sich nun und blickte dabei nach unten – meistens jedenfalls.

Aber nicht ständig.

Er hob immer wieder den Kopf, um die Frauen zu mustern, die hübschen und die jungen, die üppigen und die schlanken, die schüchternen, die koketten und die furchtsamen. Die Verkäuferinnen, die Halbwüchsigen, die Verheirateten, die Geschäftsfrauen, die Touristinnen. Asiatin oder Europäerin, das war ihm völlig egal. Er wollte einen weiblichen Körper unter sich spüren, der leise wimmerte – vor Lust oder vor Schmerz (auch das spielte keine Rolle) –, während der Geist immer wieder in die Frau hineinstieß und ihren Kopf fest zwischen den Händen hielt.

Eine Frau mit hellbraunem Haar kam vorbei, eine Westlerin. Er verlangsamte das Tempo und sog den Duft ihres Parfums ein. Die Begierde wurde immer stärker, wenngleich ihm bewusst war, dass er sich eigentlich nicht nach *dieser* Frau sehnte, sondern nach seiner Yindao.

Doch genug der Tagträume; er hatte das Gebäude der Nachbarschaftsvereinigung erreicht, wo die Türken bereits auf ihn warteten. Er spuckte auf den Gehweg, ging zur Hintertür, die man für ihn offen gelassen hatte, und trat ein. Er stieg bis in die oberste Etage hinauf. Es war an der Zeit, ein wichtiges Gespräch zu führen.

In dem großen Büro standen Yusuf und die beiden anderen Türken. Es hatte nicht viel erfordert – ein paar Anrufe, eine Drohung und eine Bestechung –, um den Namen des Mannes herauszufinden, der nun auf einem Stuhl vor seinem eigenen Schreibtisch saß und vor lauter Angst fast in Tränen ausbrach.

Als der Geist den Raum betrat, schlug Jimmy Mah die Augen nieder. Der Schlangenkopf zog einen Stuhl heran und setzte sich neben ihn. Dann nahm er ganz beiläufig Mahs Hand – was unter chinesischen Männern eine nicht unübliche Geste war – und spürte das Zittern der Muskeln und den schnellen Schlag des furchtsamen Herzens.

»Ich wusste nicht, dass diese Leute auf der *Dragon* gekommen sind. Sie haben nichts davon erzählt! Ich schwöre. Sie haben mich angelogen. Zu dem Zeitpunkt hatte ich noch nicht mal von dem Schiff *gehört*. Ich habe heute Morgen keine Nachrichten gesehen.«

Der Geist ließ die Hand des Mannes nicht los, sondern verstärkte nur leicht den Druck und sagte nichts.

»Werden Sie mich töten?«, fragte Mah so leise, dass er den Satz gleich noch einmal wiederholte, obwohl der Geist ihn zuvor schon verstanden hatte.

»Die Changs und die Wus. Wo sind sie?« Der Geist drückte noch ein wenig fester zu und registrierte erfreut das Stöhnen des Mannes. »Wo sind sie?«

Mah schaute kurz zu den Türken. Er hatte überlegt, welche schrecklichen Waffen sie wohl bei sich hatten, Messer, Garotten oder Pistolen.

Doch am Ende war es einfach nur der leichte Druck einer Hand des Geists, die dem armen Jimmy Mah die Zunge löste.

»An zwei verschiedenen Orten, Sir. Wu Qichen sitzt in einer Wohnung in Chinatown. Ein Makler, mit dem ich häufiger zusammenarbeite, hat sie ihm besorgt.«

»Die Adresse?«

»Die kenne ich nicht. Ich schwöre! Aber der Makler kennt sie. Er wird Ihnen alles sagen.«

»Wo finde ich diesen Makler?«

Hastig nannte Mah ihm Namen und Anschrift. Der Geist prägte sich die Angaben ein.

»Und die anderen?«

»Sam Chang hat seine Familie nach Queens gebracht.«

»Queens?«, fragte der Geist. »Wohin genau?« Ein besonders zarter Händedruck. Er stellte sich gerade vor, er würde Yindaos Brust berühren.

Mah nickte in Richtung des Schreibtischs. »Da! Es steht auf diesem Zettel.«

Der Geist nahm das Blatt, warf einen Blick auf die Adresse und steckte es ein. Er ließ die nasse Hand des Tong-Führers los und rieb langsam mit dem Daumen über den Schweiß, der nun an seinen eigenen Fingern klebte. »Sie werden niemandem erzählen, worüber wir gesprochen haben«, murmelte er.

»Nein, nein, bestimmt nicht.«

Der Geist lächelte. »Sie haben mir einen Gefallen getan, und dafür bin ich Ihnen dankbar. Ich stehe in Ihrer Schuld. Im Gegenzug möchte ich Ihnen nun eine Gefälligkeit erweisen.«

Mah schwieg. »Eine Gefälligkeit?«, fragte er schließlich vorsichtig und mit zittriger Stimme.

»Auf welchen anderen Geschäftsfeldern sind Sie tätig, Mr. Mah? Womit verdienen Sie sonst noch Ihr Geld? Sie helfen Ferkeln, Sie helfen Schlangenköpfen. Besitzen Sie zum Beispiel Massagesalons?«

»Ein paar.« Der Mann wirkte jetzt etwas ruhiger. Er rieb mit den Handflächen über die Hosenbeine. »Hauptsächlich habe ich mit Glücksspiel zu tun.«

»Ah, Glücksspiel, natürlich. Hier in Chinatown wird viel gespielt. Ich spiele selbst gern. Sie auch?«

Mah schluckte und trocknete sich das Gesicht mit einem weißen Taschentuch ab. »Spielen wir denn nicht alle gern? Ja, sicher.«

»Dann verraten Sie mir: Wer stört Ihren Spielbetrieb? Ein anderer Tong? Eine Triade? Irgendeine *mei guo* Gang? Die Polizei? Ich kann mit den Leuten reden. Ich habe Beziehungen bis in die höchsten Behördenkreise. Ich kann dafür sorgen, dass Ihre Spielsalons nicht mehr belästigt werden.«

»Ja, Sir, ja. Gibt es denn nicht immer Probleme? Aber es sind weder die Chinesen noch die Polizei. Es sind die Italiener. Warum nur machen sie uns so viel Ärger? Ich weiß es nicht. Diese jungen Männer werfen Brandsätze, verprügeln unsere Kunden und rauben die Spielhallen aus.«

»Die Italiener«, wiederholte der Geist nachdenklich. »Wie nennt man sie? Es gibt da so ein Schimpfwort ... es will mir einfach nicht einfallen.«

»Spaghettifresser«, sagte Mah.

»Spaghettifresser.«

Der Geist sah sich im Zimmer um und runzelte die Stirn.

»Suchen Sie etwas, Sir?«, fragte Mah.

»Haben Sie einen dicken Filzstift? Oder eventuell etwas Farbe?«

»Farbe?« Mah folgte seinem Blick. »Nein. Aber ich kann eine Etage tiefer meine Mitarbeiterin verständigen und sie Farbe holen lassen. Ich beschaffe Ihnen, was immer Sie brauchen. Alles.«

»Nein, das wird nicht nötig sein«, sagte der Geist. »Ich habe eine andere Idee.«

Lon Sellitto blickte von seinem Mobiltelefon auf. »Ich habe hier einen Detective vom Fünften Revier in der Leitung«, teilte er dem GHOSTKILL-Team mit. »In Chinatown wurde eine Leiche gefunden.« Er setzte das Telefonat fort.

Rhyme sah ihn beunruhigt an. Hatte der Geist den nächsten Flüchtling aufgespürt und ermordet? Um wen mochte es sich handeln? Chang oder Wu? Das Kleinkind?

Sellitto beendete das Gespräch und sagte: »Es scheint nichts mit dem Geist zu tun zu haben. Das Opfer ist ein Kerl namens Jimmy Mah.«

»Den kenne ich«, sagte Eddie Deng. »Er leitet einen Tong.«

Coe nickte. »Ich habe auch schon von ihm gehört. Menschenschmuggel ist nicht seine Spezialität, aber manchmal stellt er das Begrüßungskomitee.«

»Was soll das heißen?«, fragte Rhyme bissig, als Coe keine nähere Erklärung lieferte.

»Wenn Illegale nach Chinatown kommen, gibt es dort Ansprechpartner für sie, die ihnen bei den ersten Schritten behilflich sind, eine sichere Unterkunft besorgen oder ihnen Geld leihen«, antwortete der Beamte. »Die meisten dieser Leute arbeiten für die Schlangenköpfe, aber einige werden auch auf eigene Faust tätig, so wie Mah. Allerdings ist der Profit eher bescheiden. Wer korrupt und auf das große Geld aus ist, hält sich an Drogen, Glücksspiel und Massagesalons. Das ist Mahs Hauptbeschäftigung. Na ja, zumindest *war* sie das.«

»Weshalb glaubst du, dass keine Verbindung besteht?«, wandte Rhyme sich an Sellitto.

»An der Wand hinter dem Schreibtisch, wo man seine Leiche gefunden hat, stand eine Nachricht: ›Ihr nennt uns Spaghettifresser und nehmt uns unsere Häuser weg.‹ Sie wurde mit Mahs Blut geschrieben.«

Deng nickte. »Zwischen den Tongs und den Mafiosi der dritten Generation – Sie wissen schon, wie im Fernsehen bei den *Sopranos* – herrscht heftige Konkurrenz. Im Bereich der Spiel- und Massagesalons – und teilweise auch beim Drogenhandel – wurden die Italiener von den Chinesen fast vollständig aus Manhattan verdrängt.«

Die Demographie des Mobs änderte sich genauso fließend wie die Zusammensetzung der New Yorker Bevölkerung, wusste Rhyme.

»Wie dem auch sei«, sagte Coe. »Diese Leute von der *Dragon* werden schnellstmöglich untertauchen und sich nicht mit einer bekannten Person wie Mah einlassen. Ich jedenfalls würde mich so verhalten.«

»Außer die Menschen sind sehr verzweifelt«, sagte Sachs. »Und das sind sie in diesem Fall.« Sie sah Rhyme an. »Vielleicht hat der Geist den Mann umgebracht und es wie die Tat eines Rivalen aussehen lassen. Soll ich mir den Tatort anschauen?«

Rhyme überlegte kurz. Ja, die Familien *waren* verzweifelt, aber er hatte bereits gesehen, wie einfallsreich sie vorgingen, vermutlich dank Sam Chang. Es wäre zu riskant, jemanden wie Mah um Hilfe zu bitten, glaubte er. »Nein, ich brauche dich hier. Aber schick ein Sonderteam der Spurensicherung hin, und sag ihnen, sie sollen uns ihren Bericht übermitteln.«

Er wandte sich an Eddie Deng. »Rufen Sie Dellray und Peabody im Bundesgebäude an, und informieren Sie sie über den Mord.«

»Jawohl, Sir«, sagte der Detective.

Dellray war in die Zentrale gefahren, um zusätzliche Leute aus den zwei relevanten New Yorker Zuständigkeitsbereichen der Bundesbehörde zu organisieren – dem südlichen und dem östlichen Bezirk, die Manhattan und Long Island abdeckten. Außerdem bemühte er sich um das SPEC-TAC Team, wogegen Washington sich bislang noch sträubte. Die Sondereinheit war normalerweise für größere Geiselnahmen oder Botschaftsbesetzungen vorgesehen, nicht für Großfahndungen. Rhyme wusste jedoch, dass Dellray nur selten ein Nein akzeptierte, und falls überhaupt jemand es schaffen konnte, ihnen zu dieser dringend benötigten taktischen Unterstützung zu verhelfen, dann der schlaksige FBI-Agent.

Er fuhr mit seinem Rollstuhl zurück zu den Beweisstücken und der Wandtafel.

Nichts, nichts, nichts ...

Was können wir sonst noch tun?, grübelte er. Woran haben wir noch nicht gedacht? Er musterte die Tafel.

»Nehmen wir uns das Blut genauer vor«, sagte er schließlich. Er betrachtete die Proben, die Sachs eingesammelt hatte: das Blut der verletzten Frau, deren Arm, Hand oder Schulter gebrochen oder aufgeschlitzt war.

Lincoln Rhyme griff gern auf Blutspuren zurück. Sie waren leicht zu entdecken, hafteten wie angewachsen auf allen möglichen Oberflächen und behielten ihre wichtigen gerichtsverwertbaren Informationen über einen Zeitraum von vielen Jahren.

Genau genommen spiegelte die historische Bedeutung des Blutes bei polizeilichen Ermittlungen in weiten Teilen die Geschichte der gesamten forensischen Wissenschaft wider.

Die ersten Bemühungen, Blut als Beweismittel zu nutzen, beschränkten sich in der Mitte des neunzehnten Jahrhunderts darauf, es zu *klassifizieren*, also festzustellen, ob es sich bei einer unbekannten Substanz tatsächlich um Blut und nicht etwa um – beispielsweise – getrocknete braune Farbe handelte. Fünfzig Jahre später versuchte man hauptsächlich, menschliches Blut sicher *identifizieren* und von tierischem Blut unterscheiden zu können. Wenig später bemühte die Polizei sich um eine Methode, Blut genauer *differenzieren* und somit in eine begrenzte Anzahl von Kategorien einteilen zu können, und die Wissenschaft entwickelte daraufhin mehrere Verfahren zur Blutgruppenbestimmung (sowohl das ABNull- als auch die MNS- und Rhesus-Systeme), wodurch sich der Kreis der möglichen Quellen eingrenzen ließ. In den sechziger und siebziger Jahren des zwanzigsten Jahrhunderts versuchten die forensischen Forscher, noch einen Schritt weiter zu gehen und das Blut zu *individualisieren*, um es wie einen Fingerabdruck einer einzelnen Person zuordnen zu können. Zunächst konzentrierte man sich auf einen biochemischen Ansatz und ermittelte die Enzyme und Proteine, konnte dadurch aber nur einen Großteil der potenziellen Urheber einer Blutspur ausschließen, nicht alle. Erst mit der DNS-Bestimmung wurde eine eindeutige Individualisierung erreicht.

Klassifizierung, Identifizierung, Differenzierung, Individualisierung … genau das war Kriminalistik.

Aber man konnte noch mehr aus dem Blut ablesen als nur die Person, von der es stammte. Die Anordnung der Spritzer oder Flecke an einem Tatort ermöglichte Rückschlüsse auf den Ablauf des Geschehens. Darüber hinaus ließ Lincoln Rhyme oftmals die *Inhaltsstoffe* des Blutes feststellen, um vielleicht etwas Neues über das betreffende Individuum zu erfahren.

»Lasst uns nachsehen, ob unsere verletzte Frau Drogen oder ein seltenes Medikament einnimmt. Verständigt die Gerichtsmedizin, und veranlasst eine komplette Analyse. Ich will genau wissen, was in ihrem Blutkreislauf vorgeht.«

Während Cooper den Anruf erledigte, klingelte Sellittos Telefon.

Rhyme sah dem Detective sofort an, dass er eine schlechte Nachricht erhielt.

»O Mann … o nein …«

Im Innersten seines Körpers verspürte der Kriminalist ein seltsames Kribbeln – obwohl er dort eigentlich überhaupt nichts fühlen konnte. Gelähmte Menschen litten häufig unter Phantomschmerzen, die objektiv betrachtet gar nicht existieren durften. Rhyme kannte nicht nur *dieses* Gefühl, sondern hatte auch Schockreaktionen und Adrenalinschübe erlebt, wenngleich sein logischer Verstand keine Erklärung dafür fand.

»Was gibt's, Lon?«, fragte Sachs.

»Noch mal das Fünfte Revier. Chinatown«, sagte er und verzog das Gesicht. »Ein weiterer Mord. Diesmal ist es *zweifellos* der Geist gewesen.« Er sah Rhyme an und schüttelte den Kopf. »Mann, das ist nicht gut.«

»Wie meinst du das?«

»Ich meine, dass die Jungs am Telefon gerade gesagt haben, es sehe dort verflucht unerfreulich aus, Linc.«

Von einem Beamten des New Yorker Morddezernats hörte man nur selten ein Wort wie *unerfreulich*, vor allem nicht aus dem Mund Lon Sellittos, einem der hartgesottensten Cops, die man sich vorstellen konnte.

Er machte sich ein paar Notizen, legte dann auf und sah Sachs an. »Auf geht's, Officer. Sie haben einen Tatort zu untersuchen.«

GHOSTKILL

Easton, Long Island, Tatort

- Zwei Immigranten am Strand ermordet; in den Rücken geschossen.
- Ein Immigrant verwundet – Dr. John Sung.
- »Bangshou« (Assistent) an Bord; Identität unbekannt.
- Zehn Immigranten entkommen: sieben Erwachsene (ein älterer Mann, eine verletzte Frau), zwei Kinder, ein Kleinkind. Stehlen Kirchenbus.
- Blutspuren zur Untersuchung ins Labor geschickt.
  - Verletzte Frau hat Blutgruppe AB negativ. Weitere Informationen erbeten.
- Geist wurde am Strand von Fahrzeug erwartet, aber dann zurückgelassen. Hat vermutlich einen Schuss auf Fahrzeug abgegeben. Anfrage nach Fahrzeughersteller und -modell läuft, basierend auf Reifenspuren und Radstand.
  - Fahrzeug ist ein BMW X5. Registrierte Halter werden überprüft.
- Für Immigranten standen keine Fahrzeuge bereit.
- Funktelefon (vermutlich des Geists) zur Analyse an FBI geschickt.
  - Sicheres Satellitentelefon, nicht zurückverfolgbar. Hat zwecks Nutzung chinesisches Behördennetz gehackt.
- Waffe des Geists = Pistole, 7,62 mm. Ungewöhnliche Hülsen.
  - Chinesische Modell 51 Automatik-Pistole.
- Geist hat angeblich Regierungsleute auf Lohnliste.
- Geist hat als Fluchtwagen roten Honda gestohlen. Fahndungsmeldung ist raus.
- Drei Leichen aus Meer geborgen – zwei erschossen, einer ertrunken. Fotos und Abdrücke an Rhyme und chinesische Polizei.
- Fingerabdrücke an AFIS geschickt.
  - Keine Übereinstimmungen, aber ungewöhnliche Einkerbungen an Sam Changs Fingern und Daumen (Wunde, Verbrennung durch Seil?).
- Immigrantengruppe besteht aus: Sam Chang und Wu Qichen, je-

weils mit Familie; John Sung, Baby einer ertrunkenen Frau, unbekannte/r Mann und Frau (am Strand ermordet).

Gestohlener Kleinbus, Chinatown

- Immigranten tarnen Fahrzeug mit Logo des »Home Store«.
- Blutspritzer deuten auf Hand-, Arm- oder Schulterverletzung der Frau hin.
- Blutspuren zur Untersuchung ins Labor geschickt.
  - Verletzte Frau hat Blutgruppe AB negativ. Weitere Informationen erbeten.
- Fingerabdrücke an AFIS geschickt.
  - Keine Übereinstimmungen.

... Achtzehn

Amelia Sachs hatte den Camaro in der Nähe von Rhymes Haus geparkt und fuhr mit einem Kombi der Spurensicherung auf dem Franklin Delano Roosevelt Drive nach Süden.

Der Ford war Eigentum der Stadt und ein eher funktionelles Dienstfahrzeug, doch sie fuhr ihn beinahe genauso, als würde sie am Steuer ihres auffälligen gelben Sportwagens sitzen. Es war Viertel vor drei, und die nachmittägliche Rushhour hatte noch nicht eingesetzt, aber dennoch herrschte dichter Verkehr, und Amelia benötigte all ihr Geschick.

»He, Hongse«, warf Sonny Li nervös ein, als sie mit Tempo hundertzehn an einem Taxi vorbeischlitterten. Aber dann zog er es offensichtlich vor, dass sie ihre Aufmerksamkeit auf die Straße richtete, und schwieg.

Auf der Rückbank saßen Eddie Deng, der sich nicht an dem Fahrstil zu stören schien, und Alan Coe, dem es in dieser Hinsicht eindeutig wie Sonny Li ging. Er umklammert den Brustriemen seines Sicherheitsgurts, als wäre er aus einem Flugzeug gesprungen und dies die Reißleine seines Fallschirms.

»Habt ihr das gesehen?«, fragte Sachs ganz beiläufig, als ein Taxifahrer Sirene und Warnlicht des Einsatzwagens ignorierte und unmittelbar vor ihnen in die Ausfahrt zur Houston Street einscherte.

»Wir sind ziemlich schnell unterwegs«, sagte Li, erinnerte sich wieder daran, dass er Amelia nicht ablenken wollte, und verstummte.

»Wo entlang, Eddie?«, fragte Sachs.

»Zur Bowery. Da vorn links und nach zwei Blocks dann rechts.«

Sie bog mit achtzig Sachen auf die regennasse Canal Street ein, fing den schlingernden Wagen kurz vor einem Mülllaster wieder ab und beschleunigte nach Chinatown hinein. Der zugstarke Polizeimotor sprach sofort auf das Gaspedal an.

Li murmelte etwas auf Chinesisch.

»Was haben Sie gesagt?«

»Bei den zehn Richtern der Hölle«, übersetzte er.

Sachs erinnerte sich – die zehn Richter der Hölle, die das *Verzeich-*

nis der Lebenden und der Toten führten, in dem jeder Mensch auf dieser Welt einen Eintrag besaß. Das Hauptbuch von Leben und Tod.

Mein Vater Herman steht bereits auf der Seite der Toten, dachte sie.

Wo ist mein Name wohl verzeichnet?

Und die Namen der Menschen, die mir etwas bedeuten? Oder mir in Zukunft etwas bedeuten werden?

Leben und Tod …

»Ah, Miss Sachs. Hier stecken Sie also.«

»Hallo, Doktor.«

»Ich habe gerade mit Lincoln Rhymes Arzt gesprochen.«

»Ja?«

»Und jetzt muss ich unbedingt mit Ihnen reden.«

»Das klingt nach schlechten Neuigkeiten, Doktor.«

»Äh, Officer«, riss Deng sie aus ihren Gedanken. »Ich glaube, das da vor uns ist eine rote Ampel.«

»Kein Problem«, sagte sie und bremste bis auf fünfzig Kilometer pro Stunde ab, um die Kreuzung zu überqueren.

»*Gan*«, flüsterte Li und übersetzte den Ausdruck sogleich, obwohl Sachs die Bedeutung bereits erraten hatte: »Scheiße.«

Drei Minuten später kam der Wagen der Spurensicherung mit quietschenden Reifen vor einer Gasse zum Stehen, an der sich eine Gruppe Schaulustiger drängte. Die Leute wurden von einem gelben Absperrband und einem halben Dutzend uniformierter Streifenbeamten zurückgehalten. Die Vordertür eines kleinen Lagerhauses stand offen. Sachs und Deng stiegen aus.

»He, Detective«, rief Eddie einem blonden Mann in einem Anzug zu. Der nickte, und Deng stellte ihn Amelia Sachs vor. Er war für die Mordkommission des Fünften Reviers tätig.

»Sie sichern die Spuren?«, fragte er.

Sachs nickte. »Was ist das für ein Schuppen?«

»Ein Warenlager. Der Eigentümer scheint sauber zu sein. Wir haben uns mit ihm in Verbindung gesetzt, aber er weiß nichts, außer dass das Opfer – ein Kerl namens Jerry Tang – hier gearbeitet hat. Acht Festnahmen, zwei Verurteilungen. Meistens hat er Autos geklaut und dann selbst als Fluchtwagen gesteuert. Außerdem hat er hin und wieder Geld eingetrieben.«

Er deutete auf einen silbernen BMW, der in der Gasse stand. Ein X5. Damit war Tang am Morgen nach Long Island gefahren, um den Geist abzuholen. In der Heckklappe war ein Einschussloch. Demnach hatte der Geist sein Ziel nicht verfehlt, als Tang ihn im Stich ließ.

Jemand hatte Schreie aus diesem Gebäude gehört und die Polizei verständigt. Als die Streifenbeamten eintrafen, fiel ihnen der brandneue BMW mit dem Einschussloch auf, und sie betraten das Lagerhaus.

Dort stießen sie auf Jerry Tangs sterbliche Überreste. Man hatte ihn mit einem Messer oder einer Rasierklinge gefoltert – Teile der Haut und die Augenlider fehlten – und dann getötet.

Sachs wusste, dass Rhyme es hasste, wenn jemand sich als scharfsinniger als er selbst erwies – völlig egal, ob es sich dabei um einen anderen Polizisten oder einen Täter handelte. Als klar wurde, dass Sonny Li, dieser kleine, unscheinbare Detective, mit seiner Vermutung richtig lag, dass der Geist zuerst den Mann ermorden würde, der ihn seinem Schicksal überlassen hatte, hatte dies die finstere Stimmung des Kriminalisten nicht unbedingt aufgehellt. Natürlich hatte es auch nicht geholfen, dass Li einen Kommentar dazu abgeben musste: »Tja, Sie hätten eben auf mich hören sollen, Loaban. Sie hätten auf mich hören sollen.«

Der Detective vom Fünften fuhr fort. »Es sind bereits zwei Männer aus der Zentrale da und befragen die Zeugen. Ach, da drüben stehen sie ja.«

Sachs nickte den beiden Detectives zu, die sie von früheren Fällen her kannte. Bedding und Saul mussten sich nun nicht mehr um die Fahrzeughalter kümmern und widmeten sich ihrer üblichen Aufgabe: der Indiziensuche im Anschluss an ein Verbrechen, einer mühevollen Kleinarbeit, oft auch als »Klinkenputzerei« bezeichnet. Die beiden waren bekannt für ihr Geschick bei der gemeinschaftlichen Lokalisierung und Vernehmung von Zeugen. Trotz ihrer unterschiedlichen Körpergröße, Statur und Gesichtsfarbe (einer von ihnen hatte Sommersprossen), hatte ihr rotblondes Haar und ihr identisches Benehmen ihnen den Spitznamen »Zwillinge« eingebracht. Manche nannten sie auch die Hardy Boys.

»Wir sind zwanzig Minuten nach der ersten Meldung hier gewesen«, sagte entweder Bedding oder Saul. Der Große.

»Die kam von einem halbwüchsigen Mädchen, das auf dem Heimweg von der Theatergruppe ihrer Schule war. Sie hörte einen Schrei aus dem Gebäude, hat aber erst zu Hause davon erzählt. Sie hatte …«

»… Angst, Sie wissen schon. Das kann man ihr nicht verübeln, wenn man bedenkt, was unsere Kollegen da drinnen gefunden haben. Hätte ich auch gehabt.«

»Angst, meint er. Überall Blut. Und Körperteile.«

Sachs verzog das Gesicht, allerdings nicht wegen dieser Ankündigung, sondern weil sie die Knie beugen musste, um in den weißen Tyvek-Overall zu steigen, und ihre arthritischen Gelenke schmerzhaft protestierten.

»Wir haben mit etwa acht Leuten gesprochen, sowohl im Nachbargebäude…«, sagte Bedding oder Saul.

»…als auch in der näheren Umgebung. Es scheint hier noch mehr Taubstumme zu geben als üblich.«

»Ja, und die meisten sind außerdem blind.«

»Wir glauben, die Leute haben gehört, dass Tang von dem Geist in die Mangel genommen wurde, und daher Angst bekommen. Niemand will uns helfen. Wir haben lediglich erfahren, dass zwei oder…«

»…drei oder vier…«

»…Leute, vermutlich Männer, die Tür zu diesem Lagerhaus eingetreten haben.«

»Und jemand hat sich zehn Minuten lang die Seele aus dem Leib gebrüllt. Dann gab es zwei Schüsse, und danach war alles ruhig.«

»Die Mutter des Mädchens hat die Notrufnummer gewählt.«

»Aber als die Streife hier ankam, waren alle schon weg.«

Sachs betrachtete den Boden der Gasse und die Straße vor dem Lagerhaus und fand ihre Befürchtung bestätigt: Der Regen hatte sämtliche Reifenspuren weggespült, was auch immer für einen Wagen der Geist und seine Begleiter gefahren haben mochten.

»Wer ist reingegangen?«, fragte sie den blonden Detective vom Fünften Revier.

»Nur eine Streifenbeamtin – um zu überprüfen, ob das Opfer noch lebt. Man hat uns von oben angewiesen, den Tatort jungfräulich zu lassen, also haben wir nicht mal dem Gerichtsmediziner den Zugang gestattet.«

»Gut«, sagte sie. »Ich möchte mit der Kollegin sprechen.«

»Ich hole sie.«

Kurz darauf kam er mit einer uniformierten Beamtin zurück. »Ich war als Erste am Tatort. Kann ich Ihnen helfen?«

»Lassen Sie mich mal Ihre Schuhe sehen.«

»Tja, meinetwegen.« Die Frau zog die Schuhe aus und reichte sie

Sachs, die ein Bild der Sohle schoss und sich die Größe notierte, um sie später von den Abdrücken des Geists und seiner Komplizen unterscheiden zu können.

Aus dem gleichen Grund streifte sie sich Gummiringe über die eigenen Schuhe. Als sie den Kopf hob, sah sie Sonny Li in der Tür des Lagerhauses stehen. »Verzeihung«, sagte sie gereizt. »Würden Sie bitte zurücktreten?«

»Ja, na sicher, Hongse. Dieser große Raum. Mann, da gibt's aber viel zu sehen. Doch Sie kennen Konfuzius, nicht wahr?«

»Nicht wirklich«, sagte sie und konzentrierte sich auf ihre Arbeit.

»Er hat geschrieben: ›Auch die längste Reise beginnt mit dem ersten Schritt.‹ Ich *glaube* zumindest, dass er es war. Vielleicht stammt es auch von jemand anderem. Ich lese lieber Mickey Spillane als Konfuzius.«

»Könnten Sie dort drüben warten, Officer Li?«

»Nennen Sie mich doch Sonny.«

Er ging beiseite, und Sachs betrat das Lagerhaus. Sie setzte das Headset auf und schaltete ihr Funkgerät ein.

»Spurensicherung, Einheit Fünf Acht Acht Fünf an Zentrale. Bitte stellen Sie mich zu einem privaten Telefon durch. Kommen.«

»Roger, Fünf Acht Acht Fünf. Wie lautet die Nummer? Kommen.«

Sie nannte ihnen Lincoln Rhymes Anschluss und hörte gleich darauf seine Stimme. »Sachs, wo bist du? Schon am Tatort? Wir müssen uns *beeilen*.«

Wie immer – und aus unerfindlichen Gründen – wirkte seine mürrische Ungeduld beruhigend auf sie. »Mein Gott, Rhyme, was für eine Sauerei.«

»Beschreib sie mir«, sagte er. »Fang mit dem Grundriss an.«

»Ein kombiniertes Lagerhaus und Büro. Ungefähr neun mal fünfzehn Meter und das Büro etwa drei mal sechs. Einige Tische und …«

»Einige? Zwei oder achtzehn?«

Rhyme ließ nicht die geringste Nachlässigkeit durchgehen.

»Entschuldigung«, sagte sie. »Vier Metalltische, acht Stühle, nein, neun – einer ist umgefallen.«

Derjenige, an den Tang gefesselt war, während der Geist ihn folterte und schließlich ermordete.

»Reihenweise Metallregale mit Kartons, darin Nahrungsmittel. Konserven und Folienverpackungen. Restaurantbedarf.«

»Okay, Thom steht schon mit dem Stift bereit. Du *bist* doch so weit, oder, Thom? Schreib schön groß, damit ich es entziffern kann. Das da drüben kann ich nicht lesen. Schreib's noch mal… Na gut, na gut… *Bitte* schreib's noch mal. Und nun fang an, Sachs.«

Amelia begann mit der Untersuchung des Tatorts. Der erste Schritt… die längste Reise, dachte sie.

Nach zwanzig Minuten penibler Suche hatte sie so gut wie nichts gefunden, abgesehen von zwei Patronenhülsen, die denen vom Strand zu entsprechen schienen. Aber nichts, was einen Rückschluss auf das New Yorker Versteck des Geists zuließ. Keine Zigarettenkippen, keine Streichholzbriefchen, keine Fingerabdrücke – die Täter hatten Lederhandschuhe getragen.

Sie musterte die Decke und ließ den Geruch des Orts auf sich wirken – getreu der von Rhyme postulierten Anweisungen für die Arbeit der Spurensicherung –, konnte aber nichts Besonderes feststellen. Sie zuckte zusammen, als plötzlich Rhymes Stimme in ihrem Ohr ertönte. »Rede mit mir, Sachs. Ich mag es nicht, wenn du still bist.«

»Die haben hier eine Riesensauerei angerichtet«, wiederholte sie.

»Das hast du bereits gesagt. Eine Sauerei. Das ist nicht allzu präzise, oder? Beschreib mir die Einzelheiten.«

»Alles wurde durchwühlt, die Schubladen aufgerissen, die Poster von den Wänden geholt, die Schreibtische abgeräumt; Statuetten, Figurinen, Aquarien, Tassen und Gläser zertrümmert.«

»Als Resultat eines Kampfes?«

»Sieht nicht so aus.«

»Wurde nach irgendwas gesucht?«

»Vielleicht, aber ich würde eher auf Vandalismus tippen.«

»Wie sehen die Sohlen ihrer Schuhe aus?«

»Vollkommen glatt.«

»Elegante Mistkerle«, knurrte er.

Sie wusste, dass er auf Erdkrümel oder Fasern gehofft hatte, die sie zu dem Unterschlupf des Geists führen könnten, aber die klebten meistens nur im tiefen Profil einer Gummisohle, manchmal sogar monatelang, während glatte Ledersohlen kaum jemals Partikel aufnahmen.

»Okay, Sachs, weiter im Programm. Was verraten dir die Fußspuren?«

»Ich denke, dass…«

»Du sollst nicht *denken*, Sachs. Auf diese Weise wirst du einen Tatort nie ganz verstehen, und das weißt du auch. Du musst es *fühlen*.«

Seine verführerische, leise Stimme war hypnotisierend, und mit jedem Wort, das er sprach, fühlte sie sich unbehaglich ein Stückchen weiter zum Zeitpunkt der Tat zurücktransportiert, als hätte sie selbst daran teilgenommen. Ihre Hände in den Latexhandschuhen fingen an, stark zu schwitzen.

»Er ist hier. Jerry Tang sitzt an seinem Schreibtisch, und die Männer…«

»*Wir*«, korrigierte Rhyme streng. »Du bist der Geist, vergiss das nicht.«

»… wir treten die Tür ein. Er steht auf und läuft zum Hinterausgang, aber wir erwischen ihn und schleppen ihn zurück zu seinem Stuhl.«

»Kommen wir zum Wesentlichen, Sachs. Du bist der Schlangenkopf. Vor dir sitzt der Mann, der dich im Stich gelassen hat. Was wirst du tun?«

»Ich werde ihn töten.«

Auf einmal kochte unbändige Wut in ihr hoch und raubte ihr fast den Atem. »Nein, warte, Rhyme. Sein Tod ist zweitrangig. In erster Linie will ich ihn leiden sehen. Er hat mich hintergangen, und dafür muss er büßen.«

»Was machst du? Was genau?«

Sie zögerte. In dem Overall war ihr sehr warm, und der Schweiß lief in Strömen. Es juckte sie an mehreren Stellen gleichzeitig. Am liebsten hätte sie ein Loch in den Anzug gerissen, um sich zu kratzen.

»Ich kann nicht…«

»›Ich‹, Sachs? Wer ist ›ich‹? Denk dran, du bist der Geist.«

Aber sie antwortete ihm aus der Perspektive von Amelia Sachs. »Er bereitet mir Schwierigkeiten, Rhyme. Der Geist hat irgendetwas an sich. Er ist weit jenseits der Normalität.« Sie hielt kurz inne. »Seine Welt fühlt sich nicht gut an.«

Es war eine Welt, in der Familien starben und Kinder im Frachtraum sinkender Schiffe gefangen waren, in der Männern und Frauen der herzlose kalte Ozean als einzige Zuflucht blieb und sie trotzdem hinterrücks erschossen wurden. Eine Welt, in der man sie aus einem banalen Grund umbrachte: weil sie Ärgernisse und Stolpersteine waren.

Sachs starrte in die auf ewig geöffneten Augen Jerry Tangs.

»Geh dorthin, Sachs«, murmelte Rhyme. »Geh schon. Ich hole dich zurück. Hab keine Angst.«

Sie wünschte, sie hätte ihm glauben können.

»Du hast den Verräter gefunden«, fuhr Rhyme fort. »Du bist wütend auf ihn. Was machst du?«

»Meine drei Begleiter fesseln Tang an einen Stuhl, und dann machen wir uns mit Messern oder Rasierklingen über ihn her. Er hat schreckliche Angst und brüllt… Wir lassen uns Zeit. Überall um mich herum liegen kleine Fleischfetzen. Ein Stück von einem Ohr, ein paar Hautstreifen. Wir schneiden ihm die Augenlider ab…« Sie verstummte für einen Moment. »Aber ich sehe keine Anhaltspunkte, Rhyme. Nichts, das uns weiterhelfen könnte.«

»Aber es *gibt* dort Anhaltspunkte, Sachs. Du *weißt*, dass es sie gibt. Denk an Locard.«

Edmond Locard war ein früherer französischer Kriminalist, dessen Grundregel lautete, dass bei jedem Verbrechen ein Spurenaustausch zwischen Opfer und Täter und zwischen Schauplatz und Täter stattfand. Es mochte schwierig sein, die genaue Art dieses Austauschs zu erkennen, und noch viel schwieriger, die Spur zu ihrem Ursprung zurückzuverfolgen, aber ein guter Ermittler durfte sich von einer scheinbaren Unmöglichkeit keinesfalls abschrecken lassen, wie Rhyme nicht müde wurde zu betonen.

»Mach weiter – los, mach weiter… Du bist der Geist. Du hast ein Messer oder eine Rasierklinge in der Hand.«

Die Phantom-Wut, die sie fühlte, wich unversehens einer schaurigen Heiterkeit. Das Gefühl war schockierend und seltsam faszinierend. Keuchend und schwitzend starrte sie Jerry Tang an und wurde vollends von dem widerlichen Charakter des Kwan Ang, genannt Gui, der Geist, ergriffen. Sie empfand *tatsächlich*, was er empfunden hatte – eine tiefe Zufriedenheit beim Anblick der Qualen und des langsamen Todeskampfes dieses Verräters.

Erschrocken wurde ihr klar, dass sie Lust auf mehr verspürte. Sie wollte Tangs Schreie hören, wollte sehen, wie ihm das Blut über die zuckenden Gliedmaßen lief…

Das führte zum nächsten Gedanken: »Ich…«

»Ja, Sachs?«

»*Ich* bin nicht derjenige, der Tang foltert.«

»Du bist es nicht?«

»Nein. Ich will, dass die anderen es tun. Damit ich zuschauen kann. Es ist wie in einem Pornofilm. Ich will alles sehen und hören. Ich will kein einziges Detail verpassen. Zuerst lasse ich ihm die Augenlider abtrennen, damit Tang *mich* sieht, sehen muss, wie ich ihn beobachte.« Sie flüsterte jetzt. »Ich will, dass es möglichst lange dauert.«

»Ah, gut, Sachs«, sagte Rhyme leise. »Demnach muss es dort einen Platz geben, von dem aus du zusiehst.«

»Ja. Hier steht ein Stuhl, der in Tangs Richtung gedreht ist, etwa drei Meter von der Leiche entfernt.« Es verschlug ihr fast die Sprache. »Ich sehe zu«, flüsterte sie. »Ich genieße es.« Sie schluckte und spürte, dass Schweiß über ihre Kopfhaut lief. »Die Schreie dauern fünf, dann zehn Minuten. Ich sitze die ganze Zeit vor ihm und genieße jeden Schrei, jeden Tropfen Blut, jeden Schnitt.« Sie atmete inzwischen ziemlich schnell.

»Wie geht's dir, Sachs?«

»Alles in Ordnung«, sagte sie.

Doch es war überhaupt nichts in Ordnung. Sie steckte in einer Falle – war genau dort, wo sie nicht sein wollte. Alles, was gut war in ihrem Leben, spielte mit einem Mal keine Rolle mehr, und sie glitt nur noch tiefer in die Welt des Geists.

Das klingt nach schlechten Neuigkeiten …

Ihre Hände zitterten. Sie war verzweifelt und allein.

Das klingt nach schlechten …

Genug jetzt!, ermahnte sie sich.

»Sachs?«, fragte Rhyme.

»Es geht mir gut.«

Denk nicht mehr daran, denk nicht an die kleinen geringelten Fleischfetzen, die Blutflecke … Denk nicht darüber nach, wie sehr du seinen Schmerz genießt.

Dann bemerkte sie, dass Rhyme nichts mehr sagte.

»Rhyme?«

Keine Antwort.

»Bist du okay?«, fragte sie.

»Nicht wirklich«, sagte er nach einer Weile.

»Was ist los?«

»Keine Ahnung … Was nützt es uns, zu wissen, wo er gesessen hat? Er trägt diese beschissenen Schuhe mit den glatten Sohlen. Es ist die einzige Stelle, von der wir mit Sicherheit annehmen können, dass der

Geist persönlich dort eine kurze Zeitspanne verbracht hat, aber was für Spuren gibt es da?«

Sachs war noch immer angewidert, fühlte sich besudelt von den Empfindungen des Geists. Sie sah zu dem Stuhl und wandte den Blick sofort wieder ab. Es gelang ihr nicht, einen klaren Gedanken zu fassen.

»Mir fällt einfach nichts ein«, sagte Rhyme verärgert.

»Ich…«

»Da *muss* etwas sein«, fuhr er fort. Sie hörte, wie frustriert er war, und vermutete, dass er am liebsten selbst hergekommen wäre, um den Tatort zu untersuchen.

»Ich weiß es auch nicht«, sagte sie entmutigt.

Sie starrte den Stuhl an, aber vor ihrem inneren Auge sah sie das Messer, wie es immer wieder in Jerry Tangs Fleisch schnitt.

»Mist«, sagte Rhyme. »Das kann doch nicht alles sein. Steht der Stuhl aufrecht?«

»Der, von dem aus der Geist zugesehen hat? Ja.«

»Aber was fangen wir mit dieser Tatsache *an*?« Er schien die letzte Hoffnung zu verlieren.

Das sah ihm überhaupt nicht ähnlich. Lincoln Rhyme fand stets zu einer abschließenden Beurteilung. Und wieso klang er, als hätte er versagt? Sein Tonfall beunruhigte sie. Grübelte er immer noch darüber nach, welche Rolle er bei dem Tod der Flüchtlinge und Besatzungsmitglieder der *Fuzhou Dragon* gespielt hatte?

Sachs widmete sich wieder dem Stuhl, der mit einigen Überresten der späteren Zerstörungsorgie bedeckt war. Sie sah ganz genau hin. »Ich habe eine Idee. Warte einen Moment.« Sie trat näher und schaute unter den Stuhl. »Hier sind leichte Kratzspuren, Rhyme. Der Geist hat sich hingesetzt und vorgebeugt, um besser sehen zu können. Und seine Füße hat er dabei unter dem Stuhl gekreuzt.«

»Und?«, fragte Rhyme.

»Falls etwas in dem Saum zwischen dem Oberleder und der Schuhsohle gesteckt hat, könnte es herausgefallen sein. Ich sauge die Stelle ab. Mit etwas Glück führt uns der Fund genau zu seiner Haustür.«

»Hervorragend, Sachs«, lobte Rhyme. »Hol den Staubsauger.«

Voll fieberhafter Erwartung machte sie sich auf den Weg zur Tür, wo ihr Gerätekoffer stand. Plötzlich blieb sie jedoch stehen und lachte leise auf. »Nicht schlecht, Rhyme.«

»Was denn?«

»Tu nicht so unschuldig.« Sie begriff, dass er von den Spuren unter dem Stuhl gewusst hatte, und zwar gleich als sie zu dem Schluss gelangt war, der Geist habe das Blutbad als Zuschauer verfolgt. Doch er hatte erkannt, dass sie noch immer in der furchtbaren Welt des Geists gefangen war und er sie an einen besseren Ort führen musste – in den sicheren Hafen ihrer gemeinsamen Arbeit. Deshalb hatte er vorgegeben, völlig ratlos zu sein, damit sie sich auf ihn konzentrieren und einen Weg aus der Dunkelheit finden konnte.

Genau genommen hatte er sie manipuliert, aber es war ein Täuschungsmanöver gewesen, das aufrichtige Zuneigung erkennen ließ.

»Danke.«

»Ich habe doch versprochen, ich würde dich zurückholen. Und jetzt hol den Sauger.«

Sachs saugte den Boden unter dem Stuhl und im näheren Umkreis gründlich ab, nahm dann den Filter aus dem Gerät und verstaute ihn in einer Plastiktüte.

»Was ist danach passiert?«, fragte Rhyme.

Sie betrachtete die Anordnung der Blutspritzer. »Wie es aussieht, ist Tang irgendwann vor Schmerzen ohnmächtig geworden. Der Geist ist aufgestanden und hat ihn erschossen. Dann ist er abgehauen, und seine Handlanger haben alles verwüstet.«

»Wie kommst du darauf, dass es in dieser Reihenfolge geschehen ist?«

»Weil eine Patronenhülse *unter* einem Trümmerstück lag. Und der Stuhl, auf dem der Geist gesessen hat, war mit Scherben und Papierfetzen übersät.«

»Gut.«

»Ich nehme jetzt elektrostatische Abdrücke der Schuhe«, sagte sie.

»Halt keine langen Reden, und werd endlich fertig«, murrte Rhyme, der wieder ganz der Alte war.

Sie ging hinaus und holte die erforderliche Ausrüstung. Bei diesem Verfahren wurde eine Spezialfolie auf den entsprechenden Schuhabdruck gelegt und dann kurz unter Strom gesetzt. Als Resultat erhielt man ein Abbild der Spur, vergleichbar einer plastischen Röntgenaufnahme.

Als sie sich mit dem Rücken zum dunklen Lagerhaus hinkniete, roch sie auf einmal eine brennende Zigarette. O mein Gott, dachte sie erschrocken – einer der Killer war zurückgekehrt und richtete in diesem Moment vielleicht schon seine Waffe auf den leuchtend weißen Anzug.

Womöglich sogar der Geist...

Nein, erkannte sie, es musste sich um den vermissten *bangshou* handeln!

Sie wirbelte herum, ließ sich krachend mitten auf die Geräte fallen und landete hart auf dem Rücken. Die 40er Glock lag in ihrer Hand, und über Kimme und Korn visierte Amelia genau die Brust des Eindringlings an.

»Scheiße, was haben Sie denn hier drinnen verloren?«, schrie sie. Der heftige Sturz tat höllisch weh.

Sonny Li schlenderte rauchend durch das Büro und sah sich interessiert um.

»Verloren? Ich stelle Ermittlungen an, genau wie Sie.«

»Was ist da los, Sachs?«, fragte Rhyme.

»Li ist reingekommen. Und er raucht.«

»Was? Schaff ihn sofort raus!«

»Ich versuch's ja.« Sie rappelte sich ächzend auf und lief zu dem chinesischen Polizisten. »Sie verunreinigen den Tatort.«

»Das bisschen Rauch. Ihr Amis macht euch zu viele Gedanken.«

»Und was ist mit den Partikeln an Ihren Schuhen und Ihrer Kleidung? Was ist mit den Fußabdrücken? Sie ruinieren alles!«

»Nein, nein, ich stelle Ermittlungen an.«

»Schaff ihn da raus, Sachs!«, rief Rhyme.

Sie packte Li am Arm und führte ihn zur Tür. Dort rief sie Deng und Coe. »Sorgen Sie dafür, dass er draußen bleibt.«

»Tut mir Leid, Officer«, sagte Eddie Deng. »Er hat behauptet, er würde Ihnen bei der Untersuchung helfen.«

»Aber genau das mache ich doch«, sagte Li verblüfft. »Was ist das Problem?«

»Behalten Sie ihn hier. Falls nötig, legen Sie ihm Handschellen an.«

»He, Hongse, Sie haben Temperament. Wissen Sie das?«

Amelia lief zurück zum Tatort und nahm die Abdrücke.

»Ist Eddie Deng da?«, fragte Rhyme.

»Er steht draußen«, erwiderte Sachs.

»Ich weiß, dass die Firma vermutlich sauber ist, aber lass ihn trotzdem mal einen Blick auf die Akten werfen – ich nehme an, die sind auf Chinesisch. Eventuell findet er ja etwas über den Geist, die Flüchtlingstransporte oder andere Schlangenköpfe. Alles, was irgendwie von Nutzen sein könnte.«

Sie ging hinaus und winkte Eddie Deng heran. Er nahm den kleinen Ohrhörer eines Telefons ab und kam zu ihr. Amelia schilderte ihm Rhymes Bitte. Er wandte sich den Schreibtischen und Aktenschränken zu, während Sachs nun von den Fotografen und dem Erkennungsdienst abgelöst wurde. Nach einer halben Stunde sorgfältiger Arbeit vermeldete Deng das Ergebnis. »Nichts von Bedeutung. Es dreht sich alles nur um Restaurantbedarf.«

Sie leitete es an Rhyme weiter. »Das wäre erst mal alles. In zwanzig Minuten bin ich zurück.«

Sie unterbrachen die Verbindung.

Amelia rieb sich den schmerzenden Rücken und dachte nach. Was war mit dem *bangshou* des Geists? Befand er sich in der Stadt? Stellte er wirklich eine Bedrohung für sie dar?

Passt auf euch auf...

Sie war gerade an der Tür, als ihr Mobiltelefon klingelte. Es überraschte und freute sie, John Sung am anderen Ende der Leitung zu hören.

»Wie geht es Ihnen?«, fragte sie.

»Gut. Die Wunde juckt ein wenig.« Er hielt kurz inne. »Ich wollte Ihnen bloß mitteilen... ich habe ein paar Kräuter gegen Ihre Arthritis besorgt. Unten im Haus gibt es ein Restaurant. Wollen wir uns dort treffen?«

Sachs sah auf die Uhr. Was konnte es schaden? Sie würde sich beeilen.

Sie gab Deng und Coe die Beweisstücke und sagte, sie müsse noch schnell etwas erledigen; in einer halben Stunde wäre sie bei Rhyme. Ein anderer Beamter bot an, die beiden und Sonny Li zum Central Park West zu bringen. Li wirkte erleichtert, nicht wieder mit ihr fahren zu müssen.

Sachs streifte den Tyvek-Overall ab und verstaute ihn im Kofferraum des Kombi.

Als sie sich auf den Fahrersitz fallen ließ, warf sie einen Blick in das Lagerhaus und konnte ganz deutlich Jerry Tangs Leiche sehen, die mit großen Augen zur Decke starrte.

Ein weiterer Mord auf dem Konto des Geists. Ein weiterer Name, der im *Verzeichnis der Lebenden und der Toten* die Sparte gewechselt hatte.

Nicht noch mehr, flehte sie stumm die zehn Richter der Hölle an. Bitte nicht noch mehr.

... Neunzehn

Amelia Sachs lenkte den Dienstwagen der Spurensicherung durch die schmalen Straßen Chinatowns und parkte in einer Gasse gegenüber von John Sungs Wohnung.

Beim Aussteigen bemerkte sie ein handgeschriebenes Schild im Schaufenster des Blumenladens, der sich das Erdgeschoss des Gebäudes mit dem Restaurant teilte. VERMISSEN SIE DAS GLÜCK IN IHREM LEBEN? – KAUFEN SIE UNSEREN GLÜCKSBAMBUS!

Dann sah sie Sung hinter der Scheibe des Restaurants sitzen. Er winkte ihr lächelnd zu.

Als er aufstand, um sie zu begrüßen, zuckte er kurz zusammen.

»Nein, nein«, sagte Sachs. »Bitte bleiben Sie sitzen.«

Sie nahm auf der anderen Seite des Tisches Platz.

»Möchten Sie etwas essen?«

»Nein. Ich kann nicht lange bleiben.«

»Dann wenigstens Tee.« Er schenkte ein und schob die kleine Tasse zu ihr hinüber.

Das Restaurant war dunkel, aber sauber. In mehreren Nischen saßen Männer zusammen und unterhielten sich auf Chinesisch.

»Haben Sie ihn schon gefunden?«, fragte Sung. »Den Geist?«

Sie redete nur ungern über laufende Ermittlungen und sagte daher lediglich, man würde einige Spuren verfolgen.

»Diese Ungewissheit gefällt mir nicht«, sagte Sung. »Sobald ich Schritte im Treppenhaus höre, erstarre ich vor Schreck. Es ist, als wäre ich wieder in Fuzhou. Jemand nähert sich langsam deiner Tür, und du weißt nicht, ob es ein Nachbar ist oder eine Horde von Sicherheitsbeamten, die dich verhaften sollen.«

Sie musste unwillkürlich an Jerry Tang denken und vergewisserte sich durch einen kurzen Blick, dass tatsächlich ein Streifenwagen auf der anderen Straßenseite parkte und Sung beschützte.

»Angesichts des Presserummels um die *Fuzhou Dragon* sollte man doch eigentlich davon ausgehen können, dass der Geist nach China zurückkehrt«, sagte sie. »Weiß er denn nicht, wie sehr nach ihm gefahndet wird?«

»Zertrümmert die Kessel…«, erinnerte Sung sie.

»…und versenkt die Boote.« Sie nickte. »Nun ja, er ist nicht der Einzige, der diesem Motto folgt.«

Sung musterte sie eine Weile. »Sie sind eine starke Frau. Sind Sie schon immer eine Sicherheitsbeamtin gewesen?«

»Bei uns nennt man sie Polizisten. Oder Cops. Sicherheitsbeamten arbeiten für Privatfirmen.«

»Oh.«

»Nein, ich hatte schon ein paar Jahre gearbeitet, bevor ich auf die Akademie gegangen bin.« Sie erzählte ihm von ihrer Zeit als Mannequin in Diensten einer Agentur an der Madison Avenue.

»Sie haben Mode vorgeführt?« Er wirkte amüsiert.

»Ich war jung und hatte Lust, es eine Zeit lang auszuprobieren. In erster Linie war es die Idee meiner Mutter. Ich weiß noch, wie ich einmal zusammen mit meinem Vater an einem Wagen gearbeitet habe. Er war ebenfalls Cop, aber Autos waren sein großes Hobby. Wir bauten gerade den Motor eines alten Thunderbird um. Ein Ford? Ein Sportwagen. Schon mal gehört?«

»Nein.«

»Und ich war damals, keine Ahnung, neunzehn oder so und hatte schon gelegentlich für eine Modellagentur in der Stadt gearbeitet. Ich lag unter dem Wagen, und meinem Dad ist ein Maulschlüssel aus der Hand gefallen. Das Ding hat mich an der Wange erwischt.«

»Autsch.«

Sie nickte. »Aber so richtig rund ging es erst, als meine Mutter die kleine Verletzung sah. Ich weiß nicht, auf wen sie wütender war – auf mich, meinen Vater oder die Ford Motor Company.«

»Und Ihre Mutter?«, fragte Sung. »Passt sie auf Ihre Kinder auf, während Sie arbeiten?«

Sie sah ihn ruhig an. »Ich habe keine Kinder.«

Er runzelte die Stirn. »Sie… Oh, Verzeihung.« Er klang sehr mitfühlend.

»Das ist kein Weltuntergang«, entgegnete sie gelassen.

Sung schüttelte den Kopf. »Nein, natürlich nicht. Ich hätte anders reagieren müssen… Ost und West haben im Hinblick auf Familien unterschiedliche Vorstellungen.«

Nicht unbedingt, dachte sie, vermied es jedoch, den Gedanken weiterzuverfolgen.

»Für uns Chinesen sind Kinder sehr wichtig«, fuhr Sung fort. »Sicher, wir haben dieses Problem mit der Überbevölkerung, aber die Ein-Kind-Regel gehört zu den meistgehassten Erlassen der Regierung. Die Vorschrift gilt nur für die Han-Chinesen – die die Mehrheit der Einwohner stellen –, und so gibt es in den Grenzregionen tatsächlich Leute, die behaupten, einer der Minderheiten anzugehören, um auf diese Weise mehr als ein Kind bekommen zu dürfen. Auch ich will später noch weitere Kinder haben. Ich werde meine beiden hierher holen und dann, sobald ich eine Frau gefunden habe, noch zwei oder drei Babys in die Welt setzen.«

Er ließ sie dabei nicht aus den Augen, und sie empfand wieder dieses behagliche Gefühl, das von seinem Blick ausging. Und von seinem Lächeln. Sie wusste nicht, ob er ein guter Arzt war, aber allein sein Gesicht trug schon dazu bei, einen Patienten zu beruhigen und den Heilungsprozess zu fördern.

»Bestimmt wissen Sie, dass unsere Schrift auf Piktogrammen basiert. Das chinesische Zeichen für ›Liebe‹ stellt in sinnbildlicher Form eine Mutter dar, die ihr Kind im Arm hält.«

Es drängte sie, sich ihm anzuvertrauen und ihn wissen zu lassen, wie sehr sie sich eigene Kinder wünschte. Und auf einmal war ihr zum Heulen zumute. Dann riss sie sich zusammen. Schluss jetzt! Du kannst unmöglich in Tränen ausbrechen, wenn auf einer Seite deines Gürtels Österreichs großartigste Pistole und auf der anderen eine Dose Pfefferspray hängt. Ihr wurde klar, dass sie beide sich einen Moment lang tief in die Augen geschaut hatten. Sie senkte den Blick und trank einen Schluck Tee.

»Sind Sie verheiratet?«, fragte Sung.

»Nein. Aber es gibt da jemanden in meinem Leben.«

»Das ist gut«, sagte er und sah sie weiterhin aufmerksam an. »Ich vermute, dass Sie beide auf dem gleichen Gebiet tätig sind. Handelt es sich zufällig um den Mann, den sie erwähnt haben? Lincoln …«

»Rhyme.« Sie lachte. »Ihnen entgeht sehr wenig.«

»In China sind Ärzte immer auch Erforscher der Seele.« Dann beugte er sich vor. »Strecken Sie Ihren Arm aus.«

»Was?«

»Ihren Arm. Bitte.«

Sie kam der Aufforderung nach, und er legte zwei Finger an ihr Handgelenk.

»Wozu …?«

»Pst. Ich fühle Ihren Puls.«

Kurz darauf lehnte er sich wieder zurück. »Meine Diagnose ist korrekt.«

»Hinsichtlich der Arthritis, meinen Sie?«

»Die Arthritis ist bloß ein Symptom. Nach unserer Überzeugung ist es falsch, nur die Symptome zu behandeln. Die Medizin sollte immer danach streben, für Harmonie zu sorgen und Ungleichgewichte zu beheben.«

»Und was ist bei mir im Ungleichgewicht?«

»Wir Chinesen mögen unsere Zahlen. Die fünf Segnungen, die fünf Opfertiere.«

»Die zehn Richter der Hölle«, sagte sie.

Er lachte. »Genau. Nun, in der Medizin haben wir *liu-yin*: die sechs schädlichen Einflüsse, und zwar Feuchtigkeit, Wind, Feuer, Kälte, Trockenheit und Sommerhitze. Sie wirken sich auf die Organe des Körpers und das *qi* aus – die Lebenskraft –, ebenso wie auf das Blut und das Wohlbefinden. Sobald sie übermäßig oder in zu geringem Ausmaß auftreten, entsteht eine Disharmonie, die zu Problemen führt. Zu viel Feuchtigkeit muss ausgetrocknet werden. Zu viel Kälte bedarf der Wärme.«

Die sechs schädlichen Einflüsse, dachte sie. Das sollte ich mal in meine nächste Krankmeldung schreiben.

»Ihre Zunge und Ihr Puls verraten mir, dass Ihre Milz zu feucht ist. Das hat Arthritis zur Folge, neben einigen anderen Problemen.«

»Meine Milz?«, fragte sie skeptisch.

»Nicht das eigentliche Organ, wie man es aus der westlichen Medizin kennt«, erklärte er. »Wenn wir Milz sagen, meinen wir damit eines der inneren Systeme des Körpers.«

»Und was braucht meine Milz?«

»Weniger Feuchtigkeit«, antwortete Sung, als sei dies ganz offensichtlich. »Ich habe Ihnen etwas besorgt.« Er schob eine Tüte über den Tisch. Amelia öffnete sie und fand darin Kräuter und getrocknete Pflanzen. »Kochen Sie einen Tee damit, und trinken Sie ihn langsam über zwei Tage verteilt.« Er reichte ihr eine kleine Schachtel. »Das sind Qi Ye Lien Tabletten. Eine Art Kräuter-Aspirin. Die Dosierungsanleitung auf der Packung ist in englischer Sprache. Außerdem dürfte eine Akupunkturbehandlung sehr hilfreich sein. Ich habe dafür noch keine hier gültige Approbation, und ich möchte vor meiner Asyl-Anhörung keine Schwierigkeiten bekommen.«

»Das würde ich auch nie von Ihnen verlangen.«

»Aber ich kann Sie massieren. Ich glaube, bei Ihnen nennt man das Akupressur. Es ist sehr effektiv. Lassen Sie es mich Ihnen zeigen. Bitte beugen Sie sich vor, und legen Sie die Hände in den Schoß.«

Sung beugte sich ebenfalls vor, sodass der steinerne Affe über dem Tisch pendelte. Unter dem Hemd sah Sachs den frischen Verband der Schusswunde. Der Arzt suchte gezielt einige Stellen an Amelias Schultern und drückte für etwa fünf Sekunden fest mit den Fingerkuppen darauf. Dann nahm er sich die nächsten Punkte vor und tat dort das Gleiche.

Nach ungefähr einer Minute lehnte er sich zurück.

»Und jetzt heben Sie die Arme.«

Sie tat es und stellte fest, dass der Schmerz in ihren Gelenken deutlich nachgelassen hatte. »Es funktioniert«, sagte sie überrascht.

»Das hilft nur vorübergehend. Akupunktur wirkt wesentlich nachhaltiger.«

»Ich werde es mir überlegen. Vielen Dank.« Sie sah auf die Uhr. »Ich muss mich langsam auf den Weg machen.«

»Warten Sie«, bat Sung. »Ich bin mit meiner Diagnose noch nicht fertig.« Er nahm ihre Hand und untersuchte die abgebrochenen Nägel und die geschundene Haut. Normalerweise war Amelia sehr gehemmt, wenn es um ihre schlechten Angewohnheiten ging, aber bei diesem Mann empfand sie nicht die geringste Verlegenheit.

»In China nehmen wir Ärzte die Patienten nicht nur in Augenschein und tasten sie ab, sondern reden auch viel mit ihnen, um die Ursache ihres Leidens zu bestimmen. Es ist unbedingt erforderlich, ihre Gemütsverfassung zu kennen – ob sie glücklich, traurig, beunruhigt, ehrgeizig oder frustriert sind.« Er sah ihr tief in die Augen. »In Ihnen herrscht noch eine andere Disharmonie. Sie wollen etwas, das Sie nicht bekommen können. Oder von dem Sie *glauben*, dass Sie es nicht bekommen können. Dadurch entstehen diese Probleme.« Er nickte mit Blick auf ihre Fingernägel.

»Nach was für einer Art von Harmonie suche ich?«

»Ich bin mir nicht sicher. Vielleicht nach einer Familie. Nach Liebe. Ich vermute, Ihre Eltern sind tot.«

»Mein Vater.«

»Und das war schwierig für Sie.«

»Ja.«

»Und Ihr Liebesleben? Hatten Sie kein Glück mit Ihren Partnern?«

»In der Schule habe ich alle verscheucht – ich konnte schneller fahren als die meisten Jungs.«

Das stimmte zwar, war aber als Scherz gemeint, doch Sung lachte nicht.

»Reden Sie weiter«, ermutigte er sie.

»In der Zeit als Fotomodell hatten die interessanten Männer Angst, mich um ein Rendezvous zu bitten.«

»Weshalb sollte ein Mann vor einer Frau Angst haben?«, fragte Sung aufrichtig verwirrt. »Das ist ja, als würde das Yang Angst vor dem Yin haben. Oder der Tag vor der Nacht. Zwischen den beiden besteht doch kein Wettstreit; sie sollten sich ergänzen und einander erfüllen.«

»Diejenigen, die sich getraut haben, mich anzusprechen, wollten meistens nur das eine.«

»Ach, das.«

»Ja, das.«

»Sexuelle Energie ist sehr wichtig«, sagte Sung. »Sie gehört zu den wesentlichsten Teilen des *qi*, der Lebenskraft. Aber sie ist nur dann gesund, wenn sie einer harmonischen Beziehung entspringt.«

Amelia musste sich ein Lachen verkneifen. Das wäre doch mal ein Spruch, den man am Abend der ersten Verabredung ausprobieren könnte: Bist du an einer harmonischen Beziehung interessiert?

Sie nippte an ihrem Tee. »Dann habe ich eine Zeit lang mit einem Mann zusammengelebt. Einem von der Truppe.«

»Der was?«, fragte Sung.

»Ich will damit sagen, er war auch ein Polizist. Es war gut. Intensiv, herausfordernd, könnte man wohl behaupten. Wir haben uns auf dem Schießstand getroffen und um die Wette geballert. Leider wurde er später selbst verhaftet. Er hatte sich schmieren lassen. Wissen Sie, was das bedeutet?«

»Ich habe mein ganzes Leben in China gelebt – selbstverständlich weiß ich, was Schmiergelder sind.« Sung lachte. »Und nun sind Sie also mit diesem Mann zusammen, mit dem Sie auch arbeiten.«

»Ja.«

»Womöglich ist das der Ursprung des Problems«, sagte er leise und schien sie noch eindringlicher zu mustern.

»Wie kommen Sie denn darauf?«, fragte sie verunsichert.

»Meiner Meinung nach sind Sie Yang – dieses Wort bezeichnet die von der Sonne beschienene Seite eines Berges. Yang steht für Klarheit, Bewegung, Zuwachs, Erweckung, Anfang, Weichheit, Frühling und Sommer, Geburt. Das sind ganz eindeutig Sie. Aber Sie scheinen in der Welt des Yin zu leben, das heißt auf der schattigen Seite des Berges. Sie steht für Innerlichkeit, Dunkelheit, Selbstbeobachtung, Strenge und Tod. Sie ist das Ende der Dinge, Herbst und Winter.« Er hielt inne. »Vielleicht liegt die Disharmonie in der Tatsache begründet, dass Sie sich nicht getreu Ihrer Yang-Natur verhalten. Sie haben zu viel Yin in Ihr Leben gelassen. Könnte das sein?«

»Ich… ich bin mir nicht sicher.«

»Ich habe gerade mit Lincoln Rhymes Arzt gesprochen.«

»Ja?«

»Und jetzt muss ich unbedingt mit Ihnen reden.«

Ihr Mobiltelefon klingelte, und Amelia zuckte zusammen. Während sie nach dem Apparat griff, wurde ihr klar, dass noch immer Sungs Hand auf ihrem Arm lag.

Er lehnte sich zurück, und sie nahm das Gespräch an. »Hallo?«

»Officer, wo, zum Teufel, stecken Sie?« Es war Lon Sellitto.

Die Antwort war ihr unangenehm, aber sie sah den Streifenwagen auf der anderen Straßenseite und hatte das Gefühl, die Kollegen könnten dem Detective bereits gemeldet haben, wo sie sich befand. »Bei John Sung, dem Zeugen.«

»Warum?«

»Ich wollte noch ein paar Dinge abklären.«

Das war nicht mal gelogen, dachte sie. Nicht wirklich.

»Nun, dann klären Sie gefälligst etwas schneller«, gab Sellitto barsch zurück. »Sie werden hier bei Rhyme gebraucht. Wir müssen uns die Beweise vornehmen.«

Meine Güte, dachte sie. Was ist denn mit dem los?

»Ich komme sofort.«

»Das will ich auch hoffen«, schimpfte der Detective.

Verdutzt unterbrach sie die Verbindung.

»Ich muss aufbrechen«, sagte sie zu Sung.

»Hat man Sam Chang und die anderen schon gefunden?«, fragte der Arzt hoffnungsvoll.

»Nein, noch nicht.«

Als sie aufstand, überraschte er sie mit einer Bitte.

»Ich würde mich geehrt fühlen, Sie wiederzusehen. Ich könnte die Behandlung fortsetzen.« Er reichte ihr die Kräuter und die Tabletten.

Sie zögerte nur kurz. »Ja, sehr gern sogar.«

... Zwanzig

»Ich hoffe, wir haben Sie nicht bei etwas Wichtigem gestört, Officer«, sagte Lon Sellitto schroff, als sie Rhymes Wohnzimmer betrat.

Sie wollte den Detective fragen, welche Laus ihm über die Leber gelaufen sei, aber Rhyme fing an, geräuschvoll herumzuschnüffeln. Sachs sah ihn irritiert an.

»Erinnerst du dich noch an mein Buch, Sachs? ›Ein Beamter der Spurensicherung sollte kein Parfum benutzen, weil ...‹«

»›... ansonsten die Gefahr besteht, dass er dadurch an einem Tatort andere, möglicherweise aufschlussreiche Gerüche überdeckt oder nicht wahrnimmt.‹«

»Gut.«

»Aber das ist kein Parfum, Rhyme.«

»Vielleicht Weihrauch?«, schlug er vor.

»Ich habe mich mit John Sung in dem Restaurant unter seiner Wohnung getroffen. Da wurde etwas Weihrauch verbrannt.«

»Das Zeug stinkt«, entschied Rhyme.

»Nein, nein«, widersprach Sonny Li. »Es ist beruhigend. Sehr beruhigend.«

Blödsinn, es stinkt, dachte Rhyme verärgert. Er warf einen Blick auf die Tüte in Amelias Hand und rümpfte die Nase. »Und was ist *das*?«

»Medizin. Gegen meine Arthritis.«

»Die stinkt ja noch schlimmer als der Weihrauch. Was hast du damit vor?«

»Einen Tee daraus zu kochen.«

»Der wird vermutlich so ekelhaft schmecken, dass du die Schmerzen in deinen Gelenken vergisst. Viel Spaß damit. *Ich* bleibe lieber bei Scotch.« Er sah sie durchdringend an. »Hast du deinen Besuch bei Dr. Sung genossen, Sachs?«

»Ich ...«, setzte sie nervös an. Sein scharfer Tonfall gefiel ihr nicht.

»Wie geht's ihm?«, fragte Rhyme spöttisch.

»Besser«, antwortete sie.

»Habt ihr viel über sein Zuhause in China gesprochen? Wohin er reist? Mit wem er seine Zeit verbringt?«

»Worauf willst du hinaus?«, fragte sie vorsichtig.

»Ich bin bloß neugierig, ob du auf denselben Gedanken gekommen bist wie ich.«

»Und der wäre?«

»Dass *Sung* der *bangshou* des Geists ist. Sein Assistent. Sein Mitverschwörer.«

»Was?«, rief sie erschrocken.

»Offenbar nicht«, stellte Rhyme lakonisch fest.

»Aber das kann nicht sein. Ich habe eine ganze Weile mit ihm geredet. Es kann *unmöglich* eine Verbindung zwischen ihm und dem Geist bestehen. Ich meine …«

»Nun, um es kurz zu machen, die gibt es tatsächlich nicht«, fiel Rhyme ihr ins Wort. »Wir haben soeben einen Bericht des FBI-Büros in Singapur erhalten. Der *bangshou* des Geists auf der *Dragon* hieß Victor Au. Seine Fingerabdrücke und sein Foto passen zu einem der drei Toten, die heute Morgen von der Küstenwache aus dem Wasser gezogen wurden.« Er nickte in Richtung des Computers.

Sachs betrachtete das Bild auf Rhymes Monitor und verglich es mit den Aufnahmen, die an der Wandtafel hingen. Au war derjenige, der durch Ertrinken gestorben war, nicht durch eine Kugel.

»Sung ist sauber«, sagte Rhyme ernst. »Aber das wissen wir erst seit zehn Minuten. Ich habe dich gewarnt, du sollst aufpassen, Sachs. Und du fährst einfach bei Sung vorbei, um ein bisschen zu plaudern. Gewöhn dir diesen Leichtsinn ab.« Den nächsten Satz rief er laut in die Runde. »Und das gilt für alle hier!«

Lass dir keine Einzelheit entgehen, aber pass auf dich auf…

»Es tut mir Leid«, murmelte sie.

Was beschäftigt sie?, überlegte er ein weiteres Mal, doch er sagte nur: »Zurück an die Arbeit, Jungs und Mädels.« Dann widmete er sich wieder den elektrostatischen Schuhabdrücken vom Schauplatz des Tang-Mords, die Thom an der Tafel aufgehängt hatte. Sie verrieten ihm nicht viel, außer dass die Schuhe des Geists, die ungefähr der amerikanischen Größe 8 entsprachen und damit eher durchschnittlich ausfielen, größer als die Schuhe seiner drei Komplizen waren.

»So, was ist mit den Partikeln, die wir unter dem Stuhl gefunden haben, Mel?«

»Okay, Lincoln«, sagte der Techniker langsam und mit Blick auf die Anzeige des Chromatographen. »Wir haben hier etwas. Sehr alte oxidierte Eisenspäne, alte Holzfasern, Asche und Silizium – sieht wie Glasstaub aus. Und der Hauptbestandteil der Probe ist ein dunkles, schwach glänzendes Mineral in großer Konzentration – Montmorillonit, ein Tonmineral. Außerdem Alkalioxid.«

Okay, grübelte Rhyme. Wo kam dieses Zeug her? Er nickte langsam, schloss die Augen und machte sich in Gedanken auf den Weg.

Während seiner Zeit als Leiter der IRD – der Investigation and Resources Division, der forensischen Abteilung des NYPD – hatte Rhyme zu Fuß ganz New York City erforscht. Er trug damals immer kleine Tüten und Gläser mit sich, um Boden-, Beton-, Staub- und Pflanzenproben zu nehmen und so sein Wissen über die Stadt zu erweitern. Ein Kriminalist musste seinen Zuständigkeitsbereich auf tausenderlei Weise kennen: als Soziologe, Kartograph, Geologe, Ingenieur, Botaniker, Zoologe und Historiker.

Die Beschreibung, die Cooper ihm gerade geliefert hatte, kam ihm irgendwie bekannt vor. Aber woher?

Halt, da war etwas. Er musste es zu fassen bekommen.

Mist, jetzt war es wieder weg.

»He, Loaban?«, rief eine Stimme aus großer Entfernung. Rhyme ignorierte Li, schritt weiterhin konzentriert die diversen Stadtviertel ab und setzte gelegentlich zu einem Überflug an.

»Ist er …?«

»Pst.« Das kam von Sachs.

Und so konnte er seine Reise fortsetzen.

Er segelte über den Turm der Columbia University, über den Central Park mit seinem Lehmboden, dem Kalkstein und den Tierexkrementen, durch die Straßen von Midtown, auf denen sich jeden Tag tonnenweise Rußpartikel ablagerten, vorbei an den Hafenbecken mit ihrer eigentümlichen Mischung aus Benzin, Propan und Dieselkraftstoff, den verfallenden Teilen der Bronx mit all der Bleifarbe und dem alten Pflaster, dem als Füllstoff Sägemehl beigemischt war …

Er schwebte und schwebte …

Bis er einen bestimmten Ort erreichte.

Seine Augen öffneten sich.

»Im Süden«, sagte er. »Der Geist ist im Süden.«

»Na klar.« Alan Coe zuckte die Achseln. »In Chinatown.«

»Nein, *nicht* in Chinatown«, erwiderte Rhyme. »Battery Park City oder die unmittelbare Umgebung.«

»Wie bist du darauf gekommen?«, fragte Sellitto.

»Wegen des Montmorillonits. Es ist ein Bentonit, das heißt eine Tonart mit starkem Quellungsvermögen. Man kleidet damit tiefe Gebäudefundamente aus, um das Grundwasser fern zu halten. Das Fundament des World Trade Centers reicht zwanzig Meter tief bis zum Urgestein. Beim Bau wurden unzählige Tonnen Bentonit verwendet. Das klebt da unten in jedem Winkel.«

»Aber Bentonit wird sehr häufig benutzt«, wandte Cooper ein.

»Richtig, aber die anderen Inhaltsstoffe der Probe stammen auch von dort. Das gesamte Gebiet wurde künstlich aufgeschüttet und ist voll von verrostetem Metall und Glasresten. Und die Asche? Um die alten Piers aus dem Weg zu räumen, hat man sie einfach niedergebrannt.«

»Und es sind von dort aus nur zwanzig Minuten bis nach Chinatown«, sagte Deng.

Thom trug es in die Tabelle ein.

Trotzdem hatten sie es noch immer mit einem riesigen Gebiet zu tun, in dem sich viele Menschen aufhielten: in Hotels, Apartmenthäusern und Bürotürmen. Um den genauen Aufenthaltsort des Geists eingrenzen zu können, würden sie weitere Informationen benötigen.

Sonny Li ging vor der Tafel auf und ab.

»He, Loaban, ich habe auch ein paar Ideen.«

»Zu welchem Punkt?«, knurrte Rhyme. Der Mann stank nach Zigarettenqualm. Rhyme hatte nie geraucht, aber er erlitt einen plötzlichen Anfall von Krüppelneid – dieser Kerl konnte all seinen Lastern ganz von allein frönen, ohne sich zuvor einen Handlanger suchen zu müssen, der ihm helfen würde.

Diese beschissene Operation sollte lieber erfolgreich verlaufen, dachte er.

»He, Loaban, hören Sie mir zu?«

»Reden Sie weiter, Sonny«, sagte Rhyme gereizt.

»Ich war auch am Tatort.«

»Ja«, sagte Sachs und sah ihn zornig an. »Sie sind in der Gegend herumgelaufen und haben geraucht.«

»Hören Sie«, sagte Rhyme und bemühte sich, nachsichtig zu sein, obwohl das überhaupt nicht seine Art war. »Alles, was nach dem Täter an den Schauplatz eines Verbrechens gelangt, kann diesen Schauplatz verunreinigen. Dadurch wird es schwieriger, die Spuren zu finden, die zu dem Verdächtigen führen.«

»He, Loaban, glauben Sie, ich weiß das nicht? Ja, sicher, Sie sammeln Staub und Schmutz ein, stecken alles in einen Gaschromatographen, machen eine Analyse mit dem Massenspektrometer und betrachten es unter dem Rasterelektronenmikroskop.« Die komplizierten englischen Begriffe kamen ihm nur unbeholfen über die Lippen. »Und dann vergleichen Sie es mit einer Datenbank.«

»Sie kennen sich mit den Geräten aus?«, fragte Rhyme verwundert.

»Ob ich mich damit *auskenne*? Na klar, wir benutzen das Zeug doch auch. He, ich habe am Forensischen Institut von Peking studiert und war der Zweitbeste meines Jahrgangs. Man hat mir sogar eine hübsche Medaille verliehen. Ich weiß *genau* Bescheid, was hier läuft.« Er war genervt. »Wir leben nicht in der Ming-Dynastie, Loaban. Ich habe einen eigenen Computer mit Windows XP und auch jede Menge Datenbanken. Und ein Mobiltelefon und einen Pager.«

»Okay, Sonny, ich hab's kapiert. Was haben Sie am Tatort gesehen?«

»Disharmonie. *Das* habe ich gesehen.«

»Bitte erklären Sie das«, sagte Rhyme.

»In China ist Harmonie sehr wichtig. Sogar ein Verbrechen besitzt eine gewisse Harmonie. Aber in diesem Lagerhaus war nichts davon zu spüren.«

»Wie würde denn ein harmonischer Mord aussehen?«, fragte Coe sarkastisch.

»Der Geist findet den Mann, der ihn hintergangen hat. Er foltert ihn, tötet ihn und geht wieder. Aber, he, Hongse, wissen Sie noch? Da war alles verwüstet. Poster von China zerrissen, Buddha- und Drachenstatuen zertrümmert… Han-Chinesen tun so etwas nicht.«

»Die Han stellen die Mehrheit der chinesischen Bevölkerung«, erläuterte Eddie Deng. »Aber der Geist ist doch ein Han-Chinese, nicht wahr?«

»Ja, aber *er* war nicht daran beteiligt. Das Büro wurde *nach* Tangs Tod zerstört. Das hat sie gesagt.«

Sachs bestätigte diese Angabe.

»Wahrscheinlich ist der Geist weggegangen, und dann haben diese Männer, die für ihn arbeiten, das Büro verwüstet. Ich glaube, er hat Angehörige einer ethnischen Minderheit als *ba-tu* angeheuert.«

»Als Schläger«, übersetzte Deng.

»Ja, genau, als Schläger. Er hat sie aus einer der Minderheiten rekrutiert. Mongolen, Mandschu, Tibeter, Uiguren.«

»Das ist doch verrückt, Sonny«, sagte Rhyme. »Harmonie?«

»Verrückt?«, entgegnete Li und zuckte mit theatralischer Geste die Achseln. »Klar, Sie haben Recht, Loaban. Ich bin verrückt. Als ich gesagt habe, Sie müssten zuerst nach Jerry Tang suchen, war ich auch verrückt. Aber, he, falls Sie auf mich gehört hätten, wären wir Tang vielleicht rechtzeitig auf die Spur gekommen, hätten ihn lebend erwischt, an einen Stuhl gefesselt und so lange mit einem elektrischen Viehtreiber bearbeitet, bis er mit dem Versteck des Geists herausgerückt wäre.« Alle Anwesenden starrten ihn schockiert an. Li zögerte kurz und lachte dann. »He, Loaban, das war nur ein Scherz.«

Davon war Rhyme nicht vollständig überzeugt.

Li deutete auf die Tafel und fuhr fort. »Sie wollen Beweise? Okay, hier haben Sie Beweise. Schuhabdrücke. Kleiner als die des Geists. Han-Chinesen sind nicht groß. So wie ich. Nicht so groß wie Sie. Aber die Angehörigen der westlichen und nördlichen Minderheiten sind häufig sogar noch kleiner als wir. Also, ist Ihnen das *forensisch* genug, Loaban? Das dachte ich mir. Machen Sie sich auf die Suche nach den Minderheiten. Dort werden Sie dann einen Hinweis auf den Geist finden.«

Rhyme sah Sachs an und wusste, dass sie das Gleiche dachte wie er. »Was kann es schaden?«, fragte er Eddie Deng. »Was meinen Sie? Kennen Sie sich mit den Minderheiten aus?«

»So gut wie überhaupt nicht«, räumte er ein. »Die meisten Leute, mit denen wir beim Fünften Revier zu tun haben, sind Han-Chinesen – Fujianesen, Kantonesen, Mandarin, Taiwanesen …«

Coe nickte. »Die Minderheiten bleiben lieber unter sich.«

Nun, da sich endlich eine verfolgbare Spur abzeichnete, wurde Rhyme ungeduldig. »Na gut, aber wer *kennt* sich denn damit aus?«, fragte er. »Ich will der Sache nachgehen. Wie?«

»Durch die Tongs«, sagte Li. »Die Tongs wissen über alles Bescheid, ob nun Han oder nicht Han.«

»Und was *ist* ein Tong?«, fragte Rhyme, der sich in diesem Zusammenhang schemenhaft an irgendeinen schlechten Film zu erinnern glaubte, den er kurz nach seinem Unfall gesehen hatte.

Eddie Deng erklärte, bei den Tongs handele es sich um chinesische Interessenverbände, deren Mitglieder entweder derselben Heimatregion entstammten oder dem gleichen Berufsstand angehörten. Viele Tongs wirkten im Verborgenen, und früher hatten auch die Versammlungen nur unter großer Geheimhaltung stattgefunden – der Begriff hieß übersetzt »Kammer«. In den Vereinigten Staaten wurden die Tongs zum Schutz vor den Weißen und zum Zweck der Selbstverwaltung gegründet; die Chinesen regelten ihre Streitigkeiten üblicherweise allein, und der Führer eines Tongs hatte mehr Gewalt über die Mitglieder als der Präsident der Vereinigten Staaten.

In letzter Zeit hatten viele Tongs mit ihrer langen Tradition gebrochen und sich vordergründig von Straftaten und Gewaltausübung abgewandt. Das Wort »Tong« wurde immer weniger gebraucht; heutzutage nannte man sich »Nachbarschaftsvereinigung«, »Hilfsverein« oder »Kaufmannsgilde«. Natürlich hatte man auch weiterhin mit Glücksspiel, Prostitution, Erpressung und Geldwäsche zu tun, aber man distanzierte sich von jeglicher Gewalt. Stattdessen heuerte man für die Drecksarbeit junge Männer an, die in keiner Verbindung zu den Tongs standen.

»Outsourcing«, scherzte Deng.

»Haben Sie mal einem Tong angehört, Eddie?«, fragte Rhyme.

»Eine Weile«, sagte der Detective verlegen und putzte seine schicke Brille. »Das war eine Jugendsünde.«

»Kennen Sie dort jemanden, mit dem wir reden könnten?«, fragte Sachs.

Deng überlegte kurz. »Ich würde es mit Tony Cai versuchen. Er hilft uns manchmal – bis zu einem gewissen Grad –, und er hat bessere Kontakte als die meisten anderen *loabans* der Gegend. Jede Menge *guanxi*. Er leitet die Eastern Chinese Public Association. Die sind an der Bowery.«

»Rufen Sie ihn an«, befahl Rhyme.

Coe schüttelte den Kopf. »Am Telefon wird er nichts sagen.«

»Wird die Leitung abgehört?«

»Nein, das hat kulturelle Gründe«, erläuterte Deng. »Manche Dinge bespricht man eben nur von Angesicht zu Angesicht. Und dann gibt es noch einen Haken – da der Geist mit der Sache zu tun hat, wird Cai sich keinesfalls in Gesellschaft eines Polizisten blicken lassen.«

Rhyme hatte eine Idee. »Besorgen Sie sich eine Limousine, und holen Sie ihn her.«

»Was?«, fragte Sellitto.

»Diese Tong-Führer sind bestimmt ziemlich eitel, nicht wahr?«

»Darauf können Sie wetten«, sagte Coe.

»Erzählen Sie ihm, man bräuchte seine Hilfe, und der Bürgermeister würde ihn von einer Limousine abholen lassen.«

Während Sellitto sich um den Wagen kümmerte, rief Eddie Deng in Cais Nachbarschaftsvereinigung an. Das Gespräch wurde in rasend schnellem Chinesisch geführt, was für westliche Ohren wie ein abgehackter und eintöniger Singsang klang. Eddie legte die Hand auf die Sprechmuschel. »Das habe ich doch richtig verstanden – ich soll sagen, der Bürgermeister würde all dies veranlassen.«

»Nein«, beschloss Rhyme. »Erzählen Sie ihm, hier sei das Büro des *Gouverneurs*.«

»Damit sollten wir ein bisschen vorsichtig sein«, gab Sellitto leise zu bedenken.

»Für Vorsicht ist noch genug Zeit, wenn wir den Geist verhaftet haben.«

Deng nickte und setzte das Telefonat fort. Dann legte er auf. »Okay, er ist einverstanden.«

Sonny Li klopfte geistesabwesend seine Hosentaschen ab, weil er wohl schon wieder nach Zigaretten suchte. Er wirkte verunsichert.

»He, Loaban, ich habe eine Bitte. Könnten Sie mir vielleicht einen Gefallen tun?«

»Welchen?«

»Darf ich mal telefonieren? Nach China. Das kostet vermutlich mehr, als ich im Moment habe. Aber ich zahle es später zurück.«

»Schon gut«, sagte Rhyme.

»Wen wollen Sie anrufen?«, fragte Coe ohne Umschweife.

»Das Gespräch ist privat. Es geht nur mich etwas an.«

»Nein. Hier bei uns *haben* Sie kein Privatleben, Li. Entweder Sie verraten es uns, oder Sie dürfen nicht telefonieren.«

Li bedachte den INS-Mann mit einem eisigen Blick. »Ich will meinen Vater anrufen.«

»Ich spreche Chinesisch«, murmelte Coe. »Putonghua und Minnanhua. Ich verstehe es *hao*. Ich werde zuhören.«

Rhyme nickte Thom zu, der daraufhin die Auslandsvermittlung anwählte und ein Gespräch nach Liu Guoyuan in Fujian anmeldete. Er reichte den Hörer an Li weiter, der ihn zögernd entgegennahm und einen Moment lang anstarrte. Dann hob er ihn langsam ans Ohr und drehte sich von Rhyme und den anderen weg.

Auf einmal sah Rhyme einen ganz anderen Sonny Li vor sich. Eines der ersten Worte, das er hörte, war »Kangmei« – Sonnys eigentlicher Name. Der Mann war unterwürfig, nervös und nickte beim Sprechen vornübergebeugt wie ein junger Student. Schließlich legte er auf und sah eine Weile zu Boden.

»Stimmt etwas nicht?«, fragte Sachs.

Der chinesische Polizist merkte, dass jemand ihn angesprochen hatte. Er schüttelte den Kopf und wandte sich wieder Rhyme zu. »Okay, Loaban, was machen wir jetzt?«

»Wir werden uns mal ein paar harmonische Spuren anschauen«, erwiderte Rhyme.

... Einundzwanzig

Eine halbe Stunde später klingelte es an der Tür. Thom verschwand im Flur und kehrte gleich darauf mit einem stämmigen Chinesen zurück, der einen grauen, hochgeschlossenen Anzug, ein weißes Hemd und eine gestreifte Krawatte trug. Er wirkte weder überrascht noch schockiert, Rhyme in dem Storm Arrow zu erblicken oder in einem malerischen viktorianischen Stadthaus auf eine Ansammlung forensischer Apparaturen zu treffen. Erst als er Sachs sah, die an einem Tee nippte, der nach offenbar vertrauten Kräutern duftete, ließ er eine winzige Gefühlsregung erkennen.

»Ich bin Mr. Cai.«

Rhyme stellte sich ebenfalls vor. »Können wir uns auf Englisch unterhalten?«

»Ja.«

»Wir haben ein Problem, Mr. Cai, und ich hoffe, Sie können uns behilflich sein.«

»Sie arbeiten für den Gouverneur?«

»Das ist richtig.«

Und in gewisser Weise stimmt das sogar, dachte Rhyme, warf dem noch immer unschlüssigen Lon Sellitto einen kurzen Blick zu und zog ironisch eine Augenbraue hoch.

Cai setzte sich, und Rhyme berichtete ihm von der *Fuzhou Dragon* und den Flüchtlingen, die sich nun irgendwo in der Stadt versteckten. Als der Name des Geists fiel, schien die Miene des Mannes sich abermals kurz zu verändern, war jedoch sofort wieder völlig ausdruckslos. Rhyme nickte Deng zu, der ihm von dem Mord an Tang erzählte und ihre Vermutung äußerte, die Täter seien aus einer der ethnischen Minderheiten Chinas rekrutiert worden.

Cai nickte und dachte nach. Die Augen hinter dem Drahtgestell seiner großen Zweistärkenbrille huschten flink hin und her. »Wir wissen über den Geist Bescheid. Er fügt uns allen großen Schaden zu. Ich werde Ihnen helfen... Ethnische Minderheiten? Nicht in Chinatown, aber ich werde mich in der Stadt ein wenig umhören. Ich habe gute Kontakte.«

»Es ist sehr wichtig«, betonte Sachs. »Diese zehn Leute, die Zeugen… falls wir sie nicht rechtzeitig finden, wird der Geist sie umbringen.«

»Ich verstehe«, sagte Cai mitfühlend. »Ich werde tun, was in meinen Kräften steht. Wenn Ihr Fahrer mich wieder zurückbringt, kann ich gleich damit anfangen.«

»Vielen Dank«, sagte Sachs, und auch Sellitto und Rhyme nickten ihm dankbar zu.

Cai stand auf und verabschiedete sich per Handschlag. Rhyme gegenüber beließ er es bei einem Nicken, während die meisten anderen Besucher ihm automatisch den Arm entgegengestreckt hätten. Der Kriminalist schloss daraus, dass Cai sich sehr unter Kontrolle hatte und weitaus scharfsichtiger und intelligenter war, als sein vermeintlich fahriges Verhalten vermuten ließ.

Er war froh, dass dieser Mann ihnen helfen wollte.

Doch als Cai zur Tür ging, sagte Sonny Li urplötzlich: »*Ting*!«

»Das heißt ›Warten Sie‹«, flüsterte Eddie Deng dem Kriminalisten zu.

Stirnrunzelnd drehte Cai sich um. Li ging zu ihm und überschüttete ihn wild gestikulierend mit einem barschen Wortschwall. Der Tong-Führer beugte sich ein Stück vor, und ein wütendes Streitgespräch begann.

Rhyme befürchtete, die beiden könnten handgreiflich werden.

»He!«, rief Sellitto. »Was, zum Teufel, soll das?«

Li ignorierte ihn und brüllte mit rotem Gesicht weiter auf Cai ein. Der Tong-Führer verstummte schließlich, senkte den Kopf und starrte zu Boden.

Rhyme sah Deng an, der die Achseln zuckte. »Das war zu schnell für mich. Ich konnte nicht folgen.«

Li hatte sich etwas beruhigt und sprach nun weiter. Cai nickte und antwortete ihm. Am Ende stellte Li eine Frage, der Tong-Führer streckte den Arm aus, und sie gaben sich die Hände.

Dann nickte Cai mit maskenhaft starrem Gesicht ein weiteres Mal in Rhymes Richtung und ging.

»Um Himmels willen, was war das denn?«, fragte Sachs.

»Wieso wollten Sie ihn einfach gehen lassen?«, wandte Li sich an Rhyme. »Er hätte Ihnen nicht geholfen.«

»Doch, das hätte er.«

»Nein, nein, nein. Ganz egal, was er gesagt hat. Es wäre viel zu gefährlich für ihn gewesen. Er hat eine Familie und möchte nicht, dass ihr etwas zustößt. Und Sie haben ihm im Austausch nichts angeboten. Die Limousine hat ihn nicht getäuscht. Er weiß, dass der Gouverneur nichts mit der Sache zu tun hat.«

»Aber er hat doch *gesagt*, er würde uns helfen«, widersprach Sellitto.

»Chinesen sagen nicht gern nein«, erklärte Li. »Wir greifen lieber zu einer Ausrede oder sagen einfach ja und kümmern uns nicht weiter darum. Cai wäre zurück in sein Büro gefahren und hätte nichts unternommen. Er sagte, er würde helfen, aber in Wahrheit hat er gesagt ›*Mei-you*‹. Wissen Sie, was das heißt? Es heißt: Ich werde dir nicht helfen; hau ab.«

»Was haben Sie zu ihm gesagt? Worum ging der Streit?«

»Nein, nein, das war kein Streit. Wir haben verhandelt. Sie wissen schon, wir haben übers Geschäft geredet. *Jetzt* wird er sich nach den Minderheiten umhören. Ganz bestimmt.«

»Warum?«, fragte Rhyme.

»Weil Sie ihn dafür bezahlen.«

»Was?«, rief Sellitto ungläubig.

»Nicht besonders viel. Zehntausend. Dollar, nicht Yuan.«

»Unmöglich«, sagte Alan Coe.

»Mein Gott«, sagte Sellitto. »Das gibt unser Budget auf gar keinen Fall her.«

Rhyme und Sachs sahen sich an und brachen in Gelächter aus.

Li verzog spöttisch das Gesicht. »Ihr seid eine große Stadt und sehr reich. Ihr habt einen starken Dollar und die Wall Street, und ihr seid führendes Mitglied der Welthandelsorganisation. He, am Anfang wollte Cai noch viel mehr.«

»Das können wir nicht bezahlen …«, protestierte Sellitto.

»Komm schon, Lon«, sagte Rhyme. »Ihr habt doch euren Spitzelfonds. Außerdem handelt es sich genau genommen um eine Bundesangelegenheit, also wird der INS die Hälfte des Betrags beisteuern.«

»Da wäre ich mir nicht so sicher«, sagte Coe zweifelnd und fuhr sich mit der Hand durch das rote Haar.

»Schon in Ordnung – ich werde die Bewilligung selbst unterzeichnen«, sagte Rhyme. Der Agent sah ihn verwundert an und schien sich zu fragen, ob es vertretbar wäre, über diese Äußerung zu lachen. »Rufen Sie Peabody an. Und von Dellray werden wir auch ein paar Dollar abzweigen.« Er sah zu Li. »Wie lautet die Vereinbarung?«

»Ich habe gut verhandelt. Zuerst liefert er uns die Namen und dann wird er bezahlt. Natürlich besteht er auf Bargeld.«

»Natürlich.«

»Okay, ich brauche eine Kippe. Wie wär's mit einer Pause, Loaban? Ich muss mir unbedingt gute Zigaretten organisieren. Dieses Kraut hier schmeckt beschissen und wirkt überhaupt nicht. Außerdem will ich etwas essen.«

»Gehen Sie nur, Sonny. Sie haben es sich verdient.«

Der chinesische Cop verließ den Raum.

»Was soll ich in die Tabelle eintragen?«, fragte Thom und nickte in Richtung der Tafel. »Wegen Cai und der Tongs.«

»Keine Ahnung«, sagte Sachs. »Wie wär's mit ›Überprüfung der woo-woo Spuren‹?«

Lincoln Rhyme konnte mit einem etwas hilfreicheren Vorschlag aufwarten. »Komplizen entstammen vermutlich einer ethnischen Minderheit Chinas«, diktierte er. »Nach Verbleib wird gefahndet.«

Der Geist und die drei Türken machten sich in einem gestohlenen Chevrolet Blazer zur Wohnung der Changs nach Queens auf.

Während er durch die Straßen fuhr und sorgfältig wie immer alle Verkehrsregeln beachtete, um nicht angehalten zu werden, ließ er noch einmal Jerry Tangs Tod Revue passieren. Keine Sekunde lang hatte er erwogen, den Verrat des Mannes ungestraft zu lassen. Ebenso wenig war für ihn in Betracht gekommen, die Vergeltung aufzuschieben. Treulosigkeit gegenüber den Vorgesetzten gehörte nach der Lehre des Konfuzius zu den schlimmsten Verbrechen. Tang hatte ihn auf Long Island im Stich gelassen – dem Geist war nur deswegen die Flucht gelungen, weil glücklicherweise dieser Wagen mit laufendem Motor vor dem Restaurant am Strand gestanden hatte. Der Mann musste sterben, und zwar unter großen Qualen. Der Geist dachte an den Shang-Kaiser Zhou Xin. Als dieser einmal bei einem seiner Vasallen Illoyalität spürte, ließ er den Sohn des Mannes in kleine Stücke hacken, kochen und dem ahnungslosen Verräter zum Abendessen vorsetzen. Danach verriet er ihm fröhlich die wesentliche Zutat des soeben verspeisten Hauptgangs. Der Geist hielt diese Art von Gerechtigkeit für absolut angemessen und zudem sehr befriedigend.

Einen Block vor der Wohnung der Changs hielt er am Straßenrand.

»Masken«, befahl er.

Yusuf griff in eine Tüte und verteilte die Skimasken.

Der Geist überlegte, wie sie am besten vorgehen sollten. Soweit er wusste, hatte Sam Chang eine Frau und seinen alten Vater dabei. Das größte Risiko drohte jedoch von älteren Kindern, vor allem von halbwüchsigen Jungen, die das Leben als eine Art Videospiel betrachteten und womöglich mit einem Messer auf die Eindringlinge losgehen würden.

»Tötet zuerst die Söhne«, befahl er. »Danach den Vater und alle älteren Leute.« Dann kam ihm ein Gedanke. »Die Frau lasst ihr am Leben. Wir nehmen sie mit.«

Die Türken verstanden, was er vorhatte, und nickten.

Der Geist ließ den Blick über die ruhige Straße schweifen, deren andere Seite von zwei lang gestreckten Lagerhäusern eingenommen wurde. Auf halber Höhe des Blocks führte eine Gasse zwischen den Gebäuden hindurch. Die Wohnung der Changs müsste unmittelbar jenseits der Lagerhäuser sein. Für den Fall, dass Chang, seine Söhne oder der Vater den Vordereingang bewachten, wollte der Geist sich durch die Gasse der Rückseite nähern und durch die Hintertür eindringen, während einer der Türken nach vorn rannte, um eine Flucht der Familie zu verhindern.

»Setzt die Masken wie Mützen auf, bis wir beim Haus sind«, sagte er auf Englisch.

Die Männer nickten und kamen der Aufforderung nach. Mit ihrer dunklen Hautfarbe und der gestrickten Kopfbedeckung sahen sie wie schwarze Gangster in einem bizarren Rap-Video aus.

Auch der Geist setzte die Maske auf.

Er verspürte einen Anflug von Angst, wie meistens in solchen Momenten kurz vor einem Kampf. Es bestand die Möglichkeit, dass Chang eine Schusswaffe besaß oder dass die Polizei die Familie längst gefunden und in Gewahrsam genommen hatte, um dem Geist in der Wohnung eine Falle zu stellen.

Dann aber rief er sich ins Gedächtnis, dass zur Demut auch Angst gehörte und dass es die Demütigen waren, die auf dieser Welt Erfolg hatten. Er dachte an eine seiner Lieblingspassagen aus dem Tao-te-king:

Gib nach, und du wirst nicht zerbrechen.

Wer gebeugt ist, kann sich wieder aufrichten.
Wer leer ist, kann in sich aufnehmen.
Wer Schaden genommen hat, kann genesen.

Im Stillen fügte der Geist eine eigene Zeile hinzu: Wer Angst hat, kann Mut schöpfen.

Er sah zu Yusuf herüber, der neben ihm auf dem Beifahrersitz saß. Der Uigure nickte ihm entschlossen zu. Und mit den geschickten Handgriffen erfahrener Profis überprüften sie ihre Waffen.

... Zweiundzwanzig

Sonny Li hatte wirklich gute Zigaretten gefunden.

Camel ohne Filter, die fast genauso schmeckten wie seine Lieblingsmarke aus China. »Ich setze fünf«, sagte er und inhalierte tief. Dann schob er die Chips nach vorn und musterte die anderen Pokerspieler, die sich reihum ihren Einsatz überlegten. Der billige Holzfasertisch, an dem sie saßen, wies die Spuren unzähliger schwitzender Hände und verschütteter Gläser auf.

Der Spielsalon lag an der Mott Street mitten in Chinatown, denn hierhin war Sonny gefahren, um seine Zigaretten zu kaufen. Wahrscheinlich hatte Loaban nicht an einen solch langen Ausflug gedacht, als er Li gestattete, sich Glimmstängel zu besorgen, aber das war egal. Er würde noch früh genug zurückkehren. Es bestand kein Grund zur Eile.

Das Etablissement war ziemlich groß, wurde überwiegend von Fujianesen besucht (er wollte vermeiden, dem kantonesischen Türsteher in die Arme zu laufen, den er am Vormittag überfallen hatte) und konnte mit einer großen Bar und drei Zigarettenautomaten aufwarten. Abgesehen von den gedämpften Lampen über den Spieltischen war es dunkel im Raum, aber dank seines geschulten Polizistenauges hatte er fünf bewaffnete Wachen entdeckt.

Dennoch rechnete er nicht mit Problemen, denn er wollte weder Pistolen klauen noch hübsche Jungs verprügeln. Er war lediglich hier, um zu spielen, zu trinken und zu plaudern.

Lachend gewann er die Runde und schenkte jedem der Mitspieler einen *mao-tai* ein, nur dem Kartengeber nicht, für den striktes Alkoholverbot bestand. Die Männer erhoben ihre Gläser und kippten den klaren, starken Schnaps auf einen Zug hinunter. *Mao-tai* war die chinesische Ausgabe eines kräftigen Selbstgebrannten und wurde nicht in kleinen Schlucken getrunken; man schüttete sich das Zeug so schnell wie möglich in den Schlund.

Bald kam Li mit den anderen Männern am Tisch ins Gespräch. Eine Flasche Schnaps und ein Dutzend Camels später schätzte er seinen gesamten Verlust auf sieben Dollar.

Er entschied sich gegen ein weiteres Glas und stand auf, um zu gehen.

Mehrere der Mitspieler baten ihn, noch zu bleiben. Sie hatten Spaß an seiner Gesellschaft.

Aber Li erzählte ihnen, seine Geliebte würde bereits auf ihn warten, worauf die anderen Männer begeistert nickten.

»Die vögelt dich gründlich durch«, sagte ein alter betrunkener Chinese. Li hatte keine Ahnung, ob das als Frage oder Feststellung gemeint war.

Er lächelte wissend, um den anderen die erstklassige Qualität seines Liebeslebens zu bestätigen, und ging zur Tür. In Wahrheit jedoch hatte diese Spielhalle sich als nicht besonders ergiebig für ihn erwiesen, und er wollte sein Glück woanders versuchen.

Der Blazer fuhr sehr schnell durch die Gasse, die zur Rückseite von Changs Wohnung führte.

Der Geist hielt in einer Hand seine Modell 51 und mit der anderen das lederummantelte Lenkrad umklammert.

Die Türken machten sich bereit, aus dem Wagen zu springen.

Sie rasten aus der Gasse auf einen großen Parkplatz hinaus – und sahen sich urplötzlich einem riesigen Sattelschlepper gegenüber, der direkt auf sie zuhielt.

Mit laut zischender Hydraulik geriet der Laster ins Schlingern.

Der Geist trat mit aller Kraft aufs Bremspedal – und presste instinktiv auch den linken Fuß gegen das Bodenblech, weil in seinem BMW-Sportwagen dort die Kupplung lag. Der Blazer brach aus, rutschte ein Stück und kam schließlich unmittelbar neben dem Truck zum Stehen. Keuchend spürte der Geist, dass ihm das Herz bis zum Hals schlug.

»Scheiße, was soll das?«, brüllte der Fernfahrer und beugte sich zur Seitenscheibe des Blazer hinunter. »Das ist eine Einbahnstraße, du dämliches Schlitzauge! Wenn du dich in diesem Land ans Steuer setzt, dann lern gefälligst auch die Regeln.«

Der Geist war zu erschrocken, um zu antworten.

Der andere Mann legte den Gang ein und fuhr an dem Chevy vorbei.

Der Geist dankte seinem Gott, Yi dem Bogenschützen, für die Lebensrettung. Zehn Sekunden später und sie wären frontal mit dem Sattelschlepper zusammengestoßen.

Langsam fuhr er weiter und drehte sich zu den Türken um, die stirnrunzelnd aus den Fenstern sahen. Sie waren verwirrt und beunruhigt.

»Wo müssen wir hin?«, fragte Yusuf und starrte auf den ausgedehnten Parkplatz, auf den es sie verschlagen hatte. »Wo ist die Wohnung der Changs? Ich kann nichts entdecken.«

Hier waren nirgendwo Wohnhäuser zu sehen.

Der Geist überprüfte die Adresse. Alles stimmte; dies war der gesuchte Ort. Allerdings ... allerdings handelte es sich um ein großes Einkaufszentrum. Die Gasse, die hinter ihnen lag, war eine der Ausfahrten des Parkplatzes.

»*Gan*«, fluchte der Geist.

»Was ist los?«, fragte einer der Türken von hinten.

Chang hatte Jimmy Mah nicht getraut, das war los, erkannte der Geist. Der Kerl hatte dem Tong-Führer eine falsche Anschrift genannt. Vermutlich hatte er irgendwo eine Werbeanzeige für diesen Laden gelesen. Der Geist schaute zu dem großen Schild empor, das über ihren Köpfen hing.

THE HOME STORE
Alles für Haus und Garten

Er überlegte, was zu tun war. Wu, der andere Immigrant, war offenbar nicht so clever gewesen. Er hatte sich seine Bleibe von Mahs Makler vermitteln lassen. Der Geist kannte den Namen des Mannes und würde den Aufenthaltsort der Familie schnell herausfinden.

»Wir kümmern uns zuerst um die Wus«, sagte er. »Die Changs kommen später an die Reihe.«

Naixin.

Alles zu seiner Zeit.

Sam Chang legte den Hörer auf.

Wie betäubt stand er einen Moment lang da und starrte auf den Fernsehschirm, auf dem ein Wohnzimmer zu sehen war, das sich sehr von seinem gegenwärtigen Wohnzimmer unterschied, und eine zufriedene und alberne Familie, die mit seiner Familie nicht viel gemein hatte. Mei-Mei sah ihn fragend an. Er schüttelte den Kopf, und sie wandte sich gehorsam wieder Po-Yee zu, dem Baby. Dann kauerte er sich neben seinen Vater. »Mah ist tot«, flüsterte er.

»Mah?«

»Der *loaban* in Chinatown, der uns geholfen hat. Ich wollte mich nach unseren Papieren erkundigen. Das Mädchen dort sagt, er sei tot.«

»Der Geist? Hat er den Mann ermordet?«

»Wer sonst?«

»Wusste Mah, wo wir uns aufhalten?«

»Nein.« Chang hatte dem Mann nicht getraut und ihm daher die Adresse eines der Home Stores genannt, die in dem Werbeprospekt verzeichnet waren, den er immer noch bei sich trug.

Genau genommen waren die Changs gar nicht in Queens, sondern in Brooklyn, in einem Viertel namens Owls Head, ganz in der Nähe des Hafens. Er hatte keinem außer seinem Vater gesagt, wo genau sie wohnen würden.

Der alte Mann nickte und zuckte dann zusammen, als ihn ein stechender Schmerz durchfuhr.

»Morphium?«

Sein Vater schüttelte den Kopf und atmete mehrmals tief durch. »Diese Sache mit Mah – es beweist, dass der Geist uns sucht.«

»Ja.« Dann kam Chang ein erschreckender Gedanke. »Die Wus! Der Geist wird sie finden. Sie haben ihre Wohnung durch Mahs Makler erhalten. Ich muss ihn warnen.« Er ging zur Tür.

»Nein«, sagte sein Vater. »Du kannst einen Mann nicht vor der eigenen Dummheit bewahren.«

»Aber er hat eine Familie. Die Kinder, seine Frau. Wir dürfen sie nicht einfach sterben lassen.«

Chang Jiechi überlegte eine Weile. »Also gut«, sagte er schließlich. »Aber du gehst nicht selbst. Ruf noch einmal diese Frau an. Sag ihr, sie soll Wu warnen.«

Chang nahm den Hörer und wählte die Nummer. Als sich die Frau aus Mahs Büro meldete, bat er sie, Wu etwas auszurichten. »Sagen Sie ihm, er muss sofort ausziehen. Er und seine Familie befinden sich in großer Gefahr. Werden Sie ihm das mitteilen?«

»Ja, ja«, sagte sie, wirkte dabei aber dermaßen geistesabwesend, dass Chang nicht wusste, ob sie ihm überhaupt zugehört hatte.

Sein Vater schloss die Augen und legte sich wieder auf die Couch. Chang wickelte ihm die Decke um die Füße. Der alte Mann würde schon sehr bald einen Arzt aufsuchen müssen.

So viel zu tun, so viele Vorkehrungen zu treffen. Die Hoffnungslosigkeit war für einen Augenblick schier überwältigend. Er dachte an das Amulett, das Dr. John Sung trug – an den Affenkönig. Im Frachtraum des Schiffs hatte Sung den kleinen Ronald damit spielen lassen und ihm Geschichten über den Affen erzählt. In einer davon wollten die Götter ihn für seine Unverschämtheit bestrafen und ließen einen Berg über ihm zusammenstürzen. So fühlte Sam Chang sich in diesem Moment – als würden tonnenweise Angst und Ungewissheit auf ihm lasten.

Aber dann fiel sein Blick auf seine Familie, und die Last schien etwas leichter zu werden.

William lachte über etwas im Fernsehen; falls Chang sich nicht täuschte, ließ sein Ältester zum ersten Mal an diesem Tag weder Zorn noch Verbitterung erkennen, sondern lachte aus vollem Herzen über die alberne Sendung. Ronald auch.

Chang betrachtete seine Frau, die vollauf mit Po-Yee beschäftigt war. Wie gut sie doch mit Kindern umgehen konnte. Chang hingegen hatte noch nie über die nötige Unbefangenheit verfügt. Er musste immer genau abwägen, was er sagte – und konnte sich oft nicht entscheiden, ob er streng oder nachsichtig sein sollte.

Mei-Mei schaukelte das Kind auf ihren Knien und brachte es zum Kichern.

In China hofften die meisten Familien inständig auf einen Sohn, der den Familiennamen weitergeben konnte (das Ausbleiben eines männlichen Erben galt sogar traditionell als Scheidungsgrund). Natürlich war Chang hocherfreut über die Geburt Williams und später Ronalds gewesen, weil er so seinem Vater stolz verkünden konnte, dass die Chang-Linie fortbestehen würde. Doch Mei-Mei hatte sich stets eine Tochter gewünscht, und ihr Kummer war nicht spurlos an Chang vorübergegangen. So hatte er sich letztlich in einer seltsamen Position wiedergefunden – zumindest für einen chinesischen Mann seines Alters: Er hatte sich ein Mädchen gewünscht, sollte Mei-Mei wieder schwanger werden. Da er ohnehin schon als Dissident verfolgt wurde und die Ein-Kind-Regel bereits missachtet hatte, konnte die Partei ihm bei einem dritten Kind kaum noch mit weiteren Sanktionen drohen; er hatte nichts dagegen, seiner Frau eine Tochter zu schenken.

Aber während der Schwangerschaft mit Ronald war sie sehr krank geworden und hatte nach der Entbindung Monate gebraucht, um sich zu erholen. Sie war eine schmale Frau und nicht mehr die Jüngste, und die Ärzte drängten sie, um ihrer Gesundheit willen keine weiteren Kinder zu bekommen. Sie hatte dies gleichmütig akzeptiert, genauso wie sie Changs Entscheidung akzeptiert hatte, in das Schöne Land auszuwandern, obwohl durch ihren Status als illegale Einwanderer praktisch ausgeschlossen war, dass sie jemals eine Tochter würden adoptieren können.

Aus all dieser schrecklichen Not war jedoch anscheinend etwas Gutes erwachsen, um die Entbehrungen auszugleichen. Die Götter, das Schicksal oder der Geist eines ihrer Ahnen hatte ihnen Po-Yee gegeben – die Tochter, die sie niemals haben konnten – und seiner Frau zu innerer Harmonie verholfen.

Yin und Yang, Dunkelheit und Licht, Frau und Mann, Freud und Leid.

Verlust und unverhoffte Gabe…

Chang stand auf, ging zu seinen Söhnen und setzte sich neben sie, um mit ihnen die Fernsehsendung zu verfolgen. Er bewegte sich sehr langsam und leise, als könnte jede hastige Bewegung den zarten Familienfrieden wieder zerstören – so wie ein Stein, der in der Stille des frühen Morgens die spiegelglatte Oberfläche eines Teichs durchschlug.

DRITTER TEIL

Das Verzeichnis der Lebenden und der Toten

Dienstag,
von der Stunde des Hahns, 18.30 Uhr,
bis zur Stunde der Ratte, 1.00 Uhr,
am Mittwoch.

Zu Anfang einer jeden Partie Wei-Chi sitzen die beiden Spieler sich am leeren Brett gegenüber und nehmen wechselseitig die Positionen in Besitz, die sie als die günstigsten erachten. Nach und nach verschwinden alle freien Flächen. Dann kommt es zum Zusammenprall der widerstreitenden Parteien, und es entwickelt sich eine Abfolge von Angriffen und Verteidigungsaktionen, genau wie im richtigen Leben.

The Game of Wei-Chi

... Dreiundzwanzig

Der Zustand seiner Frau verschlechterte sich.

Es war früher Abend, und Wu Qichen hatte während der letzten Stunde neben der Matratze auf dem Boden gesessen und Yong-Ping die Stirn gekühlt. Seine Tochter hatte aus den gekauften Kräutern gewissenhaft einen Tee zubereitet und dann gemeinsam mit ihm der fiebernden Kranken eingeflößt, aber es schien sich keine Besserung abzuzeichnen.

Erneut beugte er sich vor und wischte ihr das Gesicht ab. Warum ging es ihr nicht besser?, grübelte er wütend. Hatte der Kräuterkundige ihn betrogen? Und wieso war seine Frau überhaupt so dünn? Hätte sie vor dem Aufbruch ordentlich gegessen und mehr geschlafen, wäre sie unterwegs nicht krank geworden. Yong-Ping, dieses zerbrechliche, blasse Geschöpf, hätte viel besser auf sich aufpassen müssen. Immerhin hatte sie Pflichten zu erfüllen...

»Ich habe Angst«, sagte sie. »Ich weiß nicht mehr, was real ist. Alles wirkt wie im Traum. Mein Kopf, die Schmerzen...« Sie murmelte etwas Unverständliches und verstummte schließlich.

Und auf einmal erkannte Wu, dass auch er Angst hatte. Zum ersten Mal seit ihrer Abreise aus Fuzhou, die schon ewig zurückzuliegen schien, fürchtete Wu Qichen, er könnte Yong-Ping verlieren. Oh, es gab vieles an ihr, das er nicht verstand. Sie hatten überstürzt geheiratet, ohne einander besonders gut zu kennen. Sie war launisch, und manchmal brachte sie ihm weniger Respekt entgegen, als beispielsweise sein Vater geduldet hätte. Aber sie war den Kindern eine gute Mutter, sie konnte gut kochen, sie fügte sich seinen Eltern, und im Bett stellte sie sich geschickt an. Außerdem war sie jederzeit bereit, sich still hinzusetzen, ihm zuzuhören – und ihn ernst zu nehmen. Das konnte man nicht von vielen behaupten.

Der schmächtige Mann hob den Kopf und sah ihren Sohn in der Tür stehen. Langs Augen waren weit aufgerissen; er hatte geweint.

»Geh zurück vor den Fernseher«, sagte Wu.

Aber der Junge rührte sich nicht, sondern starrte seine Mutter an.

Wu stand auf. »Chin-Mei«, rief er. »Komm her.«

Einen Augenblick später stand das Mädchen ebenfalls in der Tür. »Ja, Baba?«

»Bring mir ein paar der neuen Kleider für deine Mutter.«

Sie verschwand und kehrte kurz darauf mit einer blauen Stretchhose und einem T-Shirt zurück. Gemeinsam zogen sie die Kranke an. Chin-Mei holte ein sauberes Tuch und wischte ihrer Mutter die Stirn ab.

Dann ging Wu in das benachbarte Elektronikgeschäft und fragte den Verkäufer, wo sich das nächstgelegene Krankenhaus befand. Der Mann erzählte ihm, dass es ganz in der Nähe eine große Klinik gab, und schrieb ihm die Adresse auf, als Wu darum bat. Er hatte beschlossen, seine Frau mit einem Taxi dorthin zu bringen, und benötigte den Zettel, um ihn dem Fahrer zu zeigen; sein Englisch war zu schlecht.

»Wir sind bald wieder zurück«, sagte er zu seiner Tochter, als er die Wohnung betrat. »Hör genau zu: Du wirst niemandem die Tür öffnen. Hast du mich verstanden?«

»Ja, Vater.«

»Du und dein Bruder, ihr bleibt in der Wohnung. Geht auf keinen Fall nach draußen.«

Sie nickte.

»Schließt gut ab, und legt die Kette vor, wenn wir gegangen sind.«

Wu öffnete die Tür, legte den Arm um seine Frau und ging mit ihr hinaus. Er wartete, bis er das Türschloss und das Rasseln der Kette hörte. Gemeinsam gingen sie die Canal Street entlang, die voller Leute war, voller Gelegenheiten und voller Geld – aber nichts davon interessierte den kleinen verängstigten Mann.

»Da!«, rief der Geist, als er mit dem Blazer in der Nähe der Mulberry Street auf die Canal Street einbog und am Straßenrand hielt. »Das sind die Wus.«

Bevor er und die Türken jedoch ihre Masken hervorholen und aussteigen konnten, half Wu seiner Frau in ein Taxi und stieg selbst mit ein. Der gelbe Wagen war beinahe sofort im dichten Verkehr verschwunden.

Der Geist fuhr ein Stück weiter und parkte gegenüber der Wohnung, deren Anschrift und Türschlüssel er eine halbe Stunde zuvor von Mahs Makler erhalten hatte. Der Dank war eine tödliche Kugel gewesen.

»Wohin sind die Ihrer Meinung nach gefahren?«, fragte einer der Türken den Geist.

»Keine Ahnung. Seine Frau schien krank zu sein. Man konnte doch sehen, wie mühsam sie sich dahingeschleppt hat. Vielleicht zu einem Arzt.«

Der Geist beobachtete die Straße, schätzte die Entfernungen ab und registrierte vor allem die vielen Juweliergeschäfte hier an der Kreuzung Mulberry und Canal Street. Die Gegend wirkte wie eine kleinere Ausgabe des Diamantendistrikts in Midtown. Das gefiel ihm nicht. Es bedeutete, dass Dutzende von bewaffneten Sicherheitsbeamten in der Nähe waren – falls sie die Wus vor Ladenschluss umlegten, könnte einer von denen die Schüsse hören und nachsehen kommen. Und auch zu späterer Stunde blieb es ein riskantes Vorhaben: Auf die Bürgersteige waren unzählige Überwachungskameras gerichtet. Im Moment befanden er und die Türken sich noch außerhalb des Aufnahmebereichs, aber um zum Haus der Wus zu gelangen, blieb ihnen keine andere Wahl, als den Sichtkegel der Kameras zu betreten. Sie mussten sehr schnell vorgehen und dabei unbedingt die Skimasken tragen.

»Ich weiß jetzt, wie wir die Sache anpacken werden«, sagte der Geist langsam auf Englisch. »Hört ihr mir zu?«

Die drei Türken waren ganz Ohr.

Nachdem ihre Eltern gegangen waren, kochte Wu Chin-Mei ihrem Bruder einen Tee und gab ihm dazu ein süßes Brötchen und etwas Reis. Sie dachte an die Ankunft in Chinatown und daran, wie sehr ihr Vater sie heute Morgen vor diesem gut aussehenden jungen Mann im Lebensmittelgeschäft in Verlegenheit gebracht hatte, als er um den Preis ihrer Einkäufe zu feilschen begann.

Und das alles, um an Teegebäck und Nudeln ein paar Yuan zu sparen!

Sie setzte den achtjährigen Lang mit seinem Essen vor den Fernseher und ging dann ins Schlafzimmer, um das durchgeschwitzte Bett ihrer Mutter neu zu beziehen.

Vor dem Spiegel blieb sie stehen. Ihr gefiel, was sie sah: ihr langes schwarzes Haar, die geschwungenen Lippen, die tief liegenden Augen.

Schon mehr als einmal hatte man ihr große Ähnlichkeit mit der Schauspielerin Lucy Liu bescheinigt, und Chin-Mei teilte diese Überzeugung. Nun ja, noch besser würde sie natürlich aussehen, wenn sie ein paar Pfund abspeckte – und ihre Nase korrigieren ließ. Und dann diese *lächerlichen* Klamotten! Ein blassgrüner Trainingsanzug ... abscheulich. Kleidung war sehr wichtig für Wu Chin-Mei. Sie und ihre Freundinnen hatten sich im Fernsehen keine einzige der Modenschauen aus Peking, Hongkong und Singapur entgehen lassen und bewundernd die hoch gewachsenen Mannequins angestarrt, die mit schwingenden Hüften über den Laufsteg geschritten waren. Die dreizehn- und vierzehnjährigen Mädchen hatten alles nachgespielt und ihre eigenen Modenschauen inszeniert, waren unbeholfen auf und ab stolziert und hatten sich hinter einem Wandschirm umgezogen.

Einmal, noch bevor ihr Vater sich mit seinem vorlauten Mundwerk den Zorn der Partei zugezogen hatte, war die ganze Familie nach Xiamen, südlich von Fuzhou, gefahren. Es war eine herrliche Stadt, eine Touristenattraktion, die viele taiwanesische und westliche Reisende anzog. Als ihr Vater in einem Tabakladen Zigaretten kaufte, entdeckte Chin-Mei in den Regalen mehr als dreißig verschiedene Modezeitschriften. Sie war völlig überwältigt und blieb eine halbe Stunde dort, während ihr Vater etwas Geschäftliches erledigte und ihre Mutter mit Lang in einen Park ging. Chin-Mei blätterte jedes der Hefte durch. Die meisten Titel stammten aus dem Westen, viele aber auch aus Peking oder anderen Städten, die in den Freihandelszonen entlang der Küste lagen; die Kreationen der chinesischen Modeschöpfer wirkten genauso elegant wie die Kleider aus Mailand oder Paris.

Sie hatte vorgehabt, eine Modeschule in Peking zu besuchen, um selbst eine berühmte Designerin zu werden – und zuvor vielleicht ein oder zwei Jahre als Fotomodell zu arbeiten.

Doch nun hatte ihr Vater alles ruiniert.

Sie ließ sich auf die Matratze fallen und zerrte wütend an dem Synthetikstoff ihres billigen Jogginganzugs. Am liebsten hätte sie ihn in kleine Fetzen gerissen.

Was sollte sie jetzt mit ihrem Leben anfangen?

Vermutlich würde sie in irgendeiner Fabrik arbeiten und schäbige Klamotten wie diesen Anzug zusammennähen müssen. Die zweihundert Yuan Monatseinkommen durfte sie ihren jämmerlichen Eltern überlassen und das womöglich für den Rest ihres Lebens.

So würde ihre Karriere in der Modebranche aussehen. Eine Lohnsklavin ... Sie würde ...

Ein lautes Klopfen an der Tür holte sie aus ihren Gedanken.

Erschrocken setzte sie sich auf und musste sofort wieder an den Schlangenkopf denken, wie er mit der Pistole in seinem Boot saß. An den Knall der Schüsse, als er die Ertrinkenden umbrachte. Sie ging ins Wohnzimmer und drehte die Lautstärke des Fernsehgeräts herunter. Lang blickte stirnrunzelnd auf, aber sie hob einen Finger an die Lippen und bedeutete ihm, still zu sein.

»Mr. Wu?«, rief die Stimme einer Frau. »Sind Sie da, Mr. Wu? Ich habe eine Nachricht von Mr. Chang.«

Chang, der Mann, der sie aus dem Frachtraum des Schiffs gerettet und mit dem Boot an Land gebracht hatte. Chin-Mei mochte ihn. Seinen Sohn – den, der mit westlichem Namen William hieß – mochte sie auch. Er war ernst, schlank und stattlich. Niedlich, aber riskant: Er war eindeutig ein Kandidat für die Triaden.

»Es ist wichtig«, sagte die Frau. »Falls Sie da sind, öffnen Sie bitte die Tür. Mr. Chang hat gesagt, Sie seien in Gefahr. Ich habe für Mr. Mah gearbeitet. Er ist tot, und auch für Sie wird es gefährlich. Sie brauchen eine neue Wohnung. Ich kann Ihnen bei der Suche helfen. Hören Sie mich?«

Chin-Mei hatte das Geräusch der Waffe nicht vergessen. Dieser schreckliche Mann, der Geist, wie er auf sie schoss. Die Explosion auf dem Schiff, das Wasser.

Sollte sie mit dieser Frau gehen?

»Bitte…« Wieder ein lautes Klopfen.

Aber dann hörte Chin-Mei die Stimme ihres Vaters, der ihr befahl, in der Wohnung zu bleiben und niemandem die Tür zu öffnen. Und so wütend sie auch auf ihn sein mochte, so sehr ihr sein Verhalten auch häufig missfiel, so musste sie ihm doch gehorchen.

Sie würde leise hier warten und niemanden hereinlassen. Sobald ihre Eltern zurückkehrten, würde sie ihnen die Warnung ausrichten.

Die Frau musste gegangen sein – das Klopfen hatte aufgehört. Chin-Mei drehte die Lautstärke des Fernsehers wieder auf und goss sich ebenfalls eine Tasse Tee ein.

Einige Minuten saß sie da und bewunderte die Kleider der amerikanischen Schauspielerinnen in einer Sitcom.

Dann hörte sie einen Schlüssel im Türschloss.

War ihr Vater etwa schon zurück? Sie stand auf und fragte sich, was ihrer Mutter gefehlt haben mochte. Ging es ihr besser? Musste sie im Krankenhaus bleiben?

Gerade als sie vortrat und »Vater …« sagte, schwang die Tür auf, ein kleiner, dunkelhäutiger Mann kam herein, schlug die Tür hinter sich zu und richtete eine Pistole auf Chin-Mei.

Sie schrie auf und wollte zu Lang laufen, aber der Mann sprang vor, fasste sie um die Taille und warf sie zu Boden. Dann packte er ihren schluchzenden Bruder am Kragen, zerrte ihn quer durch den Raum zum Badezimmer und stieß ihn hinein. »Bleib da drinnen, und halt die Klappe, Bengel«, knurrte er in schlechtem Englisch und zog die Tür zu.

Das Mädchen verschränkte die Arme vor der Brust und wich ein Stück zurück. Sie starrte auf den Schlüssel. »Wie … woher haben Sie den?« Hatte er etwa ihre Eltern ermordet und ihnen dann den Schlüssel abgenommen?

Er verstand jedoch ihr Chinesisch nicht, also wiederholte sie die Frage auf Englisch.

»Halt's Maul. Falls du noch einmal schreist, mache ich dich kalt.« Er zog ein Mobiltelefon aus der Tasche und wählte eine Nummer. »Ich bin drinnen. Die Kinder sind hier.«

Der dunkle Kerl sah irgendwie arabisch aus und stammte vermutlich aus dem Westen Chinas. Nickend hörte er seinem Gesprächspartner zu und musterte Chin-Mei dabei von oben bis unten. Dann verzog er das Gesicht zu einem höhnischen Grinsen. »Keine Ahnung, siebzehn, achtzehn … ziemlich hübsch … Alles klar.«

Er unterbrach die Verbindung.

»Zunächst mal was zu essen«, sagte er auf Englisch. Er zog das verängstigte Mädchen an den Haaren in die Küche. »Was habt ihr anzubieten?«

Aber sie konnte nur an diese fünf Worte denken, die sich immerfort in ihrem Kopf wiederholten.

Zunächst mal was zu essen … zunächst mal was zu essen …

Und *dann*?

Wu Chin-Mei brach in Tränen aus.

Wegen des Sturms dämmerte es früh, und Lincoln Rhymes Haus wurde in graues, trübes Licht getaucht. Der Fall machte keinerlei Fortschritte.

Sachs saß in der Nähe und nippte an diesem widerlich riechenden Tee, worüber Rhyme aus irgendeinem Grund furchtbar aufgebracht war.

Fred Dellray hatte sich wieder eingefunden, lief hin und her, fingerte an seiner Zigarette herum und wirkte genauso missgelaunt wie die anderen. »Ich war durchaus nicht erfreut darüber, und ich bin es auch jetzt nicht. Ich. Bin. Nicht. Erfreut.«

Er bezog sich damit auf das vermeintliche »Kontingentproblem« innerhalb des FBI, wodurch ihnen eine Aufstockung des GHOST-KILL-Teams vorerst verwehrt blieb. »Die haben *wörtlich* behauptet, es gäbe ein ›Kontingentproblem‹«, rief er verächtlich. »Ist das zu glauben? Allen Ernstes. ›Wir haben ein Kontingentproblem.‹« Er verdrehte die Augen. »Herr im Himmel!«

Dellrays Meinung nach hielt man im Justizministerium Menschenschmuggel für keine sonderlich bedeutende Angelegenheit und war deshalb nicht gewillt, viel Zeit zu investieren. Ungeachtet der in den neunziger Jahren verfügten Änderung der Zuständigkeit ließ sich aber leider nicht leugnen, dass der INS auf diesem Gebiet über weitaus *mehr* Erfahrung verfügte als das FBI. Ferner hatte Dellray versucht, dem stellvertretenden Leiter seiner Dienststelle begreiflich zu machen, dass es sich bei dem betreffenden Schlangenkopf um einen Massenmörder handelte. Doch auch das war als eher unbedeutend abgetan worden. »Die ordnen es in die SJASK-Kategorie ein«, erklärte er.

»Wofür steht das denn?«, fragte Rhyme.

»›Soll sich doch jemand anders um den Scheiß kümmern.‹ Nein, das hat man mir nicht wörtlich so gesagt, aber Sie verstehen schon, was ich meine.« Auch das SPEC-TAC Team warte noch immer ungeduldig in Quantico, fügte der Agent verdrossen hinzu.

Und hinsichtlich der Spuren von den diversen Tatorten kamen sie auch nicht weiter.

»Okay, was ist mit dem Honda, den er am Strand gestohlen hat?«, fragte Rhyme. »Es wurde doch alles in die Wege geleitet. Hält denn niemand nach der Karre Ausschau? Ich meine, das war doch immerhin eine *dringliche* Fahndungsmeldung.«

»Tut mir Leid, Linc«, sagte Sellitto nach einer kurzen Rückfrage in der Zentrale. »Nichts.«

TutmirLeidLincNichts…

Es war einfacher, ein Schiff in einem russischen Hafen aufzustöbern, als zehn Leute vor der eigenen Haustür ausfindig zu machen.

Dann schickte die Spurensicherung ihnen den vorläufigen Bericht über den Mord an Mah. Thom hielt Rhyme die Seiten vor die Nase und blätterte um. Nichts deutete auf eine Beteiligung des Geists hin, keine der Spuren »assoziierte« ihn mit dem Tatort, wie es im forensischen Fachjargon statt »verknüpfte« hieß. Projektile oder Hülsen waren nicht gefunden worden, denn man hatte Mah die Kehle durchgeschnitten, und der Teppich im Büro und auf dem Flur hatte keine brauchbaren Fußspuren geliefert. Die Techniker konnten Hunderte von Fingerabdrücken und drei Dutzend Partikelproben nehmen, aber es würde noch Stunden dauern, bis die Ergebnisse vorlagen.

Alle anderen AFIS-Anfragen wegen der von Sachs sichergestellten Fingerabdrücke waren negativ beschieden worden, abgesehen von Jerry Tang, aber dessen Identität spielte nun keine Rolle mehr.

»Ich will einen Drink«, stellte Rhyme entmutigt fest. »Es ist Cocktailstunde. O Mann, es ist sogar schon *nach* der Cocktailstunde.«

»Dr. Weaver hat gesagt, kein Alkohol vor der Operation«, erinnerte Thom ihn.

»Sie hat gesagt, ich solle Alkohol *meiden*, Thom. Von totaler Abstinenz war nicht die Rede.«

»Ich habe keine Lust, das Wörterbuch rauszuholen, Lincoln. Du kriegst nichts.«

»Der Eingriff findet erst nächste Woche statt. Gib mir einen gottverdammten Drink.«

Sein Betreuer blieb eisern. »Du hast viel zu hart an diesem Fall gearbeitet. Dein Blutdruck ist zu hoch und dein Tagesplan vollständig zum Teufel.«

»Einigen wir uns auf einen Kompromiss«, schlug Rhyme vor. »Nur ein kleines Glas.«

»Das ist kein Kompromiss. Es wäre ein Sieg für dich und eine Niederlage für mich. Nach der Operation kannst du wieder saufen.« Er verschwand in der Küche.

Rhyme lehnte sich verärgert zurück. Einen Moment lang gab er sich dem absurden Gedanken hin, der Eingriff könnte tatsächlich alle Nervenstränge wiederherstellen, die zur Bewegung seines Arms erforderlich waren. Niemand wusste davon – nicht einmal Amelia Sachs –, doch er malte sich häufig aus, dass die Operation ihm ermöglichen würde, Gegenstände anzuheben, wenngleich die Kontrolle über seine Beine absolut außer Frage stand. Am liebsten hätte er jetzt den Macallan gepackt und einen Schluck aus der Flasche getrunken. Er konnte beinahe spüren, wie seine Hand sich um das kühle runde Glas legte.

Ein leises Klirren von dem Tisch neben ihm ließ ihn stutzen. Der unverkennbar rauchige Duft des Whiskys stieg ihm in die Nase. Er öffnete die Augen. Sachs hatte ein kleines Glas Scotch auf die Armlehne des Rollstuhls gestellt.

»Das ist ja nicht besonders voll«, flüsterte er. Aber beiden war klar, was er damit sagen wollte: Danke.

Sie zwinkerte ihm zu.

Er sog kräftig an dem Strohhalm, schmeckte den scharfen Alkohol und ließ ihn sich warm durch die Kehle rinnen. Dann noch einen Schluck.

Er genoss den Whisky, musste allerdings erkennen, dass er sich immer noch ruhelos fühlte und enttäuscht darüber war, wie langsam sie bei diesem Fall vorankamen. Sein Blick fiel auf einen der Einträge an der Tafel.

»Sachs«, rief er. »Sachs!«

»Was ist?«

»Ich brauche eine Telefonnummer. Schnell.«

GHOSTKILL

Easton, Long Island, Tatort

- Zwei Immigranten am Strand ermordet; in den Rücken geschossen.
- Ein Immigrant verwundet – Dr. John Sung.
- »Bangshou« (Assistent) an Bord; Identität unbekannt.
  - Assistent identifiziert als der Ertrunkene, der am Untergangsort der *Dragon* gefunden wurde.
- Zehn Immigranten entkommen: sieben Erwachsene (ein älterer Mann, eine verletzte Frau), zwei Kinder, ein Kleinkind. Stehlen Kirchenbus.
- Blutspuren zur Untersuchung ins Labor geschickt.
  - Verletzte Frau hat Blutgruppe AB negativ. Weitere Informationen erbeten.
- Geist wurde am Strand von Fahrzeug erwartet, aber dann zurückgelassen. Hat vermutlich einen Schuss auf Fahrzeug abgegeben. Anfrage nach Fahrzeughersteller und -modell läuft, basierend auf Reifenspuren und Radstand.

- Fahrzeug ist ein BMW X5.
  - Fahrer – Jerry Tang.
- Für Immigranten standen keine Fahrzeuge bereit.
- Funktelefon (vermutlich des Geists) zur Analyse an FBI geschickt.
  - Sicheres Satellitentelefon, nicht zurückverfolgbar. Hat zwecks Nutzung chinesisches Behördennetz gehackt.
- Waffe des Geists = Pistole, 7,62 mm. Ungewöhnliche Hülsen.
  - Chinesische Modell 51 Automatik-Pistole.
- Geist hat angeblich Regierungsleute auf Lohnliste.
- Geist hat als Fluchtwagen roten Honda gestohlen. Fahndungsmeldung ist raus.
  - Honda bislang nicht gefunden.
- Drei Leichen aus Meer geborgen – zwei erschossen, einer ertrunken. Fotos und Abdrücke an Rhyme und chinesische Polizei.
  - Ertrunkener identifiziert als Victor Au, der *bangshou* des Geists.
- Fingerabdrücke an AFIS geschickt.
  - Keine Übereinstimmungen, aber ungewöhnliche Einkerbungen an Sam Changs Fingern und Daumen (Wunde, Verbrennung durch Seil?).
- Immigrantengruppe besteht aus: Sam Chang und Wu Qichen, jeweils mit Familie; John Sung, Baby einer ertrunkenen Frau, unbekannte/r Mann und Frau (am Strand ermordet).

Gestohlener Kleinbus, Chinatown

- Immigranten tarnen Fahrzeug mit Logo des »Home Store«.
- Blutspritzer deuten auf Hand-, Arm- oder Schulterverletzung der Frau hin.
- Blutspuren zur Untersuchung ins Labor geschickt.
  - Verletzte Frau hat Blutgruppe AB negativ. Weitere Informationen erbeten.
- Fingerabdrücke an AFIS geschickt.
  - Keine Übereinstimmungen.

Mord an Jerry Tang, Tatort

- Vier Männer haben Tür eingetreten, das Opfer gefoltert und erschossen.

- Zwei Patronenhülsen – passen zur Modell 51. Tang durch zwei Kopfschüsse ermordet.
- Beträchtliche Verwüstungen.
- Einige Fingerabdrücke.
  – Keine Übereinstimmungen, außer bei Tang.
- Drei Komplizen haben kleinere Schuhgröße als Geist, mutmaßlich auch kleinere Statur.
- Versteck des Geists nach Spurenlage vermutlich im Süden Manhattans, Gebiet um Battery Park City.
- Komplizen entstammen vermutlich einer ethnischen Minderheit Chinas. Nach Verbleib wird gefahndet.

Der Geist hielt sich die Modell 51 an die Wange.

Das heiße, nach Öl und süßlichem Schmiermittel riechende Metall beruhigte ihn. Ja, er wollte eine neue Waffe, irgendwas Größeres und Verlässlicheres – wie die Uzi und die Beretta, die auf der *Dragon* geblieben waren. Aber diese Pistole besaß er schon seit Jahren, und sie brachte ihm Glück. Davon war er fest überzeugt, denn es hatte alles mit einem glücklichen Zufall begonnen: Er war damals in der Nähe von Taipeh zum Beten in einen Tempel gegangen. Jemand hatte der Polizei einen Tipp gegeben, und als er wieder nach draußen kam, wurde er von zwei Beamten erwartet. Einer der beiden hatte jedoch große Bedenken, vor einem buddhistischen Tempel seine Waffe zu ziehen, und vor lauter Nervosität fiel sie ihm aus der Hand. Der Geist schaffte es, die Pistole aufzuheben, die beiden jungen Polizisten zu erschießen und die Flucht zu ergreifen.

Seit jenem Tag war diese Modell 51 Automatik sein Glücksbringer, und er betrachtete sie als ein Geschenk seines Bogenschützen-Gottes Yi.

Es war nun fast eine Stunde her, dass Kashgari den Vorstoß gewagt und Wus Kinder kaltgestellt hatte. Die Geschäfte in diesem Teil der Canal Street waren mittlerweile geschlossen, und die bewaffneten Sicherheitsleute hatten Feierabend, davon konnte man wohl ausgehen. Auf den Bürgersteigen war kaum etwas los. Wie lange dauert das denn noch?, dachte der Geist und streckte sich. Die Warterei ging ihm auf die Nerven. Yusuf und der andere Türke waren ebenfalls unruhig. Sie hatten über Hunger geklagt, aber der Geist vermutete, dass selbst die hiesigen Restaurants und Schnellimbisse mit Überwachungskameras ausgestattet waren; es kam nicht in Frage, dass er oder einer seiner Mitarbeiter wegen etwas so Belanglosem wie einer Mahlzeit auf Band aufgenommen wurde. Sie würden sich…

»Da«, flüsterte er und schaute die Straße hinunter.

Am Ende des Blocks stiegen zwei Leute mit gesenkten Köpfen aus einem Taxi. Die Wus. Er erkannte sie sofort an den billigen Trainingsanzügen. Sie bezahlten den Fahrer und betraten eine Apotheke an der Ecke. Der Mann trug eine Einkaufstüte und hielt seine Frau um die Taille gefasst. Ihr Arm war entweder eingegipst oder dick bandagiert.

»Haltet die Masken bereit, und überprüft eure Waffen.«

Die beiden Türken gehorchten.

Fünf Minuten später kamen die Wus wieder zum Vorschein. Sie gingen relativ schnell, soweit das bei dem Zustand der Frau möglich war.

»Du bleibst im Wagen«, sagte der Geist zu Hajip. »Lass den Motor laufen. Yusuf und ich folgen den Wus. Wir stoßen sie in die Wohnung und machen die Tür zu. Wir benutzen Kissen als Schalldämpfer. Die Tochter nehme ich mit. Wir werden sie eine Weile bei uns behalten.«

Er wusste, dass Yindao ihm den Seitensprung verzeihen würde.

Die Wus waren nur noch wenige Meter vom Haus entfernt. Sie beeilten sich und sahen weder nach links noch nach rechts, sodass die nahenden Todesgötter ihnen entgingen.

Der Geist nahm sein Mobiltelefon und rief den Türken in der Wohnung an.

»Ja?«, meldete Kashgari sich.

»Die Wus sind gleich da. Was ist mit den Kindern?«

»Der Junge sitzt im Badezimmer. Das Mädchen ist hier bei mir.«

»Gut so. Wir gehen jetzt los.«

Er schaltete das Telefon ab, damit es nicht im unpassendsten Moment klingeln konnte. Dann setzten er und Yusuf die Masken auf und stiegen aus. Der andere Türke rutschte hinter das Lenkrad des Blazers.

Die Wus näherten sich ihrer Wohnung.

Der Geist betrat die Fahrbahn und hielt genau auf seine Opfer zu.

Wer Angst hat, kann Mut schöpfen.

... Vierundzwanzig

Die Wus im Eingang.

Die Kinder in der Wohnung.

Der Geist und Yusuf, maskiert und mit schussbereiten Waffen, liefen über die Canal Street. Er fühlte diese plötzliche Erregung, wie immer kurz vor einem Mord. Seine Hände zitterten leicht, aber das würde sich legen, wenn er die Pistole hob.

Erneut dachte er an Wus Tochter. *Siebzehn, achtzehn... ziemlich hübsch*. Er würde...

Genau in diesem Moment hallte ein lauter Knall durch die Straße, und eine Kugel schlug unmittelbar hinter dem Geist in einen geparkten Wagen ein. Die Alarmanlage des Fahrzeugs erwachte gellend zum Leben.

»Verflucht!«, rief jemand. »Wer hat da geschossen?«

Der Geist und Yusuf gingen in Deckung und suchten die Gegend mit erhobenen Waffen nach dem Angreifer ab.

»Scheiße!«, rief jemand anders. »Sofort das Feuer einstellen!«

»Was, zum Teufel...« Das war eine dritte Stimme.

Auch die Wus blieben stehen und duckten sich.

Der Geist sah sich hektisch um und packte Yusuf am Arm.

»Kwan Ang!«, ertönte die Stimme eines Mannes aus einem Lautsprecher. »Keine Bewegung! Hier spricht die Einwanderungsbehörde der Vereinigten Staaten!« Es folgte ein zweiter Schuss – offenbar von dem Kerl, der soeben gesprochen hatte –, und die Seitenscheibe eines in der Nähe abgestellten Wagens zersplitterte in tausend Stücke.

Sein Herz klopfte wie wild. Erschrocken wich er ein Stück zurück und suchte immer noch nach einem Ziel für seine Glücksbringer-Waffe. Der INS war hier? Wie konnte das sein?

»Das ist eine Falle!«, brüllte er Yusuf an. »Zurück zum Wagen!«

Auf der Canal Street war plötzlich die Hölle los. Mehrere Leute schrien durcheinander, Passanten und Ladenangestellte suchten Deckung. Ein Stück den Block hinauf öffneten sich die Türen zweier weißer Lieferwagen, und schwarz uniformierte Männer und Frauen mit Gewehren sprangen daraus hervor.

Und was war *das*? Die Wus hatten Waffen! Der Mann zog eine Maschinenpistole aus seiner Einkaufstüte, und die Frau holte einen Revolver aus der Tasche ihres Trainingsanzugs … Und dann erkannte der Geist, dass es gar nicht die Wus waren. Es waren Lockvögel – chinesisch-amerikanische Polizisten oder Agenten, die die Kleider der Wus trugen. Irgendwie war es der Polizei gelungen, das Ehepaar zu finden und durch eigene Leute zu ersetzen, um ihn aus seinem Versteck zu locken. »Waffen fallen lassen!«, rief der falsche Wu.

Der Geist gab fünf oder sechs ungezielte Schüsse ab, um die Leute unten zu halten und die allseitige Panik zu schüren. Dabei traf er das Schaufenster eines Juweliergeschäfts und fügte dem allgemeinen Chaos und Lärm eine weitere Sirene hinzu.

Der Türke auf dem Fahrersitz öffnete die Tür und feuerte auf die weißen Lieferwagen. Die Polizisten rannten in Deckung, verteilten sich auf der gegenüberliegenden Seite der Canal Street und hielten nach Zielen Ausschau.

Als der Geist sich neben den Chevrolet kauerte, hörte er verschiedene Gesprächsfetzen: »Wer hat geschossen? … Die Verstärkung ist noch nicht in Stellung … Was, zum Teufel, ist da los? … Passt auf die Unbeteiligten auf, um Gottes willen!«

Ein Autofahrer, der in diesem Moment zufällig am Haus der Wus vorbeikam, geriet in Panik und trat aufs Gas, um aus der Schusslinie zu gelangen. Der Geist feuerte zweimal auf den Mann. Die Seitenscheibe barst, und der Wagen rutschte mit lautem Knall in eine Reihe geparkter Fahrzeuge.

»Kwan Ang«, meldete sich eine neue Stimme aus einem Megaphon oder dem Lautsprecher eines Streifenwagens. »Hier spricht das FBI. Legen Sie …«

Der Geist schoss zweimal in die entsprechende Richtung und brachte den Agenten zum Verstummen. Dann stieg er in den Wagen, während die Uiguren auf die Rückbank krochen. »Kashgari! Er ist noch drinnen!«, rief Yusuf und sah zu der Wohnung hinüber, in der sein Kamerad wartete.

»Er ist tot oder gefangen!«, herrschte der Geist ihn an. »Verstanden? Wir warten nicht.«

Yusuf nickte. Als der Geist den Schlüssel drehte und den Motor anließ, sah er einen Streifenbeamten, der zwischen den Wagen hervortrat und einigen Passanten durch Gesten bedeutete, zurückzutreten und in Deckung zu gehen. Dann hob der Mann die Pistole und zielte auf den Blazer.

»Runter!«, rief der Geist, und der Officer gab einige Schüsse ab. Die drei Männer zogen die Köpfe ein und erwarteten, dass die Windschutzscheibe zerbarst.

Stattdessen hörten sie, wie die Kugeln in die Motorhaube einschlugen, acht- oder neunmal. Zuletzt schepperte es ohrenbetäubend, als die Ventilatorblätter aus der Verankerung rissen und quer durch den Motorraum schossen. Die gepeinigte Maschine kreischte auf, und aus dem durchlöcherten Kühler strömte Dampf. Dann wurde es still.

»Raus!«, befahl der Geist, sprang hinaus und feuerte auf den Beamten, der daraufhin hinter einem Wagen in Deckung ging.

Die drei Männer duckten sich auf den Bürgersteig. Einen Moment lang wirkte alles wie eingefroren. Die Polizisten und Agenten schossen nicht, weil sie vermutlich auf die Verstärkung warteten – vom anderen Ende der Canal Street näherten sich mit lautem Sirenengeheul weitere Einsatzwagen.

»Lassen Sie die Waffen fallen, und stehen Sie auf«, erklang wieder die Stimme aus dem krächzenden Lautsprecher. »Kwan, lassen Sie die Waffen fallen!«

»Ergeben wir uns?«, fragte Hajip mit vor Angst geweitetem Blick.

Der Geist ignorierte ihn und wischte seine schwitzenden Hände an den Hosenbeinen ab. Dann lud er die Modell 51 mit einem frischen Magazin und wandte den Kopf. »Hier entlang!« Er richtete sich auf, gab ein paar Schüsse auf die Beamten ab und rannte in den Fischladen, der direkt vor ihnen lag. Hinter den Kisten voller Fisch und Krebsen, den Gefriertruhen und den Regalen mit Nahrungsmitteln hockten mehrere Kunden und Angestellte. Der Geist und die zwei Türken liefen zur Hintertür hinaus, wo ein alter Mann neben einem Lieferwagen stand. Als er die Waffen und Masken sah, fiel er auf die Knie und hob die Arme. »Tut mir nichts!«, flehte er. »Bitte! Ich habe eine Familie …« Sein Gejammer ging in Schluchzen über.

»Einsteigen!«, rief der Geist den Türken zu. Sie sprangen hinein. Er schaute noch einmal durch den Laden zurück und entdeckte mehrere Polizisten, die sich vorsichtig dem Eingang näherten. Einige Schüsse zwangen sie wieder in Deckung.

Der Geist drehte sich um und erstarrte. Der alte Mann hatte ein langes Filetiermesser gepackt und sich ein Stück vorgewagt. Jetzt blieb er mit entsetzter Miene stehen. Der Geist senkte die Waffe und drückte dem alten Mann die Mündung an die fleckige Stirn. Das Messer fiel auf das nasse Pflaster zu seinen Füßen. Der Alte schloss die Augen.

Fünf Minuten später traf Amelia Sachs am Schauplatz ein und lief mit der Pistole in der Hand auf die Wohnung der Wus zu.

»Was ist passiert?«, fragte sie einen uniformierten Cop, der neben einem Wagen mit zerschossener Scheibe stand. »Was, zum Teufel, ist passiert?«

Aber der junge Polizist war ziemlich mitgenommen und sah sie nur ausdruckslos an.

Sie lief die Straße hinab und fand Fred Dellray, der neben einem Beamten kniete und einen provisorischen Verband auf dessen Schusswunde im Arm drückte. Ein paar Sanitäter kamen angerannt und übernahmen die Behandlung.

Dellray war wütend. »So ein Mist, Amelia. Nur einen Zentimeter, und wir hätten ihn gehabt. Ach was, einen *halben* Zentimeter.«

»Wo ist er?«, fragte sie und steckte die Glock ein.

»Er hat einen Lieferwagen des Fischladens da drüben geklaut. Jeder Beamte der Stadt hält im Moment danach Ausschau.«

Sachs schloss enttäuscht die Augen. Rhymes brillante Schlussfolgerungen waren umsonst gewesen – ebenso die übermenschlichen Anstrengungen, noch rechtzeitig ein Einsatzteam zusammenzustellen.

Frustriert über die mangelnden Fortschritte des Falls, hatte er einen Blick auf die Tafel geworfen und dabei den Eintrag bemerkt, der sich auf die Blutuntersuchung der verletzten Frau bezog. Die Nummer, die Sachs ihm heraussuchen sollte, war die der Gerichtsmedizin, denn ihm war aufgefallen, dass die Ergebnisse der Tests noch immer nicht vorlagen. Dann hatte er einen der Pathologen so lange genervt, bis dieser die Analyse zu einem schnellen Abschluss brachte.

Der Doktor gewann mehrere hilfreiche Erkenntnisse: Im Blut fand sich Knochenmark, was auf einen schweren Bruch hindeutete, die Sepsis ließ auf einen tiefen Schnitt oder eine großflächige Abschürfung schließen, und zudem enthielt die Probe *Coxiella burnetii*, den Erreger des Q-Fiebers, einer von Tieren auf Menschen übertragbaren Krankheit. Die Infektion mit diesen Bakterien erfolgte zumeist an Orten, an denen für längere Zeit auch Tiere gehalten wurden, beispielsweise größere Gehege in Seehäfen oder auch Laderäume von Schiffen.

Was bedeutete, dass es sich bei dieser Immigrantin um eine sehr kranke Frau handelte.

Und das wiederum war etwas, das Rhyme als durchaus nützlich erachtete.

»Erzählen Sie mir mehr von diesem Q-Fieber«, bat er den Pathologen.

Er erfuhr, dass die Symptome gravierend ausfallen konnten, wenngleich keine Ansteckungs- oder Lebensgefahr bestand. Kopfschmerzen, Schüttelfrost, Fieber, eventuell sogar eine Funktionsstörung der Leber.

»Ist es eine seltene Krankheit?«, fragte er.

»Sehr selten sogar, zumindest in unseren Breiten.«

»Hervorragend«, verkündete Rhyme. Die Information gab ihm neuen Auftrieb. Auf seine Anweisung hin organisierten Deng und Sellitto ein Ermittlerteam, das aus Leuten vom Fünften Revier und Beamten aus dem »Big Building« – Police Plaza Nummer eins – bestand. Sie setzten sich mit sämtlichen Krankenhäusern und Unfallkliniken des südlichen Manhattan sowie mit dem Hospital von Flushing, Queens, in Verbindung und fragten nach, ob irgendwo eine chinesische Patientin mit Q-Fieber, einem gravierenden Armbruch und einer entzündeten Wunde eingeliefert worden sei.

Nach nur zehn Minuten rief einer der Beamten bei Rhyme an. Wie sich herausstellte, hatte kurz zuvor ein chinesischer Mann seine Frau in die Notaufnahme einer Klinik in Chinatown gebracht; die Diagnose passte genau zu der Beschreibung – Q-Fieber im fortgeschrittenen Stadium und mehrfache Knochenbrüche. Der Name der Frau lautete Wu Yong-Ping, sie war stationär aufgenommen worden, und ihr Mann befand sich immer noch bei ihr.

Beamte vom Fünften Revier begaben sich umgehend vor Ort – gefolgt von Sachs und Deng –, um das Ehepaar zu befragen. Die Wus waren über die Entdeckung sichtlich bestürzt, verrieten der Polizei aber die Adresse ihrer Wohnung und bestätigten, dass ihre Kinder sich derzeit dort aufhielten. Dann rief Rhyme an und teilte Sachs mit, dass soeben die AFIS-Ergebnisse vom Mord an Jimmy Mah eingetroffen waren: Einige der Abdrücke entsprachen den an den anderen GHOST-KILL-Schauplätzen sichergestellten Spuren; demnach war der Geist auch für diese Tat verantwortlich. Als Wu erklärte, Mahs Makler habe ihnen die Wohnung besorgt, begriffen Rhyme und Sachs, dass der

Schlangenkopf den Aufenthaltsort der Wus kannte und womöglich bereits unterwegs war, um sie zu töten.

Da das viel gepriesene SPEC-TAC Team des FBI noch immer nicht zur Verfügung stand, stellten Dellray, Sellitto und Peabody ein gemeinsames Sondereinsatzkommando auf die Beine und ließen zwei chinesisch-amerikanische Beamten vom Fünften Revier die Rollen der Wus einnehmen.

Und dann hatte ein einziger übereilter Schuss ihnen einen Strich durch die Rechnung gemacht.

»Gibt's endlich was Neues über den Lieferwagen?«, schnauzte Dellray einen anderen Agenten an. »Wie kann es sein, dass niemand ihn gesehen hat? Immerhin steht auf diesem Wagen in großen hässlichen Buchstaben der verfluchte Name dieses Ladens.«

Der Agent fragte über Funk nach und erstattete gleich darauf Bericht. »Nichts, Sir. Er wurde weder im Straßenverkehr gesichtet noch irgendwo verlassen aufgefunden.«

Dellray fummelte am Knoten seiner lilaschwarzen Krawatte herum, der über der kugelsicheren Weste gerade noch zu sehen war. »Irgendwas. Stimmt. Hier. Nicht.«

»Was meinen Sie damit, Fred?«, fragte Sachs.

Aber der Agent antwortete nicht. Er warf einen Blick auf den Fischladen und machte sich dorthin auf den Weg. Sachs begleitete ihn. Neben der großen vorderen Gefriertruhe standen drei Chinesen – Angestellte des Ladens, vermutete Sachs – und wurden von zwei Beamten des NYPD verhört.

Dellray nahm die Verkäufer in Augenschein und konzentrierte sich schließlich auf einen alten Mann, der den Kopf senkte und das Dutzend rosagrauer Flundern anstarrte, die auf dem Eisbett lagen.

Der FBI-Mann deutete mit dem Finger auf ihn. »Der da hat behauptet, der Geist habe den Lieferwagen gestohlen, nicht wahr?«

»Jawohl, Agent Dellray«, sagte einer der Cops.

»Tja, damit hat er uns eine gottverdammte Lüge aufgetischt!«

Dellray und Sachs liefen zur Hintertür hinaus und fanden hinter einem großen Müllcontainer in nur zehn Metern Entfernung das gesuchte Fahrzeug.

Sie kehrten in den Laden zurück. »Hören Sie, Kumpel, Sie sollten mir jetzt lieber verraten, was passiert ist, und zwar ohne Umschweife. Haben wir uns verstanden?«

»Er wird mich umbringen«, sagte der Mann schluchzend. »Die drei Männer haben mir eine Pistole an den Kopf gehalten und gesagt, ich solle behaupten, sie hätten den Lieferwagen gestohlen. Dann sind sie ein paar Meter weit gefahren, haben den Wagen versteckt, sind ausgestiegen und weggelaufen. Ich weiß nicht, wohin.«

Dellray und Sachs kehrten zu dem improvisierten Befehlsstand zurück. »Ich kann es ihm nicht mal verübeln. Aber dennoch … schöner Mist.«

»Ob die Kerle einfach in die nächstbeste Seitenstraße gerannt sind und einen Wagen gekapert haben?«, überlegte Sachs.

»Wahrscheinlich. Und den Fahrer haben sie umgelegt.«

Tatsächlich meldete sich kurz darauf ein Beamter über Funk und berichtete von einem Carjacking. Drei Männer mit Skimasken hatten an einer roten Ampel einen Lexus überfallen, die beiden Insassen mit vorgehaltener Waffe zum Aussteigen gezwungen und waren davongerast. Entgegen Dellrays Vorhersage war das Ehepaar jedoch unversehrt geblieben.

»Warum hat er sie am Leben gelassen?«, wunderte sich der FBI-Mann.

»Vermutlich wollte er seine Waffe nicht abfeuern«, sagte Sachs. »Es hätte zu viel Aufmerksamkeit erregt. Die Situation war ihm schlicht zu ungünstig«, lautete ihr bitterer Kommentar.

Weitere Einsatzwagen trafen ein.

»Wer hat eigentlich den Schuss abgefeuert, mit dem alles losging?«, fragte Sachs.

»Weiß ich noch nicht. Aber ich werde die Sache schon noch genau unter die Lupe nehmen.«

Wie sich herausstellte, brauchte er nicht lange zu suchen. Zwei uniformierte Beamten kamen auf ihn zu. Der Agent runzelte die Stirn, während er mit den beiden sprach, und ging zu dem Schuldigen hinüber.

Es war Alan Coe.

»Was, zum Teufel, haben Sie sich dabei gedacht?«, schimpfte Dellray.

Der rothaarige INS-Mann wirkte zwar eingeschüchtert, hielt seinem Blick aber trotzig stand. »Ich *musste* schießen. Der Geist wollte die beiden Lockvögel umlegen, haben Sie das denn nicht bemerkt?«

»Nein, habe ich nicht. Die Mündung seiner Waffe zeigte nach unten.«

»Nicht von meiner Position aus.«

»Scheiß auf Ihre Position«, fluchte der FBI-Agent. »Sie. Zeigte. Nach. Unten.«

»Ich habe Ihre Vorträge langsam satt, Dellray. Es war, verdammt noch mal, eine Ermessensentscheidung. Falls Sie alle Leute rechtzeitig postiert hätten, wäre uns die Festnahme trotzdem geglückt.«

»Es war alles darauf ausgerichtet, ihn auf dem Bürgersteig zu erwischen, ohne Passanten in der Nähe, und nicht mitten auf der belebten Fahrbahn.« Dellray schüttelte den Kopf. »Dreißig lächerliche Sekunden und wir hätten ihn verschnürt wie ein Weihnachtspaket.« Dann nickte der Agent in Richtung der großen 45er Glock, die an Coes Gürtel hing. »Und falls er *wirklich* etwas vorhatte, wie konnten Sie mit einer solchen Knarre aus fünfzehn Metern Entfernung vorbeischießen? Sogar ich hätte ihn getroffen, aber ich feuere meine Kanone ja auch öfter als nur einmal pro Jahr ab. Scheiße.«

Coes herausfordernde Haltung legte sich. »Ich habe es unter den gegebenen Umständen für die richtige Entscheidung gehalten«, räumte er zerknirscht ein. »Ich wollte das Leben der Kollegen retten.«

Dellray zog die Zigarette hinter dem Ohr hervor und schien sie sich jeden Moment anzünden zu wollen. »Bis hierhin und nicht weiter. Ab sofort besitzt der INS nur noch Beraterstatus und nimmt weder Einfluss auf unsere taktischen Entscheidungen noch an den Einsätzen teil.«

»Das können Sie nicht tun«, sagte Coe und sah ihn drohend an.

»O doch, mein Sohn, das kann ich. Die Zuständigkeit ist eindeutig geregelt. Ich werde in die Zentrale fahren und alles Notwendige veranlassen.« Er machte auf dem Absatz kehrt und ging. Coe murmelte etwas, das Sachs nicht verstand.

Sie sah, dass Dellray in seinen Wagen stieg, die Tür zuknallte und in hohem Tempo wegfuhr. Dann drehte sie sich wieder zu Coe um. »Hat sich schon jemand um die Kinder gekümmert?«

»Die Kinder?«, fragte er zerstreut. »Ach so, die Kinder der Wus. Keine Ahnung.«

Die Eltern hatten voller Angst darum gebeten, dass man die Kinder so schnell wie möglich zu ihnen ins Krankenhaus bringen möge.

»Ich habe deswegen Bescheid gegeben«, sagte Coe desinteressiert und meinte damit vermutlich seine Mitarbeiter beim INS. »Ich schätze, man wird jemanden schicken, um sie in Gewahrsam zu nehmen. Das ist die übliche Prozedur.«

»Nun, es geht mir nicht um irgendwelche *Prozeduren*«, fuhr sie ihn an. »Da drinnen sitzen mutterseelenallein zwei Kinder und haben soeben eine Schießerei vor ihrer Wohnung gehört. Meinen Sie nicht, die beiden könnten ein wenig verängstigt sein?«

Coe hatte für einen Tag genügend Strafpredigten über sich ergehen lassen. Wortlos drehte er sich um, ging zu seinem Wagen und nahm sein Mobiltelefon aus der Tasche. Als er mit quietschenden Reifen losfuhr, hielt er den Apparat ans Ohr gepresst.

Sachs rief Rhyme an und teilte ihm die schlechte Nachricht mit.

»Was ist passiert?«, fragte er und klang noch wütender als Dellray.

»Einer unserer Leute hat gefeuert, bevor wir in Stellung gehen konnten. Die Straße war noch nicht abgeriegelt, und der Geist hat sich den Weg freigeschossen... Rhyme, es war Alan, dem die Nerven durchgegangen sind.«

»Coe?«

»Ja.«

»O nein.«

»Dellray will die Rolle des INS weiter einschränken.«

»Das dürfte Peabody nicht gefallen.«

»Fred ist im Augenblick nicht in der Stimmung, darauf auch nur die geringste Rücksicht zu nehmen.«

»Gut«, sagte Rhyme. »Wir brauchen jemanden, der das Heft in die Hand nimmt. Es geht immer noch viel zu langsam voran, und das gefällt mir nicht.« Er hielt kurz inne. »Ist jemand ums Leben gekommen?«

»Es gibt ein paar leicht verletzte Beamten und Zivilisten. Nichts Ernstes.« Sie sah Eddie Deng. »Ich muss mich jetzt um die Kinder der Wus kümmern, Rhyme. Sobald ich die Spuren gesichert habe, rufe ich wieder an.«

Sie unterbrach die Verbindung und wandte sich an Deng. »Ich brauche einen Übersetzer, Eddie. Für die Kinder der Wus.«

»Gern.«

Sachs deutete auf den Chevrolet mit den Einschusslöchern. »Lassen Sie niemanden an den Wagen heran«, rief sie einem der uniformierten Cops zu. »Ich kümmere mich gleich um die Spuren.« Der Mann nickte.

Dann ging sie mit Deng zu der Wohnung. »Ich möchte nicht, dass die Kinder allein zum INS geschleppt werden, Eddie«, sagte sie. »Können Sie die beiden hier rausschaffen und zu ihren Eltern in die Klinik bringen?«

»Na klar.«

Sie stiegen die wenigen Stufen hinab, die zu den Kellerräumen führten. In der Gasse lag überall Abfall, und Sachs wusste, dass es in den dunklen Zimmern wahrscheinlich stinken und von Kakerlaken wimmeln würde. Das muss man sich mal vorstellen, dachte sie: Die Wus hatten ihr Leben aufs Spiel gesetzt, eine Gefängnisstrafe riskiert und die Entbehrungen der schrecklichen Überfahrt auf sich genommen, um einen solch ekelhaften Ort ihr Zuhause nennen zu dürfen.

»Welche Nummer?«, fragte Deng, der vor Sachs ging.

»Eins B«, antwortete sie.

Er hielt auf die Tür zu.

In diesem Moment bemerkte Sachs den Schlüssel, der in der Wohnungstür steckte.

»Was soll das denn?«, wunderte sie sich.

Deng griff nach dem Türknauf.

»Nein!«, schrie Sachs und zog ihre Waffe. »Warten Sie!«

Aber es war zu spät. Deng stieß bereits die Tür auf – und zuckte zurück. Er sah einen kleinen dunkelhäutigen Mann, der den Arm um die Taille einer schluchzenden Halbwüchsigen gelegt hatte und sie wie einen Schild vor sich hielt. Mit der anderen Hand drückte er ihr eine Pistole an die Kehle.

... Fünfundzwanzig

»*Ting, ting*!«, rief Eddie Deng erschrocken und hob die leeren Hände hoch über den Kopf.

Niemand rührte sich. Sachs hörte eine Vielzahl von Geräuschen gleichzeitig: das Wimmern des Mädchens, das leise Rauschen des Verkehrs, Autohupen von der Straße. Die hektischen Anweisungen des Bewaffneten, dessen Sprache sie nicht verstand. Ihren eigenen Herzschlag.

Sie stellte sich seitlich hin, um weniger Angriffsfläche zu bieten, und visierte mit ihrer Glock den sichtbaren Teil seines Kopfs an. Die Regel war eindeutig: So schlimm es auch kommen mochte, man lieferte sich niemals selbst aus. Man legte die Waffe nicht aus der Hand, man gab in einer Pattsituation nicht als Erster nach, man ließ nicht zu, dass ein Täter das Feuer eröffnete. Und man musste ihm klar machen, dass die Geisel ihn nicht retten würde.

Der Mann trat ein winziges Stück näher, bedeutete ihnen mit einer Geste, zurückzuweichen, und redete weiterhin in seiner unverständlichen Sprache auf sie ein.

Weder Sachs noch der junge Detective bewegten sich.

»Tragen Sie eine Weste, Deng?«, flüsterte sie.

»Ja«, erwiderte er mit zitternder Stimme.

Sachs hatte ebenfalls eine kugelsichere Weste mit extra verstärkter Herzregion angelegt, aber aus dieser Entfernung konnte auch ein Treffer in die ungeschützten Körperteile verheerenden Schaden anrichten. Eine Verletzung der Oberschenkelarterie führte mitunter schneller zum Tod als ein Schuss in die Brust.

»Treten Sie zurück«, flüsterte Sachs. »Ich brauche mehr Licht, um schießen zu können.«

»Sie wollen schießen?«, fragte Deng verunsichert.

»Treten Sie einfach zurück.«

Sie machte einen Schritt nach hinten. Dann noch einen. Der junge Cop, zwischen dessen stacheligen Haaren Schweißtropfen glitzerten, verharrte an Ort und Stelle. Sachs blieb stehen. Er murmelte etwas vor sich hin, vielleicht ein Gebet.

»Eddie, hören Sie mich?«, flüsterte sie und wartete kurz. »Eddie, verdammt!«

Er schüttelte den Kopf. »Tut mir Leid. Natürlich.«

»Kommen Sie, schön langsam.« Dann wandte Sachs sich an den Fremden und redete beruhigend und überaus bedächtig auf ihn ein. »Legen Sie bitte die Waffe hin. Wir wollen doch nicht, dass jemand verletzt wird. Sprechen Sie Englisch?«

Sie wichen zurück. Der Mann folgte.

»Englisch?«, versuchte sie es noch mal.

Nichts.

»Eddie, sagen Sie ihm, wir werden uns schon irgendwie einigen.«

»Er ist kein Han-Chinese«, sagte Deng. »Er wird mich nicht verstehen.«

»Versuchen Sie es trotzdem.«

Er öffnete den Mund, und Sachs hörte ein verblüffendes Stakkato aus Worten.

Der Mann reagierte nicht.

Die beiden Beamten zogen sich bis auf die Straße zurück. Kein einziger Cop oder Agent bemerkte sie. Wo, zum Teufel, stecken unsere Leute?, dachte Sachs.

Der Fremde hielt dem verängstigten Mädchen immer noch die Pistole an den Hals. Auch er trat jetzt mit ihr nach draußen.

»Du, hinlegen«, rief er Sachs in schlechtem Englisch zu. »Beide hinlegen.«

»Nein«, sagte Sachs. »Wir werden uns nicht hinlegen. Ich fordere Sie auf, Ihre Waffe zu senken. Sie können nicht entkommen. Hier sind Hunderte von Polizisten. Verstehen Sie mich?« Dabei nahm sie ihr Ziel – seine Wange – aufgrund der etwas besseren Lichtverhältnisse noch genauer ins Visier. Aber es war eine verdammt kleine Trefferfläche, und die Schläfe des Mädchens lag nur etwa zwei Zentimeter daneben. Der Mann war schmächtig, daher wurde der Rest seines Körpers vollständig verdeckt.

Er warf einen kurzen Blick über die Schulter in die dunkle Gasse.

»Er wird schießen und losrennen«, sagte Deng.

»Hören Sie«, sagte Sachs ruhig. »Wir werden Ihnen nichts tun. Wir …«

»Nein!« Der Mann drückte die Waffe noch fester an den Hals des Mädchens. Sie schrie auf.

Deng griff nach seiner Pistole.

»Eddie, nicht!«, brüllte Sachs.

»*Bu*!«, rief der Fremde, streckte den Arm und schoss Deng in die Brust. Der Detective wurde durch den Aufprall zurückgeschleudert, stieß ächzend gegen Sachs und warf sie zu Boden. Dann rollte er sich auf den Bauch und würgte – oder spuckte Blut; Sachs wusste es nicht. Aus dieser Entfernung war die Kugel eventuell durch die Weste gedrungen. Entsetzt richtete sie sich auf. Noch bevor sie ihre Waffe heben konnte, zielte der andere bereits auf sie.

Doch er zögerte. Hinter ihm ertönte ein Geräusch. Er sah nach hinten. Im Dunkel der Gasse konnte Sachs einen Mann erkennen, der auf ihn zurannte. Die kleine Gestalt hielt irgendetwas in der Hand.

Der Fremde ließ das Mädchen los, wirbelte herum und hob die Pistole, aber noch bevor er schießen konnte, traf der Angreifer ihn mit dem Gegenstand seitlich am Kopf – es war ein Backstein.

»Hongse!«, rief Sonny Li, ließ den Ziegel fallen und zerrte das Mädchen von dem benommenen Fremden weg. Er stieß sie zu Boden und drehte sich wieder zu dem Mann um, der sich den blutenden Kopf hielt. Aber plötzlich richtete der Kerl sich auf und zielte auf ihn. Li stolperte zurück gegen die Wand.

Drei schnelle Schüsse aus Sachs' Waffe schleuderten den Mann wie eine Puppe aufs Pflaster, wo er regungslos liegen blieb.

»Bei den Richtern der Hölle«, stieß Sonny Li keuchend hervor. Er trat vor, kontrollierte den Puls des Getroffenen und nahm ihm die Waffe aus der leblosen Hand. »Er ist tot, Hongse«, rief er. Dann ging er zu dem Mädchen und half ihr auf die Beine. Schluchzend rannte sie an Sachs vorbei die Gasse hinunter und einer chinesischen Beamtin vom Fünften Revier in die Arme, die sofort anfing, beruhigend in ihrer Muttersprache auf sie einzureden.

Einige Sanitäter liefen Deng zu Hilfe. Zum Glück hatte die Weste das Projektil aufgehalten, aber durch die Wucht des Treffers waren möglicherweise ein oder zwei Rippen gebrochen. »Es tut mir Leid«, stöhnte er. »Ich habe einfach nur reagiert.«

»War das Ihr erster Schusswechsel?«

Er nickte.

Sie lächelte. »Willkommen im Klub.« Die Sanitäter halfen ihm auf die Beine und führten ihn zu einem Krankenwagen, um ihn dort gründlicher zu untersuchen.

Sachs und zwei ESU-Beamten durchsuchten die Wohnung und stießen im Badezimmer auf einen verschreckten kleinen Jungen von ungefähr acht Jahren. Ein chinesisch-amerikanischer Cop vom Fünften Revier stellte sich als Übersetzer zur Verfügung, damit die Sanitäter den Gesundheitszustand der Geschwister überprüfen konnten. Der Komplize des Geists hatte jedoch keines der beiden Kinder verletzt oder missbraucht.

Sachs sah zurück in die Gasse, wo ein weiterer Sanitäter und zwei uniformierte Beamten neben dem Toten knieten. »Ich muss an der Leiche noch nach Spuren suchen«, erinnerte sie ihre Kollegen. »Bitte lassen Sie alles so weit wie möglich unberührt.«

»Na klar, Officer«, lautete die Antwort.

In der Nähe stand Sonny Li, klopfte seine Jacke ab und fand schließlich die Schachtel Zigaretten. Sachs vermutete, dass er andernfalls die Taschen des Toten nach Glimmstängeln durchsucht hätte.

Als Amelia Sachs den Tyvek-Anzug überstreifte, um mit der Tatortarbeit zu beginnen, sah sie Li auf sich zukommen.

Sie lachte, weil er so fröhlich grinste. »Wie kommt's?«, fragte sie.

»Wie kommt was?«

»Wie kommt's, dass Sie die Adresse der Wus gekannt haben?«

»Das würde ich von Ihnen auch gern wissen.«

»Erzählen Sie's mir zuerst.« Sie spürte, dass er sehr stolz auf seine Leistung war – und sie gönnte es ihm von Herzen.

»Okay.« Er trat seine Zigarette aus und zündete sich die nächste an. »So arbeite ich in China. Ich schaue mich um und rede mit den Leuten. Heute war ich in insgesamt drei Spielsalons, habe etwas Geld verloren, etwas Geld gewonnen, mir einige Drinks gegönnt und natürlich die ganze Zeit angeregt geplaudert. Beim Pokern habe ich einen Kerl kennen gelernt, einen Zimmermann aus Fuzhou, und der hat mir von einem Unbekannten erzählt, der ein paar Stunden vorher zur Tür hereingekommen war, laut über alle weibliche Wesen geklagt und behauptet hatte, sich derzeit ganz allein um seine Familie kümmern zu müssen, weil seine Frau krank sei und sich den Arm gebrochen habe. Außerdem hat er mit dem vielen Geld geprahlt, das er verdienen würde, und gesagt, er sei heute Morgen an Bord der *Dragon* eingetroffen und habe bei dem Untergang alle eigenhändig gerettet. Das musste Wu sein. Eine typische Leber/Milz-Disharmonie. Angeblich wohnte er ganz in der Nähe. Daraufhin habe ich mich weiter umgehört und von diesem Block erfahren. Viele der Schlangenköpfe bringen hier ihre Neuankömmlinge unter. Also bin ich hergekommen, habe die Augen offen gehalten, ein paar Fragen gestellt und herausgefunden, dass erst heute eine Familie hier eingezogen ist, deren Beschreibung genau auf die Wus passt. Und bei einem Blick durch das hintere Fenster habe ich dann diesen Kerl mit der Waffe gesehen. He, haben Sie auch zunächst einen Blick durch das Fenster geworfen, Hongse?«

»Nein, habe ich nicht.«

»Vielleicht hätten Sie das tun sollen. Das ist keine schlechte Grundregel. Immer zuerst einen Blick durch das hintere Fenster werfen.«

»Da haben Sie durchaus Recht, Sonny.« Sie nickte in Richtung der Leiche.

»Zu schade, dass er tot ist«, sagte Li betrübt. »Er hätte sich als nützlich erweisen können.«

»Sie foltern doch nicht *wirklich* Verdächtige, um sie zum Reden zu bringen, oder?«, fragte sie.

Der chinesische Polizist schenkte ihr ein rätselhaftes Lächeln. »Hongse, wie haben *Sie* die Wus gefunden?«, fragte er.

Sachs erklärte ihm, dass die Verletzungen der Frau sie auf die richtige Fährte geführt hatten.

Li nickte. Rhymes logischer Verstand beeindruckte ihn. »Aber was ist mit dem Geist geschehen?«

Sie schilderte ihm den verfrühten Schuss und die daraus resultierende Flucht des Schlangenkopfs.

»Coe?«

»Ja«, bestätigte sie.

»Großer Mist… Ich mag den Mann nicht. Als er bei dieser Tagung in Fuzhou war, hat kaum jemand ihm vertraut. Er schien sich für etwas Besseres zu halten und hat mit uns geredet, als ob wir Kinder wären. Den Geist wollte er ganz allein erledigen, und er hat nur schlecht über die Immigranten gesprochen. Immer wenn wir ihn gebraucht haben, war er verschwunden.« Li betrachtete den Tyvek-Overall und runzelte die Stirn. »Warum tragen Sie diesen Anzug, Hongse?«

»Um die Spuren nicht zu verunreinigen.«

»Schlechte Farbe. Man sollte kein Weiß tragen. In meiner Heimat ist das die Farbe des Todes und der Beerdigungen. Werfen Sie ihn weg, und besorgen Sie sich einen roten Anzug. In China gilt Rot als Glücksbringer. Blau wäre auch nicht gut, ein roter Anzug muss es sein.«

»Ich bin in Weiß schon Zielscheibe genug.«

»Das ist nicht gut«, betonte er. »Ich habe ein schlechtes Gefühl.« Er erinnerte sich an das Wort, das er von Deng gelernt hatte. »Es ist ein schlechtes *Omen*, würde ich sagen.«

»Ich bin nicht abergläubisch«, versicherte Sachs.

»Ich schon«, sagte Li. »Die meisten Chinesen sind es. Sie sagen ständig Gebete auf, bringen Opfer dar oder schneiden dem Dämon den Schwanz ab …«

»*Was* schneiden sie?«, unterbrach Sachs.

»Bei uns nennt man das so. Wissen Sie, Dämonen bleiben einem immer dicht auf den Fersen, also muss man möglichst knapp vor einem herannahenden Wagen eine Straße überqueren. Auf diese Weise wird dem Dämon der Schwanz abgeschnitten, und er verliert seine Macht.«

»Kommt es dabei nicht zu Unfällen?«

»Manchmal.«

»Und begreifen die Leute dann nicht, dass es nicht funktioniert?«

»Nein, sie glauben einfach, dass der Dämon bisweilen schneller ist und dich *vorher* erwischt.«

Schneiden dem Dämon den Schwanz ab …

Sachs ließ sich von ihm versprechen, dass er die Tatorte nicht betreten würde – wenigstens nicht, bevor sie ihre Arbeit abgeschlossen hatte –, nahm sich dann die Leiche des Bewaffneten vor, schritt sorgfältig die Wohnung ab und untersuchte schließlich den zerschossenen Wagen des Geists. Nachdem alle Spuren eingetütet und registriert waren, zog sie den Overall wieder aus.

Danach fuhr sie mit Li in die Klinik. Die inzwischen vereinte Familie Wu saß in einem Zimmer, das von zwei uniformierten Polizisten und einer unnahbaren INS-Agentin bewacht wurde. Sachs versuchte, so viele Informationen wie möglich zu erhalten; Li und die Beamtin übersetzten das Gespräch. Auch der hagere, verbitterte Wu Qichen wusste nicht, wo sich das hiesige Versteck des Geists befand, doch er konnte immerhin mit einigen Angaben über die Changs aufwarten, darunter der Name des Kleinkinds in ihrer Obhut: Po-Yee, was »Geliebtes Kind« bedeutete.

Welch ein wunderschöner Name, dachte Amelia.

»Werden die Leute in Gewahrsam genommen?«, fragte sie die INS-Agentin.

»Ja, bis zur Anhörung.«

»Hätten Sie etwas dagegen, sie in einer unserer bewachten Wohnungen unterzubringen?« Zum Schutz wichtiger Zeugen verfügte das NYPD in der Stadt über mehrere unauffällige Häuser. Die Untersuchungsgefängnisse der Einwanderungsbehörde waren für ihre lückenhaften Sicherheitsmaßnahmen bekannt.

»Nein, das geht in Ordnung.«

Das Haus in Murray Hill war frei, wusste Sachs. Sie nannte der Beamtin die Adresse und den Namen des zuständigen Mannes beim NYPD.

Die INS-Agentin sah Wu an. »Wieso könnt ihr nicht einfach zu Hause bleiben und dort eure Probleme lösen?«, fragte sie im Tonfall einer missmutigen Oberlehrerin. »Ihre Frau und die Kinder sind beinahe ums Leben gekommen.«

Wu sprach kaum Englisch, verstand aber offenbar, was sie sagte. »Nicht unsere Schuld!«, rief er und stand wild gestikulierend auf. »Nicht unsere Schuld, dass hergekommen!« Er beugte sich vor und starrte die Beamtin an.

»Nicht Ihre Schuld?«, fragte sie amüsiert. »Wer trägt denn Ihrer Meinung nach die Verantwortung dafür?«

»Euer Land!«

»Wie das?«

»Sehen Sie nicht? Schauen Sie um! All euer Geld und Reichtum, euer Werbung, euer Computer, euer Nikes und Levis, Autos, Haarspray… Euer Leonardo DiCaprio, euer schöne Frauen. Euer Pillen gegen alles, euer Make-up, euer Fernsehen! Ihr erzählt ganzer Welt, dass bei euch alles gibt! *Mei Guo* voller Geld, voller Freiheit, voller Sicherheit! Ihr sagt uns allen, wie gut hier ist. Ihr nehmt unser Geld, aber zu uns ihr sagt *mei-you*, geh weg! Ihr sagt uns, in China Menschenrechte furchtbar, aber wenn wir wollen herkommen, ihr sagt *mei-you*!«

Der dünne Mann verfiel kurz ins Chinesische und beruhigte sich dann. Er musterte die Frau von oben bis unten und nickte mit Blick auf ihr blondes Haar. »Wer Ihr Vorfahr? Italiener, Englisch, Deutsch? *Die* etwa schon immer in diese Land gewesen? Na, sagen Sie.« Er winkte verärgert ab, setzte sich auf die Bettkante und legte seiner Frau die Hand auf den unversehrten Arm.

Die Agentin schüttelte den Kopf und lächelte herablassend, als würde die Begriffsstutzigkeit des Illegalen sie verwundern.

Sachs überließ die traurige Familie vorerst ihrem Schicksal und bedeutete Li, ihr nach draußen zu folgen. Am Straßenrand blieben sie kurz stehen und liefen dann hastig zwischen zwei schnellen Taxis hindurch. Amelia fragte sich, ob der zweite Wagen wohl dicht genug an ihr vorbeigefahren war, um allen Dämonen, die sie verfolgten, den Schwanz abzuschneiden.

Das Gebäude und seine Tiefgarage waren nahezu lückenlos abgeriegelt, ganz im Gegensatz zu den zusätzlich vorhandenen unterirdischen Parkdecks auf der anderen Straßenseite.

Die Furcht vor Terroranschlägen hatte die Verwaltung bewogen, den Zugang zur Garage des Manhattan Federal Plaza einzuschränken. Hier arbeiteten dermaßen viele Bundesbedienstete, dass eine gründliche Kontrolle der zahllosen Privatfahrzeuge zu unvertretbaren Engpässen geführt hätte, also ließ man nur die ranghöchsten Beamten direkt unter dem Gebäude parken. Alle anderen mussten auf den nebenan verfügbaren Parkraum ausweichen. Auch dort gab es natürlich Sicherheitsvorkehrungen, aber da diese zweite Garage unter einem kleinen Park lag, würde sich sogar der schlimmstmögliche Bombenschaden noch in Grenzen halten.

Heute Abend um neun ließ der Objektschutz allerdings zu wünschen übrig, weil der an der Einfahrt Dienst tuende Posten durch einen spektakulären Vorfall abgelenkt wurde: Auf dem Broadway hatte ein Lieferwagen Feuer gefangen und brannte unter den neugierigen Blicken Hunderter von Schaulustigen vollständig aus.

Der untersetzte Wachmann war aus seiner Kabine getreten und sah nun dabei zu, wie aus den Fenstern des Fahrzeugs orangefarbene Flammen loderten und schwarze Rauchschwaden aufstiegen.

Daher entging ihm, dass ein schmächtiger Mann, im Anzug und mit Aktenkoffer, die Zufahrtsrampe betrat und nach unten in die halb leere Garage eilte.

Er hatte sich das amtliche Kennzeichen des Wagens genau eingeprägt und benötigte nur fünf Minuten, um ihn zu finden; das marineblaue Dienstfahrzeug stand dicht neben dem Hauptausgang. Der Fahrer hatte diesen begehrten Stellplatz nur deswegen erwischt, weil er erst vor einer halben Stunde eingetroffen war – weit nach Feierabend, sodass die meisten der Angestellten sich längst zu Hause befanden.

Wie fast alle Dienstwagen – so hatte man dem Mann versichert – verfügte auch dieser über keine Alarmanlage. Der Fremde schaute sich kurz um, zog Stoffhandschuhe an, hebelte das Fahrerfenster mit einem Keil ein kleines Stück beiseite, schob eine Drahtschlaufe in den Schlitz und zog den Verriegelungshebel des Türschlosses hoch. Dann öffnete er den Aktenkoffer, nahm eine große Papiertüte heraus und warf einen letzten prüfenden Blick hinein. Er sah ein etwa dreißig Zentimeter langes Bündel aus gelben Stangen, auf denen die Worte VORSICHT! SPRENGSTOFF! GEBRAUCHSANWEISUNG BEACHTEN! geschrieben standen. In einer der Stangen steckte eine Zündkapsel, deren Drähte zu einem Batteriekästchen und weiter zu einem simplen Druckschalter führten. Der Mann platzierte die Tüte unter dem Fahrersitz, wickelte etwas Draht ab und steckte den Kontaktgeber zwischen die Sitzfedern. Sobald jemand von mehr als vierzig Kilogramm Körpergewicht hinter dem Steuer Platz nahm, würde er dadurch den Stromkreis schließen und die Detonation auslösen.

Zum Schluss stellte der Fremde den Kippschalter des Batteriekästchens von AUS auf EIN, schloss und verriegelte die Wagentür und verließ die Garage, indem er wie selbstverständlich an dem immer noch unaufmerksamen Sicherheitsbeamten vorbeiging, der gedankenverloren der Feuerwehr beim Löschen des brennenden Fahrzeugs zusah. Der Posten wirkte ein wenig enttäuscht – als bedauere er, dass der Benzintank nicht spektakulär explodiert war, wie man es aus Actionfilmen und Fernsehserien kannte.

… Sechsundzwanzig

Sie saßen schweigend vor dem kleinen Fernseher und verfolgten eine Sondersendung der Nachrichten. Immer wenn seine Eltern ein Wort nicht verstanden, übersetzte William es für sie.

Die Namen der Leute, die an der Canal Street beinahe einem Mordanschlag zum Opfer gefallen wären, wurden nicht genannt, aber es musste sich um Wu Qichen und seine Familie handeln: Es hieß, sie seien am heutigen Morgen an Bord der *Fuzhou Dragon* eingetroffen. Einer der Handlanger des Geists war erschossen worden, doch der Schlangenkopf selbst und ein oder zwei weitere Komplizen hatten sich absetzen können.

Die Sendung endete, und Werbespots flimmerten über den Schirm. William stand auf, ging zum Fenster und sah auf die dunkle Straße hinaus.

»Geh da weg«, rief Chang, doch sein Sohn blieb trotzig stehen.

Kinder… dachte Chang.

»William!«

Schließlich trat der Junge zurück und ging ins Schlafzimmer. Ronald schaltete die Fernsehkanäle durch.

»Nein«, sagte Sam Chang zu ihm. »Lies etwas. Nimm dir ein Buch, und trainiere dein Englisch.«

Gehorsam stand der Kleine auf, ging zum Regal, suchte sich einen Band aus und nahm wieder auf dem Sofa Platz, um zu lesen.

Mei-Mei nähte ein kleines Stofftier für Po-Yee fertig – offenbar eine Katze. Dann nahm sie das Spielzeug und ließ es über die Sessellehne hüpfen. Das Mädchen griff mit beiden Händen danach und betrachtete es glücklich.

Changs Vater stöhnte auf. Er lag noch immer auf der Couch, und die Decke, in die sie ihn gewickelt hatten, war praktisch genauso grau wie seine Haut.

»Baba«, flüsterte Chang und stand sofort auf. Er holte die Medizin des Mannes, schraubte den Deckel ab und gab ihm eine Morphiumtablette. Dann hielt er ihm eine Tasse kalten Tee an den Mund, so dass Chang Jiechi die Pille leichter schlucken konnte. Zu Beginn seiner

Krankheit – als sich auf einmal Hitze und Feuchtigkeit in Magen und Eingeweiden, den Yang-Organen seines Körpers, ausgebreitet hatten – waren sie zu ihrem Hausarzt gegangen und hatten dort Kräuter und Stärkungsmittel erhalten. Bald jedoch wurden die Schmerzen zu stark, und ein anderer Arzt diagnostizierte Krebs, aber aufgrund von Changs Dissidentenstatus konnte sein Vater nicht darauf hoffen, auf den langen Behandlungswartelisten des Krankenhauses jemals einen der vorderen Plätze zu erreichen. Das Gesundheitssystem Chinas war im Umbruch begriffen. Immer öfter traten private Kliniken an die Stelle der staatlichen Hospitäler, doch sie waren sehr teuer – eine einzige Behandlung verschlang bis zu zwei Monatsgehälter, und für eine Familie, die verzweifelt ums Überleben kämpfen musste, stand eine Krebstherapie außer Diskussion. Chang konnte sich letztlich nur an einen »Barfußdoktor« wenden, der nördlich von Fuzhou auf dem Land praktizierte, einen jener Männer, die von der Regierung zu Behelfsärzten ernannt und einer kurzen Schulung unterzogen worden waren. Um Chang Jiechis Leiden zu lindern, verschrieb er dem Kranken Morphium. Darüber hinaus konnte er kaum etwas tun.

Die Tablettenflasche war ziemlich groß, würde aber höchstens einen Monat reichen, und der Zustand seines Vaters verschlechterte sich rapide. Chang recherchierte daraufhin im Internet und fand heraus, dass es in New York eine berühmte Klinik gab, die auf die Behandlung von Krebspatienten spezialisiert war. Er wusste, dass sein Vater sich in einem fortgeschrittenen Stadium befand, aber mit neunundsechzig Jahren war der Mann noch nicht alt – zumindest nicht nach amerikanischen Maßstäben –, und die täglichen Spaziergänge und Leibesübungen hatten ihn bei Kräften erhalten. Ein versierter Chirurg würde ihn operieren und die von der krebserregenden Feuchtigkeit zerstörten Körperteile entfernen können. Danach ließ die Krankheit sich durch Bestrahlung und geeignete Medikamente unter Kontrolle halten. Sein Vater konnte noch viele Jahre weiterleben.

Der alte Mann schlug plötzlich die Augen auf. »Nachdem man einen seiner Leute getötet hat, wird der Geist wütend sein. Außerdem ist es ihm nicht gelungen, die Wus zu ermorden. Nun wird er *uns* suchen. Ich weiß, wie Leute seines Schlages funktionieren. Er wird nicht aufgeben, bis er uns gefunden hat.«

Das war charakteristisch für Chang Jiechi. Er saß einfach da, hielt Augen und Ohren offen und teilte dann seine Einschätzung mit, die sich im weiteren Verlauf ausnahmslos als richtig erwies. So hatte er zum Beispiel Mao Tse-tung stets für einen Psychopathen gehalten und vorausgesagt, dass China unter seiner Herrschaft eine gewaltige Umwälzung erleben würde. Und er behielt Recht: Ende der fünfziger Jahre kam die Wirtschaft des Landes dank Maos »Großem Sprung nach vorn« fast völlig zum Erliegen, und kurze Zeit später forderte die Kulturrevolution ihre Opfer, zu denen auch Changs Vater zählte – wie alle aufgeschlossenen Künstler und Denker.

Doch Chang Jiechi hatte alle Katastrophen überlebt. »Es wird vorbeigehen«, lautete seine Prognose gegen Ende der sechziger Jahre. »Dieser Wahnsinn kann keinen Bestand haben. Wir müssen am Leben bleiben und abwarten. Das ist alles.«

Keine zehn Jahre später sah er sich bestätigt: Mao war tot, und die Viererbande saß im Gefängnis.

Und auch jetzt irrt er sich nicht, dachte Sam Chang bedrückt. Der Geist würde sie jagen.

Der Begriff »Schlangenkopf« war von dem Bild einer Marschkolonne abgeleitet, an deren Spitze der listige Schlepper alle Hindernisse überwand, um seine menschliche Fracht heimlich über die Grenze und ans Ziel zu bringen. Chang spürte, dass der Geist in diesem Moment genau damit beschäftigt war – er schlich umher, forderte offene Gefälligkeiten ein, ließ seine *guanxi* spielen, stieß Drohungen aus und würde vielleicht sogar jemanden foltern, um den Aufenthaltsort der Changs zu erfahren.

Draußen kam mit quietschenden Bremsen ein Wagen zum Stehen.

Chang, seine Frau und sein Vater erstarrten vor Schreck.

Schritte.

»Mach das Licht aus. Schnell«, befahl Chang. Mei-Mei lief durch die Wohnung und schaltete alle Lampen aus.

Chang eilte zum Schrank, holte Williams Pistole aus dem Versteck und trat an die Gardine des vorderen Fensters. Mit zitternder Hand schob er sie ein Stück beiseite und sah hinaus.

Auf der anderen Straßenseite stand ein Lieferwagen, in dessen Fenster das große Werbeschild eines Pizzadienstes hing. Der Fahrer ging soeben mit einem flachen Karton auf eine der Haustüren zu.

»Alles in Ordnung«, sagte Chang. »Gegenüber wird etwas angeliefert.«

Aber dann ließ er den Blick durch die dunkle Wohnung schweifen und sah im flackernden blauen Licht des Fernsehers die vagen Umrisse seines Vaters, seiner Frau und des kleinen Mädchens. Sein erleichtertes Lächeln verschwand, und ein Gefühl tiefen Bedauerns überkam ihn, ähnlich der schwarzen Wolke eines Tintenstifts, den man ins Wasser tauchte. Was mussten diese geliebten Menschen infolge seiner Entscheidungen alles erdulden? In Amerika, so hatte er gelesen, empfanden viele Leute es als seelische Belastung, wenn sie ein Verbrechen begangen hatten. In China hingegen wurde von Schuldgefühlen gequält, wer seine Familie und Freunde enttäuscht und dadurch Schande auf sich geladen hatte. Genau das verspürte er jetzt: ein brennendes Schamgefühl.

Das also ist das Leben, das ich meinem Vater und meiner Familie zumute: Angst und Dunkelheit. Nichts als Angst und Dunkelheit...

Dieser Wahnsinn kann keinen Bestand haben.

Vielleicht nicht, dachte Chang. Aber dadurch wird er nicht weniger tödlich, solange er andauert.

Der Geist saß auf einer Bank in Battery Park City und beobachtete die Lichter der Schiffe auf dem Hudson River. Dieser Anblick war weitaus ruhiger, dafür längst nicht so malerisch wie an Hongkongs Küste. Es hatte aufgehört zu regnen, doch der Wind blies unvermindert heftig und trieb die tief hängenden Wolken schnell voran, derweil die vielfarbige Lichtkuppel der Stadt sie violett einfärbte.

Wie hatte die Polizei die Wus gefunden?, grübelte der Geist.

Er dachte lange darüber nach, kam jedoch zu keinem Ergebnis. Eventuell durch den toten Makler und durch Mah – die Ermittler waren womöglich nicht von einer Täterschaft der Italiener überzeugt, trotz der Botschaft, die er mit dem Blut des Tong-Führers an die Wand geschrieben hatte. Der zurückgelassene Uigure war tot, falls man den Fernsehnachrichten glauben durfte. Das bedeutete, er würde dem Leiter des Kulturzentrums eine hohe Entschädigung zahlen müssen.

Wie hatten sie die Familie gefunden?

Vielleicht war es Zauberei...

Nein, Zauberei hatte nicht das Geringste damit zu tun. Es war ein weiterer Beleg dafür, wie hartnäckig und talentiert sein Gegenspieler und dessen Mitarbeiter vorgingen. Diesmal wurde er von ganz anderen Leuten verfolgt als sonst. Besser als die Taiwanesen, besser als die Franzosen, besser als der durchschnittliche INS-Agent. Ohne diesen verfrühten Schuss auf der Canal Street wäre er inzwischen in Gewahrsam oder tot.

Wer war dieser Lincoln Rhyme, von dem seine Behördenquelle ihm berichtet hatte?

Nun ja, im Augenblick drohte ihm wohl kaum akute Gefahr. Ihren Fluchtwagen, den Lexus, hatten er und die Türken sorgfältig verschwinden lassen, sogar noch besser als den Honda, mit dem er vom Strand geflohen war. Danach hatten sie sich sofort getrennt. Bei den Wus war er zu keinem Zeitpunkt ohne Maske gewesen, niemand hatte sie von dort aus verfolgt, und Kashgari ließ sich durch nichts mit ihm oder dem Gemeindezentrum in Queens in Verbindung bringen.

Morgen würde er die Changs aufspüren.

Zwei junge Amerikanerinnen schlenderten an ihm vorbei, genossen die Aussicht und unterhielten sich angeregt, was der Geist als störend empfand, aber er blendete ihre Stimmen aus und konzentrierte sich auf ihre Körper.

Soll ich enthaltsam bleiben?, überlegte er.

Nein, entschied er. Und bevor er es sich noch anders überlegen konnte, nahm er sein Telefon aus der Tasche und rief Yindao an, um ein Treffen zu arrangieren. Sie schien erfreut, von ihm zu hören. Mit wem war sie gerade zusammen? Was tat und sagte sie in diesem Moment? Er würde heute Abend nicht viel Zeit für sie haben – der lange Tag steckte ihm in den Knochen, und er brauchte unbedingt Schlaf. Andererseits sehnte er sich danach, ihr nahe zu sein, ihren straffen Körper zu spüren und sie unter sich liegen zu sehen … Sie zu berühren würde ihm helfen, nach der Beinahe-Katastrophe in der Canal Street den Schock und die Wut zu vergessen.

Er legte auf und ließ die verführerische Stimme der Frau noch lange in sich nachklingen. Sein Blick lag auf den fliehenden Wolken, den unruhigen Wellen …

Wer enttäuscht ist, kann Erfüllung finden.

Wer hungrig ist, kann gesättigt werden.

Wer einen Rückschlag erlitten hat, kann den Sieg erringen.

Um einundzwanzig Uhr dreißig stand Fred Dellray auf, streckte sich, sammelte die vier leeren Kaffeebecher ein und warf sie in den übervollen Papierkorb, der neben seinem Schreibtisch im FBI-Büro von Manhattan stand.

Genug für heute.

Er blätterte den Bericht über die Schießerei auf der Canal Street durch. Der Großteil der Arbeit war getan, doch er würde den Text morgen noch einmal ändern müssen. Dellray schrieb gern, und die Ergebnisse konnten sich sehen lassen (unter Pseudonym hatte er im Laufe der Jahre zu vielen verschiedenen Themen Artikel in historischen und philosophischen Fachzeitschriften veröffentlicht), aber dieses spezielle Opus bedurfte einer gründlichen Überarbeitung.

Während er über den Tisch gebeugt dastand, die Seiten überflog und einzelne Änderungen vornahm, fragte er sich die ganze Zeit, weshalb er eigentlich an GHOSTKILL mitarbeitete.

Frederick Dellray, der Abschlüsse in Kriminologie, Psychologie und Philosophie vorweisen konnte, scheute normalerweise vor derartigen Denksportaufgaben zurück. Was Rhyme auf dem Gebiet der Spurenauswertung darstellte, war Dellray im Bereich verdeckter Ermittlungen. Sein Spitzname lautete »Chamäleon«, und er konnte jeden beliebigen Charakter aus jedem denkbaren Umfeld verkörpern, natürlich vorausgesetzt, dass die Figur nicht im absoluten Gegensatz zu seinen einsneunzig Körpergröße und der rabenschwarzen Hautfarbe stand. Damit blieb immer noch eine erstaunliche Bandbreite an Rollen übrig – und Verbrecher waren vielleicht die einzigen Mitglieder dieser Gesellschaft, die einander vorwiegend nach ihrem Geschick und nicht nach der Rassenzugehörigkeit beurteilten.

Paradoxerweise hatten Dellrays Talent und sein lebenslanges Engagement für die Verbrechensbekämpfung sich letztlich als nachteilig erwiesen. Er war *zu* gut gewesen. Neben seinen verdeckten Einsätzen für das FBI hatte er regelmäßig für die Drogenfahndung, die Bundesbehörde für Alkohol, Tabak und Feuerwaffen sowie für die Polizei von New York, Los Angeles und Washington D.C. gearbeitet. Auch die bösen Jungs verfügten heutzutage über Computer, Mobiltelefone und E-Mails, und allmählich erwarb Dellray sich einen gewissen Ruf in der Unterwelt. Irgendwann wurde es zu gefährlich, ihn weiterhin an vorderster Front einzusetzen.

Also beförderte man ihn und betraute ihn mit der Führung der verdeckten Ermittler und geheimen Informanten New Yorks.

Damals hätte Dellray einen anderen Posten vorgezogen. Sein Partner, Special Agent Toby Dolittle, war bei dem Bombenanschlag auf das Bundesgebäude von Oklahoma City ums Leben gekommen, und Dellray hatte beharrlich versucht, sich zur Antiterroreinheit des FBI versetzen zu lassen. Irgendwann gestand er sich widerstrebend ein, dass der inbrünstige Wunsch, einen Verbrecher zu verhaften, nicht ausreichte, um ein guter Polizist zu werden – siehe zum Beispiel Alan Coe –, und gab sich damit zufrieden, auch zukünftig im Rahmen seiner besonderen Fähigkeiten tätig zu sein.

Als man ihm den inzwischen mit GHOSTKILL betitelten Fall zuwies, hatte ihn dies anfangs verwirrt; Menschenschmuggel war ein völlig neues Gebiet für ihn. Vermutlich hatte man ihn wegen seines weitläufigen Informantennetzes in Manhattan, Queens und Brooklyn ausgewählt – dort lagen nämlich auch die chinesisch-amerikanischen Viertel dieser Stadt. Aber Dellray musste bald feststellen, dass traditionell geführte Spitzel und verdeckte Ermittler hier nur wenig bewirken konnten. Dank seiner Vorliebe für anspruchsvolle Unterhaltung hatte er den berühmten Film *Chinatown* gesehen, in dem das namengebende Viertel des alten Los Angeles außerhalb der westlichen Gesetze zu funktionieren schien. Wie er herausfand, beruhte dies nicht auf einer Erfindung des Drehbuchautors. Und es galt gleichermaßen für die Chinatowns von New York. Recht gesprochen wurde in den Tongs, sodass die Zahl der Notrufe und der Meldungen an das zuständige Polizeirevier in den chinesischen Gemeinden der Stadt weit unter den Vergleichswerten anderer Viertel lag. Niemand redete mit Außenseitern, und verdeckte Ermittler wurden fast sofort als solche erkannt.

Bei GHOSTKILL fand er sich demnach als Chef einer komplizierten Operation wieder, in der es um die Aufklärung einer Art von Verbrechen ging, von der er wenig wusste. Doch nach dem heutigen Abend fühlte er sich schon besser. Morgen wollte er sich mit den Leitern des südlichen und östlichen Bezirks sowie einem stellvertretenden Direktor aus Washington treffen und sich den Status eines Supervising Special Agent geben lassen, wodurch ihm und dem GHOSTKILL-Team zahlreiche Hilfsmittel des FBI zur Verfügung stehen würden. Als SSA dürfte es ihm wesentlich leichter fallen, alles zu beschaffen, was sie bei diesem Fall brauchten: die vollständige Übertragung der Zuständigkeit an das FBI – und damit an *ihn* –, die sofortige Hinzuziehung des SPEC-TAC Teams und die Beschränkung der INS-Mitarbeiter auf eine reine Beraterposition, was de facto eine totale Kaltstellung bedeutete. Peabody und Coe würden stocksauer sein, aber das war ihm egal, und er hatte sich seine Argumente bereits zurechtgelegt. Ja, der INS war unverzichtbar, wenn es darum ging, Informationen über die Schlangenköpfe und ihre Schlepperorganisationen zu sammeln oder ihre Schiffe aufzuspüren. Mittlerweile jedoch hatte GHOSTKILL sich in die Großfahndung nach einem Mörder verwandelt, und das war eindeutig die Domäne des FBI.

Er zweifelte nicht daran, dass seine Vorgesetzten einwilligen würden. Verdeckte Ermittler wie er, das wusste Dellray aus Erfahrung, gehörten zu den besten Überredungskünstlern – und Schnorrern – der ganzen Welt.

Er nahm den Hörer des Bürotelefons ab und wählte die Nummer seiner Brooklyner Wohnung.

»Hallo?«, meldete sich die Stimme einer Frau.

»Ich bin in einer halben Stunde zu Hause«, sagte er sanft. Bei Serena verfiel er niemals in den derben Slang, den er sich während der Arbeit auf den Straßen New Yorks angewöhnt hatte und der zu einer Art Markenzeichen für ihn geworden war.

»Bis gleich, Liebling.«

Er legte auf. Niemand beim FBI oder NYPD wusste auch nur die geringste Kleinigkeit über Dellrays Privatleben – und somit auch nichts über Serena, die als Choreographin bei der Brooklyn Academy of Music arbeitete und mit der er seit einigen Jahren mehr oder weniger zusammen war. Sie hatte oft bis spät in die Nacht zu tun und musste viel reisen. Er hatte oft bis spät in die Nacht zu tun und musste viel reisen.

Das Arrangement passte ihnen gut.

Während er durch die Flure der Zentrale ging, die ihn immer an die Büroflucht einer großen, mehr oder weniger erfolglosen Firma denken ließ, nickte er zwei Agenten zu, die in Hemdsärmeln und mit gelockerten Krawatten an ihren Plätzen saßen. Der frühere Boss, J. Edgar Hoover, hätte ein solch zwangloses Erscheinungsbild bestimmt nicht geduldet (und jemanden wie Dellray vermutlich auch nicht, wenn man genauer darüber nachdachte).

»So viele Verbrechen, so wenig Zeit«, rief Dellray den beiden Kollegen zu, als er auf seinen langen Beinen an ihnen vorbeischritt. Sie winkten ihm hinterher.

Er fuhr mit dem Aufzug nach unten, verließ das Haus durch den Vordereingang und überquerte die Straße zur zweiten Tiefgarage des Bundesgebäudes.

Das ausgebrannte, noch immer qualmende Gerippe eines Lieferwagens fiel ihm auf, und er erinnerte sich daran, früher am Abend Sirenen gehört zu haben. Was da wohl geschehen war?

Er ging vorbei an dem Wachposten und gelangte über die Rampe in die düstere Garage, die nach nassem Beton und Abgasen roch.

Er schloss die Tür des Dienstwagens auf und warf seine alte Aktentasche hinein, die eine Schachtel 9 mm-Munition, einen Block mit Notizen, diverse Memos zum Fall Kwan Ang und ein zerlesenes Buch mit Goethe-Gedichten enthielt.

Als er sich anschickte, in den Ford einzusteigen, bemerkte er, dass die Gummilippe der Seitenscheibe ein Stück vom Glas abstand, was ihm sofort verriet, dass jemand dort einen Keil angesetzt haben musste, um die Tür zu öffnen. Scheiße! Er blickte nach unten und sah ein paar Drähte unter dem Sitz hervorragen. Verzweifelt riss er den rechten Arm herum, um die Türkante zu packen und nicht mit vollem Gewicht auf dem Sitz zu landen, weil die Bombe zweifellos durch einen Druckschalter ausgelöst wurde.

Aber es war zu spät.

Die Spitzen seiner langen Finger stießen gegen die offene Tür und rutschten ab. Er kippte zur Seite, genau auf den Sitz zu.

Schütz deine Augen!, dachte er instinktiv und hob die Hände vor das Gesicht.

… Siebenundzwanzig

»Die Changs stecken irgendwo in Queens«, sagte Sachs und trug es in die Tabelle ein. »Und sie fahren einen blauen Kleinbus. Wir kennen weder Zulassungsnummer noch Modell.«

»Geht es denn nicht wenigstens *etwas* genauer?«, murrte Rhyme. »Kobaltblau, marineblau, himmelblau, *baby*blau?«

»Wu konnte sich nicht daran erinnern.«

»Na, *das* ist aber hilfreich.«

Sachs trat beiseite und überließ Thom den Platz an der Tafel.

Die Informationen über den Chevrolet, den der Schlangenkopf am Ort der Schießerei zurückgelassen hatte, fielen auch nicht erschöpfender aus. Der Blazer war mit gültigen, aber gefälschten Händlerkennzeichen versehen, und eine Überprüfung der Fahrgestellnummer erbrachte lediglich, dass der Wagen aus Ohio stammte und seit einigen Monaten als gestohlen galt.

Sonny Li saß in der Nähe, gab jedoch keine schlauen Kommentare ab, sondern kramte in der großen Einkaufstüte, die er aus Chinatown mitgebracht hatte. Lon Sellitto telefonierte mit finsterer Miene. Offenbar erfuhr er soeben, dass der Geist erfolgreich von der Bildfläche verschwunden war.

Sachs, Mel Cooper und Rhyme wandten sich den Spuren aus dem Blazer zu. Im Fußraum des Fahrers hatte Amelia ein paar kleine, gräuliche Teppichfasern sichergestellt, die denen im Hosenaufschlag des erschossenen Täters entsprachen. Die Fasern stammten weder vom Teppichboden des Fahrzeugs noch von einem der früheren Tatorte, sodass als Ursprungsort der Unterschlupf des Geists in Betracht kam.

»Wir sollten sie verbrennen und mit der Datenbank vergleichen.«

Cooper schickte zwei der Fasern durch den Gaschromatographen und das Massenspektrometer, um die genaue Zusammensetzung des Materials zu erhalten.

Während sie auf die Ergebnisse warteten, klopfte es an der Haustür. Thom ging los und kehrte mit einem Besucher zurück.

Es war Harold Peabody.

Rhyme nahm an, dass er mit ihnen über Coes leichtfertigen Schuss vor der Wohnung der Wus reden wollte, aber Peabodys ernster Gesichtsausdruck ließ noch mehr vermuten. Hinter ihm tauchte ein zweiter Mann auf, den Rhyme sofort als den stellvertretenden Leiter des FBI-Büros Manhattan identifizierte – den Assistant Special Agent in Charge oder kurz ASAC. Er legte etwas zu viel Wert auf sein Aussehen, gab sich gern weltmännisch und wirkte bisweilen ein wenig blasiert. Rhyme hatte schon häufiger mit ihm zusammengearbeitet und hielt ihn für tüchtig und fantasielos. Laut Dellray neigte er außerdem zu übertriebenem Bürokratismus. Auch er wirkte sehr ernst.

Dann betrat ein dritter Mann den Raum. Sein eleganter dunkelblauer Anzug und das weiße Hemd deuteten auf einen weiteren FBI-Mitarbeiter hin, aber er stellte sich kurz und bündig als Webley vom Außenministerium vor.

Ah, das Ministerium hat sich eingeschaltet, dachte Rhyme. Ein gutes Zeichen. Dellray musste tatsächlich all seine *guanxi* genutzt haben, um ihrem Team Verstärkung zu besorgen.

»Bitte verzeihen Sie die Störung, Lincoln«, sagte Peabody.

»Wir müssen mit Ihnen sprechen«, verkündete der ASAC. »Es gab heute Abend einen Zwischenfall.«

»Ach ja?«

»Hat es mit unseren Ermittlungen zu tun?«, fragte Sachs.

»Das glauben wir nicht. Aber es dürfte nicht ohne Auswirkungen darauf bleiben, fürchte ich.«

Nun rück schon damit raus, dachte Rhyme und hoffte, sein ungeduldiger Blick würde diese Botschaft angemessen zum Ausdruck bringen.

»Jemand hat heute Abend in der Tiefgarage gegenüber dem Bundesgebäude eine Bombe gelegt.«

»Mein Gott«, flüsterte Mel Cooper.

»Und zwar in Fred Dellrays Wagen.«

Oje, bitte nicht, dachte Rhyme.

»Nein!«, schrie Sachs.

»Eine Bombe?«, rief Sellitto und klappte sein Mobiltelefon zu.

»Fred ist nichts passiert«, versicherte der ASAC eilig. »Die Hauptladung wurde nicht gezündet.«

Der sonst so leidenschaftslose Rhyme schloss die Augen. Sowohl er als auch Dellray hatten schon Leute durch Sprengfallen verloren. Dies war die heimtückischste und feigste Art und Weise, jemanden zu töten.

»Er ist nicht verletzt?«, fragte Li besorgt.

»Nein.«

Der chinesische Cop murmelte etwas, womöglich ein Gebet.

»Was ist geschehen?«, fragte Rhyme.

»Es war eine Dynamitladung mit Druckschalter. Dellray hat ihn ausgelöst, aber nur die Zündkapsel ist explodiert. Vielleicht war sie nicht richtig befestigt. Man weiß es noch nicht. Unser Räumkommando hat alles gesichert und an PERT übergeben«, erklärte der ASAC.

Rhyme kannte die meisten der Agenten und Techniker vom Physical Evidence Response Team, der FBI-Abteilung zur Spurenauswertung. Falls es etwas zu entdecken gab, würden sie es auch finden, davon war er überzeugt. »Warum glauben Sie, dass kein Zusammenhang mit unserem Fall besteht?«

»Ungefähr zwanzig Minuten vor dem Attentat ging ein anonymer Anruf ein. Ein Mann mit unbestimmtem Akzent. Er hat gesagt, die Cherenko-Familie plane eine erste Vergeltungsaktion für die Razzia von letzter Woche. Angeblich sollen noch weitere folgen.«

Rhyme wusste, dass Dellray erst kürzlich eine große verdeckte Operation in Brooklyn abgeschlossen hatte, dem Kerngebiet des russischen Mobs. Dabei waren drei internationale Geldwäscher samt ihren Handlangern und einigen mutmaßlichen Auftragsmördern festgenommen und mehrere Millionen Dollar und Rubel beschlagnahmt worden.

»Woher kam der Anruf?«

»Von einer Telefonzelle in Brighton Beach.«

Dort lebte die größte russische Gemeinde der Stadt.

»Ich glaube nicht an solche Zufälle«, sagte Rhyme. »Der Geist war einige Zeit in Russland, erinnert ihr euch? Um sich den Flüchtlingen anzuschließen.«

Er sah Sachs an und zog fragend eine Augenbraue hoch.

»Der Geist und seine Kumpel hatten es verflucht eilig, vom Ort der Schießerei zu verschwinden«, antwortete sie. »Ich kann mir nicht vorstellen, dass sie einen Umweg zum Bundesgebäude gemacht haben, um dort eine Bombe zu legen. Was nicht heißt, dass sie nicht jemand anderen dafür angeheuert haben könnten.«

Rhyme war nicht entgangen, dass Webley seit seinem Eintreffen noch kein Wort gesagt hatte. Er stand schweigend und mit verschränkten Armen vor der Wandtafel und starrte die Tabelle an.

»Wie wurde der Sprengsatz deponiert?«, fragte Sellitto den ASAC.

»Wir glauben, es war ein Zweierteam. Jemand hat draußen auf der Straße einen Lieferwagen in Brand gesetzt und dadurch den Wachposten abgelenkt. Der andere Kerl ist in die Garage gegangen und hat die Bombe gelegt.«

Bestürzt wurde Rhyme auf einmal klar, welche »Auswirkungen« der ASAC gemeint hatte. »Und Fred will jetzt von unserem Fall abgezogen werden, richtig?«

Der ASAC nickte. »Die Sache mit seinem Partner, Sie wissen schon.«

Toby Dolittle, der beim Bombenanschlag von Oklahoma City gestorben war.

»Er hat bereits alles in die Wege geleitet und seine Spitzel in Brighton Beach aktiviert.«

Rhyme konnte es ihm kaum verübeln.

»Wir brauchen etwas Hilfe, Harold«, sagte er. »Fred war dabei, ein SPEC-TAC Team und weitere Agenten zu organisieren.« Er wusste, dass Dellray außerdem vorgehabt hatte, den INS auf eine reine Informations- und Beratungsfunktion zu reduzieren, aber sogar Rhyme – ein denkbar undiplomatischer Mensch – hielt es für besser, diese Tatsache vorerst zu verschweigen. »Das Netzwerk des Geists ist zu gut. Er hat sich zu tief verkrochen. Wir benötigen mehr Leute und größere Unterstützung.«

»Oh, das geht in Ordnung, Lincoln«, beruhigte der ASAC ihn. »Morgen früh teilen wir Ihnen einen neuen leitenden Agenten zu und können bestimmt schon mehr über SPEC-TAC sagen.«

Peabody knöpfte sein Jackett auf. Sein Hemd war durchgeschwitzt. »Ich habe von dem Vorfall mit Alan Coe gehört«, sagte er. »Bei der Wohnung der Wus, meine ich. Es tut mir Leid.«

»Ohne diesen ersten Schuss hätten wir den Geist erwischt«, sagte Li.

»Ich weiß. Sehen Sie, er ist ein guter Mann. Ich habe nicht viele Leute, die dermaßen engagiert arbeiten. Er legt sich doppelt so stark ins Zeug wie die meisten anderen Kollegen. Leider ist er sehr impulsiv. Ich lasse ihn normalerweise an der langen Leine. Es hat ihm ziemlich zugesetzt, als damals seine Informantin verschwand. Ich glaube, er macht sich deswegen große Vorwürfe. Nach seiner Suspendierung hat er Urlaub genommen. Er redet nicht darüber, aber ich habe gehört, dass er auf eigene Kosten nach Übersee geflogen ist, um sie zu suchen.

Seit seinem erneuten Dienstantritt hat er unermüdlich geschuftet. Er ist einer meiner besten Agenten.«

Abgesehen von ein paar kleinen Unzulänglichkeiten, die zur Flucht unseres Täters geführt haben, dachte Rhyme sarkastisch.

Peabody und der ASAC verabschiedeten sich, nicht ohne Rhyme und Sellitto vorher ein weiteres Mal zu versichern, dass ihnen am nächsten Morgen ein neuer FBI-Verbindungsmann zur Verfügung stehen und das SPEC-TAC Team unterwegs sein würde. »Das ist Punkt eins der Tagesordnung«, rief der ASAC.

»Ich wünsche eine gute Nacht«, sagte Webley vom Außenministerium förmlich und folgte den Männern zur Tür.

»Okay, zurück an die Arbeit«, sagte Rhyme zu Sellitto, Sachs, Cooper und Li. Eddie Deng war zu Hause und kümmerte sich um den schmerzhaften Bluterguss auf seiner Brust. »Was haben die Wus dir sonst noch erzählt, Sachs?«

Sie fasste zusammen, was sie im Krankenhaus erfahren hatte. Die Familie Wu bestand aus Qichen, seiner Frau Yong-Ping, einer halbwüchsigen Tochter namens Chin-Mei und einem kleinen Sohn namens Lang. Die Changs waren Sam, Mei-Mei, William und Ronald sowie Changs Vater, dessen vollständiger chinesischer Name Chang Jiechi lautete. Sam hatte von China aus einen Job für sich und William organisiert, aber Wu kannte weder den Arbeitgeber noch die Branche. Darüber hinaus befand sich ein Kleinkind in der Obhut der Familie, dessen Mutter auf der *Dragon* ertrunken war. »Po-Yee. Das heißt ›Geliebtes Kind‹.«

Als Sachs dies sagte, fiel Rhyme ein gewisser Blick an ihr auf. Er wusste, wie sehr sie sich ein Kind wünschte – und zwar von ihm. So bizarr ihm diese Idee vor einigen Jahren noch erschienen wäre, so sehr gefiel sie ihm nun insgeheim. Allerdings lagen dem nicht nur Vatergefühle zugrunde. Amelia Sachs gehörte zu den besten Kriminalistinnen, die er je gesehen hatte. Am wichtigsten war ihr Einfühlungsvermögen. Mehr als jeder andere Spurensicherungsprofi, den er kannte – mit Ausnahme seiner eigenen Person –, verfügte sie über die Fähigkeit, sich in den Verbrecher zum Zeitpunkt der Tat hineinzuversetzen und von dieser Position aus Anhaltspunkte zu entdecken, die den meisten Beamten entgangen wären. Diese Hingabe an den Job hatte jedoch auch einen großen Nachteil. Einerseits trieb sie Amelia bei der Untersuchung eines Tatorts zu hoher Perfektion an, andererseits brachte sie

sie in Gefahr. Die ausgezeichnete Pistolenschützin und hervorragende Fahrerin traf oft als Erste vor Ort ein und war jederzeit bereit, ihre Waffe zu ziehen und sich einem Täter entgegenzustellen. Genau wie heute Abend vor der Wohnung der Wus.

Rhyme würde sie niemals unverblümt bitten, das zu ändern. Aber er hoffte darauf, dass sie sich von selbst auf ihr wahres Talent, nämlich die reine Tatortarbeit beschränken würde, sobald zu Hause ein Kind auf sie wartete.

Dann riss Mel Cooper ihn aus seinen Gedanken. »Der Chromatograph ist mit dem Teppich fertig; es handelt sich um eine Mischung aus Wolle und Nylon.« Er bestimmte die Farbtemperatur des Grautons und stellte eine Verbindung zur Faserdatenbank des FBI her.

Wenige Minuten später traf das Ergebnis auf seinem Bildschirm ein. »Die Marke heißt Lustre-Rite und wird von der Firma Arnold Textile and Carpeting in Wallingham, Massachusetts, hergestellt. Die Telefonnummern habe ich«, sagte der schlanke Techniker.

»Jemand soll dort anrufen«, sagte Rhyme. »Uns interessiert das südliche Manhattan. Und der Auftrag liegt noch nicht lange zurück, oder, Mel?«

»Vermutlich. Bei so vielen Fasern.«

»Wieso das?«, fragte Li.

»Ein Teppich verliert die meisten Fasern während der ersten sechs Monate, nachdem er verlegt wurde«, erklärte Cooper. »Plus/minus ein paar Wochen.«

»Ich erledige das«, sagte Sellitto. »Aber erwartet keine Wunder, denn der Laden hat wahrscheinlich schon seit Stunden geschlossen.« Er nickte in Richtung der Uhr. Es war kurz vor elf.

»Es ist ein Fabrikationsbetrieb«, stellte Rhyme fest. »Und was sagt uns das?«

»Keine Ahnung, Linc. Warum verrätst du es mir nicht einfach?«, knurrte Sellitto. Niemand hatte gegenwärtig Lust auf Anschauungsunterricht.

»Dass es dort voraussichtlich eine Nachtschicht gibt. Und eine Nachtschicht bedeutet einen Vorarbeiter, und ein Vorarbeiter dürfte die Privatnummer des Chefs kennen. Für den Fall, dass ein Feuer ausbricht oder so.«

»Ich werde sehen, was ich tun kann.«

Cooper testete die nächsten Spuren, die Sachs in dem Blazer gefunden hatte. »Noch mehr von dem Bentonit«, sagte er. »Und zwar an den Schuhen sämtlicher Insassen.« Er wandte sich dem Mikroskop zu und betrachtete eine andere Materialprobe. »Was meinst du, Lincoln? Ist das Mulch?« Er blickte auf. »Das Zeug lag vor dem Fahrersitz auf dem Boden.«

»Kommando, Eingabe, Mikroskop«, befahl Rhyme, woraufhin das Abbild von Coopers Probe auf seinem Computermonitor erschien. Der Kriminalist erkannte sofort, dass es sich um frischen Zedernmulch handelte, wie er in Ziergärten verwendet wurde. »Gut.«

»In und um Battery Park City gibt's jede Menge Grünanlagen«, stellte Sellitto fest, um anzudeuten, dass auch diese Spur auf das große Wohngebiet im Süden Manhattans verweisen konnte, in dem nach ihren bisherigen Erkenntnissen das Versteck des Geists lag.

Leider viel zu viele, dachte Rhyme. »Haben wir Hinweise auf einen bestimmten Hersteller?«

»Nein, das Zeug ist unbehandelt«, sagte Cooper.

Tja, diese Probe allein würde den Ort nicht genauer eingrenzen können. Vielleicht half ihnen weiter, dass der Mulch noch feucht war. »Wir könnten die in Frage kommenden Stellen abklappern und zumindest diejenigen ausschließen, an denen während der letzten paar Tage kein frischer Mulch ausgebracht wurde. Ziemlich aussichtslos, aber wenigstens etwas.« Er hielt kurz inne. »Was ist mit der Leiche?«

»Nicht viel«, sagte Sachs und erläuterte, dass der Tote keinerlei Ausweispapiere bei sich getragen hatte – lediglich zirka neunhundert Dollar in bar, Reservemunition für seine Waffe, Zigaretten und ein Feuerzeug. »Oh, und ein Messer mit Blutspuren daran.«

Cooper hatte eine entsprechende Analyse veranlasst, aber Rhyme wusste jetzt schon, dass das Blut entweder von Jerry Tang oder Jimmy Mah stammen würde.

Die AFIS-Ergebnisse der Fingerabdrücke aus dem Blazer und des Toten trafen ein. Allesamt negativ.

Sonny Li wies auf ein Polaroidfoto der Leiche. »He, ich hatte Recht, Loaban. Sehen Sie sich nur sein Gesicht an. Er ist Kasache, Kirgise, Tadschike oder Uigure. Eines der Minderheitenvölker, genau wie ich gesagt habe, wissen Sie noch?«

»Ja, das weiß ich noch, Sonny«, erwiderte Rhyme. »Rufen Sie unseren Freund aus dem Tong an – Cai –, und sagen Sie ihm, wir gingen davon aus, dass die Komplizen des Geists einer dieser Minderheiten angehören. Damit kommt er vielleicht etwas schneller voran. Was wissen wir über die Waffen?«

»Der Geist hat auch diesmal seine Modell 51 benutzt«, sagte Sachs.

»Eine grundsolide Knarre«, merkte Li an.

»Außerdem habe ich ein paar Neun-Millimeter-Hülsen gefunden.« Sie hielt eine Plastiktüte hoch. »Allerdings ohne charakteristische Auswurfspuren. Ich tippe auf eine neue Beretta, SIG Sauer, Smith & Wesson oder Colt.«

»Und die Pistole des Toten?«

»Habe ich mir vorgenommen«, sagte Sachs. »Nur seine Fingerabdrücke. Eine alte Walther PPK. Sieben Komma fünfundsechzig.«

»Wo ist sie?« Rhyme konnte sie nirgendwo entdecken.

Sachs und Sonny Li sahen sich an – Detective Lon Sellitto sollte eindeutig nichts davon mitbekommen. »Ich glaube, das FBI hat sie sichergestellt.«

»Aha.«

Li wandte den Blick ab, und Rhyme wusste spätestens jetzt, dass Sachs die Waffe im Anschluss an die Untersuchung dem chinesischen Cop zugesteckt hatte.

Gut so, dachte der Kriminalist. Ohne Li wären Deng, Sachs und die Tochter der Wus heute Abend vielleicht ums Leben gekommen. Der Mann hatte sich etwas Schutz verdient.

Sachs nannte Cooper die Seriennummer der Walther, und er verglich sie mit der Waffendatenbank. »Treffer«, sagte er. »Hergestellt in den sechziger Jahren und seitdem vermutlich ein Dutzend Mal gestohlen.«

»Ich habe gerade mit einem der Vizedirektoren von Arnold Textile gesprochen«, rief Sellitto. »Er hatte zwar schon geschlafen, war dafür aber noch recht hilfsbereit. Dieser Teppich gehört zu ihren Spitzenprodukten und wird nur an gewerbliche Kunden geliefert – zum Beispiel an Baufirmen und Handwerker. Er hat mir hier in der Gegend zwölf große Firmen genannt, die direkt von ihnen ab Werk kaufen, und darüber hinaus sechsundzwanzig Großhändler, bei denen sich die Teppichleger und Subunternehmer eindecken.«

»Verdammt«, sagte Rhyme. Es würde eine Sisyphusarbeit werden, alle Gebäude zu finden, in denen Lustre-Rite verlegt worden war. »Setz deine Jungs darauf an.«

»Die können die Leute ruhig aufwecken«, sagte Sellitto. »Scheiße – ich darf auch nicht ins Bett; warum sollte es dem Rest der Welt besser ergehen?« Er rief in der Zentrale an, besorgte sich einige Detectives zur Unterstützung und faxte ihnen die Liste zu.

Dann klingelte Rhymes Telefon, und er nahm den Anruf entgegen.

»Lincoln?«, ertönte die Stimme einer Frau aus dem Lautsprecher.

Er war wie elektrisiert. »Dr. Weaver.«

Die Neurochirurgin, die nächste Woche den Eingriff vornehmen würde.

»Ich weiß, dass es schon spät ist. Störe ich? Sind Sie mit irgendwas beschäftigt?«

»Kein Problem«, sagte Rhyme und ignorierte Thoms flehentlichen Blick zur Tafel, der ihn daran erinnern sollte, dass er momentan viel zu abgelenkt war.

»Ich habe jetzt den genauen Termin für die Operation. Manhattan Hospital. Freitag nächster Woche. Zehn Uhr. Neurochirurgische Station. Zweiter Stock.«

»Hervorragend«, entgegnete er.

Thom schrieb mit, und Rhyme und die Ärztin beendeten das Gespräch.

»Sie gehen zum Arzt, Loaban?«

»Ja.«

»Wegen ...« Sonny Li schien keine passende Beschreibung für Rhymes Zustand einzufallen, also deutete er stumm auf dessen Körper.

»Genau.«

Sachs sagte nichts, sondern starrte nur den Zettel an, auf dem Thom die Angaben der Ärztin notiert hatte. Rhyme wusste, dass sie wünschte, er würde sich nicht dieser Operation unterziehen. Bislang beschränkten die Erfolge eines solchen Eingriffs sich überwiegend auf weniger schwere Fälle, deren Wirbelsäule allenfalls auf Lenden- oder Brusthöhe verletzt war. Dr. Weaver hatte ihm eröffnet, dass er mit keiner merklichen Besserung rechnen durfte – und überdies das nicht unerhebliche Risiko einer Verschlechterung bestand. Angesichts seiner ohnehin schon beeinträchtigten Atmung konnte er durchaus auf dem OP-Tisch sterben. Aber Sachs verstand, wie viel ihm die Sache bedeutete, und würde ihn unterstützen.

»Demnach sollten wir uns bemühen, den Geist bis nächsten Freitag zu erwischen«, sagte sie schließlich und lächelte gefasst.

Rhyme bemerkte, dass Thom ihn durchdringend ansah.

»Was ist?«, herrschte der Kriminalist ihn an.

Der Betreuer maß Rhymes Blutdruck. »Zu hoch. Und du siehst nicht gut aus.«

»Vielen herzlichen Dank«, gab der Patient zurück, »aber ich glaube nicht, dass meine äußere Erscheinung auch nur das Geringste …«

»Schluss für heute«, sagte Thom bestimmt. Und das war nicht an seinen Boss gerichtet.

Sellitto und Cooper sprachen sich ebenfalls dafür aus, alles Weitere auf morgen zu vertagen.

»Meuterei«, murmelte Rhyme.

»Nein«, widersprach Thom. »Gesunder Menschenverstand.«

Sellitto erkundigte sich telefonisch nach den Wus und John Sung. Die Familie war mittlerweile in dem sicheren NYPD-Versteck in Murray Hill untergebracht. Trotz Sachs' Bitte hatte John Sung es abgelehnt, sich ihnen anzuschließen, denn er fürchtete, sich dort wie in einer der vielen chinesischen Einrichtungen der Öffentlichen Sicherheit vorzukommen, die ihm als Dissident noch in leidvoller Erinnerung waren. Also hatte Sellitto das Bewachungsteam vor seinem Haus um einen Mann verstärkt. Keiner der Beamten an beiden Orten meldete besondere Vorkommnisse.

»Nimmst du diese Kräuter mit?«, wandte Rhyme sich an Sachs. »Das will ich doch sehr hoffen. Sie stinken.«

»Ich wollte sie dir eigentlich als Lufterfrischer dalassen, aber wenn du sie nicht magst …« Sie beugte sich zu ihm. »Wie geht's dir wirklich? Du siehst blass aus.«

»Ich bin bloß müde«, sagte er. Es war die Wahrheit. Ob er sich wohl Sorgen machen musste? Nein, vermutlich lag es nur an dem Fall, der ihn zur Zeit so stark in Anspruch nahm. Andererseits durfte er diese Erschöpfung nicht einfach ignorieren, denn sie konnte auf etwas Schwerwiegenderes hindeuten. Patienten mit Rückenmarksverletzungen litten häufig unter weitaus schlimmeren Beschwerden als nur Lähmungserscheinungen – so wurde aufgrund der eingeschränkten Nervenfunktionen bei vielen die Lunge geschädigt, was zu Infektionen führte. Am gefährlichsten jedoch war das ausgeschaltete Schmerzempfinden. Der Körper hatte kein Frühwarnsystem mehr, das ihn beispielweise auf eine Krebserkrankung aufmerksam machen konnte, an der sowohl Rhymes als auch Sachs' Vater gestorben waren. Rhyme wusste noch, wie sein Dad von der Krankheit erfahren hatte: Er war mit Magenschmerzen zum Arzt gegangen.

»Gute Nacht«, rief Mel Cooper.

»*Wan an*«, sagte Li.

»Was auch immer«, brummte Sellitto und ging.

»Sonny«, sagte Rhyme. »Sie bleiben heute Nacht hier.«

»Gern. Ich wüsste nicht, wohin ich sonst gehen sollte, Loaban.«

»Thom wird ein Zimmer für Sie vorbereiten. Ich muss jetzt nach oben und ein paar Dinge erledigen. Kommen Sie ruhig hoch, und besuchen Sie mich, falls Sie möchten. In etwa zwanzig Minuten.«

Li nickte und drehte sich wieder zu der Tafel um.

»Ich komme mit«, sagte Sachs. Rhyme fuhr in den winzigen Aufzug, der das Erdgeschoss mit dem ersten Stock verband. Früher hatte sich an dieser Stelle ein Wandschrank befunden. Amelia kam hinterher und zog die Tür zu. Rhyme sah ihr ins Gesicht. Sie wirkte nachdenklich, aber es schien nichts mit dem Fall zu tun zu haben.

»Möchtest du mit mir über etwas Bestimmtes reden, Sachs?«

Wortlos schloss sie die Aufzugtür und drückte den Knopf zur oberen Etage.

GHOSTKILL

Easton, Long Island, Tatort

- Zwei Immigranten am Strand ermordet; in den Rücken geschossen.
- Ein Immigrant verwundet – Dr. John Sung.
- »Bangshou« (Assistent) an Bord; Identität unbekannt.
  - Assistent identifiziert als der Ertrunkene, der am Untergangsort der *Dragon* gefunden wurde.
- Zehn Immigranten entkommen: sieben Erwachsene (ein älterer Mann, eine verletzte Frau), zwei Kinder, ein Kleinkind. Stehlen Kirchenbus.
- Blutspuren zur Untersuchung ins Labor geschickt.
  - Verletzte Frau hat Blutgruppe AB negativ. Weitere Informationen erbeten.
- Geist wurde am Strand von Fahrzeug erwartet, aber dann zurückgelassen. Hat vermutlich einen Schuss auf Fahrzeug abgegeben. Anfrage nach Fahrzeughersteller und -modell läuft, basierend auf Reifenspuren und Radstand.

  - Fahrzeug ist ein BMW X5.
    - Fahrer – Jerry Tang.
- Für Immigranten standen keine Fahrzeuge bereit.
- Funktelefon (vermutlich des Geists) zur Analyse an FBI geschickt.
  - Sicheres Satellitentelefon, nicht zurückverfolgbar. Hat zwecks Nutzung chinesisches Behördennetz gehackt.
- Waffe des Geists = Pistole, 7,62 mm. Ungewöhnliche Hülsen.
  - Chinesische Modell 51 Automatik-Pistole.
- Geist hat angeblich Regierungsleute auf Lohnliste.
- Geist hat als Fluchtwagen roten Honda gestohlen. Fahndungsmeldung ist raus.
  - Honda bislang nicht gefunden.
- Drei Leichen aus Meer geborgen – zwei erschossen, einer ertrunken. Fotos und Abdrücke an Rhyme und chinesische Polizei.
  - Ertrunkener identifiziert als Victor Au, der *bangshou* des Geists.
- Fingerabdrücke an AFIS geschickt.
  - Keine Übereinstimmungen, aber ungewöhnliche Einkerbungen an Sam Changs Fingern und Daumen (Wunde, Verbrennung durch Seil?).
- Immigrantengruppe besteht aus: Sam Chang und Wu Qichen, jeweils mit Familie; John Sung, Baby einer ertrunkenen Frau, unbekannte/r Mann und Frau (am Strand ermordet).

Gestohlener Kleinbus, Chinatown

- Immigranten tarnen Fahrzeug mit Logo des »Home Store«.
- Blutspritzer deuten auf Hand-, Arm- oder Schulterverletzung der Frau hin.
- Blutspuren zur Untersuchung ins Labor geschickt.
  - Verletzte Frau hat Blutgruppe AB negativ. Weitere Informationen erbeten.
- Fingerabdrücke an AFIS geschickt.
  - Keine Übereinstimmungen.

Mord an Jerry Tang, Tatort

- Vier Männer haben Tür eingetreten, das Opfer gefoltert und erschossen.

- Zwei Patronenhülsen – passen zur Modell 51. Tang durch zwei Kopfschüsse ermordet.
- Beträchtliche Verwüstungen.
- Einige Fingerabdrücke.
  – Keine Übereinstimmungen, außer bei Tang.
- Drei Komplizen haben kleinere Schuhgröße als Geist, mutmaßlich auch kleinere Statur.
- Versteck des Geists nach Spurenlage vermutlich im Süden Manhattans, Gebiet um Battery Park City.
- Komplizen entstammen vermutlich einer ethnischen Minderheit Chinas. Nach Verbleib wird gefahndet.

Schießerei auf der Canal Street, Tatort

- Zusätzliche Spuren deuten auf Versteck im Gebiet um Battery Park City hin.
- Gestohlener Chevrolet Blazer, nicht zurückverfolgbar.
- Keine Übereinstimmungen bei Fingerabdrücken.
- Teppich des Verstecks: Hersteller Arnold, Marke Lustre-Rite, verlegt während der letzten sechs Monate; kontaktieren Baufirmen zwecks Liste möglicher Objekte.
- Frischer Gartenmulch gefunden.
- Toter Komplize des Geists: ethnische Minderheit aus West- oder Nordwestchina. Fingerabdrücke nicht registriert. Waffe war Walther PPK.
- Details zu den Immigranten:
  – Die Changs: Sam, Mei-Mei, William und Ronald; Sams Vater, Chang Jiechi, und Kleinkind, Po-Yee. Sam hat Job arrangiert, aber Arbeitgeber und Ort unbekannt. Fahren blauen Kleinbus, Modell und Kennzeichen unbekannt. Wohnung der Changs liegt in Queens.
  – Die Wus: Qichen, Yong-Ping, Chin-Mei und Lang.

… Achtundzwanzig

Viele chinesische Worte werden durch die Kombination zweier Gegenteile gebildet. So steht »vorrücken-zurückweichen« beispielsweise für »sich bewegen«.

Ebenfalls in diese Kategorie fällt der Begriff für »Geschäfte machen«, der in wörtlicher Übersetzung »kaufen-verkaufen« lautet.

Und genau das war es, was die vier Männer, die an diesem stürmischen Augustabend in dem verqualmten Büro der East Broadway Workers' Association saßen, taten: Sie kauften und verkauften.

Die Tatsache, dass diese Verhandlungen das Leben mehrerer Menschen zum Gegenstand hatten – es wurde darum geschachert, den Aufenthaltsort von Sam Changs Familie an den Geist zu verkaufen –, schien die Männer nicht im Mindesten zu beeindrucken.

Natürlich gab es in Chinatown viele rechtmäßige Tongs, die ihren Mitgliedern wertvolle Dienste leisteten – sie vermittelten bei Auseinandersetzungen konkurrierender Firmen, beschützten Schulkinder vor den Straßenbanden, richteten Seniorenzentren und Kindertagesstätten ein, hielten die Restaurant- und Schneidereigewerkschaften in Schach und fungierten als erste Ansprechpartner der »Anderen Regierung«, womit das Rathaus und die Polizei gemeint waren.

Dieser spezielle Tong tat nichts von alledem. Er hatte nur eine einzige Funktion, und die bestand darin, den Schlangenköpfen als Basis ihrer Geschäftsinteressen im Großraum New York zu dienen.

Jetzt, um kurz vor Mitternacht, saßen die drei Führer dieses so genannten Arbeiterverbands – alle ungefähr fünfzig Jahre alt – auf einer Seite des Tisches nebeneinander und starrten den Mann an, den keiner von ihnen kannte. Aber er war ein Mann, der sich als überaus wertvoll erweisen konnte – denn er wusste, wo die Changs sich versteckt hielten.

»Woher kennen Sie die Leute?«, fragte der Verbandsdirektor den Fremden, der nur seinen Nachnamen genannt hatte, Tan, vermutlich damit ihn der Geist nicht aufspüren und ihm sein Wissen durch Folter entreißen konnte.

»Chang war in China mit meinem Bruder befreundet. Ich habe der

Familie eine Wohnung und Chang und seinem Sohn einen Job besorgt.«

»Wo befindet sich denn die Wohnung?«, fragte der Tong-Chef beiläufig.

Tan hob abwehrend die Hände. »Ich bin hier, um diese Information zu verkaufen. Falls der Geist daran interessiert ist, muss er es sich etwas kosten lassen.«

»Uns können Sie es doch ruhig sagen«, warf einer der Beisitzer lächelnd ein. »Wir erzählen es bestimmt nicht weiter.«

»Ich werde nur mit dem Geist persönlich darüber sprechen.«

Für die Tong-Führer war das keine Überraschung, aber sie wollten nichts unversucht lassen. Es gab viele dumme Menschen auf der Welt.

»Bitte bedenken Sie, dass der Geist nicht leicht zu erreichen ist«, sagte der andere Beisitzer.

»Was Sie nicht sagen«, spottete Tan. »Und Sie sollten bedenken, dass ich mich auch an andere Leute wenden könnte.«

»Weshalb sind Sie dann ausgerechnet zu uns gekommen?«, fragte Beisitzer Nummer eins.

Tan überlegte kurz. »Weil ich gehört habe, Sie seien von allen am besten informiert.«

»Es ist gefährlich«, sagte der Direktor. »Die Polizei ist hinter dem Geist her. Falls man herausfindet, dass wir uns mit ihm in Verbindung gesetzt haben… nun, es könnte sich als nachteilig für unsere Organisation erweisen.«

Tan zuckte die Achseln. »Sie kennen gewiss Mittel und Wege, ihn unauffällig zu kontaktieren.«

»Reden wir über das Geld. Was bieten Sie uns dafür, Sie mit dem Geist zusammenzubringen?«

»Zehn Prozent von dem, was er mir zahlt.«

Der Direktor winkte ab. »Dann ist diese Unterredung hiermit beendet. Suchen Sie sich jemand anderen.«

Tan lachte verächtlich auf. »Wie lautet denn *Ihre* Vorstellung?«

»Die Hälfte.«

»Das soll wohl ein schlechter Scherz sein.«

Nachdem die Karten nun auf dem Tisch lagen, wurde gefeilscht. Das Kaufen-Verkaufen dauerte noch fast eine halbe Stunde. Am Ende einigte man sich auf dreißig Prozent, vorausgesetzt die Zahlung erfolgtc in amerikanischen Dollars.

Der Direktor holte ein Mobiltelefon aus der Tasche und wählte eine Nummer. Am anderen Ende meldete sich der Geist, und der Direktor nannte seinen Namen.

»Ja?«, fragte der Schlangenkopf.

»Ich habe hier jemanden, der an einige der Überlebenden der *Dragon* eine Wohnung vermietet hat. Es geht um die Changs. Der Mann möchte Ihnen die Information verkaufen.«

Der Geist schwieg für einen Moment. »Er soll einen Beweis liefern«, sagte er dann.

Der Direktor leitete die Aufforderung an Tan weiter. »Der westliche Name des Vaters lautet Sam«, antwortete dieser. »Dann ist da noch ein alter Mann, Changs Vater. Und zwei Söhne. Ach ja, die Frau. Mei-Mei. Und sie haben ein kleines Mädchen bei sich, aber es ist nicht ihr Kind, sondern die Tochter einer anderen Illegalen von diesem Schiff. Die Mutter ist ertrunken.«

»Woher kennt er die Leute?«

»Sein Bruder war in China mit Chang befreundet«, erklärte der Direktor.

Der Geist überlegte. »Ich bin bereit, hunderttausend in Grün für die Information zu zahlen.«

Der Direktor fragte Tan, ob diese Summe akzeptabel sei, und der willigte ein. Es gab Leute, mit denen man besser nicht feilschte.

»Er ist damit einverstanden, eine Gebühr an uns zu entrichten«, teilte der Direktor dem Geist vorsichtig mit. Seine Miene blieb völlig ungerührt, obwohl die Höhe des Anteils ihn sehr freute. »Falls es Ihnen nicht zu viele Umstände bereitet, Sir, könnten Sie dann eventuell …«

»Ja, ich werde Ihnen den Anteil direkt auszahlen, sofern die Information sich als zutreffend erweist. Wie viel Prozent?«

»Dreißig.«

»Sie sind ein Narr«, höhnte der Geist. »Man hat Sie beraubt. Ich an Ihrer Stelle hätte ihm fünfundsechzig Prozent abgenommen.«

Der Direktor wurde rot und wollte sich rechtfertigen, aber der Geist fiel ihm ins Wort. »Schicken Sie ihn morgen früh um halb neun vorbei. Sie wissen, wohin.« Er legte auf.

Der Direktor setzte Tan über alles in Kenntnis, und sie reichten sich die Hände.

In der konfuzianischen Lehre standen Freundschaften auf der Skala der zwischenmenschlichen Verpflichtungen an unterster Stelle – nach der Beziehung zwischen Herrscher und Untertan, Vater und Sohn, Ehemann und Weib sowie älterem Bruder und jüngerem Bruder. Dennoch hatte diese Art von Verrat etwas Verabscheuungswürdiges an sich, dachte der Direktor.

Aber egal. Tan würde für seine Taten in der Hölle büßen müssen, wann auch immer er dort eintreffen mochte. Und was den Direktor und seine Beisitzer anbetraf – nun, dreißigtausend Dollar waren kein schlechter Lohn für eine Stunde Arbeit.

Seine Hände zitterten, und er atmete sehr schnell. Sam Chang verließ das Gebäude der East Broadway Workers' Association und musste drei Blocks weit laufen, bis er eine der seltenen Bars von Chinatown fand. Dort setzte er sich auf einen wackligen Hocker, bestellte ein Bier der Marke Tsingtao, stürzte es hastig hinunter und bestellte noch eines.

Er war noch immer überrascht – nein, erstaunt –, dass die drei Männer in dem Tong ihn tatsächlich für Joseph Tan gehalten und ihm ein Treffen mit dem Geist verschafft hatten.

Innerlich lachte er auf. Was für ein entsetzlicher Gedanke – mit diesen Kerlen um das Leben seiner Familie zu schachern.

Vor ein paar Stunden hatte Chang noch in der dunklen Brooklyner Wohnung gesessen und gedacht: So also wird unser Leben aussehen. Dunkelheit und Angst…

Und dem wachen Blick seines Vaters war dies nicht entgangen. »Was hast du vor?«, hatte er seinen Sohn gefragt.

»Der Geist sucht uns.«

»Ja.«

»Er wird nicht damit rechnen, dass ich nach *ihm* suche.«

Chang Jiechi sah seinen Sohn lange an und schaute dann auf das Namensschild auf dem improvisierten Altar. *Chang*… Bogenschütze. »Und was würdest du tun, falls es dir gelänge, ihn zu finden?«

»Ihn töten«, sagte er zu dem alten Mann.

»Warum gehst du nicht zur Polizei?«

Chang lachte verbittert auf. »Traust du der Polizei hier etwa mehr als in China?«

»Nein«, antwortete sein Vater.

»Ich werde ihn töten«, wiederholte Chang. Er hatte sich seinem

Vater noch niemals widersetzt und fragte sich, ob der ihm nun verbieten würde, was zu tun er entschlossen war.

Doch zu seiner Überraschung stellte sein Vater lediglich eine Frage. »Das würdest du fertig bringen?«

»Ja, für meine Familie. Ja.« Chang zog sich einen Anorak über. »Ich fahre nach Chinatown. Mal sehen, ob ich ihn irgendwie finden kann.«

»Hör mir zu«, flüsterte sein Vater. »Weißt du, wie man einen Mann aufspürt?«

»Wie, Baba?«

»Indem man seine Schwächen ausnutzt.«

»Und was ist die Schwäche des Geists?«

»Er akzeptiert keine Niederlagen«, sagte Chang Jiechi. »Er muss uns töten, oder sein Leben wird von großer Disharmonie bestimmt sein.«

Und so war Sam Chang dem Vorschlag seines Vaters gefolgt und hatte dem Geist einen Köder hingeworfen. Und es hatte funktioniert.

Chang hielt sich die kalte Bierflasche ans Gesicht; er wusste, dass sein Vorhaben ihn wahrscheinlich das Leben kosten würde. Er wollte sofort auf den Geist schießen – sobald dieser die Tür öffnete. Aber der Mann würde nicht ohne Begleiter dort auftauchen, und die würden wiederum Chang töten.

Bei diesem Gedanken kam ihm als Erstes William in den Sinn, sein Erstgeborener, der junge Mann, der früher als gedacht das Erbe der Changs antreten würde.

Der Vater erinnerte sich an die Unverschämtheit des Sohnes, sah die Verachtung in seinem Blick...

Ach, William, dachte er. Ja, ich habe dich vernachlässigt. Aber wenn du doch nur verstehen könntest, dass ich es allein in der Hoffnung getan habe, dir und deinen Kindern ein besseres Leben zu ermöglichen. Und als es in China zu gefährlich wurde, habe ich dich hergebracht und mein geliebtes Land verlassen, um dir wenigstens hier geben zu können, was zu Hause nicht möglich war.

Liebe, mein Sohn, manifestiert sich nicht in teuren Geschenken, erlesenen Speisen oder eigenen Zimmern. Liebe wird offenbar durch Disziplin, vorbildliches Verhalten und Opferbereitschaft – sogar wenn es das eigene Leben kostet.

Ach, mein Sohn...

Sam Chang zahlte das Bier und verließ die Bar.

Trotz der späten Stunde hatten einige Geschäfte noch immer geöffnet, um die letzten Touristen anzulocken. Chang betrat einen Souvenirladen und erstand dort einen kleinen Schreinkoffer, ein Messingschild, elektrische Kerzen mit roten Glühbirnen und etwas Weihrauch. Mit der Auswahl der richtigen Buddhastatue ließ er sich besonders viel Zeit. Er entschied sich für eine lächelnde Figur – obwohl er morgen einen Mann töten und selbst ums Leben kommen würde. Ein fröhlicher Buddha würde der Familie, die er zurücklassen musste, Labsal und Trost sein und ihr letzten Endes Glück bringen.

»Weißt du, Amie …«

Amelia Sachs fuhr in den Süden Manhattans und hielt sich dabei untypischerweise fast an die Geschwindigkeitsbegrenzung.

»Weißt du, mein Schatz, du musst auf dich Acht geben«, hatte ihr Vater sie ermahnt und dabei wieder mal ganz zerstreut gewirkt, weil die wuchernden Zellen schon so schreckliche Verheerungen in seinem Körper angerichtet hatten.

»Na klar, Paps.«

»Nein, nein, du sagst zwar ›na klar‹, aber du meinst es nicht ernst. Du meinst, ›ich stimme allem zu, was der Alte sagt, weil er so furchtbar aussieht‹.«

Selbst kurz vor seinem Tod, als er schon im West Brooklyn Hospiz am Fort Hamilton Parkway lag, hatte der Mann ihr nicht das Geringste durchgehen gelassen.

»Da irrst du dich aber gewaltig.«

»Genug jetzt. Hör mir gut zu, Amie.«

»Ich bin ganz Ohr.«

»Du hast mir schon öfter von deiner Arbeit erzählt.«

Genau wie früher ihr Vater war Sachs zu jener Zeit ein »Plattfuß«, eine Streifenpolizistin. Sogar ihr Spitzname lautete »P.T.«, die Abkürzung von »Plattfußtochter«.

»Das meiste denke ich mir bloß aus, Paps.«

»Sei bitte ernst.«

Ihr Lächeln verschwand, und sie wurde tatsächlich ernst. Durch das halb geöffnete Fenster wehte eine leichte Sommerbrise herein, zerzauste ihr das offene rote Haar und ließ die blütenweißen Laken ihres Vaters erzittern, während sie beide dort an diesem schwierigen Ort saßen.

»Rede weiter«, sagte sie.

»Danke … Ich höre also, wie du deinen Job erledigst. Du gibst nicht genug auf dich Acht. Aber das musst du, Amie.«

»Wie kommst du darauf, Paps?«

Sie beide wussten, dass es an dem Krebs lag, der ihn bald umbringen würde, und an dem dringenden Bedürfnis, seinem einzigen Kind etwas Wesentlicheres zu hinterlassen als eine Dienstmarke, einen vernickelten Colt und einen alten Dodge Charger, dessen Getriebe und Zylinderkopf ausgetauscht werden mussten. Aber er blieb seiner Rolle als Vater treu und sagte nur: »Tu einem alten Mann den Gefallen.«

»Wenn du unbedingt willst …«

»Weißt du noch, wann du zum ersten Mal geflogen bist?«

»Wir haben Grandma Sachs in Florida besucht. Es war unglaublich heiß, und ein Chamäleon ist auf mich losgegangen.«

Herman Sachs fuhr unbeirrt fort. »Und die Stewardess – oder wie auch immer man die heutzutage nennt – hat gesagt: ›Im Notfall zuerst die *eigene* Sauerstoffmaske aufsetzen und *dann* den anderen helfen.‹ So lautet die Regel.«

»Ja, ich weiß«, räumte sie ein und musste gegen ihre Gefühle ankämpfen.

Der alte Cop, dessen Handflächen an manchen Stellen dauerhaft von Achsfett verfärbt waren, sprach weiter. »Und genau das muss die Philosophie jedes Streifenbeamten im Einsatz sein. Erst du, dann das Opfer. Im Privatleben gilt das Gleiche. Was auch immer erforderlich sein mag, du musst dich zunächst um dich selbst kümmern. Falls du nicht mit dir im Reinen bist, wirst du auch nie für einen anderen da sein können.«

Während Amelia nun durch den Nieselregen fuhr, wurde die Stimme ihres Vaters immer leiser und schließlich durch eine andere ersetzt. Die des Arztes vor einigen Wochen.

»Ah, Miss Sachs. Hier stecken Sie also.«

»Hallo, Doktor.«

»Ich habe gerade mit Lincoln Rhymes Arzt gesprochen.«

»Ja?«

»Und jetzt muss ich unbedingt mit Ihnen reden.«

»Das klingt nach schlechten Neuigkeiten, Doktor.«

»Wollen wir uns nicht da drüben in die Ecke setzen?«

»Nein, es geht schon. Raus mit der Sprache. Was ist los?«

Ihre ganze Welt war in Aufruhr, all ihre Zukunftspläne hatten sich plötzlich geändert.

Was konnte sie tun?

Tja, zum Beispiel das hier, dachte sie und hielt am Straßenrand.

Dort blieb sie eine Weile sitzen. Das ist verrückt, dachte sie. Aber dann gab sie ihrem Impuls nach, stieg aus, ging mit gesenktem Kopf schnell um die Ecke und betrat ein Wohnhaus. Sie folgte der Treppe in den ersten Stock. Und klopfte an die Tür.

Die Tür öffnete sich, und Amelia lächelte John Sung an. Er erwiderte das Lächeln und bat sie mit einem Nicken herein.

Was auch immer erforderlich sein mag, du musst dich zunächst um dich selbst kümmern. Falls du nicht mit dir im Reinen bist, wirst du auch nie für einen anderen da sein können…

Auf einmal hatte sie das Gefühl, eine große Last würde ihr von den Schultern genommen.

... Neunundzwanzig

Mitternacht.

Doch ungeachtet des anstrengenden Tages, der ihn von einem sinkenden Schiff in ein Haus am Central Park West geführt hatte – noch dazu eine halbe Weltreise von seiner Heimat entfernt –, wirkte Sonny Li überhaupt nicht müde.

Er betrat Lincoln Rhymes Schlafzimmer und brachte eine Einkaufstüte mit. »Als ich mit Hongse vorhin in Chinatown war, habe ich ein paar Sachen gekauft, Loaban. Ich habe ein Geschenk für Sie.«

»Ein Geschenk?«, fragte Rhyme von seinem Thron aus, dem neuen Hill-Rom Flexicair Bett, das – wie man ihm versichert hatte – ganz außerordentlich bequem war.

Li entnahm der Tüte einen kleinen, in Papier eingerollten Gegenstand und wickelte ihn aus. »Schauen Sie mal, was ich hier habe.« Er hielt die Jadestatuette eines grimmig blickenden Mannes mit Pfeil und Bogen hoch. Li sah sich im Zimmer um. »Wo ist Norden?«

»Da entlang.« Rhyme nickte in die entsprechende Richtung.

Li stellte die Statuette auf einen Tisch an der Wand. Dann ging er zu seiner Tüte zurück und holte ein paar Weihrauchstäbchen daraus hervor.

»Sie wollen das Zeug doch nicht etwa hier drinnen verbrennen?«

»Das muss so sein, Loaban. Es wird Sie nicht umbringen.«

Li hatte zwar behauptet, Chinesen würden nur ungern nein sagen, schien diesen Charakterzug aber nicht mit seinen Landsleuten zu teilen.

Er steckte die Stäbchen in einen Halter und zündete sie an. Dann holte er einen Plastikbecher aus dem Badezimmer und goss etwas Alkohol aus einer hellgrünen Flasche hinein, die ebenfalls aus der Tüte zum Vorschein gekommen war.

»Was machen Sie da? Errichten Sie einen Tempel?«

»Einen Schrein, Loaban. Keinen Tempel.« Es amüsierte ihn, dass Rhyme den eindeutigen Unterschied offenbar nicht erkannte.

»Wer ist das? Buddha? Konfuzius?«

»Mit Pfeil und Bogen?«, spottete Li. »Loaban, Sie wissen so viel über so wenig und so wenig über so viel.«

Rhyme lachte und musste daran denken, dass seine frühere Frau dies während ihrer Ehe auch des Öfteren zum Ausdruck gebracht hatte, nur deutlich lauter und weniger vornehm.

»Das ist Guan Di, der Gott des Krieges«, erläuterte Li. »Wir bringen ihm ein Opfer dar. Er mag süßen Wein, und genau den habe ich ihm gekauft.«

Rhyme fragte sich, wie wohl Sellitto, Dellray und vor allem Sachs reagieren würden, wenn sie die Umgestaltung seines Zimmers in einen Schrein des Kriegsgottes zu Gesicht bekamen.

Li verneigte sich vor der Figur und flüsterte etwas auf Chinesisch. Dann besorgte er sich einen zweiten Plastikbecher, zog eine weiße Flasche aus der Tüte und setzte sich auf den Rattansessel neben Rhymes Bett. Er schenkte sich ein, nahm eines von Rhymes Trinkgläsern, öffnete den Deckel, füllte es zur Hälfte, steckte den Deckel wieder auf und versah es mit einem Strohhalm.

»Und was ist das?«, fragte Rhyme.

»Guter Stoff, Loaban. *Chu yeh ching chiew*. Jetzt bringen wir *uns* ein Opfer dar. Wirklich gutes Zeug. Wie Whisky.«

Nein, es war überhaupt nicht wie Whisky, erst recht nicht wie ein achtzehn Jahre alter Scotch, dessen Gerste sorgsam im Rauch eines Torffeuers gedarrt worden war. Aber obwohl der Fusel übel schmeckte, hatte er es in sich.

Li nickte in Richtung des improvisierten Altars. »Ich habe Guan Di in einem Geschäft in Chinatown gefunden. Er ist ein sehr beliebter Gott, dem in China viele Tausend Schreine gewidmet sind. Aber ich habe ihn nicht gekauft, weil er für den Krieg steht, sondern weil er darüber hinaus der Gott der Polizisten ist.«

»Das denken Sie sich doch aus.«

»Ein Witz? Nein, es ist wahr, wirklich. Jede Dienststelle, in der ich jemals gewesen bin, hat irgendwo einen Guan Di stehen. Falls es bei einem Fall nicht so gut läuft, bringen die Beamten ein kleines Opfer dar, genau wie wir jetzt.« Er goss sich Schnaps nach und roch daran. »Starker Stoff, dieser *baijiu*, das muss ich schon sagen.«

»Dieser was?«

Er deutete auf die Flasche *chu yeh ching chiew*.

»Worum haben Sie gebetet?«, fragte Rhyme.

»Ich übersetze es mal für Sie: ›Guan Di, bitte lass uns die Changs finden und den beschissenen Geist fangen.‹«

»Das ist ein gutes Gebet, Sonny.« Rhyme trank etwas mehr. Es schmeckte mit jedem Schluck besser. Vielleicht neigte man auch nur dazu, den schlechten Geschmack zu verdrängen.

»Diese Operation, von der Sie gesprochen haben ...«, setzte der chinesische Cop an. »Wird es Ihnen danach besser gehen?«

»Eventuell. Ein wenig. Ich werde nicht aufstehen können, aber es verleiht mir hoffentlich etwas zusätzliche Bewegungsfreiheit.«

»Wie funktioniert es?«

Er erzählte Li von Dr. Cheryl Weaver, deren neurologisches Forschungsteam der Universität von North Carolina experimentelle Eingriffe an Patienten mit Rückenmarksverletzungen vornahm. Die Ärztin hatte ihm das Verfahren erklärt. Er konnte sich fast noch wörtlich daran erinnern.

Das Nervensystem besteht aus Fasersträngen, so genannten Axonen, die zur Beförderung der Nervenimpulse dienen. Bei einer Rückenmarksverletzung werden diese Stränge durchtrennt oder zerquetscht und sterben ab. Dadurch wird die Verbindung unterbrochen, und die Botschaft des Gehirns erreicht nicht mehr den Rest des Körpers. Nun, man behauptet gemeinhin, Nerven könnten sich nicht regenerieren. Das entspricht nur teilweise der Wahrheit. Im peripheren Nervensystem – zum Beispiel in unseren Armen oder Beinen – können beschädigte Axone sich neu bilden. Aber im zentralen Nervensystem – im Gehirn und Rückenmark – tun sie das nicht. Zumindest nicht von selbst. Wenn man sich also in den Finger schneidet, wächst die Haut wieder zu, und man erlangt den Tastsinn zurück. Im Rückenmark geschieht das nicht. Mittlerweile haben wir allerdings einiges hinzugelernt, um das Neuwachstum anzuregen.

Wir an diesem Institut konzentrieren uns ganz auf die betroffene Stelle und greifen die Rückenmarksverletzung an allen Fronten an. Zunächst setzen wir die herkömmliche Operationsmethode zur Druckentlastung ein, um die Knochenstruktur des Wirbels zu rekonstruieren und die geschädigte Stelle zu schützen. Dann injizieren wir dort zweierlei. Einerseits peripheres Nervengewebe des Patienten. Zum anderen Frischzellen aus dem zentralen Nervensystem gewisser Embryonen.

»Hai-Embryonen«, fügte Rhyme für Sonny Li hinzu.

Der Cop lachte. »Von einem Fisch?«

»Genau. Haigewebe ist für Menschen verträglicher als das Gewebe anderer Tiere. Und nach dem Eingriff muss ich Medikamente einnehmen, um die Regeneration des Rückenmarks zu unterstützen.«

»He, Loaban«, sagte Li und sah ihn nachdenklich an. »Ist diese Operation gefährlich?«

Und wieder hörte Rhyme die Stimme von Dr. Weaver.

Natürlich gibt es Risiken. Die Medikamente an sich sind nicht besonders gefährlich, aber der eigentliche Eingriff könnte Probleme bereiten. Bei jedem C4-Querschnittsgelähmten kommt es zu einer Beeinträchtigung der Lungentätigkeit. Normalerweise brauchen Sie nicht mehr künstlich beatmet zu werden, doch durch das Anästhetikum besteht die Gefahr einer respiratorischen Insuffizienz. Der Stress bei dem Eingriff könnte zu einer autonomen Dysregulation führen, und der daraus resultierende hohe Anstieg des Blutdrucks – damit sind Sie sicher vertraut – würde womöglich einen Schlaganfall oder ein anderes zerebrales Ereignis nach sich ziehen. Ferner können wir nicht ausschließen, dass an der betroffenen Stelle ein Trauma entsteht – Sie haben derzeit weder Zysten noch Shunts, aber durch die Operation und die sich daraus ergebende Flüssigkeitsbildung könnte der Druck zunehmen und weitere Schäden verursachen.

»Ja, sie ist gefährlich«, sagte Rhyme.

»Das klingt für mich nach ›*yi luan tou shi*‹.«

»Und das bedeutet?«

Li überlegte kurz. »Wörtlich heißt es ›Eier gegen Felsen werfen‹. Damit bezeichnet man bei uns ein aussichtsloses Vorhaben. Weshalb wollen Sie sich also operieren lassen?«

Für Rhyme lag die Antwort auf der Hand. Um ein kleines bisschen unabhängiger zu werden. Um vielleicht in der Lage zu sein, beispielsweise dieses Glas zu nehmen und an den Mund zu heben. Um sich am Kopf zu kratzen. Um *normaler* zu werden – wenngleich dieses Wort unter Behinderten als politisch inkorrekt galt. Um Amelia Sachs näher zu sein. Um dem Kind, das Sachs sich so sehr wünschte, ein besserer Vater sein zu können.

»Ich muss es einfach tun, Sonny«, sagte er. Dann deutete er mit einer Kopfbewegung auf die Flasche Macallan-Scotch. »Und jetzt probieren wir meinen *baifu*.«

Li lachte auf. »*Baijiu*, Loaban. Sie haben gerade gesagt ›Jetzt probieren wir mein Kaufhaus‹.«

»*Baijiu*«, korrigierte Rhyme sich.

Li schenkte ihnen beiden von dem alten Whisky ein.

Rhyme trank einen kleinen Schluck durch den Strohhalm. O ja, viel besser.

Li kippte seinen vollen Becher auf einmal hinunter. Dann schüttelte er den Kopf. »Ich meine, Sie sollten diese Operation nicht durchführen lassen.«

»Ich habe die Risiken abgewogen und…«

»Nein, nein. Nehmen Sie sich selbst an! Akzeptieren Sie Ihre Einschränkungen!«

»Aber warum? Wenn ich es nicht muss?«

»Ich sehe doch all diesen Wissenschaftsscheiß, den ihr hier in *Mei Guo* habt. Bei uns in China ist das längst nicht so schlimm. Oh, in Peking, Hongkong, Guangdong oder Fuzhou – sicher, na klar, da haben wir das meiste von dem, was es auch hier gibt. Dank unserem Großen Vorsitzenden Mao hinken wir zwar noch ein wenig hinterher, aber wir haben Computer, wir haben das Internet, und wir haben Raketen – ja, manchmal explodieren sie, aber für gewöhnlich schaffen sie es bis in den Weltraum. Unsere Ärzte arbeiten anders, sie brauchen nicht so viel Wissenschaft. Sie sorgen in unseren Körpern für *Harmonie*. In China sind Doktoren keine Götter.«

»Bei uns sieht man das anders.«

»Ja, ja«, spottete Li. »Ärzte lassen dich jünger aussehen. Geben dir deine Haare zurück. Verschaffen den Frauen größere *xiong*, Sie wissen schon…« Er wies auf seine Brust. »Wir können das nicht verstehen. Es ist nicht harmonisch.«

»Glauben Sie etwa, dieser Zustand wäre für mich *harmonisch*?«, fragte Rhyme aufgebracht.

»Das Schicksal hat Ihnen diesen Zustand beschert, Loaban. Und es ist nicht zufällig geschehen. Vielleicht sind Sie nur deswegen ein so guter Ermittler, weil Sie diesen Unfall erlitten haben. Ihr Leben ist jetzt ausgeglichen, würde ich sagen.«

Rhyme musste lachen. »Ich kann nicht gehen, ich kann keine Beweisstücke in die Hand nehmen… Was, zum Teufel, hat sich für mich verbessert?«

»Vielleicht arbeitet Ihr *Gehirn* jetzt besser. Vielleicht haben Sie einen stärkeren Willen. Ihr *jizhong*, Ihr Konzentrationsvermögen ist eventuell gewachsen.«

»Tut mir Leid, Sonny, das kaufe ich Ihnen nicht ab.«

Aber er wusste bereits aus eigener Erfahrung, dass Sonny Li nicht lockerließ, sobald er erst mal einen Standpunkt bezogen hatte. »Lassen Sie es mich Ihnen erklären, Loaban. Erinnern Sie sich noch an John Sung? An den steinernen Affenkönig, den er als Glücksbringer trägt?«

»Ja.«

»Sie sind so ein Affe.«

»Ich bin was?«

»Sie sind wie dieser Affe, will ich sagen. Der Affe konnte Wunder bewirken und zaubern; er war gerissen und zäh, aber auch aufbrausend. Genau wie Sie. Dann hat er sich gegen die Natur gestellt – er wollte die Götter betrügen, um ewig zu leben. Also stahl er die Pfirsiche der Unsterblichkeit und ließ Namen aus dem *Verzeichnis der Lebenden und der Toten* tilgen. Daraufhin bekam er Schwierigkeiten. Er verbrannte sich die Finger, bezog Prügel und wurde unter einem Berg begraben. Am Ende gab der Affe seinen Wunsch nach dem ewigen Leben auf, fand ein paar Freunde und zog mit ihnen auf eine Pilgerreise in das heilige Land im Westen. Er war glücklich. In Harmonie.«

»Ich will wieder laufen können«, flüsterte Rhyme unnachgiebig und fragte sich, wieso er diesem seltsamen kleinen Mann eigentlich sein Seelenleben offenbarte. »Das ist nicht zu viel verlangt.«

»Vielleicht doch«, widersprach Li. »Hören Sie, Loaban, sehen Sie mich an. Ich könnte mir wünschen, groß zu sein und wie Chow Yun-Fat auszusehen, damit alle Mädchen hinter mir her sind. Ich könnte mir wünschen, eine große Kommune zu leiten und Hunderte von Produktivitätsorden verliehen zu bekommen, um von jedermann respektiert zu werden. Ich könnte mir wünschen, als Banker in Hongkong zu leben. Aber das wäre gegen meine Natur. Mir ist bestimmt, ein verflucht guter Cop zu sein. Vielleicht werden Sie wieder laufen können, aber dafür etwas anderes verlieren – etwas viel Wichtigeres. Warum trinken Sie übrigens diesen Mist?« Er nickte mit Blick auf den Scotch.

»Das ist mein Lieblings-*baijiu*.«

»Ja? Was kostet der?«

»Ungefähr siebzig Dollar die Flasche.«

Li verzog das Gesicht. Trotzdem trank er schon wieder aus und schenkte sich nach. »Hören Sie, Loaban, kennen Sie das *Tao*?«

»Ich? Diesen New-Age-Schwachsinn? Da reden Sie mit dem Falschen.«

»Okay, ich will Ihnen mal was sagen. In China haben wir zwei große Philosophen. Konfuzius und Lao-tse. Konfuzius glaubt, ein jeder sollte möglichst seinen Vorgesetzten gehorchen, Befehle befolgen, vor Höhergestellten einen Kotau machen und ansonsten den Mund halten. Lao-tse behauptet im Tao-te-king genau das Gegenteil. Für jeden Menschen ist es am besten, dem eigenen Lebensweg zu folgen. Der Natur zu gehorchen und Harmonie zu finden. *Tao* bedeutet übersetzt *Weg des Lebens*. Darin steht etwas geschrieben, das ich auszudrücken versuche. Es geht dabei um Sie, Loaban.«

»Um mich?«, fragte Rhyme und rief sich ins Gedächtnis, dass sein Interesse an den Worten des Mannes nur auf dem reichlich genossenen Alkohol beruhen konnte.

Li kniff die Augen zusammen und bemühte sich um eine möglichst akkurate Übersetzung. »Im *Tao* sagt Lao-tse: ›Man muss nicht das Haus verlassen, um besser sehen zu können. Man braucht auch nicht aus dem Fenster zu schauen. Stattdessen sollte man im Zentrum der eigenen Existenz leben. Zu tun heißt zu sein.‹«

»Hat denn jeder in China für alles gleich ein gottverdammtes Sprichwort parat?«, schimpfte Rhyme.

»Stimmt, es gibt bei uns viele Sprichwörter. Sie sollten Thom das aufschreiben und an die Wand hängen lassen, neben dem Altar für Guan Di.«

Die Männer schwiegen eine Weile. *Man muss nicht das Haus verlassen, um besser sehen zu können. Man braucht auch nicht aus dem Fenster zu schauen…*

Schließlich unterhielten sie sich weiter, und Li erzählte ausführlich vom Leben in China.

»Wie sieht denn Ihr Haus aus?«, fragte Rhyme.

»Es ist nur eine Wohnung. Ziemlich klein, so groß wie dieses Zimmer.«

»Und wo?«

»In meiner Heimatstadt, Liu Guoyuan. Das heißt ›sechs Obstgärten‹, aber davon ist keiner mehr übrig, die wurden alle abgeholzt. Ungefähr fünfzigtausend Einwohner. Ein Stück weg von Fuzhou. *Dort* leben *viele* Leute. Mehr als eine Million, würde ich sagen.«

»Ich weiß gar nicht, wo das ist.«

»In der Provinz Fujian, im Südosten Chinas. Taiwan liegt direkt vor der Küste. Viele Berge. Der Fluss Min verläuft mitten hindurch. Er ist sehr groß. Die Leute bei uns sind selbstbewusst und haben Peking schon viel Kopfzerbrechen bereitet. Fujian war die Heimat der ersten Triade – so heißen bei uns die organisierten Verbrecherbanden. Die San Lian Hui. Sehr mächtig. Viel Schmuggel: Salz, Opium, Seide. Außerdem gibt es in Fujian viele Seeleute. Auch Händler und Importeure. Landwirte sind eher selten. In meiner Stadt ist die Kommunistische Partei relativ einflussreich, aber nur weil der Parteisekretär ein Privatkapitalist ist. Er besitzt eine Internetfirma wie AOL. Wirklich erfolgreich. Ha, ein dreckiger kleiner Kapitalist! Sein Kollektiv hat viel gutes Geld verdient. Seine Aktien sind nicht so eingebrochen wie an der NASDAQ.«

»Welche Art von Kriminalität gibt es in Liu Guoyuan?«, fragte Rhyme.

Li nickte. »Viel Bestechung und Schutzgelderpressung. In China ist es okay, andere Firmen oder Mitmenschen zu betrügen, aber wenn du die Partei oder die Regierung hintergehst, bist du tot. Sie verurteilen dich und schießen dir eine Kugel in den Kopf. Aber es gibt auch noch jede Menge andere Verbrechen. Das Gleiche wie hier. Mord, Raub, Vergewaltigung.« Er trank einen Schluck. »Einmal habe ich einen Frauenmörder überführt. Er hatte schon vier Tote auf seinem Konto und hätte weitergemacht, aber ich habe ihn erwischt.« Er lachte. »Ein Tropfen Blut. Ich habe einen einzigen Tropfen am Reifen seines Fahrrads gefunden, klein wie ein Sandkorn. Dadurch konnte man ihn mit dem Tatort in Verbindung bringen. Er hat gestanden. Sehen Sie, Loaban, es ist nicht nur alles woo-woo.«

»Bestimmt nicht, Sonny.«

»In China werden häufig Frauen verschleppt, weil es zu wenige gibt. Auf hundert Frauen kommen bei uns hundert*zwanzig* Männer. Die Leute wollen nämlich keine Töchter, sondern nur Söhne. Aber wo sollen dann die Bräute herkommen? Also haben viele Verbrecher sich darauf spezialisiert, Mädchen und Frauen zu kidnappen und zu verkaufen. Es ist wirklich traurig. Oft steht irgendeine Familie vor unserer Tür und bittet uns, nach der entführten Ehefrau oder Tochter zu suchen. Viele Sicherheitsbeamten kümmern sich nicht darum, denn die Fälle sind schwer zu knacken. Manchmal werden die Frauen Tausende von Kilometern verschleppt. Ich habe letztes Jahr sechs wiedergefunden. Das war ein neuer Rekord für unsere Dienststelle. Es ist ein gutes Gefühl, einen Kidnapper aufzuspüren und zu verhaften.«

»Nur darauf kommt es an«, sagte Rhyme.

Li prostete ihm zu, und sie tranken schweigend. Rhyme bemerkte auf einmal, wie zufrieden er sich fühlte. Die meisten neuen Besucher behandelten ihn wie eine Monstrosität. Oh, sie wollten nicht unhöflich sein. Aber entweder bemühten sie sich krampfhaft darum, seine »Verfassung«, wie sie es häufig nannten, zu ignorieren, oder sie zelebrierten seine Behinderung geradezu, machten Witze darüber oder gaben Kommentare ab, um zu betonen, wie sehr sie sich ihm verbunden fühlten. Obwohl sie es natürlich nicht waren, und sobald sie in einer Ecke des Schlafzimmers den Katheter oder die Schachtel mit den Erwachsenenwindeln sahen, zählten sie insgeheim die Minuten, bis sie endlich die Flucht ergreifen konnten. Diese Leute würden ihm niemals widersprechen oder sich gegen ihn behaupten, und so blieb es bei dem oberflächlichen Anschein einer persönlichen Beziehung.

In Sonny Lis Gesicht konnte Rhyme hingegen ablesen, wie wenig sein Zustand für den Chinesen eine Rolle spielte. Als wäre das alles wirklich, tja, ganz *natürlich*.

Ihm wurde bewusst, dass mit Ausnahme von Amelia Sachs fast alle Leute, die er in den letzten Jahren kennen gelernt hatte, flüchtige Bekannte für ihn geblieben waren. Sonny Li kannte er noch nicht mal einen Tag, und doch schien der Mann schon mehr als das zu sein.

»Sie haben Ihren Vater erwähnt«, sagte Rhyme. »Ihr Telefonat vorhin klang nicht so, als wäre es günstig verlaufen. Was ist los?«

»Ach, mein Vater ...« Er trank mehr von dem Scotch, der ihm offenbar immer besser zu schmecken schien, genau wie Rhyme Geschmack an dem *baijiu* gefunden hatte. Globalisierung durch Alkohol, dachte Rhyme ironisch.

Li schenkte sich nach.

»Vielleicht sollten Sie lieber in kleinen Schlucken trinken«, schlug Rhyme vor.

»Für kleine Schlucke ist noch genug Zeit, wenn man tot ist«, sagte der Cop und leerte den rosafarbenen, mit einem Blumenmotiv verzierten Plastikbecher. »Mein Vater ... Er mag mich nicht besonders. Ich bin für ihn ein ... Wie sagt man das, wenn man nicht den Erwartungen entspricht?«

»Eine Enttäuschung?«

»Ja, ich bin für ihn eine Enttäuschung.«

»Wieso?«

»Ach, das hat viele Gründe. Wenn Sie möchten, kann ich es kurz für Sie zusammenbinden.«

»Zusammenfassen.«

»Anfang der zwanziger Jahre wollte Dr. Sun Yat-sen China vereinen, aber es kam zu einem Bürgerkrieg. Die Kuomintang – die Nationalpartei – stand unter dem Vorsitz von Chiang Kai-shek. Aber die Anhänger der Gongchantang – die Kommunisten – kämpften gegen sie. Dann fiel Japan bei uns ein, und es brach für alle eine schlimme Zeit an. Nach der Niederlage der Japaner ging der Bürgerkrieg weiter, und am Ende gewannen Mao Tse-tung und die Kommunisten und vertrieben die Nationalisten nach Taiwan. Mein Vater hat auf der Seite Maos gekämpft und stand im Oktober 1949 mit dem Großen Vorsitzenden am Tor des Himmlischen Friedens in Peking. O Loaban, diese Geschichte habe ich Millionen Mal gehört. Wie er dort stand und die Kapelle den Marsch der Freiwilligen gespielt hat. Was für ein patriotischer Schwachsinn!

Mein Vater bekam also *guanxi*. Beziehungen bis ganz nach oben. In Fujian wurde er ein hohes Tier bei der Kommunistischen Partei, und ich sollte seinem Vorbild folgen. Aber ich habe gesehen, was ab 1966 passiert ist – während der Historisch Beispiellosen Großen Proletarischen Kulturrevolution. Die Kommunisten haben alles zerstört, haben gemordet und unendliches Leid verbreitet. Die Regierung und die Partei haben Unrecht getan.«

»Es war nicht *natürlich*«, sagte Rhyme. »Es war gegen die *Harmonie*.«

»Ganz genau, Loaban.« Li lachte. »Mein Vater wollte, dass ich in die Partei eintrete. Er hat es mir befohlen. Wollte mich zwingen. Aber die Partei ist mir egal. Und die Kollektive auch.« Er winkte ab. »Große Ideen bedeuten mir nichts. Ich mag die Polizeiarbeit. Ich fange gern Verbrecher... Immer neue Rätsel, immer neue Herausforderungen. Meine Schwester steht in der Partei ganz weit oben. Unser Vater ist stolz auf sie, obwohl sie eine Frau ist. Er sagt, *sie* bringt keine Schande über ihn wie ich. Er sagt es immer wieder.« Seine Miene verfinsterte sich. »Hinzu kommt, dass ich keinen Sohn – keine Kinder – habe, obwohl ich verheiratet gewesen bin.«

»Sind Sie geschieden?«, fragte Rhyme.

»Meine Frau ist tot. Sie wurde krank und starb. Irgendein Fieber, böse Sache. Wir waren nur wenige Jahre verheiratet und sind kinderlos geblieben. Mein Vater sagt, es sei meine Schuld. Wir haben es versucht, aber sie wurde nicht schwanger. Und dann ist sie gestorben.« Er stand auf, ging zum Fenster und starrte auf die Lichter der Stadt hinaus. »Mein Vater ist sehr streng. Als Kind hat er mich oft geschlagen. Was ich auch getan habe, es war nie gut genug. Ich hatte gute Noten… war ein guter Schüler. In der Armee wurden mir Auszeichnungen verliehen. Dann habe ich ein nettes, anständiges Mädchen geheiratet, einen Job bei der Öffentlichen Sicherheit bekommen und bin Kriminalbeamter geworden, nicht bloß Verkehrspolizist. Jede Woche habe ich meinen Vater besucht, habe ihm Geld gegeben, bin zum Grab meiner Mutter gegangen. Aber für ihn hat nichts davon gezählt. Was ist mit Ihren Eltern, Loaban?«

»Sie sind beide tot.«

»Meine Mutter war nicht so streng wie der Vater, aber sie hat nie viel gesagt. Sie durfte nicht… Hier im Schönen Land stehen Kinder nicht so sehr – wie sagt man? – unter der Schwerkraft der Eltern?«

Gute Formulierung, dachte Rhyme. »Vielleicht nicht so sehr. Aber das gilt nicht für alle.«

»Respekt vor den Eltern bedeutet uns sehr viel.« Er schaute zur Statue von Guan Di. »Am wichtigsten von allen Göttern sind die eigenen Vorfahren.«

»Vielleicht hält Ihr Vater mehr von Ihnen, als er sich anmerken lässt. Alles nur Fassade, Sie wissen schon. Weil er glaubt, es sei so am besten für Sie.«

»Nein, er mag mich nicht. Niemand wird den Familiennamen weitergeben. Das ist sehr schlimm.«

»Sie werden eine neue Frau kennen lernen und eine Familie gründen.«

»Jemand wie ich?« Li schnaubte verächtlich. »Nein, nein. Ich bin bloß ein Polizist und habe kein Geld. Die meisten Männer meines Alters arbeiten als Geschäftsleute in Fuzhou und verdienen sehr gut. Die können sich alles Mögliche leisten. Wissen Sie noch, es gibt bei uns mehr Männer als Frauen. Weshalb sollte eine Frau sich einen armen alten Mann aussuchen, wenn sie einen reichen jungen Mann haben kann?«

»Sie sind in meinem Alter«, sagte Rhyme. »Das ist noch nicht alt.«

Li sah wieder aus dem Fenster. »Vielleicht bleibe ich ja hier. Ich spreche ganz gut Englisch. Ich könnte auch hier Polizist werden und in Chinatown arbeiten. Als verdeckter Ermittler.«

Er schien es ernst zu meinen. Aber dann lachte Sonny Li und sprach aus, was sie beide dachten. »Nein, nein, dafür ist es zu spät. Viel zu spät… Nein, wir fangen den Geist, ich fahre nach Hause zurück und bleibe weiterhin ein verflucht guter Cop. Guan Di und ich klären ein großes Verbrechen auf, und mein Foto wird in Fuzhou in der Zeitung gedruckt. Dann verleiht mir der Vorsitzende vielleicht einen Orden. Und vielleicht sitzt mein Vater vor dem Fernseher, sieht die Nachrichten und denkt sich, dass ich doch kein so schlechter Sohn bin.« Er trank seinen Scotch aus. »Okay, jetzt bin ich betrunken genug. Loaban, wir spielen nun ein Spiel.«

»Ich spiele keine Spiele.«

»Und was war das vorhin in Ihrem Computer?«, wandte Li sofort ein. »Schach. Ich hab's genau gesehen.«

»Ich spiele nicht besonders *häufig*«, schränkte Rhyme ein.

»Spiele verbessern die eigenen Fähigkeiten. Ich werde Ihnen zeigen, wie man das beste Spiel von allen spielt.« Er ging zu der magischen Einkaufstüte.

»Die meisten Spiele kann ich gar nicht spielen, Sonny. Wissen Sie, mir fallen immer die Karten aus der Hand.«

»Ach, Kartenspiele!«, rief Li spöttisch. »Die hängen vom Glück ab und sind nur dann gut, wenn man um Geld spielen will. Man bewahrt sein Geheimnis, indem man den anderen die Karten nicht zeigt. Die besten Spiele sind solche, bei denen man das Geheimnis im Kopf behält, würde ich sagen. *Wei-Chi*? Haben Sie das schon mal gehört? Es wird auch *Go* genannt.«

Rhyme war sich nicht sicher. »Ist das so ähnlich wie Dame?«

Li lachte. »Nein, nein, keine Dame.«

Rhyme musterte das Spielbrett, das Li aus der Einkaufstüte nahm und auf den Tisch neben dem Bett legte. Es war von einem rechtwinkligen Liniengitter überzogen. Daneben legte er zwei Beutel, die jeweils Hunderte winziger Spielmarken enthielten, einmal in Schwarz, einmal in Weiß.

Plötzlich verspürte Rhyme eine unbändige Lust auf dieses Spiel und hörte aufmerksam zu, als Sonny Li ihm mit lebhafter Stimme die Regeln und das Ziel des *Wei-Chi* erläuterte.

»Klingt ganz einfach«, sagte Rhyme. Die Kontrahenten legten abwechselnd ihre Spielmarken auf das Brett und versuchten dabei, die Steine des Gegners zu umzingeln und damit rauszuwerfen.

»*Wei-Chi* ist wie alle großen Spiele: leicht zu lernen und schwer zu gewinnen.« Li teilte die Spielsteine in zwei Haufen auf und erzählte unterdessen weiter. »Es ist schon sehr alt. Ich habe den besten Spieler aller Zeiten studiert. Sein Name war Fan Si-pin, und er hat im achtzehnten Jahrhundert gelebt – nach westlicher Zeitrechnung. Es hat nie einen Besseren gegeben. Partie um Partie hat er gegen Su Ting-an gespielt, der fast genauso gut war. Meistens ging es unentschieden aus, aber Fan konnte ein paar Punkte mehr erzielen, also war er insgesamt der bessere Spieler. Wissen Sie, wieso?«

»Nein, sagen Sie's mir.«

»Su war ein defensiver Spieler, doch Fan… Fan hat stets angegriffen. Er hat immer die Konfrontation gesucht; er war impulsiv, beinahe verrückt.«

Rhyme sah die Begeisterung des Mannes. »Spielen Sie oft?«

»Zu Hause bin ich sogar in einem Verein. Ja, ich spiele ziemlich oft.« Er schwieg einen Moment und sah auf einmal sehr nachdenklich aus. Doch dann strich er sich das ölige Haar aus der Stirn und sagte: »Okay, lassen Sie uns anfangen. Mal sehen, wie es Ihnen gefällt. Es kann aber sehr lange dauern.«

»Ich bin noch nicht müde«, sagte Rhyme.

»Ich auch nicht«, sagte Li. »So, da Sie es noch nie gespielt haben, räume ich Ihnen einen Bonus ein. Sie bekommen drei Spielsteine extra. Das hört sich nicht nach viel an, stellt beim *Wei-Chi* aber einen gewaltigen Vorteil dar.«

»Nein«, sagte Rhyme. »Ich möchte keine Sonderbehandlung.«

Li sah ihn an und kam wohl zu dem Schluss, Rhyme wolle nicht wegen seiner Behinderung bevorzugt werden. »Es geschieht nur, weil Sie das Spiel noch nicht kennen«, versicherte er ernst. »Das ist der einzige Grund. So machen erfahrene Spieler das immer. Es ist üblich.«

Rhyme verstand es und wusste Lis Erklärung zu schätzen. Dennoch blieb er hart. »Nein. Sie machen den ersten Zug. Na los.« Und er sah, wie Li den Blick senkte und sich auf das hölzerne Spielfeld konzentrierte.

VIERTER TEIL

Wie man einem Dämon den Schwanz abschneidet

Mittwoch,
von der Stunde des Drachen, 7.00 Uhr,
bis zur Stunde des Hahns, 18.30 Uhr.

Eine Partie wird besonders interessant, wenn beide Spieler gleichrangig sind.

The Game of Wei-Chi

... Dreißig

Als Sam Chang am Morgen seines voraussichtlichen Todestages erwachte, fand er seinen Vater im Hinterhof ihrer Wohnung, wo dieser die langsamen Übungen des Tai-Chi vollführte.

Während er dem alten Mann zusah, fiel ihm plötzlich etwas ein: Chang Jiechi würde in drei Wochen siebzig werden. Da die Familie in China bettelarm und ständigen Schikanen ausgesetzt gewesen war, hatte sie seinen sechzigsten Geburtstag nicht angemessen feiern können, obwohl aus diesem Anlass traditionell ein großes Fest stattfinden sollte, um den Übertritt ins hohe Alter und somit die Zeit der Verehrung einzuleiten. Aber zu seinem nächsten Ehrentag würden sie alles nachholen.

Auch wenn Sam Chang nicht leibhaftig an der Feier teilnehmen konnte, würde dies vielleicht wenigstens seiner Seele gelingen.

Er betrachtete seinen Vater, der sich wie ein gemächlicher Tänzer durch den kleinen Hof bewegte.

Tai-Chi war wohltuend für Körper und Geist, doch der Anblick erfüllte Chang jedes Mal mit großer Traurigkeit, weil er dadurch an eine schwüle Juninacht vor vielen Jahren erinnert wurde. Chang, eine Gruppe Studenten und einige befreundete Dozenten hatten in Peking zusammengesessen und ein paar Leute beobachtet, die ganz in der Nähe in diese ballettartigen Übungen versunken waren. Es war nach Mitternacht, und sie alle genossen das schöne Wetter und die heitere Stimmung, sich im Kreis von Gleichgesinnten zu befinden und den Beginn dessen zu erleben, was die großartigste Nation der Welt werden sollte: das neue China, das aufgeklärte China.

Chang wollte den Studenten an seiner Seite auf eine agile ältere Frau hinweisen, die völlig im Tai-Chi aufging, als die Brust des Jungen mit einem Mal explodierte und er zu Boden fiel. Die Soldaten der Volksbefreiungsarmee hatten begonnen, in die Menge auf dem Platz des Himmlischen Friedens zu schießen. Kurz darauf kamen die Panzer und trieben die Menschen vor sich her, so dass viele unter den Ketten zerquetscht wurden. Das berühmte Fernsehbild des einzelnen Studenten, der einen der Panzer mit einer Blume aufhielt, blieb in dieser furchtbaren Nacht leider eine seltene Ausnahme.

Danach konnte Chang nie wieder beim Tai-Chi zusehen, ohne an diesen Moment denken zu müssen, der ihn in seiner Haltung als bekennender Dissident endgültig bestärkt und sein Leben – und das seines Vaters und seiner Familie – für immer verändert hatte.

Er blickte auf seine Frau und das kleine Mädchen, das neben ihr schlief und die weiße Stoffkatze im Arm hielt, die Mei-Mei ihr genäht hatte. Schweigend betrachtete er die beiden einen Moment lang. Dann ging er ins Badezimmer, drehte das Wasser auf, zog sich aus und trat unter die Dusche. Irgendwie hatte Mei-Mei am Vorabend noch die Zeit gefunden, alles hier zu scheuern.

Er duschte, drehte den Hahn wieder zu, trocknete sich ab und neigte lauschend den Kopf. Aus der Küche drang ein metallenes Klappern an seine Ohren.

Mei-Mei schlief noch, und die Jungen konnten nicht kochen. Erschrocken huschte er zum Bett, zog die Pistole unter der Matratze hervor und schlich vorsichtig ins vordere Zimmer. Dann lachte er. Sein Vater bereitete Tee zu.

»Baba«, sagte er. »Ich wecke Mei-Mei. Sie kann das erledigen.«

»Nein, nein, lass sie schlafen«, sagte der alte Mann. »Nach dem Tod deiner Mutter habe ich gelernt, wie man Tee kocht. Reis kann ich auch. Und Gemüse. Allerdings nicht sehr gut. Lass uns zusammen Tee trinken.« Er wickelte einen Lappen um den Griff des eisernen Kessels und trug ihn mit zwei Tassen ins Wohnzimmer. Sie setzten sich, und er schenkte ihnen Tee ein.

Nach Changs Rückkehr letzte Nacht hatten er und sein Vater sich den Stadtplan genommen und die Adresse des Geists gesucht. Zu ihrer Überraschung stand das Haus nicht in Chinatown, sondern weiter im Westen, in der Nähe des Hudson River.

»Wie willst du in die Wohnung des Geists kommen?«, fragte sein Vater jetzt. »Wird er dich nicht erkennen?«

Chang trank einen Schluck Tee. »Nein, das glaube ich nicht. Er ist nur einmal im Laderaum des Schiffs gewesen, und da war es außerdem ziemlich dunkel.«

»Wie willst du es anstellen?«

»Falls es einen Pförtner gibt, werde ich mich als Tan vorstellen und behaupten, ich sei geschäftlich mit ihm verabredet. Ich habe die ganze Nacht mein Englisch geübt. Dann steige ich einfach in den Aufzug, gehe zu seiner Tür und klopfe.«

»Und wenn er Leibwächter hat?«, fragte Chang Jiechi. »Die werden dich durchsuchen.«

»Ich verstecke die Pistole im Strumpf. Die Leute werden nicht gründlich suchen, weil sie nicht damit rechnen, dass ich bewaffnet bin.« Chang versuchte sich den weiteren Ablauf der Ereignisse vorzustellen. Die anderen würden ebenfalls Waffen tragen. Doch auch wenn sie sofort beim Anblick seiner Pistole das Feuer eröffneten, würde er immer noch ein oder zwei Schüsse auf den Geist abgeben können. Er merkte, dass sein Vater ihn durchdringend ansah, und senkte den Kopf. »Ich werde zurückkommen«, versicherte er. »Ich werde hier sein, um mich um dich zu kümmern, Baba.«

»Du bist ein guter Sohn. Ich hätte mir keinen besseren wünschen können.«

»Ich habe dir nicht so viel Ehre gemacht, wie ich es hätte tun müssen.«

»Doch, das hast du«, sagte der alte Mann und goss ihnen Tee nach. »Ich habe den richtigen Namen für dich ausgewählt.« Changs chinesischer Vorname, Jingerzi, bedeutete »kluger Sohn«.

Sie hoben ihre Tassen, und Chang trank aus.

Mei-Mei erschien in der Tür und sah den Tee. »Habt ihr schon Reis gegessen?«, fragte sie, was nichts anderes als »Guten Morgen« hieß und sich nicht auf das Frühstück bezog.

»Weck William«, trug Chang ihr auf. »Ich habe etwas mit ihm zu besprechen.«

Aber sein Vater hob eine Hand. »Nein.« Mei-Mei blieb stehen.

»Warum nicht?«, fragte Chang.

»Er wird mitkommen wollen.«

»Ich verbiete es ihm.«

Chang Jiechi lachte. »Und das wird ihn davon abhalten? Deinen Hitzkopf von einem Sohn?«

Chang schwieg für einen Moment. »Ich kann nicht einfach so gehen«, sagte er dann. »Es ist wichtig, dass ich vorher mit ihm rede.«

»Was ist der einzige Grund, der einen Mann dazu bringen könnte, etwas dermaßen Verwegenes und Gefährliches zu tun, wie du es heute vorhast?«, fragte sein Vater.

»Das Wohl der eigenen Kinder«, erwiderte Chang.

Der alte Mann lächelte. »Ja, mein Sohn, genau. Halt dir das stets vor Augen. Du tust es für das Wohl deiner Kinder.« Dann wurde er ernst.

Diesen Blick seines Vaters kannte Sam Chang nur zu gut. Gebieterisch, unbeugsam. Er hatte ihn schon eine Weile nicht mehr an Chang Jiechi gesehen – nicht mehr seit dem Ausbruch der Krankheit. »Ich weiß genau, was du deinem Sohn sagen willst. Ich werde es ihm ausrichten. Es ist mein Wunsch, dass du William nicht aufweckst.«

Chang nickte. »Ganz wie du meinst, Baba.« Er sah auf die Uhr. Es war halb acht. In einer Stunde musste er bei der Wohnung des Geists sein. Sein Vater schenkte ihm Tee nach. Chang trank schnell aus. »Ich muss gleich weg«, sagte er dann zu Mei-Mei. »Aber ich möchte, dass du dich vorher noch zu mir setzt.«

Sie nahm neben ihrem Mann Platz und legte den Kopf an seine Schulter.

Keiner von beiden sprach ein Wort, aber nach fünf Minuten fing Po-Yee an zu weinen, und Mei-Mei stand auf, um nach ihr zu sehen. Zufrieden betrachtete Chang seine Frau und ihre neue Tochter. Und dann war es an der Zeit, aufzubrechen und in den Tod zu gehen.

Rhyme roch den kalten Rauch.

»Das ist ja widerlich«, rief er.

»Was denn?«, fragte Sonny Li, die einzige andere Person im Wohnzimmer. Er wirkte noch ganz benommen, und seine Haare standen komisch in alle Richtungen ab. Es war sieben Uhr dreißig.

»Dieser Zigarettenqualm«, erklärte Rhyme.

»Sie sollten auch rauchen«, gab Li zurück. »Dann wären Sie etwas entspannter. Das würde Ihnen gut tun.«

Mel Cooper traf ein, unmittelbar gefolgt von Lon Sellitto und Eddie Deng. Der junge chinesisch-amerikanische Cop ging sehr langsam. Sogar sein Haar schien schlappgemacht zu haben; von der modischen Igelfrisur war heute nichts zu entdecken.

»Wie geht's Ihnen, Eddie?«, fragte Rhyme.

»Sie sollten mal den Bluterguss sehen«, sagte Deng und meinte damit das Überbleibsel seiner Bekanntschaft mit einer Pistolenkugel. »Meiner Frau habe ich ihn lieber nicht gezeigt, sondern mir den Pyjama im Badezimmer angezogen.«

Sellittos Augen waren gerötet. In der Hand hielt er ein paar Zettel, auf denen seine Leute die vorläufigen Ergebnisse der nächtlichen Befragungen notiert hatten. Obwohl die Arbeit noch weiterging, gab es schon jetzt eine entmutigend große Zahl von Adressen, wo in den letzten sechs Monaten ein grauer Arnold-Teppich der Marke Lustre-Rite verlegt worden war: insgesamt zweiunddreißig – und das nur in und um Battery Park City.

»Mist«, murmelte Rhyme. »Zweiunddreißig.« Und es konnte sich jeweils um mehrere Stockwerke handeln. Zweiunddreißig? Er hatte gehofft, es würden allenfalls fünf oder sechs sein.

INS-Agent Alan Coe betrat fröhlich den Raum. Er schien nicht im Mindesten zerknirscht zu sein und stellte sogleich einige Fragen zum Stand der Ermittlungen – als hätte die gestrige Schießerei nicht stattgefunden und als wäre der Geist nicht durch sein Verschulden entwischt.

Und wieder näherten sich Schritte auf dem Flur.

»Hallo«, grüßte Sachs, kam herein und gab Rhyme einen Kuss. Er wollte ihr von der Liste der mit dem Teppich ausgestatteten Gebäude erzählen, aber Sellitto fiel ihm ins Wort. »Haben Sie letzte Nacht auch gut geschlafen?«, fragte er und klang eindeutig gereizt.

»Was?«, fragte sie.

»Ob Sie geschlafen haben? War es schön? Haben Sie sich so richtig ausgeruht?«

»Nicht wirklich«, antwortete sie vorsichtig. »Wieso?«

»Ich habe gegen eins bei Ihnen zu Hause angerufen. Es gab da ein paar Fragen zu klären.«

Rhyme hätte gern den Anlass für dieses Verhör gewusst.

»Tja, ich war aber erst um zwei zu Hause«, sagte sie mit wütendem Blick. »Ich habe vorher noch einen Freund besucht.«

»Ach ja?«

»Ach ja!«

»Nun, ich konnte Sie nicht erreichen.«

»Wissen Sie was, Detective?«, sagte sie. »Ich werde Ihnen die Telefonnummer meiner Mutter aufschreiben. Die kann Ihnen vielleicht ein paar Tipps geben, wie man mir am besten hinterherspioniert. Auch wenn sie selbst es seit ungefähr fünfzehn Jahren nicht mehr versucht hat.«

»Ha, das war gut«, sagte Sonny Li.

»Passen Sie bloß auf, Officer«, warnte Sellitto sie.

»Ich soll *was*?«, fuhr sie ihn an. »Wenn Sie etwas zu sagen haben, dann raus damit!«

Der Cop gab klein bei. »Ich konnte Sie nicht erreichen, das ist alles«, murrte er. »Ihr Mobiltelefon war abgeschaltet.«

»Na und? Ich habe doch noch meinen Pager. Haben Sie es damit mal versucht?«

»Nein.«

»Also, was wollen Sie?«

Der Streit verblüffte Rhyme. Sicher, während der Arbeitszeit bestand er darauf, dass Sachs ständig erreichbar blieb. Aber nicht in ihrer Freizeit. Amelia Sachs war unabhängig. Sie fuhr gern schnell mit ihrem Wagen, sie hatte eigene Interessen, und sie kannte noch andere Leute als ihn.

Was auch immer sie dazu antrieb, sich blutig zu kratzen, ihren Vater zu betrauern und ihrem früheren Liebhaber nachzuweinen, einem Cop, der zu den bestechlichsten Bullen der jüngeren Geschichte gehört hatte und dafür mittlerweile hinter Gittern saß, was auch immer sie an den Tatorten zu Höchstleistungen trieb – genau dieselbe Kraft ließ sie bisweilen über die Stränge schlagen.

Umgekehrt kam es vor, dass Rhyme sie einfach hinausbeförderte, manchmal höflich, manchmal barsch. Ein Krüppel brauchte Zeit für sich allein. Um Kraft zu sammeln, um den Betreuer die Sache mit den Exkrementen erledigen zu lassen und um über unbedeutende kleine Fragen wie »Möchte ich mich heute umbringen?« nachzudenken.

Rhyme rief im Bundesgebäude an und fragte nach Dellray, aber der war in Brooklyn und überprüfte einige Anhaltspunkte im Fall des versuchten Bombenanschlags vom Vorabend. Dann sprach er mit dem Assistant Special Agent in Charge und erfuhr, dass man im Verlauf eines morgendlichen Treffens entscheiden wollte, welcher FBI-Agent auf Dellrays Posten bei GHOSTKILL nachrücken würde. Rhyme war verärgert; er hatte angenommen, der neue SSA sei längst bestimmt worden.

»Was ist mit SPEC-TAC?«

»Auch das steht auf der Agenda unseres heutigen Konzils.«

Die Agenda unseres heutigen Konzils?

»Nun, wir brauchen Leute, und zwar sofort«, schimpfte Rhyme.

»Die hohe Priorität ist uns durchaus bewusst«, sagte der aalglatte Mann.

»Oh, wie verdammt beruhigend.«

»Wie bitte, Mr. Rhyme? Ich glaube, ich habe Sie nicht ganz verstanden.«

»Ich sagte, geben Sie uns Bescheid, sobald etwas feststeht. Wir benötigen mehr Leute.«

Kaum hatte er aufgelegt, klingelte der Apparat auch schon wieder. »Kommando, Telefon, Abheben«, rief Rhyme.

Man hörte ein Klicken, und dann meldete sich eine Stimme mit chinesischem Akzent. »Mr. Li, bitte.«

Li setzte sich und zog geistesabwesend eine Zigarette aus der Schachtel. Thom reagierte sofort und nahm sie ihm ab. Li beugte sich zu dem Lautsprecher vor und fing an, schnell auf Chinesisch zu sprechen. Es folgte ein heftiger Wortwechsel zwischen ihm und dem Anrufer. Rhyme hatte den Eindruck, die beiden würden streiten, aber letztlich lehnte Li sich zurück und schrieb etwas auf. Dann unterbrach er die Verbindung und lächelte.

»Okay, okay«, sagte er. »Ich habe was. Das war Cai aus dem Tong. Er hat sich wegen der Minderheiten umgehört. Es gibt eine chinesische Volksgruppe, die Uiguren. Sie sind Moslems, ein Turkvolk. Harte Jungs. China hat sich ihr Land einverleibt – ähnlich wie Tibet –, und das gefällt ihnen nicht. Sie werden schlecht behandelt. Cai hat herausgefunden, dass die Leute des Geists beim Turkestan Community and Islamic Center in Queens angeheuert wurden. Der Kerl, den Hongse erschossen hat, gehört auch dazu. Hier sind die Adresse und die Telefonnummer. He, hatte ich nicht Recht, Loaban? Ich habe gleich auf eine der Minderheiten getippt.«

»Ja, das haben Sie, Sonny.«

Eddie Deng übersetzte Lis chinesische Notizen ins Englische und hielt sie auf einem zweiten Zettel fest.

»Wie wär's mit einer Razzia?«, fragte Sellitto.

»Noch nicht. Der Geist könnte dadurch gewarnt werden«, sagte Rhyme. »Ich habe eine bessere Idee.«

Deng hatte den gleichen Gedanken. »Die Telefongesellschaft.«

»Genau.«

Für jeden Anschluss wurde automatisch eine Liste der ein- und ausgehenden Gespräche geführt. Da diese Protokollfunktion sich nicht auf den Inhalt der Unterredungen erstreckte, konnten die Strafverfolgungsbehörden relativ einfach darauf zugreifen. Wollten sie jedoch die Leitung anzapfen und mithören, war dafür ein Gerichtsbeschluss erforderlich.

»Was soll uns das nützen?«, fragte Coe.

»Der Geist ist gestern Morgen in der Stadt eingetroffen und hat irgendwann mit diesem Zentrum telefoniert – vermutlich wegen der

Handlanger. Wir nehmen uns alle Gespräche vor, die seit, sagen wir, neun Uhr gestern früh auf dem Apparat geführt wurden.«

Ein halbe Stunde später lag ihnen eine Liste mit etwa dreißig Telefonnummern vor. Die meisten Nummern schieden sofort aus – darunter alle, die man schon vor der Ankunft des Geists registriert hatte –, doch es blieben vier Mobiltelefone mit New Yorker Vorwahl.

»Die Apparate sind heiß, nicht wahr?«

»So heiß wie ein Sommer in Florida.«

Da es sich um gestohlene Telefone handelte, existierte keine Rechnungsanschrift, hinter der sich der Geist verbergen konnte. Aber die Mobilfunkanbieter waren in der Lage, dem Team Informationen über den Aufenthaltsort des Anrufers zum Zeitpunkt des jeweiligen Gesprächs zu liefern. Einer der Apparate hatte sich im Gebiet von Battery Park City befunden. Der Sicherheitschef der Telefonfirma nannte ihnen die Koordinaten des entsprechenden Funkbereichs, und Thom zeichnete sie in den Stadtplan ein. Es ergab sich ein knapp einen Quadratkilometer großer Keil in der Nähe des Hudson River.

»Also, Sachs«, rief Rhyme und verspürte wieder einmal, wie aufregend es war, ein Opfer immer enger einzukreisen. »Wurde in einem Gebäude dieses Bereichs ein Arnold Lustre-Rite Teppich verlegt?«

»Ich drücke die Daumen«, sagte Eddie Deng.

Es dauerte eine Weile.

»Ja! Treffer!«, rief Sachs schließlich und sah von der Liste auf.

»Das ist das Versteck des Geists«, verkündete Rhyme.

»Ein neues Haus«, sagte sie. »Acht Null Fünf Patrick Henry Street. Nicht weit vom Fluss.« Sie markierte es auf dem Stadtplan. Dann schlug sie in den Unterlagen nach und seufzte. »Verdammt«, murmelte sie. »Der Teppich wurde dort auf insgesamt neunzehn Etagen verlegt. Das bedeutet, wir müssen jede Menge Wohnungen überprüfen.«

»Dann nichts wie los«, sagte Rhyme ungeduldig.

GHOSTKILL

Easton, Long Island, Tatort

- Zwei Immigranten am Strand ermordet; in den Rücken geschossen.
- Ein Immigrant verwundet – Dr. John Sung.

- »Bangshou« (Assistent) an Bord; Identität unbekannt.
  - Assistent identifiziert als der Ertrunkene, der am Untergangsort der *Dragon* gefunden wurde.
- Zehn Immigranten entkommen: sieben Erwachsene (ein älterer Mann, eine verletzte Frau), zwei Kinder, ein Kleinkind. Stehlen Kirchenbus.
- Blutspuren zur Untersuchung ins Labor geschickt.
  - Verletzte Frau hat Blutgruppe AB negativ. Weitere Informationen erbeten.
- Geist wurde am Strand von Fahrzeug erwartet, aber dann zurückgelassen. Hat vermutlich einen Schuss auf Fahrzeug abgegeben. Anfrage nach Fahrzeughersteller und -modell läuft, basierend auf Reifenspuren und Radstand.
  - Fahrzeug ist ein BMW X5.
    - Fahrer – Jerry Tang.
- Für Immigranten standen keine Fahrzeuge bereit.
- Funktelefon (vermutlich des Geists) zur Analyse an FBI geschickt.
  - Sicheres Satellitentelefon, nicht zurückverfolgbar. Hat zwecks Nutzung chinesisches Behördennetz gehackt.
- Waffe des Geists = Pistole, 7,62 mm. Ungewöhnliche Hülsen.
  - Chinesische Modell 51 Automatik-Pistole.
- Geist hat angeblich Regierungsleute auf Lohnliste.
- Geist hat als Fluchtwagen roten Honda gestohlen. Fahndungsmeldung ist raus.
  - Honda bislang nicht gefunden.
- Drei Leichen aus Meer geborgen – zwei erschossen, einer ertrunken. Fotos und Abdrücke an Rhyme und chinesische Polizei.
- Ertrunkener identifiziert als Victor Au, der *bangshou* des Geists.
- Fingerabdrücke an AFIS geschickt.
  - Keine Übereinstimmungen, aber ungewöhnliche Einkerbungen an Sam Changs Fingern und Daumen (Wunde, Verbrennung durch Seil?).
- Immigrantengruppe besteht aus: Sam Chang und Wu Qichen, jeweils mit Familie; John Sung, Baby einer ertrunkenen Frau, unbekannte/r Mann und Frau (am Strand ermordet).

Gestohlener Kleinbus, Chinatown

- Immigranten tarnen Fahrzeug mit Logo des »Home Store«.
- Blutspritzer deuten auf Hand-, Arm- oder Schulterverletzung der Frau hin.
- Blutspuren zur Untersuchung ins Labor geschickt.
  - Verletzte Frau hat Blutgruppe AB negativ. Weitere Informationen erbeten.
- Fingerabdrücke an AFIS geschickt.
  - Keine Übereinstimmungen.

Mord an Jerry Tang, Tatort

- Vier Männer haben Tür eingetreten, das Opfer gefoltert und erschossen.
- Zwei Patronenhülsen – passen zur Modell 51. Tang durch zwei Kopfschüsse ermordet.
- Beträchtliche Verwüstungen.
- Einige Fingerabdrücke.
  - Keine Übereinstimmungen, außer bei Tang.
- Drei Komplizen haben kleinere Schuhgröße als Geist, mutmaßlich auch kleinere Statur.
- Versteck des Geists nach Spurenlage vermutlich im Süden Manhattans, Gebiet um Battery Park City.
- Komplizen entstammen vermutlich einer ethnischen Minderheit Chinas. Nach Verbleib wird gefahndet.
  - Uiguren aus dem Turkestan Community and Islamic Center in Queens.
    - Anrufe per Mobiltelefon verweisen auf 805 Patrick Henry Street, südliches Manhattan.

Schießerei auf der Canal Street, Tatort

- Zusätzliche Spuren deuten auf Versteck im Gebiet um Battery Park City hin.
- Gestohlener Chevrolet Blazer, nicht zurückverfolgbar.
- Keine Übereinstimmungen bei Fingerabdrücken.
- Teppich des Verstecks: Hersteller Arnold, Marke Lustre-Rite, ver-

legt während der letzten sechs Monate; kontaktieren Baufirmen zwecks Liste möglicher Objekte.
  - Festgestellte Adressen: 32 in/um Battery Park City.
- Frischer Gartenmulch gefunden.
- Toter Komplize des Geists: ethnische Minderheit aus West- oder Nordwestchina. Fingerabdrücke nicht registriert. Waffe war Walther PPK.
- Details zu den Immigranten:
  - Die Changs: Sam, Mei-Mei, William und Ronald; Sams Vater, Chang Jiechi, und Kleinkind, Po-Yee. Sam hat Job arrangiert, aber Arbeitgeber und Ort unbekannt. Fahren blauen Kleinbus, Modell und Kennzeichen unbekannt. Wohnung der Changs liegt in Queens.
  - Die Wus: Qichen, Yong-Ping, Chin-Mei und Lang.

... Einunddreißig

Du bist Teil des Althergebrachten! Bereust du?

Der Geist stand am Fenster seiner Hochhauswohnung an der Patrick Henry Street im Süden Manhattans und beobachtete die Schiffe, die fünfzig Meter tiefer in anderthalb Kilometern Entfernung durch das Hafenbecken kreuzten.

Manche kamen schnell voran, andere kämpften sich unbeholfen durch die Wellen.

Manche sahen aus wie neu, andere rostig wie die *Fuzhou Dragon*.

... Teil des Althergebrachten. Dein dekadenter Lebenswandel ist abscheulich ...

Er genoss dieses Panorama. In China gab es solche Ausblicke nur selten; sobald man Peking und die großen Städte in Fujian und Guangdong verlassen hatte, gab es kaum noch hohe Gebäude. Denn es gab nur wenige Aufzüge.

Dem Vater des Geists wäre es in den sechziger Jahren beinahe gelungen, diesen Missstand zu beseitigen.

Der stämmige Geschäftsmann war mit einer raren Kombination aus Ehrgeiz und Vernunft gesegnet und auf vielen Feldern gleichzeitig aktiv: Er verkaufte Militärgüter an die Vietnamesen, die sich in ihrem Wurmfortsatz von einem Land daranmachten, die Amerikaner zu besiegen; er besaß Schrottplätze, verlieh Geld, baute Privathäuser und importierte russische Geräte und Maschinen – von denen die Lemarow-Aufzüge sich als am lukrativsten erwiesen, denn sie waren billig, funktionell und führten nur vereinzelt zu Todesfällen.

Im Namen eines Kollektivs aus Fuzhou hatte Kwan Baba – den tatsächlich alle mit Spitznamen »Vater« nannten – sich vertraglich verpflichtet, Tausende dieser Aufzüge abzunehmen, sie an die Baukollektive zu verkaufen und zur Installation russische Techniker ins Land zu holen. Alles sprach dafür, dass seine Anstrengungen die Skylines von China verändern und ihn selbst noch wohlhabender machen würden, als er ohnehin schon war.

Was sollte schief gehen? Er trug die konformistische Einheitskleidung, nahm so oft wie möglich an den Kundgebungen der KPC teil, hatte im gesamten Südosten *guanxi* und gehörte einer der erfolgreichsten Kooperativen Fujians an, dank derer ein Strom von Yuans nach Peking floss.

Doch seine Karriere war zum Scheitern verurteilt, und zwar aus einem einfachen Grund: Es gab in China einen achtbaren, humorlosen Exsoldaten und Politiker namens Mao Tse-tung, der 1966 aus einer Laune heraus die Kulturrevolution einleitete und Studenten im ganzen Land dazu anstachelte, sich zu erheben, um die »Vier Alten« zu zerstören: alte Kultur, alte Bräuche, alte Denkmuster und alte Gewohnheiten.

Das Haus von Kwan Baba, gelegen in einem eleganten Viertel Fuzhous, gehörte zu den ersten Zielen der wütenden jungen Männer, die angesichts des Befehls aus dem Mund des Großen Steuermanns praktisch zitternd vor Idealismus auf die Straße gingen.

»Du bist Teil des Althergebrachten«, brüllte der Anführer. »Bereust du? Gestehst du, dass du ein Verfechter der alten Werte bist?«

Der Vater des Geists hatte die Leute in seinem Wohnzimmer empfangen, das plötzlich auf die Größe einer Gefängniszelle geschrumpft zu sein schien, weil eine Horde schreiender Jugendlicher die Familie umringte. Sein Blick verriet nicht nur Angst, sondern auch Verwirrung, weil er wirklich nicht begriff, was er denn Böses getan haben sollte.

»Gestehe und strebe nach Umerziehung, dann werden wir dich verschonen!«, kreischte ein anderer.

»Du stehst für altes Denken, alte Werte, alte Kultur …«

»Du hast auf dem Rücken des Volkes ein Lakaienimperium errichtet!«

In Wahrheit hatten die Studenten nicht die geringste Ahnung, womit Kwan Baba seinen Lebensunterhalt verdiente oder ob die Kooperative, der er vorstand, auf dem reinen Kapitalismusprinzip eines J. P. Morgan oder dem marxistisch-leninistisch-maoistischen Kommunismus basierte. Sie wussten lediglich, dass sein Haus schöner war als ihres und dass er es sich leisten konnte, Kunstwerke aus der verabscheuten »alten« Zeit zu erwerben – Kunstwerke, die nichts dazu beitrugen, den Kampf des Volkes gegen die tyrannischen Westmächte zu befördern.

Kwan, seine Frau, der zwölfjährige Ang und sein älterer Bruder standen der brodelnden Menge fassungslos gegenüber.

»Du bist Teil des Althergebrachten…«

Für den kleinen Ang verschwammen die meisten Ereignisse dieser Nacht zu einem furchtbaren, verworrenen Durcheinander.

Eines jedoch hatte sich in sein Gedächtnis eingebrannt, und er musste nun daran denken, während er hier in seinem luxuriösen Wolkenkratzerdomizil oberhalb des Hafens auf den Verräter der Changs wartete.

Der hoch gewachsene Kaderführer der Studenten stand in der Mitte des Wohnzimmers. Er trug eine schwarz geränderte Brille, die ihm leicht schief auf der Nase saß, weil sie aus der Produktion eines der örtlichen Kollektive stammte. Speicheltropfen flogen ihm aus dem Mund, während er zornig auf den kleinen Kwan Ang einschrie, der unterwürfig neben dem nierenförmigen Kaffeetisch kauerte, an dem sein Vater ihn einige Jahre zuvor in der Handhabung des Abakus unterwiesen hatte.

»Du bist Teil des Althergebrachten«, brüllte der Student dem Jungen ins Gesicht. »Bereust du?« Zur Betonung seiner Worte ließ er bei jedem Satz einen dicken Knüppel, schwer wie ein Kricketschläger, zwischen ihnen herabsausen, der mit einem lauten, dumpfen Geräusch aufprallte.

»Ja, ich bereue«, sagte der Junge ruhig. »Ich bitte das Volk um Vergebung.«

»Du wirst deinen dekadenten Lebenswandel ändern.«

Rums.

»Ja, ich werde mich ändern«, sagte er, obwohl er nicht wusste, was »dekadent« bedeutete. »Die alten Bräuche sind eine Gefahr für das Gemeinwohl des Volkes.«

»Falls du an deinen alten Überzeugungen festhältst, wirst du sterben!«

Rums.

»Ich wende mich von ihnen ab.«

Rums, rums, rums…

So ging es endlose Minuten weiter – bis die Schläge, die der Student mit der Eisenspitze des Knüppels austeilte, schließlich auch noch das letzte Fünkchen Leben aus den Eltern des Geists geprügelt hatten, die gefesselt und geknebelt zu seinen Füßen lagen.

Der Junge würdigte die blutigen Gestalten keines einzigen Blicks, sondern rezitierte den Katechismus, den die Studenten so begierig hören wollten. »Ich bereue mein Verhalten. Ich lehne das Althergebrachte ab. Ich bedauere, dass ich mich von nutzlosen und dekadenten Gedanken habe verleiten lassen.«

Er wurde verschont, im Gegensatz zu seinem älteren Bruder, der zum Schuppen des Gärtners rannte und mit einer Harke zurückkam – der einzigen Waffe, die der törichte Junge auftreiben konnte. Innerhalb kürzester Zeit verwandelten die Studenten ihn in einen dritten blutigen Haufen Fleisch, der genauso leblos wie seine Eltern auf dem Teppich lag.

Den loyalen Kwan Ang nahmen die glühenden Burschen mit und hießen ihn im Herzen der Glorreichen Jugendbrigade des Roten Banners von Fuzhou willkommen, um dann die ganze Nacht hindurch noch weitere der verderblichen Alten aufzustöbern.

Keiner der Studenten bemerkte, dass Ang sich am nächsten Morgen aus ihrem provisorischen Hauptquartier schlich. In Anbetracht der zahlreichen Reformen, die es durchzusetzen galt, schienen sie sich nicht einmal an ihn zu erinnern.

Er indessen erinnerte sich sehr gut an sie und hatte seine kurze Zeit als maoistischer, das Alte verachtender Revolutionär – kaum mehr als ein paar Stunden – recht produktiv genutzt: Er hatte sich die Namen der Jugendlichen dieses Kaders genau eingeprägt und ihren Tod geplant.

Doch er würde den geeigneten Augenblick abwarten.

Naixin…

Der Überlebensinstinkt des Jungen war stark, und er floh auf einen der Schrottplätze seines Vaters außerhalb von Fuzhou. Dort lebte er einige Monate und durchstreifte täglich das große Gelände, um zwischen den Fahrzeugwracks und Abfallhaufen Ratten und Hunde zu erlegen, von denen er sich ernährte. Als Waffen dienten ihm ein selbst gebastelter Speer und eine Keule – ein rostiger Stoßdämpfer aus einem alten russischen Lastwagen.

Als er merkte, dass die Kader nicht nach ihm suchten, fasste er Mut und unternahm Raubzüge in die Stadt, um in den Mülltonnen hinter den Restaurants nach etwas Essbarem zu suchen.

Dank ihrer Seefahrervergangenheit und der zahlreichen Kontakte mit dem Rest der Welt zählten die Einwohner Fuzhous seit jeher zu den selbstbewusstesten Bürgern Chinas. Kwan Ang fand bald heraus, dass die Kommunistische Partei und ihre maoistischen Kader das Hafenviertel und die Docks mieden, weil die dort ansässigen Schlangenköpfe und Schmuggler sich einen Scheißdreck um die unterdrückten Massen kümmerten und jeder ideologische Bekehrungsversuch einem Selbstmord gleichkam. Der Junge wurde von einigen dieser Männer inoffiziell adoptiert und übernahm schon bald Botengänge für sie. Nachdem er ihr Vertrauen gewonnen hatte, durfte er manche der kleineren Aufträge sogar in Eigenregie ausführen, beispielsweise Diebstähle aus den Docks oder Schutzgelderpressungen in den Geschäften der Stadt.

Seinen ersten Mann tötete er mit dreizehn – einen vietnamesischen Drogenhändler, der den Schlangenkopf ausgeraubt hatte, für den Ang arbeitete. Und mit vierzehn spürte er endlich die Studenten auf, die ihm seine Familie genommen hatten. Sie starben unter grausamen Qualen.

Der junge Ang war kein Narr; er sah sich um und stellte fest, dass die Halsabschneider, mit denen er sich abgab, nur selten in der Rangordnung aufstiegen – hauptsächlich wegen ihrer miserablen Bildung. Ihm war klar, dass er sich kaufmännische Kenntnisse aneignen, das Prinzip der Buchführung begreifen und Englisch lernen musste – die künftige Sprache des internationalen Verbrechens. Er schlich sich also in die staatlichen Schulen von Fuzhou, die dermaßen überfüllt waren, dass die fehlende Anmeldung eines ihrer Schüler keinem der Lehrer je auffiel.

Der Junge arbeitete und sparte Geld. Er lernte, welche Straftaten man besser nicht beging (Diebstahl von Staatseigentum und Import von Drogen; beides verhalf dir mit Sicherheit zu einer Hauptrolle bei den gut besuchten dienstäglichen Morgenexekutionen, die im örtlichen Fußballstadion stattfanden) und welche akzeptabel waren: Waffenhandel, Menschenschmuggel und Diebstähle bei ausländischen Firmen, die unerfahren ihre ersten Schritte auf dem chinesischen Markt wagten.

Kwan Angs Lehrzeit im Hafenviertel hatte aus ihm einen sachkundigen Schmuggler, Erpresser und Geldwäscher gemacht, und auf diesen Gebieten verdiente er auch sein Vermögen, erst in Fuzhou, dann in Hongkong und später in ganz China und dem Fernen Osten. Er achtete sorgfältig darauf, keine Aufmerksamkeit zu erregen, nie fotografiert zu werden und sicherzustellen, dass niemand ihn zu Gesicht bekam, geschweige denn ihn verhaften konnte. Als er erfuhr, dass ein Offizier der Öffentlichen Sicherheit ihn zu Gui, dem Geist, ernannt hatte, war er regelrecht entzückt und übernahm den Spitznamen sofort.

Sein Erfolg basierte darauf, dass es ihm nicht in erster Linie auf den Gewinn ankam. Ihn reizte eher die Herausforderung, denn eine Niederlage bedeutete Schande, ein Sieg hingegen Ruhm. Die treibende Kraft in seinem Leben war die Jagd, und in Spielhallen interessierten ihn nur die Geschicklichkeitsspiele. Er verachtete die Dummköpfe, die Geld am Glücksrad oder für ein Lotterielos ausgaben.

Herausforderungen …

Zum Beispiel die Suche nach den Wus und den Changs.

Er war nicht unzufrieden mit dem gegenwärtigen Stand der Jagd. Seine Quellen hatten ihm verraten, dass die Wus in einem speziell gesicherten Haus untergebracht waren – keine Einrichtung des INS, sondern eine des NYPD –, womit er niemals gerechnet hätte. Ein Kollege von Yusuf würde sich das Gebäude genauer vornehmen, die Schutzmaßnahmen ausspionieren und vielleicht sogar die Wus umlegen, falls sich eine Gelegenheit dazu ergab.

Und was die Changs betraf – die würden bei Einbruch der Dunkelheit tot sein, verraten von ihrem eigenen Freund, den der Geist natürlich ebenfalls zu beseitigen gedachte, sobald der Mann ihm die Adresse der Familie genannt hatte.

Darüber hinaus freute es ihn, von seinem Mittelsmann zu erfahren, dass es der Polizei große Schwierigkeiten bereitete, ihn aufzuspüren. Das FBI trat auf der Stelle, und der Fall lag jetzt weitgehend in den Händen der Stadtpolizei. Das klang nach einer echten Glückssträhne.

Ein Klopfen an der Tür riss ihn aus seinen Überlegungen.

Der Verräter war eingetroffen.

Der Geist nickte einem der Uiguren zu, der daraufhin seine Waffe aus dem Hosenbund zog, langsam die Tür öffnete und auf den Neuankömmling zielte.

»Ich bin Tan«, sagte die Stimme im Treppenhaus, »und ich möchte zu dem Mann, den man den Geist nennt. Sein richtiger Name lautet Kwan. Wir haben etwas Geschäftliches zu besprechen. Es geht um die Changs.«

»Kommen Sie herein«, sagte der Geist und trat vor. »Möchten Sie einen Tee?«

»Nein«, erwiderte der alte Mann, schlurfte in die Wohnung und schaute sich um. »Ich werde nicht lange bleiben.«

... Zweiunddreißig

Mit ruhigem Blick musterte Chang Jiechi unter hängenden Lidern die Männer im Raum: Anwesend waren der Geist selbst und zwei Angehörige irgendeiner chinesischen Minderheit – Uiguren oder Kasachen. Wie die meisten älteren Han-Chinesen hielt auch Chang Jiechi sie grundsätzlich für »Barbaren«. Er ging weiter.

Was für eine Reise es doch bedeutet hatte, an diesen Ort zu gelangen, der zur Stätte seines Todes werden würde, grübelte er. Und er dachte an seinen Sohn Sam, der hoffentlich immer noch tief und fest schlief, weil Chang Jiechi ihm eine großzügige Portion Morphium in den Tee gemischt hatte.

»Wie lautet der einzige Grund, der einen Mann dazu veranlassen könnte, etwas dermaßen Verwegenes und Gefährliches zu tun, wie du es heute vorhast?«

»Das Wohl der eigenen Kinder.«

Kein Vater würde freiwillig zulassen, dass sein Sohn in den Tod ging. Schon bei Sams gestriger Rückkehr aus Chinatown hatte der alte Mann beschlossen, dass er ihn außer Gefecht setzen und an seiner Stelle herkommen würde. Sam stand hier in dem Schönen Land noch das halbe Leben bevor. Er musste seine Söhne großziehen und dazu noch – wie durch ein Wunder – die Tochter, die Mei-Mei sich immer gewünscht hatte. Hier gab es Freiheit, Frieden und die Aussicht auf Erfolg. Chang Jiechi würde verhindern, dass sein Sohn sich dieser Dinge beraubte.

Als die Wirkung des präparierten Tees einsetzte, fielen Sam Chang die Augen zu, und die Tasse rutschte ihm aus der Hand. Mei-Mei stand beunruhigt auf, doch Chang Jiechi erzählte ihr von dem Morphium und seinem Vorhaben. Sie wollte ihn zurückhalten, aber sie war eine Frau und zudem seine Schwiegertochter, und so fügte sie sich seinen Wünschen. Der alte Mann nahm die Waffe und etwas Geld. Dann umarmte er Mei-Mei, strich seinem Sohn über die Stirn, ordnete an, dass William unter keinen Umständen geweckt werden durfte, und verließ die Wohnung. Er nahm sich ein Taxi und zeigte dem Fahrer auf dem Stadtplan, wohin er gebracht werden wollte.

Jetzt stand er steifbeinig in dem eleganten Apartment des Geists. Der Barbar mit der Pistole blieb wachsam in seiner Nähe, und Chang Jiechi begriff, dass er die Männer zunächst in Sicherheit wiegen musste, bevor es ihm möglich sein würde, die eigene Waffe zu ziehen und dem Schlangenkopf eine Kugel ins Herz zu jagen.

»Kenne ich Sie?«, fragte der Geist und sah ihn neugierig an.

»Kann sein«, entgegnete Chang Jiechi und fügte eine Erklärung an, die er für glaubhaft hielt und die das Misstrauen des Geists beschwichtigen sollte. »Ich habe hier in Chinatown mit den Tongs zu tun.«

»Aha.« Der Geist trank einen Schluck Tee.

Der Barbar behielt den alten Mann argwöhnisch im Auge und ging nicht weg. Der andere junge Mann saß schweigend und nachdenklich im hinteren Teil des Zimmers.

Sobald der Verbrecher neben ihm sich etwas anderem zuwandte, würde Chang Jiechi den Geist erschießen.

»Setzen Sie sich, alter Mann«, sagte der Geist.

»Danke. Ich bin etwas wacklig auf den Beinen. Mir steckt Feuchtigkeit und Hitze in den Knochen.«

»Und Sie wissen, wo die Changs sind?«

»Ja.«

»Warum sollte ich Ihnen vertrauen?«

Chang Jiechi lachte. »In dieser Hinsicht habe ich wohl wesentlich mehr zu befürchten als Sie.«

Bitte, flehte er seinen Vater an, der diese Erde schon vor sechsundvierzig Jahren verlassen hatte und in Chang Jiechis Pantheon den wichtigsten Gott darstellte, höher noch als Buddha: Vater, bitte mach, dass dieser Mann seine Waffe wegsteckt und mir fünf Sekunden Zeit lässt. Lass mich meine Familie retten. Gib mir die Chance für einen einzigen Schuss – das ist alles, was ich will. Ich bin nur drei Meter weg. Ich kann ihn nicht verfehlen.

»Woher kennen Sie die Changs?«, fragte der Geist.

»Durch einen Verwandten in Fuzhou.«

»Sie wissen, dass ich den Leuten nichts Gutes tun will. Was ist der Anlass für Ihren Verrat?«

»Ich brauche das Geld für meinen Sohn. Er ist sehr krank und muss zum Arzt.«

Der Geist zuckte die Achseln. »Durchsuch ihn«, sagte er zu dem Barbaren. »Schau nach, ob er Papiere bei sich hat.«

Nein!, dachte Chang Jiechi erschrocken.

Der Barbar trat vor und versperrte ihm die Sicht – und das freie Schussfeld – auf den Geist.

Chang Jiechi hob abwehrend eine Hand. »Bitte. Ich bin ein alter Mann und verdiene deinen Respekt. Rühr mich nicht an. Ich werde dir meine Papiere selbst geben.«

Der Barbar sah über die Schulter den Geist an und hob fragend eine Augenbraue. Im selben Moment zog Chang Jiechi die Waffe aus der Tasche und schoss dem Mann ohne zu zögern in den Kopf. Der Barbar stürzte auf einen Schemel und blieb reglos liegen.

Der Geist jedoch reagierte sofort und sprang hinter eine schwere Couch, während Chang Jiechi erneut feuerte. Die Kugel durchschlug das Leder, aber er wusste nicht, ob er den Schlangenkopf getroffen hatte. Er wandte sich dem zweiten Barbaren im Raum zu, aber der Mann hatte bereits seine Pistole gehoben und zielte auf ihn. Chang Jiechi hörte einen Knall und verspürte einen gewaltigen Schlag gegen den Oberschenkel. Das großkalibrige Projektil riss ihn herum und ließ ihn rücklings zu Boden fallen. Der Barbar lief auf ihn zu. Chang Jiechi hätte auf ihn schießen können und ihn wahrscheinlich getroffen. Stattdessen feuerte er seine Waffe noch einige Male auf das Sofa ab, hinter dem der Geist sich verbarg.

Dann merkte er, dass die Pistole nicht weiterschoss.

Das Magazin war leer.

Hatte er den Geist erwischt?

O bitte, Guan Yin, Göttin der Barmherzigkeit… Bitte!

Doch ein Schatten fiel auf die Wand, und der Geist kam unverletzt und mit gezogener Waffe hinter der Couch zum Vorschein. Keuchend richtete er die schwarze Mündung auf Chang Jiechi und ging um das Möbelstück herum. Er warf einen kurzen Blick auf den toten Barbaren.

»Du bist Changs Vater.«

»Ja, und du bist der Teufel auf dem Rückweg zur Hölle.«

»Aber nicht mit deiner Fahrkarte«, erwiderte der Geist.

Der andere Barbar kniete stöhnend neben der Leiche seines Landsmannes und flüsterte hysterisch in einer Sprache, die Chang Jiechi nicht verstand. Dann erhob er sich, richtete die Pistole auf den alten Mann und kam näher.

»Nein, Yusuf«, sagte der Geist ungehalten und scheuchte ihn mit einer Handbewegung weg. »Er wird uns verraten, wo die anderen stecken.«

»Niemals«, lautete die trotzige Antwort.

»Uns bleibt nicht viel Zeit«, sagte der Geist zu seinem Komplizen. »Bestimmt hat jemand die Schüsse gehört. Wir müssen weg. Nimm die Treppe, nicht den Aufzug. Warte mit dem Wagen am Hinterausgang.«

Der aufgewühlte Mann starrte mit großen Augen Chang Jiechi an. Seine Hände zitterten vor Wut.

»Hast du mich verstanden?«, brüllte der Geist.

»Ja.«

»Dann geh. Ich komme in einer Minute nach. Geh!«

Chang Jiechi kroch verzweifelt auf die nächstbeste Tür zu. Sie führte in ein halbdunkles Schlafzimmer. Er sah zurück. Der Geist war in der Küche und nahm ein langes Filetiermesser aus einer Schublade.

Ein Stück vor Amelia Sachs, die in ihrem honiggelben Camaro mit hundertzehn Kilometern pro Stunde herangerast kam, ragte das Gebäude auf, in dem sich der Unterschlupf des Geists befand. Leider war es ein Hochhaus mit großflächigen Etagen. Die Suche nach der Wohnung würde sich ausgesprochen schwierig gestalten.

Aus ihrer Freisprechanlage ertönte ein lautes Knistern.

»Achtung, an alle Einheiten in der Gegend von Battery Park City. Wir haben hier einen Zehn-vierunddreißig; es wurden angeblich mehrere Schüsse abgefeuert. Moment … An alle Einheiten, es gibt Näheres zu dem Zehn-vierunddreißig. Wir haben jetzt eine Adresse. Acht Null Fünf Patrick Henry Street. Alle verfügbaren Einheiten, bitte melden.«

Genau das Gebäude, auf das sie gerade zufuhr. Das des Geists. War das ein Zufall? Nein, wohl kaum. Was war passiert? Hatte er die Changs bei sich? Hatte er sie irgendwie zu sich gelockt? Die Eltern, die Kinder … Sie gab noch mehr Gas und drückte auf den Knopf des Mikrofons, der an ihrem Anorak befestigt war. »Hier Spurensicherung, Einheit Fünf Acht Acht Fünf an Zentrale. Bin gleich am Schauplatz des Zehn-vierunddreißig. Gibt's weitere Informationen? Kommen.«

»Nein, sonst nichts, Fünf Acht Acht Fünf.«

»Keine Nummer des Apartments? Kommen.«

»Negativ.«

»Okay. Ende.«

Wenige Sekunden später stellte Sachs den Camaro auf dem Bürgersteig ab, sodass Platz für die Krankenwagen und anderen Einsatzfahrzeuge blieb, die sich schon bald vor dem Gebäude versammeln würden.

Sie rannte los und musste aufpassen, um nicht auf den glatten, rosafarbenen Marmorplatten auszurutschen. Dabei registrierte sie, dass die Blumenbeete am Eingang vor frischem Mulch geradezu überquollen. Einiges davon lag sogar auf dem Gehweg – was zweifellos die Spuren erklärte, die sie in dem Blazer sichergestellt hatte.

Sie sah weder einen Sicherheitsbeamten noch einen Pförtner, aber in der Lobby standen mehrere Leute und schauten verunsichert zu den Aufzügen.

Sachs wandte sich an einen Mann mittleren Alters, der einen Trainingsanzug trug. »Haben Sie die Schüsse gemeldet?«

»Ich hab bloß was gehört. Aber ich weiß nicht, von wo das kam.«

»Kann jemand anders mir weiterhelfen?«, fragte Sachs in die Runde.

»Ich glaube, es war im Westen«, berichtete eine ältere Frau. »Hoch oben, genauer kann ich es nicht sagen.«

Zwei Streifenwagen hielten vor dem Haus, und die uniformierten Beamten liefen hinein. Sellitto, Li und Alan Coe folgten unmittelbar hinter ihnen. Ein Krankenwagen tauchte auf, dann zwei Transporter der Emergency Services Unit.

»Wir haben von dem Zehn-vierunddreißig gehört«, sagte Sellitto. »Das ist sein Haus, nicht wahr? Das des Geists.«

»Ja«, bestätigte Sachs.

»Mein Gott«, murmelte der Detective. »Es dürfte hier etwa dreihundert Wohnungen geben.«

»Zweihundertvierundsiebzig«, sagte die ältere Frau.

Sellitto und Sachs berieten sich. Der Name im Mieterverzeichnis des Hauses war natürlich gefälscht. Sie würden den Geist nur dann finden, wenn sie sich auf eine gefährliche Suche von Tür zu Tür einließen.

Bo Haumann und einige seiner ESU-Beamten betraten die Lobby. »Wir haben alle Ausgänge abgeriegelt«, sagte der Captain mit dem militärisch kurzen Haarschnitt.

Sachs nickte. »Welche Etage?«, fragte sie die ältere Frau.

»Ich war in der achtzehnten, im Westflügel. Es hörte sich furchtbar nah an.«

Ein junger Mann mit Anzug hatte sich zu ihnen gesellt. »Nein, nein, nein«, sagte er. »Ich bin überzeugt, die Schüsse kamen aus dem vierzehnten Stock, und zwar im Süden, nicht im Westen.«

»Sind Sie sicher?«, fragte Haumann.

»Absolut.«

»Ich möchte widersprechen«, wandte die Frau höflich ein. »Es war höher. Und es war eindeutig im Westflügel.«

»Na, großartig«, murmelte Haumann. »Egal, wir müssen anfangen. Es könnte Verletzte gegeben haben. Wir suchen einfach überall.«

Sachs' Funkgerät meldete sich wieder. »Zentrale an Spurensicherung, Einheit Fünf Acht Acht Fünf.«

»Was gibt's, Zentrale?«

»Ein Anruf über Festnetz.«

»Stellen Sie durch.«

»Sachs, bist du da?«, ertönte Lincoln Rhymes Stimme.

»Ja, red weiter. Ich stehe hier mit Lon, Bo und der ESU.«

»Hört zu«, sagte der Kriminalist. »Ich habe mit der Notrufzentrale gesprochen und bin alle Meldungen aus dem Gebäude durchgegangen. Wie es aussieht, sind die Schüsse in der siebzehnten oder achtzehnten Etage abgegeben worden, und zwar ungefähr in der Mitte der Westseite des Hauses.«

Sachs trug kein Headset, sondern benutzte den kleinen Lautsprecher des Funkgeräts, sodass die Umstehenden mithören konnten.

»Okay, haben alle das verstanden?«, fragte Haumann seine Leute.

Sie nickten.

»Wir rücken jetzt vor, Rhyme«, sagte Sachs. »Ich melde mich wieder.«

Haumann teilte seine Beamten in drei Teams auf – je eines für die Etagen siebzehn und achtzehn sowie ein drittes, das sich trennen und die Treppenhäuser sichern sollte.

Sachs sah Coe, der in der Nähe stand. Er hatte sich klammheimlich zu einem der ESU-Teams gesellt und überprüfte soeben seine Waffe – die große Glock, mit der er nachweislich nicht umgehen konnte.

»Lassen Sie ihn nicht an der Aktion teilnehmen«, flüsterte Amelia dem Captain ins Ohr. »Er hat uns schon einmal einen taktischen Zugriff versaut.«

Der Leiter der ESU vertraute auf Sachs' Urteil – er hatte sie in kritischen Situationen erlebt – und erklärte sich einverstanden. Er ging zu Coe und sprach mit ihm. Sachs konnte nicht hören, was gesagt wurde, aber da dies eine NYPD-Operation war, würde Haumann sich wohl einfach auf die übergeordnete Zuständigkeit berufen und dem INS-Mann einen Befehl erteilen. Nach einer kurzen und hitzigen Debatte war Coes Gesicht fast so rot wie sein Haar. Haumann war ehemaliger Militärausbilder und hatte immer noch das entsprechende Auftreten und Durchsetzungsvermögen, sodass der INS-Agent die sinnlosen Proteste bald aufgab. Er drehte sich um, stürmte zur Vordertür hinaus und nahm sein Mobiltelefon, vermutlich um eine Beschwerde bei Peabody oder jemand anderem im Bundesgebäude einzureichen.

Der ESU-Leiter ließ ein kleines Team zur Bewachung der Lobby zurück, stieg mit Sachs und einer Gruppe seiner Leute in einen der Aufzüge und fuhr in die siebzehnte Etage.

Als die Tür aufging, drückten sich alle an die Wände, und einer der Beamten überprüfte mit einem Metallspiegel, der am Ende eines Stabs angebracht war, die Lage auf dem Flur. »Nichts zu sehen.«

Sie traten in den Korridor und bemühten sich, keinen Lärm zu machen, wenngleich ihre Ausrüstung leise klirrte.

Haumann gab das Handzeichen zum Ausschwärmen. Zwei Beamten mit MP5-Maschinenpistolen schlossen sich Sachs an und begannen mit der Suche. Eingerahmt von den beiden großen Cops mit ihren schussbereiten Waffen, wählte Amelia eine Tür aus und klopfte.

Von drinnen erklang ein merkwürdiges Geräusch, ein gedämpftes Klappern, als würde jemand direkt hinter der Tür etwas Schweres abstellen. Amelia sah die beiden ESU-Männer an, die ihre Maschinenpistolen auf den Durchgang richteten. Sie griff zum Holster, löste den Klettverschluss, zog ihre Pistole und wich ein Stück zurück.

Wieder ein Klappern von drinnen, gefolgt von einem metallischen Scharren.

Was, zum Teufel, war das?

Eine Kette rasselte.

Sachs legte nervös den Finger um den Abzugsbügel und verharrte in der Bewegung. Die Tür ging auf.

Eine winzige, grauhaarige Frau blickte zu ihnen empor. »Sie sind von der Polizei«, sagte sie. »Wahrscheinlich wegen dieser Knallfrösche, über die ich mich beschwert habe.« Sie bemerkte die großen Maschinenpistolen der ESU-Männer. »Oh. Ach je. Sieh sich das einer an.«

»Schon in Ordnung, Ma'am«, sagte Sachs und erkannte, dass das klappernde Geräusch von einem Hocker gestammt hatte, auf den die Frau offenbar gestiegen war, um durch den Türspion sehen zu können.

Die alte Dame wurde misstrauisch. »Aber wenn es bloß Feuerwerkskörper gewesen wären, hätten Sie nicht diese Waffen dabei, richtig?«

»Wir sind nicht sicher, worum es sich gehandelt hat, Ma'am. Im Moment suchen wir noch nach dem genauen Ursprungsort der Geräusche.«

»Ich glaube, es kam aus 17K, ein Stück den Flur entlang. Deshalb dachte ich auch, es seien Knallfrösche – weil dort ein Orientale wohnt. Oder Asiat oder wie immer man die heute nennt. Bei denen gehört Feuerwerk zur Religion. Es soll die Drachen verscheuchen. Oder vielleicht auch Geister. Keine Ahnung.«

»Wohnen noch andere Asiaten auf dieser Etage?«

»Nein, nicht dass ich wüsste.«

»Okay, Ma'am, vielen Dank. Bitte gehen Sie jetzt wieder hinein, und schließen Sie Ihre Tür ab. Was auch immer Sie hören, machen Sie nicht wieder auf.«

»Ach, herrje.« Sie sah erneut die Männer mit den Maschinenpistolen an und nickte verunsichert. »Könnten Sie mir denn nicht verraten …«

»Bitte, Ma'am«, sagte Sachs lächelnd, aber in bestimmtem Tonfall, und zog die Tür der Frau selbst ins Schloss.

»Vermutlich 17K«, flüsterte sie Haumann zu.

Er gab seinem Team das stumme Signal zum Vorrücken.

Als sie die Wohnung erreicht hatten, klopfte er laut an die Tür. »Polizei, aufmachen!«

Keine Reaktion.

Noch mal.

Nichts.

Haumann nickte dem Beamten zu, der die große Ramme des Teams mitschleppte. Er und einer seiner Kollegen packten die Griffe zu beiden Seiten des dicken Metallrohrs und sahen ihren Captain fragend an. Der nickte abermals.

Die zwei Beamten holten aus und ließen die Ramme dann mit

Wucht in der Nähe des Griffs gegen die Tür schwingen. Das Schloss wurde aus der Verankerung gerissen, und die Tür knallte nach innen auf. Die Ramme fiel achtlos zu Boden und brach ein Stück aus dem Marmorbelag. Ein halbes Dutzend Männer stürmte mit den Maschinenpistolen im Anschlag hinein.

Amelia Sachs folgte ihnen, blieb jedoch hinter den anderen, die durch volle Körperpanzerung, feuerfeste Kopfhauben, Helme und kugelsichere Visiere geschützt waren. Mit der Waffe in der Hand wartete sie im Eingang und ließ den Blick durch das luxuriöse, in eleganten Grau- und Rosatönen gehaltene Apartment schweifen.

Das Team überprüfte alle Räume und jedes Versteck, das groß genug für einen Menschen schien. Die rauen Stimmen hallten laut durch die Wohnung. »Hier gesichert... gesichert... Küche gesichert. Kein Hinterausgang. Gesichert...«

Der Geist war verschwunden.

Doch genau wie tags zuvor am Strand von Easton, hatte er eine Spur des Todes hinterlassen.

Im Wohnzimmer lag die Leiche eines Mannes, der dem Angreifer ähnelte, den Sachs letzten Abend vor der Wohnung der Wus ausgeschaltet hatte. Ein weiterer Uigure, vermutete sie. Er war aus nächster Nähe erschossen worden und lag vor einer von Kugeln durchsiebten Ledercouch. Neben ihm sah sie eine Straßenpistole – eine billige verchromte Automatik mit herausgefeilter Seriennummer.

Der andere Tote befand sich im Schlafzimmer.

Es war ein älterer Chinese, und er lag mit glasigem Blick auf dem Rücken. Trotz einer Schusswunde im Bein hatte er kaum Blut verloren. Weitere Verletzungen konnte Sachs nicht feststellen, obwohl ein langes Küchenmesser neben ihm lag. Sie zog sich Latexhandschuhe über und fühlte an seiner Halsschlagader. Kein Puls.

Einige Sanitäter kamen hinzu, untersuchten den Mann und bestätigten seinen Tod.

»Woran ist er bloß gestorben?«, grübelte einer der Männer.

Sachs sah genauer hin und beugte sich vor. »Ich hab's«, sagte sie und wies auf die Hand des Mannes, die eine braune Flasche umklammert hielt. Vorsichtig nahm Amelia sie ihm ab. Das Etikett war sowohl chinesisch als auch englisch beschriftet. »Morphium«, sagte sie. »Selbstmord.«

Es konnte sich bei dem Toten um einen der Flüchtlinge von Bord der *Fuzhou Dragon* handeln – eventuell um Sam Changs Vater, der gekommen war, um den Geist zu töten. Sie malte sich aus, was wohl geschehen sein mochte: Der Vater erschoss zunächst den Uiguren, und der Geist suchte hinter der Couch Deckung. Dann ging dem alten Mann die Munition aus. Der Geist nahm das Messer, um ihm durch Folter das Versteck der Familie zu entreißen, aber der Immigrant wählte den Freitod.

Haumann erhielt eine Nachricht über Kopfhörer und teilte den anderen mit, der Rest des Gebäudes sei mittlerweile gesichert worden und der Geist leider entkommen.

»O nein«, murmelte Sachs.

Die Spurensicherung traf ein – zwei Techniker stellten große Metallkoffer vor der Wohnung ab. Sachs kannte die beiden und nickte ihnen zu. Dann öffnete sie die Koffer und zog den Tyvek-Overall an. »Ich muss die Wohnung untersuchen. Könnten bitte alle nach draußen gehen?«, bat sie das ESU-Team.

Sie sammelte eine halbe Stunde lang Spuren, doch keiner der Funde ließ erkennen, wohin der Geist geflohen sein konnte.

Als sie die Arbeit beendete, stieg ihr Zigarettenrauch in die Nase. Sie hob den Kopf und sah Sonny Li, der im Eingang stand und das Zimmer betrachtete. »Ich kenne den Toten vom Schiff«, sagte er und schüttelte traurig den Kopf. »Es ist Sam Changs Vater.«

»Das habe ich mir schon gedacht. Warum hat er es versucht? Ein einzelner alter Mann gegen den Geist und die anderen?«

»Für seine Familie«, sagte Li leise. »Für seine Familie.«

»Ich schätze, Sie möchten sich den Tatort auch mal vornehmen«, sagte sie ohne jede Ironie. Lis richtige Vorhersage im Fall Jerry Tang und sein überraschendes Erscheinen vor der Wohnung der Wus hatten die Glaubwürdigkeit seiner Ermittlungsmethoden gefestigt.

»Was denken Sie, was ich hier gerade mache, Hongse? Ich laufe das Gitter ab.«

Sie lachte.

»Loaban und ich haben uns letzte Nacht unterhalten. Er hat mir von diesem Verfahren erzählt. Ich allerdings laufe das Gitter nur in Gedanken ab.«

Ähnlich wie Rhyme, dachte Sachs. »Haben Sie schon was gefunden?«

»Oh, jede Menge, würde ich sagen.«

Sie wandte sich wieder den greifbareren Beweisen zu, füllte die Registrierkarten aus und verpackte alles für den Transport.

Ihr Blick fiel auf eine Ecke des Raums, in der ein kleiner Altar mit den Statuen mehrerer chinesischer Götter stand. Die Worte der Nachbarin kamen ihr in den Sinn.

Bei denen gehört Feuerwerk zur Religion. Es soll die Drachen verscheuchen.

Oder vielleicht auch Geister.

... Dreiunddreißig

Dutzende von blinkenden Lichtern umgaben das Hochhaus. Der Geist drehte sich um und warf einen Blick zurück. Yusuf, der schweigsame Türke, saß am Steuer. Der Verlust eines weiteren Kameraden hatte ihn ziemlich mitgenommen und wütend gemacht, aber er fuhr ruhig und achtete darauf, mit dem gestohlenen Ford Windstar keine Aufmerksamkeit zu erregen.

Nachdem der alte Mann sich umgebracht hatte, ohne vorher den Mund aufzumachen (und ohne etwas Brauchbares in den Taschen), war der Geist über die Treppe nach unten gelaufen. Als er den Parkplatz erreichte, hörte er bereits die Sirenen vor dem Haus.

Es konnte nicht allein an den Schüssen gelegen haben, denn die Polizei war viel zu schnell eingetroffen. Sie hatten *gewusst*, wo er sich aufhielt. Woher? Beiläufig musterte er die Fußgänger auf den morgendlichen Straßen und dachte angestrengt nach. Die Wohnung ließ sich auf keinerlei Weise mit ihm in Verbindung bringen. Am Ende kam er zu dem Ergebnis, dass man ihn vermutlich anhand seiner Telefonate mit dem Uigurenzentrum in Queens aufgespürt hatte. Dadurch war die Polizei auf die Nummer seines Mobiltelefons gestoßen und in der Lage gewesen, es anzupeilen. Wahrscheinlich gab es noch weitere Spuren; nach allem, was er über diesen Lincoln Rhyme erfahren hatte, war der Mann durchaus fähig, entsprechende Schlüsse zu ziehen – ihn beunruhigte lediglich, dass man ihn nicht vor dem Eintreffen der Polizei gewarnt hatte. Seine *guanxi* waren wohl doch nicht so gut wie er glaubte.

Yusuf sagte etwas in seiner Muttersprache. »Wiederhol das«, befahl der Geist auf Englisch.

»Wohin fahren wir?«

Der Geist hatte mehrere Schlupfwinkel in der Stadt, aber nur einer davon lag in der Nähe. Er nannte dem Fahrer die ungefähre Richtung. Dann gab er ihm fünftausend in Grün. »Besorg uns weitere Leute. Kriegst du das hin?«

Yusuf zögerte.

»Es tut mir Leid wegen deiner Freunde«, sagte der Geist und verbarg die Verachtung, die er empfand, hinter so viel geheucheltem Mitgefühl wie nur möglich. »Aber sie waren unvorsichtig. Du bist nicht leichtsinnig. Ich brauche deine Hilfe. Es sind weitere zehntausend für dich drin. Bar auf die Hand. Du musst es mit niemandem teilen.«

Yusuf nickte.

»Okay, treib jemanden auf. Aber nicht aus dem Uigurenzentrum. Geh nicht dorthin zurück. Die Polizei wird es beobachten. Und besorg dir ein anderes Mobiltelefon. Ruf mich auf meinem an, und gib mir die Nummer durch.« Er nannte ihm die Nummer seines neuen Telefons, das er mit einem Bündel Geldscheine vor Verlassen der Wohnung eingesteckt hatte.

»Lass mich da vorn an der Ecke raus.«

Der Türke hielt auf der Canal Street, nicht weit von der Stelle entfernt, an der sie gestern beinahe die Wus umgelegt hätten. Der Schlangenkopf stieg aus, beugte sich in den Wagen, ließ den Türken alle Anweisungen auf Englisch wiederholen und vergewisserte sich, dass der Mann sich die neue Telefonnummer korrekt eingeprägt hatte.

Der Wagen fuhr los.

Der Geist streckte sich und schaute einer jungen Chinesin mit enger Bluse und kurzem Rock hinterher, deren unglaublich hohe Absätze sie zu kurzen Trippelschritten nötigten.

Sie verschwand in der Menge. Nicht nur er sah ihr nach, aber er war vermutlich der Einzige, der sich vorstellte, ihr große Schmerzen zuzufügen, bevor er es ihr besorgte.

Er brach in die entgegengesetzte Richtung auf und folgte der hektischen Canal Street. Sein anderes Versteck lag ein ganzes Stück entfernt – knapp einen Kilometer östlich. Unterwegs überlegte er sich seine nächsten Schritte: Zuerst brauchte er eine neue Waffe – etwas Großes, eine SIG oder eine Glock. Anscheinend lieferten er und die Polizei sich bei der Jagd auf die Changs ein Kopf-an-Kopf-Rennen, und falls es zu einer Schießerei kam, wollte er über ausreichend Feuerkraft verfügen. Außerdem benötigte er neue Kleidung. Und noch ein paar andere Dinge.

Der Wettstreit wurde immer aufregender. Kwan dachte an seine Jugend, als er sich vor Maos Kadern versteckt und auf dem Schrottplatz geduldig Ratten und bösartigen Hunden aufgelauert hatte. Und er dachte an die Suche nach den Mördern seines Vaters aus der Jugendbrigade. Damals hatte er viel über die Jagd gelernt, und eine der Lektionen lautete: Der stärkere Gegner erwartet, dass du seine Schwächen erforschst und ausnutzt, und trifft entsprechende Abwehrmaßnahmen. Aber der einzig effektive Weg, einen solchen Feind zu besiegen, besteht darin, seine *Stärken* gegen ihn zu verwenden. Und genau das hatte der Geist nun vor.

Naixin?, fragte er sich.

Nein. Die Zeit der Geduld war vorüber.

Chang Mei-Mei stellte ihrem erschöpften Mann einen Tee auf den Tisch.

Er warf einen kurzen Blick auf die hellgrüne Tasse, blieb aber ansonsten, wie seine Frau und die Söhne, ganz auf den Fernseher konzentriert.

Die Nachrichtensendung, so erfuhren sie dank Williams Übersetzungshilfe, drehte sich um zwei Männer, die man in Südmanhattan tot aufgefunden hatte.

Einer der beiden war ein chinesisch-turkestanischer Immigrant aus Queens, der andere ein neunundsechzigjähriger chinesischer Staatsbürger, der wahrscheinlich zu den Passagieren der *Fuzhou Dragon* gezählt hatte.

Eine halbe Stunde zuvor war Sam Chang desorientiert und mit trockenem Mund aus seinem tiefen Schlaf erwacht. Er wollte aufstehen, aber seine Beine gaben nach, und er fiel zu Boden, sodass seine Frau und die Kinder besorgt zu ihm liefen. Sobald er bemerkte, dass die Waffe verschwunden war, wurde ihm klar, was sein Vater getan hatte. Er torkelte zur Tür.

Doch Mei-Mei hielt ihn auf. »Es ist zu spät«, sagte sie.

»Nein!«, schrie er und fiel zurück auf das Sofa.

Der Verlust und die Trauer machten ihn wütend. »Du hast ihm geholfen, nicht wahr?«, brüllte er. »Du hast gewusst, was er vorhatte!«

Mei-Mei hielt Po-Yees Stoffkätzchen umklammert. Schweigend senkte sie den Kopf und starrte es an.

Chang ballte die Faust und holte aus. Mei-Mei kniff die Augen zusammen und drehte sich weg, William verlagerte sein Gewicht unbehaglich von einem Fuß auf den anderen, und Ronald weinte. Doch dann ließ Chang die Hand wieder sinken. Ich habe sie und die Kinder Respekt vor dem Alter gelehrt, vor allem vor meinem Vater, dachte er. Bestimmt hat Chang Jiechi ihr eine Anweisung gegeben, und sie hat gehorcht.

Während die Wirkung des starken Medikaments nachließ, saß Chang voller Sorge vor dem Fernseher und hoffte auf das Beste, aber letztlich bestätigte der Bericht, dass seine schlimmsten Befürchtungen zutrafen.

Nach Angaben der Reporterin hatte der ältere Mann den Turkestaner erschossen und dann offenbar eine Überdosis Morphium geschluckt. Bei dem Apartment handelte es sich vermutlich um ein Versteck Kwan Angs, des Menschenschmugglers, der im Zusammenhang mit der gestrigen Versenkung der *Fuzhou Dragon* gesucht wurde. Kwan war vor dem Eintreffen der Polizei geflohen und noch immer auf freiem Fuß.

Ronald weinte unaufhörlich und schaute immer wieder vom Fernseher zu seinen Eltern. »Yeye«, sagte er. »Yeye ...«

William saß mit übergeschlagenen Beinen da, wiegte sich traurig vor und zurück und übersetzte die Worte der hübschen Journalistin, die zufällig eine Frau chinesisch-amerikanischer Abstammung war.

Der Bericht ging zu Ende, und Mei-Mei stand auf, als sei der durch das Fernsehen bestätigte Tod Chang Jiechis das Signal gewesen, verschwand im Schlafzimmer und kehrte mit einem Stück Papier zurück. Sie reichte den Zettel ihrem Ehemann, hob sich Po-Yee auf die Hüfte und wischte dem Mädchen Gesicht und Hände ab.

Wie betäubt nahm Sam Chang das zusammengefaltete Blatt entgegen. Der Brief war mit Bleistift geschrieben, nicht mit einem Pinsel und tiefschwarzer Tinte, aber die Schriftzeichen waren wunderschön ausgeformt; ein wahrer Künstler, so hatte der alte Mann ihn gelehrt, kann auch mit dem einfachsten Material prächtige Ergebnisse erzielen.

Mein Sohn,
nie hätte ich gehofft, dereinst auf ein so erfülltes Leben zurückblicken zu können. Doch nun bin ich alt und krank, und ein oder zwei weitere Jahre auf dieser Erde erscheinen mir nicht mehr erstrebenswert. Ich finde vielmehr Trost in der Pflicht, zur Seele der Natur zurückzukehren, und zwar genau zu jener Stunde, die im Verzeichnis der Lebenden und der Toten *für mich vorgesehen ist.*

Diese Stunde ist jetzt gekommen.

Ich könnte dir noch vieles sagen, könnte alle Lektionen meines Lebens zusammenfassen, alles, was ich von meinem Vater, deiner

Mutter und auch von dir, mein Sohn, gelernt habe. Doch ich habe mich dagegen entschieden. Die Wahrheit ist unerschütterlich, aber der Weg zur Wahrheit gleicht oftmals einem Labyrinth, das ein jeder von uns aus eigener Kraft bezwingen muss. Ich habe gesunden Bambus gepflanzt, und er ist gut gewachsen. Folge auch weiterhin deinem Pfad weg von der Erde und hin zum Licht, und nähre deine eigene junge Saat. Sei aufmerksam, so wie jeder Bauer, aber lass ihnen Raum. Ich habe die Schösslinge gesehen; sie werden gerade emporwachsen.

Dein Vater

Sam Chang wurde von grenzenloser Wut gepackt. Er stand auf, schwankte, weil ihm immer noch schwindlig war und schleuderte die Teetasse gegen die Wand, wo sie zerbarst. Ronald wich erschrocken vor ihm zurück.

»Ich werde ihn umbringen!«, schrie Chang. »Der Geist wird sterben!«

Das kleine Mädchen fing an zu weinen. Mei-Mei flüsterte ihren Söhnen etwas zu. William zögerte zunächst, gab dann aber Ronald einen Wink, worauf dieser Po-Yee nahm; gemeinsam gingen sie ins Schlafzimmer und schlossen die Tür hinter sich.

»Ich habe ihn schon einmal gefunden, und ich werde ihn auch ein zweites Mal finden«, sagte Chang. »Diesmal …«

»Nein«, sagte Mei-Mei entschlossen.

Er drehte sich zu ihr um. »Was?«

Sie schluckte und sah zu Boden. »Das wirst du nicht.«

»Rede nicht so mit mir. Du bist meine Frau.«

»Ja«, sagte sie mit zitternder Stimme. »Ich *bin* deine Frau. Und ich bin die Mutter deiner Kinder. Was soll aus uns werden, wenn du umgebracht wirst? Hast du darüber schon mal nachgedacht? Wir müssten auf der Straße hausen, und dann würde man uns abschieben. Kannst du dir vorstellen, wie nach unserer Rückkehr das Leben in China für uns aussehen würde? Für die Witwe eines Dissidenten ohne Grundbesitz, ohne Geld? Ist es das, was du willst?«

»Mein Vater ist tot!«, rief Chang. »Der Mann, der dafür die Verantwortung trägt, muss sterben.«

»Nein, muss er nicht«, erwiderte sie atemlos und nahm noch einmal allen Mut zusammen. »Dein Vater war ein alter und kranker Mann. Er war nicht der Mittelpunkt unseres Universums, und wir müssen weitermachen.«

»Wie kannst du das sagen?«, tobte Chang. Die Unverschämtheit seiner Frau schockierte ihn. »Ohne ihn gäbe es mich nicht.«

»Er hat sein Leben gelebt, und jetzt ist er tot. Du lebst in der Vergangenheit, Jingerzi. Unsere Eltern verdienen unseren Respekt, jawohl, aber auch nicht mehr als das.«

Er registrierte, dass sie ihn mit seinem chinesischen Vornamen angesprochen hatte. Das war schon seit Jahren nicht mehr vorgekommen – nicht seit ihrer Heirat. Wenn sie sich an ihn wandte, benutzte sie sonst stets das respektvolle Wort *zhangfu*, »Ehemann«.

Mit etwas ruhigerer Stimme fuhr sie fort: »Du wirst seinen Tod nicht rächen. Du bleibst mit uns in diesem Versteck, bis man den Geist verhaftet oder getötet hat. Dann wirst du mit William in Joseph Tans Druckerei arbeiten. Und ich werde hier bleiben und Ronald und Po-Yee unterrichten. Wir alle werden Englisch lernen, wir werden Geld verdienen… Und wenn es eine neue Amnestie gibt, werden wir amerikanische Staatsbürger.« Sie hielt kurz inne und wischte sich das tränenüberströmte Gesicht ab. »Ich habe ihn auch geliebt, das weißt du. Es ist für mich ein genauso großer Verlust wie für dich.« Und mit diesen Worten machte sie sich wieder an die Hausarbeit.

Chang ließ sich auf die Couch fallen, saß lange schweigend da und starrte auf den schäbigen, rotschwarzen Teppichboden. Dann ging er ins Schlafzimmer. William hatte Po-Yee auf dem Arm und sah aus dem Fenster. Chang wollte etwas zu ihm sagen, besann sich dann aber anders und winkte wortlos seinen kleineren Sohn zu sich. Der Junge betrat misstrauisch den Wohnraum und folgte seinem Vater zum Sofa. Beide setzten sich. Kurz darauf hatte Chang sich gefasst. »Sohn, kennst du die Krieger des Qin Shi Huangdi?«, fragte er Ronald.

»Ja, Baba.«

Das waren Tausende von lebensgroßen Terrakotta-Soldaten, -Wagenlenkern und -Pferden, die man im dritten Jahrhundert vor Christus für das in der Nähe von Xi'an gelegene Grab des ersten chinesischen Kaisers angefertigt hatte. Die Armee sollte ihn ins Jenseits begleiten.

»Wir werden für Yeye das Gleiche tun.« Der Schmerz schnürte ihm beinahe die Kehle zu. »Wir werden einige Dinge zum Himmel schicken, damit dein Großvater sie bei sich hat.«

»Was denn?«, fragte Ronald.

»Dinge, die ihm wichtig waren. Wir haben alles auf dem Schiff zurücklassen müssen, also werden wir Bilder davon malen.«

»Wird das denn funktionieren?«, fragte der Junge und runzelte die Stirn.

»Ja. Aber du musst mir helfen.«

Ronald nickte.

»Nimm das Papier da drüben und den Bleistift.« Er deutete auf den Tisch. »Warum zeichnest du nicht ein paar von seinen Lieblingspinseln – die mit dem Wolfs- und Ziegenhaar. Mal auch den Tintenstift und das Tintenfass. Du weißt doch noch, wie alles ausgesehen hat, oder?«

Ronald nahm den Bleistift in die kleine Hand, beugte sich über das Blatt und fing an.

»Und eine Flasche von dem Reiswein, den er so gern getrunken hat«, schlug Mei-Mei vor.

»Auch ein Schwein?«, fragte der Junge.

»Ein Schwein?«

»Er mochte doch am liebsten Reis mit Schweinefleisch, wisst ihr nicht mehr?«

Chang spürte, dass jemand hinter ihm stand. Er drehte sich um und sah William, der die Zeichnung seines Bruders betrachtete. »Als Großmutter starb, haben wir Geld verbrannt«, sagte der Teenager ernst.

Es war eine chinesische Tradition, bei Beerdigungen Papierstreifen zu verbrennen, die laut Aufdruck eine Million Yuan wert waren und von der »Bank der Hölle« ausgegeben wurden. Auf diese Weise sollte der Verstorbene im Jenseits mit ausreichend Geld versorgt werden.

»Ich könnte doch ein paar Yuan zeichnen«, sagte William.

Chang war von diesem Angebot zutiefst gerührt und hätte den Jungen am liebsten umarmt. Aber er hielt sich zurück. »Danke, mein Sohn«, sagte er einfach.

Der schlanke Teenager setzte sich neben seinen Bruder und fing an, die Banknoten zu zeichnen.

Als die Kinder alles gemalt hatten, führte Chang seine Familie in den Hinterhof ihres neuen Zuhauses. Dort steckte er zwei schwelende Weihrauchstäbchen in den Boden, um den Ort zu markieren, an dem der Tote bei einer tatsächlichen Beisetzung gelegen hätte. Dann zündeten sie gemeinsam die Zeichnungen der Söhne an und sahen den Rauch in den grauen Himmel steigen, derweil das Papier sich zu schwarzer Asche zusammenrollte.

... Vierunddreißig

»Es ist wieder jemand hinter den Wus her«, sagte Sellitto zu Rhyme und blickte von seinem Mobiltelefon auf.

»Was?«, fragte Sachs erstaunt. »In unserem Versteck in Murray Hill?«

Rhyme schwenkte mit dem Rollstuhl herum, um den Detective ansehen zu können.

»Auf dem Bild einer Überwachungskamera in der Gasse ist ein dunkelhäutiger Mann aufgetaucht, schmächtig, mit Handschuhen«, erklärte Sellitto. »Er hat eines der hinteren Fenster überprüft. Glaubst du, das war ein Zufall?«

Sonny Li lachte spöttisch auf. »Beim Geist gibt es keine Zufälle.«

Rhyme nickte zustimmend. »Was ist dann passiert?«

»Zwei unserer Leute wollten ihn schnappen, aber er ist entwischt.«

»Wie, zum Teufel, hat der Geist herausgefunden, wo die Wus sich aufhalten?«, grübelte Rhyme.

»Woher soll ich das wissen?«, gab Sellitto zurück.

Sachs hatte eine Theorie. »Nach der Schießerei auf der Canal Street könnte einer seiner *bangshous* mir zur Klinik und später den Wus zu dem Haus in Murray Hill gefolgt sein. Schwierig, aber nicht unmöglich.« Sie ging zur Tafel und wies auf einen der Einträge. »Oder wie wär's damit?«

- Geist hat angeblich Regierungsleute auf Lohnliste.

»Ein Spion?«, fragte Sellitto.

»Niemand vom FBI weiß über Murray Hill Bescheid«, sagte sie. »Als ich auf den Gedanken gekommen bin, war Dellray schon weg. Damit bleiben der INS oder das NYPD.«

»Tja, wir können die Wus auf keinen Fall länger dort lassen«, sagte Sellitto. »Ich werde die U.S. Marshalls verständigen und die Familie in einem der Zeugenschutzquartiere im Hinterland unterbringen.« Er ließ den Blick in die Runde schweifen. »Und *diese* Information bleibt unter uns.« Er erledigte den Anruf und stellte sicher, dass der Transport der Wus in einem gepanzerten Fahrzeug erfolgen würde.

Rhyme wurde immer ungeduldiger. »Jemand soll beim FBI nachfragen, wo, verdammt noch mal, Dellrays Ersatzmann bleibt. Eddie, übernehmen Sie das.«

Deng setzte sich mit dem ASAC in Verbindung. Wie sich herausstellte, würde das wundersame »Konzil«, in dessen Verlauf über die zusätzlichen Agenten des GHOSTKILL-Teams entschieden werden sollte, leider verspätet anfangen.

»Die sagen, bis heute Nachmittag sei alles geregelt.«

»Was meinen die mit *alles*?«, fragte Rhyme sarkastisch. »Und was soll großartig *geregelt* werden, bevor wir Verstärkung bekommen? Wissen die nicht, dass da draußen ein Killer unterwegs ist?«

»Wollen Sie selbst mit denen sprechen?«

»Nein«, wetterte Rhyme. »Ich will mir die Beweise ansehen.«

Sachs' Untersuchung der Wohnung des Geists an der Patrick Henry Street hatte zu teilweise entmutigenden Ergebnissen geführt. Das Mobiltelefon, anhand dessen sie den Unterschlupf ausfindig gemacht hatten, war leider in dem Hochhaus zurückgeblieben. Hätte der Geist es weiterhin benutzt, wäre eventuell eine Peilung möglich gewesen. Daraus ließ sich schließen, dass er die Gefahr vermutlich erkannt hatte und in Zukunft bei Telefonaten im Funknetz umsichtiger vorgehen würde.

Im Gegensatz zu seinem am Vortag erschossenen Landsmann trug der in der Wohnung gefundene Uigure Papiere bei sich, nämlich einen Führerschein und eine Karte, auf der die Adresse des turkestanischen Kulturzentrums in Queens stand. Zurzeit waren Bedding und Saul mit einem Einsatzteam vor Ort und vernahmen den Leiter der Organisation. Der behauptete, er habe lediglich von irgendeinem namenlosen Chinesen gehört, der in der Nachbarschaft auf der Suche nach ein paar Möbelpackern gewesen sei. Darüber hinaus wisse er nichts. Die Zwillinge versprachen, ihn noch eine Weile unter Druck zu setzen, fürchteten aber, er würde eher ins Gefängnis gehen als den Geist zu verraten.

Der Name im Mietvertrag des Apartments half ihnen auch nicht weiter: Harry Lee. Alle Angaben sowie seine Sozialversicherungsnummer waren gefälscht, und der beglaubigte Mietscheck stammte von einer Bank mit Sitz in der Karibik. »Lee« sei in China so häufig wie »Smith« im englischsprachigen Raum, erläuterte Deng.

Der Körper des alten Mannes, der an einer Überdosis Morphium gestorben war, erwies sich als etwas aufschlussreicher. In seiner Brieftasche fand sich ein vom Meerwasser durchweichter und verwischter Pass, demzufolge es sich bei ihm um Chang Jiechi handelte. Dahinter versteckt entdeckten sie ein sehr altes Stück Papier. Deng lächelte traurig. »Seht euch das an. Die Unterschrift stammt von Chiang Kaishek, dem Anführer der Nationalisten. In dem kurzen Text wird Chang Jiechi dafür gedankt, dass er gegen die Kommunisten gekämpft und das chinesische Volk vor einer Diktatur bewahrt hat.«

Rhyme betrachtete die Detailfotos, die unterhalb der Aufnahmen von Chang Jiechis Leiche hingen. Sie zeigten die Hände des alten Mannes. Der Kriminalist bewegte seinen eigenen Finger ein kleines Stück und ließ den Storm Arrow dicht vor die Tafel rollen.

»Hier«, sagte er. »Seine Hände.«

»Ich habe die Bilder wegen der Flecke angefertigt«, sagte Sachs.

Chang Jiechis Finger und Handflächen waren mit blauschwarzen Klecksen übersät. Farbe oder Tinte. Eindeutig keine violetten Leichenflecke – die zudem nicht so kurz nach dem Tod aufgetreten wären.

»Die Finger!«, rief Rhyme. »Achte auf die Finger!«

Sachs kniff die Augen zusammen und trat näher heran. »Einkerbungen!« Sie nahm die Vergrößerung von Sam Changs Fingerabdrücken von der Wand und hielt sie neben das Foto. Es bestand ein deutlicher Größenunterschied – und die Haut des alten Mannes war sehr viel runzliger –, aber die Einschnitte, die Rhyme bereits bei Sam Chang festgestellt hatte, fanden sich in genau der gleichen Anordnung an Fingern und Daumen seines Vaters wieder.

Bislang hatten sie als Ursache eine Verletzung vermutet, aber das war zweifellos nicht der Fall.

»Was hat das zu bedeuten?«, fragte Mel Cooper. »Ist es genetisch bedingt?«

»Nein, das kann nicht sein«, sagte Rhyme und konzentrierte sich auf das Foto der Hand des alten Mannes. Er schloss die Augen für einen Moment und schickte seinen Geist auf Reisen – so als würde einer der Wanderfalken, die auf dem Sims vor seinem Schlafzimmerfenster nisteten, sich in die Lüfte erheben. Tinte an den Fingern, Einkerbungen … Dann hob er ruckartig den Kopf und sah Sachs an. »Sie sind Maler! Vater und Sohn sind Künstler. Erinnerst du dich noch an das Logo des Home Store auf dem Kleinbus? Einer von ihnen hat es gemalt.«

»Nein«, sagte Li und musterte die Aufnahme. »Nicht Maler. *Kalligraphen*. In China ist Kalligraphie sehr wichtig. Und den Pinsel hält man so.« Er nahm einen Kugelschreiber fest zwischen den Daumen und die ersten beiden Finger und hielt ihn genau senkrecht. Danach hob er die Hand. Die roten Abdrücke entsprachen den bei Chang und seinem Vater gefundenen Einkerbungen.

»Bei uns gilt Kalligraphie als eine Kunstform«, fuhr er fort, »aber während der Proletarischen Revolution hat man alle Künstler verfolgt. Viele Kalligraphen wurden als Drucker oder Schildermaler eingesetzt, um etwas Nützliches zu schaffen. Etwas Gutes für die Gesellschaft. Auf dem Schiff hat Chang uns erzählt, dass er ein Dissident ist und aus seinem Lehrberuf gefeuert wurde. Keine Schule wollte ihn mehr einstellen. Vielleicht ist er Drucker oder Schildermaler geworden.«

»Und im Krankenhaus hat Wu gesagt, Chang habe hier bereits einen Job in Aussicht«, warf Sachs ein.

»Wir wissen, dass die Changs in Queens untergekommen sind«, sagte Rhyme. »Das Fünfte Revier soll uns so viele Chinesisch sprechende Beamten wie möglich überlassen; sie müssen bei jeder Druckerei oder Schildermalerei anrufen und sich nach kürzlich eingestellten Illegalen erkundigen.«

Alan Coe lachte – offenbar über Rhymes Naivität. »Die werden nicht mit uns zusammenarbeiten. Wir haben keine *guanxi*.«

»Scheiß auf die *guanxi*«, schimpfte Rhyme. »Sagen Sie den Leuten, falls wir sie bei einer Lüge ertappen, wird der INS ihren Laden auf den Kopf stellen. Und falls die Changs ermordet werden, droht ihnen eine Anklage wegen Beihilfe.«

»Jetzt denken Sie wie ein chinesischer Cop«, sagte Sonny Li und lachte. »Und endlich setzen Sie den Historisch Beispiellosen Ochsenziemer des Volkes ein.«

Deng nahm sein Mobiltelefon und rief im Revier an.

Mel Cooper hatte eine Probe aus der Patrick Henry Street durch den Gaschromatographen geschickt und studierte soeben das Resultat. »Hier ist was Interessantes.« Er deutete auf die von Sachs mit einem Filzstift beschriftete Tüte.

»Es hing an den Schuhen von Changs Vater. Nitrate, Kalium, Kohlenstoff, Natrium … Biostoffe. Und zwar in beträchtlicher Menge.«

Rhyme merkte auf. Der Begriff »Biostoff« stammte mit Sicherheit von irgendeinem Werbeprofi, der schlau genug gewesen war, um zu wissen, dass das Produkt unter seiner korrekten Bezeichnung nur sehr begrenzte Marktchancen haben würde: aufbereitete Menschenscheiße.

Die vierzehn Kläranlagen von New York City produzierten täglich mehr als tausend Tonnen Biostoffe und verkauften sie landesweit als Dünger. Eine dermaßen große Konzentration an den Schuhen des Opfers deutete darauf hin, dass die Changs wahrscheinlich ziemlich dicht neben einer dieser Anlagen wohnten.

»Sollen wir alle Häuser im Umfeld durchsuchen?«, fragte Sellitto.

Rhyme schüttelte den Kopf. Es gab in Queens mehrere Kläranlagen, und angesichts der ständig drehenden Winde von New York City betrug der in Frage kommende Radius jeweils einige Blocks. Ohne weitere Eingrenzung – indem man beispielsweise die Druckerei fand, in der Sam Chang arbeiten wollte –, würde eine solche Suche ewig dauern.

Die restlichen Spuren waren wenig aussagekräftig. Das Morphium stammte aus einer chinesischen Klinik und hatte daher keinen forensischen Wert für sie.

»Morphium kann tödlich sein?«, fragte Sellitto.

»Angeblich hat der Schriftsteller Jack London sich auf diese Weise umgebracht«, erklärte Lincoln Rhyme, der über Selbstmordtechniken genauso gut Bescheid wusste wie über historische Kriminalfälle. »Außerdem kann in der richtigen Dosierung *alles Mögliche* tödlich sein.«

Sachs fügte hinzu, dass der alte Mann weder ein U-Bahn-Ticket noch sonst irgendeinen Hinweis auf den Ausgangspunkt seiner Fahrt bei sich gehabt hatte.

Dann wurde Rhyme daran erinnert, dass nicht nur Amelia Sachs am Tatort gewesen war.

»He, Loaban«, sagte Sonny Li. »Mir ist in der Wohnung des Geists auch so einiges aufgefallen. Möchten Sie es hören?«

»Nur zu.«

»Es ist relativ aufschlussreich, würde ich sagen. Okay, gegenüber dem Eingang steht eine Buddhastatue mit dem Gesicht zur Tür. Im Schlafzimmer befindet sich keine Stereoanlage und auch keine rote Farbe. Der Flur wurde weiß gestrichen. Die Bücherregale sind mit Türen versehen. Ein anderes Standbild zeigt acht Pferde. Alle Spiegel sind sehr hoch, so dass beim Blick hinein kein Teil des Kopfs abgeschnitten wird. Und in der Wohnung hängen Messingglocken mit Holzgriffen – und zwar im westlichen Teil des Raums.« Er nickte, um die offensichtliche Bedeutung zu unterstreichen. »Na, alles klar, Loaban?«

»Nein«, sagte Rhyme verärgert. »Werden Sie deutlicher.«

Li klopfte sein Hemd nach den Zigaretten ab, ließ dann die Arme aber wieder sinken. »Über meinem Schreibtisch bei der Öffentlichen Sicherheit von Liu Guoyuan hängt ein Zitat.«

»Noch so ein Sprichwort?«

»*Ju yi fan san*. Das heißt: Drei Dinge aus einem Beispiel lernen. Es geht auf einen Satz von Konfuzius zurück: ›Wenn ich einem Mann die Ecke eines Gegenstands zeige und er daraus nicht auf das Aussehen der anderen drei Ecken schließen kann, werde ich ihn nicht mehr als Schüler akzeptieren.‹«

Kein schlechtes Motto für einen forensischen Ermittler, dachte Rhyme. »Und können Sie aus dem Standbild von acht Pferden und den Messingglocken auf etwas *Hilfreiches* schließen, etwas, das uns *nützt*?«

»Feng Shui, ganz eindeutig.«

»Alles wird so angeordnet, dass es Glück bringt«, sagte Thom. Rhyme sah ihn fragend an. »Im Heim & Garten-Kanal gab es eine Sendung darüber«, erklärte der Betreuer. »Keine Angst – ich habe sie mir in meiner Freizeit angeschaut.«

»Demnach haust er also in einer Glücksbringer-Wohnung«, fasste Rhyme ungeduldig zusammen. »Aber was für eine *Beweiskraft* besitzt das, Li?«

»He, Glückwunsch, Sonny«, sagte Thom. »Er nennt Sie beim Nachnamen. Das ist für seine ganz speziellen Freunde reserviert. *Ich* bin immer nur ›Thom‹ für ihn.«

»Da du es gerade erwähnst, *Thom*, ich glaube, du bist bloß zum Schreiben hier. Nicht zum Redigieren.«

»Die Beweiskraft, Loaban? Das ist doch ganz klar«, fuhr Li fort. »Der Geist hat jemanden *engagiert*, um das Apartment einzurichten, und dieser Kerl hat verflucht gute Arbeit abgeliefert. Er beherrscht sein Metier. Vielleicht kennt er noch andere Wohnungen des Geists.«

»Okay«, sagte Rhyme. »*Das* hilft uns weiter.«

»Ich gehe los und höre mich in Chinatown nach Feng-Shui-Kennern um. Einverstanden?«

Rhyme und Sachs sahen sich an und mussten unwillkürlich lachen.

»Ich sollte ein neues Lehrbuch der Kriminalistik schreiben. Diesmal werde ich ein Kapitel über woo-woo hinzufügen.«

»He, wissen Sie, was unser Vorsitzender Deng Xiaoping gesagt hat? ›Es spielt keine Rolle, ob die Katze schwarz oder weiß ist, Hauptsache sie fängt die Maus.‹«

»Nun, dann holen Sie sich Ihre Maus, Li. Und danach kommen Sie wieder her. Ich brauche etwas mehr *baijiu*. Ach, und Sonny?«

Der chinesische Cop sah ihn an.

»*Zaijian*.« Rhyme gab sich besondere Mühe, das Wort richtig auszusprechen. Er hatte es im Internet nachgeschaut.

Li nickte. »›Auf Wiedersehen.‹ Ja, ja. Auch die Aussprache war gut, Loaban. *Zaijian*.«

Der Chinese brach auf, und die anderen wandten sich wieder den Beweisen zu. Es verging eine Stunde ohne weitere Fortschritte. Die Beamten, die bei den Druckereien von Queens Erkundigungen einzogen, hatten sich noch nicht gemeldet.

Rhyme lehnte den Kopf zurück auf das Kissen und starrte gemeinsam mit Sachs die Tabelle an. Ein nur allzu vertrautes Gefühl überkam ihn: die verzweifelte Hoffnung, dass die mehrfach durchgekaute Beweislage des Falls bitte noch eine einzige zusätzliche Erkenntnis bergen möge, obwohl er eigentlich wusste, dass dort nichts mehr zu holen war.

»Soll ich noch mal mit den Wus oder John Sung reden?«, fragte Sachs.

»Wir brauchen keine zusätzlichen Zeugen, sondern neue *Beweise*«, murmelte Rhyme. »Ich will etwas Greifbares.«

Mehr gottverdammte Beweise … Sie brauchten …

Dann ruckte sein Kopf zu der Karte herum – der ursprünglichen Karte, auf der Long Island zu sehen war. Er musterte den winzigen roten Punkt etwa anderthalb Kilometer vor der Küste von Orient Point.

»Was ist?«, fragte Sachs, als er die Augen zusammenkniff.

»Mist«, flüsterte er.

»Was denn?«

»Es gibt noch einen anderen Tatort. Und ich habe ihn völlig vergessen.«

»Wovon redest du?«

»Von dem Schiff. Von der *Fuzhou Dragon*.«

GHOSTKILL

Easton, Long Island, Tatort

- Zwei Immigranten am Strand ermordet; in den Rücken geschossen.
- Ein Immigrant verwundet – Dr. John Sung.
- »Bangshou« (Assistent) an Bord; Identität unbekannt.
  - Assistent identifiziert als der Ertrunkene, der am Untergangsort der *Dragon* gefunden wurde.
- Zehn Immigranten entkommen: sieben Erwachsene (ein älterer Mann, eine verletzte Frau), zwei Kinder, ein Kleinkind. Stehlen Kirchenbus.
- Blutspuren zur Untersuchung ins Labor geschickt.
  - Verletzte Frau hat Blutgruppe AB negativ. Weitere Informationen erbeten.
- Geist wurde am Strand von Fahrzeug erwartet, aber dann zurückgelassen. Hat vermutlich einen Schuss auf Fahrzeug abgegeben. Anfrage nach Fahrzeughersteller und -modell läuft, basierend auf Reifenspuren und Radstand.
  - Fahrzeug ist ein BMW X5.
    - Fahrer – Jerry Tang.
- Für Immigranten standen keine Fahrzeuge bereit.
- Funktelefon (vermutlich des Geists) zur Analyse an FBI geschickt.
  - Sicheres Satellitentelefon, nicht zurückverfolgbar. Hat zwecks Nutzung chinesisches Behördennetz gehackt.
- Waffe des Geists = Pistole, 7,62 mm. Ungewöhnliche Hülsen.
  - Chinesische Modell 51 Automatik-Pistole.
- Geist hat angeblich Regierungsleute auf Lohnliste.
- Geist hat als Fluchtwagen roten Honda gestohlen. Fahndungsmeldung ist raus.
  - Honda bislang nicht gefunden.
- Drei Leichen aus Meer geborgen – zwei erschossen, einer ertrunken. Fotos und Abdrücke an Rhyme und chinesische Polizei.
  - Ertrunkener identifiziert als Victor Au, der *bangshou* des Geists.
- Fingerabdrücke an AFIS geschickt.
  - Keine Übereinstimmungen, aber ungewöhnliche Einkerbungen an Sam Changs Fingern und Daumen (Wunde, Verbrennung durch Seil?).

- Immigrantengruppe besteht aus: Sam Chang und Wu Qichen, jeweils mit Familie; John Sung, Baby einer ertrunkenen Frau, unbekannte/r Mann und Frau (am Strand ermordet).

Gestohlener Kleinbus, Chinatown

- Immigranten tarnen Fahrzeug mit Logo des »Home Store«.
- Blutspritzer deuten auf Hand-, Arm- oder Schulterverletzung der Frau hin.
- Blutspuren zur Untersuchung ins Labor geschickt.
  - Verletzte Frau hat Blutgruppe AB negativ. Weitere Informationen erbeten.
- Fingerabdrücke an AFIS geschickt.
  - Keine Übereinstimmungen.

Mord an Jerry Tang, Tatort

- Vier Männer haben Tür eingetreten, das Opfer gefoltert und erschossen.
- Zwei Patronenhülsen – passen zur Modell 51. Tang durch zwei Kopfschüsse ermordet.
- Beträchtliche Verwüstungen.
- Einige Fingerabdrücke.
  - Keine Übereinstimmungen, außer bei Tang.
- Drei Komplizen haben kleinere Schuhgröße als Geist, mutmaßlich auch kleinere Statur.
- Versteck des Geists nach Spurenlage vermutlich im Süden Manhattans, Gebiet um Battery Park City.
- Komplizen entstammen vermutlich einer ethnischen Minderheit Chinas. Nach Verbleib wird gefahndet.
  - Uiguren aus dem Turkestan Community and Islamic Center in Queens.
    - Anrufe per Mobiltelefon verweisen auf 805 Patrick Henry Street, südliches Manhattan.

Schießerei auf der Canal Street, Tatort

- Zusätzliche Spuren deuten auf Versteck im Gebiet um Battery Park City hin.

- Gestohlener Chevrolet Blazer, nicht zurückverfolgbar.
- Keine Übereinstimmungen bei Fingerabdrücken.
- Teppich des Verstecks: Hersteller Arnold, Marke Lustre-Rite, verlegt während der letzten sechs Monate; kontaktieren Baufirmen zwecks Liste möglicher Objekte.
  - Festgestellte Adressen: 32 in/um Battery Park City.
- Frischer Gartenmulch gefunden.
- Toter Komplize des Geists: ethnische Minderheit aus West- oder Nordwestchina. Fingerabdrücke nicht registriert. Waffe war Walther PPK.
- Details zu den Immigranten:
  - Die Changs: Sam, Mei-Mei, William und Ronald; Sams Vater, Chang Jiechi, und Kleinkind, Po-Yee. Sam hat Job arrangiert, aber Arbeitgeber und Ort unbekannt. Fahren blauen Kleinbus, Modell und Kennzeichen unbekannt. Wohnung der Changs liegt in Queens.
  - Die Wus: Qichen, Yong-Ping, Chin-Mei und Lang.

Versteck des Geists, Tatort

- Fingerabdrücke und Fotos von Chang Jiechis Händen ergeben, dass Vater und Sohn Sam Kalligraphen sind. Sam Chang eventuell als Drucker oder Schildermaler tätig. Entsprechende Firmen in Queens werden überprüft.
- Biostoffe an den Schuhen des Toten deuten auf Nähe der Wohnung zu einer Kläranlage hin.
- Geist hat Versteck durch Feng-Shui-Fachmann einrichten lassen.

... Fünfunddreißig

»Aber die Spuren auf dem Schiff dürften doch völlig unbrauchbar sein, nicht wahr, Linc?«, sagte Lon Sellitto. »Wegen des Wassers.«

»›Wenngleich das Eintauchen in Wasser gewisse Arten von Beweismitteln, wie beispielsweise lösliche Chemikalien, vernichtet oder in Mitleidenschaft zieht, können andere Materialien und sogar Spuren je nach Strömung, Tiefe und Wassertemperatur durchaus erhalten bleiben und ohne weiteres entdeckt werden. In manchen Fällen ist der Konservierungsgrad unter Wasser sogar höher als auf dem Trockenen‹«, zitierte Sachs. »Na, wie war ich, Rhyme?«

»Gut, Sachs, ich bin beeindruckt.« Die Textstelle stammte aus seinem Lehrbuch über Kriminalistik.

»Jemand soll die Küstenwache anrufen und mich zu dem Leiter der Bergungsaktion durchstellen lassen.«

Sellitto benötigte eine Weile und legte das Gespräch dann auf den Lautsprecher.

»Hier ist Captain Fred Ransom auf der *Evan Brigant*.« Der Mann schrie; im Hintergrund hörte man das laute Heulen des Windes.

»Hier spricht Detective Sellitto vom NYPD. Wir kennen uns bereits von gestern Morgen.«

»Korrekt, Sir, ich erinnere mich.«

»Ich bin hier bei Lincoln Rhyme. Wo befinden Sie sich derzeit?«

»Genau über der *Dragon*. Wir halten noch immer nach Überlebenden Ausschau, hatten bisher aber kein Glück.«

»Wie lautet der Status des Schiffs, Captain?«, fragte Rhyme.

»Es liegt in etwa fünfundzwanzig oder dreißig Metern Tiefe. Der Rumpf ist nach Steuerbord gekippt.«

»Wie ist das Wetter?«

»Viel besser als gestern. Seegang drei Meter, Wind zirka dreißig Knoten. Leichter Regen. Sichtweite knapp zweihundert Meter.«

»Haben Sie Taucher zur Verfügung, die in das Wrack vordringen können?«, fragte Rhyme.

»Ja, Sir.«

»Und ist bei diesem Wetter ein Tauchgang möglich?«

»Die Bedingungen sind nicht die besten, aber akzeptabel. Wissen Sie, Sir, wir haben bereits nach Überlebenden getaucht. Ohne Erfolg.«

»Nein, ich rede davon, Beweise zu sichern.«

»Ich verstehe. Wir könnten ein paar Leute nach unten schicken. Allerdings haben meine Jungs so etwas noch nie gemacht. Sie sind Rettungstaucher. Könnte ihnen vielleicht jemand genauer erklären, was zu tun ist?«

»Na klar«, sagte Rhyme, obwohl er nicht wusste, wie er seine lebenslange Erfahrung auf dem Gebiet der Spurensicherung einem Anfänger vermitteln sollte.

Amelia Sachs mischte sich ein. »Ich suche selbst.«

»Ich rede von dem gesunkenen Schiff, Sachs«, sagte Rhyme.

»Ich weiß.«

»Es liegt in dreißig Metern Tiefe.«

Sie beugte sich zum Telefon vor. »Captain, ich kann in einer halben Stunde im Battery Park sein. Schicken Sie mir einen Hubschrauber, der mich zu Ihnen bringt?«

»Nun, wir können bei diesem Wetter fliegen, aber …«

»Ich habe einen Tauchschein der PADI.« Sie hatte bei der Professional Association of Diving Instructors eine Ausbildung zum Sporttauchen absolviert. Rhyme wusste, dass sie und Nick, ihr früherer Freund, den Kurs gemeinsam belegt und zusammen einige Tauchgänge unternommen hatten. Es überraschte ihn jedoch nicht, dass die auf Geschwindigkeit versessene Sachs sich inzwischen mehr für Rennboote und Jetskis interessierte.

»Du bist doch schon seit Jahren nicht mehr getaucht«, stellte er fest.

»Das ist wie Fahrradfahren.«

»Miss …«

»Ich bin Officer Sachs, Captain.«

»Officer, es besteht ein großer Unterschied zwischen den Anforderungen an einen Sporttaucher und den hiesigen Bedingungen. Meine Leute tauchen seit vielen Jahren, und trotzdem schicke ich sie bei diesen Gegebenheiten nur ungern in ein instabiles Wrack.«

»Sachs«, sagte Rhyme, »es geht nicht. Du bist dafür nicht ausgebildet.«

»Sie würden eine Million Dinge übersehen. Das weißt du. Man könnte genauso gut Zivilisten nehmen. Bei allem Respekt, Captain.«

»Schon in Ordnung, Officer. Aber ich halte es dennoch für zu riskant.«

Sachs überlegte kurz.

»Captain, haben Sie Kinder?«, fragte sie dann.

»Verzeihung?«

»Haben Sie eine Familie?«

»Äh, ja, habe ich«, sagte er.

»Der Kerl, hinter dem wir her sind, hat dieses Schiff versenkt und die meisten Leute an Bord getötet. Momentan versucht er, auch noch die wenigen umzubringen, denen die Flucht gelungen ist – darunter eine Familie mit zwei Kindern und einem Baby. Das will ich verhindern. Im Innern des Schiffs könnten sich Hinweise auf seinen Aufenthaltsort befinden. Es ist mein Job, solche Hinweise zu entdecken – unter allen Umständen.«

»Nehmen Sie doch unsere Jungs«, schlug Sellitto vor. Sowohl das NYPD als auch die Feuerwehr der Stadt verfügten über erfahrene Berufstaucher.

»Die sind nicht von der Spurensicherung, sondern auch bloß für Rettungseinsätze ausgebildet«, wandte Sachs ein und sah Rhyme an. Er zögerte lange, nickte aber schließlich, um ihr sein Einverständnis zu signalisieren.

»Werden Sie uns helfen, Captain?«, fragte Rhyme. »Sachs muss da runter.«

»Okay, Officer«, rief der Captain über den Wind hinweg. »Aber ich schicke Ihnen den Hubschrauber zum Heliport am Hudson River. Der liegt näher als der Battery Park, und wir sparen etwas Zeit. Wissen Sie, wo das ist?«

»Sicher«, sagte sie. »Noch eines, Captain.«

»Ja, Miss?«

»Bei vielen der Tauchgänge, die ich in der Karibik absolviert habe, gab es eine gewisse Tradition.«

»Ja?«

»Hinterher, auf der Rückfahrt, hat die Crew an alle Teilnehmer Rumpunsch ausgeschenkt – der war im Preis mit inbegriffen. Gibt es auf Ihren Küstenwachbooten etwas Ähnliches?«

»Wissen Sie, Officer, ich schätze, wir werden schon einen Schluck für Sie auftreiben können.«

»Ich bin in fünfzehn Minuten am Heliport.«

Sie unterbrachen die Verbindung, und Sachs sah Rhyme an. »Ich melde mich, sobald ich fertig bin.«

Er wollte ihr so viel sagen, und bekam doch nur so wenig über die Lippen. »Lass dir keine Einzelheit entgehen …«

»… und ich passe auf mich auf.«

Sie strich über seine rechte Hand – diejenige, deren Finger nicht das Geringste spüren konnten. Jedenfalls noch nicht. Vielleicht nach der Operation.

Er schaute zur Decke, zu seinem Schlafzimmer, wo Guan Di, der Gott der Polizisten, mit seinem Plastikbecher stand, in dem langsam der süße Wein verdunstete. Aber natürlich würde ein Lincoln Rhyme sich niemals mit einem Bittgebet an eine Volksgottheit wenden, um für Sachs eine sichere Reise zu erflehen. Stattdessen schickte er ihr diese Botschaft direkt – wenn auch nur in Gedanken.

Drei Dinge aus einem Beispiel lernen …

Konfuzius, hm? Das gefällt mir, dachte Rhyme. »Ich brauche etwas aus dem Keller«, sagte er zu seinem Betreuer.

»Was denn?«

»Ein Exemplar meines Buches.«

»Ich weiß nicht genau, wo die sind«, erwiderte Thom.

»Dann solltest du am besten gleich mit der Suche anfangen, meinst du nicht auch?«

Thom seufzte laut und machte sich auf den Weg.

Rhyme bezog sich auf ein Buch, das er vor einigen Jahren geschrieben hatte. Es hieß *Tatorte* und beschäftigte sich mit einundfünfzig historischen Verbrechen in New York City, die teils aufgeklärt worden waren, teils auch nicht. Das Buch enthielt viele der bekannteren Fälle aus der Vergangenheit der Stadt, darunter die Blutnacht von Five Points, das in der Mitte des neunzehnten Jahrhunderts als eines der gefährlichsten Viertel der Welt galt, der Eifersuchtsmord an dem Architekten Stanford White im alten Madison Square Garden, Joey Gallos verhängnisvolle letzte Mahlzeit in einem Fischrestaurant in Little Italy und der Tod von John Lennon. Das mit Abbildungen versehene Buch hatte sich ganz gut verkauft – aber nicht gut genug, um lieferbar zu bleiben. Die letzten Exemplare waren überall im Land auf den Wühltischen der Buchhandlungen gelandet.

Dessen ungeachtet war Rhyme insgeheim stolz auf das Buch; es hatte nach seinem Unfall den ersten zaghaften Schritt zurück ins Leben dargestellt und diente als greifbarer Beleg dafür, dass er trotz aller Schicksalsschläge zu *mehr* in der Lage war, als auf dem Hintern zu sitzen und über seinen Zustand zu jammern.

Zehn Minuten später kehrte Thom zurück. Sein Hemd war schmutzig und sein ebenmäßiges Gesicht mit Schweißtropfen und Staubflecken übersät. »Die lagen in der hintersten Ecke. Unter einem Dutzend Kartons. Ich bin völlig derangiert.«

»Nun, wenn dort unten mehr Ordnung herrschen würde, hätte das alles nicht so viel Arbeit erfordert«, murmelte Rhyme und betrachtete das Buch.

»Vielleicht hättest du damals nicht sagen sollen: Pack sie weg, ich will sie nie wieder sehen, ich hasse diese – Zitat – Scheißdinger. Dann wäre es auch etwas einfacher gewesen.«

»Sag mal, ist der Schutzumschlag eingerissen?«

»Nein, der ist okay.«

»Lass sehen«, befahl Rhyme. »Halt es hoch.«

Der erschöpfte Betreuer klopfte sich etwas Schmutz von der Hose und legte das Buch dann zur Inspektion vor.

»In Ordnung«, sagte Rhyme und schaute sich verunsichert im Zimmer um. Seine Schläfen pochten, was bedeutete, dass sein Herz, welches er nicht spüren konnte, auf Hochtouren Blut pumpte.

»Was ist, Lincoln?«

»Das Touchpad. Haben wir es noch?«

Vor einigen Monaten hatte Rhyme zur Erweiterung seines Computers ein Touchpad bestellt und gehofft, er könne mit diesem Mausersatz und seinem noch funktionsfähigen Finger – dem linken Ringfinger – eventuell den Rechner bedienen. Weder Thom noch Sachs wussten, wie wichtig ihm dieses Vorhaben gewesen war. Aber es schlug fehl. Sein Finger war in der Bewegung zu stark eingeschränkt, um den Cursor vernünftig steuern zu können, ganz im Gegensatz zur Lenkeinheit des Storm Arrow, die man speziell für Leute in seinem Zustand entwickelt hatte.

Aus irgendeinem Grund hatte ihm dieser Misserfolg furchtbar zu schaffen gemacht.

Thom verließ kurz den Raum und kehrte mit dem kleinen grauen Gerät zurück. Er schloss es ans System an und platzierte es unter Rhymes Ringfinger. »Was hast du vor?«, fragte er.

»Halt es einfach nur ganz ruhig«, murrte Rhyme.

»Alles klar.«

»Kommando, Cursor runter. Kommando, Cursor stop. Kommando, Doppelklick.« Auf dem Bildschirm öffnete sich ein Zeichenprogramm. »Kommando, Linie ziehen.«

»Wann hast du das denn gelernt?«, fragte Thom überrascht.

»Ruhe. Ich muss mich konzentrieren.« Rhyme atmete tief durch und fing an, seinen Finger über das Pad zu bewegen. Auf dem Monitor erschien eine zittrige Linie. Die Anstrengung trieb Rhyme den Schweiß auf die Stirn.

»Beweg das Pad jetzt nach links, Thom, aber ganz vorsichtig«, stieß er schwer atmend zwischen zusammengebissenen Zähnen hervor. Er war so nervös, als würde er gerade eine Bombe entschärfen.

Der Betreuer folgte dieser und auch den nächsten Anweisungen.

Zehn Minuten Höllenqualen, zehn Minuten äußerster Anspannung… Rhyme sah auf den Schirm, war mit dem Ergebnis endlich zufrieden und lehnte den Kopf zurück. »Kommando, drucken.«

Thom ging zum Drucker. »Möchtest du dein Werk begutachten?«

»Natürlich will ich es sehen«, schnauzte Rhyme ihn an.

Thom nahm das Blatt und hielt es ihm hin.

Für meinen Freund Sonny Li –
von Lincoln

»Ich glaube, das ist das Erste, was du seit dem Unfall in deiner eigenen Handschrift geschrieben hast.«

»Es sieht aus wie das Gekritzel eines Schulkinds«, murmelte Rhyme, der sich gleichwohl über das Ergebnis freute. »Man kann es kaum entziffern.«

»Soll ich es in das Buch einkleben?«, fragte Thom.

»Ja, wenn du so nett wärst. Danke«, sagte Rhyme. »Und dann leg es beiseite. Wir geben es Li, wenn er zurückkommt.«

»Ich packe es noch hübsch ein«, sagte der Betreuer.

»Ich schätze, *so* weit brauchen wir nicht zu gehen«, merkte Rhyme unwirsch an. »So, und jetzt kümmern wir uns wieder um die Beweise.«

... Sechsunddreißig

Okay, ich kann das.

Amelia Sachs stand auf dem geriffelten Metallboden des Sikorsky HH-60J Küstenwachhelikopters ungefähr fünfzehn Meter oberhalb der wippenden Antenne der *Evan Brigant* und ließ sich in das Geschirr der Kabelwinde helfen.

Als sie um den Flug gebeten hatte, war ihr nicht bewusst gewesen, dass die einzige Möglichkeit, an Bord zu gelangen, darin bestehen würde, sich zu dem schwankenden Deck abzuseilen.

Tja, womit hatte sie gerechnet?, überlegte sie nun. Mit einer Rolltreppe?

Der Hubschrauber tanzte im starken Wind auf und ab, und unter ihnen konnte Sachs in der Gischt rund um das Schiff die zerklüfteten weißen Kämme der grauen Wogen sehen.

Sie trug eine orangefarbene Weste und einen verbeulten Helm, packte den Haltegriff neben dem offenen Ausstieg und dachte erneut: Okay, ich kann das.

Der Mann hinter ihr rief etwas, das sie nicht verstand, und sie rief zurück, er möge es bitte wiederholen – was offenbar nicht bei ihm ankam, denn er wertete ihre Worte als Bestätigung. Dann befestigte er einen Haken an dem Geschirr, überprüfte noch einmal die Gurte und rief abermals etwas. Sachs deutete auf sich selbst und zur Tür hinaus. Er reckte den Daumen hoch.

Okay ...

Ich kann das.

Eigentlich litt sie an Klaustrophobie, nicht an Höhenangst, aber dennoch ...

Sie trat hinaus und hielt sich am Kabel fest, obwohl sie sich zu erinnern glaubte, dass man sie angewiesen hatte, dies nicht zu tun. Im ersten Moment schwang sie wild hin und her, aber dann ließ das Pendeln nach, und sie sank abwärts. Der Wind und der starke Rotorwirbel schüttelten sie durch.

Runter, runter ...

Plötzlich hüllte sie ein Nebelfetzen ein, und sie verlor die Orientierung. Sachs hing mitten im Raum und konnte weder den Helikopter noch das Schiff sehen. Regen prasselte ihr ins Gesicht und blendete sie vollends. Ihr wurde schwindlig, und sie konnte nicht sagen, ob sie wie ein außer Kontrolle geratenes Pendel umherschwang oder mit hundert Kilometern pro Stunde auf das Schiff zustürzte.

Ach, Rhyme...

Aber dann wurde das Küstenwachboot unter ihr sichtbar.

Die *Evan Brigant* hob und senkte sich und schaukelte hin und her, aber wer auch immer am Ruder stehen mochte, er hielt das Schiff perfekt in Position – trotz der Wellen, deren gewaltige Größe beinahe unecht wirkte, so als wären es Trickeffekte in einem Spielfilm. Amelias Füße berührten das Deck, aber gerade als sie das zentrale Gurtschloss des Geschirrs öffnete, sank das Schiff in ein Wellental, und sie fiel anderthalb Meter tief. Der Aufprall war heftig und schickte einen stechenden Schmerz durch ihre arthritischen Beine. Während zwei Matrosen herbeieilten, um ihr aufzuhelfen, kam ihr in den Sinn, dass der Mann in dem Hubschrauber sie vermutlich genau davor gewarnt hatte.

Schiffsfahrten sind bei dieser Erkrankung nicht zu empfehlen, erinnerte Sachs sich; sie musste auf dem Weg zur Brücke ständig die Knie beugen, um im Gleichgewicht zu bleiben. In Gedanken führte sie ein kurzes Gespräch mit Dr. John Sung und berichtete ihm, dass die chinesische Medizin verglichen mit Percoset und den diversen Entzündungshemmern noch einiges aufzuholen hatte.

Auf der Brücke begrüßte sie der unglaublich jung aussehende Captain Fred Ransom mit einem Lächeln und einem Handschlag. Er hieß sie an Bord willkommen und führte sie zum Kartentisch. »So, hier haben wir ein Foto des Schiffs und seines gegenwärtigen Zustands.«

Sachs nahm es gründlich in Augenschein. Ransom schilderte ihr, wo die Brücke und die einzelnen Kabinen lagen – auf demselben Deck, aber durch einen langen Gang nach achtern getrennt.

»Vor einem möchte ich Sie noch warnen, Officer«, sagte er rücksichtsvoll. »Wir gehen davon aus, dass sich im Innern ungefähr fünfzehn Leichen befinden und bestimmt schon das Interesse der hiesigen Tierwelt erregt haben. Das dürfte kein schöner Anblick sein. Manche meiner Leute schleppen solche Bilder noch wochenlang mit sich herum...«

Aber seine Stimme erstarb, als er Sachs in die Augen sah.

»Ich weiß die Warnung zu schätzen, Captain«, sagte sie. »Aber ich verdiene mein Geld damit, Tatorte zu untersuchen.«

»Natürlich, Officer, alles klar. Okay, dann besorgen wir Ihnen mal eine Ausrüstung.«

Es ging wieder nach draußen, durch Regen und Wind. Diesmal steuerten sie das Heck des Schiffs an, wo Sachs in einem kleinen, nach hinten offenen Verschlag zwei weiteren Beamten vorgestellt wurde, einem Mann und einer Frau, die beide gelb-schwarze Neoprenanzüge und -füßlinge trugen. Es handelte sich um den Leiter der Tauchgruppe des Schiffs und seine Stellvertreterin.

»Sie haben das PADI-Programm absolviert?«, fragte der Mann. »Wie viele Tauchgänge insgesamt?«

»Ich schätze, so etwa fünfundzwanzig.«

Das schien die beiden ein wenig zu erleichtern.

»Wann zuletzt?«

»Vor ein paar Jahren.«

Diese Antwort hatte die gegenteilige Wirkung.

»Nun, wir gehen alle Schritte noch einmal mit Ihnen durch«, sagte der Mann. »So als wären Sie eine komplette Anfängerin.«

»Darauf hatte ich gehofft.«

»Wie tief waren Sie schon unten?«, fragte die Frau.

»Fünfundzwanzig Meter.«

»Ungefähr so tief wie in diesem Fall. Allerdings wird es etwas dunkler sein. Die Strömung wirbelt den Grund auf.«

Das Wasser sei nicht besonders kalt und habe nach wie vor einen Großteil der Sommerhitze gespeichert, erläuterten die beiden. Jeder Tauchgang koste jedoch sehr viel Körperwärme, und daher müsse auch Amelia einen Neoprenanzug tragen, der sie nicht nur durch sein Material, sondern auch durch eine dünne Wasserschicht zwischen ihrer Haut und dem Kautschuk isolieren würde.

Hinter einem Wandschirm legte sie ihre Kleidung ab und zwängte sich dann in den Anzug.

»Sind Sie sicher, dass dies keine Kindergröße ist?«, rief sie keuchend vor Anstrengung, nachdem sie die enge Gummihülle über Hüften und Schultern gezogen hatte.

»Das hören wir häufig«, erwiderte die Beamtin.

Dann erhielt Sachs den Rest der Ausrüstung: Gewichte, eine Maske und die Pressluftflasche, an der eine Tarierweste angeschlossen war.

Mittels eines Reglers in der Nähe der linken Hand konnte man die Kammern der Weste mit Luft füllen oder wieder entleeren und auf diese Weise den Auftrieb im Wasser steuern.

Ebenfalls mit der Pressluftflasche verbunden waren zwei Lungenautomaten – ein primärer, den sie zum Atmen verwenden würde, und ein sekundärer, scherzhaft Oktopus genannt, über den ein Tauchkamerad an Luft gelangen konnte, falls bei ihm selbst ein Notfall oder technischer Defekt auftrat. Außerdem wurde an Amelias Kopfhaube ein kleiner Scheinwerfer befestigt.

Danach gingen sie die grundlegenden Handzeichen zur Kommunikation unter Wasser durch.

Es war eine Vielzahl von wichtigen Informationen, und Sachs versuchte, sich alles möglichst genau einzuprägen.

»Wie wär's mit einem Messer?«, fragte sie.

»Sie haben schon eins«, sagte der Tauchleiter und wies auf ihre Tarierweste. Sie stellte fest, dass die Spitze der Waffe abgerundet war.

»Das Ding ist nicht zum Stechen gedacht«, sagte die Frau, der Sachs' Besorgnis nicht entging. »Nur zum Schneiden. Sie wissen schon – falls Sie irgendwo hängen bleiben.«

»Eigentlich habe ich eher an Haie gedacht«, sagte sie.

»Die kommen hier nur selten vor.«

»So gut wie nie«, pflichtete der andere Beamte seiner Kollegin bei. »Jedenfalls nicht die großen.«

»Dann will ich Ihnen mal glauben«, sagte Sachs und steckte das Messer wieder ein. Hatte *Der weiße Hai* nicht irgendwo in dieser Gegend gespielt?

Der Tauchleiter reichte ihr einen großen Netzbeutel, in dem sie eventuelle Beweise unterbringen konnte. Zunächst verstaute sie ihre eigens mitgebrachten Utensilien darin – Plastiktüten. Dann legten der Mann und seine Stellvertreterin die Ausrüstung an, und zu dritt gingen sie wankend mit den Flossen in der Hand ans äußerste Ende des stampfenden Schiffs.

Der Beamte musste sich anstrengen, um den Wind zu übertönen. »Es ist zu unruhig, um von Deck zu springen«, rief er. »Wir nehmen das Schlauchboot, ziehen unsere Flossen über und lassen uns rückwärts ins Wasser fallen. Drücken Sie sich dabei Maske und Lungenautomat ins Gesicht. Und die andere Hand muss auf dem Schloss Ihres Bleigürtels liegen.«

Sie tippte sich einmal kurz auf den Scheitel – das Handzeichen für »Okay«.

Er tat das Gleiche.

Sie stiegen in das gelbe Schlauchboot, das bereits zu Wasser gelassen war und sich wie ein bockendes Pferd aufbäumte. Sie setzten sich auf den Gummiwulst und überprüften ihre Ausrüstung.

In einigen Metern Entfernung trieb eine orangefarbene Boje. Der Tauchleiter deutete darauf. »Das Ding ist direkt mit dem Schiff verbunden«, sagte er. »Wir schwimmen hinüber und dann am Seil entlang nach unten. Wie wollen Sie vorgehen?«

»Ich möchte Proben der Explosionsrückstände vom Rumpf nehmen und dann die Brücke und die Kabinen durchsuchen.«

Die beiden Beamten nickten.

»Die Innenräume nehme ich mir allein vor.«

Das war ein Verstoß gegen eine der Grundregeln des Tauchens: Dein Kamerad durfte sich höchstens einen Atemzug entfernt befinden. Der Tauchleiter runzelte die Stirn.

»Sind Sie sicher?«

»Es muss leider sein.«

»Okay«, sagte er zögernd und fuhr dann fort. »Unter Wasser fällt es schwer, Geräusche zu orten, aber falls Sie in Schwierigkeiten stecken, hauen Sie mit dem Messergriff gegen Ihre Flasche, und wir suchen Sie.« Er hielt die Druckanzeige hoch, auf der sich die Füllung der Pressluftflasche ablesen ließ. »Sie haben dreitausend Pfund Luft dabei. Ihr Verbrauch dürfte sehr hoch liegen, weil Sie ziemlich aufgeregt sind. Bei fünfhundert beginnen wir mit dem Aufstieg. Auf keinen Fall später. Das ist eine eiserne Regel ohne Ausnahme. Wir gehen ganz langsam hoch – keinesfalls schneller als die Luftblasen aus unseren Lungenautomaten, und in fünf Metern Tiefe legen wir drei Minuten Pause ein.«

Andernfalls, so wusste Sachs, bestand die Gefahr einer Dekompressionskrankheit – der Taucherkrankheit.

»Und wie lautet die wichtigste Regel beim Tauchen?«

Sachs konnte sich noch aus dem Kurs daran erinnern. »Halt unter Wasser niemals die Luft an.«

»Gut. Wieso?«

»Weil sonst deine Lunge platzen könnte.«

Dann drehte er Sachs die Luftzufuhr auf, sie zog sich Flossen und Maske über und packte den Lungenautomaten fest mit den Zähnen.

Der Tauchleiter zeigte ihr das andere Okay-Zeichen – einen Kreis aus Mittelfinger und Daumen –, und sie erwiderte es. Schließlich pumpte sie etwas Luft in die Tarierweste, um an der Oberfläche zu bleiben. Die anderen beiden bedeuteten ihr, sich ins Wasser fallen zu lassen.

Sie packte Maske und Lungenautomat, um sie beim Eintauchen nicht zu verlieren, und legte die andere Hand auf das Gurtschloss, um sofort den Bleigürtel abwerfen und nach oben zu schwimmen zu können, falls die Tarierweste versagte und das Gewicht sie in die Tiefe zog.

Okay, Rhyme, das wäre was für das Guinness-Buch der Rekorde: die Untersuchung des am tiefsten versunkenen Tatorts.

Eins, zwei, drei …

Und rücklings ab ins aufgewühlte Wasser.

Als sie sich aufrichtete, schwammen die anderen bereits neben ihr und deuteten auf die Boje. Wenig später hatten sie dieses erste Ziel erreicht. Alle signalisierten Okay. Dann ein nach unten gedrehter Daumen – der Abstieg begann. Sie nahmen jeweils den Tarierregler in die linke Hand und ließen die Luft aus der Weste.

Schlagartig verwandelte Lärm sich in Stille, Hektik in Ruhe, Schwere in Leichtigkeit, und sie sanken gemächlich entlang des dicken Seils dem Grund entgegen.

Einen Moment lang fühlte Sachs sich von dem absoluten Frieden unter Wasser tief ergriffen. Dann warf sie einen Blick nach unten, und die heitere Gelassenheit verflog. Sie konnte bereits den verschwommenen Umriss der *Fuzhou Dragon* erkennen.

Der Anblick war bestürzender, als Amelia erwartet hatte. Das auf der Seite liegende Schiff, die klaffende schwarze Explosionswunde im Rumpf, der Rost, die abblätternde Farbe, die Muschelablagerungen auf den Stahlplatten. Dunkel, schroff und Unheil verheißend – und im Innern die Leichen so vieler unschuldiger Menschen.

Ein Sarg, dachte sie, und ihr Herz zog sich zusammen. Es ist ein riesiger metallener Sarg.

Ihre Ohren schmerzten; sie drückte den weichen Plastikteil der Maske über der Nase zusammen und stellte den Druckausgleich her. Je näher sie der *Dragon* kamen, desto deutlicher hörten sie die Geräusche – ein Knirschen und Ächzen, hervorgerufen durch die dicke Metallwandung des Schiffs, die über die Felsen scharrte.

Ich hasse diesen Lärm. Schrecklich, grauenhaft. Es klingt, als würde eine gewaltige Kreatur im Sterben liegen.

Sachs' Begleiter waren gewissenhaft. Immer wieder hielten sie kurz inne und erkundigten sich nach Amelias Befinden. Erst nach einem Okay-Zeichen tauchten sie weiter.

Als sie den Grund erreichte, hob sie den Kopf und stellte fest, dass die Oberfläche gar nicht so weit weg schien wie befürchtet, wenngleich sie wusste, dass das Wasser wie eine Linse wirkte und alles vergrößerte. Sie warf einen Blick auf den Tiefenmesser. Siebenundzwanzig Meter. Ein neunstöckiges Gebäude. Dann die Druckanzeige. Herrje, schon bei diesem mühelosen Abstieg hatte sie hundertfünfzig Pfund Luft verbraucht.

Mittels der Tarierweste brachte Sachs sich in eine gleichmäßige Schwebeposition. Sie deutete auf das Loch im Rumpf, und alle drei schwammen darauf zu. Trotz der oben so stürmischen See herrschte hier unten nur eine sanfte Strömung, und sie kamen gut voran.

Am Explosionsort kratzte Sachs mit ihrem abgerundeten Messer einige Rückstände von dem nach außen gebogenen Metall, strich das schwarze, wie Ruß wirkende Material in einer Plastiktüte ab und verstaute diese in dem Netzbeutel.

Sie schaute zu den dunklen Fenstern der Brücke in etwa zwölf Metern Entfernung. Okay, Rhyme, los geht's. Sie schwammen weiter.

Der Druckmesser zeigte völlig ungerührt den aktuellen Stand an: Zweitausenddreihundertfünfzig Pfund.

Bei fünfhundert würden sie mit dem Aufstieg beginnen.

Da das Schiff auf der Seite lag, öffnete die schwere metallene Brückentür sich mittlerweile nach oben. Den Beamten der Küstenwache gelang es mit einiger Mühe, sie aufzustemmen, sodass Sachs nach unten in den Befehlsstand schwimmen konnte. Dann ließen die beiden die Tür zufallen. Sie schloss sich mit einem markerschütternden Knall, und Sachs begriff, dass sie nun im Innern des Schiffs gefangen war. Ohne Hilfe würde sie es vermutlich nicht schaffen, auf diesem Weg wieder hinauszugelangen.

Denk gar nicht erst darüber nach, ermahnte sie sich und schaltete den Scheinwerfer an ihrer Haube ein. Der Lichtstrahl war ihr wenigstens ein schwacher Trost. Sie wandte sich zur Seite und schwamm in den dunklen Korridor, der zu den Kabinen führte.

Am Rand ihres Sichtfelds bewegte sich etwas. Aber was? Ein Fisch, ein Aal, ein Krake?

Das gefällt mir nicht, Rhyme.

Aber dann fiel ihr der Geist ein, der nach den Changs suchte, und das kleine Mädchen, Po-Yee, das »Geliebte Kind«.

Denk *daran*, nicht an die Dunkelheit oder die Enge. Tu es für sie, für Po-Yee.

Amelia Sachs schwamm weiter.

Sie war in der Hölle.

Es ließ sich mit keinem anderen Wort beschreiben.

Der schwarze Gang war voller schmutziger Trümmer und Abfälle, voller Stofffetzen, Papier, Speisereste, Fische mit stechend gelben Augen. Und über ihr schimmerte etwas wie eine Eisdecke: die dünne Luftschicht, die sich hier drinnen gefangen hatte. Die Geräusche waren entsetzlich: Scharren, Ächzen, Stöhnen. Lautes Kreischen wie menschliche Todesschreie, Pfeifen und Knacken. Das Hallen von Metall auf Metall.

Ein großer, grauer Fisch schoss geschmeidig an ihr vorbei. Sie keuchte unwillkürlich, schaute ihm hinterher und blickte genau in zwei trübe menschliche Augen in einem weißen, leblosen Gesicht.

Trotz des Lungenautomaten schrie Sachs auf und zuckte zurück. Es war die Leiche eines Mannes, barfuß und mit erhobenen Händen, als wolle er sich ergeben. Er trieb schwerelos im Raum, seine Beine waren in einer Laufbewegung erstarrt, und der schwache Sog im Gefolge des großen Fischs ließ ihn sich langsam herumdrehen.

Dong, dong.

Nein, dachte sie. Ich kann das nicht.

Die Wände schienen bereits näher zu rücken. Sachs litt seit ihrer Kindheit an Klaustrophobie und musste nun ständig daran denken, wie es wohl wäre, in einem dieser schmalen Durchlässe stecken zu bleiben. Sie würde verrückt werden.

Zwei tiefe Atemzüge der trockenen Luft aus dem Lungenautomaten.

Sie dachte an die Familie Chang. Sie dachte an das kleine Mädchen.

Und sie schwamm weiter.

Noch zweitausenddreihundert Pfund Luftdruck.

Es läuft doch prima. Bleib ruhig.

Dong.

Dieses verdammte Geräusch – als würde die Tür einer Gruft sich schließen.

Achte nicht darauf. Niemand schließt hier irgendwelche Türen.

Die Räume über ihr – auf der nach oben weisenden Backbordseite der *Dragon* – hatten nicht dem Geist gehört, folgerte sie: Zwei schienen auf dieser Reise nicht genutzt worden zu sein, und einer war die Kabine des Kapitäns; sie stieß auf diverse Andenken und auf Fotos des kahl geschorenen Schnurrbartträgers, den sie aufgrund der Bilder an Lincoln Rhymes Wand als Sen Zi-jun identifizierte.

Dong, dong, dong.

Sie schwamm nach unten, um die Räume auf der anderen Seite des schmalen Gangs zu überprüfen.

Dabei blieb sie mit der Pressluftflasche an einem Feuerlöscher hängen, der an der Korridorwand befestigt war, und wurde ruckartig gebremst. Die Enge und das Gefühl, in einer Falle zu stecken, versetzten sie sofort in Panik.

Alles in Ordnung, Sachs, hörte sie Lincoln Rhymes tiefe Stimme sagen, und zwar in genau dem beschwichtigenden Tonfall, in den er immer dann verfiel, wenn er an einem Tatort durch das Headset zu ihr sprach. *Alles in Ordnung.*

Sie riss sich zusammen, wich ein kleines Stück zurück und machte sich wieder frei.

Zweitausendeinhundert Pfund.

Drei der Kabinen unter ihr waren nicht belegt gewesen. Somit blieb nur noch eine übrig – die des Geists.

Ein gewaltiges Ächzen.

Wieder dieses Hämmern.

Dann ein dermaßen lautes Stöhnen, dass sie es sogar in ihrer Brust spüren konnte. Was ging da vor sich? Das ganze Schiff erzitterte! Die Türen würden sich verklemmen und sie in alle Ewigkeit hier einsperren. Sie würde langsam ersticken … einsam krepieren … Ach, Rhyme …

Doch plötzlich hörte das Stöhnen auf, und nur das Hämmern blieb übrig.

Vor der Kabine des Geists zu ihren Füßen hielt sie inne.

Die Tür war geschlossen. Sie ging nach innen auf – nun ja, nach unten. Amelia drehte den Knauf. Der Riegel wich zurück, und die schwere Holztür sank hinab. Sachs starrte nach unten in die Finsternis. Im Raum schwamm alles Mögliche. Mein Gott … Sie erschauderte und blieb in dem schmalen Korridor schweben.

Doch Lincoln Rhymes Stimme erklang in ihrem Kopf, so deutlich, als würde er tatsächlich zu ihr sprechen. »*Es ist bloß ein Tatort, Sachs. Mehr nicht. Und Tatortarbeit ist unser Beruf, nicht wahr? Du teilst ihn in ein Raster ein, du durchsuchst ihn, du schaust ihn dir genau an, du sicherst Spuren.*«

Okay, Rhyme. Aber auf die Aale könnte ich gut und gern verzichten.

Sie ließ etwas Luft aus der Tarierweste und sank langsam in die Kabine hinunter.

Der Anblick ließ sie erschrocken verharren.

Vor ihr trieb mit geschlossenen Augen ein Mann in der Schwärze. Sein Mund war weit aufgerissen, die Arme waren ausgestreckt, seine Jacke wölbte sich hinter ihm. Sein Gesicht war so weiß wie Papier.

Um ihn herum trieben schätzungsweise tausend Hundertdollarscheine und füllten den ganzen Raum aus, beinahe wie die künstlichen Flocken in diesen kleinen Schneekugeln.

Das Geld war dem Mann zum Verhängnis geworden. Es schaute aus seinen Taschen, und Amelia kam zu dem Schluss, dass er beim Untergang des Schiffs versucht haben musste, den Geist zu berauben, und dabei eingeschlossen worden war.

Sie sank weiter nach unten und verwirbelte die Banknoten.

Das Geld erwies sich schon bald als überaus lästig, denn es blieb an Sachs haften und begrenzte ihre Sicht auf einen, höchstens anderthalb Meter, ähnlich wie eine Rauchwolke. (Schreib das auch in dein Buch, Rhyme: Zu viel Geld an einem Tatort kann die Untersuchung extrem erschweren.) Amelia packte eine gute Hand voll Scheine als Beweismittel in ihr Netz, schwamm zur jetzigen Decke und früheren Seitenwand der Kabine empor und fand dort einen Aktenkoffer, der in der schmalen Luftblase trieb. Sein Inneres barg noch mehr Bargeld – offensichtlich chinesischer Herkunft. Auch hiervon nahm sie einige Proben.

Dong, dong.

Mein Gott, ist das gruselig. Um sie herum nichts als Dunkelheit und irgendwelche unsichtbaren Dinge, die über den Neoprenanzug strichen. Sie konnte nicht sehr weit sehen in dem Kegel aus trübem Licht, das von dem winzigen Scheinwerfer an ihrem Kopf stammte.

Dann fand sie zwei Waffen: eine Uzi-Maschinenpistole und eine Beretta 9mm. Sie nahm beide genau in Augenschein und stellte fest, dass die Seriennummer der Uzi herausgefeilt worden war, folglich ließ sie die MP wieder zu Boden sinken. Die Beretta hingegen hatte noch eine Nummer und konnte daher vielleicht einen Anhaltspunkt liefern. Amelia steckte sie in das Netz. Ein Blick auf die Druckanzeige: Tausendachthundert Pfund Luft. Herrje, ging das schnell. Atme langsam.

»Na los, Sachs, konzentrier dich.«

Richtig, tut mir Leid, Rhyme.

Dong, dong, dong.

Ich hasse dieses Scheißgeräusch!

Sie durchsuchte den Toten. Keine Brieftasche, kein Ausweis.

Wieder ein Schaudern. Weshalb nur war es hier so grässlich und unheimlich? Sie hatte schon Dutzende von Leichen untersucht. Doch dann wurde es ihr klar: All die anderen Körper hatten wie zerbrochene Spielzeuge gewirkt, waren dank der Schwerkraft leblos auf dem Beton, Gras oder Teppich liegen geblieben. Sie hatten nicht real ausgesehen. Dieser Mann hier war jedoch alles andere als reglos. Weiß wie Schnee und kalt wie das unbarmherzige Wasser um ihn herum, bewegte er sich wie ein eleganter Tänzer in Zeitlupe.

Die Kabine war ziemlich klein, und der Tote kam ihr immer wieder in die Quere. Also griff Amelia kurzerhand zu einer Maßnahme, die ihr außerhalb dieses grausigen Mausoleums niemals in den Sinn gekommen wäre: Sie schob die Leiche nach oben in den Korridor und stieß sie weg. Dann kehrte sie in das Zimmer des Geists zurück.

Dong, dong… dong.

Sachs achtete nicht weiter auf das schaurige Stöhnen und Hämmern, sondern schaute sich um. Wo könnte man in einem winzigen Raum wie diesem etwas verstecken?

Das gesamte Mobiliar war an den Wänden oder auf dem Boden festgeschraubt. Und es gab nur eine einzige kleine Kommode. Sie enthielt Toilettenartikel chinesischer Herkunft und somit keine eindeutig verwertbaren Spuren.

Amelia nahm sich den Wandschrank vor, fand darin aber nur Kleidungsstücke.

Dong, dong…

Was halten wir davon, Rhyme?

»Ich schätze, du hast noch – mal sehen – ungefähr tausendvierhundert Pfund Luft übrig. Falls du nicht bald etwas findest, solltest du deinen Hintern so schnell wie möglich nach draußen schaffen.«

Ich habe noch überhaupt nichts erreicht, dachte sie und sah sich langsam im Raum um. Wo würde er wohl etwas verstecken? Er hat seine Waffen und das Geld zurückgelassen … Demnach hat die Explosion auch ihn überrascht. Hier *muss* etwas sein. Sie sah erneut zu dem Schrank. Die Kleidung? Vielleicht.

Sie schwamm hin und durchsuchte alles. In den Taschen steckte nichts. Aber sie suchte weiter und stieß bei einem seiner Armani-Jacketts auf einen Schlitz im Futter. Amelia griff hinein und zog einen Umschlag hervor, der ein Dokument enthielt. Sie richtete den Scheinwerfer darauf. Keine Ahnung, ob uns das was hilft, Rhyme. Es ist auf Chinesisch.

»Das finden wir zu Hause heraus. Du bringst es mit, Eddie übersetzt es, und ich analysiere es.«

In den Beutel damit.

Zwölfhundert Pfund Druck. Aber halt nie, nie, nie die Luft an.

Warum doch gleich?

Ach ja. Deine Lunge wird platzen.

Dong.

Okay, ich haue ab.

Sie schwamm aus der kleinen Kabine in den Korridor. Das Netz mit den wertvollen Beweisen war sorgfältig an ihrem Gürtel befestigt.

Dong dong dong … dong … dong … dong.

Sachs folgte dem endlosen Gang zurück nach vorn – und damit fort von diesem schrecklichen Ort. Die Brücke schien meilenweit entfernt in der Schwärze zu liegen.

Die längste Reise, der erste Schritt …

Doch dann verharrte sie und hielt sich an einem Türrahmen fest. O Herr im Himmel, dachte sie.

Dong dong dong …

Amelia Sachs registrierte eine Besonderheit an dem unheimlichen Hämmern, das sie hier drinnen vom ersten Moment an gehört hatte. Drei schnelle Schläge, drei langsame.

Das war der Morsecode für S-O-S. Und er kam von irgendwo tief im Schiffsrumpf.

... Siebenunddreißig

S-O-S.

Das universelle Notsignal.

S-O...

Jemand war noch am Leben. Die Küstenwache hatte einen Überlebenden übersehen. Soll ich die anderen Taucher holen?, grübelte Sachs.

Das würde zu lange dauern; das Hämmern klang so ungleichmäßig, dass der Luftvorrat der betreffenden Person nahezu aufgebraucht sein musste. Außerdem schien das Geräusch aus relativer Nähe zu stammen. Der Überlebende dürfte sich innerhalb weniger Minuten finden lassen.

Aber wo genau steckte er?

Nun, die Geräusche kamen eindeutig nicht aus Richtung der Brücke, durch die Amelia in das Schiff gelangt war. Und aus den Kabinen kamen sie auch nicht. Es musste folglich einer der Laderäume oder der Maschinenraum sein – weiter unten im Rumpf. Da die *Dragon* auf der Seite lag, befanden jene Bereiche sich auf gleicher Höhe mit Sachs, und zwar zu ihrer Linken.

Ja? Nein?

Diesmal konnte sie Lincoln Rhyme nicht um Rat fragen.

Niemand würde ihr helfen.

O Gott, ich werde das wirklich tun, nicht wahr?

Weniger als zwölfhundert Pfund Luft waren übrig.

Also setz dich lieber in Bewegung, Mädchen.

Sachs schaute kurz zu dem trüben Schimmer, der durch die Fenster der fernen Brücke hereinfiel. Dann drehte sie sich um, schwamm mit kraftvollen Flossenschlägen der Dunkelheit – und Klaustrophobie – entgegen und folgte dem Hämmern.

S-O-S.

Doch als sie das Ende des schwarzen Korridors erreichte, aus dem sie das Signal zu vernehmen glaubte, fand sie dort keine Möglichkeit, tiefer ins Schiff vorzudringen. Der Gang hörte einfach auf. Sie presste ein Ohr an die hölzerne Wand und konnte das Hämmern ganz deutlich hören.

O-S.

Sie leuchtete die Ecke genauer ab und entdeckte eine kleine Luke. Amelia öffnete sie und erschrak, als ein grüner Aal gemächlich an ihr vorbeischwamm. Nachdem sie sich etwas beruhigt hatte, sah sie hinein und blickte in den Schacht eines Speisenaufzugs, der vermutlich dazu gedacht war, das Kabinendeck und die Brücke von den unteren Decks aus versorgen zu können. Er maß ungefähr sechzig mal sechzig Zentimeter.

Der Gedanke, durch diese enge Röhre schwimmen zu müssen, ließ sie sich abermals wünschen, sie hätte Hilfe von außen geholt. Doch die Suche nach diesem Durchgang hatte bereits zu lange gedauert.

O Mann…

Tausend Pfund Luft.

Dong, dong…

Sie schloss die Augen und schüttelte den Kopf.

Keine Chance. Unmöglich.

S-O-S.

Amelia Sachs, die ihren Camaro SS seelenruhig mit zweihundertzehn Kilometern pro Stunde über den Highway jagte, schreckte andererseits laut schluchzend aus Alpträumen hoch, in denen sie gefangen in engen Kammern, Tunneln und Minenschächten war.

Keine Chance!, dachte sie erneut.

Dann seufzte sie in ihren Lungenautomaten, zog sich in den schmalen Schacht, wandte sich nach links und schwamm noch tiefer in die Hölle.

Gott, wie ich das hasse.

Laut Anzeige noch neunhundert Pfund Druck.

Sie tastete sich durch die Röhre, die gerade breit genug für sie und ihre Pressluftflasche war. Drei Meter. Ihre Flasche blieb plötzlich an etwas hängen. Amelia unterdrückte die aufbrandende Panik und biss auf das Mundstück des Lungenautomaten. Langsam drehte sie sich um die Längsachse, sah den Draht, an dem sie hing, und befreite sich. Dann drehte sie sich wieder zurück und blickte direkt in ein blauweißes Gesicht, das durch eine weitere Luke des Aufzugschachts starrte.

O mein Gott…

Die Augen des Mannes waren so milchig wie Gallert und funkelten im Licht ihres Scheinwerfers. Sein Haar stand in alle Richtungen ab und erinnerte an das Fell eines Stachelschweins.

Sachs schwamm langsam an dem Toten vorbei und bemühte sich, nicht auf das beklemmende Gefühl zu achten, als sein Schopf über ihren Körper strich.

S…

Das Geräusch war immer noch schwach, aber etwas lauter.

O…

Sie folgte dem Schacht bis zum Ende, bezwang auch den letzten Rest Panik und schwamm ruhig durch die Öffnung und in die Kombüse der *Dragon*.

S…

Hier drinnen trieben zahllose Abfälle und Speisereste im schwarzen Wasser – und mehrere Leichen.

Dong.

Wer auch immer diese Signale gab, er schaffte jetzt nicht einmal mehr einen vollständigen Buchstaben.

Über sich sah Amelia eine große schillernde Luftblase und die Beine eines Mannes. Die bestrumpften Füße regten sich ein wenig; es war kaum mehr als ein Zucken. Eilig hielt sie darauf zu und brach durch die Oberfläche. Ein kahlköpfiger Mann mit Schnurrbart klammerte sich an ein Regal, das mit der Wand – inzwischen der Decke – des Raums verschraubt war. Er schrie erschrocken auf und wandte sich ab, weil das so unvermittelt aufblitzende Licht ihn blendete.

Sachs schaute genauer hin. Sie kannte ihn – woher? Sie hatte sein Foto an der Wandtafel von Rhymes Wohnzimmer gesehen – und vor kurzem erst in einer der Kabinen. Dies war Sen Zi-jun, der Kapitän der *Fuzhou Dragon*.

Er zitterte und stammelte wirr vor sich hin. Sein Gesicht war so blau, dass es zyanotisch wirkte – wie bei einem Erstickungsopfer. Amelia spuckte den Lungenautomaten aus, um Pressluft zu sparen und stattdessen die Luft in der Blase zu atmen, aber es war dort kaum noch Sauerstoff vorhanden, und ihr wurde sofort schwindlig. Sie nahm das Mundstück und bediente sich wieder aus dem mitgebrachten Vorrat.

Dann löste sie den zweiten Lungenautomaten von ihrer Weste und steckte ihn Sen in den Mund. Er atmete tief durch und kam ein bisschen zu Kräften. Sachs deutete nach unten ins Wasser. Er nickte.

Ein schneller Blick auf die Druckanzeige: siebenhundert Pfund. Und jetzt mussten zwei Personen damit auskommen.

Sie ließ Luft aus der Tarierweste, legte dem geschwächten Mann einen Arm um den Leib, sank mit ihm in die Kombüse und schob dabei einige Tote und Lebensmittel-Kartons aus dem Weg. Im ersten Moment fand sie die Öffnung des Aufzugschachts nicht wieder und erschrak, weil sie fürchtete, das laute Ächzen künde von einer Lageveränderung des Schiffs, in deren Folge der Durchgang unpassierbar geworden war. Dann jedoch sah sie, dass die Leiche einer jungen Frau die Sicht darauf versperrte. Vorsichtig zog Amelia den Körper beiseite und öffnete die Klappe zum Aufzug so weit wie möglich.

Sie passten nicht nebeneinander in den Schacht; Sachs manövrierte den Kapitän mit den Füßen voran zuerst hinein. Er hatte die Augen geschlossen, zitterte sehr stark und hielt den schwarzen Schlauch seines Lungenautomaten verzweifelt mit beiden Händen umklammert. Amelia folgte ihm und konnte sich nur zu gut vorstellen, was passieren würde, falls er in Panik geriet und ihr das Mundstück oder die Maske und den Scheinwerfer abriss: Sie wäre in dieser furchtbar engen Röhre gefangen und müsste unter entsetzlichen Krämpfen qualvoll ihr Leben aushauchen, während das dreckige Wasser in ihre Lunge strömte …

Nein, halt, denk nicht mehr daran! Mach einfach weiter. Sie schlug kräftig mit den Flossen, um möglichst schnell voranzukommen. Zweimal blieb der Kapitän irgendwo hängen, und sie musste ihn befreien.

Ein Blick auf die Druckanzeige: vierhundert Pfund.

Bei fünfhundert beginnen wir mit dem Aufstieg. Auf keinen Fall später. Das ist eine eiserne Regel ohne Ausnahme.

Schließlich erreichten sie das Oberdeck, auf dem die Kabinen und der Korridor zur Brücke lagen – und dahinter die kostbare Freiheit mit ihrem orangefarbenen Seil, das sie nach oben zu einem unerschöpflichen Vorrat herrlicher Atemluft führen würde. Doch der Kapitän war benommen, und es dauerte eine lange Minute, ihn durch die Öffnung zu bugsieren, ohne dass er seinen Lungenautomaten verlor.

Dann lag der Aufzugschacht hinter ihnen, und sie befanden sich im Gang. Sachs schwamm neben den Kapitän und packte ihn an seinem Ledergürtel, aber als sie sich vorwärts bewegen wollte, hielt etwas sie fest. Sie griff nach hinten. Das Ventil ihrer Pressluftflasche hatte sich in der Jacke des Mannes verfangen, der in der Kabine des Geists ertrunken war.

Dreihundert Pfund Druck.

Verflucht, dachte sie und zerrte mit aller Kraft, aber der Tote steckte in einem Türrahmen fest, und das untere Ende seiner Jacke hatte sich eng um das Ventil gewickelt. Je stärker Amelia zog, desto fester saß die Fessel.

Die Nadel der Druckanzeige befand sich mittlerweile unter der roten Linie: Es blieben noch zweihundert Pfund.

Sachs konnte das Ventil nicht mit den Händen erreichen.

Okay, es ging nicht anders…

Sie öffnete den Klettverschluss der Tarierweste und streifte sie ab. Aber als sie sich umdrehte, um die Flasche loszumachen, erlitt der Kapitän einen Anfall. Er schlug wild um sich und traf sie mit dem Fuß ins Gesicht. Der Scheinwerfer ging aus, der Lungenautomat rutschte ihr aus dem Mund, und der Tritt katapultierte sie nach hinten.

Dunkelheit, keine Luft…

Nein, nein…

Rhyme…

Sie tastete nach dem Mundstück, aber es trieb irgendwo hinter ihr, außerhalb ihrer Reichweite.

Keinesfalls den Atem anhalten.

Scheiße, was bleibt mir übrig?

Finsternis umgab sie. Amelia drehte sich im Kreis und suchte hektisch nach dem Lungenautomaten.

Wo steckten ihre Babysitter von der Küstenwache?

Draußen. Weil ich gesagt habe, ich will allein suchen. Wie konnte sie ihnen mitteilen, dass sie in Schwierigkeiten steckte?

Schnell, Mädchen, schnell.

Ihre Hand griff nach dem Netzbeutel, schob sich hastig in die Öffnung und holte die Beretta 9 mm heraus. Sachs zog den Schlitten zurück, um eine Patrone in die Kammer zu befördern, und hielt die Mündung dicht vor die hölzerne Wand, sodass Sen nicht gefährdet war. Sie drückte den Abzug. Ein Blitz und eine laute Explosion. Der Rückstoß brach ihr beinahe das Handgelenk, und sie ließ die Waffe los, die in der Wolke aus Splittern und Pulverrückständen nach unten sank.

Bitte, dachte Amelia… Bitte…

Keine Luft…

Keine…

Dann blitzten jäh zwei Lichter auf, weil sich die beiden Beamten mit schnellen Flossenschlägen durch den Korridor näherten. Jemand schob Sachs ein Mundstück zwischen die Lippen, und sie konnte wieder atmen. Der Tauchleiter steckte seinen zweiten Lungenautomaten dem Kapitän in den Mund. Es stieg bloß ein schwacher Strom aus Luftblasen auf, aber immerhin war Sen noch am Leben.

Okay-Zeichen wurden ausgetauscht.

Zu viert schwammen sie zur Brücke und hinaus zu dem orangefarbenen Seil. Daumen hoch. Im freien Gewässer wurde Sachs merklich ruhiger. Sie konzentrierte sich darauf, langsam aufzusteigen, nicht schneller als die eigenen Luftblasen, und atmete tief ein und aus, während das Schiff voller Leichen hinter ihnen zurückblieb.

Sachs lag im Krankenzimmer des Küstenwachboots und atmete gleichmäßig durch; sie hatte sich für normale Luft entschieden und die grüne Sauerstoffmaske des Sanitäters dankend abgelehnt – sie fürchtete, ihre Beklemmung in diesem kleinen Raum noch zu verstärken, wenn sie sich irgendeinen Gegenstand aufs Gesicht drückt.

Gleich nach der Ankunft auf dem schwankenden Deck hatte sie den Neoprenanzug abgestreift – die enge Kautschukhülle war selbst schon zu einem Auslöser klaustrophobischer Gefühle geworden – und sich in eine warme Decke gewickelt. Zwei Matrosen hatten sie ins Krankenzimmer gebracht, wo ihr Handgelenk untersucht worden war. Wie sich herausstellte, hatte Amelia keine ernstliche Verletzung davongetragen.

Schließlich fühlte sie sich wieder kräftig genug, um sich nach oben zu wagen. Sie schluckte zwei Tabletten gegen Reisekrankheit und stieg die Stufen zur Brücke empor. Der Helikopter war zurück und schwebte über dem Boot, allerdings nicht ihretwegen, sondern um den bewusstlosen Kapitän Sen in ein Krankenhaus auf Long Island zu fliegen.

Ransom erklärte ihr, weshalb der Mann ihnen bei der Suche nach etwaigen Überlebenden entgangen war. »Unsere Taucher haben sich wirklich Zeit gelassen und den gesamten Rumpf abgeklopft, aber keine einzige Antwort erhalten. Sen muss in der Luftblase ohnmächtig geworden sein und erst später das Bewusstsein wiedererlangt haben.«

»Wohin wird er gebracht?«, fragte Amelia.

»Ins Marinehospital nach Huntington, dort haben sie eine Druckkammer.«

»Wird er es schaffen?«

»Es sieht nicht gut aus«, sagte Ransom. »Aber da er vierundzwanzig Stunden unter solchen Bedingungen überlebt hat, ist wohl alles möglich, schätze ich.«

Das Kältegefühl ließ immer mehr nach. Amelia ging wieder unter Deck, zog ihre Jeans, das T-Shirt und das Sweatshirt über und eilte zurück auf die Brücke, um Rhyme zu verständigen. Sie verzichtete auf eine ausführliche Schilderung ihrer Unterwasserabenteuer und teilte ihm lediglich mit, sie habe einige Beweise gefunden. »Und womöglich einen Zeugen.«

»Einen *Zeugen*?«

»Der Kapitän war noch am Leben. Anscheinend ist es ihm nach dem Untergang gelungen, einige der Leute aus dem Frachtraum in die Kombüse zu bringen. Außer ihm hat es leider niemand geschafft. Mit etwas Glück wird er in der Lage sein, uns über die New Yorker Unternehmungen des Geists Auskunft zu geben.«

»Hat er schon was gesagt?«

»Er ist ohne Bewusstsein. Man weiß nicht mal mit Sicherheit, ob er durchkommt – er ist unterkühlt und leidet unter der Dekompression. Das Krankenhaus wird uns verständigen, sobald Näheres feststeht. Lass Lon lieber ein paar Babysitter für ihn abstellen. Falls der Geist davon erfährt, wird er den Mann mundtot machen wollen.«

»Komm schnell zurück, Sachs. Wir vermissen dich.«

Sie wusste, dass Lincoln Rhyme den Pluralis Majestatis benutzte und eigentlich nur sich selbst meinte.

Amelia packte die im Schiff gesicherten Spuren zusammen und trocknete das Dokument aus dem Jackett des Geists vorsichtig mit einigen Papierhandtüchern. Dadurch wurde das Beweisstück zwar ziemlich verunreinigt, aber sie befürchtete, dass die vom Salzwasser aufgeweichte Schrift ansonsten völlig unleserlich werden würde. Man musste bei der Tatortarbeit stets Kompromisse eingehen, hatte Rhyme oft genug zu ihr gesagt.

Captain Ransom betrat die Brücke. »Der nächste Hubschrauber ist bereits unterwegs, um Sie abzuholen, Officer.« Er hatte zwei große, mit Deckeln versehene Styroporbecher dabei und reichte ihr einen.

»Danke.«

Sie nahmen die Deckel ab. Der Captain hatte dampfenden schwarzen Kaffee in seiner Tasse.

Amelia lachte. In *ihrem* Becher war Fruchtsaft, den man – das konnte sie riechen – mit einem großzügigen Schuss Rum vermischt hatte.

… Achtunddreißig

Feng Shui, was wörtlich übersetzt Wind und Wasser bedeutete, stand für die Kunst, gute und glückbringende Energie einzufangen und schlechte Einflüsse abzuwehren.

Überall auf der Welt wurde Feng Shui eingesetzt, aber infolge der erstaunlich großen Anzahl von Regeln und der selten vorhandenen Fähigkeit, die Dynamik des Guten und Bösen richtig einzuschätzen, gab es nur sehr wenige wirklich talentierte Fachleute auf diesem Gebiet. Feng Shui erforderte weitaus mehr als nur die Anordnung von Möbelstücken, wie Loabans Betreuer gemeint hatte, und die Wohnung des Geists war eindeutig von einem Meister gestaltet worden. In China hätte Sonny Li eine Vielzahl potenzieller Kandidaten nennen können, aber in New York war ihm kein einziger Fachmann bekannt.

Anstatt jedoch bei der Suche in der Gegend herumzurasen wie Hongse mit ihrem gelben Wagen, blieb Li seiner taoistischen Überzeugung treu.

Man lebt nicht durch Handlungen; man lebt durch das Sein…

Und so setzte Detective Sonny Li sich in die eleganteste Teestube, die er in Chinatown finden konnte, und lehnte sich lässig auf dem Stuhl zurück. Er bestellte eine Tasse des seltsamen Getränks: mit Zucker gesüßter und durch Milch aufgehellter Tee. Auf dem Boden des hohen Gefäßes schwammen große, kaugummiartige schwarze Tapiokaperlen, die man durch einen breiten Strohhalm aufsaugte und aß. Wie der berühmte, in Fuzhou sehr beliebte (und gleichermaßen teure) schäumende Eistee, war auch dieses Getränk eine taiwanesische Kreation.

Sonny machte sich nicht viel aus dem Tee, aber er stellte ihn vor sich hin, um an diesem Platz längere Zeit sitzen bleiben zu können. Sein Blick schweifte durch den modern gestalteten Raum, der dem Geist eines übereifrigen Designers entsprungen schien. Die Stühle waren aus Metall und mit violettem Leder bezogen, das Licht gedämpft und die Tapete mit nachgeahmten Zen-Motiven versehen. Scharen von Touristen strömten herein, kippten ihren Tee hinunter und eilten dann weiter zu den nächsten Sehenswürdigkeiten Chinatowns, wobei sie reichlich Trinkgelder zurückließen. Anfangs glaubte Sonny Li, die Leute hätten vergessen, ihr Wechselgeld einzustecken; in China waren Trinkgelder unüblich.

Er saß einfach da und nippte gelegentlich an seinem Tee … Dreißig Minuten vergingen. Fünfundvierzig.

Man lebt durch das Sein …

Seine Geduld wurde schließlich belohnt. Eine attraktive Chinesin von ungefähr vierzig Jahren betrat das Lokal, nahm in der Nähe Platz und bestellte Tee.

Die Frau trug ein wunderschönes rotes Kleid und hohe schmale Absätze. Sie las die *New York Times* und setzte dazu eine modische Lesebrille mit kleinen rechteckigen Gläsern auf, deren blaues Gestell nicht dicker als ein Bleistiftstrich war. Die meisten Chinesinnen, die in Chinatown einkauften, schleppten billige Plastiktüten mit sich herum, die vom häufigen Gebrauch zerknittert waren. Diese Frau hingegen hatte eine Einkaufstasche aus makellos weißem Papier, in der eine mit goldener Kordel verschnürte Schachtel lag. Sonny entzifferte die Aufschrift der Tüte: *Saks Fifth Avenue*.

Es war genau die Art von Frau, die Li sich wünschte und doch niemals bekommen würde, da machte er sich nichts vor: Gepflegt, elegant, schön, das Haar so glänzend und dicht wie das schwarze Gefieder einer Krähe, das schmale Gesicht mit leicht vietnamesischem Einschlag, so dass die chinesischen Züge auf überaus anziehende Weise betont wurden, mit wachem Blick, leuchtend roten Lippen und Fingernägeln, auf die sogar die Witwe des Kaisers neidisch gewesen wäre.

Er betrachtete erneut ihr Kleid, ihren Schmuck, ihr frisiertes Haar und kam zu dem Schluss: Ja, die ist es. Also nahm er seinen Tee, ging zu ihr und stellte sich vor. Dann setzte er sich; der Stuhl, den er wählte, stand neben, aber nicht *an* ihrem Tisch, so dass sie sich nicht bedrängt fühlen würde. Sie unterhielten sich über das Schöne Land, über New York, über ausgefallene Teesorten und über Taiwan, wo sie geboren war. Dann endlich kam Li zum eigentlichen Thema.

»Warum ich Sie überhaupt angesprochen habe – bitte verzeihen Sie, aber vielleicht können Sie mir helfen. Ich arbeite für jemanden, der in letzter Zeit ziemlich viel Pech gehabt hat. Ich glaube, es liegt an der Art, wie seine Wohnung eingerichtet ist. Sie kennen doch bestimmt einen guten Feng-Shui-Fachmann.«

Er nickte mit Blick auf die Kennzeichen, die ihn zu der Annahme gebracht hatten, dass diese Frau gewissenhaft den Feng-Shui-Regeln folgte: ein auffälliges Armband aus neun chinesischen Münzen, eine Anstecknadel mit dem Abbild der barmherzigen Göttin Guan Yin und ein Halstuch, auf dem ein schwarzer Fisch abgebildet war. Deswegen hatte er sie ausgesucht – wegen dieser Anhaltspunkte und weil sie offensichtlich reich war, was bedeutete, dass sie sich nur die besten Fachleute leistete, Männer von der Sorte, die auch der Geist beschäftigen würde.

»Falls ich meinem Boss einen verlässlichen Experten nennen könnte, der sein Zuhause und sein Büro neu gestaltet, hält er in Zukunft eventuell mehr von mir. Ich würde meinen Job behalten und in seiner Wertschätzung steigen.« Bei diesen Worten senkte Li den Kopf, ohne jedoch das Gesicht der Frau aus den Augen zu lassen. Was er sah, tat weh: Sie empfand Mitleid mit ihm. Am schlimmsten dabei war jedoch, dass die gespielte Scham von Sonny Li, dem verdeckten Ermittler, praktisch identisch mit der echten Scham war, die Sonny Li, der Mann, jeden Tag verspürte, wenn er an die endlosen Vorwürfe seines Vaters dachte. Womöglich nimmt sie mir deshalb meine Geschichte ab, überlegte er.

Die schöne Frau lächelte und griff in ihre Handtasche. Dann schrieb sie ihm einen Namen und eine Adresse auf – auf einem Stück Papier, das selbstverständlich weder ihren eigenen Namen noch ihre Telefonnummer enthielt. Sie schob ihm den Zettel hin und zog die Hand schnell wieder zurück, damit er sie nicht berühren konnte, falls er gierig und verzweifelt danach greifen würde. Fast hätte er genau das getan.

»Mr. Wang«, sagte sie und wies auf das Papier. »Er ist einer der Besten in der Stadt. Sofern Ihr Arbeitgeber genügend Geld hat, wird er ihm helfen. Er ist sehr teuer. Aber er leistet gute Arbeit. Er hat mir zu einem vermögenden Ehemann verholfen, wie Sie sehen können.«

»Ja, mein Boss hat Geld.«

»Dann kann auch er sein Glück fördern. Auf Wiedersehen.« Sie stand auf, nahm ihre Hochglanztüte und die Handtasche und schritt auf ihren perfekten Absätzen aus dem Lokal. Ihre Rechnung blieb auf dem Tisch zurück. Die Frau überließ es Sonny Li, den Betrag zu begleichen.

»Sachs!« Rhyme blickte von dem Bildschirm seines Computers auf. »Rat mal, womit der Geist das Schiff versenkt hat!«

»Keine Ahnung«, rief sie und stellte amüsiert fest, wie vergnügt er bei diesen schrecklichen Worten aussah.

»Mit erstklassigem, brandneuem C4«, sagte Mel Cooper.

»Herzlichen Glückwunsch.«

Das war der Grund für Rhymes gute Laune. Obwohl in Spielfilmen nahezu jeder Terrorist seine Bomben aus C4 baute, kam diese Substanz in Wirklichkeit ziemlich selten vor. Sie stand ausschließlich dem Militär und einigen ausgesuchten Strafverfolgungsbehörden zur Verfügung und wurde nicht bei industriellen Sprengungen eingesetzt, was bedeutete, dass es für hochwertigen C4 nur relativ wenige Quellen gab. Dadurch erschien es wesentlich aussichtsreicher, eine Verbindung zwischen dem Ursprungsort des C4 und dem Geist herstellen zu können, als wenn der Mann herkömmliches TNT, Tovex, Gelenex oder irgendeinen anderen kommerziell vertriebenen Sprengstoff verwendet hätte.

Hinzu kam noch ein wichtiger Punkt: C4 war dermaßen gefährlich, dass er von Rechts wegen individuell gekennzeichnet werden musste – jeder Hersteller der Substanz mischte ihr unwirksame, aber eindeutig identifizierbare Chemikalien bei und markierte so seine spezielle Version des Produkts. Die Analyse von Explosionsrückständen konnte daher exakt auf den jeweiligen Produzenten verweisen, der wiederum dazu verpflichtet war, detailliert festzuhalten, an wen er den Sprengstoff verkauft hatte. Der Käufer schließlich musste über Lagerung und Verwendung des C4 ebenfalls genau Buch führen.

Falls es ihnen gelang, die Person ausfindig zu machen, die dem Geist die Ladung C4 verschafft hatte, würde diese vielleicht über weitere New Yorker Verstecke oder andere Operationsbasen des Schlangenkopfs Bescheid wissen.

Cooper hatte die Resultate bereits nach Quantico geschickt. »Es dürfte nicht länger als ein paar Stunden dauern.«

»Wo ist Coe?«, fragte Sachs und sah sich im Raum um.

»Unten beim INS«, sagte Rhyme. »Beschwör ihn bloß nicht wieder herbei, indem du seinen Namen nennst«, fügte er sarkastisch hinzu. »Hoffen wir, dass er dort bleibt.«

Eddie Deng kam aus Südmanhattan zurück. »Ich hab mich gleich nach Ihrem Anruf auf den Weg gemacht, Lincoln.«

»Hervorragend, Eddie. Setzen Sie Ihre Lesebrille auf. Sie müssen etwas für uns übersetzen. Amelia hat in der Jacke des Geists einen Brief gefunden.«

»Kein Scheiß?«, fragte Deng. »Wo?«

»Dreißig Meter unter Wasser. Aber das ist eine andere Geschichte.«

Mit Dengs Augen war alles in Ordnung – er benötigte keine eigentliche Lesebrille –, aber Mel Cooper musste ihn mit einem Ultraviolett-Verstärker ausrüsten, damit er die Tinte auf dem Papier überhaupt erkennen konnte; sie war aufgrund des Salzwassers fast vollständig verschwunden und kaum noch leserlich.

Deng beugte sich über das Blatt und kniff die Augen zusammen.

»Ganz schön schwer zu entziffern«, murmelte er. »Okay, okay… Es ist an den Geist gerichtet. Der Absender heißt Ling Shui-bian. Er teilt dem Geist mit, wann die Chartermaschine in Fuzhou startet und wann und wo sie auf dem Militärflugplatz Nagorew bei Sankt Petersburg voraussichtlich landen wird. Dann schreibt er, er würde das Geld auf ein Konto in Hongkong überweisen – er nennt weder eine Kontonummer noch die Bank. Hier steht, ein Teil der Summe würde beiliegen – in Dollar. Es folgt der Preis für den Charterflug. Am Ende findet sich eine Liste der Opfer – der Passagiere auf der *Dragon*.«

»Das ist alles?«

»Ich fürchte, ja.«

»Einige unserer Leute in China sollen diesen Ling überprüfen«, sagte Rhyme zu Sellitto. Dann wandte er sich an Mel Cooper. »Lässt sich anhand des Papiers etwas feststellen?«

»Nur das, womit man rechnen würde«, sagte der Techniker. »Salzwasser, Meerestierexkremente, Schadstoffe, Pflanzenpartikel, Motoröl, Dieselkraftstoff.«

»Wie viel Geld befand sich dort, Sachs?«, fragte Rhyme.

»Jede Menge. Ungefähr tausend Scheine. Aber das lässt sich schwer schätzen, wenn man dazwischen rumschwimmt.«

Die Banknoten, die sie eingesammelt hatte, waren ausnahmslos druckfrische Hundert-Dollar-Noten.

»Fälschungen?«, fragte Rhyme.

Cooper untersuchte einen der Scheine. »Nein.«

Die sichergestellten chinesischen Yuan waren ausgeblichen und zerknittert. »Davon gab es etwa dreißig Bündel dieser Größe«, erklärte Amelia. Eddie Deng rechnete kurz nach. »Beim gegenwärtigen Wechselkurs entspricht das ungefähr zwanzigtausend Dollar«, sagte er.

»Außerdem habe ich eine Uzi und eine Beretta gefunden«, fuhr Sachs fort, »aber die Maschinenpistole hatte keine Seriennummer mehr, und die Automatik habe ich später wieder verloren.«

»Nach allem, was wir bisher über den Geist wissen, dürfte jede seiner Waffen, ob nun mit Seriennummer oder ohne, sich nicht zurückverfolgen lassen«, sagte Rhyme.

Er schaute in Richtung Flur. »Thom! Wir brauchen unseren Schreiber! Thom!«

Der geplagte junge Mann betrat das Zimmer und schrieb auf, was Rhyme ihm zu dem Sprengstoff, dem Geld, dem Brief und den Waffen diktierte.

Das elektronische Trillern eines Mobiltelefons erklang, und wie heutzutage so häufig, sahen alle Anwesenden nach, ob es sich um ihr eigenes Gerät handelte. Diesmal war Sachs die Gewinnerin und nahm den Apparat vom Gürtel.

»Hallo?«

»Amelia?«

Sie erkannte John Sungs Stimme. Bei dem Gedanken an letzte Nacht machte ihr Bauch plötzlich einen kleinen Sprung.

»John.«

»Wie geht es Ihnen?«

Ich habe einen Wahnsinnsbadeausflug hinter mir, dachte sie, aber davon abgesehen geht's mir gut. »Prima«, sagte sie. »Im Moment ist sehr viel zu tun.«

»Natürlich«, sagte der Doktor. Was für eine Stimme, dachte sie. Der Mann konnte wirklich mit Kranken umgehen. »Haben Sie Sam Chang und seine Familie schon gefunden?«

»Nein, noch nicht. Aber wir arbeiten daran.«

»Ich habe mich nur gerade gefragt, ob Sie heute eventuell noch Zeit hätten, bei mir vorbeizukommen.«

»Ich schätze, das müsste klappen. Aber kann ich Sie später noch mal anrufen, John? Ich bin bei Lincoln, und wir haben ziemlich viel um die Ohren.«

»Na klar. Bitte verzeihen Sie die Störung.«

»Nein, nein, ich bin froh, dass Sie sich gemeldet haben. Bis dann.«

Sie legte auf und wollte sich erneut den Beweisen widmen, aber als sie den Kopf hob, bemerkte sie, dass Lon Sellitto sie wütend anstarrte.

»Detective«, sagte sie, »kann ich Sie mal kurz draußen sprechen?«

»Wozu dieser ganze…«, setzte er barsch an.

»Jetzt sofort!«, fiel sie ihm ins Wort.

Rhyme musterte die beiden einen Moment lang, verlor aber gleich darauf das Interesse an dem seltsamen Wortwechsel und konzentrierte sich wieder auf die Wandtafel.

Sachs trat hinaus auf den Flur, und Sellitto folgte ihr mit schwerem Schritt. Thom war die Situation nicht entgangen. »Was ist denn los?«, fragte er, aber Amelia knallte wortlos die Tür zu. Sie deutete auf das Ende des Korridors und ging mit Sellitto in die Küche.

Dort wirbelte sie herum und stemmte die Hände in die schmalen Hüften. »Wieso haben Sie es seit zwei Tagen auf mich abgesehen, Detective?«

Der stämmige Mann zog sich den Hosengürtel hoch. »Sie sind verrückt. Das bilden Sie sich bloß ein.«

»Schwachsinn. Sie wollen etwas loswerden, also sagen Sie's mir ins Gesicht. Das sind Sie mir schuldig.«

»Ach ja?«, fragte er höhnisch.

»Was *soll* das?«, entgegnete sie gereizt.

Er schwieg und sah zu dem Hackbrett, auf dem Thom ein halbes Dutzend Tomaten und etwas Basilikum bereitgelegt hatte. »Ich weiß, wo Sie letzte Nacht gewesen sind«, sagte er schließlich.

»Und?«, fragte sie.

»Die Babysitter vor Sungs Wohnung haben mir berichtet, dass Sie gestern abend bei ihm gewesem und erst um Viertel vor zwei wieder gegangen sind.«

»Mein Privatleben geht nur mich etwas an«, sagte sie frostig.

Der untersetzte Cop warf einen Blick über die Schulter und sprach in schnellem Flüsterton weiter. »Nein, inzwischen geht es eben *nicht* nur Sie etwas an, Amelia, sondern auch *ihn*.«

Sie runzelte die Stirn. »Ihn? Wen?«

»Rhyme. Wen denn sonst?«

»Wovon reden Sie?«

»Er ist zäh. Zäher als jeder andere, den ich kenne. Aber eine Sache gibt es, die könnte ihn total fertig machen, und das sind Sie – sofern Sie weiterhin diese Tour fahren.«

Sie war verwirrt. »Welche Tour?«

»Hören Sie, Sie haben ihn damals nicht gekannt – und die Frau, in die er verliebt war, Clare. Als sie starb, hat er ewig gebraucht, um darüber hinwegzukommen. Er ging zur Arbeit, er machte seinen Job, aber es dauerte ein Jahr, bis er wieder dieses Funkeln in den Augen hatte. Und dann seine Frau … Klar, die beiden haben sich gestritten – und zwar manchmal mehr als heftig. Es war nicht gerade die glücklichste Ehe aller Zeiten, aber dann – nach dem Unfall –, als er erkannte, dass es nicht mehr ging und er geschieden wurde, hat er gelitten wie ein Hund.«

»Ich weiß nicht, was Sie damit andeuten wollen.«

»Das wissen Sie nicht? Für mich ist das völlig klar. Sie sind der Mittelpunkt seines Lebens. Er hat Ihnen gegenüber alle Vorsicht abgelegt. Sie werden ihn zugrunde richten. Und ich werde das nicht zulassen.« Er fuhr sogar noch leiser fort. »Denken Sie doch nur mal nach – falls Sie sich weiterhin mit diesem Kerl treffen, wird es Rhyme umbringen. Es … Was gibt's denn da zu lachen, verdammt noch mal?«

»Sie meinen mich und John Sung?«

»Ja, der Kerl, zu dem Sie sich heimlich geschlichen haben.«

Sachs schlug die Hände vor das Gesicht. Ihre Schultern zuckten. »Oh, Lon …« Dann wandte sie sich schnell ab, denn ihr Lachen war in Weinen übergegangen.

»Und jetzt muss ich unbedingt mit Ihnen reden.«

»Das klingt nach schlechten Neuigkeiten, Doktor.«

»Wollen wir uns nicht da drüben in die Ecke setzen?«

»Meine Güte«, sagte Sellitto und trat einen Schritt vor. Dann hielt er inne und ließ verlegen die Arme sinken. »Amelia, was …«

Sie hob eine Hand und sagte nichts.

»Was ist los?«

Schließlich fing sie sich, wischte sich das Gesicht ab und drehte sich zu Sellitto um. »Es ist nicht das, was Sie denken, Lon.«

Er zog schon wieder an seinem Gürtel. »Sondern?«

»Sie wissen doch, dass Rhyme und ich darüber gesprochen haben, Kinder zu bekommen.«

»Ja.«

»Es hat nicht funktioniert. Wir haben es wirklich versucht, aber ich wurde nicht schwanger. Ich hatte Angst, bei Lincoln könnte etwas nicht in Ordnung sein. Daher sind wir vor ein paar Wochen ins Krankenhaus gefahren und haben uns beide untersuchen lassen.«

»Ja, ich weiß, dass er beim Arzt gewesen ist.«

Sie dachte an jenen Tag im Aufenthaltsraum zurück.

»Ah, Miss Sachs. Hier stecken Sie also.«

»Hallo, Doktor.«

»Ich habe gerade mit Lincoln Rhymes Arzt gesprochen.«

»Ja?«

»Und jetzt muss ich unbedingt mit Ihnen reden.«

»Das klingt nach schlechten Neuigkeiten, Doktor.«

»Wollen wir uns nicht da drüben in die Ecke setzen?«

»Nein, es geht schon. Raus mit der Sprache. Was ist los?«

»Nun, Lincolns Arzt sagt, dass seine Werte im normalen Bereich liegen. Die Spermienzahl ist zwar ein wenig reduziert, wie bei praktisch jedem Patienten in seinem Zustand, aber heutzutage wäre das kein großes Hindernis für eine Schwangerschaft. Ich fürchte jedoch, dass Sie ein weitaus ernsteres Problem haben.«

»Ich?«

Amelia starrte auf das Hackbrett neben sich und erzählte Sellitto von dem Gespräch mit dem Arzt. »Ich habe eine Krankheit namens Endometriose«, fügte sie hinzu. »Gewisse Probleme hatte ich schon immer, aber ich hätte nie gedacht, dass es so schlimm ist, wie der Doktor mir erklärt hat.«

»Kann man das heilen?«

Sachs schüttelte den Kopf. »Nein. Man kann operieren, man kann eine Hormontherapie beginnen, aber an der Fruchtbarkeit würde das kaum etwas ändern.«

»Oje, das tut mir Leid, Amelia.«

Sie wischte sich noch einmal über die Augen und lächelte traurig. »Trockenheit und Hitze in den Nieren.«

»Was?«

Sachs lachte hohl. »*Deswegen* bin ich bei John Sung gewesen. Trockenheit und Hitze in den Nieren – nach der chinesischen Medizin sind das die Ursachen der Unfruchtbarkeit. Gestern Abend hat er mich untersucht und mit Akupressur behandelt. Und er will einige Kräuter besorgen, die mir helfen sollen. Deshalb hat er auch eben angerufen. Warten Sie.« Sachs ging in den Flur zu ihrer Handtasche und kam mit einem Buch zurück, das Sung ihr beim letzten Besuch mitgegeben hatte. Sie reichte es dem Detective. *Kräuterbehandlungen und Akupressurtechniken zur Förderung der Fruchtbarkeit* lautete der Titel.

»Offenbar empfehlen viele westliche Ärzte ihren Endometriose-Patientinnen, es einmal mit chinesischer Medizin zu versuchen. Als ich gestern Abend mit Lincoln nach oben gefahren bin, haben wir darüber geredet. Er hielt es wohl für ziemlich albern, aber ihm war nicht entgangen, wie sehr diese Sache mich in letzter Zeit beschäftigt hat. Er hat Recht – ich bin abgelenkt. Sogar wenn ich einen Tatort untersuche, muss ich daran denken. Deswegen haben wir beschlossen, dass ich ausprobieren würde, was Sung für mich tun kann.« Sie verstummte für einen Moment. »Es ist so viel Tod um mich herum, Lon…«, fuhr sie schließlich fort. »Mein Vater, die Beziehung mit Nick – als er ins Gefängnis kam, war es, als wäre er gestorben. All die Tatorte, die ich zu Gesicht bekomme. Ich wollte etwas *Lebendiges* bei uns haben, bei Lincoln und mir. Ich wollte unbedingt in Ordnung bringen, was in mir nicht stimmt.«

Was auch immer erforderlich sein mag, du musst dich zunächst um dich selbst kümmern. Falls du nicht mit dir im Reinen bist, wirst du auch nie für einen anderen da sein können.

Sungs Behandlung, so hoffte sie, würde dies bewirken – dass sie wieder mit sich ins Reine kam.

Sellitto hob die Hände. »Das wusste ich nicht. Sie haben nie auch nur eine Andeutung gemacht.«

»Weil es außer Lincoln und mir auch niemanden etwas angeht«, gab sie wütend zurück und nickte in Richtung von Rhymes Zimmer. »Wissen Sie denn nicht, was wir einander bedeuten? Wie sind Sie nur auf den Gedanken gekommen, ich würde ihm so etwas antun?«

Der beschämte Detective konnte ihr nicht in die Augen sehen. »Ich habe an mich selbst gedacht und wie es war, als Betty mich verlassen hat.« Die Ehe des stämmigen Cops war vor einigen Jahren zerbrochen. Niemand wusste über die Einzelheiten Bescheid, aber es war kein Geheimnis, dass der Ehepartner eines Polizisten besonders viel aushalten musste und sich häufig nach einem etwas aufmerksameren Lebensgefährten umzusehen begann. Amelia vermutete, dass Betty eine Affäre gehabt hatte.

»Es tut mir Leid, Officer. Ich hätte es besser wissen müssen.« Er streckte seine riesige Hand aus, und Sachs schlug zögernd ein.

»Wird das denn helfen?« Er zeigte auf das Buch.

»Keine Ahnung«, antwortete sie und lächelte wehmütig. »Vielleicht.«

»Gehen wir wieder an die Arbeit?«, fragte Sellitto.

»Sicher.« Amelia wischte sich ein letztes Mal über die Augen, und dann kehrten sie in Rhymes Wohnzimmer zurück.

GHOSTKILL

Easton, Long Island, Tatort

- Zwei Immigranten am Strand ermordet; in den Rücken geschossen.
- Ein Immigrant verwundet – Dr. John Sung.
- »Bangshou« (Assistent) an Bord; Identität unbekannt.
  - Assistent identifiziert als der Ertrunkene, der am Untergangsort der *Dragon* gefunden wurde.
- Zehn Immigranten entkommen: sieben Erwachsene (ein älterer Mann, eine verletzte Frau), zwei Kinder, ein Kleinkind. Stehlen Kirchenbus.
- Blutspuren zur Untersuchung ins Labor geschickt.
  - Verletzte Frau hat Blutgruppe AB negativ. Weitere Informationen erbeten.
- Geist wurde am Strand von Fahrzeug erwartet, aber dann zurückgelassen. Hat vermutlich einen Schuss auf Fahrzeug abgegeben. Anfrage nach Fahrzeughersteller und -modell läuft, basierend auf Reifenspuren und Radstand.
  - Fahrzeug ist ein BMW X5.
    - Fahrer – Jerry Tang.
- Für Immigranten standen keine Fahrzeuge bereit.
- Funktelefon (vermutlich des Geists) zur Analyse an FBI geschickt.
  - Sicheres Satellitentelefon, nicht zurückverfolgbar. Hat zwecks Nutzung chinesisches Behördennetz gehackt.
- Waffe des Geists = Pistole, 7, 62 mm. Ungewöhnliche Hülsen.
  - Chinesische Modell 51 Automatik-Pistole.
- Geist hat angeblich Regierungsleute auf Lohnliste.
- Geist hat als Fluchtwagen roten Honda gestohlen. Fahndungsmeldung ist raus.
  - Honda bislang nicht gefunden.
- Drei Leichen aus Meer geborgen – zwei erschossen, einer ertrunken. Fotos und Abdrücke an Rhyme und chinesische Polizei.
  - Ertrunkener identifiziert als Victor Au, der *bangshou* des Geists.

- Fingerabdrücke an AFIS geschickt.
  - Keine Übereinstimmungen, aber ungewöhnliche Einkerbungen an Sam Changs Fingern und Daumen (Wunde, Verbrennung durch Seil?).
- Immigrantengruppe besteht aus: Sam Chang und Wu Qichen, jeweils mit Familie; John Sung, Baby einer ertrunkenen Frau, unbekannte/r Mann und Frau (am Strand ermordet).

Gestohlener Kleinbus, Chinatown

- Immigranten tarnen Fahrzeug mit Logo des »Home Store«.
- Blutspritzer deuten auf Hand-, Arm- oder Schulterverletzung der Frau hin.
- Blutspuren zur Untersuchung ins Labor geschickt.
  - Verletzte Frau hat Blutgruppe AB negativ. Weitere Informationen erbeten.
- Fingerabdrücke an AFIS geschickt.
  - Keine Übereinstimmungen.

Mord an Jerry Tang, Tatort

- Vier Männer haben Tür eingetreten, das Opfer gefoltert und erschossen.
- Zwei Patronenhülsen – passen zur Modell 51. Tang durch zwei Kopfschüsse ermordet.
- Beträchtliche Verwüstungen.
- Einige Fingerabdrücke.
  - Keine Übereinstimmungen, außer bei Tang.
- Drei Komplizen haben kleinere Schuhgröße als Geist, mutmaßlich auch kleinere Statur.
- Versteck des Geists nach Spurenlage vermutlich im Süden Manhattans, Gebiet um Battery Park City.
- Komplizen entstammen vermutlich einer ethnischen Minderheit Chinas. Nach Verbleib wird gefahndet.
  - Uiguren aus dem Turkestan Community and Islamic Center in Queens.
    - Anrufe per Mobiltelefon verweisen auf 805 Patrick Henry Street, südliches Manhattan.

Schießerei auf der Canal Street, Tatort

- Zusätzliche Spuren deuten auf Versteck im Gebiet um Battery Park City hin.
- Gestohlener Chevrolet Blazer, nicht zurückverfolgbar.
- Keine Übereinstimmungen bei Fingerabdrücken.
- Teppich des Verstecks: Hersteller Arnold, Marke Lustre-Rite, verlegt während der letzten sechs Monate; kontaktieren Baufirmen zwecks Liste möglicher Objekte.
  - Festgestellte Adressen: 32 in/um Battery Park City.
- Frischer Gartenmulch gefunden.
- Toter Komplize des Geists: ethnische Minderheit aus West- oder Nordwestchina. Fingerabdrücke nicht registriert. Waffe war Walther PPK.
- Details zu den Immigranten:
  - Die Changs: Sam, Mei-Mei, William und Ronald; Sams Vater, Chang Jiechi, und Kleinkind, Po-Yee. Sam hat Job arrangiert, aber Arbeitgeber und Ort unbekannt. Fahren blauen Kleinbus, Modell und Kennzeichen unbekannt. Wohnung der Changs liegt in Queens.
  - Die Wus: Qichen, Yong-Ping, Chin-Mei und Lang.

Versteck des Geists, Tatort

- Fingerabdrücke und Fotos von Chang Jiechis Händen ergeben, dass Vater und Sohn Sam Kalligraphen sind. Sam Chang eventuell als Drucker oder Schildermaler tätig. Entsprechende Firmen in Queens werden überprüft.
- Biostoffe an den Schuhen des Toten deuten auf Nähe der Wohnung zu einer Kläranlage hin.
- Geist hat Versteck durch Feng-Shui-Fachmann einrichten lassen.

Fuzhou Dragon, Tatort

- Geist hat Schiff mit neuem C4 versenkt. Herkunft des Sprengstoffs wird anhand der chemischen Kennzeichnung überprüft.
- Große Anzahl neuer US-Banknoten in der Kabine des Geists gefunden.

- Ca. 20 000 Dollar in gebrauchten chinesischen Yuan in der Kabine gefunden.
- Liste der Opfer, Details über Charterflug und Informationen über Kontoeinzahlung. Name des Absenders wird in China überprüft.
- Kapitän am Leben, aber bewusstlos.
- Beretta 9 mm, Uzi. Nicht zurückverfolgbar.

… Neununddreißig

»Fred«, sagte Rhyme, als Dellray sein Wohnzimmerlabor betrat. Der FBI-Agent trug ein orangefarbenes Hemd von unglaublicher Leuchtkraft.

»He«, sagte Sachs. »Man lässt Sie solche Hemden tragen? Sagen Sie mal, ist die Farbe echt?«

»Sie haben uns einen Riesenschrecken eingejagt«, sagte Rhyme.

»Was meinen Sie, wie *ich* mich gefühlt habe, direkt auf ein paar Stangen von Mr. Nobels Erfindung zu sitzen?« Er sah sich im Raum um. »Wo ist Dan?«

»Dan?«, fragte Rhyme.

»Der SSA.«

Alle starrten ihn nur verständnislos an.

»Der Supervising Special Agent, der für mich übernommen hat«, erklärte Dellray. »Dan Wong. Aus unserer Dienststelle in San Francisco. Ich wollte mich bei ihm bedanken, dass er eingesprungen ist.«

Rhyme und Sachs sahen sich an. »Niemand hat für Sie übernommen«, sagte der Kriminalist. »Wir warten immer noch.«

»Ihr *wartet* noch?«, flüsterte Dellray ungläubig. »Ich habe gestern Abend selbst mit Dan gesprochen. Er ist genau der richtige Mann und hat schon an Dutzenden Fällen von Menschenschmuggel gearbeitet. Und was Schlangenköpfe und die chinesische Kultur angeht, ist er ein Experte. Er wollte Sie anrufen und heute Morgen mit einem Luftwaffenjet nach New York fliegen.«

»Das hören wir zum ersten Mal.«

Dellrays Befremden verwandelte sich in Wut. »Was ist mit SPEC-TAC?«, fragte er misstrauisch. »Die *sind* wenigstens hier, nicht wahr?«

»Nein«, sagte Sachs.

Er schnaubte verächtlich und riss sein Mobiltelefon vom Gürtel, als würde er eine Waffe ziehen. Eine Kurzwahltaste später stand die Verbindung. »Dellray hier… Holen Sie ihn… Ist mir egal. Sofort… Das habe ich schon gesagt, vielleicht ist es Ihnen entgangen. Ich. Will. Ihn. Sofort. Sprechen…« Ein angewidertes Seufzen. »Gut, dann soll er mich zurückrufen. Und *Sie* sagen mir jetzt, was mit Dan Wong geschehen ist.« Er hörte eine Weile zu und unterbrach dann wortlos die Verbindung.

»Dan ist wegen irgendeines Notfalls nach Hawaii beordert worden. Die Anweisung kam direkt aus Washington und hatte daher Priorität vor unserem kleinen, verschissenen, unbedeutenden Fall hier. *Irgendjemand* sollte mich und euch benachrichtigen, aber das wurde wohl vergessen.«

»Und SPEC-TAC?«

»Der SAC ruft zurück. Aber falls die Jungs bis dahin nicht auftauchen, steckt da irgendwo ein ganz gewaltiger Wurm drin.«

»Es hieß, der Punkt stünde auf der ›Agenda unseres heutigen Konzils‹«, sagte Rhyme.

»Ich hasse diesen Scheißjargon«, schimpfte Dellray. »Ich kümmere mich darum, sobald ich wieder im Büro bin. Für so etwas gibt es keine Entschuldigung.«

»Danke, Fred. Wir können die Hilfe gut gebrauchen. Die Hälfte des Fünften Reviers versucht zurzeit, die Druckerei oder Schildermalerei zu finden, in der Sam Chang arbeitet, aber bislang ohne den geringsten Erfolg.«

»Das ist nicht gut.«

»Wie weit seid ihr mit den Ermittlungen über den Bombenanschlag?«, fragte Sellitto.

»Das ist der andere Grund, aus dem ich vorbeigekommen bin. Alles tritt auf der Stelle… Wir kommen keinen Millimeter voran. Meine Schnüffler sind überall in Brighton Beach unterwegs und finden gar nichts. Nicht. Einen. Krümel. Und ich habe dort Dutzende von Spitzeln.«

»Seid ihr sicher, dass das Ding von Russen gebaut wurde?«

»Wann können wir uns überhaupt mal einer Sache sicher sein?«

Wie wahr, dachte Rhyme und schaute zu der Papiertüte in Dellrays Hand. »Was haben Sie da mitgebracht?«

Der FBI-Mann zog eine Plastiktüte heraus, in der eine leuchtend gelbe Dynamitstange steckte, und warf sie quer durch den Raum Sachs zu.

Sie fing sie mit einer Hand. »Meine Güte, Fred«, rief sie.

»Ist bloß Dynamit. Und wenn es schon nicht mit einem Zünder hochgegangen ist, dürfte ihm ein kleiner Pass nach links außen auch nicht mehr schaden. He, Amelia, wollen Sie bei unserer Softballmannschaft mitmachen? Sie haben gut gefangen.«

Sachs betrachtete die Dynamitstange.

»Fingerabdrücke?«, fragte Sellitto.

»Blitzblank. Keinerlei Spuren.«

Amelia hielt Rhyme die Stange vor die Nase. Er sah eine aufgedruckte Ziffernfolge.

»Was hat die Chargennummer ergeben?«, fragte er Dellray.

»Gar nichts. Unsere Jungs sagen, es sei zu alt, um es zurückverfolgen zu können. Noch eine Sackgasse.«

»Die Sackgasse des einen ist der Durchgang des anderen«, sagte Rhyme und nahm sich vor, dieses soeben von ihm erfundene Sprichwort brühwarm Sonny Li weiterzuerzählen, sobald der chinesische Cop zurückkam. »Hat man den Sprengstoff auf eine chemische Kennzeichnung untersucht?«

»Nein. Dafür ist das Zeug angeblich auch schon zu alt.«

»Ja, vermutlich. Aber ich möchte es trotzdem testen.« Er wandte sich an Mel Cooper. »Lass es so schnell wie möglich ins Labor bringen. Ich will eine vollständige Analyse.«

Um eine Gaschromatographie vornehmen zu können, wie sie auch bei der Untersuchung von Dynamit bevorzugt zur Anwendung kam, war es normalerweise erforderlich, eine Probe zu verbrennen. Allerdings hatte Rhyme nicht vor, in seinem Haus Sprengstoff anzuzünden. Das NYPD-Labor war speziell für diese Zwecke ausgerüstet.

Mel Cooper rief einen seiner Kollegen an und leitete alles für den Test in die Wege. Dann gab er Dellray die Dynamitstange zurück und beschrieb ihm, wo er sie abliefern sollte.

»Wir tun, was wir können, Fred.«

Cooper nahm eine weitere Tüte in Augenschein, die Dellray ihm reichte. Sie enthielt eine Batterie, Drähte und einen Schalter. »Alles handelsüblicher Kram, das hilft uns nicht weiter. Eine richtige Standardbombe«, verkündete der Techniker. »Was ist mit dem Zünder?«

Die dritte Tüte kam zum Vorschein. Cooper und Rhyme musterten die Überreste eines verschmorten Metallstücks. »Russisch, militärische Bauart«, sagte Rhyme.

Ein Zünder bestand im Wesentlichen aus einer Kapsel, die eine kleine Menge Knallquecksilber oder einen vergleichbaren Sprengstoff enthielt, in dem zwei Drähte steckten. Sobald diese unter Strom gesetzt wurden, erhitzten sie sich und zündeten die Initialladung, wodurch wiederum die Hauptladung zur Explosion kam.

Von diesem Zünder war kaum etwas übrig; er hatte als einziger Teil der Bombe seine Aufgabe erfüllt, als Dellray sich auf den Auslöser setzte. Cooper legte ihn unter das Stereomikroskop. »Nicht viel. Die russischen Buchstaben A und R. Dann die Ziffern eins und drei.«

»Und in keiner Datenbank findet sich etwas dazu?«

»Nein – und wir haben alle überprüft: NYPD, ATF, DEA und Justizministerium.«

»Tja, mal sehen, was das Labor herausfindet.«

»Ich bin Ihnen etwas schuldig, Lincoln.«

»Revanchieren Sie sich, indem Sie jemanden aus Ihrem Laden dazu kriegen, an GHOSTKILL zu arbeiten, Fred.«

Vier Blocks von der Teestube entfernt fand Sonny Li das Haus von Mr. Wang, dessen Anschrift die Frau in Rot ihm gegeben hatte.

Die Ladenfront ließ nicht erkennen, womit der Besitzer sein Geld verdiente, aber in dem verstaubten Schaufenster war ein Schrein mit längst verglühten Weihrauchstäbchen aufgebaut, der von einer roten Glühbirne beleuchtet wurde. Die verblichene Aufschrift war in chinesischen Buchstaben verfasst: WIR ERKENNEN IHR PROBLEM, ENTHÜLLEN DIE WAHRHEIT UND ERHALTEN IHR GLÜCK.

Als Li eintrat, hob die junge Chinesin hinter dem Schreibtisch den Kopf. Vor ihr auf dem Tisch standen sowohl ein Abakus als auch ein Laptop. Das Büro wirkte schäbig, aber die diamantbesetzte Rolex am Handgelenk der jungen Frau deutete darauf hin, dass die Geschäfte offenbar recht gut gingen. Sie fragte ihn, ob er gekommen sei, um ihren Vater mit der Einrichtung seines Zuhauses oder Betriebs zu beauftragen.

»Ich habe kürzlich ein sehr schönes Apartment gesehen, das eventuell von Ihrem Vater gestaltet wurde. Können Sie mir sagen, ob es sich um seine Arbeit gehandelt hat?«

»Wem gehört dieses Apartment?«

»Es war der Bekannte eines Freundes von mir, der inzwischen leider nach China zurückgekehrt ist. Ich weiß seinen Namen nicht. Aber ich kenne die Adresse.«

»Und die wäre?«

»Acht Null Fünf Patrick Henry Street.«

»Nein, nein«, sagte sie. »Das kann nicht von meinem Vater sein. Er arbeitet nicht südlich von Midtown, sondern hauptsächlich im Norden.«

»Aber Ihr Büro liegt hier.«

»Weil die Leute erwarten, es in dieser Gegend zu finden. Die meisten unserer Klienten wohnen an der Upper East oder West Side. Und nur einige von ihnen sind Chinesen.«

»Sie selbst wohnen nicht in Chinatown?«

Sie lachte. »Wir wohnen in Greenwich, Connecticut. Kennen Sie es?«

»Nein«, sagte er enttäuscht. »Würden Sie mir vielleicht einen Tipp geben, von wem das besagte Apartment eingerichtet worden sein könnte? Es war eine vorzügliche Arbeit.«

»Dieser Freund, ist er wohlhabend?«

»Ja, sehr sogar.«

»Dann würde ich es mal bei Mr. Zhou versuchen. Er betreut viele reiche Kunden im Süden. Ich kann Ihnen seine Adresse geben. Er hat sein Büro im Hinterzimmer eines Lebensmittel- und Kräuterladens, ungefähr fünf Blocks von hier.« Sie schrieb die Angaben auf einen Zettel und zeichnete eine grobe Wegskizze.

Li bedankte sich, und die Frau wandte sich wieder dem Computer zu.

Draußen beschloss Sonny, etwas für sein Glück zu tun. Er wartete, bis er ein schnelles Taxi auf sich zukommen sah, und sprang dann, als es nur noch drei Meter von ihm entfernt war, vor dem Wagen über die Straße. Der Fahrer fluchte und zeigte ihm den ausgestreckten Mittelfinger.

Li lachte. Er hatte den Schwanz des Dämons dicht an der Wurzel abgeschnitten und ihn dadurch aller Macht beraubt. Jetzt war er praktisch unverwundbar und würde endlich den Geist aufspüren.

Er warf erneut einen Blick auf das Stück Papier und machte sich auf den Weg zum Lucky Hope Shop.

Der Geist trug einen Anorak, um die neue Glock 36 zu verbergen, ein Modell mit Kaliber 45. Er ging die Mulberry Street hinunter und trank aus einer Kokosnuss. Der Verkäufer in dem Geschäft an der Ecke hatte mit einem Hackmesser eine kleine Öffnung in die Frucht geschlagen und einen kurzen Strohhalm hineingesteckt.

Soeben hatte der Geist einen Anruf des Uiguren erhalten, der von Yusuf damit beauftragt worden war, in das geheime NYPD-Versteck der Familie Wu in Murray Hill einzubrechen. Leider hatten die Wachen ihn aufgrund der überraschend guten Sicherheitsvorkehrungen entdeckt und beinahe verhaftet. Dem Türken war nur knapp die Flucht gelungen. Mittlerweile hatte man die Leute zweifellos in ein anderes Quartier verlegt. Ein kleiner Rückschlag. Letzten Endes würde der Geist schon noch herausfinden, wo sie steckten.

Er kam an einem Laden vorbei, in dem Statuen, Altäre und Räucherstäbchen verkauft wurden. Im Schaufenster stand ein Bildnis seines Beschützers, des Bogenschützengottes Yi. Der Geist neigte leicht den Kopf und ging dann weiter.

Glaube ich eigentlich an Übersinnliches?, grübelte er. An Drachen, die in Hügeln wohnen?

Er zweifelte daran. Immerhin hätte Tian Hou, die Göttin der Seeleute, das aufgewühlte Meer mit einem einzigen Fingerzeig beruhigen können, aber das gab es nur im Märchen. In Wirklichkeit hatte sie die Ferkel nicht aus dem Laderaum der *Fuzhou Dragon* gerettet.

Und als er selbst vor vielen Jahren zu Guan Yin, der Göttin der Barmherzigkeit, gebetet hatte, war sein Flehen nicht erhört worden – sie hatte die Hand des pickligen Studenten nicht davon abgehalten, unter dem fadenscheinigen Vorwand, sie seien Teil des Althergebrachten, seine Eltern und seinen Bruder zu erschlagen.

Andererseits glaubte der Geist fraglos an das *qi* – die Lebenskraft, die jeden Menschen durchströmte. Er hatte diese Energie schon tausendmal gespürt, beispielsweise wenn er eine Frau vögelte, oder als Siegesgefühl in jenem Moment, in dem er einen Feind tötete. Auch als Warnung, einen bestimmten Raum nicht zu betreten oder sich nicht mit einem bestimmten Geschäftsmann zu treffen. Und jede Krankheit oder Gefährdung wirkte sich nachteilig auf das *qi* aus.

Gutes *qi* und schlechtes *qi*.

Und das bedeutete, man konnte die gute Kraft kanalisieren, um mit ihr die böse Kraft abzulenken oder zu blockieren.

Er ging durch eine Gasse, durch noch eine Gasse und über eine belebte Straße. Dann durch eine weitere dunkle Gasse mit Kopfsteinpflaster.

Schließlich traf er an seinem Ziel ein. Er trank die Milch aus und warf die Kokosnuss in einen Abfalleimer. Dann wischte er sich die Hände sorgfältig an einer Serviette ab, trat durch die Tür und winkte grüßend seinem Feng-Shui-Experten Mr. Zhou zu, der im hinteren Teil des Lucky Hope Shops saß.

Sonny Li zündete sich die nächste Zigarette an und folgte einer Straße, die Bowery hieß.

Li kannte die Schlangenköpfe und wusste von ihrem Reichtum und ihrem ausgeprägten Überlebensinstinkt. Der Geist würde hier in der Gegend noch über weitere Verstecke verfügen, und da Feng Shui eine sehr persönliche Angelegenheit war, würde er mit der Einrichtung denselben Fachmann wie an der Patrick Henry Street beauftragen, natürlich vorausgesetzt, dass dieser ihn zufrieden gestellt hatte.

Li fühlte sich gut. Gute Vorzeichen, gute Energie.

Er und Loaban hatten Guan Di, dem Gott der Polizisten, ihre Opfer dargebracht.

Er hatte den Dämonen die Schwänze abgeschnitten.

Und er trug eine geladene deutsche Automatikpistole in seiner Tasche.

Falls dieser Feng-Shui-Mann wusste, dass sein Auftraggeber einer der gefährlichsten Schlangenköpfe der Welt war, würde er vielleicht nur ungern über ihn reden wollen. Sonny Li kannte Mittel und Wege, ihn zu überzeugen.

Richter Dee – der aus zahllosen Volksmärchen bekannte Untersuchungsbeamte, Ankläger und Richter des alten China – führte seine Ermittlungen ganz anders durch als Loaban. Seine Techniken glichen denen, die auch im heutigen China noch üblich waren. Vornehmlich ging es dabei um die Befragung der Zeugen und Verdächtigen, nicht um die Suche nach Spuren. Der Schlüssel zum Erfolg lag hier – wie so oft in der chinesischen Kultur – in Geduld, Geduld und nichts als Geduld begründet. Selbst der brillante und hartnäckige Richter Dee würde einen mutmaßlichen Täter mehrere Dutzend Male befragen, bis in dessen Alibi oder Aussage ein Widerspruch auftrat. Dann würde der Richter die Geschichte des Mannes zerpflücken, bis der Verdächtige ihm das lieferte, was bei polizeilichen Ermittlungen in China an oberster Stelle stand: nicht etwa der Schuldspruch, sondern ein Geständnis, gefolgt von dem ebenso wichtigen Reuebekenntnis. Jede Maßnahme, die zu einem Geständnis führte, galt als zulässig – auch die Folter (wenngleich zu Richter Dees Zeit noch die Regel galt, dass der Verhörende selbst gefoltert und hingerichtet wurde, falls eine gemarterte Verdachtsperson sich später als unschuldig erwies).

Sonny Li war der Namensvetter des großen amerikanischen Gangsters Sonny Corleone, Sohn des Paten Vito Corleone. Er war leitender

Ermittler der Ersten Präfektur des Büros für Öffentliche Sicherheit in Liu Guoyuan, Provinz Fujian, ein Weltreisender und Freund des *loaban* Lincoln Rhyme. Li würde die anderen Adressen des Geists aus dem Feng-Shui-Experten herausbekommen, was auch immer dazu nötig sein mochte.

Er ging inmitten einer geschäftigen Menge die Straße entlang und kam an Fischläden vorbei, vor denen Körbe voller lebendiger Blaukrabben und Eistonnen mit Muscheln und Fischen standen – Letztere hatte man zum Teil schon aufgeschlitzt, aber ihre winzigen schwarzen Herzen schlugen immer noch.

Li erreichte den Lucky Hope Shop, der nicht groß war, aber vor lauter Waren fast aus den Nähten platzte: Gläser voller verdrehter Ginsengwurzeln, Bündel aus getrocknetem Tintenfisch, Spielzeuge und Süßigkeiten für Kinder, Nudeln und Gewürze, staubige Reissäcke, Kästen mit Melonenkernen, Seesterne, Tee für Leber und Nieren, getrocknete Frösche, Austernsoße, Lotusblumen, Gelees und Gummibonbons, gefrorene süße Brötchen und abgepackte Innereien.

Im Hinterzimmer saß ein Mann rauchend an einem Schreibtisch und las eine chinesische Tageszeitung. Das Büro war perfekt eingerichtet, so wie Sonny Li es erwartet hatte: konvexe Spiegel, um die schlechte Energie einzufangen, ein großer lichtdurchlässiger Jadedrache (besser als aus Holz oder Keramik) und – wichtig für erfolgreiche Geschäfte – ein kleines Aquarium vor der Nordwand. Darin schwammen schwarze Fische.

»Sind Sie Zhou?«

»Ja, der bin ich.«

»Es ist mir eine Ehre, Sie kennen zu lernen, Sir«, sagte Li. »Ich war neulich in der Wohnung eines Freundes, 805 Patrick Henry Street. Soweit ich weiß, haben Sie das Apartment gestaltet.«

Zhous Augen verengten sich um einen Millimeter. Dann nickte er vorsichtig. »Ein Freund.«

»Ganz recht, Sir. Ich muss ihn dringend sprechen, aber leider wohnt er dort nicht mehr. Ich habe gehofft, Sie könnten mir vielleicht weiterhelfen. Er heißt Kwan Ang.«

Wieder bewegten sich kaum merklich die Augenbrauen des Mannes.

»Es tut mir Leid, Sir. Ich kenne niemanden dieses Namens.«

»Wie schade, Mr. Zhou. Denn falls Sie ihn gekannt und mir gesagt hätten, wo er sich eventuell aufhält, wäre eine Menge Geld für Sie drin gewesen. Es ist sehr wichtig, dass ich ihn finde.«

»Ich kann Ihnen nicht helfen.«

»Sie wissen, dass Kwan Ang ein Schlangenkopf und Mörder ist. Ich weiß, dass Sie es wissen. Ich sehe es in Ihrem Blick.« Sonny Li konnte in Gesichtern lesen wie Loaban in Spuren.

»Nein, Sie irren sich.« Mr. Zhou fing an zu schwitzen. Die ersten Tropfen erschienen auf seiner Stirn.

»An dem Geld, das er Ihnen gezahlt hat, klebt Blut«, fuhr Li fort. »Das Blut unschuldiger Frauen und Kinder. Stört Sie das nicht?«

»Ich kann Ihnen nicht helfen.« Zhou starrte auf einen Papierstapel, der vor ihm lag. »Und jetzt muss ich weiterarbeiten.«

Tock, tock…

Li klopfte ganz leise mit der Pistole auf den Tisch. Zhou starrte die Waffe an. »Demnach sind Sie einer seiner Komplizen. Vielleicht sogar sein Partner. Sie sind auch ein Schlangenkopf. Ja, so muss es wohl sein.«

»Nein, nein. Ich weiß wirklich nicht, wen Sie meinen. Ich befasse mich lediglich mit Feng…«

»Ach was, mir reicht's«, sagte Li verächtlich. »Ich werde den INS verständigen und den Fall weiterreichen. Sollen die sich doch mit Ihnen und Ihren Angehörigen auseinandersetzen.« Er nickte in Richtung einiger Familienfotos, die an der Wand hingen, und wandte sich zur Tür.

»Dazu besteht keine Veranlassung!«, sagte Zhou hastig. »Sir… Haben Sie vorhin nicht von Geld gesprochen?«

»Fünftausend in Grün.«

»Falls er…«

»Kwan wird nie von Ihnen erfahren. Das Geld erhalten sie bar von der Polizei.«

Zhou fuhr sich mit dem Ärmel über das Gesicht und dachte angestrengt nach. Sein Blick wanderte nervös über den Schreibtisch.

Tock… tock… tock…

Schließlich platzte es aus Zhou heraus. »Ich bin mir bei der Adresse nicht ganz sicher. Er und sein Mitarbeiter haben mich hier abgeholt und mit dem Wagen durch unzählige Straßen zu dem Apartment gefahren. Aber falls Sie es tatsächlich auf ihn abgesehen haben, will ich Ihnen Folgendes verraten – er ist vor nicht einmal fünf Minuten hier gewesen. Er hat unmittelbar vor Ihrer Ankunft den Laden verlassen.«

»Was? Kwan Ang persönlich?«

»Ja.«

»Wohin ist er gegangen?«

»Er ist nach links abgebogen. Wenn Sie sich beeilen, erwischen Sie ihn noch. Er trägt eine gelbe Tüte mit dem Namen meines Geschäfts bei sich. Er… Halt, warten Sie, Sir! Mein Geld!«

Doch Li rannte bereits nach draußen.

Auf dem Bürgersteig wandte er sich ebenfalls nach links, lief die Straße hinunter und hielt hektisch Ausschau. Ungefähr hundert Meter vor sich entdeckte er einen Mann von mittlerer Statur und mit kurzem, dunklem Haar, der eine gelbe Einkaufstüte trug. Sein Gang erschien ihm vertraut; Li konnte sich noch vom Schiff daran erinnern. Ja, dachte er, das ist der Geist. Sein Herz klopfte vor Aufregung wie verrückt.

Eigentlich hätte er nun versuchen müssen, Loaban oder Hongse zu verständigen, aber er durfte nicht riskieren, dass der Mann entkam. Li eilte hinterher, die Pistole in seiner Tasche fest umklammert.

Der Abstand schrumpfte schnell. Li kam keuchend immer näher. Der Geist blieb plötzlich stehen und sah sich um. Li duckte sich hinter einen Müllcontainer. Als er sich wieder hervorwagte, war der Schlangenkopf in eine menschenleere Gasse eingebogen.

In Liu Guoyuan trug Sonny Li eine hellblaue Uniform, weiße Handschuhe und eine Schirmmütze mit Lacklederrand. Hier hingegen sah er wie ein Tellerwäscher aus. Er konnte durch nichts beweisen, dass er mit der New Yorker Polizei und Lincoln Rhyme zusammenarbeitete. Falls jemand bei der Festnahme zusah, würde er Li womöglich für einen Straßenräuber und den Geist für sein Opfer halten. Dann würde die Polizei *ihn* verhaften, und der Schlangenkopf könnte in dem Durcheinander fliehen.

Daher beschloss Li, sich den Mann in der abgelegenen Gasse zu greifen.

Als der Geist um eine Ecke bog, vergewisserte Li sich ein letztes Mal, dass niemand sonst in der Nähe war. Dann lief er mit ausgestreckter Pistole so schnell wie möglich los.

Bevor der Schlangenkopf wusste, wie ihm geschah, hatte Sonny Li ihn erreicht, packte ihn am Kragen und stieß ihm die Waffe in den Rücken.

Der Mörder ließ die Tüte fallen und wollte nach seinem Hosenbund greifen. Li drückte ihm die Mündung gegen den Hals. »Keine Bewegung.« Er zog seinem Gefangenen eine großkalibrige Pistole aus dem Gürtel und steckte sie ein. Dann wirbelte er den Mann herum. »Kwan Ang«, sagte er ihm mitten ins Gesicht und ließ die vertraute Litanei folgen: »Ich verhafte Sie wegen des Verstoßes gegen die Gesetze der Volksrepublik China.«

Aber als er fortfahren und die konkreten Vergehen aufzählen wollte, erstarb seine Stimme. Er starrte auf das Hemd des Geists, dessen obere Knöpfe sich bei dem Gerangel geöffnet hatten.

Die Brust des Mannes war weiß bandagiert.

Und an einem Lederriemen um seinen Hals baumelte ein Specksteinamulett in Form eines Affen.

… Vierzig

Mit erschrocken aufgerissenen Augen wich Sonny Li ein Stück zurück und richtete die Waffe auf das Gesicht des Geists.

»Du, du…«, stammelte er.

Er versuchte sich den Ablauf der Ereignisse zusammenzureimen, aber seine Gedanken waren zäh wie Kaugummi.

»Du hast John Sung am Strand ermordet und ihm die Papiere und den steinernen Affen abgenommen«, flüsterte er schließlich. »Du hast dich für ihn ausgegeben.«

Der Geist musterte ihn nachdenklich. Dann lächelte er. »Wie es aussieht, haben wir beide ein wenig Versteck gespielt. Du warst eines der Ferkel auf der *Fuzhou Dragon*.« Er nickte. »Du wolltest abwarten, bis ich amerikanisches Staatsgebiet betrete, um mich dann zu verhaften und an die hiesige Polizei zu übergeben.«

Li wusste nun, was passiert war. Der Geist hatte den roten Honda vor dem Restaurant gestohlen. Loaban und die Polizei nahmen an, er wäre damit in die Stadt gefahren, aber nein, er hatte Sungs Leiche in den Kofferraum gestopft und das Auto in der Nähe versteckt – wo niemand auf die Idee kommen würde, danach zu suchen. Dann hatte er sich mit der eigenen Waffe eine oberflächliche Wunde zugefügt, war ein Stück hinausgeschwommen und hatte darauf gewartet, von der Polizei und dem INS gerettet zu werden. Netterweise übernahmen die Behörden auch gleich den Transport nach New York – erst ins Krankenhaus und dann zu dem Untersuchungsbeamten der Einwanderungsbehörde.

Bei den zehn Richtern der Hölle, dachte Li. Hongse hatte keine Ahnung, dass der »Arzt« in Wahrheit der Schlangenkopf war. »Du hast die Polizistin benutzt, um herauszufinden, wo die Changs und die Wus stecken.«

Der Geist nickte. »Ich brauchte Informationen. Sie hat mir bereitwillig geholfen.« Er nahm Li genauer in Augenschein. »Wieso tust du das, kleiner Mann? Weshalb verfolgst du mich die ganze Zeit?«

»Ich komme aus Liu Guoyuan. Du hast dort drei Menschen ermordet.«

»Habe ich das? Ich weiß es schon gar nicht mehr. Ich glaube, ich war vor ungefähr einem Jahr dort. Warum habe ich sie umgebracht? Vielleicht hatten sie es verdient.«

Sonny Li war entsetzt, dass der Mann sich nicht einmal mehr an die Tat erinnern konnte. »Nein, du und ein kleiner Schlangenkopf habt eine Schießerei angefangen. Die Opfer waren zufällig in der Nähe.«

»Dann war es ein Unfall.«

»Nein, es war Mord.«

»Nun, dann hör mir gut zu, kleiner Mann. Ich bin müde, und ich habe nicht viel Zeit. Die Polizei steht kurz davor, die Changs zu finden, aber ich muss schneller sein. Danach verlasse ich dieses Land und kehre nach Hause zurück. Also, wie wär's mit hunderttausend in Grün? Die kann ich dir gleich in bar geben.«

»Ich bin nicht wie die Sicherheitsbeamten, an die du gewöhnt bist.«

»Das heißt, du bist *noch* gieriger? Dann eben zweihunderttausend.« Der Geist lachte. »In Liu Guoyuan würdest du für eine solche Summe hundert Jahre arbeiten müssen.«

»Du bist verhaftet.«

Das Lächeln auf dem Gesicht des Geists verschwand. Er begriff, dass der kleine Mann es ernst meinte. »Falls du mich nicht gehen lässt, wird das schlimme Folgen für deine Frau und die Kinder haben.«

»Leg dich auf den Bauch. Sofort«, knurrte Li.

»Na gut. Ein rechtschaffener und ehrlicher Sicherheitsbeamter. Ich bin überrascht… Wie heißt du, kleiner Mann?«

»Mein Name geht dich nichts an.«

Der Geist kniete sich auf das Pflaster.

Li beschloss, die Handgelenke des Mannes mit seinen Schnürsenkeln zu fesseln. Er würde… Schlagartig realisierte er, dass die Einkaufstüte zwischen ihnen lag und die rechte Hand des Geists dahinter verschwunden war.

»Nein!«, rief er.

Der Geist musste eine zweite Waffe in einem Knöchelholster oder seinem Strumpf versteckt haben, denn die Tüte des Lucky Hope Shops explodierte plötzlich in Lis Richtung.

Die Kugel schwirrte dicht an ihm vorbei. Er zuckte unwillkürlich zusammen und riss abwehrend den Arm hoch. Als er seine Waffe wieder auf den Geist richten wollte, hatte dieser sie ihm auch schon aus der Hand geschlagen. Li griff nach dem Handgelenk des Schlangenkopfs und versuchte, ihm die Modell 51 aus den Fingern zu reißen. Sie gerieten auf den glatten Pflastersteinen ins Straucheln, und auch diese Pistole fiel zu Boden.

Verzweifelt hielten sie einander gepackt, schlugen und traten, wenn sich die Möglichkeit ergab, fochten jedoch im Wesentlichen einen Ringkampf aus und bemühten sich, eine der beiden Waffen zu erreichen, die neben ihnen lagen. Der Geist rammte Li seine gestreckte Hand ins Gesicht, so dass der Cop benommen losließ, und wich ein Stück zurück, während er gleichzeitig an der Glock zerrte, die aus der Tasche seines Gegners ragte.

Li erholte sich schnell, sprang nach vorn und schlug ihm die Pistole aus der Hand. Sein Knie landete im Rücken des Gegners und trieb ihm die Luft aus der Lunge. Der Geist richtete sich keuchend und stöhnend wieder auf. Li blieb hinter ihm und legte ihm einen Arm um die Kehle.

Der Schlangenkopf kämpfte unnachgiebig um die Waffe.

Halt ihn auf, halt ihn auf, dachte Li panisch. Er ist der Mann, der Hongse töten wird, der Mann, der die Changs umbringen will.

Und der auch Loaban nicht verschonen würde.

Halt ihn auf!

Er nahm das Lederhalsband, an dem das steinerne Affenamulett hing, und zog mit aller Kraft. Der Riemen schnitt in die Kehle des Mannes. Der Geist schlug vergeblich um sich, und aus seinem Mund ertönte ein Gurgeln. Er begann zu zittern. Seine Absätze hoben beinahe vom Boden ab.

Lass los, ermahnte Sonny Li sich. Verhafte ihn. Bring ihn nicht um.

Aber er ließ nicht los. Er zog fester und fester.

Bis das Leder riss.

Die Affenfigur fiel herab und zerbrach. Li stolperte, stürzte und schlug mit dem Kopf hart auf dem Pflaster auf. Er verlor fast das Bewusstsein.

Bei den Richtern der Hölle …

Er konnte verschwommen erkennen, dass der Geist auf die Knie gesunken war, sich keuchend und hustend den Hals hielt und mit der anderen Hand nach einer Waffe tastete.

Li hatte plötzlich ein Bild vor Augen: Sein strenger Vater, der ihn wegen einer dummen Bemerkung tadelte.

Dann die Opfer des Geists in Lis Heimatstadt, die blutend vor dem Restaurant auf dem Gehweg lagen.

Und er sah etwas vor sich, das noch nicht geschehen war: Die ermordete Hongse, irgendwo im Dunkeln. Auch Loaban, dessen Gesicht im Tode so reglos wirkte, wie sein Körper es schon zu Lebzeiten gewesen war.

Sonny Li kam auf die Knie und kroch auf seinen Gegner zu.

Der Kombi der Spurensicherung hinterließ eine sieben Meter lange Bremsspur, weil die Straße in Chinatown von einem glitschigen Film überzogen war, dem Schmelzwasser einiger Eistonnen vor einem Fischgeschäft.

Amelia Sachs stieg mit grimmiger Miene aus, gefolgt von INS-Agent Alan Coe und Eddie Deng. Sie liefen durch die stinkende Gasse auf den Pulk aus uniformierten Beamten des Fünften Reviers zu. Die Männer und Frauen wirkten gleichgültig und nüchtern, so wie die meisten Polizisten an einem Tatort.

Sogar am Tatort eines Mordes.

Sachs verlangsamte ihren Schritt und starrte auf die Leiche.

Sonny Li lag bäuchlings auf den dreckigen Pflastersteinen. Seine Augen waren halb geöffnet, und die auf Schulterhöhe flach ausgestreckten Finger erweckten den Eindruck, er wolle im nächsten Moment mit einer Reihe von Liegestützen beginnen.

Sachs blieb stehen und musste gegen das Verlangen ankämpfen, sich hinzuknien und die Hand des Mannes zu nehmen. Im Laufe der Jahre, die sie nun schon mit Rhyme zusammenarbeitete, hatte sie viele Tatorte untersucht, aber hier ging es zum ersten Mal um einen Kollegen – und um einen Freund, wie sie inzwischen wusste.

Auch um einen Freund von Rhyme.

Dennoch gelang es ihr, die Gefühlsregung zu unterdrücken. Letzten Endes war es ein Tatort wie jeder andere, und Lincoln Rhyme hatte schon oft betont, dass kaum etwas so häufig zur Verunreinigung von Spuren führte wie ein unachtsamer Cop.

Sieh darüber hinweg, achte nicht darauf, wer das Opfer ist. Halt dich an Rhymes Ratschlag: Denk nicht an die Toten.

Tja, das dürfte verflucht schwierig werden. Für sie beide. Aber vor allem für Lincoln Rhyme. Sachs hatte bemerkt, dass zwischen ihm und Li während der letzten zwei Tage eine außergewöhnliche Verbindung entstanden war, die erste richtige Freundschaft, seit sie Rhyme kannte.

Dann jedoch dachte sie an etwas anderes: An Po-Yee, die bald das nächste Opfer dieses Verbrechers sein würde, falls sie ihn nicht vorher erwischten. Und so schob Sachs den Schmerz beiseite, als würde sie den Koffer zuklappen und abschließen, in dem sie ihre Wettkampfpistole, einen 45er Colt, aufbewahrte.

»Wir haben uns an Ihre Anweisung gehalten«, sagte einer der Beamten, ein Detective in grauem Anzug. »Niemand hat sich dem Opfer genähert. Nur der Rettungssanitäter.« Er nickte in Richtung der Leiche. »Er ist TATF.«

Polizisten neigen dazu, alles in kalte Abkürzungen zu fassen, auch den Grad der Leblosigkeit. TATF stand für »Tod am Tatort festgestellt«.

Agent Coe kam langsam näher. »Es tut mir Leid«, sagte er und fuhr sich mit der Hand durch das rote Haar. Es klang allerdings nicht besonders aufrichtig.

»Ja.«

»Er war ein guter Mann.«

»Ja, das war er.« Sie sagte dies bitter und dachte: Er war ein tausendmal besserer Cop als du. Wenn du gestern nicht alles versaut hättest, säße der Geist in Haft, Sonny wäre noch am Leben, und Po-Yee und die Changs hätten nichts mehr zu befürchten.

Sie wandte sich an die Cops. »Ich muss den Schauplatz untersuchen. Bitte gehen Sie alle ein Stück zurück.«

O Mann, dachte sie und fürchtete sich vor dem nächsten Schritt – nicht vor der schwierigen und traurigen Tatortarbeit, sondern vor etwas weitaus Schlimmerem.

Sie setzte das Headset auf und stöpselte es in ihr Funkgerät ein.

Okay. Mach einfach weiter. Los.

Sie meldete sich in der Zentrale und wurde an das Telefon durchgestellt.

Ein Klicken.

»Ja?«, fragte Rhyme.

»Ich bin's«, sagte sie.

Ein Pause.

»Und?«

Sie hörte, dass er sich bemühte, nicht hoffungsvoll zu wirken.

»Er ist tot.«

Der Kriminalist schwieg für einen Moment.

»Ich verstehe.«

»Es tut mir Leid, Lincoln«, sagte sie sanft.

Abermals eine Pause.

»Keine Vornamen, Sachs. Das bringt Unglück, weißt du nicht mehr?« Ihm versagte fast die Stimme. »Also gut. Fang an. Untersuch den Tatort. Den Changs läuft die Zeit davon.«

»Alles klar, Rhyme. Ich lege sofort los.«

Eilig streifte sie den Tyvek-Overall über und machte sich an die Arbeit, nahm Proben unter den Fingernägeln und von diversen anderen Substanzen, untersuchte die Schussverletzungen, die Fußspuren, die Patronenhülsen, die Projektile. Sie fotografierte, und sie sicherte Fingerabdrücke.

Aber sie handelte völlig mechanisch. Komm schon, schimpfte sie mit sich selbst. Du benimmst dich wie eine Anfängerin. Wir haben zu wenig Zeit, um nur Beweise einzusammeln. Denk an Po-Yee, denk an die Changs. Gib Rhyme etwas, womit er arbeiten kann. Denk nach!

Sie widmete sich erneut der Leiche und ging diesmal gründlicher vor. Jeder Fund wurde genau überdacht, musste sich ins Bild fügen, hatte gefälligst eine Erklärung seiner Herkunft und Bedeutung zu liefern.

Einer der uniformierten Beamten kam auf sie zu, zog sich aber angesichts ihrer versteinerten Miene schnell wieder zurück.

Eine halbe Stunde später hatte sie alles eingetütet, zusammengepackt und die Registrierkarten ausgefüllt.

Sie ließ sich ein zweites Mal mit Rhyme verbinden.

»Leg los«, sagte er ernst. Es tat weh, die Trauer in seiner Stimme zu hören. Jahrelang hatte sie seine Lustlosigkeit, seine Lethargie, seine Resignation mit angesehen. Das war sehr schwer gewesen, aber es ließ sich nicht annähernd mit der Qual vergleichen, die nun in Rhymes Stimme mitschwang.

»Man hat ihm dreimal in die Brust geschossen, aber es gibt vier Hülsen. Eine stammt aus einer Modell 51, vermutlich derselben, die wir schon kennen. Die anderen sind Kaliber 45. Wie es aussieht, wurde er mit dieser Waffe getötet. Außerdem habe ich Sonnys Walther gefunden. An seinem Bein gab es Rückstände – gelbe Papierteilchen und getrocknetes Pflanzenmaterial. Das gleiche Zeug lag auf dem Pflaster verstreut.«

»Wie ist es abgelaufen, Sachs?«

»Ich würde folgende Theorie vorschlagen: Sonny sieht, wie der

Geist ein Geschäft verlässt und etwas in einer gelben Tüte bei sich trägt. Sonny folgt ihm, stellt ihn hier und nimmt ihm die neue Pistole ab, die 45er. Er geht davon aus, dass es sich um die einzige Waffe des Geists handelt. Sonny ist erleichtert und befiehlt ihm sich hinzulegen. Aber der Geist zieht seine Reservewaffe – die Modell 51 – und schießt durch die Tüte, sodass diese Pflanzenkrümel und die Papierfetzen auf Sonny landen. Die Kugel trifft nicht, aber der Geist nutzt die Schrecksekunde und springt ihn an. Es gibt einen Kampf. Der Geist bekommt die 45er zu fassen und tötet Sonny.«

»Du hast das gelbe Papier und das Pflanzenmaterial an Sonnys Beinen gefunden – was bedeutet, dass der Geist die Modell 51 in einem Knöchelholster getragen und von unten geschossen hat«, sagte Rhyme. »Die Pulverrückstände der 45er befanden sich hingegen höher an seinem Körper.«

»Danach sieht es aus.«

»Und was *folgern* wir aus diesem Szenario?«

»Wo auch immer der Geist dieses Zeug in der Tüte gekauft haben mag, einer der Angestellten dort könnte ihn kennen und wissen, wo er wohnt.«

»Willst du dir alle Läden der Gegend vornehmen, um herauszufinden, wo es gelbe Tüten gibt?«

»Nein, das würde zu lange dauern. Wir sollten zuerst feststellen, worum es sich bei dem Pflanzenmaterial handelt.«

»Bring es her, Sachs. Mel kann es gleich durch den Chromatographen schicken.«

»Nein, ich habe eine bessere Idee«, sagte sie und schaute zu Sonny Lis Leiche. Sie musste sich zwingen, den Blick wieder abzuwenden. »Vermutlich sind es chinesische Kräuter oder Gewürze. Ich schaue mit einer Probe davon kurz bei John Sung vorbei. Er dürfte in der Lage sein, mir sofort weiterzuhelfen. Seine Wohnung liegt nur ein paar Blocks von hier entfernt.«

FÜNFTER TEIL

Alles zu seiner Zeit

Mittwoch,
von der Stunde des Hahns, 18.45 Uhr,
bis zur Stunde des Affen, 15.00 Uhr,
am Montag.

Um die Truppen des Gegners auszuschalten, müssen sie vollständig eingekreist werden, so dass keines der umliegenden Felder mehr frei ist. Dann, wenn ein Vorposten umzingelt wurde, werden die Soldaten vom Feind gefangen genommen, genau wie im Krieg.

The Game of Wei-Chi

... Einundvierzig

Er starrte durch das Fenster hinaus in die graue Abenddämmerung, die wegen des schlechten Wetters verfrüht anbrach. Sein Kopf sackte nach vorn, wurde schwerer und schwerer und rührte sich nicht. Ursache waren nicht seine beschädigten Nervenstränge, sondern sein Kummer. Rhyme dachte an Sonny Li.

Als Leiter der IRD hatte er Dutzende, wenn nicht Hunderte von Leuten eingestellt und oftmals Männer und Frauen aus anderen Abteilungen abgeworben oder mit sanftem Druck zu seiner Mannschaft versetzen lassen, weil er sie für verflucht gute Cops hielt. Er konnte nicht genau sagen, was ihm an diesen Beamten so sehr gefiel. Sicher, auf dem Papier waren sie alle mustergültig qualifiziert: Sie waren beharrlich, intelligent, geduldig, zäh, scharfsichtig und einfühlsam.

Doch sie hatten eine etwas andere Qualität. Etwas, das Rhyme trotz aller Rationalität nicht zu definieren vermochte, obwohl er es sofort erkannte. Es ließ sich nicht anders beschreiben, als das Verlangen danach – oder sogar die Freude darüber –, eine Beute um jeden Preis zur Strecke zu bringen. Was auch immer Sonny Lis Schwächen sein mochten, seine Zigaretten am Tatort, sein Vertrauen auf Vorzeichen oder der woo-woo-Faktor, er verfügte über diese grundlegende Eigenschaft. Der einsame Cop war buchstäblich ans andere Ende der Welt gereist, um seinen Verdächtigen festzunehmen. Rhyme hätte hundert eifrige Neulinge und hundert zynische Veteranen gegen einen einzigen Beamten wie Sonny Li eingetauscht: einen kleinen Mann, der nichts anderes wollte, als den Bürgern seines Zuständigkeitsbereichs etwas Vergeltung für das erlittene Leid zu verschaffen, etwas Gerechtigkeit, etwas Trost nach all dem erduldeten Unglück. Und als Belohnung genügte Li die Freude an einer guten Jagd, die Herausforderung und vielleicht ein klein wenig Respekt von denen, die ihm am Herzen lagen.

Rhyme sah zu dem Buch hinüber, das er für Li bereitgelegt hatte.

Für meinen Freund...

»Okay, Mel«, sagte er ruhig. »Lass uns anfangen. Was haben wir?«

Mel Cooper beugte sich über die Plastiktüten vom Tatort, die ein Streifenbeamter aus Chinatown gebracht hatte. »Fußspuren.«

»Sind wir sicher, dass es der Geist gewesen ist?«, fragte Rhyme.

»Ja«, bestätigte Cooper. »Die sind identisch.« Er betrachtete die elektrostatischen Schuhabdrücke, die Sachs genommen hatte.

Rhyme war der gleichen Ansicht.

»Jetzt die Projektile.« Er nahm zwei Kugeln in Augenschein, eine platt gedrückt, die andere intakt, beide blutig. »Nimm dir die Felder und Züge vor.«

Das bezog sich auf die sichtbaren Kerben im weichen Blei, die durch die spiralförmigen Rillen im Lauf einer Waffe entstanden. Auf diese Weise wurde das Projektil in eine Längsrotation versetzt, die seine Geschwindigkeit und Flugstabilität erhöhte. Ein Ballistikexperte konnte anhand der Anzahl und Abstände der Windungen häufig die Art der verwendeten Waffe bestimmen.

Cooper zog sich Latexhandschuhe über und nahm an der unbeschädigten Kugel die entsprechenden Messungen vor. »Kaliber 45 ACP. Achteckiges Profil der Felder und Züge, Rechtsdrall. Ungefähr eine komplette Umdrehung alle vierzig Zentimeter. Ich werde mal nachsehen, welche …«

»Das kannst du dir sparen«, fiel Rhyme ihm ins Wort. »Es ist eine Glock.« Die nicht besonders hübschen, aber verlässlichen österreichischen Pistolen wurden weltweit immer beliebter, sowohl bei Kriminellen als auch bei der Polizei. »Wie abgenutzt ist der Lauf?«

»Das Profil ist ganz deutlich.«

»Demnach handelt es sich um ein neues Exemplar. Vermutlich die G36.« Er war überrascht. Diese kompakte, aber äußerst durchschlagskräftige Faustfeuerwaffe war sehr teuer und noch nicht weit verbreitet. In den Vereinigten Staaten fand man sie überwiegend bei Bundesagenten.

Nützt uns das was?, überlegte er.

Noch nicht. Es verriet ihnen nur das Modell der Waffe, aber nicht, wo man sie oder die Munition gekauft hatte. Trotzdem war es ein Indiz und gehörte auf die Tafel.

»Thom … Thom!«, rief Rhyme. »Wir brauchen dich!«

Der Betreuer kam sofort. »Ich muss noch ein paar andere Dinge …«

»Nein«, sagte Rhyme. »Es *gibt* keine anderen Dinge. Schreib.«

Thom wusste, wie sehr Sonny Lis Tod Rhyme getroffen hatte, und so nahm er den herrischen Befehl kommentarlos hin und stellte sich mit dem Stift an die Tafel.

Cooper faltete Lis Kleidung über einem großen Bogen Papier auseinander, bürstete sie mit einem Pinsel ab und untersuchte die so gewonnenen Partikel. »Schmutz, Farbe, gelbe Papierteilchen, die vermutlich von der Tüte stammen, und das getrocknete Pflanzenmaterial, das Amelia erwähnt hat – die Gewürze oder Kräuter«, sagte er.

»Den Pflanzenkram überprüft sie gerade. Pack ihn in eine Tüte, und leg ihn beiseite.« Rhyme, der gegen die Schrecken eines Tatorts im Laufe der Jahre immun geworden war, verspürte dennoch einen Stich im Herzen, als er das dunkle Blut auf Lis Kleidung sah. Genau diese Sachen hatte der kleine Mann vor noch nicht allzu langer Zeit hier im Zimmer getragen.

Zaijian, Sonny. Auf Wiedersehen.

»Das war unter seinen Fingernägeln«, sagte Cooper nach einem Blick auf das Etikett der nächsten Plastiktüte. Er montierte die Probe auf einen Objektträger und legte sie unter das Stereomikroskop.

»Lass mich mal sehen, Mel«, bat Rhyme und wandte sich dem Computermonitor zu. Kurz darauf erschien auf dem großen Flachbildschirm ein klares Abbild. Was haben wir hier, Sonny? Du hast mit dem Geist gekämpft, hast ihn gepackt. War da irgendwas an seinen Klamotten oder Schuhen, das auf dich übertragen wurde?

Und falls ja, wird es uns zu seiner Haustür führen?

»Tabak«, sagte der Kriminalist und lachte bekümmert, weil er sofort an das Laster des Cops denken musste. »Was sehen wir noch? Was sind das dort für Mineralien? Was meinst du, Mel? Silikate?«

»Sieht so aus. Ich werde etwas davon durch den Gaschromatographen und das Massenspektrometer schicken.«

Das Ergebnis ließ nicht lange auf sich warten – Magnesium und Silikat.

»Das ist Talk, nicht wahr?«

»Ja.«

Der Kriminalist wusste, dass Talkumpuder unterschiedliche Verwendung fand: Manche Leute benutzten es als Deodorant, Arbeiter, die enge Schutzhandschuhe aus Gummi tragen mussten, rieben sich die Hände damit ein, und wiederum andere benötigten es zur Ausübung bestimmter Sexualpraktiken, bei denen Latexkleidung eine Rolle spielte. »Geh online, und bring mir alles über Talk und Magnesiumsilikat, das du auftreiben kannst.«

»Bin schon dabei.«

Während Cooper auf seine Tastatur einhämmerte, klingelte Rhymes Telefon. Thom nahm ab und legte das Gespräch auf den Lautsprecher.

»Hallo?«, fragte der Kriminalist.

»Mr.... Rhymes bitte.«

»Lincoln Rhyme, am Apparat. Wer spricht dort?«

»Dr. Arthur Winslow vom Huntington Medical Center.«

»Ja, Doktor?«

»Wir haben hier einen Patienten, einen Chinesen namens Sen. Die Küstenwache hat ihn aus einem gesunkenen Schiff gerettet und an uns überstellt.«

Genau genommen war es nicht die Küstenwache, dachte Rhyme. »Fahren Sie fort«, sagte er.

»Es hieß, wir sollten uns mit Ihnen in Verbindung setzen, falls es Neuigkeiten gibt.«

»Ja, richtig.«

»Nun, ich denke, wir haben Neuigkeiten, die Sie wissen sollten.«

»Und worum handelt es sich?«, fragte Rhyme langsam, wenngleich er damit eigentlich sagen wollte: Komm auf den Punkt!

Er trank bitteren Kaffee, obwohl er das Zeug hasste.

Der siebzehnjährige William Chang saß im hinteren Teil des Starbucks, unweit der Wohnung der Familie in Brooklyn. Er wollte Po-nee Tee – aus einem alten Eisenkessel, so wie seine Mutter ihn zubereitete –, aber er trank zunehmend mehr Kaffee, als wäre er ganz versessen auf dieses trübe, herbe Gebräu. Der Grund dafür war der toupierte *ba-tu*, der ihm gegenübersaß und ebenfalls Kaffee trank; Tee wäre William wie ein Eingeständnis von Schwäche erschienen.

Der Junge, der sich als Chen vorgestellt hatte, trug dieselbe schwarze Lederjacke wie gestern. Er beendete nun das Gespräch auf seinem winzigen Nokia-Telefon und hängte das Handy wieder an den Gürtel. Dann sah er übertrieben deutlich auf die Uhr. Es war eine goldene Rolex.

»Was ist mit der Kanone passiert, die wir dir gestern verkauft haben?«, fragte er auf Englisch.

»Mein Vater hat sie gefunden.«

»Arschloch.« Er beugte sich drohend vor. »Du hast ihm doch nicht etwa erzählt, woher du sie hattest?«

»Nein.«

»Falls du uns verrätst, machen wir dich kalt.«

Als Sohn eines Dissidenten wusste William Chang, dass man solchen Leuten keinen Millimeter nachgeben durfte. »Ich habe niemandem ein Wort gesagt. Aber ich brauche eine neue Waffe.«

»Die wird er doch auch finden.«

»Nein, wird er nicht. Diesmal behalte ich sie bei mir. Er wird mich nicht filzen.«

Chen beäugte ein langhaariges chinesisches Mädchen an einem der Nebentische. Als er sah, dass sie offenbar in einem College-Lehrbuch las, verlor er das Interesse. Er musterte William von oben bis unten. »He, willst du einen DVD-Player? Einen Toshiba?«, fragte er. »Ist echt klasse. Zweihundert. Einen Flachbildfernseher? Achthundert.«

»Ich will eine Knarre. Das ist alles.«

»Und hol dir am besten auch ein paar neue Klamotten. Du siehst scheiße aus.«

»Das kommt später.«

»Hugo Boss, Armani. Ich kann dir besorgen, was immer du haben willst …« Er trank einen Schluck und sah William durchdringend an. »Oder du kannst irgendwann mal nachts mit uns mitkommen. Nächste Woche nehmen wir uns ein Lagerhaus in Queens vor. Die kriegen eine neue Lieferung. Kannst du fahren?«

»Ja, kann ich.« William sah zum Fenster hinaus. Sein Vater war nirgendwo zu entdecken.

»Du hast doch Mumm, oder?«, fragte der *ba-tu*.

»Schätze schon.«

»Hast du mit deiner Triade in Fujian auch schon Dinger gedreht?«

William hatte keiner Triade angehört, sondern mit ein paar Freunden nur hin und wieder Autos gestohlen oder Alkohol und Zigaretten geklaut.

»Mann, wir haben Dutzende von Läden ausgeräumt.«

»Und was war *dein* Job dabei?«

»Wachposten und Fahrer.«

Chen überlegte kurz. »Okay, nehmen wir mal an, wir sind in einem Lagerhaus, und du stehst draußen Schmiere, du weißt schon. Dann siehst du plötzlich einen Kerl vom Sicherheitsdienst. Was würdest du tun? Würdest du ihn umlegen?«

»Was ist das, ein beschissener Test?«

»Antworte einfach. Bist du mutig genug, ihn zu töten?«

»Klar. Aber ich würd's nicht machen.«

»Wieso nicht?«

William schnaubte verächtlich. »Weil nur ein Idiot wegen ein paar Klamotten einen Mord begehen würde.«

»Wer hat was von Klamotten gesagt?«

»Du«, erwiderte William. »Armani und Boss.«

»Tja, und jetzt ist da dieser Wächter. Antworte. Was, zum Teufel, würdest du machen?«

»Ich würde ihn von hinten angreifen, ihm die Pistole abnehmen und ihn sich auf den Bauch legen lassen, bis ihr alle Klamotten in den Fluchtwagen geladen hättet. Dann würde ich ihn anpissen.«

Chen runzelte die Stirn. »Ihn anpissen? Warum?«

»Weil er sich dann erst mal umziehen wird, bevor er die Polizei ruft. Sonst könnten die Bullen ja denken, er hätte sich in die Hose gepinkelt. Das würde uns genug Zeit zur Flucht verschaffen. Und dem Kerl wäre kein Haar gekrümmt worden, also könnte man uns nicht wegen Körperverletzung belangen.«

William hatte mal eine ähnliche Geschichte über eine Bande aus dem Hafenviertel von Fuzhou gehört.

Chen ließ sich nicht anmerken, ob er beeindruckt war, aber er sagte: »Du kommst mit uns nach Queens. Wir treffen uns morgen Abend hier. Ich bringe ein paar Leute mit.«

»Mal sehen. Ich muss jetzt weg, sonst bemerkt mein Vater, dass ich abgehauen bin.« Er holte ein Bündel Dollarscheine aus der Tasche und zeigte es dem *ba-tu*. »Was hast du zu bieten?«

»Meine beste Kanone hast du schon bekommen«, sagte Chen. »Das verchromte Schmuckstück.«

»Das war ein Stück Scheiße. Ich will eine richtige Knarre.«

»Du hast *wirklich* Mumm. Aber du hast auch ein großes Maul. Pass lieber auf. Ich habe bloß noch einen 38er Colt. Nimm ihn, oder lass es bleiben.«

»Geladen?«

Chen fummelte an der Waffe in der Papiertüte herum.

»Drei Schuss.«

»Das ist alles?«, fragte William.

»Wie ich schon sagte – nimm ihn, oder lass es bleiben.«

»Wie viel?«

»Fünfhundert.«

William lachte schroff. »Drei oder ich gehe.«

Chen zögerte und nickte dann. »Nur weil ich dich mag.«

Die beiden jungen Männer sahen sich vorsichtig um. Dann wechselten Tüte und Geld den Besitzer.

William stand wortlos auf.

»Morgen. Acht Uhr. Hier«, sagte Chen.

»Ich werd's versuchen.«

Chen lachte. »›Ihn anpissen.‹« Dann widmete er sich wieder seinem Kaffee.

Draußen machte William sich eilig auf den Heimweg.

Eine Gestalt trat aus der Gasse bewegte sich in seine Richtung.

William blieb überrascht stehen. Sam Chang ging direkt auf seinen Sohn zu.

Der Junge lief weiter, schnell, mit gesenktem Kopf.

»Und?«, fragte Chang.

»Ich hab sie, Baba.«

»Gib sie mir.«

Er reichte die Tüte seinem Vater, der sie in der Tasche verschwinden ließ. »Hast du ihm deinen Namen verraten?«

»Nein.«

»Hast du den Geist oder die *Dragon* erwähnt?«

»Ich bin nicht dämlich«, gab William verärgert zurück. »Er hat keine Ahnung, wer wir sind.«

Schweigend gingen sie einige Minuten weiter.

»Hat er dir die ganze Summe abgeknöpft?«

William zögerte und wollte etwas sagen. Dann zog er einfach die hundert Dollar aus der Tasche, die vom Geld seines Vaters übrig geblieben waren, und gab sie ihm zurück.

Sie näherten sich dem Haus. »Ich werde sie in den vorderen Schrank legen«, sagte Chang zu seinem Sohn. »Wir benutzen sie nur, falls der Geist sich irgendwie Zutritt verschaffen will. Nimm sie niemals irgendwohin mit. Alles klar?«

»Wir sollten jeder eine haben und ständig bei uns tragen.«

»Habe ich mich klar ausgedrückt?«, wiederholte Chang streng.

»Ja.«

Chang berührte ihn am Arm. »Danke, mein Sohn. Das war sehr mutig von dir.«

Du hast wirklich *Mumm*…

»Yeye wäre stolz auf dich«, fügte sein Vater hinzu.

Wenn du nicht gewesen wärst, wäre Yeye noch am Leben, hätte William beinahe gesagt. Aber er blieb stumm. Sie erreichten den Hauseingang und schauten sich um. Niemand war ihnen gefolgt.

Während Chang die Waffe im obersten Schrankfach deponierte – wo nur er und William sie erreichen konnten –, ließ der Junge sich neben seinem Bruder und dem kleinen Mädchen auf die Couch fallen, nahm eine Zeitschrift und blätterte darin herum.

Aber die Artikel interessierten ihn kaum. Er dachte über Chens Angebot nach. Sollte er sich morgen Abend mit den anderen Mitgliedern der Triade treffen?

Wahrscheinlich würde er es nicht tun. Doch er war sich nicht sicher. Er hatte gelernt, dass es immer gut war, sich alle Optionen offen zu halten.

… Zweiundvierzig

John Sung hatte sich umgezogen. Er trug jetzt einen Rollkragenpullover – was in Anbetracht der Wärme seltsam wirkte, wenngleich er dadurch ziemlich modisch aussah – und eine neue Trainingshose. Sein Gesicht war gerötet, und er wirkte ein wenig geistesabwesend.

»Alles in Ordnung?«, fragte Amelia Sachs.

»Yoga«, erklärte er. »Ich habe gerade meine Übungen gemacht. Möchten Sie Tee?«

»Ich kann nicht lange bleiben.« Eddie Deng war zum Fünften Revier gefahren, aber unten im Wagen der Spurensicherung saß Alan Coe und wartete auf sie.

Sung hielt eine Tüte hoch. »Das hier wollte ich Ihnen geben. Die Fruchtbarkeitskräuter, über die wir gestern Abend gesprochen haben.«

Sie nahm die Tüte zerstreut entgegen. »Danke, John.«

»Was ist los?«, fragte er und musterte ihr besorgtes Gesicht. Er bat sie ins Wohnzimmer, und sie nahmen beide auf dem Sofa Platz.

»Dieser Polizist aus China, der uns geholfen hat … Er wurde vor ungefähr einer Stunde tot aufgefunden.«

Sung schloss für einen Moment die Augen und seufzte. »War es ein Unfall? Oder hat der Geist ihn erwischt?«

»Der Geist.«

»O nein, das tut mir Leid.«

»Mir auch.« Sie sagte dies barsch und versuchte die Gefühlsregung ganz im Geiste von Lincoln Rhyme zu verdrängen. Dann griff sie in die Tasche und nahm eine Plastiktüte mit dem am Tatort sichergestellten Pflanzenmaterial heraus. »Das hier haben wir am Tatort gefunden.«

»Wo genau?«, fragte er.

»In Chinatown. Nicht weit von hier. Wir glauben, es handelt sich dabei um Kräuter oder Gewürze, die der Geist gekauft hat. Rhyme hofft, dass wir womöglich das entsprechende Geschäft finden können, sofern wir herausfinden, was das hier überhaupt ist. Eventuell weiß einer der Verkäufer, wo der Geist wohnt.«

Er nickte. »Lassen Sie mal sehen.« Sung öffnete die Tüte und schüttete einen kleinen Teil des Inhalts auf den Tisch. Er beugte sich vor, roch daran und untersuchte die Substanz. Amelia musste daran denken, dass Lincoln Rhyme mit dem Gaschromatographen und dem Massenspektrometer genau das Gleiche tat: Er zerlegte die Mischung in ihre Bestandteile und identifizierte diese.

»Ich rieche Harz, Ingwer, Pilze und vielleicht ein wenig Ginseng und Pfeilkraut«, sagte Sung schließlich und schüttelte den Kopf. »Ich weiß, Sie möchten jetzt von mir hören, dass dieses Zeug nur in ein oder zwei Läden verkauft wird, aber ich fürchte, in China bekommen Sie es in jedem Kräuter-, Arznei- oder Lebensmittelgeschäft. Hier ist es vermutlich genauso.«

Sachs war enttäuscht. Ihr fiel noch etwas anderes ein. »Was bewirkt diese Mischung?« Möglicherweise litt der Geist an irgendeiner Krankheit oder Verletzung, so dass man ihn – wie Wu Qichens Frau – über einen Arzt aufspüren konnte.

»Es ist eher ein Stärkungsmittel als eine Medizin. Es erhöht die Abwehrkräfte und unterstützt das *qi*. Viele Leute nehmen es zur Verbesserung ihres Sexuallebens. Angeblich verhilft es Männern zu dauerhafteren Erektionen. Es ist kein Heilmittel für eine bestimmte Erkrankung.«

So viel zu dieser Theorie, dachte Sachs deprimiert.

»Sie könnten die Geschäfte im näheren Umkreis des Tatorts überprüfen«, schlug Sung vor. »Aber ich nehme an, daran haben Sie selbst schon gedacht.«

Sie nickte. »Es wird uns nichts anderes übrig bleiben. Vielleicht haben wir ja Glück.« Sie wollte aufstehen und zuckte zusammen, als ein Schmerz durch ihre Schulter schoss – sie hatte sich den Muskel auf der *Fuzhou Dragon* gezerrt.

»Nehmen Sie Ihre Medizin?«, fragte er tadelnd.

»Ja, aber wissen Sie, wie eklig die schmeckt?«

»Wenn es Ihnen um den Geschmack geht, trinken Sie Bier. Hier, setzen Sie sich wieder.«

Amelia zögerte und ließ sich dann unter Schmerzen zurück auf das Sofa sinken. Er stellte sich dicht hinter sie. Sie spürte seine Nähe, weil plötzlich alle Nebengeräusche leiser wurden. Dann fühlte sie auf ihren Schultern seine Hände, die langsam zudrückten – erst sanft, dann immer fester und forschender.

Sein Gesicht war nahe an ihrem Hinterkopf, und sein Atem streifte ihren Nacken. Die Hände bewegten sich auf und ab und drückten gerade so fest zu, dass es nicht wehtat. Es war entspannend, aber sie war kurz verwirrt, als die Handflächen und Finger sich fast um ihre Kehle legten.

»Ganz locker«, flüsterte er mit seiner ruhigen Stimme.

Sie bemühte sich.

Seine Hände glitten auf ihre Schultern und dann den Rücken hinunter. Sie bewegten sich entlang der Rippen nach vorn, hielten jedoch kurz vor ihren Brüsten inne und kehrten wieder zu Wirbelsäule und Nacken zurück.

Sachs fragte sich, ob er wirklich etwas für sie tun konnte – ob er die Chance erhöhen konnte, dass sie und Rhyme Kinder bekämen.

Trockenheit in den Nieren …

Sie schloss die Augen und gab sich ganz der kraftvollen Massage hin.

Sie merkte, dass er näher kam, anscheinend wegen der besseren Hebelwirkung. Es trennten sie nur wenige Zentimeter. Seine Hände bewegten sich ein weiteres Mal das Rückgrat hinauf zum Nacken und vorwärts zum Hals. Er atmete schneller – infolge der Anstrengung, glaubte sie.

»Warum schnallen Sie nicht einfach Ihren Waffengürtel ab?«, flüsterte er.

»Schlechtes Karma?«, fragte sie.

»Nein.« Er lachte. »Das Ding stört Ihre Durchblutung.«

Sie griff nach der Schnalle und öffnete sie. Seine Hand schloss sich um den dicken Nylongurt, um ihr behilflich zu sein.

Doch dann unterbrach sie ein schrilles Geräusch – das Klingeln von Amelias Mobiltelefon. Sie rückte ein Stück weg und nahm den Apparat vom Gürtel. »Hallo? Hier ist …«

»Sachs, halt dich fest.«

»Was gibt's, Rhyme?«

Er antwortete nicht sofort, und sie hörte, dass jemand anders im Raum etwas zu ihm sagte.

Kurz darauf war er wieder zurück. »Der Kapitän des Schiffs, Sen, ist bei Bewusstsein. Eddie Deng spricht auf der anderen Leitung gerade mit ihm … Moment.« Stimmen, Rufe, Rhymes Befehlton: »Tja, wir *haben* aber keine Zeit. Jetzt, jetzt, jetzt! … Hör zu, Sachs, der Kapitän war häufiger im Laderaum der *Dragon* und hat ein Gespräch zwischen Chang und dessen Vater mitbekommen. Anscheinend hat ein Verwandter oder Freund der Familie ihnen eine Wohnung und Jobs in *Brooklyn* besorgt.«

»Brooklyn? Was ist mit Queens?«

»Sam Chang ist clever, hast du das vergessen? Ich bin sicher, er hat mit Queens bewusst eine falsche Fährte gelegt. Ich habe die Ecke eingegrenzt, in der ich sie vermute – Red Hook oder Owls Head.«

»Wie kommst du darauf?«

»Es geht gar nicht anders, Sachs. Die Biostoffe an den Schuhen des alten Mannes. Erinnerst du dich? Es gibt in Brooklyn nur zwei Kläranlagen. Ich tendiere zu Owls Head. Es ist eine Wohngegend und liegt näher an Sunset Park, dem Sitz der dortigen chinesischen Gemeinde. Eddie Deng lässt seine Leute vom Fünften Revier die Druckereien und Schildermalereien in Owls Head überprüfen. Lon versetzt die ESU in Alarmbereitschaft. Und der INS stellt ebenfalls ein Team zusammen. Ich will dich dabeihaben. Sobald ich eine Adresse weiß, melde ich mich.«

Sie blickte Sung an. »John, Lincoln hat herausgefunden, in welcher Gegend die Changs wohnen. Ich fahre jetzt dorthin.«

»Wo sind sie denn?«

»In Brooklyn.«

»Oh, sehr gut«, sagte er. »Sind sie in Sicherheit?«

»Bislang schon.«

»Darf ich mitkommen? Ich könnte bei der Übersetzung behilflich sein. Chang und ich sprechen den gleichen Dialekt.«

»Na klar.« Sachs wandte sich wieder an Rhyme. »John Sung wird Coe und mich begleiten. Er kann übersetzen. Wir fahren jetzt los, Rhyme. Ruf mich an, wenn du eine Adresse weißt.«

Sie unterbrachen die Verbindung, und Sung ging ins Schlafzimmer. Als er gleich darauf zurückkam, trug er einen weiten Anorak.

»Es ist nicht kalt draußen«, sagte Sachs.

»Man sollte sich stets warm halten – das ist gut für das *qi* und das Blut«, sagte er und fasste sie bei den Schultern. Sachs lächelte fragend.

»Sie haben bei der Suche nach diesen Leuten eine großartige Leistung vollbracht, Yindao.« Er klang sehr aufrichtig.

Sie stutzte und runzelte die Stirn. »Yindao?«

»So nenne ich Sie insgeheim auf Chinesisch«, sagte er. »Yindao bedeutet ›gute Freundin‹.«

Sachs war zutiefst gerührt. Sie drückte seine Hand.

Dann drehte sie sich zur Tür. »Lassen Sie uns die Changs besuchen.«

Auf der Straße vor seinem Versteck streckte der Mann der vielen Namen – Kwan Ang, Gui, der Geist, John Sung – seine Hand aus und begrüßte Alan Coe, bei dem es sich offenbar um einen Beamten der Einwanderungsbehörde handelte.

Dieser Umstand erfüllte den Geist mit einiger Sorge, denn er glaubte, dass Coe Mitglied einer Gruppe chinesischer und amerikanischer Ermittler gewesen war, die ihn schon in Übersee verfolgt hatte. Die Leute waren ihm nahe gekommen, erschreckend nahe sogar, aber der *bangshou* des Geists hatte ebenfalls Ermittlungen angestellt und herausgefunden, dass eine junge Frau, die bei einem Geschäftspartner des Geists arbeitete, den INS und die Polizei mit Angaben über seine Schlangenkopf-Operationen versorgte. Daraufhin hatte der *bangshou* die Frau entführt und gefoltert, um herauszufinden, was der INS von ihr erfahren hatte, und ihre Leiche dann auf einer Baustelle verschwinden lassen.

Doch augenscheinlich wusste Coe nicht, wie der Geist aussah. Bei dem versuchten Mordanschlag auf die Wus an der Canal Street hatte der Schlangenkopf eine Skimaske getragen; von dorther konnte niemand sein Gesicht kennen.

Yindao fasste zusammen, was Rhyme in Erfahrung gebracht hatte, und dann stiegen sie in den Kombi der Polizei ein – Coe setzte sich auf die Rückbank, bevor der Geist diesen strategisch günstigeren Platz einnehmen konnte, als wolle der Agent keinen illegalen Einwanderer hinter sich sitzen haben. Sie fuhren los.

Aus dem Gespräch zwischen Yindao und Coe schloss der Geist, dass noch andere Polizisten und INS-Leute zu den Changs fahren würden. Aber er hatte sich bereits einen Plan zurechtgelegt, der ihm einige Minuten allein mit den Changs verschaffen sollte. Während Yindaos Besuch, waren Yusuf und ein weiterer Uigure in seiner Wohnung gewesen. Die Türken hatten sich im Schlafzimmer versteckt, und als der Geist seine Waffe und den Anorak holte, hatte er ihnen befohlen, Yindaos Polizeiwagen zu folgen. In Brooklyn würden die Türken und der Geist die Changs gemeinsam ermorden.

Er warf einen Blick über die Schulter und stellte fest, dass Yusufs Windstar einige Wagenlängen hinter ihnen blieb.

Und Yindao? Ihr intimes Beisammensein würde vielleicht bis morgen warten müssen.

Naixin, dachte er.

Alles zu seiner Zeit.

Er stellte sich vor, wie er Yindao vögeln würde, und verlor sich sogleich wieder in seinen Fantasien, die immer stärker geworden waren, seit er die Frau zum ersten Mal am Strand gesehen hatte – als sie zu seiner Rettung hinausschwamm. Letzte Nacht hatte er sie nur keusch mit Akupressur behandelt, begleitet von einem Kauderwelsch darüber, wie förderlich dies angeblich für die Fruchtbarkeit sei. Ihr *nächstes* Treffen würde ganz anders verlaufen. Er wollte sie an einen Ort bringen, an dem es ihm möglich wäre, all seine Wunschträume auszuleben.

Yindao, wie sie unter ihm lag, sich wand und stöhnte.

Vor Schmerz.

Wie sie schrie.

Er war mittlerweile sehr erregt. Um sich abzulenken, drehte er sich auf dem Beifahrersitz um und fing ein Gespräch mit Coe an. Er fragte ihn nach den INS-Richtlinien zur Erlangung politischen Asyls. Der Agent war unfreundlich, grob und voller Verachtung für den Mann, der seiner Meinung nach vor ihm saß: ein armer, verwitweter Arzt, ein freiheitsliebender, harmloser Dissident, der eine bessere Heimat für seine Familie suchte und gewillt war, hart dafür zu arbeiten.

Man müsse die Ferkel um jeden Preis außer Landes halten, sagte der Beamte. Zwischen den Zeilen ließ er erkennen, dass er sie für ungeeignet hielt, Amerikaner zu werden. Dem Geist waren die politischen und moralischen Aspekte der illegalen Einwanderung völlig egal, aber er fragte sich, ob Coe wohl wusste, dass Amerikaner chinesischer Abstammung proportional weniger Sozialhilfeempfänger stellten als jede andere Volksgruppe, darunter auch die im Land geborenen weißen Staatsangehörigen. Wusste er, dass das Bildungsniveau höher war und Konkurse oder Steuerhinterziehungen weitaus seltener vorkamen als bei anderen Ethnien?

Es würde dem Geist großes Vergnügen bereiten, diesen Mann zu töten. Leider konnte es aus Zeitgründen kein langsamer Tod werden.

Der Geist warf einen Blick auf Yindaos Beine und verspürte wieder diese Regung tief in seinen Eingeweiden. Er erinnerte sich daran, wie sie gestern in dem Restaurant gesessen und er ihr eine aufrichtige Einschätzung seiner selbst gegeben hatte.

Zertrümmert die Kessel, und versenkt die Boote…

Weshalb hatte er sich ihr gegenüber so geöffnet? Es war dumm. Sie hätte seine wahre Identität erkennen oder zumindest misstrauisch werden können. Noch nie hatte er jemandem so deutlich die eigene Lebensphilosophie erläutert.

Warum?

Die Antwort musste mehr sein als körperliches Verlangen. Er hatte schon Hunderte von Frauen begehrt, aber sowohl vor als auch während und nach dem Akt die meisten seiner inneren Empfindungen für sich behalten. Nein, bei Yindao war das anders. Er vermutete, dass er eine Art Seelenverwandtschaft zu ihr erkannte. Es gab nur sehr wenige Leute, die ihn verstanden… mit denen er reden konnte.

Und Yindao war genau diese Sorte Frau, glaubte er.

Während Coe bis zum Erbrechen über die Notwendigkeit von Quoten und die Belastung der Sozialkassen durch illegale Einwanderer schwadronierte und sogar genaue Daten anführte, dachte der Schlangenkopf darüber nach, wie schade es war, dass er diese Frau nicht mitnehmen und ihr die Schönheit von Xiamen zeigen, mit ihr den Nanputuo Tempel – ein riesiges buddhistisches Kloster – besichtigen und sie danach in ein Hafenrestaurant zu Erdnusssuppe oder Nudeln einladen konnte.

Doch es gab keinen Zweifel, dass er seinen Plan ausführen würde – er würde sie in ein verlassenes Lagerhaus oder eine leere Fabrik schleppen und dann ein oder zwei Stunden lang seine Triebe ausleben. Und danach würde er sie töten. Auch Yindao würde die Kessel zertrümmern und die Boote versenken, das hatte sie ihm selbst bestätigt; sobald sie wusste, dass er der Geist war, würde sie nicht rasten, bis sie ihn getötet oder verhaftet hatte. Sie musste sterben.

Der Geist schaute sich lächelnd zu Coe um, als würde er interessiert zur Kenntnis nehmen, worüber auch immer der Mann gerade redete. In Wahrheit war der Blick des Schlangenkopfs auf einen Wagen hinter ihnen gerichtet. Yusuf und der andere Uigure blieben ihnen auf den Fersen. Yindao hatte die Verfolger nicht bemerkt.

Der Geist drehte sich nach vorn und sah sie kurz an. Dann murmelte er ein paar Worte.

»Was war das?«, fragte Yindao.

»Ein Gebet«, sagte der Geist. »Ich hoffe, dass Guan Yin uns helfen wird, die Wohnung der Changs zu finden.«

»Wer ist das?«

»Die Göttin der Barmherzigkeit«, lautete die Antwort, doch sie kam nicht aus dem Mund des Geists, sondern von der Rückbank, wo der hilfsbereite Agent Alan Coe saß.

... Dreiundvierzig

Zehn Minuten später klingelte Lon Sellittos Telefon.

Rhyme und Cooper sahen ihn gespannt an.

Der Detective nahm den Anruf entgegen. Hörte zu. Dann schloss er die Augen und lächelte.

»Wir haben die Adresse der Changs!«, rief er und legte auf. »Das war einer der Beamten vom Fünften. Er hat einen Kerl in Owls Head aufgetrieben, dem zwei Schnelldruckereien gehören. Joseph Tan. Unser Mann hat ihm klar gemacht, dass die Familie in wenigen Stunden tot sein dürfte, falls wir sie nicht vorher finden. Tan hat klein beigegeben und gestanden, dass er Chang und dessen Sohn einen Job verschafft und der Familie eine Wohnung besorgt hat.«

»Und wir haben die Adresse?«

»Ja. Zwei Blocks von der Kläranlage entfernt. Gott liebt Scheiße, was soll ich sagen?«

Rhyme dachte an Sonny Lis ebenso respektlose Bitte an den Gott der Polizisten.

Guan Di, bitte lass uns die Changs finden und den beschissenen Geist fangen.

Er rollte zur Tafel und starrte die Tabelle und die Beweisfotos an.

»Ich gebe Bo und dem INS Bescheid und setze alles in Bewegung«, sagte Sellitto.

»Wart noch eine Minute«, sagte der Kriminalist.

»Was ist los?«

»Eine Ahnung«, sagte Rhyme langsam. »Ich habe so eine Ahnung.« Seine anfängliche Freude über die Auffindung der Changs schwand.

Wie in Zeitlupe bewegte sein Kopf sich von links nach rechts und wieder zurück, während er den Blick über Thoms sorgfältige Notizen, die Fotos und die anderen Beweisstücke dieses Falls schweifen ließ – von denen jedes einen kleinen Teil der grausamen Geschichte erzählte, ähnlich den Hieroglyphen in alten ägyptischen Gräbern.

Er schloss die Augen und ließ die Informationen durch seinen Verstand rasen. Hier liegt die Antwort, dachte Rhyme, öffnete die Augen wieder und musterte die Einträge.

Unser Problem besteht darin, dass wir die Frage nicht kennen.

Thom erschien in der Tür. »Es ist Zeit für ein paar Übungen«, sagte er.

Bewegungsübungen waren für Querschnittsgelähmte sehr wichtig. Sie verhinderten Muskelschwund, sie verbesserten die Durchblutung, und sie waren auch förderlich für die Psyche – was Rhyme allerdings stets bestritt. Dennoch war für ihn mit jeder der Sitzungen die leise Hoffnung verbunden, dass er eines Tages wieder in der Lage sein würde, seine Muskeln eigenständig zu nutzen.

Während er also jedes Mal nörgelte, sich beschwerte und Thom die Hölle heiß machte, derweil der Betreuer fachkundig die Übungen durchführte und im Anschluss die Ergebnisse maß, freute Rhyme sich insgeheim auf die tägliche Prozedur. Heute jedoch warf er dem jungen Mann einen durchdringenden Blick zu. Thom begriff sofort und zog sich auf den Flur zurück.

»Woran denkst du?«, fragte Sellitto.

Rhyme antwortete nicht.

Er war mit ganz eigenen Bewegungsübungen beschäftigt, die nicht seine leblosen Glieder, sondern seinen Verstand betrafen, und der wurde durch nichts eingeschränkt. Unendliche Höhe, bodenlose Tiefe, Vergangenheit und Zukunft. Der Kriminalist folgte in Gedanken den einzelnen Beweisketten, die sie bei der Arbeit an GHOSTKILL gebildet hatten, manche davon breit wie der East River, andere so dünn und zart wie ein einzelner Faden, manche hilfreich, andere scheinbar genauso nutzlos wie die durchtrennten Nervenbahnen, die von Lincoln Rhymes Gehirn in seinen reglosen Körper verliefen. Doch auch diese ließ er nicht außer Acht.

GHOSTKILL

Easton, Long Island, Tatort

- Zwei Immigranten am Strand ermordet; in den Rücken geschossen.
- Ein Immigrant verwundet – Dr. John Sung.
- »Bangshou« (Assistent) an Bord; Identität unbekannt.
  - Assistent identifiziert als der Ertrunkene, der am Untergangsort der *Dragon* gefunden wurde.

- Zehn Immigranten entkommen: sieben Erwachsene (ein älterer Mann, eine verletzte Frau), zwei Kinder, ein Kleinkind. Stehlen Kirchenbus.
- Blutspuren zur Untersuchung ins Labor geschickt.
  - Verletzte Frau hat Blutgruppe AB negativ. Weitere Informationen erbeten.
- Geist wurde am Strand von Fahrzeug erwartet, aber dann zurückgelassen. Hat vermutlich einen Schuss auf Fahrzeug abgegeben. Anfrage nach Fahrzeughersteller und -modell läuft, basierend auf Reifenspuren und Radstand.
  - Fahrzeug ist ein BMW X5.
    - Fahrer – Jerry Tang.
- Für Immigranten standen keine Fahrzeuge bereit.
- Funktelefon (vermutlich des Geists) zur Analyse an FBI geschickt.
  - Sicheres Satellitentelefon, nicht zurückverfolgbar. Hat zwecks Nutzung chinesisches Behördennetz gehackt.
- Waffe des Geists = Pistole, 7,62 mm. Ungewöhnliche Hülsen.
  - Chinesische Modell 51 Automatik-Pistole.
- Geist hat angeblich Regierungsleute auf Lohnliste.
- Geist hat als Fluchtwagen roten Honda gestohlen. Fahndungsmeldung ist raus.
  - Honda bislang nicht gefunden.
- Drei Leichen aus Meer geborgen – zwei erschossen, einer ertrunken. Fotos und Abdrücke an Rhyme und chinesische Polizei.
  - Ertrunkener identifiziert als Victor Au, der *bangshou* des Geists.
- Fingerabdrücke an AFIS geschickt.
  - Keine Übereinstimmungen, aber ungewöhnliche Einkerbungen an Sam Changs Fingern und Daumen (Wunde, Verbrennung durch Seil?).
- Immigrantengruppe besteht aus: Sam Chang und Wu Qichen, jeweils mit Familie; John Sung, Baby einer ertrunkenen Frau, unbekannte/r Mann und Frau (am Strand ermordet).

Gestohlener Kleinbus, Chinatown

- Immigranten tarnen Fahrzeug mit Logo des »Home Store«.
- Blutspritzer deuten auf Hand-, Arm- oder Schulterverletzung der Frau hin.

- Blutspuren zur Untersuchung ins Labor geschickt.
  - Verletzte Frau hat Blutgruppe AB negativ. Weitere Informationen erbeten.
- Fingerabdrücke an AFIS geschickt.
  - Keine Übereinstimmungen.

Mord an Jerry Tang, Tatort

- Vier Männer haben Tür eingetreten, das Opfer gefoltert und erschossen.
- Zwei Patronenhülsen – passen zur Modell 51. Tang durch zwei Kopfschüsse ermordet.
- Beträchtliche Verwüstungen.
- Einige Fingerabdrücke.
- Keine Übereinstimmungen, außer bei Tang.
- Drei Komplizen haben kleinere Schuhgröße als Geist, mutmaßlich auch kleinere Statur.
- Versteck des Geists nach Spurenlage vermutlich im Süden Manhattans, Gebiet um Battery Park City.
- Komplizen entstammen vermutlich einer ethnischen Minderheit Chinas. Nach Verbleib wird gefahndet.
  - Uiguren aus dem Turkestan Community and Islamic Center in Queens.
    - Anrufe per Mobiltelefon verweisen auf 805 Patrick Henry Street, südliches Manhattan.

Schießerei auf der Canal Street, Tatort

- Zusätzliche Spuren deuten auf Versteck im Gebiet um Battery Park City hin.
- Gestohlener Chevrolet Blazer, nicht zurückverfolgbar.
- Keine Übereinstimmungen bei Fingerabdrücken.
- Teppich des Verstecks: Hersteller Arnold, Marke Lustre-Rite, verlegt während der letzten sechs Monate; kontaktieren Baufirmen zwecks Liste möglicher Objekte.
  - Festgestellte Adressen: 32 in/um Battery Park City.
- Frischer Gartenmulch gefunden.
- Toter Komplize des Geists: ethnische Minderheit aus West- oder

Nordwestchina. Fingerabdrücke nicht registriert. Waffe war Walther PPK.

- Details zu den Immigranten:
  - Die Changs: Sam, Mei-Mei, William und Ronald; Sams Vater, Chang Jiechi, und Kleinkind, Po-Yee. Sam hat Job arrangiert, aber Arbeitgeber und Ort unbekannt. Fahren blauen Kleinbus, Modell und Kennzeichen unbekannt. Wohnung der Changs liegt in Queens.
  - Die Wus: Qichen, Yong-Ping, Chin-Mei und Lang.

Versteck des Geists, Tatort

- Fingerabdrücke und Fotos von Chang Jiechis Händen ergeben, dass Vater und Sohn Sam Kalligraphen sind. Sam Chang eventuell als Drucker oder Schildermaler tätig. Entsprechende Firmen in Queens werden überprüft.
- Biostoffe an den Schuhen des Toten deuten auf Nähe der Wohnung zu einer Kläranlage hin.
- Geist hat Versteck durch Feng-Shui-Fachmann einrichten lassen.

Fuzhou Dragon, Tatort

- Geist hat Schiff mit neuem C4 versenkt. Herkunft des Sprengstoffs wird anhand der chemischen Kennzeichnung überprüft.
- Große Anzahl neuer US-Banknoten in der Kabine des Geists gefunden.
- Ca. 20 000 Dollar in gebrauchten chinesischen Yuan in der Kabine gefunden.
- Liste der Opfer, Details über Charterflug und Informationen über Kontoeinzahlung. Name des Absenders wird in China überprüft.
- Kapitän am Leben, aber bewusstlos.
  - Wieder bei Bewusstsein; jetzt in INS-Gewahrsam.
- Beretta 9mm, Uzi. Nicht zurückverfolgbar.

Mord an Sonny Li, Tatort

- Erschossen mit neuer Glock 36, Kaliber 45 (aus Behördenbestand?).

- Tabak.
- Gelbe Papierfetzen.
- Unbekanntes Pflanzenmaterial (Kräuter, Gewürze, Drogen?).
- Magnesiumsilikat (Talkum) unter Fingernägeln.

Der Highway führte in weitem Bogen um das in Brooklyn gelegene Militärgelände herum, und Yindao lenkte den Polizeiwagen auf die Ausfahrtrampe. Sie fuhr so schnell, wie auch der Geist in seinem BMW oder Porsche diese Kurve genommen hätte, und raste hinab in eine hübsche Gegend aus ordentlichen Vorgärten und roten Backsteingebäuden.

Der Geist warf einen beiläufigen Blick in den Außenspiegel und registrierte, dass Yusuf hinter ihnen blieb.

Dann sah er Yindao an, betrachtete das Profil ihres hübschen Gesichts, das glänzende, rote Haar, das sie zu einem Knoten zusammengesteckt hatte, die Rundungen ihrer Brüste unter dem schwarzen T-Shirt.

Als plötzlich wieder ihr Telefon klingelte, schreckte er hoch.

Sie nahm ab.

»Rhyme… ja, wir sind da. Red weiter.« Sie verstummte. »Hervorragend!« Sie wandte sich an den Geist und Coe. »Er hat sie gefunden. Ein Freund von Chang hat ihnen hier in der Nähe eine Wohnung und einen Job besorgt. Es ist nicht mehr weit.« Sie konzentrierte sich wieder auf Rhyme. Während sie zuhörte, verfinsterte sich für einen kurzen Moment ihre Miene. Der Geist hatte den Eindruck, dass sie schlagartig angespannt war. Ob der Mann wohl etwas über ihn herausgefunden hatte? Er wurde sehr wachsam.

»Okay, Rhyme«, sagte sie schließlich. »Alles klar.«

Yindao unterbrach die Verbindung.

»Verdammt«, sagte Coe. »Ich habe nicht geglaubt, dass er es tatsächlich schafft.«

Der Geist sah sie an. »Er kennt die genaue Adresse?«

Sie zögerte mit der Antwort. »Ja«, sagte sie dann.

Und auf einmal fing sie an, über ihre Jugend in Brooklyn zu plaudern, fast wie ein Schulmädchen. Der Geist bemerkte sofort, dass dies absolut untypisch für sie war, und wurde noch misstrauischer. Was auch immer Rhyme ihr am Ende des Gesprächs mitgeteilt haben mochte, es bezog sich nicht auf die Changs.

Der Geist sah, dass sie sich wie zufällig am Oberschenkel kratzte. Sie griff danach nicht wieder ans Lenkrad, und er wusste, dass diese Geste lediglich dazu dienen sollte, ihre Hand in die Nähe der Waffe zu bringen.

Ohne den Blick von der Straße zu wenden, ließ der Geist seine Hand neben sich gleiten und schob sie allmählich bis hinter den Rücken, wo unter dem Anorak die Glock im Bund seiner Trainingshose steckte.

Schweigend fuhren sie einige Minuten durch Wohngebiete. Es kam dem Geist so vor, als würde Yindao absichtlich Umwege machen. Er wurde noch nervöser und vorsichtiger.

Sie bog ein weiteres Mal ab und achtete auf die Hausnummern. Dann hielt sie am Straßenrand, schaltete den Motor aus, zog die Handbremse an und deutete auf ein kleines Mietshaus aus Sandstein.

»Das ist es.«

Der Geist warf einen kurzen Blick darauf, ließ Yindao aber nicht aus den Augen.

»Gar nicht übel. Ich habe mit irgendeinem Dreckloch gerechnet«, sagte Coe zynisch. »Bringen wir's hinter uns.«

»Moment noch«, sagte Yindao ruhig und sah zu Coe nach hinten.

Der Geist durchschaute das Täuschungsmanöver auf Anhieb. Sie war schnell – viel schneller, als er erwartet hatte. Noch bevor der Schlangenkopf auch nur die Finger um den Griff seiner Pistole legen konnte, hatte Yindao bereits ihre Waffe gezogen und hob sie in seine Richtung.

… Vierundvierzig

Der Geist zuckte unwillkürlich zusammen und ging halb davon aus, dass Yindao ihn ohne Warnung erschießen würde – was er im umgekehrten Fall natürlich getan hätte.

Doch die Mündung der schwarzen Waffe huschte an ihm vorbei und richtete sich auf den Mann, der hinter ihnen saß.

»Keine Bewegung, Coe. Nicht die geringste Bewegung. Lassen Sie mich Ihre Hände sehen.«

»Was… Was soll das?«, fragte Coe und wich erschrocken zurück.

»Keine Bewegung!«, rief sie. »Sobald eine Hand verschwindet, sind Sie tot.«

»Was… Ich…« Der Agent sah sie verblüfft an.

»Haben Sie mich verstanden?«

»Ja, verdammt, ich habe verstanden«, erwiderte er wütend. »Und jetzt verraten Sie mir gefälligst, was das zu bedeuten hat.«

»Erinnern Sie sich an den Anruf vor ein paar Minuten? Lincoln hat mir einiges erzählt. Er hat sich ein weiteres Mal die Beweise vorgenommen und mit ein paar Leuten telefoniert. Sie haben wohl geglaubt, Sie hätten alles ziemlich gut vertuscht, nicht wahr?«

»Nehmen Sie die Waffe runter, Officer! Sie können doch nicht…«

»Er weiß alles. *Sie* arbeiten für den Geist.«

Der Agent schluckte vernehmlich. »Hat Ihnen jemand ins Hirn geschissen?«

»Sie sind sein Schutzengel. Sie wachen über ihn. Deshalb haben Sie auf der Canal Street diesen voreiligen Schuss abgegeben: Sie wollten ihn gar nicht treffen. Sie wollten ihn *warnen*. Und Sie haben ihn mit Informationen versorgt – von Ihnen wusste er, dass die Wus in Murray Hill untergebracht waren.«

Coe sah nervös nach links und rechts. »Das ist Schwachsinn.«

Der Geist rang nach Atem. Seine Finger zitterten. Schweiß lief ihm über das Gesicht. Er wischte sich die Hände an den Hosenbeinen ab.

»Keine Angst, John«, sagte Yindao zu ihm. »Er wird niemandem mehr etwas antun.« Dann wandte sie sich wieder an Coe. »Und Sie haben dem Geist die hübsche neue Kanone besorgt – eine Glock. Eine neue 45er. Zufällig die Standardwaffe des INS.«

»Sie sind verrückt, Officer.«

»Wir haben ja geahnt, dass der Geist Regierungsleute bei uns bestochen hat. Wir haben bloß nie daran gedacht, dass es sich um einen INS-Agenten handeln könnte. Warum all die Reisen nach China, Coe? Laut Peabody ist kein anderer Außendienstler so oft dort gewesen wie Sie. Manchmal sogar auf eigene Kosten. Sie haben sich mit den Schlangenköpfen Ihres Chefs getroffen.«

»Meine Informantin ist da drüben verschwunden, und ich wollte das Arschloch erwischen, das dafür verantwortlich war.«

»Nun, Rhyme setzt sich mit den Sicherheitsbehörden von Fuzhou in Verbindung. Er möchte sich auch die Unterlagen zu *diesem* Fall einmal vornehmen.«

»Soll das heißen, ich hätte meine eigene Informantin ermordet? Eine Frau mit Kindern?«

»Wir werden das untersuchen«, entgegnete sie kühl.

»Falls jemand behauptet, er habe den Geist und mich zusammen gesehen, dann lügt er.«

»Das hat nichts zu bedeuten. Er würde sich niemals persönlich mit jemandem treffen, der gegen ihn aussagen könnte. Das erledigen seine Mittelsmänner.«

»Sie träumen ja, Officer.«

»Nein, wir betrachten lediglich die *Beweise*«, sagte Yindao. »Rhyme hat Ihr Mobiltelefon überprüfen lassen. In den letzten beiden Tage gab es ein halbes Dutzend Anrufe bei einem automatischen Auftragsdienst in New Jersey.«

»Ja, natürlich. Den benutze ich für meine Spitzel.«

»Sie haben nie erwähnt, dass Sie mit Informanten arbeiten.«

»Weil es nichts mit diesem Fall zu tun hat.«

»Wollten Sie den Geist verständigen, sobald wir die Wohnung der Changs erreicht hätten?«, fragte Yindao. »Oder wollten Sie die Leute eigenhändig ermorden?… Und uns auch?«

Coe schluckte. »Ich sage kein Wort mehr. Ich will mit einem Anwalt sprechen.«

»Dafür bleibt Ihnen noch jede Menge Zeit. Und nun legen Sie die rechte Hand auf den Türgriff. Falls sie sich auch nur einen Zentimeter bewegt, jage ich Ihnen eine Kugel in den Arm. Verstanden?«

»Hören Sie...«

»*Verstanden?*«

Der Geist sah in ihre unbarmherzigen Augen und erschauderte selbst. Er fragte sich, ob sie vielleicht hoffte, der Mann würde nach der Waffe greifen, damit sie ihn erschießen konnte.

»Ja«, knurrte Coe. Er kochte vor Wut.

»Jetzt nehmen Sie mit Daumen und Zeigefinger der linken Hand Ihre Waffe, sodass der Griff nach vorn zeigt. Ganz langsam.«

Mit angewiderter Miene zog Coe vorsichtig die Pistole aus dem Holster und gab sie ihr.

Yindao steckte sie ein. »Und nun raus«, sagte sie dann, öffnete die Fahrertür und stieg aus. Die Waffe blieb die ganze Zeit auf Coes Brust gerichtet. Yindao zog die hintere Tür auf. »Langsam.«

Er folgte dem Befehl. Sie deutete auf den Bürgersteig.

»Hinlegen. Mit dem Gesicht nach unten.«

Das Herz des Geists – das ihm rasend schnell bis zum Hals geschlagen hatte – beruhigte sich allmählich.

Wer Angst hat, kann Mut schöpfen...

Das ist der Gipfel der Ironie, dachte er. Er hatte tatsächlich Amerikaner bestochen, sogar beim INS – darunter auch einen Untersuchungsbeamten, der gestern Morgen veranlasst hatte, dass er so schnell und problemlos freigekommen war. Aber er kannte nicht all diese Leute mit Namen, weil manche von ihnen durch seine Handlanger geschmiert wurden. Und es kam nur sehr selten zu einem persönlichen Zusammentreffen, das hatte Yindao dem INS-Mann ganz richtig erklärt. Was das Versteck der Wus in Murray Hill anging – Yindao selbst hatte ihm diese Information gegeben, als sie ihn fragte, ob er sich auch dort verstecken wollte.

Sollte er versuchen, Coe zu retten, da der Mann anscheinend für ihn arbeitete?

Nein, es war besser, ihn zu opfern. Die Festnahme war eine gute Ablenkung. Yindao und die anderen würden zudem unvorsichtiger sein, weil sie glaubten, den Verräter enttarnt zu haben.

Er sah zu, wie sie Coe auf dem Bürgersteig fachmännisch Handschellen anlegte, ihre Waffe wegsteckte und den Mann grob auf die Beine zerrte. Der Geist kurbelte sein Fenster herunter und nickte in Richtung des Eingangs. »Soll ich mit den Changs reden?«

»Die wohnen nicht hier«, sagte Yindao. »Das Haus liegt noch einige

Blocks entfernt. Ich habe gelogen – ich musste Coe ablenken. Gleich um die Ecke ist ein Polizeirevier. Dort wird man ihn einsperren, bis das FBI ihn abholt.«

Der Geist musterte Coe von oben bis unten und bemühte sich, möglichst entsetzt zu klingen. »Sie wollten dem Geist das Versteck verraten. Die Kinder … Sie hätten ihn die Kinder ermorden lassen. Ich verachte Sie.«

Der Agent erwiderte wütend seinen Blick – bis Yindao ihn zur nächsten Ecke zerrte, wo in diesem Moment drei uniformierte Beamten auftauchten und ihn in Gewahrsam nahmen. Der Geist drehte sich um und sah, dass am anderen Ende des Blocks Yusufs Wagen mit laufendem Motor am Straßenrand stand.

Fünf Minuten später kehrte Yindao zurück, setzte sich hinter das Lenkrad und ließ den Motor an. Sie fuhren los. Yindao sah den Geist an und schüttelte mit zornigem Lachen den Kopf. »Tut mir Leid. Alles in Ordnung?« Obwohl der Zwischenfall sie ziemlich mitgenommen hatte, wirkte sie jetzt wieder mehr wie sie selbst. Entspannt und zuversichtlich.

»Ja.« Der Geist lachte ebenfalls. »Das haben Sie großartig gemacht. Sie beherrschen Ihren Job wirklich hervorragend.« Er wurde ernst. »Ein Verräter beim INS?«

»All dieser Mist, der Geist habe Coes Informantin ermordet. Er hat uns für dumm verkauft.« Sie nahm ihr Mobiltelefon und wählte eine Nummer. »Alles klar, Rhyme. Coe sitzt auf dem Revier in Haft … Nein, es gab keine Probleme. John und ich fahren jetzt zu den Changs … Wo sind die Teams? … Okay, ich bin in drei Minuten da. Wir werden nicht auf die ESU warten. Der Geist ist womöglich schon dorthin unterwegs.«

In der Tat, dachte der Schlangenkopf.

Yindao legte auf.

Demnach würden sie vor allen anderen am Ziel eintreffen. Er würde nicht mehr lange warten müssen. Er würde die Changs erledigen, Yindao in den Wagen der Türken verfrachten und fliehen. Er streckte die Hand aus und drückte ihre Schulter. Seine Erektion wurde noch stärker.

»Danke, dass Sie mitgekommen sind, John.« Sie lächelte ihn an. »Wie nennt man doch gleich einen Freund? *Yindao*?«

Er schüttelte den Kopf. »So nennt ein Mann eine Frau. Sie würden *Yinjing* sagen.«

Das war der Begriff für die männlichen Genitalien.

»*Yinjing*«, sagte sie.

»Ich fühle mich geehrt«, erwiderte er und neigte leicht den Kopf. Er betrachtete ihr rotes Haar, die helle Haut, die langen Beine... »Ihr Freund Rhyme ist ein sehr fähiger Ermittler. Ich würde ihn gern kennen lernen.«

»Ich gebe Ihnen seine Karte. Ich habe eine in meiner Handtasche.«

»Gut.«

Rhyme würde ebenfalls sterben müssen, denn der Geist wusste, dass auch dieser Mann nicht aufgab, bevor seine Feinde besiegt waren. *Po fu chen zhou...* Zertrümmert die Kessel, und versenkt die Boote. Er war zu gefährlich, um am Leben zu bleiben. Sie hatte ihm erzählt, dass Rhyme gelähmt war. Wie konnte man ihn foltern?, überlegte der Geist. Sein Gesicht, die Augen, die Zunge... Er würde Mittel und Wege finden, je nachdem, wie viel Zeit ihm blieb. Feuer war immer eine gute Idee.

Yindao bog abrupt in eine Einbahnstraße ab und hielt an. Sie nahm die Hausnummern in Augenschein und fuhr dann ungefähr bis zur Mitte des Blocks. Dort blieb sie in zweiter Reihe stehen und legte einen Polizei-Ausweis auf das Armaturenbrett.

»Das Haus da drüben ist es.« Sie wies auf ein dreigeschossiges rotes Backsteingebäude einige Eingänge weiter. Im Erdgeschoss brannte Licht. Bescheiden, aber weitaus luxuriöser als die gelb-beigen Holz- oder Schlackehütten, für die so viele Chinesen sich bei Mao bedanken durften, dachte der Geist.

Sie stiegen aus, gingen zum Bürgersteig, hielten inne. »Bleiben Sie außer Sicht«, flüsterte sie und führte ihn bis dicht vor eine Buchsbaumhecke. Der Geist drehte sich um. Yusuf hatte geparkt. Im trüben Licht der Dämmerung konnte der Geist ihn und den anderen Türken gerade noch erkennen.

Er beugte sich vor und roch auf Yindaos Haut parfümierte Seife und Schweiß. Seine Erregung hielt unvermindert an, und er presste sich an ihren Arm und ihre Hüfte, während sie das Haus untersuchte. Sie nickte in Richtung des vorderen Erkerfensters. »Wir gehen durch die Hintertür rein – falls sie offen ist. Von vorn könnten sie uns entdecken und vielleicht weglaufen.«

Sie bedeutete ihm mit einer Geste, ihr zur Rückseite des nächstgelegenen Gebäudes zu folgen. Von dort aus gelangten sie über mehrere

Hinterhöfe zum Haus der Changs. Sie gingen sehr langsam, um im Halbdunkel nicht versehentlich Lärm zu machen und sich dadurch zu verraten.

An der Hintertür der Ferkel blieben sie stehen, und Yindao schaute durch das Fenster – in eine kleine Küche. Dort hielt niemand sich auf. »Immer zuerst einen Blick durch das hintere Fenster werfen«, flüsterte sie. »Das ist meine neue taktische Grundregel.« Sie lächelte wehmütig, erklärte ihm aber nicht den Grund dafür.

»Weiter«, sagte sie. »Ganz langsam. Wir wollen die Leute nicht erschrecken. Sagen Sie als Erstes, dass wir gekommen sind, um ihnen zu helfen und sie vor dem Geist zu beschützen. Und sagen Sie ihnen, dass für sie eine gute Aussicht auf Asyl besteht.«

Der Geist nickte und versuchte sich vorzustellen, wie Sam Chang und seine Frau aussehen würden, wenn sie entdeckten, wer der Polizei-Übersetzer war.

Yindao drehte den Türknauf. Es war nicht abgeschlossen. Sie stieß die Tür mit einer schnellen Bewegung auf – damit die Angeln nicht quietschten, vermutete er.

Wie sollte er vorgehen? Wahrscheinlich war es am besten, Yindao sofort außer Gefecht zu setzen. Sie war zu gefährlich, um sie nur in Schach zu halten. Ein Schuss ins Bein wäre nicht schlecht – von hinten ins Knie, das hatte in Anbetracht ihrer Arthritis eine gewisse Ironie. Die Changs zu erschießen dürfte nicht lange dauern. Yusuf würde sie anschließend zu einem seiner Verstecke oder einem leeren Lagerhaus fahren. Und dort könnte er endlich das Schäferstündchen mit Yindao genießen.

Schweigend gingen sie durch die kleine stickige Küche.

Auf dem Herd kochte ein Topf mit Wasser. Auf einem Brett lag eine halbe Zwiebel, daneben ein Bund Petersilie. Was hatte Mrs. Chang zum Abendessen zubereiten wollen?, grübelte er.

An der Tür zum Flur, der ins Wohnzimmer führte, blieb Yindao stehen und bedeutete ihm, sich ebenfalls ruhig zu verhalten.

Er bemerkte, dass die Türken inzwischen an der Hintertür standen. Yindao wandte ihm den Rücken zu, und er wies die Männer durch eine Geste an, zur Vorderseite zu gehen. Yusuf nickte und machte sich mit seinem Begleiter auf den Weg.

Der Geist entschied sich, Yindao den Vortritt zu lassen. Sie sollte ruhig ein oder zwei Minuten mit den Changs im Wohnzimmer verbringen und sie in Sicherheit wiegen, sodass die Türken am Eingang Position beziehen konnten. Dann wollte der Geist vorrücken und Yindao anschießen, woraufhin die Türken die Tür eintreten und gemeinsam mit ihm die Familie erledigen würden.

Er blieb an Ort und Stelle, griff unter den Anorak und zog die Waffe aus dem Hosenbund.

Yindao tastete sich langsam in den dunklen Korridor vor.

… Fünfundvierzig

Ein Geräusch, ganz in der Nähe.

Ein Schritt?, fragte Sam Chang sich, der neben seinem jüngsten Sohn auf der Couch saß.

Vorne? Hinten?

Die Familie hatte sich im halbdunklen Wohnzimmer vor dem Fernseher versammelt, in dem gerade eine Talkshow lief. Der Ton war laut gestellt, aber Chang hatte dennoch eindeutig ein Geräusch gehört.

Ein Knarren.

Ja, ein Schritt.

Was *war* das?

Ein Phönix, der sich aus der Asche erhob? Ein Drache, der wütend darüber war, dass man ihm dieses schwere Haus auf seinen Unterschlupf gestellt hatte?

Die Seele seines Vaters, die zurückkam, um sie zu trösten?

Oder um sie zu warnen.

Womöglich war es sogar Gui, der Geist, persönlich, der sie aufgespürt hatte.

Ich bilde mir das bloß ein, dachte Chang.

Doch als er quer durch den Raum zu William blickte, der in einer zwölf Monate alten Autozeitschrift gelesen hatte, saß dieser plötzlich kerzengerade da, hob den Kopf und schaute sich langsam nach allen Seiten um, wie ein Reiher, der nach dem Ursprung einer Bedrohung Ausschau hielt.

»Was ist los?«, flüsterte Mei-Mei, der das Verhalten der beiden nicht entgangen war, und drückte Po-Yee an sich.

Ein Klicken.

Ein Schritt. Woher? Aus welcher Richtung?

Sam Chang und William sprangen auf. Ronald wollte sich ihnen anschließen, aber sein Vater schickte ihn mit einer Geste ins Schlafzimmer. Dann nickte Chang seiner Frau zu. Sie sah ihm einen Moment lang tief in die Augen, begab sich mit dem Kleinkind dann zu ihrem jüngsten Sohn und schloss leise die Tür hinter sich.

»Du weißt, was du zu tun hast, mein Sohn.«

William ging neben dem Durchgang zum Flur in Position und hob das Eisenrohr, das Chang im Hinterhof gefunden hatte. Für den Fall, dass der Geist sie aufspüren würde, hatten Vater und Sohn sich einen Plan zurechtgelegt. Chang wollte den ersten Eindringling sofort erschießen – entweder den Geist oder seinen *bangshou*. Die anderen würden daraufhin vermutlich zögern, sodass William die Pistole des Toten schnappen könnte und sie dann beide eine Waffe hätten.

Chang schaltete die beiden Lampen im Wohnzimmer aus, sodass er selbst kein deutliches Ziel abgeben, aber die Silhouette des Angreifers erkennen würde. Er wollte auf den Kopf zielen; von hier aus konnte er ihn gar nicht verfehlen.

Er kauerte sich hinter einen Stuhl. Die Erschöpfung nach den Qualen auf dem Schiff, der Schmerz nach dem Verlust seines Vaters, die innere Leere nach der seelischen Belastung der letzten beiden Tage – all das verdrängte er nun und richtete mit seinen ruhigen Kalligraphenhänden die Pistole auf den Durchgang zum Korridor.

Amelia Sachs trat langsam in den dunklen Flur.

»Warten Sie hier, John«, flüsterte sie.

»Ja«, antwortete er leise.

Sie ging ein paar Schritte, zögerte kurz und rief dann: »Jetzt!«

»Was?«, fragte der Geist irritiert.

Doch anstatt ihm zu antworten, wirbelte sie herum und riss ihre Pistole so schnell hoch, dass statt der schwarzen Waffe nur ein grauer Schemen zu sehen war. Bevor der Geist auch nur daran denken konnte, die Glock zu heben, hatte Sachs die bedrohliche Mündung bereits auf seine Brust gerichtet.

Amelias Ausruf hatte nicht dem Geist gegolten, sondern einem halben Dutzend Männern und Frauen in Kampfausrüstung – Bo Haumann und den anderen Beamten der Emergency Services Unit –, die nun in die kleine Küche stürmten. Sie kamen aus Richtung der Hintertür und aus dem Wohnzimmer, hatten ihre Waffen auf das erschrockene Gesicht des Geists gerichtet und brüllten ihm ohrenbetäubend laut die übliche Litanei entgegen: »Runter, runter, runter, Polizei, Waffe fallen lassen, auf den Boden, runter!«

Jemand entriss ihm die Pistole, er wurde bäuchlings zu Boden geworfen, mit Handschellen gefesselt und durchsucht. Ein kleiner Ruck an seinem Knöchel verriet ihm, dass man auch die Modell 51, seine Glückswaffe, gefunden hatte. Dann wurden seine Taschen geleert.

»Täter überwältigt«, rief einer der Beamten. »Schauplatz gesichert.«

»Draußen haben wir zwei; beide unten und verschnürt.« Das bedeutete, sie lagen auf dem Bauch, und ihre Handgelenke waren mit Metallschellen oder Plastikbändern gefesselt. Es musste sich um die zwei Männer aus dem Ford Windstar handeln, den Sachs schon früh im Rückspiegel entdeckt hatte. Uiguren aus dem Kulturzentrum in Queens, vermutete sie.

»Sonst noch wer?« Sachs beugte sich hinab und flüsterte es dem Geist schroff ins Ohr.

»Was …«

»Wir haben die beiden Männer, die uns gefolgt sind. Ist da sonst noch wer?«

Der Geist antwortete nicht. Sachs nahm ihr Funkgerät.

»Ich habe nur den einen Wagen bemerkt. Das ist anscheinend alles.«

Lon Sellitto und Eddie Deng kamen aus dem ersten Stock nach unten, wo sie gewartet hatten, um das Einsatzteam nicht zu behindern. Sie musterten den Geist, der vor ihnen am Boden lag und aufgrund des Schocks und der rauen Behandlung nach Luft rang. Für Amelia Sachs sah er ganz harmlos aus – ein attraktiver, aber ziemlich kleiner Asiat mit leicht ergrautem Haar.

Aus Sellittos Funkgerät ertönte eine Stimme. »Scharfschützen Eins und Zwei an Basis. Einsatz beenden?«

Er drehte die Lautstärke etwas herunter. »Basis an Schützen, alles klar.« Der stämmige Detective wandte sich an den Geist. »Die beiden hatten Sie vom ersten Moment an im Visier. Falls Sie die Waffe in Amelias Richtung gehoben hätten, wären Sie jetzt tot. Glück gehabt.«

Sie zerrten den Geist ins Wohnzimmer und setzten ihn auf einen Stuhl. Eddie Deng las ihm seine Rechte vor – auf Englisch, Putonghua und Minnanhua. Nur um sicherzugehen.

Er bestätigte, alles verstanden zu haben, und wirkte dabei erstaunlich ungerührt, wie Sachs angesichts der Umstände fand.

»Was ist mit den Changs?«, fragte sie Sellitto.

»Alles in Ordnung. Zwei INS-Teams sind in der Wohnung. Beinahe wär's in die Hose gegangen. Der Vater hatte eine geladene Pistole in der Hand, aber die Agenten haben ihn mit einem Nachtsichtgerät rechtzeitig durch eines der Fenster entdeckt. Daraufhin haben sie sich die Telefonnummer besorgt und angerufen. Als Chang begriff, dass nicht der Geist, sondern die Einwanderungsbehörde vor der Tür stand, hat er sich ergeben.«

»Und das kleine Mädchen?«

»Dem geht's prima. Es ist schon jemand von der Fürsorge dorthin unterwegs. Die Changs können vorerst in ihrer Wohnung in Owls Head bleiben, bis wir uns um diesen Drecksack hier gekümmert haben.« Er deutete auf den Geist. »Danach fahren wir zu ihnen und nehmen ihre Aussage auf.«

Das Haus, in dem sie standen und das etwa anderthalb Kilometer vom Haus der Changs entfernt lag, war sehr ordentlich und hübsch eingerichtet, voller Blumen und Zierrat. Sachs war überrascht, denn immerhin wohnte hier einer der besten Detectives des New Yorker Morddezernats.

»Das ist also *Ihr* Zuhause, Lon?«, fragte sie und nahm eine kleine Porzellanfigur in die Hand.

»Das meiner besseren Hälfte«, erwiderte er verlegen und meinte damit seine Freundin Rachel, bei der er vor einigen Monaten eingezogen war. »Das meiste von diesem Kram hat sie von ihrer Mutter geerbt.« Er nahm Sachs die Figur ab und stellte sie vorsichtig ins Regal zurück.

»So kurzfristig ließ sich kein besserer Ort für den Zugriff organisieren. Falls wir uns zu weit von Owls Head entfernt hätten, wäre das Arschloch vielleicht noch misstrauisch geworden.«

»Das war alles nur vorgetäuscht«, stellte der Geist belustigt fest. Sachs hatte den Eindruck, sein Englisch sei nun deutlich besser als in der Rolle des John Sung. »Sie haben mich in die Falle gelockt.«

»So könnte man das sagen.«

Während ihrer Fahrt durch Brooklyn – unterwegs zur tatsächlichen Wohnung der Changs in Owls Head – hatte Lincoln Rhyme sie telefonisch davon in Kenntnis gesetzt, dass er mittlerweile glaube, bei John Sung handele es sich in Wirklichkeit um den Geist. Ein Team aus INS- und NYPD-Beamten sei bereits auf dem Weg, um die Familie in Gewahrsam zu nehmen. Sellitto und Eddie Deng würden unterdessen im Haus des Detectives einen Hinterhalt vorbereiten, um bei der Verhaftung des mordlustigen Schlangenkopfs und etwaiger *bangshous* nicht den Tod unschuldiger Zivilisten zu riskieren. Rhyme vermutete, dass Kwan Angs Komplizen Sachs von Chinatown aus verfolgten. Eine andere Möglichkeit war, dass der Geist sie per Mobiltelefon verständigen wollte, sobald er die Adresse der Changs kannte.

Sachs hatte all ihre emotionale Kraft aufwenden müssen, um so zu tun, als wäre Coe ein Handlanger des Geists – und als wäre ihr angeblicher Freund und Arzt, der einen halben Meter neben ihr saß und zweifellos bewaffnet war, nicht der Killer, den sie seit zwei Tagen suchten.

Sie musste auch an die Akupressursitzung von letzter Nacht denken – wie sie ihm ihr Geheimnis offenbart und verzweifelt auf Heilung gehofft hatte. Die Erinnerung an seine Hände auf ihrem Rücken und ihren Schultern ließ sie schaudern. Und ihr wurde mit Entsetzen bewusst, dass sie selbst ihm das Versteck der Wus verraten hatte, als sie ihm anbot, ebenfalls dort Schutz zu suchen.

»Wie hat Ihr Freund, dieser Lincoln Rhyme, herausgefunden, dass ich nicht Sung bin?«

Sie nahm die Plastiktüte mit dem Inhalt seiner Taschen. Dazu zählten auch die Bruchstücke des Affenamuletts. Sachs hielt sie ihm dicht vor die Nase.

»Der steinerne Affe«, erklärte sie. »Ich habe etwas unter Sonny Lis Fingernägeln gefunden. Es war Magnesiumsilikat, ähnlich wie Talk, aber Rhyme hat festgestellt, dass es sich um Speckstein handelt – und genau daraus besteht auch dieser Anhänger.« Sie streckte die Hand aus und schob den Rollkragen des Geists ein Stück herunter, so dass der rote Abdruck des Lederriemens sichtbar wurde. »Was ist passiert? Hat er Ihnen das Amulett vom Hals gerissen?« Sie ließ den Kragen los und trat einen Schritt zurück.

Der Geist nickte langsam. »Kurz bevor ich ihn erschossen habe, hat er die Finger in den Boden gekrallt. Ich dachte, er wollte um Gnade winseln, aber dann hat er den Kopf gehoben und mich angegrinst.«

Demnach hatte Li sich das Material absichtlich unter die Fingernägel befördert, um ihnen die wahre Identität John Sungs zu verraten.

Als Coopers Nachforschungen über das Magnesiumsilikat ergaben, es könnte sich dabei um Speckstein handeln, musste Rhyme an die von Sachs am Vortag verursachten Trugspuren denken. Auch diesmal kam das Amulett als Quelle in Frage, also setzte er sich mit den Beamten vor Sungs Wohnung in Verbindung. Diese bestätigten, dass das Haus eine Hintertür hatte, was bedeutete, dass der Geist unbemerkt ein- und ausgehen konnte. Rhyme erkundigte sich außerdem nach einem

Blumengeschäft in der Nähe – als weiterer möglicher Ursprung der Mulchpartikel, die sie gefunden hatten – und erfuhr von dem Floristen im Erdgeschoss des Gebäudes. Dann überprüfte er die Nummern, von denen aus Sachs' Mobiltelefon angerufen worden war, und stieß auf einen Apparat, der auch auf der Liste des Uigurenzentrums auftauchte.

Der echte John Sung war Arzt gewesen, der Geist hingegen nicht. Aber Sonny Li hatte Rhyme erzählt, dass in China jedermann ein wenig über Medizin Bescheid wusste. Jeder Patient, der regelmäßig von einem chinesischen Arzt behandelt wurde, hätte Sachs' Gesundheitszustand oberflächlich diagnostizieren und ihr diese Kräuter verschreiben können.

»Und Ihr Freund vom INS?«, fragte der Geist.

»Coe?«, sagte Sachs. »Wir wussten, dass er in keiner Beziehung zu Ihnen stand, aber ich musste so tun, als wäre er der Spion – um Sie zusätzlich in Sicherheit zu wiegen. Außerdem wollten wir ihn aus dem Weg haben. Falls ihm klar geworden wäre, wer Sie sind, hätte er womöglich erneut voreilig gehandelt – wie auf der Canal Street. Wir wollten einen sauberen Zugriff. Und er sollte nicht wegen Mord ins Gefängnis gehen müssen.« Sachs konnte sich den Nachsatz nicht verkneifen. »Auch wenn bloß Sie das Opfer gewesen wären.«

Der Geist lächelte nur ruhig.

Nachdem sie mit Coe und den drei Beamten im Revier verschwunden war, hatte sie dem INS-Mann alles erklärt. Der Agent war natürlich entsetzt gewesen, nur wenige Zentimeter hinter dem Mann gesessen zu haben, der seine chinesische Informantin ermordet hatte. Außerdem hatte Coe wütend verlangt, an dem Einsatz teilnehmen zu dürfen. Aber die Anweisung, ihn in Schutzhaft zu nehmen, kam von ganz oben, und so würde er nirgendwohin gehen, bis der Geist in Haft saß.

Amelia sah ihn an und schüttelte wütend den Kopf. »Sie haben Sung ermordet, seine Leiche versteckt und sich selbst eine Schusswunde zugefügt. Dann sind Sie ein Stück hinausgeschwommen und dabei fast ertrunken.«

»Mir blieb keine andere Wahl, oder? Jerry Tang hatte mich im Stich gelassen. Es gab keine andere Möglichkeit vom Strand zu entkommen, als mich als Sung auszugeben.«

»Was war mit Ihrer Waffe?«

»Die hatte ich in meinen Strumpf gestopft. Im Krankenhaus habe ich sie in einem Zimmer versteckt und mir wiedergeholt, nachdem der INS-Mann mich freigelassen hatte.«

»Der INS-Mann«, wiederholte sie nachdenklich und nickte. »Sie sind unglaublich schnell freigekommen.«

Der Geist sagte nichts.

»Nun, das werden wir uns auch noch genauer ansehen«, fügte Amelia hinzu. »Was Sie mir über John Sung erzählt haben ... Haben Sie sich das alles ausgedacht?«

Der Geist zuckte die Achseln. »Nein, das entsprach der Wahrheit. Vor seinem Tod habe ich ihn gezwungen, mir etwas über sich, über die anderen Flüchtlinge und vor allem über Chang und Wu zu erzählen. Genug, um meinen Auftritt glaubhaft wirken zu lassen. Den Ausweis mit seinem Foto habe ich weggeworfen und die Brieftasche und das Amulett behalten.«

»Wo ist seine Leiche?«

Er reagierte wiederum mit einem ruhigen Lächeln.

Seine Gelassenheit machte sie rasend. Er war verhaftet – und würde für den Rest seines Lebens hinter Gittern sitzen oder sogar hingerichtet werden, aber er sah aus, als müsse er lediglich eine kleine Unannehmlichkeit über sich ergehen lassen. Wutentbrannt hob Amelia die Hand, um ihm eine Ohrfeige zu verpassen. Aber als er nicht reagierte – weder zurückzuckte noch das Gesicht verzog –, ließ sie den Arm wieder sinken. Sie wollte ihm nicht die Genugtuung verschaffen, ihren Schlag stoisch hinzunehmen.

Ihr Telefon klingelte. Sie trat beiseite und nahm das Gespräch an. »Ja?«

»*Amüsiert* ihr euch gut?«, fragte Rhyme sarkastisch.

»Ich ...«

»Veranstaltet ihr vielleicht ein Picknick? Seht ihr euch einen Film an? Habt ihr uns völlig vergessen?«

»Rhyme, wir stecken mitten in einem Zugriff.«

»Irgendjemand hätte mich doch *eigentlich* anrufen und mir mitteilen können, was passiert ist. Ich habe mir nämlich ... Nein, Thom, vergiss es. Ich bin stocksauer.«

»Es gab hier einiges zu tun, Rhyme«, sagte sie.

»Ich habe mich bloß gefragt, was da abläuft. Ich bin kein Hellseher, weißt du.«

Er musste bereits erfahren haben, dass niemand aus dem Team verletzt war, sonst wäre er nicht so sarkastisch gewesen.

»Steck dir deine Laune sonstwohin, denn …«

»Du fluchst ja wie ein Seemann, Sachs.«

»… denn wir haben ihn erwischt. Ich wollte ihn dazu kriegen, mir das Versteck von John Sungs Leiche zu verraten, aber er …«

»Na, das können wir doch auch allein, Sachs, nicht wahr? Immerhin ist es völlig eindeutig.«

Für dich vielleicht, dachte sie, obwohl es sie freute, ihn wieder in seiner typisch mürrischen Art zu hören und nicht in der resignierten Stimmung von vorhin.

»Im Kofferraum des gestohlenen Honda«, fuhr der Kriminalist fort.

»Und der steht immer noch auf Long Island?«, fragte sie und begriff endlich, was geschehen war.

»Natürlich. Wo denn sonst? Der Geist hat den Wagen gestohlen, Sung ermordet und ist dann nach *Osten* gefahren, um den Honda zu verstecken – weil wir in dieser Richtung nicht suchen würden. Wir mussten davon ausgehen, dass er nach Westen in die Stadt gefahren ist.«

Sellitto beendete seinerseits ein Telefonat und deutete nach draußen.

Sachs nickte. »Ich muss jetzt jemanden besuchen, Rhyme.«

»Jemanden besuchen? Siehst du, es ist für dich *doch* bloß ein gottverdammtes Picknick. Wen?«

Sie überlegte kurz. »Ein paar Freunde.«

... Sechsundvierzig

Amelia sah die Familie vor einem baufälligen Haus in der Nähe von Owls Head Park stehen. Es stank nach Abwässern – aus Richtung der Kläranlage, die den Aufenthaltsort der Changs verraten und ihnen das Leben gerettet hatte.

Niemand trug Handschellen, was Sachs sehr freute, ebenso wie die Tatsache, dass zwei uniformierte New Yorker Polizisten gutmütig mit einem Jungen plauderten, bei dem es sich um den jüngsten Sohn der Changs handeln musste.

Sein Vater, Sam Chang, stand mit verschränkten Armen, gesenktem Kopf und ernster Miene ein Stück abseits, während ein Asiat in einem Anzug – vermutlich ein INS-Agent – mit ihm sprach und sich Notizen machte.

An seiner Seite wartete ruhig eine unglücklich wirkende Frau Mitte vierzig und hielt die Hand von Po-Yee. Beim Anblick des »Geliebten Kindes« verspürte Sachs einen Stich im Herzen. Die Kleine war bezaubernd. Ein rundgesichtiges Mädchen, dessen seidiges schwarzes Haar zu einer kurzen Ponyfrisur geschnitten war. Sie trug eine rote Kordsamthose und ein Sweatshirt mit dem Bild einer kleinen Katze darauf, das ihr etwa zwei Nummern zu groß war.

Ein Detective erkannte Sellitto und kam zu ihnen herüber. »Der Familie geht es gut. Wir bringen sie nach Queens ins Untersuchungsgefängnis des INS. Wie es aussieht, ist Chang ein bekannter Dissident – er war auf dem Platz des Himmlischen Friedens dabei und wurde lange verfolgt –, also hat sein Asylantrag gute Chancen.«

»Haben Sie den Geist gefangen genommen?«, fragte Sam Chang in unsicherem Englisch, als er sich zu ihnen gesellte. Bestimmt hatte er es schon gehört, aber verständlicherweise konnte er sich gar nicht oft genug vergewissern, dass der Mörder tatsächlich in Haft saß.

»Ja«, sagte Amelia, sah dabei jedoch nicht den Mann an, sondern Po-Yee. »Er befindet sich in Polizeigewahrsam.«

»Haben Sie geholfen, ihn zu fangen?«, fragte Chang.

Sachs lächelte. »Ja, ich war dabei.«

»Vielen Dank.« Der Mann schien noch etwas hinzufügen zu wollen, aber seine mangelnden Sprachkenntnisse ließen es nicht zu. Er dachte kurz nach und sagte dann. »Darf ich noch etwas fragen? Der Mann, der alte Mann, der in der Wohnung des Geists getötet wurde… Wo ist die Leiche?«

»Ihr Vater?«

»Ja.«

»Im Leichenschauhaus. In Manhattan.«

»Er muss eine anständige Beerdigung bekommen. Das ist sehr wichtig.«

»Ich sorge dafür, dass er nicht freigegeben wird«, sagte Sachs. »Sobald Sie die Formalitäten bei der Einwanderungsbehörde hinter sich gebracht haben, können Sie ein Bestattungsinstitut mit der Abholung beauftragen.«

»Danke.«

Ein kleiner blauer Dodge hielt am Straßenrand. Auf der Tür war das Stadtsiegel von New York City angebracht. Eine schwarze Frau in einem braunen Hosenanzug stieg aus und kam auf den INS-Agenten und Amelia Sachs zu. Sie trug einen Aktenkoffer bei sich. »Ich bin Chiffon Wilson, Sozialarbeiterin beim Jugendamt.« Sie zeigte ihren Dienstausweis vor.

»Sie sind wegen des Babys hier?«

»Genau.«

Chang warf seiner Frau einen kurzen Blick zu.

»Wollen Sie das Mädchen mitnehmen?«, fragte Sachs.

»Das müssen wir.«

»Kann sie nicht bei den Changs bleiben?«

Wilson schüttelte mitfühlend den Kopf. »Leider nicht. Die Leute haben keinen Anspruch auf die Kleine. Sie gilt als verwaiste ausländische Staatsbürgerin und wird nach China zurückkehren müssen.«

Sachs nickte langsam und winkte die Sozialarbeiterin ein Stück beiseite. »Es ist ein kleines Mädchen«, flüsterte sie. »Wissen Sie, was einem kleinen verwaisten Mädchen in China droht?«

»Sie wird adoptiert.«

»Vielleicht«, erwiderte Sachs vielsagend.

»Davon weiß ich nichts. Ich weiß nur, dass ich das Gesetz befolgen muss. So etwas kommt andauernd vor, und wir haben bei der Rückführung der Kinder in die Empfängerländer noch nie von Problemen gehört.«

Empfängerländer... Dieser Begriff gefiel Sachs genauso wenig wie Coes barsche »Illegale«. »Haben Sie nach der Rückkehr jemals auch nur *irgendetwas* gehört?«, fragte sie.

Wilson zögerte. »Nein.« Sie nickte dem INS-Agenten zu, der sich daraufhin auf Chinesisch an die Changs wandte. Mei-Meis Gesicht erstarrte, aber sie nickte und reichte das Kind an die Sozialarbeiterin weiter. »Wird sie ...«, setzte Mei-Mei an. Dann runzelte sie die Stirn und schien nach den richtigen englischen Worten zu suchen.

»Ja?«, fragte Wilson.

»Wird man sich kümmern gut um sie?«

»Ja, das wird man.«

»Sie sehr gutes Baby. Hat Mutter verloren. Bitte sorgen dafür, dass man sich kümmert gut.«

»Ich sorge dafür.«

Mei-Mei sah das Mädchen lange an und drehte sich dann zu ihrem jüngsten Sohn um.

Wilson nahm Po-Yee auf den Arm. Die Kleine sah Sachs' rotes Haar und streckte neugierig die Hand danach aus. Als sie an einer Strähne zog, lachte Amelia. Die Sozialarbeiterin ging auf ihren Wagen zu.

»*Ting*!« Die Stimme der Frau klang aufgeregt. Sachs erkannte das Wort für »Warten Sie« oder »Halt«. Chang Mei-Mei hatte etwas in der Hand.

»Ja?«

»Da ist noch was.« Mei-Mei gab Wilson ein schlichtes ausgestopftes Spielzeugtier. Eine Katze, glaubte Sachs.

»Sie mag das. Macht ihr Freude.«

Wilson nahm es und gab es Po-Yee.

Die Augen des Kinds waren auf das Spielzeug gerichtet, die Augen Mei-Meis auf das Mädchen.

Dann schnallte die Sozialarbeiterin die Kleine in einem Kindersitz fest und fuhr los.

Sachs redete noch eine halbe Stunde mit den Changs, notierte ihre Aussagen und versuchte so viel wie möglich in Erfahrung zu bringen, das sich eventuell gegen den Geist verwenden ließ. Dann forderten die Anstrengungen der letzten beiden Tage ihren Tribut, und Amelia merkte, dass es an der Zeit war, nach Hause zu fahren. Sie setzte sich in den Kombi der Spurensicherung, warf einen Blick über die Schulter und sah die Changs in einen Kleinbus des INS einsteigen. Mei-Mei und Amelia blickten sich für einen kurzen Moment direkt in die Augen. Dann ging die Schiebetür zu, der Bus bog auf die Straße ein, und die Verschwundenen, die Ferkel, die Illegalen … die *Familienmitglieder* traten ihre Reise in die nächste vorübergehende Unterkunft an.

Beweise und Spuren existierten natürlich unabhängig von den Tätern, und obwohl der Geist in Haft saß, brachten Lincoln Rhyme und Amelia Sachs den nächsten Vormittag damit zu, die zum Fall GHOSTKILL weiterhin eintreffenden Informationen auszuwerten.

Die FBI-Analyse der chemischen Kennzeichnung des C4 hatte ergeben, dass der Plastiksprengstoff, mit dem das Schiff versenkt worden war, vermutlich von einem nordkoreanischen Waffenhändler stammte, der seine Waren regelmäßig nach China verkaufte.

Rettungstaucher der *Evan Brigant* hatten sowohl die Leichen der Besatzungsmitglieder und Flüchtlinge als auch das restliche Geld aus der *Fuzhou Dragon* geborgen – zirka 120 000 Dollar. Die Scheine waren als Beweismittel registriert worden und lagerten jetzt in einem Safe des FBI. Ferner hatten sie erfahren, dass Ling Shui-bian, der Mann, der dem Geist das Geld gezahlt und dessen Brief Sachs auf dem Schiff gefunden hatte, eine Anschrift in Fuzhou besaß. Rhyme nahm an, dass er einer der kleinen Schlangenköpfe oder ein Partner des Geists war, und so teilte er der Öffentlichen Sicherheit von Fuzhou per E-Mail Namen und Adresse mit und schilderte kurz Lings Verstrickung in den Fall.

»Soll es in die Tabelle?«, fragte Thom und wies auf die Tafel.

»Schreib, schreib!«, rief Rhyme ungeduldig. Sie würden ihre Beweise der Staatsanwaltschaft präsentieren müssen, was sich am besten anhand der präzisen Darstellung auf der Tafel bewerkstelligen ließ.

Der Betreuer nahm den Stift und hielt alle neuen Erkenntnisse fest.

- Geist hat Schiff mit neuem C4 versenkt. Herkunft des Sprengstoffs wird anhand der chemischen Kennzeichnung überprüft.
  – Quelle: Nordkoreanischer Waffenhändler.
- Große Anzahl neuer US-Banknoten in der Kabine des Geists gefunden.
  – Gesamtsumme ca. 120 000 Dollar.
- Ca. 20 000 Dollar in gebrauchten chinesischen Yuan in der Kabine gefunden.

- Liste der Opfer, Details über Charterflug und Informationen über Kontoeinzahlung. Name des Absenders wird in China überprüft.
  – Ling Shui-bian, wohnhaft in Fuzhou. Name und Anschrift an dortige Polizei übermittelt.
- Kapitän am Leben, aber bewusstlos.
  – Wieder bei Bewusstsein; jetzt in INS-Gewahrsam.

Während Thom noch schrieb, gab Rhymes Computer einen Piepton von sich.

»Kommando, E-Mail«, rief er barsch.

Der Computer nahm ihm den unhöflichen Tonfall nicht übel und präsentierte eine Liste der eingetroffenen Nachrichten.

»Kommando, Cursor runter. Kommando, Doppelklick.«

Er las den Text der jüngsten E-Mail.

»Ah«, sagte Rhyme. »Ich hatte Recht.«

Er erklärte Sachs, dass man John Sungs Leiche tatsächlich im Kofferraum des roten Honda gefunden hatte. Der Wagen war soeben aus einem Teich bei Easton gezogen worden, nur siebzig Meter vom Strand entfernt.

Somit würde man der Anklage gegen Kwan Ang einen weiteren Mord hinzufügen können.

Es gab noch eine zweite Nachricht, die ihn interessierte. Sie stammte von Mel Cooper, der wieder an seinem Platz im kriminaltechnischen Labor des NYPD in Queens saß.

Von: *M. Cooper*
An: *L. Rhyme*
Betr.: *Ergebnisse der chromatographischen und spektrometrischen Analyse der FBI/PERT-Probe 3452-02*

Die offiziell klingende Überschrift stand in krassem Gegensatz zu dem zwanglos gehaltenen Text, der folgte.

Lincoln,
wir haben uns das Dynamit vorgenommen; es ist eine Attrappe.

Dellrays Hintern befand sich nicht in Gefahr. Der Täter hat Mist gebaut und eine Trainingsladung benutzt – das Zeug wird für Ausbildungszwecke verwendet. Ich habe versucht, es zurückzuverfol-

gen, aber niemand führt eine Datenbank über unechte *Sprengstoffe.*

Vielleicht sollte uns das zu denken geben.

Rhyme lachte. Irgendein Waffenhändler hatte Fred Dellrays Gegner betrogen und ihm falsches Dynamit verkauft. Er war erleichtert, dass für den Agenten keine wirkliche Lebensgefahr bestanden hatte.

Es klingelte, und Thom ging zur Tür um zu öffnen.

Schwere Tritte waren zu hören. Zwei Personen. Rhyme tippte auf Sellitto und Dellray – der Cop hatte einen auffallend schleppenden Gang, und der Agent machte mit seinen langen Beinen sehr große Schritte.

Einen Moment lang freute der sonst so auf seine Zurückgezogenheit bedachte Kriminalist sich über die Ankunft der beiden. Er würde ihnen von der falschen Bombe erzählen, und sie würden gemeinsam darüber lachen. Aber dann registrierte er noch etwas anderes, und in seinem Kopf schrillte eine Alarmglocke. Die Männer waren vor der Tür stehen geblieben und flüsterten miteinander. Es war, als würden sie sich einigen, wer die unangenehme Botschaft überbringen sollte.

Er hatte sich hinsichtlich der Schritte nicht getäuscht. Einen Augenblick später betraten der zerknitterte Cop und der schlaksige FBI-Agent den Raum. »Hallo, Linc«, sagte Sellitto.

Ein Blick auf ihre Gesichter verriet Rhyme, dass er sich auch hinsichtlich der schlechten Neuigkeiten nicht getäuscht hatte.

Sachs und Rhyme wechselten einen besorgten Blick.

Dann wandte Rhyme sich den Besuchern zu. »Möchte nicht einer von euch beiden endlich den Mund aufmachen?«

Dellray stieß einen langen Seufzer aus.

»Man hat den Geist unserer Gerichtsbarkeit entzogen«, sagte schließlich der Detective. »Er wird nach China zurückgeschickt.«

»Was?«, rief Sachs.

»Man will ihn noch heute in ein Flugzeug setzen«, fügte Dellray wütend hinzu und schüttelte den Kopf. »Sobald es abhebt, ist er frei.«

… Siebenundvierzig

»Er wird ausgeliefert?«, fragte Rhyme.

»Das ist der schwammige kleine Vorwand, den sie benutzen«, knurrte Dellray. »Aber wir haben nicht einen einzigen von einem chinesischen Gericht ausgestellten Haftbefehl zu Gesicht bekommen.«

»Was soll das heißen, es gibt keinen Haftbefehl?«, fragte Sachs.

»Dass seine beschissenen *guanxi* ihm den Hals retten«, sagte Rhyme verbittert.

Dellray nickte. »Solange das Land, das die Auslieferung beantragt, keine gültigen Papiere vorlegt, wird normalerweise *niemand* zurückgeschickt. Unter keinen Umständen.«

»Nun, aber man wird ihn doch dort vor Gericht stellen, oder etwa nicht?«, fragte Sachs.

»Nein. Ich habe mit unseren Leuten da drüben gesprochen. Die hohen Tiere in China wollen ihn zurückhaben wegen – ich zitiere wörtlich – ›einer Anhörung zu etwaigen Außenhandelsverstößen‹. Keine Silbe über Menschenschmuggel, keine Silbe über Mord, gar nichts. Rein. Gar. Nichts.«

Rhyme war völlig verblüfft. »In einem Monat ist er wieder im Geschäft.« Die Changs, die Wus und womöglich noch viele andere Menschen befanden sich unvermittelt wieder in Gefahr. »Fred, können Sie *irgendetwas* unternehmen?«, fragte er. Dellray genoss beim FBI ein hohes Ansehen. Er hatte Freunde in der Washingtoner Zentrale und verfügte selbst über jede Menge *guanxi.*

Doch der Agent schüttelte den Kopf und fingerte an der Zigarette herum, die hinter seinem rechten Ohr steckte. »Diese Entscheidung wurde im Außenministerium getroffen. Das ist nicht *mein* Revier. Ich habe dort keinerlei Einfluss.«

Rhyme erinnerte sich an den schweigsamen kleinen Mann in dem blauen Anzug: Webley vom Außenministerium.

»Verdammt«, flüsterte Sachs. »Er hat es gewusst.«

»Was?«, fragte Rhyme.

»Der Geist hat gewusst, dass ihm nichts passieren würde. Bei der Verhaftung war er zwar überrascht, aber er schien überhaupt nicht beunruhigt. Zum Teufel, er hat mir ganz offen von dem Mord an Sung und seiner falschen Identität erzählt. Er war regelrecht *stolz* darauf. Jeder andere hätte sich nach so einer Festnahme die Rechte vorlesen lassen und dann den Mund gehalten. Er hat regelrecht damit angegeben.«

»Das darf nicht geschehen«, sagte Rhyme und dachte an die Menschen, die tot in der *Fuzhou Dragon* und blutüberströmt am Strand von Easton gelegen hatten. An Sam Changs Vater.

An Sonny Li.

»Tja, es geschieht aber«, sagte Dellray. »Er fliegt heute Nachmittag. Und wir können nicht das Geringste daran ändern.«

Der Geist saß im Bundesgefängnis von Manhattan an einem Tisch seinem Anwalt gegenüber. Sie befanden sich in einem privaten Besprechungsraum, den der Jurist zuvor mit einem tragbaren Scanner auf Wanzen überprüft hatte.

Ihr leises, schnelles Gespräch fand auf Minnanhua statt.

Nachdem der Anwalt ihm erklärt hatte, wie seine Auslieferung ablaufen würde, nickte der Geist und beugte sich vor. »Sie müssen mir einige Informationen besorgen.«

Der Anwalt zog einen großen Block aus der Tasche. Der Geist warf nur einen kurzen Blick darauf und runzelte die Stirn. Der Anwalt steckte den Block wieder weg.

»Bei der Polizei arbeitet eine Frau. Ich brauche ihre Adresse. Ihre Privatadresse. Amelia Sachs, sie wohnt in Brooklyn. S-A-C-H-S. Und Lincoln Rhyme. R-H-Y-M-E. Er wohnt in Manhattan.«

Der Anwalt nickte.

»Außerdem muss ich die beiden Familien finden.« Er hielt es nicht für angebracht, von seinen Mordabsichten zu reden, selbst wenn keine Abhöranlage installiert war, und so sagte er einfach: »Die Wus und die Changs. Von der *Dragon*. Sie könnten sich irgendwo in INS-Gewahrsam befinden, vielleicht aber auch nicht.«

»Was haben Sie …«

»Solche Fragen können Sie sich sparen.«

Der schlanke Mann verstummte. Dann überlegte er. »Wann benötigen Sie diese Auskünfte?«

Der Geist war sich nicht ganz sicher, was ihn in China erwartete. Er rechnete damit, sich in ungefähr drei Monaten wieder in einem seiner

Luxusapartments zu befinden, vielleicht auch schon früher. »So schnell wie möglich. Sie behalten die Leute im Auge, und sobald sich eine der Adressen ändert, melden Sie das an meine Kontakte in Fuzhou.«

»Ja. Selbstverständlich.«

Der Geist war müde. Er lebte für den Kampf, er lebte, um tödliche Spiele wie dieses zu spielen. Er lebte, um zu gewinnen. Aber, ach, wie müde man wurde, wenn man Kessel zertrümmerte und Boote versenkte und einfach keine Niederlage akzeptierte. Jetzt brauchte er Ruhe. Sein *qi* musste sich dringend regenerieren.

Er schickte den Anwalt weg, wurde zurück in seine antiseptisch saubere, quadratische Zelle gebracht, die ihn wegen der blau-weißen Wände an eine chinesische Leichenhalle erinnerte, und ließ sich auf der Pritsche nieder. Dann schloss er die Augen und dachte an Yindao.

Sie lag in einem Raum, einer Lagerhalle oder einer Werkstatt, die ein Feng-Shui-Fachmann gegen alle Regeln eingerichtet hatte, denn an diesem imaginären Ort sollten Wut, das Böse und der Schmerz *maximiert* werden. Auch das dürfte mit dieser Kunst möglich sein, davon war der Geist überzeugt.

Yin und *yang*, Gegensätze in Harmonie vereint.

Die unterwürfige Frau gefesselt am Boden.

Ihre helle Haut in der Dunkelheit.

Hart und weich …

Lust und Schmerz.

Yindao …

Der Gedanke an sie würde ihm durch die schwierigen nächsten Wochen helfen.

»Wir sind nicht immer gut miteinander ausgekommen, Alan«, sagte Rhyme.

»Kann sein.« INS-Agent Coe blieb vorsichtig. Er saß in Rhymes Schlafzimmer auf einem der unbequemen Korbsessel, die der Kriminalist hier aufgestellt hatte, damit seine Besucher nicht allzu lange blieben. Der Ort dieser Unterredung war Coe nicht ganz geheuer, aber Rhyme wollte vermeiden, dass jemand mithören konnte. Dies musste ein absolut privates Gespräch bleiben.

»Sie wissen bereits von der Freilassung des Geists?«

»Natürlich weiß ich davon«, sagte der Mann wütend.

»Verraten Sie mir, weshalb dieser Fall so wichtig für Sie ist. Ganz ehrlich.«

Coe zögerte. »Der Geist hat meine Informantin ermordet«, sagte er dann. »Das ist alles.«

»Ich sagte ganz ehrlich. Da ist doch noch mehr, oder?«

»Ja, da ist noch mehr«, räumte Coe schließlich ein.

»Was?«

»Diese Informantin ... Julia. Wir waren ... wir waren ein Paar.«

Rhyme studierte das Gesicht des Mannes sorgfältig. Obwohl er auf harte Fakten schwor, maß er den Emotionen eines Menschen durchaus Bedeutung bei. Er sah Schmerz und Trauer.

Der Agent musste mit sich ringen. »Sie ist meinetwegen gestorben. Wir hätten vorsichtiger sein müssen. Wir haben uns in der Öffentlichkeit gemeinsam sehen lassen. Wir waren zusammen in Xiamen, dieser Touristenstadt südlich von Fuzhou. Da sind haufenweise westliche Besucher unterwegs, und ich dachte, man würde uns nicht erkennen. Vermutlich habe ich mich geirrt.« Er hatte jetzt Tränen in den Augen. »Ich habe sie nie zu etwas Gefährlichem gedrängt. Sie hat bloß hin und wieder einen Blick in die Terminkalender geworfen. Nie war sie verkabelt, nie ist sie irgendwo eingebrochen. Aber ich hätte den Geist besser kennen müssen. Bei ihm kommt niemand auch nur mit dem leisesten Verrat davon.«

Ich bin mit dem Bus in die Stadt gefahren. Auf der Straße sah ich eine Krähe nach etwas Essbarem picken. Eine Artgenossin wollte es ihr stehlen, und die erste Krähe hat sie nicht bloß verscheucht, sondern ist ihr hinterhergeflogen und wollte ihr die Augen aushacken. Die Diebin durfte nicht ungestraft davonkommen.

»Der Geist hat sie erwischt«, sagte Coe. »Sie hat zwei Töchter hinterlassen.«

»Das also war der Grund, weshalb Sie auf eigene Kosten nach China geflogen sind.«

Er nickte. »Erst habe ich Julia gesucht. Als das keinen Zweck mehr hatte, habe ich mich bemüht, die Kinder in einem katholischen Heim unterzubringen. Es waren Mädchen – und Sie wissen ja, wie schwer es kleine Waisenmädchen da drüben haben.«

Rhyme erwiderte zunächst nichts, musste jedoch an einen Vorfall in seinem eigenen Leben denken, der Ähnlichkeit mit Coes Tragödie hatte. Damals, noch vor dem Unfall. Es ging um eine Frau, der er nahe gekommen war, eine Geliebte. Sie war ebenfalls Polizistin gewesen, eine erfahrene Beamtin der Spurensicherung. Und sie war nicht mehr am Leben, weil er sie an einen Tatort geschickt hatte, an dem eine Falle installiert war. Die Bombe hatte sie auf der Stelle getötet.

»Hat es geklappt?«, fragte der Kriminalist. »Das mit den Mädchen?«

»Nein. Sie kamen in ein staatliches Heim, und ich habe sie nie wiedergesehen.« Er blickte auf und fuhr sich mit dem Handrücken über die Augen. »Deshalb bin ich so hinter den Illegalen her. Solange Menschen fünfzigtausend Dollar für eine Überfahrt nach Amerika bezahlen, wird es Schlangenköpfe wie den Geist geben, die jeden töten, der ihnen in die Quere kommt.«

Rhyme fuhr mit seinem Rollstuhl näher heran. »Wie wichtig ist es für Sie, ihn daran zu hindern?«, flüsterte er.

»Es gibt nichts Wichtigeres für mich.«

Das war die einfache Frage gewesen. Nun rückte Rhyme mit der schwierigen heraus. »Was würden Sie dafür riskieren?«

Doch der Agent antwortete, ohne zu zögern. »Alles.«

... Achtundvierzig

»Es gibt vielleicht ein Problem«, sagte der Mann am anderen Ende der Leitung.

Der schwitzende Harold Peabody saß in der mittleren Sitzreihe eines INS-Kleinbusses auf dem Weg zum Kennedy Airport und nickte, als könnte der Anrufer ihn sehen.

Er konnte keine Schwierigkeiten gebrauchen, nicht bei diesem Fall. »Ein Problem. Aha. Reden Sie.«

Bei diesen Worten merkte der Mann neben Peabody auf, der schweigsame Mann in dem marineblauen Anzug, Webley, der für das Außenministerium arbeitete und der Peabody das Leben zur Hölle gemacht hatte, seit er am Tag des Untergangs der *Fuzhou Dragon* aus Washington eingeflogen war. Webley wandte ihm nun das Gesicht zu, verzog aber keine Miene – ein Trick, den er bestens beherrschte.

»Alan Coe ist verschwunden«, sagte der Anrufer, der Assistant Special Agent in Charge des FBI-Büros Manhattan. »Uns wurde berichtet, er habe mit Rhyme gesprochen. Danach hat er sich in Luft aufgelöst.«

»Okay.« Peabody versuchte die möglichen Konsequenzen zu überdenken.

Hinter ihm und Webley saß zwischen zwei bewaffneten INS-Agenten der Geist, dessen Handschellen leise klirrten, als er an einem Becher Starbucks-Kaffee nippte. Zumindest der Schlangenkopf schien sich von dem Gerede über Probleme nicht beunruhigen zu lassen. »Weiter«, sagte Peabody in den Hörer.

»Wir haben versucht, Coe im Auge zu behalten, wie Sie gesagt haben. Weil Sie befürchteten, er könnte der Zielperson Schaden zufügen.«

Der Zielperson Schaden zufügen... Was für eine beschissene Art, sich auszudrücken, dachte Peabody.

»Und?«

»Tja, wir können ihn nicht finden. Und Rhyme auch nicht.«

»Er sitzt in einem Rollstuhl. Wie schwierig ist es, ihn zu verfolgen?« Der korpulente Peabody war klatschnass. Der Sturm hatte sich gelegt; die Temperatur lag trotz der weiterhin dichten Bewölkung bei rund dreißig Grad. Und das Regierungsfahrzeug hatte eine Regierungsklimaanlage.

»Es gab keinen offiziellen Überwachungsauftrag«, rief der ASAC ihm ruhig ins Gedächtnis. »Wir mussten die Sache… unbürokratisch handhaben.« Peabody erkannte, dass der FBI-Mann die Situation aufgrund seiner Gelassenheit kontrollierte, und ermahnte sich zu etwas mehr Nachdruck.

Solche Kleinkrämer waren das Allerletzte.

»Wie lautet Ihre Situationsbewertung?«, fragte Peabody und dachte: Na, ist das hochtrabend genug für dich, du Arschloch?

»Wie Sie wissen, hat Coe stets mit oberster Priorität daran gearbeitet, den Geist zur Strecke zu bringen.«

»Stimmt. Und?«

»Rhyme ist der beste forensische Ermittler des Landes. Wir hegen den nachdrücklichen Verdacht, dass er und Coe planen, den Geist auszuschalten.«

»Und wie soll das Ihrer Meinung nach ablaufen?«, fragte Peabody.

»Mithilfe Rhymes überragender Kenntnisse könnten sie dafür sorgen, dass man Coe die Tat nicht nachweisen kann, indem sie die Beweise irgendwie manipulieren.«

»Blödsinn«, spottete Peabody. »Das ist doch lächerlich. Rhyme würde so etwas niemals tun.«

Bei diesen Worten zeigte Webley eine Gefühlsregung. Er runzelte die Stirn.

»Wieso nicht?«, fuhr der ASAC fort. »Seit seinem Unfall ist er nicht besonders ausgeglichen. Er hat immer wieder an Selbstmord gedacht. Und anscheinend hat dieser chinesische Cop ihm eine Menge bedeutet. Womöglich wurde durch den Mord an Li das Fass zum Überlaufen gebracht.«

Das klang verrückt, aber wer wusste das schon? Peabody fing Leute, die sich illegal ins Land schleichen wollten, und schickte sie nach Hause zurück. Er hatte keine Ahnung, wie der Verstand eines Kriminellen funktionierte, und auch sonst war Psychologie für ihn ein Buch mit sieben Siegeln, abgesehen von der Tatsache, dass er seiner Exfrau widerwillig eine Therapie bezahlte.

Und was Coe anging, tja, der war *mit Sicherheit* labil genug, um ein Attentat auf den Geist zu unternehmen. Er hatte es schon einmal versucht – in der Canal Street.

»Was sagt Dellray dazu?«, fragte Peabody.

»Der ist zurzeit verdeckt unterwegs und ruft nicht zurück.«

»Arbeitet er denn nicht für Sie?«

»Dellray arbeitet in erster Linie für Dellray«, sagte der ASAC.

»Was schlagen Sie vor?«, fragte Peabody und wischte sich das Gesicht mit dem zerknitterten Ärmel seines gelbbraunen Jacketts ab.

»Könnte es sein, dass Coe Sie verfolgt?«

Peabody wandte den Kopf und sah die ungefähr eine Milliarde Fahrzeuge auf dem Van Wyck Expressway. »Scheiße, woher soll ich das wissen?«, antwortete er und beendete damit seinen Versuch, die Sprache der Führungsetage nachahmen zu wollen.

»Falls er etwas unternimmt, wird es am Flughafen passieren. Weisen Sie Ihre Leute an, nach ihm Ausschau zu halten. Ich benachrichtige außerdem den dortigen Sicherheitsdienst.«

»Ich glaube immer noch nicht, dass es so weit kommt.«

»Danke für die Einschätzung, Harold. Aber es war Rhyme, der diesen Mistkerl schon einmal erwischt hat. Nicht Sie.« Die Verbindung wurde unterbrochen.

Peabody drehte sich um und musterte den Geist.

»Worum ging's denn?«, fragte dieser.

»Um gar nichts. Haben wir kugelsichere Westen im Kofferraum?«, fragte Peabody einen der Agenten.

»Nein«, antwortete der Mann. »Na ja, ich trage meine bereits.«

»Ich auch«, sagte sein Kollege.

Ihr Tonfall verriet, dass sie sich schwerlich davon trennen würden.

Und Peabody würde seine Leute auch nicht darum bitten. Falls Coe tatsächlich einen Anschlag auf den Geist verübte und damit Erfolg hatte, tja, dann sollte es wohl so sein. Er und Rhyme würden die Konsequenzen tragen müssen.

Peabody beugte sich zum Fahrer vor. »Kann man diese verdammte Klimaanlage nicht ein bisschen höher drehen?«

Die Handschellen fühlten sich so leicht wie Seide an.

Man würde sie ihm abnehmen, sobald er das Flugzeug betrat, das für ihn die Heimreise aus dem Schönen Land bedeutete, und da er das wusste, existierten die metallenen Fesseln für ihn nicht mehr.

Als er den internationalen Terminal des Flughafens JFK betrat, musste er daran denken, wie sehr das Reisen nach Fernost sich verändert hatte. Früher war er ausschließlich mit der nationalen Fluggesellschaft Chinas geflogen, der CAAC – was bei vielen als Abkürzung für Chinesisches Altmetall Auf Crashkurs stand. Mittlerweile war alles anders. Heute würde er mit Northwest Airlines nach Los Angeles und von dort aus mit China Air nach Singapur und weiter nach Fuzhou fliegen, und zwar durchweg in der Business-Class.

Die Gruppe gab ein seltsames Bild ab: der Geist, zwei bewaffnete Wachen und die beiden Verantwortlichen – Peabody vom INS und der Mann vom amerikanischen Außenministerium. Jetzt gesellten sich auch noch zwei Kerle von der Flughafensicherheit hinzu, große, nervöse Männer, die ihre Hände in der Nähe der Pistolen hielten und den Blick über die Menschenmenge schweifen ließen.

Der Geist wusste nicht genau, was diese Unsicherheit und die vielen Waffen zu bedeuten hatten, aber vermutlich befürchtete man ein Attentat. Nun, das war nichts Neues. Er lebte mit dem Tod seit jener Nacht, in der die Vier Alten seine Familie ermordet hatten.

Schritte hinter ihnen.

»Mr. Kwan… Mr. Kwan!«

Sie drehten sich um und sahen einen schmächtigen chinesischen Anzugträger auf sie zueilen. Die Posten zogen ihre Waffen, und der Mann blieb mit weit aufgerissenen Augen stehen.

»Das ist mein Anwalt«, sagte der Geist.

»Sind Sie sicher?«, fragte Peabody.

»Was soll das heißen, ob ich sicher bin?«

Peabody winkte den Mann heran und durchsuchte ihn ungeachtet der Proteste des Geists. Dann gestattete er ihm und dem Schlangenkopf, ein Stück beiseite zu treten. Der Geist beugte sich mit dem Ohr zum Mund des Anwalts vor. »Reden Sie.«

»Die Changs und die Wus sind auf Kaution draußen und warten auf ihre Anhörung. Wie es aussieht, wird man ihnen Asyl gewähren. Die Wus leben in Flushing, Queens. Die Changs sind wieder in Owls Head. In derselben Wohnung.«

»Und Yindao?«, flüsterte der Geist.

Das ordinäre Wort kam für den Anwalt unvermutet.

»Ich meine, diese Sachs«, berichtigte der Schlangenkopf.

»Oh, deren Adresse habe ich auch. Und die von Lincoln Rhyme. Soll ich sie Ihnen aufschreiben?«

»Nein, sagen Sie sie mir, aber langsam. Ich präge sie mir ein.«

Nach nur drei Wiederholungen hatte der Geist alles gespeichert. »Der Betrag geht wie üblich auf Ihrem Konto ein«, sagte er. Weder die Höhe des Betrags noch die Kontonummer mussten genannt werden.

Der Anwalt nickte, warf einen letzten Blick auf die Wachen des Geists, drehte sich um und ging.

Die Gruppe durchquerte den Terminal. Vor sich konnte der Geist bereits den Flugsteig und die hübschen Mädchen hinter dem Abfertigungsschalter sehen. Und durch das Fenster sah er die 747, die ihn bald nach Westen bringen würde, in die gleiche Richtung, die auch der Affe auf seiner Pilgerreise eingeschlagen hatte, an deren Ende Erleuchtung und Zufriedenheit warteten.

Die Bordkarte ragte aus seiner Hemdtasche. In seiner Geldbörse steckten zehntausend Yuan. Er hatte eine offizielle Eskorte der amerikanischen Regierung. Er kehrte nach Hause zurück, zu seinen Apartments, seinen Frauen, seinem Geld.

Er war frei. Er…

Dann auf einmal Hektik…

Jemand kam mit großen Schritten auf ihn zu. Die Sicherheitsbeamten zerrten ihn beiseite und zogen abermals ihre Waffen. Der Geist gab einen erschrockenen Laut von sich und glaubte, er müsse nun sterben. Hastig murmelte er ein Gebet an seinen Beschützer, Yi den Bogenschützen.

Doch der Angreifer blieb jählings stehen. Der Geist lachte auf. Sein Atem ging unregelmäßig.

»Hallo, Yindao.«

Sie trug Jeans, T-Shirt und Anorak, die Dienstmarke hing ihr um den Hals, und sie hatte die Arme in die Seiten gestemmt, sodass eine Hand dicht neben ihrer Pistole ruhte. Ihr Blick war nicht auf den Geist, sondern auf die nervösen jungen INS-Agenten gerichtet. »Ich hoffe, Sie haben einen verdammt guten Grund dafür, einfach so auf mich zu zielen.«

Die Männer wollten ihre Waffen wieder einstecken, aber Peabody hielt sie mit einer Geste zurück.

Der Geist sah an Yindao vorbei. Hinter ihr stand ein hoch gewachsener Schwarzer mit einem weißen Anzug und einem grellblauen Hemd. Der dicke Cop, der ihn in Brooklyn verhaftet hatte, war ebenfalls anwesend, begleitet von mehreren uniformierten Stadtpolizisten.

Aber die einzige Person in Yindaos Gefolge, die wirklich die Aufmerksamkeit des Geists erregte, war ein ungefähr gleichaltriger, gut aussehender dunkelhaariger Mann, der in einem komplizierten, leuchtend roten Rollstuhl saß, an dem seine Arme und Beine festgeschnallt waren. Hinter dem Stuhl stand ein modisch gekleideter junger Betreuer oder Pfleger.

Es musste sich um Lincoln Rhyme handeln. Der Schlangenkopf nahm den seltsamen Mann prüfend in Augenschein – den Mann, der wie durch ein Wunder die *Fuzhou Dragon* aufgespürt, die Wus und die Changs gefunden und schließlich sogar den Geist in eine Falle gelockt hatte. Was auf dieser Welt keinem anderen Polizisten jemals gelungen war.

Harold Peabody wischte sich das Gesicht mit dem Ärmel ab, schätzte die Situation ein und gab seinen Männern ein Zeichen. Sie steckten die Waffen weg. »Was hat das zu bedeuten, Rhyme?«

Doch der Mann ignorierte ihn und musterte weiterhin den Schlangenkopf. Der Geist verspürte ein unbehagliches Kribbeln. Aber dann verdrängte er diese Anwandlung. Er hatte *guanxi* bis in die höchsten Kreise. Er war gefeit, sogar gegen den Einfluss von Lincoln Rhyme. »Wer sind Sie?«, sprach er den Mann rundheraus an. »Ein Berater? Ein Privatdetektiv?«

»Ich?«, erwiderte der Krüppel. »Ich bin einer der zehn Richter der Hölle.«

Der Geist lachte. »Demnach tragen Sie die Namen in das *Verzeichnis der Lebenden und der Toten* ein?«

»Ja, genau das tue ich.«

»Und Sie sind hier, um sich von mir zu verabschieden?«

»Nein«, antwortete Rhyme.

»Und weswegen *sind* Sie hier?«, fragte Peabody argwöhnisch.

Der Bürokrat vom Außenministerium schaltete sich ungeduldig ein. »Sie alle hier – bitte geben Sie unverzüglich den Weg frei.«

»Er wird nicht an Bord dieser Maschine gehen«, sagte Rhyme.

»O doch, das wird er«, entgegnete der mürrische Beamte. Er trat vor, zog die Bordkarte des Geists aus dessen Hemdtasche und wollte den Abfertigungsschalter ansteuern.

»Noch einen Schritt auf dieses Flugzeug zu und meine Leute werden Sie festnehmen«, sagte der dicke Polizist.

»Mich?«, knurrte Webley wütend.

Peabody lachte schrill auf und wandte sich an Dellray. »Was soll dieser Mist?«

»Sie sollten lieber auf meinen Freund hier hören, Harold. In Ihrem eigenen Interesse, glauben Sie mir.«

»Fünf Minuten«, sagte Peabody.

Lincoln Rhyme runzelte bedauernd die Stirn. »Oh, ich fürchte, es könnte ein wenig länger dauern.«

… Neunundvierzig

Der Schlangenkopf war viel kleiner und gedrungener als Lincoln Rhyme erwartet hatte. Dieses Phänomen kannte er noch aus seiner Zeit als Leiter der forensischen Abteilung des NYPD; die Täter, gegen die er ermittelte, nahmen in seiner Vorstellung eine unverhältnismäßig große Statur an, und wenn er sie dann zum ersten Mal persönlich zu Gesicht bekam – meistens während der Gerichtsverhandlung –, war er oft überrascht, wie winzig sie wirkten.

Der Geist stand in Handschellen zwischen seinen Bewachern. Er sah zwar besorgt aus, aber immer noch sehr beherrscht und gelassen. Schultern und Arme waren entspannt. Der Kriminalist verstand sofort, weshalb Sachs auf ihn hereingefallen war: die Augen des Geists waren die eines Heilers, eines Arztes, eines vergeistigten Mannes. Sie spendeten Trost und luden dazu ein, sich ihm anzuvertrauen. Doch nachdem er den Mann nun kannte, entdeckte Rhyme in diesem sanften Blick auch die Anzeichen eines unbarmherzigen und skrupellosen Egos.

»Okay, Sir, was soll das Ganze?«, fragte Peabodys Freund – Webley vom Außenministerium, wie Rhyme ihn inzwischen insgeheim nannte und wie der Mann selbst sich hochtrabend bei ihm vorgestellt hatte.

»Wissen Sie, was Leuten meines Berufsstandes manchmal passiert, Gentlemen?«, fragte er die beiden Männer. »Ich meine, forensischen Wissenschaftlern.«

Webley vom Außenministerium wollte etwas sagen, aber Peabody hielt ihn mit einer Handbewegung davon ab. Rhyme würde sich ohnehin nicht drängen lassen. Niemand setzte Lincoln Rhyme unter Druck, wenn dieser nicht unter Druck gesetzt werden wollte.

»Wir verlieren manchmal das Gesamtbild aus den Augen. Na gut, ich gebe zu, dass *mir* das häufiger passiert als beispielsweise Sachs. Sie berücksichtigt das Motiv, sie fragt danach, *wieso* Leute etwas tun. Mir liegt das nicht besonders. Ich nehme mir lieber die einzelnen Beweisstücke vor und setze sie an ihren Platz.« Lächelnd warf er dem Geist einen kurzen Blick zu. »So wie die Spielsteine beim *Wei-Chi*.«

Der Schlangenkopf, der so viel Leid über so viele Menschen gebracht hatte, sagte nichts und ließ sich auch nichts anmerken. Aus den Lautsprechern ertönte der erste Aufruf für den Flug der Northwest Airlines nach Los Angeles.

»Was die Spuren anbelangt, haben wir gute Arbeit geleistet.« Er nickte in Richtung des Geists. »Immerhin wurde er verhaftet, nicht wahr? Dank uns. Und wir haben genügend Beweise, um ihn zum Tode verurteilen zu lassen. Doch was geschieht? Er kommt frei.«

»Er kommt nicht frei«, widersprach Peabody. »Er wird in China vor Gericht gestellt.«

»Aber wegen der schweren Verbrechen der letzten Tage wird ihn niemand verurteilen«, belehrte Rhyme ihn mit schneidender Stimme. »Wollen wir etwa *ernstlich* darüber streiten?«

Webley vom Außenministerium hatte genug. »Kommen Sie endlich auf den Punkt, oder ich setze ihn in dieses Flugzeug.«

Rhyme ignorierte ihn auch weiterhin. Das hier war *sein* Auftritt, und er würde ihn sich nicht nehmen lassen. »Das Gesamtbild … das Gesamtbild … Ich musste daran denken, wie mies ich mich gefühlt habe. Ich hatte den Standort der *Fuzhou Dragon* herausgefunden und die Küstenwache geschickt, und was geschieht? Er versenkt das Schiff und ermordet all diese Menschen.«

Peabody schüttelte den Kopf. »Natürlich ist Ihnen das an die Nieren gegangen«, sagte er mitfühlend. »So wie uns allen. Aber …«

Rhyme fuhr unbeirrt fort. »Das Gesamtbild … Denken wir doch mal darüber nach. Es ist Dienstag, kurz vor Tagesanbruch, an Bord der *Dragon*. Sie sind der Geist, ein steckbrieflich gesuchter Mann – und zwar wegen Kapitalverbrechen –, und in einer halben Stunde wird die Küstenwache Ihr Schiff aufbringen. Was tun Sie?«

Die Passagierschlange am Abfertigungsschalter wurde immer kürzer.

Peabody seufzte. Webley vom Außenministerium murmelte etwas; etwas wenig Schmeichelhaftes, davon war Rhyme überzeugt. Der Geist regte sich, blieb jedoch stumm.

Da niemand ihm helfen wollte, sprach Rhyme weiter. »*Ich* hätte mein Geld genommen, die *Dragon* mit voller Kraft voraus aufs offene Meer zurückgeschickt und mich in einem Rettungsboot an Land geflüchtet. Die Küstenwache, die Polizei und die Einwanderungsbehörde wären mit der Besatzung und den Flüchtlingen so beschäftigt gewesen, dass ich mühelos das Ufer erreicht und die Hälfte der Strecke nach Chinatown zurückgelegt hätte, bevor meine Abwesenheit jemandem aufgefallen wäre. Doch was hat der Geist gemacht?«

Rhyme sah Sachs an, die für ihn übernahm. »Er hat die Leute im Laderaum eingeschlossen, das Schiff versenkt und dann Jagd auf die Überlebenden gemacht. Und dabei hat er riskiert, selbst gefangen oder getötet zu werden.«

»Und nachdem er nicht alle am Strand erwischt hatte«, schaltete Rhyme sich wieder ein, »ist er ihnen in die Stadt gefolgt und hat es dort weiter versucht. Warum, zum Teufel, tut er so etwas?«

»Nun, sie waren Zeugen«, sagte Peabody. »Er *musste* sie töten.«

»Aber *warum*? Niemand stellt diese Frage. Was würde er dadurch gewinnen?«

Peabody und Webley vom Außenministerium schwiegen.

»Die Passagiere auf diesem Schiff hätten lediglich in einem einzigen Fall von Menschenschmuggel gegen ihn aussagen können«, fuhr Rhyme fort. »Er wurde doch überall auf der Welt bereits wegen eines Dutzends gleichartiger Delikte gesucht. Außerdem gab es Mordanklagen – sehen Sie sich nur das Rote Bulletin von Interpol an. Es ergibt keinen Sinn, dass er all diese Risiken einging, nur um ein paar Zeugen zu töten.« Er legte eine sekundenlange Kunstpause ein. »Aber es erscheint absolut logisch, wenn die Passagiere von vornherein getötet werden sollten.«

Rhyme registrierte bei den beiden Männern unterschiedliche Reaktionen. Peabody war bestürzt und überrascht. Die Miene Webleys vom Außenministerium drückte etwas ganz anderes aus. Er wusste genau, worauf Rhyme abzielte.

»Sie waren Opfer«, erklärte Rhyme. »Das ist das Schlüsselwort. Wissen Sie, Sachs hat einen Brief bei ihrem Tauchausflug zur *Dragon* gefunden.«

Der Geist, der Sachs angestarrt hatte, wandte sich bei diesen Worten langsam wieder Rhyme zu.

»Einen Brief?«, fragte Peabody.

»Darin stand sinngemäß, hier ist dein Geld und eine Liste der Opfer, die du nach Amerika mitnimmst ... Sehen Sie das Gesamtbild, Gentlemen? In dem Brief stand nicht ›Passagiere‹, ›Flüchtlinge‹ oder ›Ferkel‹ – und auch nicht Ihr taktloser Begriff ›Illegale‹, Peabody. Es war dort wörtlich von ›Opfern‹ die Rede. Als ich das Schreiben übersetzen ließ, war mir zunächst nicht klar, dass der Verfasser explizit diese Bezeichnung gewählt hatte. Und das Gesamtbild wird noch wesentlich schärfer, wenn wir uns anschauen, wer diese Opfer eigentlich waren – es handelte sich überwiegend um chinesische Dissidenten und ihre Familien. Der Geist ist nicht nur ein Schlangenkopf, sondern auch ein professioneller Killer. Er wurde angeheuert, um die Leute zu ermorden.«

»Der Kerl ist verrückt«, rief der Geist. »Er sucht krampfhaft nach irgendeinem Vorwand. Ich will jetzt gehen.«

Doch Rhyme sprach weiter. »Der Geist hat von Anfang an vorgehabt, die *Dragon* zu versenken. Er wollte nur abwarten, bis das Schiff nahe genug an der Küste wäre, damit er und sein *bangshou* gefahrlos fliehen könnten. Doch ein paar Dinge gingen schief – wir hatten das Schiff aufgespürt und die Küstenwache geschickt; deswegen musste er schneller handeln als geplant. Einigen der Immigranten gelang die Flucht. Die Sprengladung war falsch berechnet gewesen, sodass das Schiff sank, bevor er seinem Assistenten Bescheid sagen konnte. Und er hatte keine Zeit mehr, sein Geld und seine Waffen zu holen.«

»Das ist absurd«, knurrte Webley vom Außenministerium. »Peking würde niemals jemanden beauftragen, Dissidenten zu ermorden. Wir sind nicht mehr in den sechziger Jahren.«

»Das *hat* Peking auch nicht, wie *Sie* vermutlich sehr gut wissen, Webley«, erwiderte Rhyme. »Nein, wir haben herausgefunden, von wem der Geist die Anweisungen und das Geld erhalten hat. Der Mann heißt Ling Shui-bian.«

Der Geist sah sich hektisch nach dem Abfertigungsschalter um.

»Ich habe der Polizei in Fuzhou eine E-Mail mit Lings Namen und Adresse geschickt und hinzugefügt, dass ich ihn für einen der Partner des Geists halte. In der Antwort stand, ich müsse mich irren. Die Adresse sei ein Regierungsgebäude in Fuzhou und Ling ein Assistent des Gouverneurs von Fujian, verantwortlich für die Entwicklung der Handelsbeziehungen.«

»Was hat das zu bedeuten?«, fragte Peabody.

»Dass er ein korrupter Beamter ist«, lautete Rhymes schroffe Antwort. »Ist das nicht offensichtlich? Er und seine Leute verdienen an den Firmen entlang der Südostküste Chinas Provisionen oder Schmiergelder in Millionenhöhe. Wahrscheinlich ist der Gouverneur in die Sache eingeweiht, aber dafür habe ich keine Beweise. Jedenfalls noch nicht.«

»Unmöglich«, warf Webley ein, klang dabei aber längst nicht mehr so entrüstet wie zuvor.

»Keineswegs«, sagte Rhyme. »Sonny Li hat mir ein wenig über die Provinz Fujian erzählt. Sie ist schon immer unabhängiger gewesen, als es der Zentralregierung lieb war. Von allen chinesischen Regionen hat sie die engsten Verbindungen zum Westen und zu Taiwan– und sie verfügt über das meiste Geld und die aktivsten Dissidenten. Peking droht immer wieder, scharf gegen die Provinz vorzugehen, Firmen wieder zu verstaatlichen und die Schaltstellen der Macht mit eigenen Leuten zu besetzen. Wenn das passiert, ist das schöne Leben von Ling und seinen Jungs vorbei. Wie hält man Peking also bei Laune? Man bringt die lautesten Dissidenten zum Schweigen. Und wie lässt sich das besser bewerkstelligen als durch einen Schlangenkopf? Falls die Leute auf der Flucht in ein anderes Land umkommen, ist es schließlich ihre eigene Schuld, nicht die der Regierung.«

»Und ihr Tod wird nicht einmal publik werden«, sagte Sachs. »Es ist einfach eine weitere Schiffsladung Verschwundener.« Sie deutete auf Webley vom Außenministerium. »Rhyme?«

»Oh, richtig. Das letzte Puzzlestück. Wieso kommt der Geist frei?« Er wandte sich an Webley. »Sie schicken ihn zurück, um Ling und seinen Leuten in Fujian einen Gefallen zu tun. Um unsere Wirtschaftsinteressen nicht zu gefährden. In Südostchina wird so viel amerikanisches Kapital investiert wie nirgendwo sonst auf der Welt.«

»Absoluter Blödsinn«, gab der Mann barsch zurück.

»Das ist doch lächerlich«, sagte der Geist. »Die Lüge eines Verzweifelten. Wo ist der Beweis?«

»Beweis? Nun, wir haben den Brief von Ling. Aber falls Sie noch mehr möchten… Wissen Sie noch, Harold? Sie haben mir erzählt, dass in der letzten Zeit auch noch andere Flüchtlingstransporte des Geists spurlos verschwunden sind. Ich habe in der Datenbank von Interpol die Aussagen der Angehörigen nachgelesen. Die meisten der Opfer waren ebenfalls Dissidenten aus Fujian.«

»Das ist nicht wahr«, rief der Geist.

»Dann wäre da noch das Geld«, sagte Rhyme und ignorierte den Schlangenkopf.

»Geld?«

»Das Honorar für den Transport. Als Sachs im Atlantik schwimmen war, hat sie hundertzwanzigtausend amerikanische Dollar und ungefähr zwanzigtausend alte Yuan gefunden. Ich habe einen Freund vom INS gebeten, einen Blick auf unsere Beweise zu werfen. Er...«

»Wen?«, fragte Peabody streng. Dann begriff er. »Alan Coe? Es war Coe, oder?«

»Ein Freund. Belassen wir es dabei.« Es handelte sich tatsächlich um Agent Coe, der den Tag darauf verwandt hatte, geheime INS-Akten zu stehlen, was ihn vermutlich den Job kosten und ihm vielleicht sogar eine Haftstrafe einbringen würde. Auf dieses Risiko hatte Rhyme während ihrer Unterredung angespielt – und Coe war damit einverstanden gewesen.

»Das Geld ist ihm sofort aufgefallen. Er hat mir erzählt, dass Flüchtlinge die Anzahlungen ihrer Verträge mit den Schlangenköpfen niemals in Dollars leisten – weil es keine Dollars in China *gibt*, jedenfalls nicht genügend, um eine Überfahrt in die Vereinigten Staaten zu bezahlen. Sie zahlen immer in Yuan. Angesichts einer Gruppe von zirka fünfundzwanzig Passagieren hätte Sachs mindestens eine halbe Million Yuan finden müssen – als Anzahlung. Weshalb aber war nur so wenig chinesisches Geld an Bord? Weil der Geist praktisch nichts für den Transport verlangt hat – damit die Dissidenten auf seiner Todesliste sich die Fahrt überhaupt leisten konnten. Das Geschäft für den Geist bestand in der Ermordung der Passagiere. Die hundertzwanzigtausend Dollar? Nun, *das* war die Anzahlung von Ling. Ich habe einige der Seriennummern überprüft. Laut unserer Notenbank wurde das Geld ursprünglich an die Bank of South China in Singapur geliefert. Zufällig wird dieses Institut regelmäßig von den Ministerien der Regierung Fujians genutzt.«

Immer mehr Fluggäste gingen an Bord. Der Geist war mittlerweile auffallend nervös.

Peabody schwieg und überdachte das Gesagte. Er wirkte unschlüssig. Der Beamte vom Außenministerium blieb hingegen resolut. »Er geht an Bord dieser Maschine, und damit hat sich's.«

Rhyme kniff die Augen zusammen und neigte den Kopf. »Was haben wir noch für Beweise, Sachs?«

»Wie wär's mit dem C4?«

»Richtig, der Sprengstoff, mit dem das Schiff versenkt wurde. Das FBI hat ihn zu einem nordkoreanischen Waffenhändler zurückverfolgt, der regelmäßig an – na, raten Sie mal! – die Volksbefreiungsarmee in Fujian verkauft. Die *Regierung* hat dem Geist den C4 überlassen.« Er schloss für einen kurzen Moment die Augen. Dann riss er sie wieder auf. »Außerdem haben wir noch das Satellitentelefon, das Sachs am Strand gefunden hat... Es stammt ebenfalls aus Regierungsbeständen und lief über ein Behördennetz in Fuzhou.«

»Die Lastwagen, Rhyme«, erinnerte Sachs ihn. »Vergiss die Laster nicht.«

Rhyme nickte. Er hatte noch nie widerstehen können, eine Kostprobe seiner Fähigkeiten abzuliefern. »Das ist das Interessante an der Tatortarbeit – bisweilen ist es genauso wichtig, was man *nicht* findet. Als ich mir wieder mal unsere Tabelle mit der Beweisliste vorgenommen habe, ist mir aufgefallen, dass etwas fehlte. Wo waren die Spuren der Fahrzeuge für die *Flüchtlinge*? Mein Freund vom INS hat mir erzählt, dass der Transport an Land Bestandteil des Immigrantenvertrags ist. Aber es gab keine Laster. Der einzige Wagen am Strand war der von Jerry Tang – um den Geist und seinen *bangshou* abzuholen. Tja, aber wieso gab es keine Laster? Weil der Geist wusste, dass die Flüchtlinge niemals lebend das Ufer erreichen würden.«

Die Schlange der Fluggäste schrumpfte schneller.

Webley vom Außenministerium beugte sich zu Rhyme hinab. »Sie überschätzen sich, Mister«, flüsterte er wütend. »Sie wissen ja gar nicht, was Sie hier tun.«

Rhyme erwiderte seinen Blick mit gespielter Zerknirschtheit. »Stimmt, ich weiß überhaupt nichts. Nichts über die Weltpolitik, nichts über Staatsinteressen... Ich bin bloß ein einfacher Wissenschaftler. Meine Kenntnisse sind jämmerlich begrenzt. Beispielsweise auf Dinge wie falsches Dynamit.«

Webley vom Außenministerium verstummte augenblicklich.

»Jetzt komme ich ins Spiel«, sagte Dellray. »Und das wird euch noch Leid tun.«

Peabody räusperte sich verunsichert. »Wovon reden Sie?«, fragte er – aber nur weil ihm gar nichts anderes übrig blieb, als diese Frage zu stellen, deren Antwort er um nichts in der Welt hören wollte.

»Von der Bombe in Freds Auto. Tja, die Laborergebnisse zu dem Dynamit liegen vor. Interessanterweise war es gar kein Dynamit. Es war Sägemehl mit Harz. Eine Attrappe. Für Ausbildungszwecke. Mein Freund vom INS hat mir verraten, dass die Einwanderungsbehörde über ein eigenes Räumkommando und eine Trainingseinrichtung in Manhattan verfügt. Heute Morgen ist er da mal vorbeigefahren. Es gibt dort Nachbildungen, anhand derer man den Neulingen das Aussehen und die Handhabung von Sprengstoff erläutert. Die Stangen aus Freds Wagen passen zu den dortigen Exemplaren. Und die Ziffernkennung des Zünders findet sich auch auf einigen baugleichen Vorrichtungen, die mein Freund in einem Beweismittelschrank des INS gefunden hat – sie wurden letztes Jahr auf Coney Island beschlagnahmt, als einigen Agenten die Verhaftung eines Dutzends illegaler russischer Einwanderer gelang.«

Zufrieden nahm Rhyme das aufkeimende Entsetzen in Peabodys Blick zur Kenntnis. Es überraschte ihn, dass Webley vom Außenministerium es fertig brachte, weiterhin empört zu wirken. »Wenn Sie damit andeuten wollen, dass ein Angehöriger der Regierungsbehörden einem Kollegen Schaden zufügen …«

»Schaden? Was für einen Schaden könnte ein kleiner Zünder schon anrichten? Es war bloß ein Feuerwerkskörper, mehr nicht. Nein, *ich* würde vor Gericht wegen einer ganz anderen Straftat Anklage erheben, nämlich wegen der vorsätzlichen Behinderung der Ermittlungen – denn *mir* würde es so vorkommen, als hätten Sie Fred vorübergehend von dem Fall ablenken wollen.«

»Und aus welchem Grund?«

»Weil ich zu viel Wirbel gemacht habe.« Dellray trat vor, und Webley vom Außenministerium wich bis zur Wand zurück. »Weil ich mit dem SPEC-TAC Team arbeiten wollte. Die hätten den Geist kurzerhand ausgeschaltet und nicht so einen Eiertanz aufgeführt wie der INS. Verflucht, ich glaube, *deshalb* hat man ausgerechnet mich hinzugezogen – weil ich nicht das Geringste über Menschenschmuggel wusste. Und als ich mit Dan Wong einen Experten angefordert habe, der den Fall übernehmen sollte, wurde er plötzlich in ein Flugzeug nach Westen gesetzt.«

Rhyme fasste noch einmal zusammen. »Fred musste gehen – damit Sie den Geist wie geplant loswerden konnten. Als Teil einer Vereinbarung zwischen dem Außenministerium und Ling in Fujian sollte er verhaftet und sicher aus dem Land geschafft werden.« Er nickte in Richtung des Flugzeugs. »Und genau so ist es ja auch gekommen.«

»Ich hatte keine Ahnung, dass die Dissidenten ermordet werden sollten«, platzte es aus Peabody heraus. »Davon hat mir niemand was gesagt. Ich schwöre!«

»Vorsicht«, murmelte Webley vom Außenministerium bedrohlich.

»Es hieß lediglich, das Justizministerium müsse aus der Sache weitgehend herausgehalten werden, weil wichtige nationale Sicherheitsbelange auf dem Spiel stünden. Kein Mensch hat Geschäftsinteressen erwähnt, kein Mensch hat …«

»Harold!«, fiel Webley vom Außenministerium dem schwitzenden Beamten schneidend ins Wort. Dann wandte er sich mit weitaus ruhigerer Stimme an Rhyme. »Hören Sie, falls – ich sage *falls* – auch nur ein Teil Ihrer Erklärungen zutrifft, muss Ihnen doch klar sein, dass es um weit mehr geht als bloß um diesen einen Mann, Lincoln. Die Tarnung des Geists ist aufgeflogen. Er wird keine Schiffe mehr versenken. Nach diesem Zwischenfall dürfte niemand ihn noch als Schlangenkopf anheuern wollen.« Der Diplomat klang jetzt ganz sanft und freundlich. »Aber wenn wir ihn zurückschicken, wird das die Chinesen erfreuen. Peking wird sich nicht in die Provinzen einmischen, und als Resultat wird die wirtschaftliche Lage der dortigen Bevölkerung sich am Ende verbessern. Und je größer der amerikanische Einfluss ausfällt, desto nachhaltiger können wir an der Reform der Menschenrechte mitwirken.« Er hob die Hände. »Manchmal müssen wir eben harte Entscheidungen treffen.«

Rhyme nickte. »Sie wollen also sagen, dass bei diesem Fall die politischen und diplomatischen Interessen überwiegen.«

Webley vom Außenministerium nickte. Es freute ihn, dass Rhyme die Lage der Dinge endlich begriff. »Genau. Zum Besten beider Staaten. Es ist ein Opfer, sicher, aber eines, das meiner Ansicht nach gebracht werden muss.«

Rhyme überlegte kurz. Dann wandte er sich an Sachs. »Man könnte es als das Historisch Beispiellose Große Opfer zum Wohl des Volkes bezeichnen.«

Als er diese sarkastische Äußerung hörte, verzog Webley vom Außenministerium das Gesicht.

»Wissen Sie«, sagte der Kriminalist, »Politik und Diplomatie sind kompliziert. Aber Verbrechen sind einfach. Ich mag keine komplizierten Dinge. Also hören Sie gut zu: Entweder Sie übergeben uns den Geist, damit er in diesem Land vor Gericht gestellt werden kann, oder Sie lassen ihn nach Hause fliegen. Falls Sie Letzteres tun, werden wir öffentlich bekannt machen, dass Sie aus politischen und wirtschaftlichen Gründen einen mehrfachen Mörder unserer Justiz entziehen. Und dass Sie zu diesem Zweck sogar einen Anschlag auf einen FBI-

Agenten verübt haben. Sie haben die Wahl. Es liegt bei Ihnen«, schloss er in herausforderndem Tonfall.

»Wagen Sie es nicht, uns zu drohen. Sie sind bloß jämmerliche Stadtpolizisten«, sagte Webley vom Außenministerium.

Aus den Lautsprechern erklang der letzte Aufruf für den Flug. Inzwischen hatte der Geist eindeutig Angst. Auf seiner Stirn standen Schweißperlen, und seine Miene war zu einer Maske des Zorns verzerrt. Er ging zu Webley, hob die Arme, sodass die Handschellen klirrten, und flüsterte wütend auf ihn ein. Der Bürokrat ignorierte ihn und wandte sich wieder an Rhyme. »Was wollen Sie denn schon publik machen? Niemand wird sich für eine solche Geschichte interessieren. Halten Sie das hier etwa für das beschissene Watergate? Wir schicken einen chinesischen Staatsbürger zurück in sein Heimatland, damit er sich dort wegen diverser Straftaten verantworten kann.«

»Harold?«, fragte Rhyme.

»Es tut mir Leid«, sagte Peabody kläglich. »Ich kann nichts daran ändern.«

»*So* lautet also Ihre Antwort«, erwiderte Rhyme und lächelte matt. »Mehr wollte ich gar nicht. Eine Entscheidung. Sie haben eine getroffen. Gut.« Er dachte, amüsiert und bekümmert zugleich, dass diese Geschichte große Ähnlichkeit mit einer Partie *Wei-Chi* hatte.

»Thom, würdest du ihm bitte unser Manuskript zeigen?«, bat Rhyme seinen Betreuer.

Der junge Mann zog einen Umschlag aus der Tasche und reichte ihn Webley vom Außenministerium. Dieser öffnete ihn und fand darin ein langes Memo von Rhyme an Peter Hoddins, einen Auslandsreporter der *New York Times*. Darin wurde detailliert beschrieben, was Rhyme soeben für Peabody und Webley zusammengefasst hatte.

»Peter und ich sind gute Freunde«, sagte Thom. »Ich habe ihm erzählt, wir hätten für ihn eventuell eine Exklusivstory über den Untergang der *Fuzhou Dragon*. Er war sehr interessiert.«

»Peter ist ein guter Journalist. Er war sogar schon in der engeren Wahl für den Pulitzer-Preis«, verkündete Rhyme stolz.

Webley vom Außenministerium und Peabody sahen sich kurz an und zogen sich dann in eine Ecke des mittlerweile leeren Abfertigungsschalters zurück, um jeweils einige Telefonate zu führen.

»Mr. Kwan muss jetzt unverzüglich an Bord kommen«, sagte die Angestellte der Fluggesellschaft.

Nachdem die beiden Bundesbeamten ihre Gespräche beendet hatten, erhielt Rhyme seine Antwort: Webley vom Außenministerium drehte sich wortlos um und ging.

»Halt!«, rief der Geist. »Das können Sie nicht machen! Wir hatten eine Vereinbarung!«

Der Mann ging weiter, zerriss unterdessen Rhymes Memo und warf es in einen Abfalleimer, ohne auch nur einmal innezuhalten.

Sellitto teilte der Dame von Northwest Airlines mit, sie könne die Tür des Flugzeugs nun schließen. Mr. Kwan würde die Reise nicht antreten.

Der Blick des Geists bohrte sich tief in Rhymes Augen, und seine Schultern fielen herab, ein deutliches Zeichen seiner Niederlage. Doch unmittelbar darauf schien die Verzweiflung über diesen Misserfolg schlagartig durch die Hoffnung auf einen künftigen Sieg ausgeglichen zu werden. Das Yang erhielt Auftrieb durch eine kräftige Dosis Yin, hätte Sonny Li vielleicht gesagt. Der Schlangenkopf sah Sachs an und lächelte frostig. »Ich bin geduldig, Yindao. Bestimmt werden wir uns wiedersehen. *Naixin*... Alles zu seiner Zeit, alles zu seiner Zeit.«

Amelia Sachs hielt seinem Blick mühelos stand. »Je eher, desto besser«, sagte sie und wirkte dabei nach Rhymes Ansicht noch tausendmal kälter als der Geist.

Die uniformierten Beamten des NYPD nahmen den Schlangenkopf in Gewahrsam.

»Ich schwöre, ich habe nicht gewusst, was hinter all dem steckt«, versicherte Harold Peabody. »Man hat mir gesagt, es...«

Doch Rhyme hatte keine Lust mehr auf Diskussionen. Ohne ein weiteres Wort bewegte er seinen Finger leicht über das Touchpad und ließ den Storm Arrow dadurch eine Kehrtwende vollführen.

Es blieb Amelia Sachs vorbehalten, im Fall von Kwan Ang oder Gui, dem Geist, den letzten innerbehördlichen Austausch vorzunehmen. Sie streckte dem besorgten Harold Peabody die Hand hin.

»Würden Sie mir bitte die Schlüssel für seine Fesseln aushändigen? Falls Sie die Handschellen nach seiner Einweisung wiederhaben möchten, können Sie sie sich im Untersuchungsgefängnis abholen.«

... Fünfzig

Einige Tage später war der Geist zu den Anklagepunkten gehört und ohne Kaution in Haft genommen worden.

Die Liste der ihm zur Last gelegten Straftaten war lang: Mord, Menschenschmuggel, tätliche Bedrohung, Schusswaffenbesitz, Geldwäsche.

Dellray und seine Vorgesetzten im Justizministerium hatten ihre Beziehungen zur Staatsanwaltschaft spielen lassen und erreicht, dass Sen Zi-jun, der Kapitän der versenkten *Fuzhou Dragon*, nicht mit einem Verfahren wegen Menschenschmuggels rechnen musste, sofern er bereit war, gegen den Geist auszusagen. Nach seiner Aussage vor Gericht würde man ihn nach China abschieben.

Rhyme und Sachs waren allein in seinem Schlafzimmer, und die Polizistin betrachtete sich in einem großen Spiegel.

»Du siehst toll aus«, sagte der Kriminalist. Sie hatte in einer Stunde einen Gerichtstermin. Die Angelegenheit war wichtig, und Sachs spielte in Gedanken immer wieder den bevorstehenden Auftritt vor der Richterin durch.

Verunsichert schüttelte sie den Kopf. »Ich weiß nicht.« Amelia Sachs hatte sich noch nie nach ihrer früheren Mannequin-Karriere zurückgesehnt und sich stets als »Jeans-und-Pullover-Mädchen« bezeichnet. Jetzt trug sie ein elegantes, blaues Kostüm samt weißer Bluse und einem Paar hoher, marineblauer Stöckelschuhe, mit denen sie locker auf einsachtzig kam. Ihr rotes Haar war zu einer perfekten Frisur hochgesteckt.

Dennoch blieb sie seine Sachs; ihre silbernen Ohrringe hatten die Form winziger Patronen.

Das Telefon klingelte. »Kommando, Telefon, Abheben«, rief Rhyme.

Klick.

»Lincoln?«, ertönte eine weibliche Stimme aus dem Lautsprecher.

»Dr. Weaver«, begrüßte Rhyme die Neurochirurgin.

Sachs kümmerte sich nicht länger um ihre modische Erscheinung, sondern setzte sich auf den Rand des Flexicair-Betts.

»Ich habe Ihre Nachricht erhalten«, sagte die Ärztin. »Meine Assistentin sagt, es ist dringend. Geht es Ihnen gut?«

»Ja, alles prächtig«, sagte Rhyme.

»Halten Sie sich auch brav an meine Anweisungen? Kein Alkohol, viel Schlaf? Nein, sagen *Sie* es mir lieber, Thom. Sind Sie da?«, fragte sie lachend.

»Er ist unten«, erklärte Rhyme und lachte ebenfalls. »Zurzeit ist niemand hier, um zu petzen.«

Außer Sachs natürlich, aber die würde ihn nicht verraten.

»Ich möchte, dass Sie morgen zu mir in die Klinik kommen, damit ich Sie vor der Operation noch einmal gründlich untersuchen kann. Mir schwebt vor …«

»Doktor?«

»Ja?«

Rhyme sah Sachs an. »Ich habe beschlossen, den Eingriff nicht durchführen zu lassen.«

»Sie …«

»Ich will die Sache abblasen. Auch wenn mich das meine Zimmerreservierung und die Anzahlung kostet«, scherzte er.

Einen Moment lang herrschte Schweigen.

»Sie wollten diese Operation mehr als jeder andere Patient, den ich bislang behandelt habe«, sagte Dr. Weaver dann.

»Ja, das ist richtig. Aber ich habe meine Meinung geändert.«

»Wie Sie sich erinnern werden, habe ich von vornherein auf das hohe Risiko hingewiesen. Ist das der Grund?«

Wieder ein Blick zu Sachs. »Ich verspreche mir inzwischen doch keinen so großen Vorteil mehr davon«, sagte er.

»Das ist eine gute Entscheidung, Lincoln. Eine weise Entscheidung.« Sie hielt kurz inne. »Wir machen bei der Behandlung von Rückenmarksverletzungen ständig Fortschritte. Ich weiß, dass Sie die Fachliteratur lesen …«

»Stimmt, ich bleibe mit dem Finger am Puls der Zeit«, entgegnete er und grinste über die Ironie dieser Metapher.

»Jede Woche kommt etwas Neues hinzu. Rufen Sie mich an, wann immer Sie möchten. Wir können über weitere Optionen nachdenken. Oder lassen Sie uns einfach plaudern, wenn Ihnen danach ist.«

»Ja, ich komme gern darauf zurück.«

»Ich freue mich schon. Auf Wiederhören, Lincoln.«

»Auf Wiederhören, Doktor. Kommando, Telefon, Auflegen.«

Im Raum wurde es still, bis Flügelschläge und ein Schatten die friedliche Stimmung durchbrachen, als einer der Wanderfalken auf dem Fenstersims landete. Sie starrten beide den Vogel an.

»Bist du dir sicher, Rhyme?«, fragte Sachs. »Ich stehe hundertprozentig hinter dir, falls du es durchziehen möchtest.«

Er wusste, dass er sich auf sie verlassen konnte.

Aber er wusste auch, und zwar ohne jeden Zweifel, dass er den Eingriff jetzt nicht wollte.

»Akzeptieren Sie Ihre Einschränkungen… Das Schicksal hat Ihnen diesen Zustand beschert, Loaban. Und es ist nicht zufällig geschehen. Vielleicht sind Sie nur deswegen ein so guter Ermittler, weil Sie diesen Unfall erlitten haben. Ihr Leben ist jetzt ausgeglichen, würde ich sagen.«

»Ich bin mir sicher«, sagte er zu Amelia.

Sie drückte seine Hand. Dann schaute sie wieder zum Fenster hinaus auf den Falken. Rhyme musterte ihr Gesicht, das im indirekten blassen Licht wie ein ernstes Porträt von Vermeer aussah.

»Sachs, bist *du* dir denn sicher, dass du dies tun willst?«, fragte er schließlich und nickte in Richtung der Akte, die auf dem Tisch lag. Sie enthielt neben einem Foto von Po-Yee eine Reihe von beeidigten Erklärungen und offiziell wirkenden Dokumenten.

Das oberste Blatt trug die Überschrift ADOPTIONSANTRAG.

Amelia sah Rhyme an. Ihr Blick verriet ihm, dass auch sie ihre Entscheidung unwiderruflich getroffen hatte.

Im Zimmer der Richterin lächelte Sachs Po-Yee zu, dem »Geliebten Kind«, das die Sozialarbeiterin soeben neben ihr auf einen Stuhl gesetzt hatte. Das Mädchen spielte mit der Stoffkatze.

»Miss Sachs, dies ist eine ausgesprochen unorthodoxe Adoptionsverhandlung, aber ich glaube, das wissen Sie bereits.« Die korpulente Richterin Margaret Benson-Wailes saß hinter ihrem gnadenlos überladenen Schreibtisch im dunklen Säulenbau des Familiengerichts von Manhattan.

»Ja, Euer Ehren.«

Die Frau beugte sich vor und studierte die Unterlagen. »Ich habe in den letzten beiden Tagen mit mehr Leuten von der Fürsorge, dem Jugendamt, dem Rathaus, dem INS, Police Plaza Nummer eins und Albany gesprochen, als bei den meisten anderen Vermittlungen in einem ganzen Monat. Verraten Sie mir, Officer, wieso ein dünnes Mädchen wie Sie so viel Einfluss in dieser Stadt hat?«

»Ich schätze, ich hab einfach Glück.«

»Na, jetzt untertreiben Sie aber«, sagte die Richterin und wandte sich wieder der Akte zu. »Ich habe viel Gutes über Sie gehört.«

Offenbar verfügte auch Sachs über gute *guanxi*. Ihre Beziehungen reichten von Fred Dellray über Lon Sellitto zu Alan Coe (der nicht etwa gefeuert werden würde, sondern beim INS als Nachfolger des baldigen Vorruheständlers Harold Peabody im Gespräch war). Innerhalb nur weniger Tage hatten sie es geschafft, den mit den meisten Adoptionen verbundenen Papierkrieg auf ein kurzes Gefecht zu beschränken.

Die Juristin fuhr fort. »Selbstverständlich ist Ihnen klar, dass das Wohlergehen dieses Kindes an oberster Stelle zu stehen hat. Falls ich nicht davon überzeugt bin, dass diese Regelung zum Besten der Kleinen erfolgt, werde ich die Papiere nicht unterschreiben.« Die Frau legte die gleiche wohlwollend schroffe Art an den Tag, die Lincoln Rhyme so meisterhaft beherrschte.

»Etwas anderes würde ich auch gar nicht wollen, Euer Ehren.«

Sachs hatte erfahren, dass Benson-Wailes wie so viele ihrer Kollegen zu längeren Vorträgen neigte. Die Frau lehnte sich auf dem Stuhl zurück und wandte sich an ihr Publikum. »Also, das New Yorker Adoptionsverfahren beinhaltet eine Überprüfung des jeweiligen Elternhauses, eine Unterweisung der Antragsteller, in der zunehmend Zeit mit dem Kind verbracht wird, und für gewöhnlich eine dreimonatige Probezeit. Ich habe den ganzen Vormittag Unterlagen und Berichte gelesen, mit den Sozialarbeitern und dem von uns bestellten Vormund des Mädchens gesprochen. Ich habe einen sehr guten Eindruck gewonnen, aber dieses Verfahren ist schneller über die Bühne gegangen als der Abstieg der Chicago Bulls nach dem Weggang von Michael Jordan. Ich habe mir Folgendes überlegt: Ich werde eine dreimonatige Pflegschaft gewähren und durch das Sozialamt überwachen lassen. Falls es in dieser Frist keine Probleme gibt, werde ich eine dauerhafte Adoption verfügen, allerdings einschließlich der üblichen drei Monate Probezeit. Wie klingt das für Sie?«

Sachs nickte. »Sehr gut, Euer Ehren.«

Die Richterin musterte nachdenklich Sachs' Gesicht. Dann warf sie einen Blick auf Po-Yee und drückte den Knopf der Gegensprechanlage. »Schicken Sie die Antragsteller herein.«

Gleich darauf öffnete sich die Tür des Büros, und Sam und Mei-Mei

Chang traten vorsichtig ein. Sie wurden von ihrem Anwalt begleitet, einem Chinesen in hellgrauem Anzug und leuchtend rotem Hemd, das ebenso gut aus Fred Dellrays Kleiderschrank hätte stammen können.

Chang nickte Sachs zu. Sie stand auf, trat vor und schüttelte ihm und seiner Frau die Hand. Als Mei-Mei das Kind sah, bekam sie große Augen. Sachs reichte ihr die Kleine. Sie schloss Po-Yee fest in die Arme.

»Mr. und Mrs. Chang, sprechen Sie Englisch?«, fragte die Richterin.

»Ich ein wenig«, sagte Chang. »Meine Frau nicht so gut.«

»Sie sind Mr. Sing?«, fragte die Richterin den Anwalt.

»Ja, Euer Ehren.«

»Wären Sie so freundlich, für uns zu übersetzen?«

»Natürlich.«

»Ein Adoptionsverfahren ist in diesem Land normalerweise eine langwierige und komplizierte Prozedur. Ein Ehepaar, über dessen Status und Aufenthaltsgenehmigung noch nicht abschließend entschieden wurde, hat praktisch keine Chance, das Sorgerecht zu erhalten.«

Eine kurze Pause, während Sing übersetzte. Mei-Mei nickte.

»Aber in diesem Fall liegen außergewöhnliche Umstände vor.«

Sie hielt abermals inne, und Sing stieß einen kurzen Satz auf Chinesisch aus. Diesmal nickten sowohl Chang als auch seine Frau. Sie sagten nichts, aber Mei-Meis Augen leuchteten auf, und ihr Atem beschleunigte sich. Am liebsten hätte sie gelächelt, das konnte Sachs ihr deutlich ansehen, aber sie hielt sich zurück.

»Die Einwanderungsbehörde hat mir mitgeteilt, dass Sie einen Asylantrag gestellt haben, der aufgrund Ihres Dissidentenstatus in China vermutlich positiv beschieden wird. Daher gehe ich davon aus, dass Sie dem Kind ein stabiles Zuhause geben können. Zu meiner Entscheidung hat ferner beigetragen, dass Sie und Ihr Sohn, Mr. Chang, bereits eine feste Anstellung haben.«

»Ja, Sir.«

»›Ma'am‹, nicht ›Sir‹«, korrigierte Richterin Benson-Wailes ihn streng. Zweifellos musste sie im Gerichtssaal keine ihrer Anweisungen wiederholen.

»Bitte verzeihen Sie. Ma'am.«

Für die Changs wiederholte die Richterin nun, was sie Sachs bereits zum Ablauf des Verfahrens und den Probezeiten erläutert hatte.

Offenbar verstanden die beiden genug Englisch, um die Bedeutung der Ausführungen auch ohne Übersetzung zu begreifen. Mei-Mei begann leise zu weinen, und Sam Chang nahm sie lächelnd in den Arm und flüsterte ihr etwas ins Ohr. Dann ging Mei-Mei zu Sachs und umarmte sie. »*Xiexie*, danke, vielen Dank.«

Die Richterin unterzeichnete ein Dokument, das vor ihr lag. »Sie können das Kind jetzt mitnehmen«, sagte sie, womit die Sitzung beendet war. »Mr. Sing, wegen der notwendigen Papiere wenden Sie sich bitte an unsere Geschäftsstelle.«

»Jawohl, Euer Ehren.«

Sam Chang führte seine Familie, die nun offiziell um ein Mitglied gewachsen war, auf den Parkplatz neben dem dunklen Steingebäude des Familiengerichts. Er hatte heute schon zum zweiten Mal vor einem Richter erscheinen müssen. Der erste Termin war seine Zeugenaussage im Fall der Familie Wu gewesen. Ihr Asylantrag schien weniger aussichtsreich als der der Changs, aber ihr Anwalt war vorsichtig optimistisch, dass sie in den Vereinigten Staaten würden bleiben können.

Die Changs und die Polizistin blieben neben dem gelben Sportwagen der Frau stehen. William, der den ganzen Tag mürrisch und trübsinnig gewirkt hatte, blühte plötzlich auf. »Ein Camaro SS«, sagte er.

Die Frau lachte. »Du kennst dich mit amerikanischen Autos aus?«

»Wer will schon etwas anderes fahren?«, fragte der schlanke Junge spöttisch und nahm den Sportwagen genau in Augenschein. »Mann, was für eine geile Karre.«

»William«, flüsterte Chang vorwurfsvoll und erntete dafür von seinem Sohn einen eisigen und verständnislosen Blick.

Mei-Mei und die Kinder gingen weiter zu ihrem Kleinbus, aber Chang blieb noch neben der rothaarigen Polizistin stehen. Er wählte die englischen Worte sehr sorgfältig und langsam. »Alles, was Sie für uns getan haben, Sie und Mr. Rhyme… Ich weiß nicht, wie ich Ihnen danken soll. Und das Baby… Wissen Sie, meine Frau hat sich immer…«

»Ich verstehe schon«, sagte die Frau und klang fast ein wenig abweisend. Er begriff, dass sie den Dank zwar zu schätzen wusste, sich in dieser Rolle aber etwas unbehaglich fühlte. Sie ließ sich auf den Sitz ihres Wagens fallen und zuckte leicht zusammen, weil ihr womöglich ein entzündetes Gelenk oder ein gezerrter Muskel wehtat. Der Motor erwachte mit kraftvollem Geräusch zum Leben, und dann steuerte sie eilig die Ausfahrt des Parkplatzes an und beschleunigte.

Kurz darauf war der Wagen nicht mehr zu sehen.

Die Familie musste sich schon bald in einem Bestattungsinstitut in Brooklyn einfinden, wo der tote Chang Jiechi für die Beisetzung hergerichtet wurde. Doch Sam Chang verharrte an Ort und Stelle und ließ den Blick über die umliegenden grauen Gerichts- und Bürogebäude schweifen. Er musste einen Moment allein sein, dieser Mann, der zwischem dem Yang und dem Yin des Lebens gefangen war. Wie gern hätte er all das Harte abgestreift, das Maskuline, das Traditionelle, das Autoritäre – die Aspekte seines bisherigen Lebens in China –, um das Künstlerische zu umarmen, das Feminine, das Intuitive, das Neue: all das, wofür das Schöne Land stand. Doch es war schwierig, dies in die Tat umzusetzen. Mao Tse-tung hatte versucht, die alten Gebräuche und Vorstellungen mit einem simplen Dekret abzuschaffen, und dadurch beinahe das ganze Land zerstört.

Nein, dachte Chang, die Vergangenheit ist stets ein Teil von uns. Aber er wusste nicht, zumindest noch nicht, wie er in Zukunft einen Platz dafür finden sollte. Es war möglich. Auch in Peking lag die Verbotene Stadt mit ihren alten Gespenstern in unmittelbarer Nähe des Platzes des Himmlischen Friedens, auf dem ein ganz anderer Geist geherrscht hatte. Doch Chang vermutete, dass dieses Bemühen um Ausgleich ein lebenslanger Prozess sein würde.

Hier war er nun, eine halbe Welt von allem Vertrauten entfernt, zutiefst verwirrt und inmitten einer Vielzahl neuer Herausforderungen.

Die Ungewissheit des künftigen Lebens in einem fremden Land lastete schwer auf ihm.

Doch ein paar Dinge wusste Sam Chang mit Sicherheit:

Dass er während des herbstlichen Gräberfests Trost darin finden würde, die Ruhestätte seines Vaters zu pflegen, ein Orangenopfer darzubringen und mit der Seele des alten Mannes Zwiesprache zu halten.

Dass Po-Yee, das »Geliebte Kind«, zu einer Frau heranwachsen würde, die sich in vollkommenem Einklang mit diesem bemerkenswerten Ort und Zeitraum befand: dem Schönen Land am Beginn eines neuen Jahrhunderts. In ihr würden sich die Seelen von *Hua* und *Mei Guo*, von China und Amerika, mühelos vereinen und etwas Größeres schaffen als die Summe ihrer Teile.

Dass William ein eigenes Zimmer bekommen und sich noch über ganz andere Dinge als nur über seinen Vater aufregen würde. Nach und nach jedoch würde sein Zorn verfliegen, und auch er würde sein inneres Gleichgewicht erlangen.

Und dass er selbst, Chang, hart arbeiten und seine politischen Ziele weiterverfolgen würde. In seiner Freizeit würde er mit Mei-Mei spazieren gehen, Kunstgalerien besuchen und im Home Store einkaufen oder einfach nur durch die Gänge schlendern und die Warenvielfalt in den Regalen betrachten.

Da endlich wandte Sam Chang sich von den hohen Gebäuden ab und ging zu seinem Wagen, wo seine Familie schon auf ihn wartete.

Amelia Sachs betrat das Wohnzimmer. Sie war noch immer als erfolgreiche Geschäftsfrau verkleidet.

»Und?«, fragte der Kriminalist und ließ den Rollstuhl in ihre Richtung herumschwenken.

»Alles erledigt«, antwortete sie und ging nach oben. Einige Minuten später kehrte sie zurück, nun wieder in Jeans und Pullover, wie üblich.

»Weißt du, Sachs«, sagte er, »du hättest die Kleine auch selbst adoptieren können, falls du gewollt hättest.« Er hielt inne. »Ich meine, *wir* hätten sie adoptieren können.«

»Ich weiß.«

»Und wieso wolltest du nicht?«

Sie grübelte eine Weile. »Vor ein paar Tagen war ich in eine Schießerei in Chinatown verwickelt«, sagte sie dann. »Später bin ich dreißig Meter tief im Ozean getaucht, und schließlich habe ich einen Massenmörder in die Falle gelockt… Ich kann mir mein Leben nicht *ohne* solche Dinge vorstellen, Rhyme.« Sie zögerte und überlegte, wie sich ihre Gefühle am besten zusammenfassen ließen. Dann lachte sie. »Mein Vater hat immer gesagt, es gäbe zwei Arten von Autofahrern – die einen werfen einen Blick über die Schulter, bevor sie die Fahrspur wechseln, die anderen nicht. Ich gehöre eindeutig zur zweiten Gruppe. Wenn ich ein Baby zu Hause hätte, müsste ich dauernd über die Schulter blicken. Das würde nicht funktionieren.«

Er verstand genau, was sie meinte, dennoch stellte er eine scherzhafte Frage. »Hast du denn keine Angst vor einem Unfall, wenn du dich nicht vorher umschaust?«

»Der Trick ist ganz einfach. Du musst *schneller* fahren als alle anderen. Auf diese Weise *kann* niemand in deinem toten Winkel sein.«

»Wenn du in Schwung bist, kriegt dich keiner«, sagte er.

»Genau.«

»Du wärst eine gute Mutter, Sachs.«

»Und du wirst ein guter Vater sein. Eines Tages ist es für uns so weit, Rhyme. Aber lass uns noch ein paar Jahre warten. Zurzeit haben wir andere Dinge zu erledigen, meinst du nicht auch?« Sie deutete auf die Tafel mit der Tabelle zum Fall GHOSTKILL, dieselbe Tafel, an der schon die Notizen zu einem Dutzend früherer Fälle gestanden hatten und auf der auch in Zukunft noch viel stehen würde.

Sachs hatte natürlich Recht. Die Welt, die durch diese Aufzeichnungen und Fotos repräsentiert wurde, dieser Ort auf Messers Schneide, an dem sie beide sich aufhielten, entsprach *ihrem gemeinsamen* Naturell – wenigstens vorläufig.

»Ich habe alle Vorkehrungen getroffen«, sagte Rhyme.

Er hatte dafür gesorgt, dass Sonny Lis Leiche nach Liu Guoyuan überführt wurde. Ein chinesisches Bestattungsinstitut kümmerte sich um die Einzelheiten.

Eine Aufgabe war in diesem Zusammenhang allerdings noch zu erledigen. Rhyme rief ein Textverarbeitungsprogramm auf. Sachs setzte sich neben ihn. »Fang an«, sagte sie.

Nach einer halben Stunde und mehreren Überarbeitungen hatten sie den folgenden Text entworfen:

Verehrter Mr. Li,

ich schreibe Ihnen heute, um Ihnen zum Tod Ihres Sohnes mein tief empfundenes Beileid auszusprechen.

Ich möchte Sie wissen lassen, wie dankbar meine Kollegen von der hiesigen Polizei und ich sind, dass uns das Privileg zuteil wurde, gemeinsam mit Sonny an dem schwierigen und gefährlichen Fall arbeiten zu dürfen, der ihn letztlich das Leben gekostet hat.

Sonny hat viele Menschenleben gerettet und einen bösartigen Mörder der gerechten Bestrafung zugeführt – ohne ihn wäre uns dies niemals gelungen. Seine Arbeit gereicht seinem Andenken zu höchster Ehre, und die Strafverfolgungsbehörden der Vereinigten Staaten von Amerika werden sich seiner stets voller Respekt erinnern. Ich hoffe aufrichtig, dass Sie angesichts seines Mutes und seiner Opferbereitschaft genauso stolz auf Ihren Sohn sind wie wir.

Lincoln Rhyme, Det. Capt., NYPD (i. R.)

Rhyme las den Brief noch einmal durch. »Das ist zu viel«, murrte er. »Zu *emotional*. Lass uns noch mal von vorn anfangen.«

Aber Sachs streckte die Hand aus und betätigte die Taste zum Drucken des Dokuments. »Nein, Rhyme. Lass es so. Zu viel ist manchmal gar nicht schlecht.«

»Bist du sicher?«

»Ja.«

Sachs legte den Brief beiseite. Eddie Deng wollte später am Nachmittag vorbeikommen und könnte den Text dann übersetzen.

»Wollen wir uns wieder die Beweise vornehmen?«, fragte Sachs und nickte in Richtung der Tafel. Bis zur Verhandlung gegen den Geist musste das gesamte Material noch gründlich aufbereitet werden.

»Nein«, sagte Rhyme. »Ich möchte ein Spiel spielen.«

»Ein Spiel?«

»Ja.«

»Von mir aus«, sagte sie gleichmütig. »Ich bin gerade in der richtigen Stimmung, um zu gewinnen.«

»Das hättest du wohl gern«, spottete er.

»Welches Spiel?«, fragte sie.

»*Wei-Chi*. Das Brett liegt da drüben. Und die beiden Tüten mit den Spielsteinen.«

Sachs holte alles und legte es auf den Tisch neben Rhyme. Sie achtete auf seine Augen, die interessiert das Gittermuster des Spielbretts betrachteten. »Ich glaube, du willst mich hinters Licht führen, Rhyme. Du kennst dieses Spiel bereits.«

»Sonny und ich haben ein paar Partien gespielt«, sagte er.

»Wie viele?«

»Drei. Ich kann es also nicht wirklich.«

»Wie hast du abgeschnitten?«

»Man braucht eine Weile, um ein Gefühl für das Spiel zu bekommen«, wich der Kriminalist aus.

»Du hast verloren«, sagte sie. »Alle drei Runden.«

»Aber die letzte nur knapp.«

Sie musterte das Spielbrett. »Worum spielen wir?«

Rhyme lächelte geheimnisvoll. »Uns wird schon etwas einfallen.« Dann erklärte er ihr die Regeln, und sie beugte sich vor und hörte aufmerksam zu. »Das wäre alles«, sagte er schließlich. »Da du es noch nie gespielt hast, lasse ich dir den Vortritt. Du machst den ersten Zug.«

»Nein«, erwiderte Sachs. »Ich will keine Sonderbehandlung. Wir werfen eine Münze.«

»Das ist aber so üblich«, versicherte Rhyme.

»Keine Sonderbehandlung«, wiederholte sie. Dann zog sie ein Geldstück aus der Tasche. »Kopf oder Zahl?«

Danksagung

Ich bedanke mich bei Kim Arthur und den Leuten von Invacare sowie bei Cheryl Lehman für die überaus hilfreichen Einblicke, die sie mir hinsichtlich der Pflege von Patienten mit Rückenmarksverletzungen und der diesen Menschen zur Verfügung stehenden Hilfsmittel gewährt haben. Ein ganz besonderer Dank gebührt – wie immer – Madelyn.

Jeffery Deaver

bei Blanvalet

Der Insektensammler

Roman. 480 Seiten

Lincoln Rhyme, der geniale gelähmte Ermittler, will sich in North Carolina einer riskanten Operation unterziehen. Doch kaum angekommen, werden er und seine Assistentin Amelia Sachs in einen spektakulären Entführungsfall involviert. Verdächtigt wird ein sonderbarer junger Mann, den man nur den »Insektensammler« nennt. Als das Ermittlungsteam endlich das Versteck des Jungen in den undurchdringlichen Sümpfen ausfindig macht, geschieht das Unfassbare: Amelia wechselt die Fronten – und stellt sich auf die Seite des Entführers…

»Jeffery Deaver ist brillant!«
Minette Walters

»Der beste Autor psychologischer Thriller weit und breit.«
The Times